* 이 도서의 국립중앙도서관 출판예정도서목록(CIP)은 서지정보유통지원시스템
홈페이지(http://seoji.nl.go.kr)와 국가자료공동목록시스템(http://www.nl.go.kr/kolisnet)에서
이용하실 수 있습니다. (CIP제어번호: CIP2019002378)

반드시 해피엔딩

2

플아다 장편소설

은행나무

차 례

1

그대의 비밀

집에 돌아온 연우는 기어들어갈 만큼 작은 소리로 선재를 찾았다.

"여보."

아무래도 '오빠'라는 말은 낯간지러워서 할 수가 없었다. 차라리 '여보'가 나왔다. 그에게 여보라는 말을 할 수 있는 사람이 세상에 자신 하나밖에 없다는 것 또한 마음에 들었다. 그녀는 여보로 굳히기로 했다.

"여보."

하지만 아직 그것도 간지럽기는 마찬가지다. 얼른 적응했으면 하는 마음으로 두어 번 더 불렀지만 그의 인기척은 없었다. 침실까지 갔을 때 욕실에서 들려오는 소리를 들었다. 남편은 씻고 있는 거였다.

'나도 일단 씻을까?'

연우는 예전 침실 쪽의 욕실로 갔다. 그리고 역시 쉽게 문제의 노트를 발견했다. 노트는 표지가 덮여 있었다. 선재가 덮어둔 것이다.

'헉. 미쳤나봐! 관리를 똑바로 해야지!'

연우는 식겁하며 노트를 집어 들었다. 그러다가 잠시 갸우뚱했다.

'근데…… 내가 서랍에 잘 넣어놓았던 것 같은데?'

의문이 남은 마음은 불안한 상상에 닿았다.

혹시 그가 봤을까? 부디 그건 아니었으면 하는데. 조마조마한 마음으로 숨을 고르고 있을 때 문밖, 멀리서 인기척이 들려왔다. 연우는 급히 노트를 서랍 깊숙이 숨겨놓고 밖으로 나갔다.

"금방 왔네."

그의 인사는 평소처럼 담백했다. 연우는 총총 다가가 가까워지자마자 비슷한 질문을 줄지어 했다.

"씻고 나온 거예요?"

"응."

"집에 와서 바로 씻었어요?"

"응."

"다른 건 안 하고요?"

"응. 왜?"

"아니에요. ……조명은 확인해봤어요?"

"아니."

비슷한 질문들에 그렇다고 대답한 선재가 처음으로 아니라고 말했다.

"네가 오면 같이 바꾸려고 안 건드렸어."

"네, 그럼 지금 할까요?"

"그래, 그러자. 공구 가져갈게."

"네."

대답한 연우는 거실 소파 위에 있는 조명등을 들고서 먼저 방으로 갔다. 그가 방에 들어와 노트를 보지는 않은 것 같아서 안도의 한숨을 내쉬었다.

공구함을 꺼내온 선재도 연우를 따라갔다. 잘 정리된 방은 조금 전과 똑같았다. 단 한 가지만 제외하고는. 테이블 위에 놓여 있던 노트가 사라졌다. 아마도 서랍으로 들어간 거겠지. 선재는 그 일에 대해 연우에게 한마디도 묻지 않았다.

아내가, 사라와 만난 이야기를 자신에게 하지 않아 화를 낸 적이 있었다. 그때 자신에게 아무것도 묻지 못했던 그녀의 기분을 알게 되는 것 같다. 진실을 알게 되면 뭔가가 무너질까 두려운 기분. 그는 연우의 도움을 받아 등을 교체하는 내내 어둠에 휩싸였다. 하지만 등 교체 작업은 수월하게 이루어졌다.

"와, 환하다! 등이 어두울 때는 그냥 그런가보다 했는데 밝아지니까 확실히 내가 어둡게 살았구나 깨닫게 되네요."

등을 바꾼 후 환해진 방만큼 얼굴이 밝아진 연우가 말했다. 그러나 선재의 마음은 좀처럼 나아지질 않았다.

"여보."

일을 마친 후 다시 거실로 돌아가는 길, 선재는 연우를 넌지시 불렀다.

"네?"

"나한테 할 말 없어?"

"할 말이요?"

그녀는 말똥말똥 그의 얼굴을 쳐다보기만 했다. 그녀가 시치미를 떼는 건지 정말로 아무것도 마음에 걸리는 게 없는 건지 그것조차 알수 없었다. 내내 가까워졌다고 생각했던 아내가 멀게 느껴졌다. 조용히 한숨을 쉰 선재가 먼저 화제를 찾아 움직였다. 노트에 대한 것은 일단 접고 쉬운 것 먼저 해결해봐야겠다고 생각했다.

"내 사무실로 이런 게 왔어. 봉투엔 네 이름이 적혀 있었고."

그는 가방에서 서류봉투를 꺼내 연우에게 건넸다.

"난 이런 거 보낸 적 없는데?"

고개를 갸웃거리며 연우는 봉투 안에 담긴 것을 꺼내보았다. 잠시 후 그녀의 미간엔 단단한 주름이 잡혔다.

"이게 뭐예요?"

"글쎄. 나는 모르지. 왜 네가 울고 있었는지 해서 보여주는 거야."

사진을 오래 바라보던 연우는 조심스럽게 사실을 털어놓았다.

"이날은 그러니까…… 선배가 팔을 다친 다음 날이에요. 학교 벤치에서 기사님 차를 기다리다가 울음이 터졌거든요. 그런데 지나가던 사람이 내 얘기를 들어준 거예요."

"그냥 지나가던 사람이었어?"

선재는 그녀의 고백에 왠지 안심이 되었다. 유치하게도 조금은 사진 속의 남자를 질투했었던 것 같다. 그런데 그녀의 이어진 대답은 안심했던 마음을 다시 바짝 조였다.

"사실 꼭 그런 건 아니고요. 이상하게 인연이 있어요. 자주자주 마주쳐요. 예전에 결혼식장에서도 봤었는데. 혹시 선배가 아는 사람은 아니에요?"

"내가 아는 사람 중에 노랑머리는 없어."

연우의 대답을 들은 선재 또한 미간에 주름이 잡혔다.

"아무튼 신기하긴 해요. 결혼식장에서도 만나고, 예전에 드레스숍에서도 만났고, 심지어는 부산에서도 만났거든요."

다시금 싸한 불안감이 들이닥쳤다. 아내가 경계심이 없는 것이 문제였다.

"이름은."

"네?"

"그 사람 이름이 뭐냐고."

어두운 목소리로 대답을 재촉했다.

"사울? 멀리서 들었을 땐 뭐 그런 이름이었는데."

선재의 눈동자가 버럭 커졌다. 믿을 수 없게도 이십일 년 전에 세상을 떠난 친구의 이름이 아내의 입에서 나왔다. 그런 이름을 쓰는 사람은 그동안 한 번도 만나질 못했다. 그 이름이 결코 흔한 이름이 아닌데.

"그리고 홍콩에서 왔다는 얘기도 언뜻 들었어요. 건너건너 아는 사람은 아니에요?"

"이연우."

그녀의 이름을 부르는 음성이 사뭇 떨렸다. 그는 감정을 감추려고 소리를 더욱 매섭게 끊었다.

"내가 이상한 낌새가 보이는 사람이 있으면 알려달라고 했지."

"아, 그게요."

연우는 또랑또랑한 목소리로, 선재에게 일찍 말하지 않았던 이유를 밝혔다.

"그 사람은 되게 치유력이 있는 사람이었거든요. 눈도 착해 보이고. 드레스숍에서는 도둑으로 몰릴 뻔했을 때 도와줬고요, 부산에서는 그 사람 덕분에 BJ 방송을 타서 선배 스캔들이 잠잠해진 거예요. 그리고 이 사진에 찍힌 날은 울다가 그 사람한테 위로받고 나서 다음 날……."

"그만해."

선재가 연우의 말허리를 따끔하게 잘라냈다. 말을 더 잇지 못하게 된 연우의 표정이 굳었다.

"네가 나 외에 다른 사람을 믿지 말았으면 좋겠어."

선재는 제 바람과 욕심을 그대로 내비쳤다. 다소 무리일 수도 있는 부탁이었다.

"그리고 유부녀라는 자각을 좀 가졌으면 좋겠다. 속이 시커먼 남자들이 많아. 조심해야지. 되도록 다른 남자랑은 얘기하지 마."

"내가 여대에 다니는 것도 아니고, 학교에 반이 남자인데 어떻게 얘기를 안 해요."

그의 사고가 유연하지 못하다는 생각에 연우는 입술을 삐죽거렸다.

"걱정 안 해도 돼요. 나 유부녀인 건 전교생이 다 알아요. 어느 집 며느리인지도 알고. 그리고 나도 얼마나 얘기를 많이 하고 다니는데."

"유부녀라는 게 방패막이 될 거라는 믿음은 버려."

그는 다시 한 번 단호하게 말했다. 그러나 연우가 토라지듯 팽 돌아서버리자 약한 마음은 금세 중심을 잃고 흔들렸다. 그는 그녀의 앞을 막아섰다. 서러워 어두워진 아내의 얼굴을 보니 미안해졌다.

"화내서 미안한데."

선재는 연우의 머리를 끌어안아 토닥이며 달래듯 말했다.

"하지만 정말로, 그 사진에 있는 남자는 이상한 사람이야. 경계해야 돼."

"네……."

연우는 서운한 목소리로 대답했다.

좋은 사람 같았는데. 내 수호천사일 수도 있는데. 누렁이 대신 신이 내게 보내준 선물일 수도 있는데. 하지만 남편이 그토록 따끔하게 애기하는 것을 듣지 않을 수는 없었다.

다음 날. 전날 일로 두 사람의 사이가 서먹해져 마음이 쓰인 선재는 연우가 퇴근하는 시간에 맞춰 학교로 갔다. 뜻밖의 한파가 몰아친 날이었다. 연우에게 전화를 하기 위해 휴대폰을 꺼내 들었는데 옷 속으로 아린 바람이 들어왔다. 뚜루루. 통화대기음이 길게 흐른 후 그녀가 전화를 받았다.

[여보세요.]

"나 인문학관 앞에 와 있어. 이제 퇴근할 거지?"

[네, 그렇긴 한데 지금은 연구실 사람들이랑 학교 박물관에 와 있어요.]

"그래? 그럼 그쪽으로 갈게."

[어차피 가방이 연구실에 있어서 그리로 가야 돼요. 추우니까 연구실 안에 들어가 있어요.]

연우의 목소리는 평소와 다름없이 다정했다. 어제의 서운함을 잊은 것 같아서 일단은 다행스러웠다. 선재는 연우의 말대로 연구실로 갔다. 첫 방문이었다. 엘리베이터를 타고 오 층으로 올라간 그는 금방 연우의 연구실을 찾을 수 있었다. 연구실 앞 복도에는 연우의 연구실 동료 희진이 있었다. 동료들과 함께 박물관에 갔다고 들었는데 희진은 가지 않은 모양이었다. 희진은 제 휴대폰 화면을 바라보느라 선재가 가까이 다가오는 것도 알아채지 못했다. 그런 희진의 휴대폰을, 선재가 휙 빼앗았다. 뒤늦게 선재를 알아본 희진이 당황스러운 표정으로 따졌다.

"뭐하시는 겁니까?"

"이 사진, 연우한테 허락받고 찍었습니까?"

희진이 폭 빠져 바라보고 있었던 것은 다름 아닌 연우의 사진이었다. 희진의 휴대폰에 연우의 독사진이 저장되어 있었던 것이다. 도촬한 것이 분명했다.

"찍으면 연우한테 다 보내줍니다."

희진은 담대한 목소리로 말했다.

"보내주고 나면 본인 사진첩에서는 삭제하셔야지. 그 정도 센스도 없나?"

선재는 사납게 비아냥거렸다. 재빨리 확인한 희진의 사진첩에 생각보다 연우의 사진이 많았다. 쓱 훑어보았는데도 절반 정도가 연우의 독사진으로 보였다. 불쾌했다. 또한 희진의 심중이 의심스러웠다.

비서는 집무실로 서류봉투를 보낸 사람은 이연우로 되어 있다고 했고, 퀵 기사는 웬 젊은 남자한테서 봉투를 건네받았다고 했다. 선재는 사진을 보낸 사람은 희진이 아닐까 생각했다. 어쨌든, 이것도 저것도 이가 갈리는 일이다.

"사진들 당장 지워."

실은 주먹을 올리고 싶은 마음을 참아내고 있다.

"연우한테 개인적으로 집적대지 마."

"도가 지나치시네요."

"내 도가 지나치다면 넌 도리도 없는 놈이지."

"선배."

그때 멀리서 연우가 뛰어왔다. 두 사람의 분위기가 심상치 않다는 것은 멀리서도 느껴질 정도였다. 당황한 연우는 사태를 파악하기도 전에 먼저 소리를 내버렸다. '선배'라고. 제 실수를 깨달은 연우는 입술을 말아 감췄다. 분위기가 심각해 보여 허허 웃어버릴 수도 없는 상황인데 실수를 한 것이 난감했다.

선재는 희진의 입가에서 비릿하게 퍼지는 미소를 보았다. 멍청한 새끼. 착각하지 마. 그거 널 부른 게 아니야. 날 부른 거야. 선재는 보란 듯이 연우에게 다가가 그녀의 어깨에 팔을 감고 입술에 닿는 대로 뺨에 살짝 입맞춤했다.

"집에 가자."

연우의 얼굴은 줄곧 분홍색이었다.

차를 끌고 집으로 가는 길. 숨이 막힐 정도로 말이 없는 선재를 연우가 나긋이 불렀다.

"죄송해요. 선배라고 불러서."

"잘못한 건 알지?"

선재는 냉랭하게 받아쳤다.

"얼른 적응할게요."

"그래."

답답해. 선재의 가슴속에는 말끔하게 씻기지 않은 것들이 잔뜩 있었다. 가속페달을 꽉 밟아버리고 싶은 욕구가 가득했다. 어디로 질주해야 속이 뻥 뚫리려나.

"그런데 둘이 무슨 얘기 했어요?"

"그냥. 신희진과는 너무 가까이 지내지 않는 게 좋겠어."

"희진 선배랑요?"

"어."

"네, 그럴게요."

연우는 흔쾌히 알겠다고 했다. 집 가까이 이르러 주차장에 도착했을 때쯤 연우가 물었다.

"먼저 내릴까요?"

연우가 먼저 차에서 내리고 나서 선재는 주차를 한 뒤 집으로 올라가는 게 일상이었다. 연우의 물음에 선재는 딱딱하게 대답했다.

"아니. 같이 내려."

"네."

그의 기분이 푹 가라앉아 있다는 것을 눈치챈 건지 그녀는 고분고분 그의 요구에 따라주었다. 그럼에도 그는 계속 답답했다. 선재는 입을 꽉 다문 채로 차를 주차시킨 후 연우와 함께 차에서 내렸다.

사실 그 답답함의 근원을 짐작하고 있다는 것이 죽을 맛이다. 이윽고 엘리베이터에 올라, 함께 현관문을 열고 들어가면 펼쳐질 시간의 무게. 그것이 이토록 잔인하게 느껴질 줄이야.

엘리베이터의 문이 열렸다. 최고층을 향해 가는 엘리베이터는 꽤 속도가 빠르다.

너와 단둘이 함께 있고 싶지 않다. 아니, 너와 단둘이서 있고 싶다. 아무 데도 못 가게 잡아두고 싶다. 너의 세상엔 나만 있었으면 해.

"여보."

묵묵히 있던 그가 마침내 입을 열었다.

"네?"

"나 팔 다 나았어."

진짜 의미를 함축한 표현에 연우는 눈을 크게 떠 보였다.

"기억하지?"

질문하는 음색이 지나치게 색정적이었다. 중요한 말을 생략했음에도 그 음성으로써 긴 설명을 들은 듯했다. 털이 곤두서며 온몸의 근육들이 바짝 긴장 태세에 돌입했다. 엘리베이터는 멈췄고, 두 사람은 엘리베이터에서 내렸다. 연우의 걸음이 뒤처졌다. 선재가 앞서 걸어가 현관문 잠금상태를 해제했다. 띠띠띠띠. 찰칵. 익숙한 기계음이 낯설게 그녀의 귀 안쪽까지 울렸다. 선재는 행동이 크게 굼떠진 연우의 손을 잡아 안으로 이끌었다.

오늘은 우리 관계의 새로운 전환점이 될 거야. 사실 그 이전에 물어볼 게 잔뜩 있지만 조금 미루기로 한다. 11월 25일. 아내가 달라진 날. 그날 이혼을 안 하겠다며 절박하게 버티던 그녀의 모습은 아직도 그의 뇌리에 남아 있다. 그 후로 우리의 관계는 꽤나 많이 달라졌지. 그러니 난 오늘 너에게 아무런 조건 없이 요구할 거야. 그 노트에 적혀 있는 이야기를 꺼내며 이혼이라는 화두를 던져서 네가 또다시 절박하게 나를 잡도록 하고 싶지는 않아. 구석으로 몰린 네가 동아줄을 잡듯이 '당신과 자고 싶어서 이혼은 안 할 거예요'와 같은 임기응변을 하게 하고 싶지는 않아. 그러니 너도 아무 이유 없이 나를 선택하도록 해.

속으로 온갖 말들을 쏟아내고 있었지만 마음을 내비치는 일은 자제했다. 그녀의 눈동자에는 일렁이는 감정이 그대로 드러났다. 그녀는 두려워하고 있는 것이 분명했다.

"아직 붕대 감고 있는 거 아니에요?"

"붕대만 감고 있을 뿐이야. 상처는 완전히 가라앉았어. 통증도 당연히 없고. 오늘도 운전하고 왔잖아."

"그래도 건강을 위해서 좀 더 완치된 다음에……."

"돌려 말하지 마."

결국 선재는 조금 더 단호해졌다.

"네가 피하고 싶은 게 뭔지, 네가 지키고 싶은 게 뭔지 똑바로 얘기해. 나인지, 너인지."

"……."

"싫으면 싫다고 얘기하라고."

싫다고 하지 마. 속으로는 그렇게 외치고 있으면서, 그녀에게 선택의 여지를 주었다. 잠깐 생각하던 그녀가 말했다.

"하루만요. 내일은 안 돼요?"

슬며시 유예를 두려는 그녀에게 그는 자비를 보이지 않았다. 싫은 게 아니라면 받아들이라고 눈빛으로 먼저 말했다.

"더 기다리기가 싫어져서."

"……."

"참기가 싫어졌고, 착한 척하는 건 한계가 있고."

착한 척이라는 말에 그녀의 표정이 실망한 듯 어두워졌다.

"……착한 척이라는 건……."

"내 뜻대로 행동하지 못했다는 거지. 내 머릿속에서 넌 옷을 입고 있었던 적이 별로 없었거든."

그녀의 심장이 밖으로 튀어나올 것처럼 거세게 뛰었다.

"가식이 많았다고."

그는 거침없이 툭 털어냈다. 내 상상 속에서 넌 수없이 옷이 벗겨졌고 몇 번 울었고, 난 네가 저항해도 사정을 봐주지 않았다. 신사 노릇을 하는 그 내면엔 뒤틀린 것들이 잔뜩 있었어. 꺼내어 보여줄 수 없다는 게 다행인 거지. 직접 확인시켜준다면 넌 진저리치며 도망갔을 거야.

그의 말에 연우는 벌써 옷을 벗어버린 것처럼 부끄러워졌다. 불과 며칠 전에 그가 했던 말이 나비의 날갯짓을 품은 것처럼 가슴속에서 팔랑거리는데. 강제로 끌고 가지 않을 거라고 그렇게나 달게 말하던 그 입술이 오늘은 조금 낯설게 보인다.

그러나 그녀에게는 그에 대한 견고한 신뢰가 있었다. 한 계단 한 계단 쌓아올린 탄탄한 신뢰. 싫다면 지금 말해야 돼. 지금 얘기하면, 그는 고통스럽겠지만 또 한 번 내 말을 들어줄 거야. 더 기다려줄 거야.

하지만, 망설이던 그녀의 입술은 끝내 움직이지 않았다. 그녀 또한 그가 좋아서, 사랑해서 그의 뜻에 따라주고 싶었다. 운명의 순간은 언제나 예고했던 대로 닥치지 않는다. 때론 더 빨리, 때론 더 늦게. 그래서, 도무지 알 수가 없어서, 사람의 마음을 붙들고 애를 태워서 운명이 되는 것이다. 많은 순간 자신을 위해 살고 이따금 사랑하는 것이 아니라 매 순간 사랑하고 사랑하는 사람과 모든 것을 나누며 함께하고 싶은 거라면, 언제나 사랑이 제일이라면, 그렇다면 상대의 마음속에 오래전부터 자리하고 있던 열망을 헤아려줄 수도 있어야 할 것이다.

훨씬 더 거친 성정을 가지고 있지만 줄곧 무서워했던 날 위해 꽤 긴 시간을 참아준 당신에게, 나도 다가갈 수 있다는 걸 보여줘야지. 진심으로 이 사람의 인생이 행복하길 바란다. 나로 인해서 당신이 기뻐지고 행복해지길 바라.

그녀는 발꿈치를 들어 올려 그에게 먼저 입맞춤했다. 그녀가 할 수 있는 가장 예쁜 오케이 사인이었다. 잠시간 그의 눈이 크게 뜨인 것을 그녀는 확인하지 못했다. 그가 고개를 내리며 다가왔다. 연우는 더 이상 발뒤꿈치를 들 필요가 없게 되었다. 걸치고 있던 그녀의 코트와 카디건이 단숨에 사라진 후, 그녀가 그의 목에 손을 감자 그는 그녀를 번쩍 들어 올렸다. 바짝 긴장한 사이에 무대는 그의 침실로 이동했다. 눈 깜짝할 새에 넥타이까지 집어 던져버린 그와 마주하니 심장이 아프두록 빨리 뛰었다. 셔츠가 벌어진 틈으로 보이는 맨가슴의 오르내림이 벌써부터 그녀를 압박했다. 숨이 가빠 오는데 입술 안쪽으로는 침이 고였다.

가보지 않은 세계는 언제나 두려움과 설렘이 반반씩이다. 연우는 설렘에 기대를 걸어보기로 했다. 다만, 그의 '머릿속'에 대한 말이 좀 마음에 걸렸다. 내가 옷을 입고 있었던 적이 별로 없다고 했지. 난 그의 상상 속에서 어떤 사람이었을까. 그가 예상을 훌쩍 뛰어넘는 변태는 아니었으면 좋겠다.

"혹시, 이, 이상한 거 시키는 거 아니죠?"

피식. 그가 소리 나지 않게 웃었다. 오늘 처음 확인하는 웃음이었다. 눈물겹게도 그 감질나는 웃음에 조금은 안심이 되었다. 하지만.

"언젠가. 네가 익숙해지면."

뭐, 뭐요? 익숙? 뭐가 익숙? 그녀의 눈이 영문을 모른 채로 뎅그레진 사이에 그의 입술이 겹쳐 왔다. 상념이 시작되니 한 가지 부끄러운 사실이 또 떠올랐다. 깊게 들어가기 위해 그녀의 입술을 벌리는 데에 정성을 쏟는 그의 회유에 머릿속이 자꾸 아득해졌다. 그래도, 이것만은 말해야 했다. 연우는 공기를 들이마시는 틈에 재빨리 기회를 얻어 말했다.

"씻지를 못했어요……."

그러나 요청은 먹히지 않았다.

"이따가."

"……."

"씻겨줄게."

그녀의 입술 사이로 아슬아슬하게 삼켜지는 그의 음성은 부드럽기도 했고 알싸하기도 했다. 연우는 머리끝까지 저릿해졌다. 그녀의 피부로 미끄러져 들어간 그의 손은 '적당한 한 뼘'을 벗어나 두 사람 모두에게 미지의 영역인 곳으로 천천히 뻗어갔다.

혹한으로 얼어붙은 바깥과는 달리 침실은 꽤 따뜻했다. 오늘 하루 찬바람을 맞으며 돌아다녔던 연우의 얼굴이 푹한 공기를 만나 발긋해졌다. 선재는 그 따끈한 볼을 뻐끔 머금으며 입술을 움직였다. 긴장한 그녀가 놀라지 않게 천천히 움직이고 싶었다. 하지만 벌써부터 받아지는 그녀의 숨결이 그의 신경을 끊임없이 괴롭혔다. 그는 더 이상 양보는 없는 것처럼 말했지만, 그녀가 싫다며 거부했다면 그 의사를 존중해줄 생각이었다. 아니, 자신이 견디기 힘들더라도 마음을 접어야 한다는 것을 알고 있었다. 비록 머릿속엔 애욕이 가득하지만, 그녀에 대한 흑심이 가득하다 못해 넘칠지라도 다시 한 번 점잖은 척 마음을 틀어쥐어야 한다는 걸 잘 알았다. 자신이 먼저 요구했을 때, 그녀가 잠시 울 것 같은 얼굴이었기에 말을 주워 담아야 하나 갈등하기도 했다. 그런데 곧, 그녀가 먼저 입맞춤을 해왔다. 더 이상 참지 않아도 된다는 허락의 표현. 눈물 나게 고마웠고, 기뻤다. 물론 긴장된 마음에, 여유롭게 미소를 보이진 못했다.

그토록 오래 기다려주었으면서, 그녀가 씻고 나올 때까지 그 몇 분을 기다리지 못하겠다고, 이따가 씻겨주겠다고 하는 자신이, 스스로 생각해도 어처구니가 없었지만 정말로 여유가 없었다. 시간을 멈춰버리고 싶을 만큼, 순간을 붙잡고 싶을 만큼 지금이 소중했다. 살품이 뜨는 그녀의 옷깃 안쪽으로 손이 움직였다. 본능대로였다. 그러나 손에 닿는 모든 것들이 부드러워서 오히려 금방 조심스러워졌다.

그녀의 처음이 나쁜 기억이 되지는 않았으면 하고 바랐다. 사랑하는 사람이 상처받길 원하지 않는다. 네가 나와 더불어 기뻤으면 좋겠어. 나 혼자서 널 원한다는 갈망이 아니었으면 좋겠다.

손물레 위에서 형체가 생겨나는 유약한 점토처럼 그녀는 그의 손끝 움직임을 따라 정직하게 반응했다. 가보지 못한 세계에 대한 두려움은 어쩔 수 없었다. 하지만 그가 자신을 소중하게 다루고 있다는 것은 확신할 수 있었다. 그는 연우에게, 자기가 착한 척하고 있다고 말했다. 하지만 연우는 알고 있다. 그가 착한 척하는 것은 아니라는 걸. 그는 본래 바르고 정직한 사람이라는 걸. 소중한 걸 지킬 줄 알고, 인내할 줄도 아는 사람이라는 걸.

그가 그렇게 좋은 사람이라서, 그녀 또한 그에게 기쁨을 주고 싶어졌다. 이 사람만 내 기분을 맞춰줘야 되는 건 아니잖아. 나도 이 사람에게 좋은 느낌을 알려주고 싶잖아. 잘해주고 싶잖아. 그러나 이쪽의 세계에 거의 무지한 연우는 그를 기쁘게 하는 것이 무엇인지 잘 알지 못했다. 역시 그녀도 본능대로 손을 움직였다. 허공에 떠올랐던 그녀의 손이 그의 셔츠를 쥐었다가 살그머니 내려가며 단추를 하나씩 풀었다. 그가 당황한 듯 잠시 멈칫했다. 노란 조명등만 켜져 있어 밝지도 어둡지도 않은 공간에서 그의 눈동자가 색색의 빛깔을 품은 채로 흔들렸다. 그의 당황한 모습이, 여태 그를 능숙한 어른처럼 우러러보던 그녀에게 근본을 알 수 없는 자신감을 선사했다. 내가 이 사람에게 생경한 반응을 안겨줄 수도 있겠구나 생각하니 떨리는 가운데 기대감이 생겼다.

변화 없이 저절로 성숙해지는 사람은 없듯이 우리의 관계도 성숙해지기 위해 새 길을 찾아 움직이는 거겠지? 새 길을 발견한 연우는 그의 셔츠 단추를 다 풀어내고는 옷깃을 양옆으로 펼쳐 잡아당겼다. 그러나 임무는 완수하지 못했다.

"하. 이연우."

거칠게 한숨을 토해낸 그가 그녀를 뒤로 밀어 눕혀버린 것이다. 시트가 가벼이 눌리며 주인을 맞이했다. 그의 눈빛이 다시금 변했다. 사나운 맹수처럼 노골적으로 짙어지고 날렵해졌다. 감출 수 없는 색기가 그녀의 시선을 옭아매었다. 때문에 연우는 더 손을 쓰지 못했다. 마무리는 눈 깜짝할 새에 그가 해버렸다. 단숨에 셔츠를 벗어버린 그의 맨몸은 조각처럼 아름답기도 했고 조각처럼 단단해 보이기도 했다. 그 탄탄한 상체를 내리며, 그가 다시 입술을 겹쳐 왔다. 불을 머금은 것처럼 입술 안쪽이 뜨거웠다. 그가 잡은 옷깃이 간질거려 몸을 비틀 때마다 블라우스의 단추가 하나씩 풀렸다. 허전한 해방감이 움텄다. 갑작스런 한기를 느낀 몸이 본능적으로 가릴 것을 찾아 움직였다. 더듬거리는 손을 그가 붙잡았다. 단단한 근육들이 그녀의 여린 몸을 압박했다. 입술 안쪽의 온갖 보드라운 곳을 다 헤집고 나온 그가 다른 곳을 점령하려는 듯 입술을 움직였다. 그의 입술이 제 귓불에 닿자 그녀는 손가락을 힘껏 오므렸다.

으응. 제 것이 아닌 듯한 목소리가 제 입술 사이로 흘러나오자 연우는 잡히지 않은 손으로 제 입을 덮었다. 하지만 그것은 전초전에 불과했다. 그가 입술을 내려놓는 자리마다 화인이 찍히는 것처럼 뜨거웠다. 그녀는 파들 몸을 떨었다. 소리를 참는 것이 점점 버거워졌다. 머릿속이 하얘지고 눈앞이 흐려졌다. 이따금 울음이 터질 것만 같았다. 그러나 슬픔이 뭉쳐진 눈물이 아니다. 처음 경험하는 황홀함이 낯설어서 위험하게 여겨졌을 뿐. 그 기분을 어떻게 형용하지? 최선을 다해 참고 있던 연우가 말했다.

"속이 너무 울렁거려요."

그녀의 선을 따라 체온을 나르던 그가 움직임을 멈추고 상체를 들며 물었다.

"힘들어?"

"아니 그게 아니고."

털어놓지 않으면 버티지 못할 것 같아서 그녀는 진심을 폭 쏟아냈었다.

"……좋아서 너무 심장이 빨리 뛰어요."

선재 또한 머리가 핑 도는 아찔함을 체험했다.

넌 어떻게 이럴 수가 있지? 내가 얼마나 더 빠지게 할 생각인 거지?

심연에서 움텄던 불안감을 찍어 누르며 그를 한 발 더 나아가게 하는 여인. 난 역시 널 놔줄 수가 없어. 이혼, 안 해. 네 계획이 어떤 건지 모르겠지만 절대 이혼은 안 해. 나를 떠날 수 없게 할 거야. 그는 마음속으로 몇 번이나 거듭 다짐했다.

그녀의 이마에 송골송골 맺힌 알땀을 핥아내듯 키스하며 그는 앞으로 나아갔다. 연우는 얼굴을 찡그렸다 인상을 풀었다 칭얼거리다가 야트막한 탄성을 지르며, 거듭 표정을 바꾸면서 그를 따라갔다.

"하. 연우야."

그 표정을 내려다보는 그 또한 여러 번 탄성을 지었다. 그녀가 이렇게나, 몸까지 결점 없이 완벽한 사람일 줄은 몰랐다. 길게 이어지는 쾌미감은 환각처럼 그를 홀렸다. 분명 그가 리드하는 것이었는데 그가 더욱 빠지고 말았다.

"이연우."

이름을 부를 때마다 그녀의 몸이 꽉 긴장했다. 그 전율은 매번 그에게 곧장 전달되었다.

"사랑해."

실은 준비한 말이 아니었다. 그러나 많은 물음표 속에 선명한 느낌표가 찍힌다. 나는 널 아직도 많이 모르지만, 네가 너무 궁금해서 미치겠지만, 너에 대한 내 마음은 진짜야. 그건 알아둬. 거기서부터 시작하는 거야. 네 마음이 어떻든 난 널 사랑해.

그의 고백으로 마음도 몸도 벅차게 된 그녀의 눈에 눈물이 동그랗게 맺혔다. 그의 입술로 발음되는 자신의 이름이 아름답게 들렸다. 몸을 꽉 채우는 낯선 이물감이 무섭지만은 않았다. 그의 몸은 단단하고 거칠었지만 그가 안겨주는 감각은 결코 부드러움에서 멀어지지 않았다. 그래서 그녀의 몸은 긴장했다 풀어지기를 반복했다.

"너 때문에 죽을 것 같아."

그가 달뜬 공기를 가라앉히듯 낮은 음성으로 말했다.

"그런 말, 하지 말라고 했죠."

어떤 상황에서도 제 본분을 잊지 않는 연우는 울먹이는 목소리로 그의 팔을 찰싹 때렸다. 음절마다 숨이 가빠져 왔다.

"죽는다고 하지 말고, 산다고 하라고요. 나 때문에 살겠다고, 그렇게 말해야지."

철창처럼 그녀를 가두었던 단단한 팔이 움직여 그녀의 손을 다시 잡는다.

"네가 살려. 너만 살릴 수 있으니까."

너만 살릴 수 있어. 그 말에 내내 참고 있던 눈물이 주룩 흘러내렸다. 연우는 그를 힘껏 끌어안았다. 벽처럼 단단해서 무너질 것 같지 않았던 그가 그녀의 위로 무너져 내렸다

둥실 떠오른 열락의 시간 그 후. 선재는 이불을 돌돌 말고 잠이 들어 버린 연우를 애정 어린 눈으로 응시했다. 정말 씻겨주려고 했는데 아내는 만사가 귀찮은 얼굴로 잠이 들었다. 어찌나 곤하게 자는지 그 후 욕망이 다시 채워졌다고 깨울 수도 없었다.

'많이 아프려나?'

그는 그녀의 몸을 염려하며 흐트러진 머리를 뒤로 쓸어 넘겨주고는 조심조심 다가가 그녀의 이마에 키스했다. 그녀가 마지막에 울었던 것이 마음에 걸렸다. 그녀는 마음이 벅차서 그랬다고 털어놓았지만 그 눈물이 애틋하도록 맑아서 선재는 계속 그 순간이 떠올랐다. 그녀가 무슨 말을 하고 싶었던 게 아닐까 해서.

아니, 실은 모든 순간이 가슴에 각인되었다. 죽을 것 같다는 말은 쓰지 말라고 했지만, 정말로 예뻐서 죽을 것 같다. 때로는 아픔을 참아내고 때로는 눈물을 쏟고 또한 수시로 제 기분을 솔직하게 고백해 온 그녀에게 더욱 빠지게 되었다.

나는 그 노트가, 진짜 네 마음이라고 생각하지 않아. 진짜 마음은 여기에 있을 거야. 그녀와의 교감으로 확신하게 된 선재는 그녀의 옆에 몸을 누였다. 잠 속으로 흘러들어가기 직전까지 소중하게 그녀를 바라보았다.

어스름히 빛이 들어왔다. 무너지듯 폭 쓰러져 잠이 들었다. 밤이 날아가버린 것처럼 금방 아침이 찾아왔다. 신체 시계에 맞추어 눈이 뜨인 연우는 자신을 이불째로 폭 안고 잠이든 남편의 고운 얼굴을 알아보고서야 간밤의 일이 다시 떠올랐다. 정말로 밤이 날아가버린 듯 지난밤의 일들이 꿈결처럼 아득했다.

"아아."

하지만 상체를 조심스럽게 일으키다가 뻐근해진 몸이 기억을 떠올렸다. 그는 그녀를 배려해주었지만 그녀가 스스로 감내해야 하는 격통은 어쩔 수가 없었다. 그러나 어젯밤의 눈물은 힘들어서 흘린 건 아니었다.

"네가 살려. 너만 살릴 수 있으니까."

마치 그녀가 미래에 다녀왔다는 것을 알고 있는 듯, 그녀를 의지하며 툭 던진 표현이 그녀의 가슴을 가득 적셨다. 그를 더 사랑해야겠단 다짐을 하게 했다.

아주 약간은 아쉬운 게 있긴 하다. 몹시도 마음을 표현하고 싶어서 때때로 말을 걸었지만, 남편을 웃겨주고 싶었지만 그는 좀처럼 웃지 않았다. 조금만 부드럽게 말을 걸어줘도 좋잖아. 물론 상남자인 당신이 멋있으니 난 앞으로도 이 말을 하지 못하겠지만. 몹시도 상남자였던 그의 모든 것을 떠올리며 연우는 몸을 기분 좋게 뒤틀다가 그를 바라보았다. 아직 수면 중인 남편은 어제와는 달리 순한 양처럼 보였다.

"여보."

이럴 때가 기회인지라, 연우는 나지막이 속삭여보았다.

"여보."

그는 미동도 없다.

"여보."

그래서 문득 그녀는 장난을 치고 싶은 생각이 들었다.

"여부."

며칠 전에, 날 그렇게 괴롭혔었죠? 착하게 쌔근쌔근 자는 나를 깨우려고 온몸을 간질였지.

"오빠."

미우니까 나도 괴롭혀야지. 그녀는 그의 뺨을 손끝으로 콕콕 찔렀다. 그는 역시 반응이 없다. 쿡쿡 웃으며, 그녀는 더 괴롭혔다.

"남편."

하지만 사실 그렇게 밉지는 않다. 아니, 너무 좋아.

"남뿡."

하룻밤 사이에 더 좋아졌나봐요.

"선재야."

연우보다 조금 더 일찍 눈을 뜬 선재는 자신의 품안에서 포근히 잠들어 있는 그녀를 옆에 두고 몸을 움직일 수가 없었다. 그래서 더 눈을 감고 있었는데 옆에서 그녀가 먼저 꼼지락거렸다. 그녀가 바로 몸을 일으키지 않고 자신을 바라보고 있는 것이 느껴져서 그는 능청스럽게 가만히 있어보았다. 자신을 어떻게 깨우려나 궁금해졌다.

"여보."

간질거리는 음성으로 그녀가 그를 불렀다. 그 소리가 너무도 듣기 좋아 그는 잠에서 깨지 않은 척 가만히 있었다. 그동안 그녀의 '여보'는 '여부'로 변형되었다가 '오빠'가 되고 '남편'이 되고 '남뿡'도 되었다. 급기야 아내는 그의 이름을 부르며 볼을 톡톡 건드리기에 이른다. 분명 제 몸을 보호할 어떤 것도 걸치지 않았을 텐데 대체 어쩌자고.

"선재야. 강선재."

혼자 키득거리는 목소리에 선재는 자꾸 올라가려는 입술 끝을 붙잡기가 점점 힘들어졌다. 눈꺼풀을 건드리는 빛을 외면하며 눈을 꼭 감고 있건만 이 여자는 외면할 수 없을 것 같다. 잠시간 목소리가 끊겼다. 이제 좀 눈을 떠볼까 하고 있는데.

"내가 상상이랑 비슷했어요?"

그녀가 낮은 소리로 물어왔다. 질문이었지만 독백이었다. 그러나 좋은 타이밍을 맞이한 선재는 대답을 내놓으며 눈을 떴다. 자신의 볼을 괴롭히던 그 손에 수갑처럼 깍지를 채우고서, 그녀의 위로 냉큼 올라섰다.

"아니."

상상보다 훨씬 더. 선재는 그런 의미로 대답했지만, 달리 받아들이게 된 연우는 놀란 눈으로 숨을 삼켰다. 심장이 다시 요동쳤다. 아침엔 건드리지 말라고 했던 그의 말이 불현듯 떠올랐다. 그녀의 가슴이 또 콩닥거렸다. 그녀의 동그란 어깨를 정면에서 확인한 그의 눈동자가 다시 짙어지고 있었다. 연우는 천천히 내려가고 있는 이불을 꽉 쥐고는 힘을 쓰지 않는 척 능청스레 시선을 옆으로 돌렸다.

"아아, 피곤하다. 더 자야겠다……."

"잠 다 깬 거 아니었어? 날 애타게 부르시던데."

선재가 놀리듯 말했다. 어제와는 달리 입가에 미소가 고여 있었다. 그래서 연우는 조금 안심이 되었다.

"잠꼬대였어요, 잠꼬대."

그녀 또한 미소를 보여주며 대답했다.

"한 번만 더 해봐. '여보'라는 말 뒤에 딸려 오는 말들이 많던데?"

"잘못했어요."

연우가 다시 배시시 웃었다. 상황을 모면해보려는 의도였다.

"너무 웃진 말고, 네가 웃으면 유혹하는 것 같단 말이야."

그녀의 척추를 쓸며 손을 내리자 그녀가 몸을 파들 떠는 것이 느껴졌다. 그는 욕심을 거두어야 했다. 그녀가 잠에서 깬 직후, 몸이 쑤시는 듯 앓는 소리를 냈다는 걸 알고 있다.

"잘못했다고 그러는 게 아니라, 귀여워서 그랬어."

선재는 더 괴롭히지 않겠다는 의미로 연우의 어깨에 촉, 입술을 내렸다. 그녀의 몸에서는 은은한 단맛이 난다. 그 순간에도 연우는 흠칫 반응하며 어깨를 움츠렸다. 으아 부끄러워. 아무래도 어젯밤엔 내가 아니었나봐. 어찌 그런 용기가 났던 건지. 홍조가 떠오른 그녀의 뺨에 그가 바싹 얼굴을 붙이고서 물었다.

"씻겨줄까?"

도리도리.

"나도 싫은데. 씻겨주고 싶은데."

연우는 더욱 크게 고개를 저었다. 필사적으로 그것만은 피하고 싶었다.

"얼른, 씻어요…… 출근 준비 해야죠."

그녀가 더듬더듬 말했다.

"……알겠어."

잠시 후 그는 아쉬운 마음을 털어내며 일어났다.

'와아……'

덕분에 연우는 좋은 걸 감상하게 됐다. 어제도 그의 맨몸은 충분히 봤지만 뒷모습을 보는 것은 또 처음이었다. 어깨가 떡 벌어져 완벽한 역삼각형의 몸은 군살 하나 없이 탄탄했다. 그 정중앙에 움푹 파인 등골은 브리프 안쪽까지 이어져 아찔하도록 섹시했다. 예전 같으면 저 모습을 보아도 멋있다, 멋있다, 하며 마른침만 삼켰을 텐데 이젠 자연스레 야릇한 상상을 하게 된다. 아 이러다가 변태 되겠어. 연우는 차분히 멀어지는 그의 뒷모습을 보며 몰래 발을 굴렀다. 그들의 진짜 부부 생활은 이제 막 시작이었다.

출근 준비를 다 하고 나온 선재는 본사로부터 오늘 아침 회의는 오후로 미뤄졌다는 연락을 받았다. 오전시간이 여유로워진 것이다. 욕실에서 씻고 나온 아내는 어기적어기적 걸음을 옮기고 있었다. 그의 앞에서는 아무렇지도 않은 척했지만 간밤의 일은 후유증이 남은 모양이었다.

"몇 시까지 출근해?"

"10시까지요."

"일정이 뒤로 미뤄졌는데 같이 나갈까? 데려다줄게."

"네. 얼른 준비하고 나올게요."

연우는 총총 뛰어서 방으로 들어갔다. 부지런히 단장하는 동안 몸 여기저기가 콕콕 쑤셨다. 그래도 그 느낌이 싫지는 않았다. 남편이 한결 부드러워진 것도 기분이 좋았다. 이대로 부디, 우리의 시간들이 행복으로 가득 채워졌으면 한다. 준비를 마치고 거실로 나가려는데 탁자 위에, 눈에 걸리는 것이 있었다.

검은색의 지갑. 선재의 것이라는 걸 연우는 한눈에 알아보았다. 그간 잊고 있었던 기억이 떠오르며 심장이 쿵쿵거렸다. '다른 미래'에서의 장례식날, 연우는 그의 지갑 안에서 자신의 사진을 발견했다. 그것은 그녀를 충격에 빠뜨렸다. 그가 자신을 좋아하고 있었던 것인가 하여 혼란스러웠었다. 그때를 생각하니 가슴이 울렁거렸다. 연우는 떨리는 마음으로 지갑을 열어 보았다.

'없네.'

다행히도 지갑의 앞면에 그녀의 사진은 없었다. 아무래도 사진은 이후에 넣은 모양이다. 그렇다면 언제 넣었을까? 궁금하지만 이제 물어볼 수가 없다. 아니, 영원히 물어볼 수 없어도 괜찮다. '다른 미래'와 똑같은 일이 일어나지 말아야 한다. 그렇게만 된다면 자신의 답답함 같은 건 영원히 그대로 남아도 아무렇지 않을 것이다. 굳어진 마음으로 지갑을 닫으려 하는데 무언가가 턱 걸렸다. 지갑의 주머니에서 삐쳐 나온 두툼한 종이가 보였다.

'설마……'

연우는 손끝에 걸리는 종이를 빼냈다.

하아아. 긴 탄식이 흘러나왔다. '다른 미래'에서 지갑의 앞면에 들어가 있던 그 사진은 지갑의 속주머니에 있었던 것이다. 결혼식 당일의 사진. 웨딩드레스를 입고서 수수하게 웃고 있는 자신의 독사진.

명치에 찌르르한 통증이 전해진다. 울컥 눈물이 나올 것만 같았으나 후다닥 눈을 비벼내고선 사진을 빼내 주머니에 넣었다.

연우를 기다리며 거실을 서성이던 선재는 TV 옆에서 연우의 휴대폰을 발견했다. 씨익 웃은 선재는 휴대폰을 주머니에 넣었다. 장난기가 생겼다. 연우가 휴대폰을 찾아서 돌아다니는 것을 지켜보다가 나중에 건네줘야겠다고 생각했다. 잠시 후 출근 채비를 마친 연우가 방에서 나왔다. 연우는 나오자마자 선재에게 지갑을 건넸다.

"이거요."

"아, 고마워. 옷 갈아입다가 빼놓고 안 챙겼네."

자신이 빼먹었던 지갑을 곧장 건네는 선한 아내에게 장난을 치려고 했던 선재는 문득 머쓱해졌다.

"넌 뭐 잊은 거 없어?"

"난 없는데요."

그러나 선재의 질문에도 의기양양한 그녀의 태도에 선재는 픽 웃음이 났다.

"그래. 가자."

휴대폰은 나중에 돌려주어야겠다고 생각했다. 학교에 도착할 때까지도 연우는 제 휴대폰을 찾지 않았다. 달리 대화를 나눈 것도 아니었다. 그녀는 멍하니 상념에 빠진 듯했다. 선재는 그녀가 무슨 생각을 하는지 궁금해졌다.

"다 왔어. 무슨 생각해?"

"아, 하하. 아니에요."

연우는 무안한 듯 웃어넘기고는 조수석의 문손잡이를 잡았다.

"다녀올게요. 저녁때 봐요."

휴대폰을 챙겨야 할 텐데, 끝까지 찾지 않을 모양이었다. 결국 선재가 먼저 말을 꺼냈다.

"뭐 잊은 거 없어?"

"네?"

"잊은 거. 잘 생각해봐."

"아."

멍하니 눈을 굴리던 연우가 그의 얼굴에 쪽, 하고 입맞춤했다. 뺨도 아니고 입술도 아닌 어정쩡한 자리였다. 그래도 기분은 좋았다. 그녀를 향해 몸을 기울인 선재는 제대로 된 키스로 화답했다. '어……' 하며, 잠깐 당혹스러워한 그녀의 음성이 그의 안으로 뭉그러졌다. 입술은 금방 떨어졌다. 하지만 짧은 시간 애정을 담뿍 담은 키스는 연우에게 다시금 진한 행복을 맛보여주었다. 붉어가옥 썼어낸 연우는 수줍게 웃었다.

"이건 당연한 거고, 또 잊은 거 있지 않아?"

그런데 그가 또 질문했다. 고개를 갸웃거리던 연우는 가방을 열어 보았다. 그제야 휴대폰을 챙기지 않았단 사실을 깨달았다.

"헉. 휴대폰을 두고 왔어요. 오늘은 우리 둘 다 뭘 하나씩 빼먹네요."

선재는 주머니에서 바로 휴대폰을 꺼내어 그녀에게 건넸다.

"자."

"오오!"

휴대폰을 받아든 연우가 입술을 둥그렇게 오므리고는 환호했다.

"고마워요."

연우의 깜찍한 반응에 선재는 놀리듯 농담했다.

"나 없으면 어떻게 하려고 그래."

"못 살아요."

의외로 그녀의 대답이 스프링처럼 튀어나왔다. 한시도 망설일 수 없는 대답. 연우에게 그 말은 농담이 아니었다. 농담일 수가 없었다. 그녀는 촉촉이 젖은 눈동자로 그를 바라보았다.

"여보 없으면 이제 못 살아요."

그러니까 평생 내 옆에 있어요. 그녀의 눈동자 안에 가득 찬 자신의 얼굴을 확인한 선재 또한 가슴이 괜스레 먹먹해졌다.

나야말로 네가 없으면 살 수 없을 거야.

"이제 얼른 가. 10시 다 돼간다."

좀 더 함께 있고 싶은 마음을 누르고서, 그가 인사했다.

"이따 봐요."

유리알처럼 맑게 빛나는 눈으로 거듭 미소지어주며, 연우도 그에게 인사했다. 연우가 잰걸음으로 떠나는 것을 지켜보는 선재의 안에서 뭉클한 것이 생겨났다.

어느새 그녀의 예전 방에서 발견한 노트에 대한 의심을 저편으로 접어두게 되었다. 그 노트는, 그녀의 것이 아닐 것이다. 어쩌면 그녀가 이상한 협박을 받고 있는 것일 수도 있다. 자신의 사무실로 수상한 사진이 배달돼 온 것처럼 그녀 또한 생각지도 못한 일에 휘말린 것일 수도 있다.

역시 그 노트에 대해 물어봐야겠어. 그녀가 위험에 처한 거라면 내가 구해줘야 되니까. 위험에 빠졌을지도 모른다고 생각하니 그제 곧바로 물어보지 못한 게 후회되었다.

'그래. 오늘 저녁때 물어보자.'

선재는 마음을 단단히 굳혔다.

시간이 유유히 흐르고, 오후에는 그룹 임원회의가 있었다. 그룹 내의 중요한 안건들을 정리하는 자리였다. 선재는 프레젠테이션을 직접 진행했고 임원들의 호응을 얻었다. 회의가 순순하게 마무리되고, 한숨 돌린 선재가 화장실에 들렀다가 나오는 길. 막 화장실에 들어온 마진태가 그를 지나치며, 의미를 이해할 수 없는 말을 툭 던졌다.

"이혼 준비는 잘돼가시는지."

밖으로 나가려던 선재의 발이 멈췄다. 화장실에는 두 사람뿐이다.

"말씀이 참 경박하네요."

"왜요. 그런 얘기는 아직 안 나옵니까?"

마진태 또한 물러섬이 없었다.

"이혼 조짐이 있을 텐데."

비릿한 비웃음을 포착한 선재가 마진태의 멱살을 확 잡았다. 워낙 순식간에 일어난 일이라 피하지도 못하고 붙잡힌 마진태는 몸을 부르르 떨었다.

"으윽. 뭐, 뭐……야?"

"당신이야말로 무슨 말을 지껄이는 거야?"

선재가 서릿발같이 차가운 음성으로 따졌다. 문득 연우의 예전 침실에 놓여 있던 노트는 마진태가 보낸 것이 아닐까 생각했다. 아내가 마진태 집안에게 협박당하고 있는 거라면…….

"연우를 협박했나?"

"무, 무슨 소리야?"

"그런 거라면 죽여버릴 거야."

"내, 내가 아는 이연우는 사람을 깊게 못 사귀는 아이라, 한마디 한 거라고."

마진태가 멱살이 잡혀 일그러진 얼굴로 말했다.

"헛소리하지 마. 당신이 나한테 사진 보낸 거 알아."

"무, 무슨……."

시치미를 떼고 있지만 선재의 눈엔 마진태의 눈동자가 진실을 피해 요동치는 것이 잘 보였다. 머리카락 끝이 쭈뼛 섰다.

"내 아내한테 노트를 보낸 것도 당신이지? 아니면 옥승혜인가?"

"무슨 소린지, 컥, 놓고 얘기해."

이번엔 마진태의 눈이 크게 뜨였다. 사진에 대해 추궁했을 때와는 반응이 달랐다. 그렇다면 아내에게 노트를 보낸 사람은 마진태가 아니라 옥승혜인가. 선재는 그의 멱살을 움켜쥔 손을 툭 놓았다. 얼굴이 시뻘게진 마진태가 켁켁거렸다.

"이봐! 무슨 얘기하는지 모르겠네. 노트가 대체 뭐냐고!"

마진태는 정말로 노트에 대해서는 전혀 모르겠단 표정으로 소리쳤다.

"노트가 뭐야? 대체 노트에 뭐가 있길래. 무슨 협박이 써 있길래!"

마진태가 고함치는 소리를 듣고 밖에 있던 직원이 달려왔다.

"그놈의 노트, 뭔지도 모르겠는 그 노트에 내 글씨가 있었어? 대체 그게 뭔데!"

'글씨'에 대한 지적에 선재는 잠시 멍해졌다. 기억을 더듬어보았다. 노트 안의 글씨체는 분명 연우의 것이었다.

화장실에서 있었던 소란에 대해, 아버지께 한 소리를 들은 선재는 일찍 퇴근했다. 일이 머리에 들어올 수 없는 상태였다.

순서가 약간 잘못된 것은 스스로 반성했다. 자신이 경솔했다. 마진태에게 손을 먼저 휘두른 게 실수였다. 마진태는 뱀처럼 음흉하고 사악한 놈인데. 이것을 빌미로 어떤 약점을 잡을지 알 수 없는데.

집에 돌아와 옷을 갈아입은 선재는 슈트 재킷에서 지갑을 꺼내다가 툭 떨어뜨렸다. 펼쳐진 지갑을 줍기 위해 허리를 굽혔던 선재는 멈칫했다. 지갑 안에 들어 있던 사진이 제자리에 없었다. 가뜩이나 마음도 뒤숭숭한데. 부적을 잃은 기분이었다. 선재는 연우에게 언제 집에 돌아올지 물어볼 겸, 전화를 걸었다.

[여보세요.]

"어디야? 난 퇴근했는데."

[이제 가려고요. 오늘도 일찍 퇴근했네요?]

수화기 너머로 정다운 목소리가 들렸다.

"그래. 기다릴게, 얼른 와. 그리고 혹시."

선재는 곧장 질문했다.

"내 지갑에 들어 있던 사진 꺼냈어?"

[아, 네.]

연우의 목소리가 무겁게 들려왔지만 선재는 다행스러웠다. 누군가 손을 댄 게 아니라 아내가 발견한 것이라서.

"왜?"

선재는 다정하게 물었다.

[그냥. 갖고 싶어서요. 안 돼요?]

"그럼 내가 똑같은 걸로 인화해줄게. 사진 어디 있어? 집에 놔뒀어?"

선재는 침실로 걸음을 옮기며 물었다.

나한테 부적 같은 거야. 얼른 말해줘."

[아아니. 사실은.]

선재의 음색과는 달리 여전히 어두운 목소리가 그의 걸음을 우뚝 멈추게 했다.

[그 사진은 조금 마음에 안 들어서요. 왠지 웃는 게 부자연스럽기도 하고.]

"그날 어땠는지 기억나? 그날 너, 그때 딱 한 번 웃었었어."

결혼식날의 이연우를 기억하고 있는 선재가 상냥하게 말했다. 이제는 그때를 추억하며 웃을 수 있지만, 그날은 그 또한 행복하게 웃지 못했었다.

[그래도 난 별론데. 마음에 안 드는데.]

아련해진 그와는 달리 그녀의 목소리는 자못 무뚝뚝하게 들렸다. 선재는 의아해졌다.

[그냥, 내가 다른 사진으로 보내주면 안 돼요? 사진 잘 찍어주는 선

배가 있어서 저 독사진 많아요.]

사진 잘 찍어주는 선배라는 건 신희진을 얘기하는 거였다. 선재는 울컥 짜증이 났다.

"아니. 난 그걸로 해야 되겠어. 다른 건 안 돼. 싫어."

그는 고집을 부렸다.

[그건 버렸어요.]

무책임한 목소리가 돌아왔다. 그는 자신이 잘못 들었나 생각했다. 버렸다니. 왜? 왜 내게 의견을 구하지도 않고서.

"왜 내 의견을 물어보지도 않고 내 물건을 버렸지?"

연우가 사진을 버렸다는 말에, 선재는 연우에게 왜 자신의 물건에 손을 대냐고 핀잔을 놓았다.

[그게 어떻게 선배 물건이에요. 그건 내 거예요. 내가 찍힌 내 사진이잖아요.]

수화기 저편에서 연우 또한 야박한 목소리로 따졌다. '여보'에서 또다시 '선배'가 되었다. 선재는 기분이 언짢아졌다. 아침과는 달리 아내가 멀게 느껴졌다. 모든 게 연애 감정에서의 밀당이라면, 그녀는 천부적인 능력자였다. 그를 쥐락펴락할 수 있으니 말이다.

"일단 집으로 돌아와서 얘기해."

다소 무뚝뚝해진 목소리로 전화를 끊었다. 전화를 끊은 후, 얼마 뒤에 문자가 왔다.

―짜증내서 미안해요. 그런데 이미 버린 사진은 어쩔 수 없으니 다른 걸로 해요.

그 차분한 문자가 마음을 긁었다. 그녀의 마음이 대체 어디 있는지 점점 모호해지는 것 같았다. 가까이 있을 때는 충분히 가까운 느낌인데 곁에 없을 땐 이따금 남처럼 멀게 여겨진다. 어제의 교감, 그리고 오늘 아침의 다정한 아침 인사, 그가 없으면 못 살 거라며 진지하게 반짝이던 눈빛…… 그 모든 게 사라진 사진처럼 행방불명이 되어버린 것 같았다. 무얼 믿어야 되는지 헷갈렸다. 마음이 뒤숭숭했다.

'아니지. 정신 차리자.'

흥분하지 말고, 하나씩 해결해보자. 하나씩.

선재는 연우의 예전 침실로 가서 서랍들을 열어 보았다. 문제의 노트를 찾기 위해서였다. 역시 불안의 불씨는 그 노트였다. 아니, 그 노트가 다였다. 물론 그 이전에 누군가 그에게 이상한 사진을 보내온 사건이 있었지만, 그것은 사진 자체가 그다지 민감한 이미지는 아니었기에 수월하게 넘길 수 있었다. 그녀가 낯선 남자와 거리낌 없이 인사를 해왔다는 게 걱정되긴 했지만 그래도, 그건 이해할 수 있다. 위험하다면 그가 더 확실하게 지켜주면 된다. 그 노트 때문에 그녀가 떠날까 불안해졌고 그래서 신경이 곤두섰다. 이제 그 불안을 정리해야 한다.

남의 물건을 뒤져본 적이 한 번도 없었기에 양심의 가책이 커 부지런히 몸을 움직이지 못했다. 서랍을 뒤진 지 한참 만에 노트를 발견했다. 노트가 깊숙한 곳에 있었다는 것은 그녀가 뭔가를 깊이 숨기고 있다는 증거이기도 했다. 노트를 쥔 손이 떨렸다. 누군가가 가슴 속에서 심장을 북채로 쿵쿵 두드려대고 있었다.

노트를 펼쳐 보았다. 이번에도 역시 '이혼'이라는 글자가 가장 먼저 들어온다. 그리고 그 윗줄, 그의 화상 사고에 대한 메시지도 짧게 기술되어 있는 것이 보였다. 그리고 가장 위에 있는 말은…… '다른 미래'.

이건 무슨 말일까. 반듯한 한글임에도 해석하기 힘든 암호들 같았다. 넌 무슨 의도로 이런 글을 썼을까. 이 글대로, 우리는 지금 차분히 이혼을 향해 가고 있는 건가? 진실을 들어야겠다. 그것이 어떤 고통에 닿을지라도.

선재는 노트를 가지고 거실로 나왔다.

선재와의 전화 통화를 끝내고 문자메시지를 보낸 연우는 시름에 잠겼다. 선재에게서는 답문이 돌아오지 않았다. 사진을 정말로 버린 건 아니지만 돌려줄 수는 없었다. 솔직히, 사진 파일이 있다면 다시 인화할 수도 있는 것인데 예민하게 구는 선재에게 서운했다.

그래도 역시 화해를 해야겠다는 생각으로, 연우는 집으로 들어가는 길에 치킨을 샀다. 화해엔 치킨이지. 치킨 두 마리를 들고 집으로 돌아오는 길은 조금도 힘들지 않았다. 금방 집에 당도한 연우는 밝은 모습을 연출하며 현관문을 열었다. 선재는 거실에 있었다.

"저녁 안 먹었죠."

아직 사진에 대한 화가 풀리지 않은 게 너무도 잘 보이는 심각한 표정. 좀 전에 짜증을 낸 것이 다시금 미안해진 연우는 조심스럽게 말을 꺼냈다.

"아…… 미안해요. 그 사진에 그렇게 애착을 가지고 있을 거라고 생각 못 했어요. 그냥 내가 마음에 안 들어서 버렸는데."

"그래. 알았어."

연우의 사과에 선재는 알았다고 했다. 이제 사진은 신경 쓰이지 않았다.

"나도 예민하게 굴어서 미안해."

마음만 먹으면 사진은 다시 구할 수 있었다. 또한 그녀가 그토록 마음에 안 들어 한다면 가지고 다니지 않을 수도 있었다. 문제는 사진이 아니다. 선재는 곧장 다시 말문을 열었다. 오늘의 대화로 우리의 관계가 멀어지지는 않길 바라. 오해가 풀리고 더 가까워지길 바라.

"난 네 말을 믿을 거야. 뭐든 다 믿을 테니까 빠짐없이 얘기해."

이제 그녀의 말을 들을 준비가 되었다. 단, 한 가지는 못 박아두고 시작해야 했다.

"단, 이혼은 안 돼."

요구가 아니라 실은 애원이었다. '이혼'이라는 말을 다시 꺼내려니 가슴이 아렸다.

"이혼은 안 해줘."

그는 간절했다. 그러나 심각하고도 진지한 그의 표정과는 다르게 연우는 무슨 뚱딴지같은 소리냐는 듯 눈을 동그랗게 뜨고 있었다. 그녀는 멍한 표정으로 손에 들고 있던 것을 바닥에 내려놓았다.

연우의 표정에 그는 왠지 조금은 안심이 되었다. 자신이 잘못 짚은 것일 수도 있겠다는 생각을 잠시 했다. 그래서 그다음, 용기 있게 노트를 집어들 수 있었다.

"이 노트."

선재는 노트를 들어 보이며 연우에게 물었다. 각오했지만 심장이 격하게 뛰었다.

"네 거야?"

제발, 아니라고 해줘.

그러나 그의 기대와는 달리, 연우의 표정이 순식간에 확 변했다. 충격을 받은 듯 하얗게 질려 눈동자를 파르르 떠는 아내의 모습이 낯설었다. 침묵은 잔인했다. 몇 마디 대답보다 확실한 진실이었다. 이 노트는 그녀의 것이다. 가슴속에 묵직한 돌이 내려앉는다. 언제나 눈이 부시도록 빛이 났던 그녀를 앞에 두고도 눈앞이 먼지처럼 캄캄해졌다. 끔찍한 장면을 지워내겠다며 용을 쓰는 눈이 꽉 감겼다가 뜨였다. 울컥하는 마음을 꾹 참고서, 정신을 붙잡고서 다시 물었다.

"이 노트에 적힌 게 대체 뭐지?"

고요한 실내가 소름 끼치도록 낯설었다.

"말해."

"……."

"당장 말해."

그녀는 버티려는 듯 목소리를 내지 않았다.

"말해. 누가 널 협박하고 있나?"

그녀 스스로 그런 끔찍한 말들을 썼다고는 믿을 수 없어서 그는 상상력을 보태어 물었다. 차라리 그랬으면 했다. 그녀를 미워하고 싶지는 않다. 그러나 아주 천천히 그녀가 도리질 쳤다. 선재도 그녀를 따라 고개를 내저었다. 노트가 온전히 그녀의 것이라는 사실을 인정하고 싶지 않았다.

"네가 작정하고 쓴 건 아닐 거야."

눈감아주겠다. 이대로 묻어버리자. 이 정도는 그냥 넘어갈 수 있어.

"그러니까 너도 잊어. 그냥 버려."

나도 잊을 테니까 너도 잊어. 이따위 것이 우리 사이를 엉망진창으로 만들 수는 없잖아. 선재는 그녀의 대답을 더는 기다리지 않고, 들고 있던 노트를 아무렇게나 펼쳐 두 쪽으로 찢어버렸다.

"하아아……."

그런데, 그동안 아무 대답도 내놓지 않던 그녀가 뜻밖의 반응을 보였다. 그녀는 충격을 받은 듯 숨을 거칠게 토해냈다.

"안 돼요⋯⋯."

그제야 그녀가 목소리를 내었다. 눈에는 눈물이 그렁그렁했다. 그녀가 처음 보인 반응은 그런 것이었다. 노트를 감싸는 것. 선재는 이전보다 더욱 암담해졌다. 왜. 이깟 노트가 뭐라고. 이런 끔찍한 말들이 적힌 노트가 뭐 그리 중요하다고. 그의 마음 또한 종이쪽처럼 찢어졌다. 참혹한 상상이 이어졌다. 난 네 시나리오에 맞춰 착실하게 연기해주는 배우였던가. 내 품에서 떠나지 않게 만들었다고 생각한 것도 내 착각이었나? 어젯밤 그, 환희에 가득 찼던 시간들까지도? 행복을 품었던 과거가 뒤집어진다.

"뭐가 안 돼."

무표정이 되어버린 그가 두 쪽으로 찢어진 노트를 한 번 더 찢었다. 실은 속으로 울음을 몇 번 삼켰다. 그의 인생에서 이토록 큰 배신감을 안겨준 사람은 없었다. 여러모로 넌, 참 많은 처음을 경험하게 하는구나. 그렇다면 나도 가만있을 수는 없지. 네 뜻대로 되는 건 없을 거야. 이혼 같은 건 하지 않는다. 어떤 설득과 애원도 소용없을 거야. 지금껏 날 속인 거라면 그 대가를 톡톡히 치르게 해줘야지. 아무 데도 못 가게 할 거야. 어디 숨 막히게 살아봐. 널 이 집에 가두고 평생 나만 보게 하겠어. 지긋지긋하도록.

그의 눈에는 광기가 스며 있다. 단단히 오해하고 있었다. 연우는 충격을 감추지 못했다. 그녀의 마음도 갈가리 찢기는 듯 아팠다. 눈물을 참아내느라 실핏줄이 터진 눈이 붉어졌다. 안 돼. 그건⋯⋯ 그걸 없애면 기억이 사라진다. 연우는 쫓아가 그의 팔을 붙잡았다. 아픈 기억이지만 반드시 붙들고 있어야 되는 기억이었다. 시간이 무사히 흐를 때까지 지켜야 되는 기억이었다. 물론 몇 번을 되짚어보았기에 외우다시피 한 내용도 있었지만 그렇지 않은 내용도 있었다.

"이러지 마……."

"싫어."

그가 그녀를 뿌리쳤다. 찢겨진 종잇장들이 너덜거렸다. 그는 노트를 가루로 만들어버릴 작정인 듯했다. 그의 무자비한 행동거지 하나하나에 연우의 숨이 가쁘게 터져나갔다. 이미 형체가 꽤나 변형된 노트를 그가 다시 비틀어 찢어버리려던 찰나.

"그만해!"

연우가 다시 한 번 그를 저지하며 외쳤다. 그를 원망스레 바라보던 눈에서 눈물이 폭발하듯 터졌다.

"얘기할 테니까."

흐으윽. 그녀는 일그러진 얼굴로 주저앉았다. 울음이 생각보다도 많이 거셌다. 눈물을 폭포수처럼 쏟아내던 그녀는 기어이 몸을 접어 바닥에 엎드려 꺽꺽거렸다. 어엉엉. 그녀의 눈물이 금세 그의 발끝을 적셨다.

이걸 찢어버리는 게, 너에게 그토록 아픈 일이라고? 여전히 그녀의 눈물에는 마음이 약해지고 마는 선재 또한 반응을 잃었다. 죽겠다며 발악하듯 우는 것만 같았다. 진실을 들으려고 했다가 그녀를 잃을까 무서워졌다. 그녀의 마음을 갈가리 찢는 것이 목적은 아니다. 선재는 연우의 어깨를 붙잡아 일으켰다.

"대체 왜 그래! 네가 말해야 널 도울 수 있잖아."

그 또한 답답하여 격앙된 목소리로 추궁했다.

내가 지켜봐온 너는 내 건강을 누구보다 염려하고 본인의 상처보다 내 상처를 우선시해. 번식력이 좋은 식물을 사랑하고 해가 떠오르는 것을 보며 예쁘다고 울어. 오르골의 고운 소리를 밤새 듣겠다고 우직하게 앉아 있기도 해. 그런 네가, 그럴 수는 없다는 거 알아.

여전히 그녀가 함정에 빠져 있다는 생각을 지울 수가 없다. 이 괴상한 노트에 이리도 집착할 만큼 넌 깊은 함정에 빠진 거야…… 그는 다시 한 번 그녀의 대답을 기다렸다. 잠시 후, 연우의 목소리가 울음과 함께 흘러나왔다.

"난……."

선재는 입을 다물고서 그녀를 응시했다.

"미래에서 왔어요."

결국 연우는, 아주 힘겹게 이야기를 꺼냈다. 이 얘기를 하고 싶지 않았다. 죽을 때까지 하고 싶지 않았어. 내가 미친 거여도 좋으니까, 내가 경험하고 온 세계가 그냥 개연성 없는 환상 같은 거였으면 했어. 여전히 그런 마음이야.

시간이 흘러, 내가 미리 경험한 100일의 시간이 모두 다른 사건으로 덮여버린다 해도 그때의 당신은 사라지지 않는다. 그때의 당신은 '다른 미래'에 그대로 남아 있을 것이다. 어제는 세상에 있었고, 오늘은 세상에 없는 채로. 죽은 사람이 되어, 작은 나무가 되어 그곳에 뿌리를 내렸다. 그때 거기서 생을 마친 당신에게 나는 이제 용서를 구할 수도 없어…….

"당신이……."

말 한마디 한마디 내뱉는 것이 사무쳤다. 이 말을 들은 당신이 제발. 아무것도 포기하지 말았으면 좋겠어.

"세상을……."

힘을 잃지 말았으면 좋겠어. 무너지지 말았으면 좋겠어.

이혼확정을 받았던 그날, '잘 살아. 그 후련한 마음으로'라고 말하며 악수를 청하던 당신, 맞잡았던 손, 손바닥을 통해 전해졌던 따끈한 온기, 이혼 기념 선물이 뭐냐는 물음에 인사로 대신하던 당신의 미소까지. 내가 혼자 간직하고 그리워하고 아파할 테니까 당신은 슬퍼하지 않았으면 해.

"떠나는…… 미래에서."

눈물이 눈앞을 막아 잔뜩 흐릿해졌다. 하지만 그의 눈동자가 풍랑을 견디는 나뭇가지처럼 흔들리는 것은 또렷하게 담긴다. 애써 멀리 두었던 슬픔의 거리가 성큼 가까워진다. 연우의 가냘픈 몸이 그의 가슴으로 기대듯 무너져 내렸다.

난 정말 이 얘기를 하고 싶지 않았어.

햇빛

연우의 가족은 여덟 살 때까지 할머니와 함께 살았다. 할머니는 삼 년여의 투병생활을 했었고 결국 시한부 선고를 받았다. 일 년 이상 살지 못할 거라는 의사의 말에 할머니는 마음이 더 먼저 병들어갔다. 삶보다 죽음이 가까운데 자식들에게 짐이 되는 것이 견딜 수 없었던 것이다. 연우의 할머니는 시한부 선고를 받은 지 육 개월 만에 세상을 떠났다. 연우의 아버지는 환자 본인에게 시한부 선고를 했던 의사를 오래도록 원망했다. 할머니를 가까이에서 지켜봐온 연우는 어린 나이였지만, 마음의 경계라는 것이 있다는 걸 알게 되었다.

경험에서 얻은 교훈이 있었기에, 연우는 선재에게 더욱 그 말을 하고 싶지 않았다. 당신 죽을 수도 있어요, 누가 그 말을 듣길 원하겠는가.

달리 오해의 골을 메울 수 있는 방법이 있었다면 연우는 주저 없이 다른 방법을 택했을 것이다. 그러나 방도가 없었다. 오늘의 모든 일들이 너무 순식간에 벌어졌고 심각했고 이미 오해는 꽤나 커져 있었다.

그래서 연우도 마음속의 울분을 터트리듯 진실을 쏟아내고야 말았다.

　그나마 다행스럽다고 해야 할까. 선재는 연우의 그 희한한 고백에 그저 미간을 구길 뿐 헛소리를 한다며 분노하지는 않았다. 사실 그건 연우가 너무 많이 울어서, 다른 생각을 할 여유가 없어졌기 때문이었는데 그 바람에 연우는 평평 울고 나서 더듬더듬 이야기를 시작할 수 있게 되었다.

　"얘기할게요. '다른 미래'라는 건……."

　"일단 이리 와."

　선재는 겨우겨우 울음을 멈춘 연우의 말을 끊어내고서 손짓했다. 그는 소파의 카우치 쪽으로 기대앉아서 제 앞자리를 톡톡 쳤다. 일단 안겨서 얘기하라는 거였다. 이리 오지 않으면 얘기도 듣지 않겠다는 고집스러운 표정이었기에 연우는 선재의 뜻대로 해주었다.

　연우가 자신에게로 가까이 오자 선재는 그녀의 허리에 팔을 휘감아 바짝 끌어당겼다. 두 사람은 숨소리가 섞일 만큼 밀착되었다. 선재는 그녀의 몸에 닿아야 마음이 편해질 운명이었다. 길 잃은 강아지처럼 사랑을 달라며 비비적거리게 되는 것이다. 그동안 혼자 얼마나 마음을 썩였던가. 지금의 요구는 선재가 자신에게 주는 격려이자 상이었다.

　그녀의 얼굴이 가까이 다가오자 선재는 당연한 듯이 그녀의 뺨에 입을 맞추었다. 가까이 있으면 그냥 한다, 키스. 왜. 당연한 거니까. 그가 선사하는 선물 같은 설렘 덕에 연우는 방금 전까지의 눈물을 지워낼 수 있었다. 다만 앞으로가 문제다. 이 심각한 주제에 대해 이야기하는 동안 심장의 떨림을 감수해야 하는 것이다.

　"나는 내가 겪고 온 미래를 '다른 미래'라고 불렀어요. 지금이 진짜, 내가 겪고 온 미래는 지금과 다른 미래라는 뜻이에요."

그에게 폭 안긴 입장이 되어 완전히 붙잡힌 상태로, 연우는 백기를 들듯 모든 것을 털어놓았다.

"그 미래에서 우리는 이혼을 했어요. 이혼하기 전에는 별거를 했었고요. 회사 일이 잘 풀려야 안전이혼을 할 수 있다고 해서 나는 제이그룹 일에도 관심을 가질 수밖에 없었어요. 하지만 그건 다 기사로 얻은 정보라서 노트에 썼던 제이그룹에 대한 내용은 그리 정확하진 않을 거예요."

"아니야. 꽤 정확했어. 그래서 더 놀랐지."

"미안해요. 놀라게 해서."

그가 혼자 마음고생했을 걸 생각하니 연우도 마음이 아팠다. 그런데 그는 이미 다 털어낸 듯했다. 그저 연우의 사과에 맞추어 키스를 한번 더 하는 것으로 그간의 맘고생을 갈무리했다. 연우는 그의 표정을 살펴가며 조심스럽게 계속 말을 이었다.

"그 노트에 적힌 대로, 2월 1일에 이혼을 했고, 3월 2일에 이혼 확정을 받았어요. 그리고 그날 사고가 난 거예요. 3월 4일에는…… 장례식이 있었고."

그녀의 머리를 쓰다듬으며, 그녀의 어깨와 목을 어루만지며, 더 바짝 끌어당기며 담담하게 이야기를 들어주던 선재도 '장례식'이라는 표현에는 잠깐 멈칫했다. 하지만 선재는 연우를 미친 사람 취급하지 않았다. 이 수상한 말들을 그는 묵묵히 들어주었다.

"그리고 그 3월 4일에, 나는 11월 25일로 돌아왔어요. 내가 달라진 게 그날이잖아요."

연우의 말에 선재는 눈을 굴리다가 고개를 끄덕였다. 11월 25일의 너. 참 낯설고 귀여웠지. 그토록 두툼하게 벽을 쌓았던 나를 한 방에 무너뜨린 네가 정말 신기했는데. 그랬구나.

이 설명대로라면 그때 그녀의 그 수상했던 행동들 또한 모두 납득이 가능하다. 하지만……

"……내가 미친 것 같아요?"

그의 눈치를 읽은 연우가 먼저 물었다. 선재는 뜨끔했다. 그녀가 미쳤다고 생각하는 건 아니었다. 하지만 아직 완벽히 받아들일 수는 없었다. 그는 상식에 준하는 사고를 하는 사람이었다.

"대답이 없네."

연우는 서운한 내색을 하지는 않았다. 그를 이해할 수 있는 것이다. 완벽한 증거를 내놓지 않고서는 의심받을 수밖에 없다는 것을 그녀도 잘 알고 있었다.

"여태 내 마음을 의심하는 건 아니죠? 난 우리가 이혼하길 바라는 게 아니에요, 절대."

"그래, 그건 납득했어."

연우가 그를 곧게 응시했다. 선재는 웃지도 찌푸리지도 않은 채로 그녀를 바라보았다. 선재가 어떤 판단을 내렸는지 연우는 알 수가 없었다. 자신을 믿어달라는 말을 수십 번 하는 것으로 마음을 얻을 수는 있을까.

"잠깐만요."

잠시 생각하던 그녀는 그에게서 벗어나 방으로 갔다. 방에서 펜과 종이를 가지고 나온 연우는 그가 보는 앞에서 숫자 여섯 개를 써서 그에게 건넸다.

"이게 뭐야?"

"로또 번호요."

숫자 여섯 개를 손에 쥔 선재의 표정이 멍해졌다.

"내 친구 수지 알죠? 이게 수지가 매주 구입하는 로또 번호예요. 수지가 좋아하는 아이돌 아육대 옛날 등번호거든요. 조만간요. 1월에. 이 번호가 로또 2등이 될 거예요. 그럼 날 좀 더 이해할 수 있을 거예요."

이런 것밖에는 방도가 없었다. 시간은 좀 걸리겠지만 정말로 그 번호가 2등이 된다면 그는 그녀를 조금은 신뢰할 수 있게 될 것이다. 하지만 그 이전에 걱정이 앞선다. 믿으라고 하는 것도 믿지 말라고 하는 것도 가슴이 아픈 일이다. 자신이 죽을 수도 있다는 걸 받아들여야 하는 이 사람의 마음은 어떨까. 그가 부디 약해지지 말아야 할 텐데.

"근데 내가 한 말을 안 믿어도 괜찮아요. 그냥 내가, 기억에 오래 남는 꿈을 꿨다고 생각해주면 돼요."

선재를 먹먹히 바라보던 연우가 말했다.

"믿어주지 않아도 아무렇지도 않아요. 내 말을 믿어서 불안해하는 것보다는 차라리 안 믿는 게 더 좋으니까."

하지만 이렇게까지 된 이상 당부를 빼먹을 수는 없다.

"다만…… 조금만 조심해주면 돼요. 과거로 돌아와서 난 절대 이혼을 하지 말아야겠다고 생각했고 그 고비는 이제 넘겼다고 생각해요. 하지만 묘하게도 운명처럼 벌어지는 사고들이 있어요. 특히 이 화상은……."

당부를 하던 그녀가 그의 화상 입은 팔을 어루만졌다. 연우의 눈이 다시 촉촉이 젖어드는 것을 확인한 선재가 분위기를 정리했다.

"알았어. 들을 만한 이야기는 다 들은 것 같네. 조심할게. ……근데 이게 2등이 된다는 거지? 그럼 내가 이 번호로 로또 십만 원어치만 사도 될까?"

그녀를 안심시킨 선재는 유연하게 말을 돌렸다. 그는 연우가 준 종이쪽지를 팔랑거리며 씨익 웃었다.

"허, 돈도 많은 사람이 치사하게 왜 그래요."

순진하게 받아들인 연우는 버럭했다.

"웬만하면 그냥 둬요. 운빨 떨어져요."

"운빨?"

"우리가 가진 운을 다른 데 써버리고 싶지 않아서요."

내게 운이란 게 있다면 그건 다 당신을 위해 소비되었으면 좋겠어. 당신의 생을 지키는 데 도움이 됐으면 좋겠어. 다른 행운은 바라지 않아.

그녀의 말이 우습다고 생각했지만 선재는 반박하지 않았다. 그녀는 내내 순도 백 퍼센트의 진실한 눈을 하고 있었다.

"마음이 어때요?"

계속 그의 상태를 살피던 연우가 조심스레 물었다.

"괜찮아요?"

"괜찮지 않을 이유가 없잖아."

"정말 괜찮아요? 불안하면 얘기해요."

선재는 덤덤한 표정으로 지그시 웃었다.

"네가 말하기 이전이 힘들었지. 하아, 지옥인가 했다."

정말로 암담했었다. 지옥은 세상 저편에 있는 게 아니었다. 노트를 발견했을 때의 그 막막함은 두 번 다시 경험하고 싶지 않다. 내가 사랑하는 사람에게 배신당할 수도 있다는 두려움. 자신의 앞에서 마냥 해맑게 웃는 그녀의 진짜 얼굴이 다를 수도 있다는 의심은 그의 속을 갉아먹었었다. 그것이 해결되니 이제 좀 살 것 같았다. 그녀는 죽음에 대해 말했지만 그는 더욱 삶에 가까워진 느낌이었다.

"그래서 내 건강관리사가 된 거야?"

그녀의 염려와는 달리 실감이 나지 않아서 그런지 몰라도 죽음에 대해서는 정말 아직 별 걱정이 되지 않았다. 어디 한 군데 아픈 데가 있다면 조금 싱숭생숭했을지도 모르겠다. 하지만 그는 진짜로 아무렇지도 않았다. 그녀의 말을 안 믿는 건 아닌데, 믿어야 한다는 걸 알고 있는데…… 약간 묘하다.

"반지를 빼라고 했던 게 그거구나."

네가 겪었던 미래에서 우리가 이혼을 했다는 거지? 난 이제 네가 내 곁에 없는 것이 조금도 상상이 되지 않는데.

"이혼을 해서, 반지를 뺀 거였어."

"우린 안 할 거잖아요."

그가 근심 어린 표정을 짓자 연우가 굳게 말했다. 선재는 다시 피식 웃었다.

"그래. 그러니 걱정 마."

이제 이대로 모든 오해를 정리해도 되겠다는 생각이 들었다. 꽤 후련했다. 그간 인지하지 못하고 있던 치킨 냄새가 강하게 후각을 자극했다. 이제 갈등이 끝났다는 것을 그의 몸이 먼저 받아들였다. 연우를 소파에 잘 모셔놓고 일어난 선재는 현관 앞에서 좋은 향기 홀로 아득한 치킨을 가져왔다. 냉장고에서 콜라도 꺼내 왔다.

"치킨엔 맥주죠."

선재의 움직임을 멀뚱히 지켜보고 있던 연우가 말했다.

"오늘은 콜라야."

"왜요?"

선재는 대답해주지 않고 다시 말을 돌렸다.

"사진은 어떻게 된 거야? 그건 왜 버렸어?"

"사고가 난 후에 여보 지갑에서 그 사진을 발견했거든요. 그때랑 똑같아지는 건 피하고 싶었어요. 아, 그런데 그 사진은 어디서 난 거예요?"

"뭐, 구하기야 쉽잖아. 결혼식 사진 파일을 넘겨보다가 그게 마음에 들어서 인화해달라고 한 거지."

"언제요?"

"꽤 됐어. 일 년도 넘었을 것 같은데?"

"그때는 우리가 친하지 않을 때잖아요."

그의 대답은 '다른 미래'에서의 의문점에 대한 약간의 실마리가 될 것이다. 그는 애초에 날 어떻게 생각했을까.

"몰라. 왜 그랬을까."

선재는 자기도 모르겠다는 듯, 모호하게 대답했다. 하지만 그게 가장 솔직한 대답이었다.

"처음부터 말이야. 우리가 친하지 않았을 때에도 충분히 네가 예쁘다는 생각은 하고 있었으니까. 이 예쁜 사람이 내 아내가 되었으니 당연히 사진 한 장이라도 지니고 다니고 싶고. 실제로 그 웃는 얼굴에 힘이 났었어."

두근두근. 그의 대답이 심장을 건드렸다. 연우의 입술이 수줍게 호선을 그린다.

"지금은 예쁘다는 말로는 부족해졌고."

사랑한다는 말로두 부족하다. 애초부터 그녀가 노트에 대해 어떤 대답을 내놓든 상관없었던 것인지도 모르겠다. 밝혀진 사실이 어떤 끔찍한 것이었더라도 그는 결혼을 지켜냈을 것이다. 그리하여 그녀의 마음을 돌릴 수 있도록 힘썼을 것이다. 그녀에 대한 그의 마음은 변할 수가 없는 거였다.

이번엔 연우가 먼저 그의 목을 끌어안았다. 쪽, 하는 입술 소리가 간지럽게 뺨에 닿았다. 선재는 곧장 고개를 돌려 그녀의 입술을 맛있게 핥았다.

"여보. 나 부탁이 있는데요."

한창 기분이 좋을 때, 그녀가 행복에 겨운 목소리로 말했다.

"응. 말만 해."

그녀의 유혹엔 늘 마음을 내어줄 준비가 되어 있는 쉬운 남자 강선재가 달콤한 키스에 취하여 대답했다. 하지만.

"우리 맥주 마셔요."

"……그건 안 돼. 콜라 마셔."

그녀의 부탁이라면 별이라도 따다 줄 것처럼 굴었던 그는 돌연 그것만은 안 된다는 듯 고개를 내저었다.

"왜요? 속이 안 좋아요? 그럼 콜라도 마시지 마요. 물 먹어요, 물."

그가 맥주를 마다하자 뭔가 문제가 있다고 생각한 그녀가 호들갑스러운 반응을 보였다.

"아니. 그런 건 아니고."

"그냥 먹을 기분이 아니에요?"

"응. 먹을 기분이 아니야."

"하지만 나는 먹을 기분인데. 그럼 나만 마실게요."

"안 돼. 너도 콜라 마셔."

선재는 정색하며 연우에게 콜라캔을 쥐여주었다.

"혹시 아직 화가 안 풀렸어요?"

불안해진 연우가 물었다.

"응?"

"치킨을 앞에 두고 맥주를 못 마시게 할 만큼 나한테 삐친 거예요?"

"후. 아니야……."

선재는 한숨을 쉬며 오해를 정리했다.

"닭다리 줄게. 네 개 다 먹어."

연우는 눈을 깜빡였다. 더 이상 의심할 수는 없게 되었다. 맥주를 못 마시게 해서 실망했지만, 그렇다고 그가 자신에게 삐친 건 아닌 듯하다. 닭다리를 다 양보한다는 건 정말 사랑한다는 거잖아.

맥주를 거른 것 빼고는 만족스러웠던 저녁식사 후. 씻고 나온 연우는 찢어진 노트를 손보았다. 구겨진 종이를 펴고 찢겨나간 조각들을 맞추어 투명테이프로 붙였다. 소중히 여기지만 애증 또한 크다. 이것으로 인해 오해가 생길 수도 있다는 걸 알았다. 이 노트를 정말로 후련하게 찢어버릴 날이 빨리 왔으면 좋겠다.

"노트는 안 버릴 생각이야?"

선재가 다가와 물었다. 그녀의 어깨에 자연스럽게 그의 팔이 감겼다.

"나한테 안긴 느낌이 어때?"

무안해진 연우가 손을 멈췄으나, 그의 나쁜 손은 능청스러운 질문과 함께 그녀의 옷 속을 아슬아슬하게 건드렸다.

"저승사자 같아? 싸한가? 내가 만지면 기분 좋다는 것 외에 생각이 복잡해져?"

"아뇨. 안 그래요."

그가 걱정하는 것이 뭔지 알 것 같았다. '다른 미래'에서 죽어버리는 자신을 그녀가 께름칙하게 여길까봐 걱정하는 것이었다. 그가 품어서는 안 되는 생각이었다.

"정말 안 그래요."

"동정심 때문에 나랑 자주는 건 아니지?"

"그게 뭔 소리예요……."

"그럼 됐어. 노트는 없애버리자."

그는 담백했다. 노트가 없어도 운명을 이겨낼 수 있을 것 같았다. 이미 그 틀을 넘어섰다고 생각한다. 우리가 사랑하게 됐잖아. 이미 내 인생은 그 노트와는 멀어졌는걸. 구원받았는걸.

그러니 그대도 이만 그때의 아픔에서 벗어나길 바란다. 이제 그만, 내가 세상을 떠날 거라는 불안을 지워줘.

"절대 안 죽겠다고 약속할게."

선재는 연우를 다독였다.

"내가 기억하고 내가 조심할 테니까 이제 그만 걱정해."

찢어진 종잇조각을 쥐고 있던 그녀의 손에서 힘이 빠졌다.

"알겠어?"

연우는 끄덕였다. 그를 안심시키기 위해서는 노트를 버리는 방법밖에 없다는 것을 체념했다. 그럼 오늘 밤에 노트의 내용들을 싹 다 머리에 사진처럼 새겨 넣어야지. 그리고 버려야겠다.

그런데, 그 생각을 막으려는 듯 나쁜 손이 아무렇지도 않게 그녀의 옷 속으로 침입했다. 그녀의 쇄골 가까이에 코를 묻은 그가 숨을 들이켜며 그녀가 가진 향긋한 체향을 흡수했다.

"이제 내가 무슨 말 할지 알지?"

어째 목소리가 무시무시하다. 가슴이 선득해졌다. 본능처럼 침이 고여 꿀꺽 삼켰다. 불현듯 그가 왜 맥주를 마시지 못하게 했는가를 떠올려보게 되었다.

"알지?"

이 어둑한 밤에 홀로 양기가 충만하신데 어찌 무슨 말을 할지 모를 수가 있겠는가. 그래도 알면 안 될 것 같다. 연우는 새침하게 대답했다.

"⋯⋯아뇨. 모르겠는데요."

"알려줄게."

손이 지나갔던 자리로 입술을 붙인 그가 그녀의 여린 피부를 부드럽게 빨아들이며 잘근 물어버렸다. 흠칫. 습기 찬 탄성이 약하게 흘러나왔다. 그가 선사하는 자극에 말초신경들이 찌르르 반응했다. 벌써부터 가슴이 쿵쿵거렸다. 안다고 하든 모른다고 하든, 결과는 같은 거였다.

"어제는 말이야 사실, 많이 참았지."

"참⋯⋯았다뇨?"

연우는 선재가 그녀의 피부에 찍어 누르는 입술 도장에 흠칫거리며 더듬더듬 물었다.

"네 눈치를 봤거든. 내가 요구한 거였으니까."

참았단 말이죠⋯⋯ 언제, 어느 시점에서 참았다는 말인지 알 수가 없다. 하지만 더 이상 생각의 여지가 생기지 않았다. 몸도 마음도 간지러워 이성적인 생각들이 밀려나고 있었다.

아. 노트 외워야 되는데. 그래야 이놈의 노트를 후련하게 버릴 수 있는데.

"……부끄럽게도 어제가 처음이어서 그런지 아직도 마음이 극복을 못 했어요."

연우는 어쭙잖은 변명을 해보았다. 그가 말은 그렇게 해도, 늘 자신을 배려해준다는 것을 알고 있다. 다시 그의 성정을 이용해볼 참이다.

"가슴이 울렁거려서요."

"그럼 더 자주 좋은 시간을 가져야 극복할 수 있지 않겠어?"

하지만 그녀의 핑계는 통하지 않았다. 이번만큼은 그 또한 양보할 수 없는 모양이다.

"나도 처음이라 미치게 떨리지만 난 다 뛰어넘을 생각이야. 앞으로를 위해서."

뭐라고요? 연우는 그의 팔에서 벗어나 뒤돌아 그를 빤히 쳐다보았다. 선재는 능청스럽게 계속 말을 이었다.

"둘 다 아무것도 모르니 서로 제대로 알기 위해서는 이런 시간을 자주 갖는 수밖에 없지."

"……처음이요?"

"이제껏 뭘 들었어. 누누이 말했잖아. 나는 네가 처음이야."

그건 아닐 것 같은데. 그런 말은 할 필요 없는데.

"이연우 이전의 여자가 어디 있어."

그 또한 엄청난 것을 믿어주었으니 나도 믿어줘야 될 것 같긴 한데.

"할 거야."

얕은 의심이 길게 이어질 새는 없었다. 그녀의 시야가 이동했다. 선재는 그녀를 번쩍 들어서 침대에 내려놓았다. 그녀를 움직이는 것은 가뿐한 일이었다. 그는 금세 그녀의 윗공기를 점령할 수 있었다.

오늘은 이 방에서 자야지. 그녀가 이 년 동안 생활했던 방인 만큼 조금은 마음이 편안해졌으면 좋겠다. 어쨌든 밀어붙여보지만, 그렇다고 그녀의 의견을 신경 쓰지 않는 것은 아니다. 자신을 바라보는 커다란 눈동자가 심장의 조각처럼 흔들리고 있었다. 그녀가 정말 겁을 먹은 듯하여 상냥하게 말했다.

"싫으면 뿌리쳐."

"어떻게 뿌리쳐요. 움직이지도 못하겠는데."

그의 조언에 그녀가 책망했다.

"아아……."

선재는 뒤늦게 그녀에게 밀착시켰던 제 몸을 들었다. 두 사람의 사이에 금세 공간이 생겼지만 그렇다고 해서 연우가 그를 피할 수 있는 건 아니었다. 연우는 갈등에 휩싸였다. 노트를 외우긴 해야 되는데, 이 남자를 무슨 수로 거절한단 말인가. 그녀가 움직이지 않으니 그녀를 열망하여 바라보던 그의 눈이 더욱 빛난다. 눈꼬리가 서서히 휘어진다. 아아아…… 이걸 어떻게 외면해, 이걸. 당신에게는 마음이 완전히 약해져버리고 마는 나도 참 큰일이야.

그녀의 선홍빛 입술이 더욱 붉어져 선재도 더 이상 견디기 힘들어졌다. 그는 자신의 입술이 원했던 곳을 향해 부드럽게 착지했다. 연우는 입술을 벌려 그의 뭉쳐진 열기를 꿀꺽 넘겼다. 자극을 받아들일 때마다 상념이 이어졌다 끊겼다 했다. 혹시, 내가 꺼낸 말로 그의 머릿속이 복잡해진 건 아닐까. 이런 밤을 보내지 않고서는 잠을 이룰 수 없게 된 건 아닐까. 미래가 두려워진 건 아닐까. 그렇다면 이 애정의 행위가 밤새 이어져도 괜찮다. 내가 당신을 위로할 수 있는 거라면. 그것으로 당신의 불안이 모두 없어진다면.

하지만 그녀의 여념과는 달리 그의 움직임은 섬세하고 정확하고 대담하시다. 느껴지는 불안 따위는 없었다. 그는 그녀가 아찔해지는 순간을 잘도 찾아가고 있었다. 어제가 처음, 그리고 오늘이 두 번째인 사람답지 않게 왜 이리도 능숙한 건지. 아니, 매 순간 발전하고 진화하는 것 같기도 했다. 어제와는 확연히 다른 결로 보아서 말이다. 그의 대담하고도 간질간질한 공격에 연우는 연거푸 시트 자락을 움켜쥐었다. 그러다가 그녀의 피부를 잘근잘근 물며 배꼽까지 내려간 그의 입술을 버티지 못하고서 다급하게 그를 불렀다.

"잠깐요……."

눈물이 핑 돌았다. 기분이 이상해져가는 것을 느꼈다. 하지만 그 야트막한 숨소리에 더욱 정신을 빼앗긴 그는 뒤늦게 움직임을 멈추었다.

"하아. 고맙습니다."

눈물이 고여 영롱해진 눈으로 탄성과 함께 쏟아낸 인사는 그의 심장을 쉽게 강타했다. 아내의 모습을 확인한 쾌감이 더욱 그를 불붙였다. 그녀의 발긋해진 뺨과 귀와, 뜨겁게 체온이 오른 모든 곳을 핥아내고 싶어졌다.

"고맙긴. 지금부터 진짜로 울리게 될 텐데."

그는 티셔츠를 단번에 벗어 던지며 말했다. 진정한 신혼이었다.

울리게 될 거라고 말했지만 그는 그녀가 힘들어하지 않도록 차분히 달래어가며 제 열망을 실어 날랐다. 공기가 후끈했다. 그녀가 자신을 받아들일 준비가 되었을 때쯤 그 또한 더 참을 수 없을 정도로 아슬아슬한 상태가 되었다. 술은 한 방울도 입에 대지 않은 채로 그녀의 눈동자가 녹을 듯이 풀어져 있었다. 가슴이 터져나갈 것 같았다. 빨리 그녀에게 자신의 흔적을 새겨 넣고 싶어 미칠 지경이었다. 늘 먼저 매혹되는 쪽은 그였다. 선재는 그녀의 잘록한 허리를 붙잡아 당겼다. 그녀가 품은 열기가 자신을 집어삼키는 듯했다. 최고였다. 끄윽, 앓는 소리에 그의 탄식이 보태어졌다. 허공에서 떨던 그녀의 손이 올라가 그의 허리를 아득히 끌어당겼다. 노트고 기억이고, 그녀의 머릿속에도 아무것도 남지 않게 되었다. 어두운 공간에서 섬광이 지나갈 때마다 그를 붙잡은 연우의 손이 굽어들었다. 연우는 놓치고 싶지 않아서 재차 손에 힘을 주었다.

농밀한 언어들이 흐르고 넘쳤던 열락의 시간이 몇 번 지난 후, 다시 새 아침. 잠에서 깬 연우의 마른기침 소리에 벌떡 일어난 선재가 주방에서 생수 한 통을 가지고 돌아왔다.

"목마르지. 물 마셔."

느긋하고도 상냥한 음성과는 어울리지 않는 야릇한 눈빛이었다.

"몸은 어때?"

마치 괜찮다고 하면 또 다른 놀라운 세계로 훌쩍 건너가버리고 말, 그런 아슬아슬한 눈빛. 아 미워. 왜 이렇게 밉지? 생수를 몇 모금 삼킨 연우가 입술을 삐죽거리며 말했다.

"아무래도 좀 억울합니다."

나만 서툰 것 같아서.

"많이 힘들어?"

"아니, 그런 건 아닌데요."

그는 그 귀여운 투정에 웃으며 물었다.

"그럼 어떤 게 억울합니까?"

"내가 처음이라고 하지 않았어요?"

"싫어? 내가 경험이 없어서?"

그녀의 의도를 파악하지 못한 그가 다시 물었다.

"혹시 경험 많고 능숙하게 리드해주는 사람이 더 좋아?"

"아뇨!"

그녀는 소리를 높였다. 당황스러웠다. 아니, 여기서 뭘 어떻게 더 리드하겠다는 건데.

"……숙련자 같다고요. 되게 능숙……."

아, 내 입으로 말하기가 거시기하구나. 그녀는 더 말하려다가 중간에 입을 닫았다. 그가 홀로 만족의 시간을 보낸 게 아니었다. 그는, 여전히 사랑의 행위에 대해 부끄러워하고 어색해하는 그녀가 아찔한 위험을 감지한 순간 어김없이 환희와 열락의 세계로 데려갔다. 새로운 기쁨과 충만감을 맛보게 해준 것이다. 이제껏 정숙한 여인으로 살아온 이연우가 자신의 새로운 면을 발견한 밤이었다. 역사를 떠올리니 연우의 두 뺨이 또 금세 달아올랐다.

"그건 말이에요, 부인."

여전히 상냥한 음성으로 그가 대답했다.

"부인이 진짜 능숙한 걸 몰라서 그래요."

그녀가 뾰로통한 표정을 지어서, 그는 그녀를 웃게 할 요량으로 한 토막의 이야기를 들려주었다.

"내 입으로 말하기 좀 그런데, 내가 어쩌다 보니 가업을 잇는 처지가 됐지만 말이야. 나는 뭘 하든 성공할 인재이긴 해."

허허…… 연우는 선웃음밖엔 나오지 않았다.

"어렸을 때부터 난 다방면에 천부적이었어. 하나를 가르쳐주면 스물을 안다고, 막, 아동학자들이 날 연구하러 오고 그랬다고."

하나를 가르쳐 주면 스물을 안다라…… 그건 대체 누가 한 말인가요. 번식력 좋은 식물로 고백할 때 보니까, 당신은 하나를 가르쳐주면 딱 하나만 아는 것 같던데요. 아니, 0.9 정도일지도 모르겠는데.

"난 못하는 거 없다고."

아, 예. 어련하시겠습니까…… 연우는 떠름하게 고개를 끄덕였다. 그런 그녀를 사랑스러운 눈으로 가만히 바라보던 선재가 사족을 덧붙였다.

"그리고 좀 가학적인 얘기긴 한데, 어떻게 널 괴롭힐 수 있을까, 그 생각을 매일 하긴 했지."

연우는 그를 흘겨보다가 그의 가슴을 찰싹 때렸다. 가슴이 벽처럼 단단해서 벽을 때린 것만 같았다. 그녀의 손만 아픈 것 같아서 연우는 또다시 분해졌다. 하지만.

"그래서 괴로웠어?"

그가 그렇게 물어보면 할 말이 없다.

"괴로운 게 있었으면 말해. 우린 서로 맞춰가야 되니까."

그는 그녀의 드러난 어깨에 손을 올려 가만히 매만졌다. 여유로운 목소리로 온갖 폼을 잡았지만 그의 가슴속에도 여전히 파도가 출렁댔다. 침대에서 시간을 더 보내고 싶지만 오늘 아침에는 할 일이 있었다.

"노트 버리러 가자."

선재가 차를 이끌어 도착한 곳은 서울의 한 캠핑장이었다.

"여기로 왔다는 건……."

"노트를 불태워버릴 최적의 장소야."

선재는 자못 비장하게 말했다. 넓은 캠핑장은 차 한 대 없이 텅 비어 있었다.

"사람이 없네요."

"날이 너무 추워서 그런가봐. 평일이기도 하고."

"그러게요."

"날 좀 풀리면 정말로 캠핑하러 오자."

연우는 피식 웃었다. 귀공자로 살아온 남편이, 사람이 북적북적한 캠핑장에 텐트를 치고 밥을 먹고 밤을 보내는 모습은 도무지 상상이 되질 않았다.

"텐트 칠 수는 있어요?"

"당연하지. 나 군대 갔다 온 사람이야."

선재가 담담하게 대답했다.

"잠깐만 있어봐. 내가 불 피워놓고 부를게."

그는 캠핑장 입구에서 사 온 숯과 토치를 들고서 먼저 차에서 내렸다. 바깥은 추웠다. 바람이 드세지는 않았으나 그렇다고 아주 없는 것도 아니었다. 선재는 가까운 화로대에 마른 나뭇가지와 숯을 쏟아부었다. 그리고 토치 끝을 숯 아래로 깊숙이 넣어 스위치를 눌렀다. 숯이 빨갛게 달궈지며 불이 올라왔다. 금세 숯들이 한꺼번에 타오르며 불을 퍼뜨렸다. 선재는 잠깐 뒤로 물러나며 조용히 한숨을 쉬었다. 한 번의 거센 꽃불 이후에 숯들을 정리해주니 불이 고르게 번졌다.

"이제 나와도 돼."

선재가 연우를 불렀다. 연우는 노트 뭉치를 안고서 밖으로 나왔다. 선재는 캠핑장 한편에 비치된 간이의자를 가져와 연우가 앉을 수 있게 해주었다. 자리를 잡은 연우의 어깨에는 담요가 걸쳐졌다. 무릎 앞의 불기운과 등을 감싼 담요 덕에 연우는 조금도 춥지 않았다.

"이제 노트를 이 안에 넣으면 돼요?"

"준비는 다 됐어. 혹시 이별의 시간이 필요해?"

"어휴, 아뇨."

연우는 한 번 손사래를 젓고는 노트의 앞장을 부욱, 찢어 불에 던졌다. 종이는 부풀어 오르는 듯이 벌게졌다가 쉽게 타들어갔다. 연우는 몇 장을 더 찢어서 다시 던졌다. '이혼'이라는 글자, '사고'라는 글자가 연우의 눈길에 언뜻 걸렸다. 글자는 금방 사라졌다. 결국 노트를 다시 들추어볼 시간은 주어지지 않았다. 하지만 이제 후련히 버릴 수 있게 되었다. 어느 정도의 내용은 숙지하고 있고, 무엇보다도 그를 의지할 수 있게 되었기 때문이다.

저 글자들을 품고 지냈던 날들은 많이 아팠어. 이제 조금 덜 아플 거야.

"이게 사라지면 기억이 사라질 것 같아?"

그녀의 눈이 맑게 젖어가는 것을 본 선재가 가만히 물었다.

"기억을 비운 만큼, 더 좋은 것들이 채워질 거야."

그가 힘을 보태어주니, 정말로 마음이 비는 만큼 뜨끈한 것들이 채워지는 기분이었다. 그는 더 달래줄 마음으로 옛날이야기를 꺼냈다.

"나도 얼굴이 생각나지 않는 사람이 있어. 문득문득 그리운데 그 마음뿐이고 이젠 얼굴이 떠오르질 않더라."

"첫사랑이에요?"

연우가 장난치듯 냉큼 물었다.

"첫사랑은 이연우라니까."

"허어."

"진짜 안 믿어?"

"어우, 그러지 마요, 부담스럽게."

"별게 다 부담스럽네. 그게 왜 부담스러워, 좋은 건데."

"첫사랑 같은 건 유치원 들어갈 때 동네 친구랑 풋풋하게 끝내는 거죠."

연우가 명랑하게 대꾸했다. 차츰 그녀의 눈에서 슬픈 기운이 빠져나갔다. 선재 또한 기분이 좋아졌다.

"연우야."

그가 나긋한 목소리로 자애롭게 미소 지으며 그녀의 이름을 부르는데, 어째 이상하다. 연우는 눈을 멀뚱히 뜨고는 그를 바라보았다.

"네?"

"너랑 풋풋했던 그 자식 이름이 뭐야?"

그는 미소 짓고 있지만, 웃는 게 웃는 게 아니다.

"하하…… 나도 생각 안 나요."

잘 떠오르지도 않는 첫사랑의 기억을 질투하면 어쩌자는 건지. 그래도 대답을 회피하니 그가 더 추궁하지는 않았다.

"아무튼 말이야."

대신 잠시 끊어졌던 이야기를 다시 이었다.

"문득문득 그리웠던 그 사람에 대한 기억이 지워지니, 내가 이런 곳에 올 수도 있게 됐어. 이렇게 부인까지 데리고."

아…… 연우의 입에서 자그마한 한숨이 흘러나왔다.

"불을 피울 수 있게 됐다는 말이야."

이십여 년 전의 화재 사건. 그가 친구를 잃었고, 유사라가 쌍둥이 오빠를 잃었던 그 사건. 그는 그 이야기를 하고 있는 거였다. 그렇다면, 그가 그리워하고 있는 사람이란 유사라의 쌍둥이 오빠라는 얘기다.

연우는 일찍 그의 마음을 헤아리지 못한 것을 반성하게 되었다. 그가 불을 피우면서 얼마나 고통스러웠을까 생각하니 뒤늦게 마음이 아렸다. 하지만 그는 정말로 후련한 얼굴이다.

"그리고 캠핑할 생각을 하면서 설렐 수도 있게 됐어."

심지어는 흐뭇하게 미소 짓기까지 한다.

"이연우도, 강선재도 과거를 이겨내고 조금 더 성장해야지. 우리는 오래 살 거니까."

그를 통해 많은 것을 배우게 된다. 한 발을 떼어야 또 한 발을 내디딜 수 있다는 걸. 두고 온 발자국들에 미련을 버려야 계속 걸어갈 수 있다는 걸 깨닫게 한다. 연우는 그가 자신의 남편이라는 것이 고마워졌다.

노트는 빨갛게 타오르다가 한 줌의 재가 되고, 불은 뭉근해졌다.

"늦게 출근해도 돼?"

"네. 괜찮아요."

"그럼 라면 먹고 갈까?"

"어디서 라면 팔아요?"

"집에서 가져왔지."

그가 차에서 가방 하나를 들고 와 보여주었다. 정말 라면과 냄비와 식기와 수저가 있었다. 집에서 주섬주섬 뭔가를 챙기는 것 같더라니 살림을 챙겨 온 것이다. 가히 놀랍다는 생각이 들긴 하지만…….

"추우면 차 안에 들어가 있어. 다 끓이면 부를 테니까."

"아니, 내가 끓일게요."

연우는 왠지 불안한 생각이 들어 그에게서 냄비를 빼앗으려 했다.

"괜찮아."

하지만 선재는 냄비를 넘겨주지 않았다. 연우는 선재를 지켜보아야 하는 처지가 되었다. 우물가에 아이를 내놓은 것처럼 조마조마했다. 화재에 대한 트라우마가 있는 그가 과연 조리기구를 다루어 라면을 끓일 수 있을지 걱정되었다. 그녀의 염려를 의식한 듯 선재는 신중하게 조리에 임했다. 그는 라면 봉지에 적힌 조리방법을 숙지하여 시간까지 재가며 라면을 끓였다. 후각을 사로잡는 냄새가 퍼졌다. 라면은 금방 익었다.

"먹자."

선재가 연우의 그릇에 라면을 덜어주었다. 조리법에 딱 맞춘 라면은 쫄깃하고 탱탱했다. 배 속이 뜨끈해지니 새삼 감격스러웠다.

"맛있어?"

"대박."

"이것도 나 처음 하는 거야."

그가 자랑스럽게 말했다.

"나 처음부터 잘하는 거 많지?"

연우는 뭉근한 불의 기운을 담은 홍조를 띠며 웃었다.

아침 나들이를 마친 후 선재와 연우는 다른 때보다 늦은 시각에 출근하게 되었다. 그리고 그 빈집은 또다시 지순의 것이 되었다. 연우는 전화로 지순에게 청했다.

[아주머니, 오늘은 청소 부탁드릴게요. 방들은 괜찮고, 주방이랑 거실만 쓸고 닦아주시면 돼요.]

"네. 그럴게요."

지순은 가져온 반찬을 냉장고에 채워 넣고 연우가 당부한 대로 거실과 주방 청소에 들어갔다. 그녀의 꼼꼼한 성격 덕에 거실과 주방은 곧 먼지 하나 없이 깨끗해졌다.

청소를 마친 지순은 집 안의 CCTV를 껐다. 다시 조심스러운 시간이 찾아왔다. 그녀는 연우의 예전 방으로 들어갔다.

'조명은 잘 갈았군.'

지순은 조명을 사 가져온 날, 그 방에 '다른 미래' 노트를 펼쳐두었었다. 선재가 먼저 노트를 발견해주길 기대하며. 그런 과감한 작전을 결행할 수 있었던 건 연우의 성격에 빈틈이 있기 때문이었다. 연우는 집안일에 있어서는 꼼꼼하지 못했고, 사람을 몹시 잘 믿었다. 혹여나 작전이 실패해서 그 일로 자신이 의심받게 된다면, 지순은 딱 잡아떼 볼 생각이었다. 그럼 연우와 선재가 서로를 불신하게 될 것이란 계산을 해두었다.

하지만 이 짓을 더 해먹을 수는 없었다. 옥승혜가 매달 주는 웃돈이 차츰 줄기도 했고, 꼬리가 점점 길어지는 것도 마음에 들지 않았다. 잠깐의 실리를 추구하다가 원래의 좋은 일자리를 놓칠 수는 없었다. 지순은 오늘이 마지막이라고 생각하며 연우의 서랍을 열었다. 하늘색의 노트는 원래 있던 그곳에 가지런히 있었다. 그런데 노트를 집어 든 지순의 표정이 구겨졌다. 노트는 표지 색깔만 같을 뿐, 예전의 그 느낌이 아니다. 또한 노트 안쪽엔 어떤 글씨도 쓰여 있지 않았다.

'……어디 갔지? 다른 데로 치웠나?'

혹시, 선재가 노트를 발견한 뒤, 이미 사달이 벌어진 걸까. 지순은 서랍 안쪽에 다른 변화가 있나 하여 휴대폰의 사진을 살폈다. 지순의 휴대폰에는 연우의 서랍 내부를 찍어놓은 사진들이 있었다. 사진을 참고하여 서랍 내부를 뒤졌다. 모든 서랍의 바닥까지 살펴보았으나 원래의 노트는 없었다. 혹시나 하여 침대와 침대 바닥, 그리고 다른 수납공간까지 뒤졌다. 노트는 버린 모양이다.

"그렇다면 어딘가 노트를 대체할 뭔가가 있을 텐데   ."

지순은 낮게 중얼거리며 빈 노트의 페이지를 꼼꼼히 훑었다. 그렇게 한참 열중해 있을 때.

"뭐 찾으세요?"

흠칫. 열려 있는 방문 쪽에서 들려오는 소리에 지순의 고개가 돌아갔다. 지순은 손에 들고 있던 노트를 떨어뜨렸다. 연우가 자신을 싸늘하게 쳐다보고 있었다. 천천히 걸어온 연우는 지순의 발아래 떨어진 노트를 주워들었다.

"이거랑 똑같이 생긴 노트를 찾으세요?"

"사모님, 이건 제가 잠깐 정리를 하다가……."

"오늘은 거실과 주방만 청소해달라고 말씀드렸잖아요."

믿었던 아주머니가 이런 짓을 할 줄은 몰랐다. 알고 지낸 이 년 동안 성실한 모습을 보여주었기에 연우는 지순을 전적으로 신뢰하고 있었다. 그래서 마음을 완전히 놓았던 것이다. 어떤 의심도 하지 못했다. 그녀가 어리석었다.

어제 선재에게서 노트를 발견한 날의 자초지종을 듣고서야 연우의 의심이 싹텄다. 연우가 아무리 실수가 잦기로서니, 목숨만큼이나 중요한 노트를 펼쳐놓고 출근할 리는 없었다. 그런데 노트가 펼쳐져 있었다니. 처음엔 누군가가 이 집에 몰래 침입했을까 생각했다. 하지만 그렇게 하기엔 넘어야 할 관문이 많았다. 그래서 연우는 지순에 대해 떠올려보게 되었다. 그러고 보니 지순은, 현관문의 비밀번호도 알고 있는 사람이었다. 지순이 옥승혜에게 전달하여, 옥승혜가 사라에게 현관문 비밀번호를 알려주었다면 충분히 말이 된다. 게다가 지순은 선재와 연우가 정답게 지내는 모습을 본 적이 없으니 두 사람을 쇼윈도 부부로 확신하는 게 무리가 아니었을 것이다. 지순이 정보 제공자였다면 모든 것이 설명 가능했다. 그래서 연우는 출근한 척하고 집 안에 숨어 있게 된 것이다.

"뭘 그리 애타게 찾으셨나요? 아니, 왜 그렇게 찾으셨나요?"

지순은 고개를 숙인 채 눈을 굴리고 있었다. 아마도 꾀를 생각해내려는 모양이었다.

"옥승혜 여사한테 보여주기 위해서?"

지순은 '옥승혜'라는 이름에 반응하며 움찔했다.

"다 아주머니였나요? 현관문 비밀번호를 옥승혜 여사한테 얘기한 것도, 남편과 제 사이에 대해 함부로 추측해서 이상한 말을 흘린 것도?"

"……저는, 사모님이 무슨 말씀을 하시는지 하나도 모르겠네요. 그저 열심히 청소하고 정리한 것밖엔 없는데, 그게 죄가 되나요? 어떻게 이런 누명을 씌우세요."

역시 오리발이었다. 연우는 하도 어이가 없어 코웃음을 옅게 터뜨렸다.

"발뺌하실 수 없을 거예요. 아까 저와 나눴던 통화 내용, 그리고 오늘 아주머니께서 이 방에서 하신 행동이 다 기록되었으니까요."

연우는 구석에 설치한 카메라를 가리키며 말했다. 그녀는 선재에게 지순이 의심스럽다는 이야기를 했고 선재도 이 뜻을 받아들였다. 선재는 출근하기 전에 이 방에 카메라를 설치해주었다. 지순이 이 방에 숨어들어와 방을 뒤진 기록은 모두 녹화되었다.

"바, 발뺌이 아니라, 사모님이 분명히 이 방도 청소하라고 하시지 않았나요? 전 사모님의 말대로 이 방을 정리한 죄밖에 없네요."

연우의 압박에 지순은 더욱 무리수를 두었다

"통화 내용이 어찌 녹음되었는지는 모르지만, 제 귀에는 분명 '제 방'이랑 거실만 청소해달라고 들렸다고요."

"여기가 제 방인가요? 저는 한 번도 여기를 제 방이라고 소개한 적이 없는데요. 계속 이렇게 변명만 하신다면 저도 경찰을 부를 수밖에 없어요, 아주머니."

지순이 발끈했다.

"사모님, 그러시는 게 아니죠."

한편으로는 손끝이 덜덜 떨려오는 것을 감추지 못했다.

"제가 이 집에서 일한 게 이 년이 넘었어요. 이 집 살림은 사모님보다 제가 더 잘 알죠. 내쫓고 싶으시면 좋은 말로 하시지 이렇게 갑질 횡포를 부리시는 거 아닙니다."

궁지까지 몰렸다는 얘기였다.

"아주머니, 침착하게 마음을 가라앉히고 생각해보세요. 누구에게 사주를 받았는지 말씀하시는 게 좋을 거예요."

연우는 함께 흥분하지 않고 온건책으로 선회했다.

"아니면 모든 범죄의 대가를 혼자 뒤집어쓰실 건가요? 그건 배후에 있는 그들에게만 좋은 일이에요. 아시잖아요. 그들은 절대 아주머니를 돕지 않아요. 지금 아주머니를 도와봤자 그들에게 이득이 될 게 없으니까요."

곧 지순의 눈에서 굵은 눈물방울이 뚝 떨어졌다.

"그분이 먼저 말을 걸었어요……."

지순은 한탄과 함께 진실을 밝혔다. 역시 옥승혜의 짓이었다.

"처음에는 거절했어요. 그런데 아들이 미국으로 어학연수를 가고 싶어 해서……."

돈은 사람을 옥죄게 한다. 연우는 안타까웠다. 지순은 그간 연우의 집에서 지켜본 것들을 옥승혜에게 보고했다고 털어놓았다.

"처음엔 그냥 안부만 얘기해달라고 했어요. 그러다가 차츰 바라는 게 하나씩 늘어갔어요……."

"그래도 현관문 비밀번호까지 알려주면 안 되죠. 그 서랍에서 나온 것들도 다 보고하셨나요?"

연우는 노트가 들어 있던 서랍을 가리키며 물었다. 지순은 고개를 들지 못했다.

"후우. 다 범죄인 건 아시죠?"

연우는 지순을 나무라지 않을 수가 없었다. 지순은 고개를 들지 못한 채로 몇 마디 말을 더 이었다.

"옥승혜 사모님은 저랑 연락할 때 대포폰을 썼어요. 연락을 주고받을 때나 사진을 전송받을 때도 암호 메신저를 썼고요."

옥승혜는 단서가 남지 않게 조심했다. 대포폰에, 암호화 메신저까지 사용했다면 옥승혜라는 이름이 남는 통신 기록 또한 추적할 수 없을 것이다. 여러모로 교활한 사람이다.

"저한테 왜 이러는지, 도대체 왜 이런 관심을 갖는 건지 그 의중을 들은 적은 없으세요?"

연우는 답답한 마음으로 물었다. 지순이 고개를 저었다.

연우가 옥승혜에게 피해를 준 것은 없었다. 이미 인연이 끊어진 지도 오래라, 서로 잊고 지내는 것이 좋은 관계였다. 이제 와서 왜 또 옥승혜가 자신을 괴롭히려 하는 것인지 도무지 알 수가 없었다.

'그냥 습관처럼 괴롭히고 싶은 건가?'

지순에게 대략의 내용을 전해들은 연우의 마음은 좀처럼 시원하지 않고 씁쓸했다. 옥승혜의 범죄를 확인할 수 있는 증거는 현재로서는 증언밖에는 없었기에, 연우도 후속 조치를 취할 수 있는 게 없었다. 지순의 자백을 녹음한 연우는 후일, 연우네가 옥승혜를 고소할 때 지순에게 다시 한 번 증언을 받기로 했다. 지순은 곧장 해고되었다. 연우가 경찰에 신고를 하지 않은 것만으로 감지덕지해야 하는 입장이었기에 불용할 수는 없었다.

   며칠이 흘러 토요일이 되었다. 선재의 아버지, 강운호의 회갑연이 있는 날이다. 회갑연은 비공개 행사였지만 회갑연과 함께 자선경매 파티도 이루어져 손님은 많을 터였다. 선재와 연우는 부지런히 집을 나설 준비를 했다. 연우가 미용실에 들러야 해서 시간이 그리 여유롭지는 않았다. 연우는 미용실에서 단장할 것이라, 따로 할 게 없었다. 선재만 옷을 차려입으면 되는 상황이었다.
   씻고 나와서 머리를 말리던 선재가 문득 지순의 생각이 나서 연우에게 말을 걸었다.
   "남지순 아주머니 말이야. 그냥 해고하고 끝낸 거 좀 불안하지 않아? 나 같으면 현장에서 경찰에 넘겼을 텐데."
   "그러고 싶기도 했는데 어쩔 수 없었어요. 우리는 큰일 같아도 사실은 중범죄가 아니잖아요. 아버님 회갑 잔치도 다가오는데 그런 일로 화젯거리를 만들면 안 되겠더라고요."
   "그래. 부인의 판단이 정확하겠지. 부디 그쪽에서도 그 고마움을 알아줬으면 좋겠네. 다시는 옥승혜 만나지 않겠지?"
   "그것도 내가 다 당부했어요."
   "응. 잘했어."

미소 지어주는 선재를 바라보던 연우가 그의 팔을 바라보다가 목소리를 냈다.

"'다른 미래'에서요. 아버님 회갑연에서 여보가 팔에 붕대를 감고 있는 걸 봤거든요. 그 이후에 그게 화상이라는 걸 들었고. 그래서 노트에 화상 얘기를 썼던 거예요. 그런데 붕대를 풀고 회갑연에 가게 되었네요. 회복이 빠른 것도 그렇고, 기분이 좋아요."

연우는 그때의 고백을 하며 싱긋 웃었다. 이 기분이 계속 이렇게 이어졌으면.

"왜 회복이 빠른지 알아?"

"왜요?"

"이연우 때문이야."

그 또한 기분 좋은 얼굴로 대답했다.

미용실에 도착한 연우는 오늘 입을 의상으로 갈아입고 메이크업을 받았다. 선재는 연우의 뒤에 지키고 앉아 있게 되었다. 결혼식날에도 내내 옆에 없던 사람이 이 년이 훌쩍 넘어버린 지금 이렇게나 졸졸 따라다니는 것이 우습다.

연우의 요청으로 단장은 금방 끝났다. 연우는 앞은 무릎까지, 뒤쪽은 발목까지 치맛단이 늘어진 우아한 하얀색 드레스에 머리를 한쪽으로 땋아 내렸다.

"신랑님, 어떠세요? 우리 신부님 천사 같죠!"

스타일리스트가 웨딩촬영을 앞둔 예비신부의 단장한 모습을 보여주듯이 선재에게 물었다. 선재는 시크하게 대답했다.

"제 부인은 원래 천사같이 예쁜 사람이라서요."

"아……."

스타일리스트를 당황스럽게 하고야 말았다. 연우는 선재의 팔을 쿡 찌르며 작은 목소리로 면박을 주었다.

"대충 좀 넘어가요."

"신부님이라는 말 너무 재미있지 않아?"

능청스럽게 웃음을 참고 있던 선재가 피식했다. 선재는 삼 년 전 결혼식 이전에 했어야 할 이야기를 지금에서야 하며 신기해한다.

"다들 그렇게 불러요."

단장을 도와준 스타일리스트와 마저 인사를 하고 미용실을 나선 연우가 선재에게 물었다.

"나의 뭐가 어떻게 바뀌었는지는 좀 알겠어요?"

"알지 왜 몰라. 눈도 커지고 입술도 붉어지고 반지도 했고."

오올. 알아보는구나 싶어서 칭찬해주려는데.

"가슴도 커졌나?"

그가 노골적인 눈빛으로 능글맞게 덧붙였다.

"씨이."

"왜. 아니야? 나만 그렇게 보이는 건가?"

하지만 그의 눈썰미가 정확했다. 없던 것이 생긴 건 아니고 드레스 안의 보정속옷이 가슴을 끌어올려준 것이었다.

"대답을 안 하네? 빨리 확인해보고 싶네."

그의 가늘어진 눈이 음염했다. 그의 눈빛은 연우의 몸 구석구석에 따갑도록 박혔다. 연우의 얼굴이 붉어졌다. 하지만 그의 놀림이 싫지가 않다. 그녀 또한 밤이 다가올 때까지 내내 두근거릴 것만 같았다.

두 사람은 제 시간에 호텔에 도착했다. 행사는 두 곳에서 열린다. 호텔의 삼 층에서는 간단한 회갑연이, 그리고 이 층의 홀에서는 자선경매 파티가 열리는 것이다. 두 행사가 동시에 진행되고, 오늘의 주인공 유호는 생일 축하를 받은 후에 경매 파티에서 개회사를 한다. 연우와 선재는 따로 맡은 일 없이 시아버지를 따라 움직이면 된다.

하지만 운호의 외며느리인 연우는 긴장할 수밖에 없었다. 다른 미래에서는 회갑연만 참석하고 경매 파티는 가지 않았기에 연우에게는 경매 파티에 대한 정보가 하나도 없었다. 연우는 선재의 손을 잡고 회갑연이 열리는 삼 층의 홀로 올라갔다.

"우리 며느리 왔네."

멀리서 연우를 알아본 미현이 먼저 손을 흔들며 반갑게 인사했다. 연우도 총총 걸어가 미현에게 인사했다.

"어머니, 안녕하셨어요. 오늘 너무 예쁘세요."

"고마워. 예쁘다는 얘기는 언제 들어도 좋네. 그런데 우리 연우가 훨씬 예쁘다."

"어머님이 골라주신 옷을 입어서 그래요."

연우의 드레스는 미현이 골라서 주문해둔 것 중 한 벌이었다.

"아니야. 우리 연우는 원래 이뻤어."

미현이 거듭 칭찬했다. 선재가 옆에서 묵묵히 고개를 끄덕인다.

"새아가, 왔어?"

운호도 두 사람 사이에 끼고 싶은지 어슬렁어슬렁 다가왔다.

"아버님, 생신 축하드려요!"

"생신 축하드려요, 아버지."

연우의 뒤편에서 가만히 있던 선재도 냉큼 따라 인사했다.

"응,"

운호도 흐뭇하게 인사를 받았다. 그런 운호에게 미현은 핀잔을 주었다.

"애들이 생신 축하한다고 하는데 정성도 없이 '응'이 뭐예요. '고마워' 한마디라도 예쁘게 해줘야지."

"고마워."

미현의 말을 고분고분 듣는 운호가 연우의 눈엔 참 신기했다.

"여보, 나 추운데 겉옷 없어요?"

"내가 없으면 겉옷도 못 찾아 입어요?"

"그러게요."

미현은 운호의 겉옷을 찾으러 갔다. 운호도 졸졸 따랐다. 이따금 뉴스나 신문기사를 통해 뵙는 시아버지는 좌중을 압도하는 카리스마를 가지고 있는데, 이렇게 눈앞에서 뵙는 시아버지는 의외로 너무 친숙한 이미지다. 연우는 시아버지를 불편하게만 여겼던 지난날들을 반성했다.

잔치에 모인 사람은 스무 명 안팎. 식사를 함께 하는 것으로 간단히 회갑연이 끝나고 사람들은 이 층의 홀로 이동했다. 이미 연회장에는 사람들이 꽤 있었다. 단순한 파티가 아니라 자선 행사가 열리는 자리이기 때문에 꼭 친분이 있는 사람만 참석한 건 아니었다. 긴장한 연우는 후우, 날숨을 깊이 내쉬며 연회장 안쪽으로 들어갔다. 선재가 그녀의 손을 꼭 잡아주어 긴장이 조금은 완화되었다.

그런데 느낌이 좀 싸했다. 자신에게 꽂히는 사람들의 시선에서 묘한 불안감이 싹텄다.

"그런데 여보, 좀 이상해요."

"응? 뭐가?"

"사람들이 나를 너무 흘끗거리는 것 같지 않아요?"

"글쎄. 이연우가 너무 예뻐서 그런가?"

선재는 가벼이 미소 지었지만 곧 그의 입가에 걸려 있던 미소도 거두어졌다. 곧게 걸어간 그들의 눈앞, 사람들이 길을 터준 그 앞으로 마상희와 옥승혜가 눈에 들어왔다. 연우도 걸음을 멈추고서 상희를 멍하니 바라보게 되었다. 상체의 빛나는 비즈 장식, 가슴 위쪽부터 어깨와 팔을 감싼 시스루 문양, 그리고 뒤로 길게 늘어진 언밸런스 스타일의 치마. 상희가 입은 옷은 연우의 것과 완전히 똑같았다. 게다가 똑같은 헤어스타일. 상희의 옆에 서면 마치 친구의 결혼식에 옷을 맞춰 입은 들러리들처럼 보일 터였다. 머리가 저릿할 정도로 소름이 끼쳤다. 사람들의 시선이 더욱 따갑게 느껴졌다. 똑같은 옷, 똑같은 헤어스타일. 키도 비슷하고 체구도 비슷하여 연우와 상희는 더욱 닮은꼴이었다.

상희 또한 연우의 의상을 확인하고 얼굴이 붉어졌다. 놀란 표정이었다. 옥승혜의 미간에는 주름이 잡혔지만 연우는 그것이 꾸며낸 표정이라는 것을 알 수 있었다. 연우는 손끝이 마구 떨릴 정도로 경황이 없었지만 의연하게 그들을 지나쳐 선재와 함께 단상 쪽으로 걸음을 옮겼다. 상희는 승혜의 팔을 붙잡고 한적한 곳으로 이동했다.

"엄마는 알고 있었지? 나한테 일부러 이 옷 입힌 거지?"

상희는 두 눈에 눈물이 그렁그렁해진 채로 승혜에게 따졌다.

"어떻게 이럴 수가 있어? 이연우랑 똑같은 옷이잖아! 사람들이 수군댄단 말이야!"

"네 험담을 하는 게 아니야. 이연우를 향해서 수군대는 거지."

"엄마가 그걸 어떻게 알아. 나 집에 갈 거야. 원래 여기도 오고 싶지 않았어."

"잠자코 있어. 옷은 이연우가 알아서 갈아입을 테니까."

상희는 승혜의 말을 믿지 못한 채 원망스레 바라보았다. 승혜는 회심의 미소를 지었다. 그간의 물밑작업이 완벽해지는 날이었다.

"연우가 제 딸을 많이 의지했어요. 나중에는 제 딸 옷 입는 것까지 따라하더라고요."
"옷이며 친구며 남자친구까지. 상희의 것들은 뭐든 부러워했죠."
"지나칠 정도로 상희를 따라한다 싶어서 제가 제발 그러지 말라고 부탁한 적도 있었어요."

승혜는 오래전부터 알음알음 친해진 사람들에게 꾸준히 연우의 험담을 해왔다. 연우가 어렸을 적부터 상희를 꽤나 따라해왔다는 이야기였다. 별것 아니라 싸움을 걸 수도 없지만 이연우를 조롱거리로 삼기에 충분한 말. 오늘은 그것을 즐거움으로 삼을 계획이었다.

연우는 서둘러 드레스숍에 연락하여 다른 드레스를 요청했다. 자존심이 상하긴 했지만 그것이 최선이라고 생각했다. 사람들의 시선이 불편했다. 흘끗거리는 사람들이 자신의 이야기를 하고 있을 것만 같았다.

"신경 쓸 필요 없어."

선재는 마음이 불편해진 연우를 다독였다.

"뜻하지 않게 그 여자 기를 죽인 셈이지."

사실은 그게 맞는 말이었다. 옥승혜가 밑밥을 깔아놓은 얘기가 없다면 당연히 상희가 질타의 대상이 되었을 것이다. 연우가 훨씬 더 우아하게 옷을 소화해냈고 월등히 아름다웠다. 게다가 사실 상희의 옷은 연우의 드레스를 흉내 낸 카피본이었다. 그런 사정을 모르면서도 연우는 불안해질 수밖에 없었다.

"그런 단순한 일이 아닐지도 몰라요."

연우는 이 불쾌함이, 옥승혜가 꾸미는 큰 그림의 한 조각일 것만 같았다. 그녀의 직감이 맞았다. 그러나 연우는 승혜의 의도대로 행동했다. 다른 방도가 없었으므로.

"내가 갈아입을 거예요."

"됐어. 이런 걸로 굳이 마음 쓸 필요 없어."

"어머님도 알게 되면 신경 쓰실 테니까 그 편이 제일 깔끔해요. 이미 다른 드레스 보내달라고 연락도 했어요."

"후우. 알았어."

선재는 연우의 어깨를 토닥였다. 연우는 미소 지어 보였다.

"오늘은 좋은 날이잖아요. 웬만한 건 그냥 넘어가요."

요청한 드레스는 금방 도착했다. 선재는 연회장의 대기실로 쓰이는 작은 방으로 연우를 데려다주고 직접 옷을 가지러 갔다. 일 층 로비로 가니 드레스숍의 직원이 가방을 들고서 두리번거리고 있었다.

"김은서 씨죠?"

"네. 안녕하세요, 부사장님."

선재를 알아본 직원이 넙죽 인사했다.

"들고 있으신 게 제 아내가 요청한 드레스입니까?"

"네네. 사모님은 어디 계시나요?"

"탈의실을 구해서, 거기 있습니다."

대답한 선재는 들고 있는 가방을 달라는 뜻으로 손을 내밀었다.

"섬세한 옷이라, 착의하시는 거 도와드려야 해서요."

"괜찮아요. 제가 하면 됩니다."

선재는 뒤로 빠지려 하는 가방을 덥석 잡았다. 남에게 넘기기 싫은 일이었다.

"자초지종은 들으셨죠? 그쪽 드레스숍의 디자인이 아무래도 도용당한 것 같습니다. 가시기 전에 확인해보시죠."

그는 권고를 전하고는 서둘러 아내에게로 발걸음을 옮겼다. 대기실에서 갈아입을 옷을 기다리던 연우는 선재가 혼자 들어온 것이 의아했다.

"왜 혼자예요? 직원이 같이 오는 게 아니었어요? 옷 입혀주고 간다고 했는데?"

"내가 직원 하지 뭐. 내가 입혀줄게."

순간 가늘어진 눈초리에서 날렵하게 음욕이 번뜩이는 것이 보였다. 설마, 하며, 연우는 침을 꿀꺽 삼키고는 물었다.

"여보가 갈아입히다가 옷이 찢어지면요?"

"그럼 어쩔 수 없이 여기서 더 시간을 보내는 거지. 그것도 괜찮겠는데?"

상대를 긴장케 하는 목소리와 함께 그녀가 입고 있는 드레스의 등 지퍼가 스르르 내려갔다. 요염하게 보이는 견갑골 아래로, 허리와 등 라인을 매끈하게 감싼 뷔스티에가 모습을 드러냈다.

"이게 사이즈업의 비밀이구나."

"으으."

선재는 그녀의 눈앞으로 자리를 옮겼다. 연우는 차마 드레스를 어깨에서 내리지 못한 채 두 팔로 제 가슴을 감쌌다.

속옷 안쪽으로 피부를 쓸 듯이 시선이 쭈욱 내려갔다. 고요 속에서 먹이가 움직이기만을 기다리는 맹수의 눈빛이다. 당장 그녀를 집어삼

킬 듯이 그의 입술이 반짝거렸다. 나쁜 짓을 하는 듯 연우의 심장도 쿵쾅댔다.

"얼른 옷 입을래요."

"벗어야 입지."

네가 그렇게 옷을 붙잡고 있어서 벗길 수가 없는 거라며, 선재가 속삭이는 목소리로 타박했다.

"입을 거 다 입어놓고 부끄러움도 많아."

연우는 그의 어깨를 툭 때리고는 뒤돌았다. 노골적인 눈빛을 견딜 수가 없었다. 선재도 그녀를 놀리는 일을 잠시 멈추고 가방에서 드레스를 꺼내 들었다. 치마 길이가 무릎까지 오는 분홍색 미니 드레스였다.

"아래로 입히면 되겠지?"

선재는 드레스를 그녀의 발아래에 도넛 모양으로 내려놓았다. 가운데 몸이 들어갈 구멍이 만들어졌다.

"이 안으로 쏙 들어가봐."

제법 결혼식 때 웨딩드레스를 입었던 방식과 비슷하다. 연우는 신기해하며 그의 말을 따랐다. 연우가 몸을 가리고 있던 원래의 드레스를 어깨 아래로 내려 떨어뜨리자 그의 입가에서 은근하게 탄식이 흘렀다.

"이따가 이대로 다시 보여줘."

그녀의 매끈한 몸을 탄탄하게 감싸주는 뷔스티에의 매력을 알아버린 선재가 청했다. 음성이 너무 야릇해서 연우도 홀린 듯이 고개를 끄덕이고 말았다. 선재는 새 드레스를 조심스럽게 들어 올려 연우의 어깨 위로 걸쳤다. 관록 있는 사람처럼 움직임이 느긋했지만 그의 이마는 약간 젖어 있었다. 처음 해보는 일이라 나름대로 긴장한 모양이었다. 잠시 후 등 뒤에서 지퍼가 채워지고, 아내 옷 입혀주기 미션을 완수한 선재가 그녀의 목덜미로 한숨을 길게 쏟아냈다.

"고마워요. 정말 처음부터 잘하는 게 많네요."

"이제 내 능력을 좀 인정해주시는 건가?"

이전의 드레스보다 목이 드러난 옷이라 자연스레 그녀의 목 라인에 입술이 갔다. 선재는 그녀의 드러난 피부에 입술을 내렸다. 위기를 기회로. 그는 복잡한 갈등이 터진 이 순간에도 제 능력을 한껏 발휘하여 욕심을 가득 채웠다.

그 후 진행된 자선경매 행사는 성공적으로 마무리되었다. 경매 출품작은 완판이었다. 수익금은 전부 복지재단에 기부된다.

선재와 연우는 무대에서 멀찌감치 떨어져 경매 행사를 지켜보았다. 행사가 마무리된 후 운호와 미현도 떠나고 파티에 모인 사람들은 삼삼오오 모여 각자 화기애애한 시간을 보냈다. 연우도 선재와 잠시 떨어져 사람들과 인사했다. 갈아입은 옷은 이전의 드레스에 비해 화려하지 않았지만, 사람들은 연우의 드레스를 꽤나 칭찬했다. 그녀가 드레스를 갈아입었다는 사실을 인지했다는 뜻이었다. 상희는 그 옷 그대로, 승혜와 함께 이곳저곳을 누비고 다녔다. 사실 상희는 앞서 벌어진 사건이 창피하여 빨리 집에 가고 싶었지만 그러질 못했다. 승혜에게서 잠시 떨어진 상희는 연우가 움직이는 방향을 주시했다가 냉큼 쫓아왔다.

"이연우."

연우를 불러 세운 상희가 주변에 아무도 없다는 것을 확인하고는 긴하게 말했다.

"나 너 따라한 거 아니야. 알지?"

"아마 너희 어머니께서 그러셨을 거야."

"아, 몰라, 몰라. 나 먼저 갈래. 혹시 우리 엄마 만나면 나 먼저 집에 갔다고 전해줘."

상희는 그 말만 남기고서 연우가 붙잡기도 전에 꽁무니를 빼고 떠나버렸다. 나이만 먹었지, 상희가 하는 짓은 십 대 때와 다름이 없었다. 연우에게 의지하기, 연우에게 맡기기, 연우를 방패막이로 사용하기. 여전히 철이 없는 상희가 떠난 방향으로 고개를 도리도리 저은 연우는 씁쓸한 마음으로 뒤돌았다. 그런 그녀의 앞에, 옥승혜가 서 있었다. 상희를 동정 어린 눈으로 바라보던 연우의 표정이 싸하게 변했다.

"당신이 기획한 거 알고 있어요."

승혜의 한쪽 입술 끝이 뗘름하게 들려 올라갔다.

"그래도 너무 유치하다고 생각하지 않아요? 내 옷과 똑같은 옷을 딸에게 입히는 건."

"자기애가 지나치구나. 왜 상희가 널 따라한다고 생각하니?"

역시나 승혜는 부끄러운 기색 없이 언죽번죽 뻔뻔하게 말했다.

"넌 뭘 입어도 네 천한 출신이 드러나지. 네가 아무리 용을 쓴다고 해도 그걸 숨길 수는 없어. 그런데 우리가 왜 널 따라하겠어, 불쾌하게. 네가 지나가면 수군대는 소리를 들어본 적이나 있으려나?"

뿐만 아니라 승혜는 연우의 비위를 날카롭게 긁었다. 주변에 아무도 없어 승혜가 얘기하기에는 더없이 좋은 환경이었다.

"들어본 적 없겠구나. 그걸 듣는다면 도무지 밖으로 나올 수가 없지. 앞에서 마주할 때 온갖 아첨을 하던 사람들도 뒤로는 다 뒷담화를 할 수밖에 없단다. 네가 입은 옷이 너한테 우죽 안 어울리면 그러겠니."

부아를 돋우려고 일부러 지어내는 말에 반응할 필요 없다는 걸 알면서도, 기분이 나쁜 것은 어쩔 수가 없었다. 연우는 승혜의 말에 휩쓸리지 않으려 노력하며 차분히 따졌다.

"유사라 씨한테 저와 제 남편에 대해 함부로 말씀하셨죠. 우리 집 현관문 비밀번호를 알려주기도 하고요."

"무슨 소린지 알 수가 없구나. 내가 유사라를 개인적으로 알고 있다고 생각해? 왜? 난 유사라를 좋아하지도 않아."

"어디 그런 걸 가리시나요? 좋아하지 않는 사람도 잘 이용해먹으시죠. 그리고 남지순 씨까지 이용하셨더군요."

"그 사람은 또 누군데."

승혜의 발뺌에 연우가 코웃음 쳤다.

"별 괴상한 헛소리를 다 하는구나. 피해망상증을 아직도 못 고쳤어. 치료를 좀 받아야 되지 않겠어?"

심기를 건드리는 조롱이 이어졌다. 연우도 가만히 있지는 않았다.

"길게 발뺌하시긴 힘들 거예요. 유사라 씨한테 증인이 되어달라고 할 거니까요. 악행이 다 밝혀질 거예요. 중범죄는 아니겠지만 사람들 보기엔 창피하겠죠."

조곤조곤 침착하게 그러나 공격적으로 맞섰다.

"결혼 이전에 있었던 일들은 저도 눈감아드리죠. 하지만 이후의 일들까지 그냥 넘어갈 수는 없어요."

"사모님이 되니 눈에 뵈는 게 없지?"

승혜의 입술이 비틀렸다.

"아예 다 말하지 그래. 나는 여섯 살 때부터 옥승혜한테 맞았다, 맞는 게 일상이었다, 고등학생 때는 옥승혜가 사주해서 묻지 마 폭행도 당했다, 동네방네 다 떠들어보지 그래."

승혜가 연우를 향해 한 발 다가갔다. 그 움직임이 위협적이어서 연우는 저도 모르게 움찔해버렸다. 예전의 습관이 나온 것이다.

"네 망상증을 말이야."

그 말에 연우는 온몸의 털이 바짝 서는 듯 송연해졌다. 승혜의 머릿속엔 이미 모든 계획이 들어앉아 있었던 것이다. 승혜는 모든 것을 연우의 망상증으로 덮어갈 생각이었다.

"그 얘기를 하면 네 엄마가 어떤 반응을 보일지 궁금하긴 하구나. 네가 맞았다는 사실을 믿어야 할까, 아니면 네가 미쳤다는 사실을 믿어야 할까."

사실과 거짓을 교묘하게 엮어 그럴듯한 소설로 꾸며내는 것은 옥승혜에게는 늘 일도 아니었다.

"괴상한 일기도 쓰고 있겠지? 망상증 일기 같은 거 말이야."

승혜는 노트의 이야기도 교묘하게 끄집어냈다. 옥승혜가 얻어낸 모든 단서들은 연우를 공격하기 위해 사용된다. 혹독히 당해왔던 과거가 공포라는 이름을 앞세워 다시 그녀의 앞에 똬리를 틀기 시작한다. 눈앞의 뱀은 다가오기 전부터 상대의 목을 틀어쥐는 힘을 가지고 있다.

"그걸 네 시부모님이 보셔야 될 텐데. 네가 얼마나 미친 애인지 좀 아셔야 되지 않겠어?"

공기를 탁하게 가르며 흘러나온 그 말은 일종의 경고처럼 들렸다. 내가 어떤 무시무시한 일을 해낼지 기대해, 아직 듣지 못한 말이 명료하게 들려오는 것만 같았다. 거듭 소름이 끼쳤다.

가족은 안 돼. 가족은 절대 건드리지 마.

"누굴 건드려요."

돌아서는 옥승혜의 팔을 잡으며 연우가 성큼 걸음을 옮겼다. 그 팔을 옥승혜가 거칠게 꺾으며 뿌리쳤다.

"앗……."

옥승혜의 손짓에 휘둘린 연우의 손등이 제 뺨에 닿았다. 오랜만에 끼고 나온 결혼반지가 연우의 뺨을 날카롭게 긁었다. 뺨에 길게 난 상처를 확인한 승혜가 다시 한 번 비틀린 미소를 지었다.

"내가 친 게 아니야. 네가 널 친 거지."

언제나 그랬다는 듯, 언제나 내가 아니라 네가 스스로를 학대한 것이라는 듯. 승혜는 그렇게 연우를 망상증 환자로 만들어버리고서 떠났다.

"허어."

연우는 거칠게 한숨을 토해냈다. 속이 답답했다. 그녀는 명치를 틀어쥐며 주저앉았다가 겨우겨우 일어나 화장실로 갔다. 뺨에 죽 그어진 한 줄의 상처는 얼굴이 아니라 가슴에 새겨진 듯했다. 숨을 가다듬는 동안 현기증이 밀려왔다. 연우는 화장실 벽에 한참 기대 있다가 밖으로 나왔다. 화장실 밖으로 나오자마자 선재와 마주쳤다. 선재는 한참을 돌아다닌 얼굴이었다.

"찾았잖아."

"아, 화장실에 갔다 왔어요."

"무슨 일 있었어?"

표정을 지웠다고 생각했는데, 남편은 금방 낌새를 읽어냈다.

"아뇨."

연우는 아무것도 아닌 듯이 대답했다. 한 걸음 가까이 다가온 선재가 그녀의 얼굴을 뚫어지게 바라보았다. 그는 심각해진 표정으로 그녀의 뺨 가까이로 손을 올렸다.

"여기 상처 난 거 알아?"

"아…… 손을 올리다가 반지에 긁혔어요. 너무 오랜만에 꼈나봐요."

"안 아파?"

"괜찮아요. 하나도 안 아파요."

"아플 것 같은데?"

"정말 괜찮아요."

그가 믿지 않는 것 같아서, 연우는 미소 지어주었다. 겨우 긁힌 것 정도로 엄살을 부릴 만큼 어린애는 아니다. 아니, 정말로 조금도 아프지 않았다.

"왜 웃어?"

그런데, 이어진 그의 물음은 싸늘했다. 그는 조금도 다정하지 않았다. 그녀의 대처를 비아냥거리듯 말했다.

"웃지 마. 그러는 거 싫어."

마치 그사이에 무슨 일이 있었는지 다 알고 있다는 듯, 그런 일을 겪고 난 후에 미소 짓는 그녀를 이해할 수 없다는 듯 힐난하는 것만 같았다. 몇 시간 전 대기실에서 열망에 불타올랐던 시선이 차갑게 식어 있었다. 무언가가 어긋나고 있다.

"왜 우리는 이렇게 산 넘어 산일까."

그가 애정이 조금도 섞이지 않은 건조한 목소리로 말했다.

연우와 선재는 밤 9시경 호텔에서 나왔다. 차를 끌고 이동하는 내내 선재는 말이 없었다.

"피곤하죠?"

침묵이 어색해진 연우가 한마디 했다. 한참 만에 대답이 돌아왔다.

"아니."

그러나 그 목소리는 따뜻하게 들리지 않았다. 연우는 불안해졌다. 혹시, 나와 떨어져 있던 사이에 무슨 일이 있었던 걸까? 옥승혜가 이 사람에게도 접근해서 이상한 말을 한 걸까?

"혹시 옥승혜 여사가 여보한테 이상한 말 했어요? 아니면 마진태 사장이⋯⋯."

"아니. 안 했어."

선재는 연우의 말허리를 똑 잘라 대답했다.

"내가 한마디 했지. 내 부인 괴롭히면 죽여버리겠다고."

선재의 거친 표현에 연우는 깜짝 놀랐다.

"옥승혜는 악랄해서 조심해야 돼요. 협박을 녹음했을 수도 있어요."

"난 괜찮아."

단정적인 대답이었다. 무슨 이유에서인지 선재는 꽤나 덤덤했다. 아니, 감정이 싹둑 잘려나간 것처럼 싸늘했다. 연우는 그의 대답에 입을 꾹 닫았다.

차는 도심의 소음을 벗어나 한적한 동네에 다다랐다. 연우가 잘 아는 동네였다. 마진태와 옥승혜의 집이 있는 곳. 연우가 성년이 되어 대학교를 졸업할 때까지 살았던 곳.

"⋯⋯여길 왜 온 거예요?"

"네가 생각할 시간이 필요할 것 같아서."

여전히 그의 목소리는 싸늘했다. 차는 옥승혜의 집이 잘 보이는 곳에서 멈췄다. 연우는 선재의 의도를 다는 알 수 없는 채로, 커다란 대문을 한참 응시했다.

저 담을 따라 옆으로 돌아가면 작은 문이 나온다. 직원들만 다니는 문이었다. 사람들은 이 문을 '직원문'이라고 불렀다. 연우네는 이 직원문을 통해 집에 드나들었다. 직원문을 열고 들어와, 마당을 지날 때 연우는 늘 뛰었다. 옥승혜의 눈에 띄지 않기 위해서였다. 가끔 옥승혜가 그렇게 줄행랑을 치는 연우의 꽁무니라도 발견하게 되면, 연우의 집까지 쫓아와 머리를 쥐어박았다. 그 정도로 끝나면 다행이었다. 한쪽 뺨이 부어오를 정도로 따귀를 세게 맞는 날도 있었고 머리채를 붙잡혀 휘둘려지는 날도 있었다. 왜 맞아야 하는지 이유는 딱히 없었다. 아니, 모든 것이 이유가 되었다. 인사를 깍듯하게 하지 않아서. 직원문을 여닫는 소리가 너무 커서. 상희보다 일찍 집에 들어와서. 1등을 해서.

그렇게 수도 없이 맞았지만 연우의 엄마 순정은 이를 알지 못했다. 승혜는 순정의 앞에서는 연우를 괴롭히지 않았다. 연우도 순정에게 아무 말도 하지 못했다. 처음엔 어려서 몰랐고, 폭행이 아무렇지 않게 되어버렸을 때는 너무 멀리 와 있었다. 이 모든 것이 엄마의 귀에 들어간다면, 혹여나 연우의 엄마 순정이 승혜를 죽여버리지는 않을까 걱정이 되었다. 아니면 순정이 마음이 찢어져 쓰러져버릴 수도 있겠다고 생각했다. 연우가 옥승혜를 잘 피해 다니는 것밖에는 도리가 없었다.

힘들게 보냈던 어린 시절. 하지만 버틸 수 있었다. 그녀가 사는 반지하 작은 집에도 햇빛은 들어오기 때문에. 공부를 잘하고, 엄마 아빠가 웃고, 좋은 친구들을 만나고.

사 년 장학금을 받고 대학교에 입학했을 때 엄마가, 해준 것도 없는데 잘 커줘서 고맙다며 펑펑 울던 것을 잊을 수가 없다. 대학교가 인생의 전부가 아니라며, 더 열심히 공부해서 훌륭한 사람이 되라며 그간의 비상금을 탈탈 털어주시던 아빠도 잊을 수가 없다. 행복이 넘쳐서, 그녀는 불행하지 않았다. 어둠이 빛에 의해 사그라지는 것처럼, 옥승혜를 만난 불운도 연우를 감싼 행복에 비하면 별것 아닌 거였다. 그게 모든 것을 이겨내게 했다. 또한 옥승혜에게 벗어나기 위해 결혼을 택했고 강선재라는 멋진 사람을 만났으니 결과적으로는 모든 것이 잘된 일이었다.

"오늘 옥승혜 여사랑 대면했어요."

옛일을 떠올려보던 연우가 침묵 끝에 입을 열었다. 아무래도 선재가 그 말을 해주길 원하는 것 같았다.

"옥승혜 여사는 내가 망상증이라고 했어요."

앞으로의 대처에 대한 의논이 필요하기 때문에, 연우는 옥승혜가 했던 이야기를 그대로 했다.

"옥승혜 여사가 아버님 어머님한테 이상한 말을 할 것처럼 말했어요. 근데 옥승혜는 그러고도 남을 사람이거든요. 그래서 걱정돼요."

"뺨은?"

그런데, 선재는 옥승혜의 계략에 대해서는 조금도 염려되지 않는 눈빛으로, 다른 질문을 했다. 뺨에 난 상처 이야기였다.

"아, 이건 옥승혜 여사가 그런 게 아니고요. 내가 옥승혜 여사를 붙잡으려다가 이 반지가 뺨을 쭉 그어서 생긴 거예요. 걱정 안 해도 돼요. 정말로 안 아프니까."

선재는 대답이 마음에 들지 않는다는 듯 쓰게 한숨을 내쉬었다. 연우는 또 자기가 뭘 잘못했나 싶어 흘긋 그의 눈치를 보았다.

"그리고 또 다른 건 없었어?"

"자기가 꾸민 일들을 다 부인하더라고요. 뭐, 당연히 그럴 거라고 생각했어요."

"그래서 네 마음은 어땠어?"

연우는 선재의 질문에 눈을 깜빡였다. 그런 질문이 중요한 게 아닌데.

"어처구니없지만 당연히 그럴 거라고 생각해서 많이 놀라지는 않았어요."

하지만 그녀는 성실하게 답했다. 그리고 자신의 걱정을 다시 덧붙였다.

"그보다는 어머님 아버님께 해코지를 할까봐 그게 걱정돼요."

연우의 대답을 들은 선재는 더 머무르지 않고 차를 출발시켰다. 그다음, 선재가 차를 세운 곳 또한 두 사람의 아파트는 아니었다. 제이백화점 강남점 주차장. 연우는 선재가 왜 이런 곳에 차를 세우는지 도무지 알 수가 없었다. 입구 근처에 차를 주차시킨 선재는 차에서 내려 조수석의 문을 열었다.

"내릴래?"

잠자코 있던 연우가 영문을 모른 채로 찬찬히 차에서 내렸다. 선재는 백화점 관리자에게 건물 안으로 들어가겠다고 한 후 연우의 손을 꼭 잡고서 이동했다. 그가 심각할 정도로 과묵했지만 연우는 그의 손에서 전해지는 온기에 안심이 되었다. 이토록 손을 꼭 붙잡고서 이끄는 걸 보면 꼭 화가 난 건 아닌데. 대체 여기를 왜 왔을까. 연우는 의아해하며 선재를 따라나섰다.

선재는 연우를 데리고 명품 매장들이 위치한 이 층으로 올라갔다. 모든 매장의 문이 닫혀 있었다. 주변의 비상등에는 불이 들어와 있지만 사방은 캄캄했다. 그녀를 붙잡고서 여기까지 왔던 선재의 손이 드디어 떨어졌다.

아무래도 여기에 볼일은 없을 것 같은데. 연우는 의아해하며 선재에게 물었다.

"왜 여길 왔어요? 볼일 있어요?"

"기억나지? 여기가 어딘지."

선재도 물었다. 연우의 미간에 깊은 주름이 생겼다.

"네가 맞았던 곳. 옥승혜한테."

으슥한 공간에 그의 목소리가 짙게 깔렸다.

맞아. 여기는, 그녀가 옥승혜에게 맞는 장면을 선재에게 들킨 곳이다. 여기서 옥승혜에게 맞고서 입술이 터져서 손수건을 받았지. 그게 인연의 시작이었다. 연우는 아련하게 그날을 추억하는데, 선재에게는 그날이 추억은 아닌 모양이다.

"난 그 뒤로 여길 지날 때마다 치가 떨렸어. 여기서 근무하는 내내 그랬어. 그런 내가 비정상일까?"

비정상이라고 말할 수는 없다. 그날의 기억은 선재 또한 잊기 힘들 것이다. 연우는 선재를 이해할 수 있었다.

"넌 그랬었지. 어머니 귀에 들어가면 많이 속상하실 테니 네가 맞은 걸 소문내지 말라고. 네가 무슨 짓을 했던 건 줄 알아?"

그의 목소리는 조금 더 격해졌다.

"넌 어머님을 나쁜 엄마로 만들었어. 딸이 이십 년 가까이 집주인한 테 무슨 짓을 당했는지도 모르게 만들었다고. 아무것도 모른 채로 어머님이 그놈들한테 내내 고개를 숙이게 만들었어. 그게 착한 딸이야?"

비난이 이어졌다. 연우의 눈동자에 물기가 생겨났다. 그에게서 이런 말을 들을 줄은 몰랐기에 그녀는 난감해졌다.

"네가 살아온 방식이 완전히 다 잘못됐다는 게 아니야. 그 선택이 그 순간 네 최선이었겠지. 하지만 이젠 그때를 벗어났잖아. 너도 변해야지."

그는 한 걸음 다가와 그녀의 턱을 커다란 손으로 받쳐 들었다. 그녀의 고개가 위로 들렸다.

"넌 강철로 만들어진 인간이야?"

어두운 곳이라 그녀의 상처가 잘 보이지 않을 텐데, 선재는 그녀의 뺨이 긁힌 자리 위로 손끝을 가져가 쓸어내렸다. 조금은 따끔하여 연우는 눈을 움찔했다.

"이게 아파야 정상이지. 네가 얼마나 아픈지 좀 느껴봐."

고요한 공간에서, 그는 그녀에게 아픔에 집중하라고 다그치고 있었다. 왜 아픔에 집중해야 하는가. 아픔은 벗어나야 하는 것이다. 아픔에 머물러 있으면 울보가 될 뿐이다. 연우는 대답하지 못한 채로 고개를 흔들었다. 그녀의 턱을 감싸고 있던 그의 손이 떨어져 나갔다. 그는 한숨을 길게 쏟아내고선 말을 이었다.

"몸에서 피가 나면 다들 아프다고 느껴. 왜 그런지 알아? 상처를 어서 치료하라고 몸이 신호를 주는 거야."

"……"

"네가 얼마나 너에게 무지했는지 생각해보라고. 대체 넌, 얼마나 널 혹사시킨 거지?"

그녀의 눈동자가 선재를 향해 마구 흔들렸다. 그녀를 바라보는 그 또한 그랬다. 선재의 안에는 밖으로 내지르고 싶은 울분이 가득했다.

한 시간 전 호텔. 한갓진 곳에서 옥승혜와 연우가 대면하고 있는 것을 확인한 선재는 친구 기준에게 부탁해 두 사람의 대화를 녹음시켰다. 기준이 눈에 띄지 않는 곳에 휴대폰을 켜두고 돌아왔다. 그리고 선재는 연우의 과거를 알게 되었다. 진실은 옥승혜의 입에서 흘러나왔다. 여섯 살 때부터 옥승혜한테 맞았다, 맞는 게 일상이었다…… 갔교하게 연우의 심기를 건드리며 옥승혜는 연우를 망상증으로 몰아가고 있었다. 말도 안 돼. 옥승혜는 거의 이십 년 전부터, 연우가 작고 연약했던 그 시절부터 폭행을 일삼았던 것이다. 여섯 살 때부터라니. 말도 안 돼.

자신에게도 화가 났다. 백화점에서 연우가 맞는 것을 목격했고, 그후 그녀가 고등학교 2학년 때 벌어졌던 폭행 사건이 옥승혜 집안의 짓이라는 사실을 알았다면, 다른 일도 생각해보아야 했다. 그 비열한 무리들이 두 사건만 일으키지는 않았을 텐데, 그는 숲을 보지 못했던 것이다. 그 집을 벗어나기까지 맞는 것이 일상이었을 아내를 생각하니 가슴이 찢겨나가는 것 같았다. 감정을 억누르기가 힘들었다. 이후 아내의 뺨에 새겨진 한 줄의 상처를 발견했다. 그런데도 그녀는 웃었다. 분명 가슴속으로 펑펑 울고 있을 텐데. 왜 날 위해서는 그렇게도 쉽게 눈물을 떨구면서, 널 위해서는 한 방울도 흘리지 않지? 선재는 이해가 가지 않았다.

"지금 돌봐야 되는 건 너야. 내 건강 따위가 아니라, 빌어먹……."

감정이 격해져 말이 거칠게 튀어나왔다. 그는 잠시 말을 멈추고 이를 악물었다. 그러나 도무지 좋은 표현을 찾을 수가 없었다.

"빌어먹을 내 미래가 아니라, 오지도 않은 내 미래가 아니라, 병든 너라고."

매 순간 조각조각 났을 마음을 붙잡고 여기까지 온 네가, 난 너무 아프고 원망스럽다.

"그 마음을 이끌고 과거에서 여기까지 온 너라고."

네 자존감을 네가 눌렀지. 넌 계속 스스로 어두워지려고만 했지.

"나는 맞아도 안 아프다. 모욕당해도 슬프지 않다. 아프지 않다. 그렇게 자기최면을 걸고서 여기까지 온 너라고."

몇 번을 다그치니 격랑을 만나 흔들리던 그녀의 눈동자 위로 둥그런 구슬이 만들어졌다. 눈물을 보이지 않으려는 듯 그녀의 고개가 푹 아래로 꺾였다. 그녀는 고개를 들지 않은 채로 눈물을 뚝뚝 떨구다가 천천히 소매로 닦아냈다. 그 후에도 그녀는 고개를 들지 못했다.

그런 모습을 원하는 게 아니다. 넌 조금 더 당당해야 돼. 네가 어떤 사람인지를 알아야 돼.

"이연우."

그의 목소리가 낮아졌다. 그녀의 어깨에 손을 올리니 그녀는 발을 뒤로 뺐다. 선재는 더 다가가 그녀의 어깨를 당겨 끌어안았다. 폭 안긴 그 안에서 그녀의 훌쩍임은 간지럽다.

"널 정말 좋아해. 이건 말하지 않으면 모르는 거야."

그는 이제껏 나무란 것을 반성하듯 나긋한 목소리로 속삭였다.

"너도 말하지 않으면 아무도 몰라. 네가 혼자 삼키면 너만 병들어."

이십 년 가까이 참고 참아가며 살아왔을 사람을 바꾸어놓기란 쉽지 않을 것이다. 그러나 널 믿어. 넌 나를 위해서, 내가 죽는 걸 막아내기 위해서 성격을 바꾸려던 사람이었으니까.

"널 정말 사랑해. ……사랑해."

내성적이고 소심한 것이, 과묵한 것이 네 성정이라고 해도, 그래도 그건 말해야 돼. 왜냐하면…….

"그런데 넌 몰라. 네가 얼마나 예쁘고 좋은 사람인지 넌 너무 몰라."

넌 더 소중한 대접을 받아야 하는 사람이니까.

"네가 얼마나 사랑받아야 되는 사람인지……."

세상에 둘도 없이 사랑스러운 너를, 너는 스스로 아낄 줄도 몰라. 그러면 안 돼.

"넌 스스로를 더 많이 아껴야 돼."

그녀의 어깨 떨림이 거세어진다. 그는 그녀를 더욱 꽉 끌어안았다가 팔을 놓으며 한 걸음 뒤로 물러났다. 연우는 두 손을 올려 제 얼굴을 가리고서 소리 없이 울었다.

"다 얘기해도 돼."

한 사람의 마음 안쪽에 닿고자 한다.

"얼마나 맞았는지. 얼마나 아팠는지."

네 몸에 상처가 생겼다가 지워지고, 또 생겼다가 지워지고, 그 일이 몇 번이나 반복되었을지. 헤아릴 수 없는 아픔일까봐 겁이 난다. 그래도 받아들일 테니까 다 얘기해줘.

"내가 지켜줄 테니까."

엉엉엉. 선재가 하고픈 말을 막 마쳤을 때, 연우의 울음이 거세어졌다. 그녀가 자신을 위한 눈물을 보이는 것은 처음이었다. 이래선 안 된다고, 민폐라고 생각하면서도 연우는 재차 흘러내리는 눈물을 막지 못했다.

몸은 오래전부터 알고 있었다. 그 집, 그 반지하, 햇빛이 절절했던 집에 살며, 맞지 않기 위해 몸을 사렸다. 행동을 늘 조심했고 몸을 크게 움직이지 않았다. 집 밖을 넘어갈 정도로 크게 소리를 낸 적도 없고, 함부로 울지 않도록 늘 자기최면을 걸었다. 무너지지 않기 위해 애쓰며 살았다. 더 아파지지 않으려고 필사적으로 숨을 죽이며 살았다. 나를 속이며, 나는 행복하다고 믿으며, 그 반지하 작은 집의 햇볕이 따뜻하다고 믿으면서.

그게 가짜라는 걸 사실 알고 있었다. 내 감각은 죽어 있었던 게 아니야. 그냥, 어디에도 하소연할 수 없었을 뿐이야.

"나도 아팠어요……."

너무 아팠어. 아파서 울었어. 몰래.

"나도 아파요. 나도 맞으면 아프지. 나도 평범한 사람이란 말이야. 그냥, 아무한테도 말할 수가 없었던 거라고."

나로 인해 다른 사람들이 다칠까봐.

"그걸 어떻게 말해. 나 때문에 아픈 사람이 생기잖아."

"괜찮아."

그녀의 반박에 그가 다시 다가와 몸을 감싸주었다. 그 안이 이불처럼 포근하고 갑옷처럼 단단했다. '괜찮아'라는 말처럼 어떤 것에도 자신을 지켜줄 것 같았다.

내가 과거로 온 건 내가 이 사람을 구하기 위해서가 아닐지도 모르겠다. 이 사람으로부터 내가 구원받기 위해서, 내가 살기 위해서 이 사람에게 다시 찾아온 거야.

밤새 이불을 뒤집어쓰고 몰래 울었던 그 숱한 날들의 안개가 걷힌다.

"연우야."

그는 마음을 담아 말했다.

"널 사랑하는 사람은."

그 또한 음성의 끄트머리를 일그러뜨렸지만.

"그걸 극복하고 계속 널 사랑할 거야."

사랑의 힘을 믿는다. 확신한다. 마음은 무너지지 않아. 그걸 가르쳐준 건 너잖아.

사랑해서 결혼한 거예요

선재의 설득이 통했다. 백화점 주차장으로 돌아온 후, 연우는 차 안에서 과거를 솔직하게 털어놓았다. 역시 옥승혜의 만행은 선재의 생각보다도 훨씬 끔찍했다. 연우는 옥승혜에게 맞은 횟수에 일일이 숫자를 붙일 수가 없었다. 한 달에 한두 번은 꼭 있는 일이었다고 했다. 맞지 않았던 달은 손에 꼽을 정도라고 하니 그 횟수는 백 번을 넘어서는 것이다.

"그래도 고등학교 때는 거의 안 맞았어요. 엄마나 아빠가 집 앞으로 마중을 나왔거든요."

"거의 안 맞았다고?"

"네."

"맞기는 했다는 얘기야?"

"간혹 쥐여 박히는 경우가 있긴 했는데 폭행의 강도는 약했으니까."

"그래도 폭행은 폭행이지. 남의 집 귀한 딸을 왜 때려. 건드리지도 말아야지."

선재는 조수석에 앉은 연우에게로 몸을 기울여 손을 끌어가 잡았다. 내게는 손끝, 발끝, 머리카락 한 올까지 소중한 사람인데. 이런 사람을 누군가가 함부로 대했다는 것에 분노가 치민다. 혹여나 부모님이 옥승혜에게 큰 위해를 가할까봐 더욱 얘기하지 못했다는 연우의 말도 어느 정도 이해할 수 있었다. 선재 또한 옥승혜를 죽여버리고 싶은 심경이었다.

연우가 제 손을 소중하게 어루만지는 선재를 지그시 바라보다가 말했다.

"나도 알아요. 내가 우리 엄마를 나쁜 엄마로 만들었다는 거."

그녀는 그가 백화점 엘리베이터 앞에서 했던 말이 마음에 걸렸던 것이다. 그녀 또한 알고 있었다. 자신의 오랜 침묵이 주변의 사람들을 어떻게 만들었는지.

"그래서 더 얘기 못 했어요. 엄마는 나쁜 엄마가 아니거든요. 무관심한 엄마도 아니에요. 우리 엄마는 좋은 엄마고 나한테 자랑스러운 분이에요. 내가 잘못한 거지."

선재는 그녀를 나무랐던 것이 미안해졌다. 자신의 지적이 연우의 마음을 무겁게 만든 것이다.

"그래서 결혼한 뒤에도 얘기 못 했어요. 일단 우리가 안 친하기도 했고, 어머님 아버님께서 나랑 우리 부모님을 어떻게 생각하실까 싶어서, 창피해질까봐 아무 말도 못 했어요."

누구에게도 자신의 속을 털어놓을 수 없었던 연우에게는 그런 고민이 있었다. 선재는 그녀를 따뜻하게 지켜봐주지 못했던 지난날들을 반성했다. 그에게도 큰 잘못이 있었다. 연우는 한숨을 길게 쉬고는 말을 이었다.

"근데 정말 뒤늦게 할 수 있는 게 아무것도 없었어요. 지금 와서 증거도 없이 그 사람을 벌주는 게 가능하지도 않을 거고."

한동안 안타까운 마음에 입을 열지 못했던 선재는 그제야 제 목소리를 냈다.

"있어."

"네?"

"증거 있어."

선재의 확신에 찬 대답에 연우는 눈을 말똥말똥 뜨고서 그를 바라보았다.

"삼 년 전. 엘리베이터 앞에서 있었던 일. CCTV에 찍혔다고. 내가 그 기록을 지웠을 거라고 생각해?"

아! 연우는 짧게 탄식했다.

"네가 소문내지 말라고 해서 그대로 두었을 뿐, 가지고는 있어. 그것과 네 증언, 그리고 수지 씨의 증언, 그런 것들이 있으면 충분히 상습 폭행으로 고소할 수 있어."

역시 이 남자는 철저하고 독한 사람이다. 그래서 몇 시간 전에, 옥승혜에게 위협적인 말을 서슴없이 할 수 있었던 것이다. 남의 편이면 무섭겠지만, 내 편이어서 한없이 든든한 사람.

"그러니까 혼자 고민하고 몰래 울지 말고 뭐든 제발 다 얘기해."

몰래 울지 말라는 그의 말에 연우는 치유받으면서도 뜨끔했다.

"아, 내가 이렇게 많이 우는 애가 아닌데. 나 진짜 그런 사람 아니에요. 어쩌다 보니 여보 앞에서만 자꾸 울게 되는 거예요."

"내 앞에서만?"

"그렇다니까요."

"그 노랑머리 앞에서도 울었잖아."

아, 연우는 다시 뜨끔했다. 내 편이어서 한없이 든든한 건 좋은데, 집요하고 의외로 뒤끝도 있는 남자. 무안해진 연우가 가만히 눈을 굴리니 선재가 다정하게 미소 지었다.

"몰래 울지 말고 내 앞에서 울어. 위로해줄 테니까."

그는 그녀를 격려했다. 그녀에게 맞추어 그 또한 변하고 있다. 그녀의 눈물 앞에서 아무 말 못 하고 멘붕이 왔던 시간들을 지나, 이제 그녀를 위로해주고 다독일 줄 아는 사람이 되었다.

"집에 가자."

차는 부드럽게 미끄러지며 백화점 주차장을 벗어났다. 이 길고 아팠던 하루의 끝이 해피엔딩이라는 게 행복하고 신기한 그녀였다. 그런데 이 부부의 아름다운 귀갓길에 별안간 휴대폰 벨소리가 쩌렁쩌렁하게 울렸다. 승용차의 모니터와 연결된 화면에 '아버지'라는 글자가 떴다. 선재의 아버지 운호가 선재에게 전화를 건 것이었다.

"네. 아버지."

[어디냐.]

스피커를 통해 운호의 목소리가 크게 울렸다.

"집에 가려고요."

[이리 오고 있다고?]

"거길요? 왜요?"

[새아기가 얘기 안 해?]

두 사람의 통화를 멍하니 듣고 있던 연우가 제 무릎을 탁 쳤다. 호텔에서 운호와 나눴던 대화가 이제야 생각난 것이다. 운호가 생일 선물로 집에 놀러 와서 자고 가라고 했다. 연우는 알겠다고 대답했다. 아버님의 추진력이 남편 못지않았다. 연우가 뭐라 핑계를 댈 새도 없이 운호는 연우에게 약속을 받아낸 것이다.

"아버님! 저희 가고 있어요! 얼른 갈게요!"

연우는 휴대폰에 대고 크게 소리 내었다.

[그래. 이따 보······.]

깜짝 놀란 선재는 운호의 대답이 끝나기도 전에 전화를 뚝 끊어버렸다.

"뭐야? 어딜 가. 이 밤에."

"아버님이 생일 선물로 집에 놀러 오라고 하셨었어요. 정신이 없어서 잊어버렸네요."

"으휴. 안 가도 돼."

"아니에요. 난 가고 싶어요."

"그럼 오늘은 늦었으니까 내일 가자."

"오늘은 아버님 생신이잖아요. 오늘 할 수 있는 걸 해야지."

연우는 야무지게 주장했다. 선재가 걱정스런 눈빛으로 연우를 바라보았다.

"정말 괜찮겠어? 피곤할 텐데."

"괜찮아요. 괜찮아."

"······."

"정말로 괜찮아요. 이제 거짓말 안 해요."

연우의 기운 넘치는 대답이 선재의 마음에 닿았다. 선재도 연우의 뜻에 응하게 되었다.

"그래, 가자. 그래도 불편해지면 언제든지 말해."

선재는 운전대를 돌렸다.

삼십어 분을 달린 끝에 선재의 차는 저택에 닿았다. 연우와 선재는 넓은 마당익 길게 이어진 디딤돌을 밟아 집 안으로 들어갔다. 그런데, 집 안에서 들려오는 소리가 심상치 않았다. 한두 사람의 목소리가 아니었던 것이다.

"손님이 계신 것 같은데?"

"그러게요."

"고모 목소리가 들리는데 괜찮겠어? 지금이라도 도망갈까?"

"아니에요. 괜찮을 거예요."

그래도 선재는 마음이 놓이지 않았다. 선재는 도망가기 위해 연우의 팔을 잡았다. 그러나, 뒤로 돌아서기도 전에 응접실에서 사람이 나왔다. 선재의 어머니 미현과 고모 윤미였다.

"어머님."

"우리 새애기 왔네!"

미현이 반갑게 맞아주었다.

"고모님도 오셨어요."

"그래."

고모 윤미는 연우의 인사를 어색하게 받아주었다.

"안으로 들어가자."

미현은 선재와 연우를 응접실 안으로 안내했다. 응접실에 들어서니 세상에, 초대된 사람은 고모뿐이 아니었다. 고모부, 숙모와 숙부, 그 숙모의 아들인 은혁과 은혁의 처, 그리고 은혁의 아들이 모두 모여 있는 것이 한눈에 들어왔다.

"후우. 저희 왔어요."

선재가 난감한 한숨을 쉬며 인사했다.

"어서 와라."

잠든 질손의 무릎베개를 하게 된 운호가 흡족한 목소리로 그들을 맞았다. 선재의 사촌형인 은혁과 은혁의 아내도 반갑게 인사했다.

"근데 새아가, 뺨이 왜 그래."

그때 연우의 얼굴을 살피던 미현이 상처를 발견하고선 물었다. 뒤편에 있던 고모 윤미도 슬그머니 다가와 연우의 뺨을 확인하고는 호들갑을 떨었다.

"상처 났잖아! 어디서 다친 거야. 병원은 다녀왔어?"

"아, 아뇨. 시간 지나면 그냥 없어질 텐데요."

"그래도 그게 아니지. 얼굴에 난 상처잖아. 여자가 얼굴을 아껴야지. 이런 거 제때 치료 안 하면 금방 늙어."

고모의 지적에 미현의 고왔던 음성이 딱딱해졌다.

"아가씨, 말머리마다 버릇처럼 붙는 '여자가'는 좀 빼죠."

마른침을 삼킨 고모가 미현의 눈치를 보고는 말을 정정했다.

"아유. 내가 말을 잘못했다. 아무튼 얼굴 상처는 빨리 치료하는 게 좋아. 언니, 연고 어디 있어요?"

"그냥 있어요. 내가 찾아올 테니까."

미현이 떠났다. 연우는 이 단편의 대화를 통해 위계질서를 파악하게 되었다. 오래전 육촌 형제의 결혼식장에서 연우에게 면박을 주었던 고모는, 실은 미현에게 꼼짝도 못 하는 인물이었던 것이다.

"아프겠네……."

"아뇨. 별로 안 아파요."

자신의 뺨을 재차 살피는 윤미가, 연우는 낯설었다. 그런데 그 어색한 모습은 왠지 정감이 느껴졌다.

"걱정해주셔서 고맙습니다."

"아니야."

윤미가 어색하게 대답했다. 마법에 걸린 것처럼, 윤미의 태도는 달라져 있었다. 연우는 그 간극에 고개를 갸웃거렸다. 어머님 앞이라 고모도 긴장한 걸까, 아니면 그간 다른 일이 있었던 걸까. 연우가 고모와 붙어 있으니 선재가 슬금슬금 연우를 끌어당겼다. 연우가 제 가까이 오자 선재가 몰래 귓속말했다.

"인사하고 집으로 가자. 여기 위험해."

위험하다는 그의 사족이 우스워 연우는 웃고 말았다.

"정말 괜찮아요. 여기서 자고 갈래요."

자신을 걱정해주는 마음이 고마웠지만 연우는 이것이 위기가 아니라 기회일 수도 있겠다는 생각이 들었다. 시댁의 식구들과 한 번도 제대로 어울려본 적이 없었다.

"연우야, 이리 와봐. 약 발라줄게. 옷도 갈아입어야겠다."

선재와 더 이야기를 나누기 전에 멀리서 미현이 연우를 불렀다. 연우는 바로 미현에게로 갔다. 응접실의 옆방으로 연우를 데려간 미현은 연우에게 옷 한 벌을 안겼다.

"이거 새거야. 네가 자고 가면 주려고 하나 샀지."

"네. 고맙습니다."

"내가 딸이 없어서 한이 많았나봐. 요즘엔 네가 입을 만한 예쁜 옷만 보면 자꾸 사고 싶어지네. 밴드 붙여줄게, 여기 앉아봐."

연우는 미현이 건네준 옷을 가슴에 끌어안고서 의자에 앉았다.

"예쁜 얼굴에 상처가 생겨서 어쩌니."

연우의 눈높이에 맞게 허리를 굽힌 미현이 상처 자리를 닦고서 습윤 밴드를 길게 잘라 붙였다.

"흉 없이 아물었으면 좋겠네."

연우의 눈높이에 걸린 미현의 눈동자가 말갛게 젖어 있다. 진심으로 그녀의 상처를 걱정하는 마음이 연우의 내부를 찌르르 울렸다. 내가 정말 사랑받고 있어.

한 사람을 통해 맺게 된 인간관계. 겨우 한 사람과 관계를 맺었을 뿐인데 그로 인해 이 소중한 인연들을 얻게 되었다. 아무 조건 없이 자신을 소중히 여겨주는 사람들이 있다는 든든함은 스스로를 더 사랑스러운 사람으로 만들어주는 것 같다.

"다 됐다. 이제 옷 갈아입어. 이 층에 침대 큰 방 쓰면 돼. 오늘은 선재랑 거기서 자."

"고맙습니다."

연우는 미현에게 인사한 후 이 층으로 올라갔다. 몇 개의 방 중 큰 침대가 중앙에 놓여 있는 방을 찾았다. 옆방은 아기 짐이 있는 것으로 보아 은혁이네 가족이 쓰게 되는 모양이었다. 방 안으로 들어간 연우는 미현이 안겨준 옷을 펼쳐들었다. 샛노란 색의 후드티셔츠였다. 무척 편해 보일 것 같긴 하지만, 하하, 많이 귀엽네. 어머님이 딸처럼 귀엽게 여기는 마음에 사 주신 옷이니 귀여움으로 보답해야지. 연우는 드레스를 벗고 티셔츠와 바지를 입었다. 다행히도 바지까지 노란색 깔맞춤은 아니었다. 옷을 갈아입고 나오니 일 층 계단 앞에 있던 미현이 만족스럽게 함박웃음을 지었다.

"아유. 귀여워라."

미현의 취향이었던 것이다. 별것도 안 하고, 옷을 갈아입은 것만으로 효도를 할 수 있다니 참 놀랍다.

"고맙습니다. 잘 입을게요."

인사하고서 다시 응접실로 돌아가는 길에 선재를 만났다. 선재도 편한 옷으로 갈아입고 나온 것이다.

"옷 갈아입었네."

"네."

"속옷은 그대로네."

투시력이라도 가지고 있는 듯한 엄청난 눈썰미였다.

"……갈아입을 속옷이 없잖아요."

옷을 입고 있었는데도 그의 시선은 티셔츠 안쪽을 훑고 있는 것 같았다. 너무 감상이 길어지는 것 같아서 연우가 넌지시 물었다.

"이 옷 별로예요?"

"아니. 병아리 같고 귀여워. 아주."

그 밀도 있는 시선이 부담스러워 연우의 두 볼이 붉어졌다. 그럼에도 아랑곳없이 그녀를 바라보던 선재가 한참 뒤에 입을 떼었다.

"이만 방으로 들어가자."

엥? 온 지 몇 분이나 지났다고. 아직 여기 있는 사람들한테 인사도 제대로 못 했는데? 연우는 당황스러웠다.

"오자마자 들어간다고요?"

"병아리옷이 너무 귀여워서."

그에게는 모든 것이 이유다. 병아리옷이 귀엽다는 말 뒤에 무한의 것들이 숨어 있었다. 방으로 들어가게 되면 아마 이 병아리옷은 너무 귀여운 나머지 십 초 만에 사라질 것이다. 꿀꺽. 침이 크게 넘어갔다. 연우는 그를 따라 여유롭게 미소 지을 수가 없었다. 어르신들 다 계신 집에서, 이 남자가 지금 무슨 계획을 세우는 것인지. 또, 바로 옆방에 서는 아기가 자게 될 텐데!

"안 돼요. 안 돼, 안 돼. 지금 들어가서 뭘 하려고."

"네가 기대하는 거."

"……."

"인사하고 들어가자."

추진력의 신 강선재가 연우의 손을 잡고 응접실로 이끄는 동안 그녀의 심장은 쿵떡쿵 절구질하듯 거세게 울렸다. 지금 막지 않으면 무서운 일이 벌어질 것이다. 나는 내일 아침에 고개도 못 들고 다닐 거고. 절대 그의 폭주만은 막아야 한다. 이걸 어쩐다, 이걸 어쩐다…… 난관에 빠져 절박하게 탈출을 모색하며 눈을 굴리던 그녀의 앞에 숙부의 뒷모습이 딱 걸렸다. 간절히 구하면 우주가 들어준다고 했던가. 꾀가 하나 떠올랐다. 숙부가 술을 좋아하신다는 얘길 주워들은 적이 있다.

"숙부님!"

시숙부를 이렇게 반갑게 불러본 것은 처음이었다.

"응. 작은아빠라고 편히 불러."

시숙부는 자애로운 미소로 응답했다. 그녀는 필사적이다.

"네, 작은아버님."

아주 사교적으로 말을 이어갔다. 그녀가 왜 이러는지 알 수 없는 선재가 고개를 갸웃거리며 연우를 응시했다. 그런데.

"선재 씨가 작은아버님 얘기 많이 했어요. 약주 좋아하신다고 들었는데."

투웅. 믿었던 아내가 뒤통수를 치는 소리.

"선재가 내 얘기를 했어?"

숙부는 이용당하는 줄도 모르고 연우의 이야기에 상냥하게 답했다. 경악한 선재의 눈이 커졌다.

"선재 씨가 작은아버님이랑 술 마시는 걸 좋아하거든요."

내가 언제 좋아했다고. 선재는 연우를 날렵하게 쏘아보았다. 연우는 슬금슬금 선재의 시선을 피했다.

"아, 그래?"

"오, 아버지. 선재 술 잘 마셔요. 아시죠?"

선재의 사촌형 은혁이 저편에서 걸어오며 말을 거들었다.

"그래. 선재야. 오늘 오랜만에 만났으니까 기분 좋게 한잔하자. 마침 내가 가져온 양주도 있고."

"하하하……."

얼떨결에 당하게 된 선재의 텅 빈 웃음이 복도에 구슬프게 퍼졌다.

"여보 재미있게 놀아요."

연우는 선재의 등을 떠밀었다. 숙부가 사람 좋은 미소로 연우를 불렀다.

"질부도 한잔하지 그래."

"아뇨. 연우는 술을 잘 못 마십니다."

그 와중에도 연우의 뒤를 챙기는 선재.

"네. 저는 못 마셔요. 선재 씨가 제 대신 마셔줄 거예요."

그러나 연우는 상부상조하는 마음 없이 제 살길만 챙길 뿐이다. 이런 얌체 같은 부인을 봤나. 이보시오, 난 부인을 챙겨주는데 부인은 어찌 내게 이럴 수가 있소. 선재가 눈을 이글이글 부라리건만, 연우는 아랑곳없이 줄행랑을 쳐버렸다.

연우가 떠난 응접실. 어느덧 판이 커져서 은혁과 숙부 외에 숙모, 그리고 고모부까지 자리에 가세했다. 덕분에 선재에게로 오는 술잔은 줄었다. 그럼에도, 연우가 눈에 보이지 않아서 선재는 불안했다. 혼자 맥주를 벌컥 마시고 자버리는 건 아닌지, 밤새 찾지도 못하도록 이 큰 집 어딘가에 숨어버리는 건 아닌지. 선재는 연우와 떨어진 지 삼십 분 만에 자리에서 일어났다.

"저는 먼저 일어날게요."

"왜 더 마시지 않고."

숙부가 물었다.

"오늘따라 술이 잘 안 받네요. 아버지 생신 잔치라 좀 긴장했나봐요."

"하긴. 고생했겠네. 얼른 들어가서 쉬어."

"네, 안녕히 주무세요."

허락이 떨어지자마자 자리를 박차고 나와버린 선재는 이 층으로 올라가 두 사람이 하룻밤 묵게 된 방을 살폈다. 그러나 연우는 방에 없었다. 이 층 어디에도 연우의 모습이 보이지 않았다.

"대체 어디 간 거야."

와, 이연우. 이 갖기 힘든 여자. 돌아다니는 길에 미현을 만났다. 밤이 늦어 미현의 눈도 뻐꾼해져 있었다.

"어머니, 연우 어디 갔어요?"

"글쎄. 아, 아까 화원 문 열려 있냐고 물어보긴 하더라."

"후우…… 연우 찾아올게요."

선재는 서둘러 계단을 내려갔다.

전등 빛이 노랗게 비치는 화원의 밤은 낮과는 또 다른, 아늑하고도 낭만적인 분위기를 만들어낸다. 이 화원의 특이한 점이 있다면 식물의 이름을 적은 표지판에 꽃말까지 함께 적혀 있는 것이다. 화원의 주인인 미현의 섬세하고도 감성적인 면모를 알 수 있는 부분이다. 이름표에 붙은 꽃말들을 일일이 확인하며 거닐던 연우는 화원의 끝자락에서 분홍색 미니 장미를 발견했다.

"와아. 예쁘다……."

분홍색 장미를 제일 싫어하게 되었지만, 싫다고 해서 장미가 예쁘지 않은 건 아니었다.

"미워해서 미안해. 언젠가 다시 좋아해줄게. '다른 미래'에서 벗어나게 되면."

연우는 장미들에게 말을 붙였다. 분홍 장미라고 쓰인 이름표 아래에 '사랑의 맹세'라는 글씨가 보였다. 분홍 장미의 꽃말이 사랑의 맹세인 줄은 처음 알았다. 연우는 오늘, 백화점 엘리베이터 앞에서 그녀에게 '사랑해'라고 몇 번을 말해주었던 선재의 음성을 떠올려보게 되었다.

"오늘은 내가 너무했나? 흐흣."

문득 그를 숙부님에게로 떠밀어버린 것이 양심에 찔렸다.

"내일부턴 잘해줘야지."

그렇게 스스로 면죄부를 준 그녀의 등 뒤로 무시무시한 목소리가 들려왔다.

"이연우."

헉. 자신을 부르는 남편의 목소리에 연우는 몸을 급히 숨겼다. 왜 여기 있지? 벌써 자리를 정리한 건가?

"이연우. 거기 있는 거 알아."

선재는 거듭 아내의 이름을 불렀다. 아까 분명히 누라 것이 불쑥 웅직이는 게 보였는데. 또 금방 노란 후드티는 자취를 감추었다. 머리가 보였던 곳까지 급히 걸음을 옮겼건만, 그녀는 벌써 사라져버리고 없었다. 앙큼도 하셔라. 병아리처럼 입고서 토끼처럼 도망을 가?

화원이 넓은 것이, 부잣집에 사는 것이 이토록 답답하고 원망스러운 적이 없다. 선재는 본의 아니게 숨바꼭질을 해야 되는 운명이 되었다.

"예쁜아. 얼른 나와."

제 살길 찾겠다고 남편을 팔아먹어? 속은 부글부글 끓지만 예쁜 말로 회유해보기로 했다.

"지금 나오면 화내지 않을 테니까, 나와."

한참 떨어진 곳에서 부스럭거리는 소리가 들렸다.

"……화 안 낼 거죠?"

순진한 부인이 숲의 요정 같은 목소리로 물었다.

"안 내. 얼른 들어가자."

그래서 다정하게 응답했다.

화 안 내. 밤새 예쁘다, 예쁘다, 해줄 뿐.

"에에. 거짓말."

연우는 선재의 착한 회유에도 아랑곳없었다.

"눈에서 레이저빔이 나오는데요?"

선재는 모습은 보이지 않는 채로 목소리만 내는 아내를 찾아 바쁘게 고개를 움직였다.

"원래 생겨먹은 게 이런 거라고 했잖아."

"아니에요. 여보는 충분히 착한 표정을 지을 수 있어요. 착하게 웃어봐요."

아아, 이렇게 잔망스러울 데가.

"얼른. 할 수 있어요. 해봐요."

그럼에도 선재는 그녀의 요구에 응하지 않을 수 없었다. 입가에 약간의 경련이 일었지만 그는 입술 끝을 올려 온화하게 웃어 보였다. 그러나 연우는 거기에서 멈추지 않았다.

"앞으로 부인 말 잘 듣겠습니다, 해봐요."

"뭐하는 거야, 지금."

"어어? 내 말 안 들을 거예요?"

"늘 잘 들었잖아. 내가 안 들었던 적이 있어?"

"엄청 많았던 것 같은데요. 얼른 해봐요. 앞으로 부인 말 잘 듣겠습니다."

"앞으로 부인 말 잘 듣겠습니다."

이히히. 그녀의 히죽거리는 소리가 화원의 공기를 사분사분 흔들었다.

"그럼 이번에는요……."

"아야, 아야."

이번에는, 연우가 요구를 하기 전에 그가 먼저 목소리를 내었다.

"장미가시에 찔렸어. 피 난다, 피."

"헉. 어디 봐요."

역시나. 강선재의 수석 건강관리인 이연우는 쉽게 걸려들었다. 피 난다는 말에 나무 뒤편에서 펄쩍 뛰쳐나온 그녀는 그가 붙잡고 있는 검지를 움켜잡았다. 그러나 그녀가 잡은 게 아니라 붙잡힌 거였다.

"잡았다."

선재는 픽 웃으며 그녀의 허리를 획 감았다가 아예 몸을 번쩍 들어버렸다.

"으악."

몸이 단번에 둥실 떠오르자 그녀가 비명을 질렀다. 그 상태에서도 놓쳤던 그의 검지를 허둥지둥 찾아 살피는 연우였다.

"뭐예요, 거짓말이에요? 안 다쳤어요?"

"숨바꼭질 그만하고 집에 가자."

선재가 가뿐하게 그녀를 안은 채로 걸음을 옮기며 말했다.

"어떻게 그런 걸로 거짓말을 해. 진짜 다친 줄 알았잖아요."

연우가 분한 듯 발을 동동 굴렀다. 선재는 그녀를 더욱 꽉 잡아야 했다.

"부인께서도 날 속이셨잖아요. 날 작은아버지한테 싸게 팔아넘겨놓고."

"그건 미안한데요. 좀 내려줘요. 내 발로 걸어갈게요."

"또 어딜 도망가려고."

"아니, 그게 아니라, 어른들이 본다고요."

"추워서 아무도 안 나와. 그리고 이걸 보시면 우리 금슬에 대해 더는 의심하지 않으시겠지. 집 앞까지만 가자. 후끈한 걸 마셔서 기운이 남아도네."

"술 많이 마셨어요?"

"어."

"미안해요."

"괜찮아요. 저보다는 부인이 힘드실 테니."

그의 목소리가 돌연 낮게 깔린다.

"술 먹으면 힘 조절이 안 돼서."

연우의 심장이 덜컹 소리를 내었다.

"우리 연우가 힘들겠네."

연우는 얼굴을 구기며 어색하게 웃었다.

"허허. 설마."

"설마가 사람 잡는 거 보여줄게."

"부사장님, 체통을 지키세요. 부모님, 어른들 다 계시는 집에서 그러시면 안 되죠."

"부인 앞에서 체통이 어디 있어요. 어제 퇴근할 때 회사에 두고 왔습니다."

주거니받거니 하다 보니 두 사람은 집에 닿았다. 약속대로 선재는 집 앞에서 연우를 내려주었다. 그녀를 안고 여기까지 왔으니 기운이 좀 빠져야 할 텐데 그렇지는 않았다. 숙부께 받아 마신 술은 취하는 데에는 쓰이지 않고 열로만 발산되는 모양이다. 선재는 연우가 또 도망칠 여유를 갖지 못하도록 손을 꼭 붙잡고 집 안으로 들어가 어른들께 인사했다.

"저희는 이만 들어가겠습니다. 안녕히 주무세요."

"그래. 잘 자라."

"편히 쉬어."

"제수씨도 잘 자요."

운호와 숙부와 은혁의 인사가 이어졌다. 다른 사람들도 손을 흔들었다.

"네. 안녕히 주무세요."

연우도 꾸벅 인사했다. 그간 자신을 떨떠름하게 여기는 듯했던 고모와 숙모도 어찌된 일인지 유순하게만 보였다. 역시, 오길 잘했다는 생각이다. 앞으로의 시간은 좀 걱정되지만.

이 층 계단을 모두 올라 둘만 남게 되었을 때 선재가 말했다.

"일단 씻을까?"

"네, 네? 왜, 왜요?"

놀란 연우는 엑스 자로 제 몸을 감싸며 물었다. '씻을까'라는 말이 같이 씻자는 말로 들린 것이다.

"아니 부사장님, 그러시면 안 되죠."

"무슨 소리야. 그럼 안 씻고 잘 거야?"

"아……."

"대체 무슨 상상을 하는 거야. 우리 부인 너무 밝히는 거 아니야?"

"허. 내가 무슨 상상을 했다고요. 난 이쪽에서 씻을 거예요. 씻는 데한 시간 넘게 걸려요. 두 시간 걸려요. 먼저 자요."

찔리는 구석이 있어 괜스레 말이 많아진 연우는 새초롬하게 욕실문을 열었다. 열린 문 사이로 선재가 먼저 쑥 들어갔다.

"왜 들어와요. 나 씻을 거라니까."

"같이 씻어."

선재가 티셔츠를 훌렁 벗어버리며 대답했다.

"아, 아니, 옷은 왜 벗어욧!"

이거 봐, 이거 봐. 결국 같이 씻자는 거잖아. 신이 잘 빚어낸 듯한 그의 흉근과 복근이 훤히 요염한 자태를 뽐내건만 당황한 연우는 자신을 보호하듯 뒤돌아 앉아 몸을 웅크렸다.

"이것 봐. 이럴 거였으면서. 마음이 급한 건 알겠는데요. 여기서부터이러면 안 되죠. 욕실은 씻는 곳이에요, 씻는 곳."

"여기서 뭘 해. 씻기만 할 거야. 세면대도 두 개니까 같이 씻자고."

이잉?

"옷이 젖잖아. 벗고 씻어야지."

아아…… 또다시 연우가 한 발 앞서 간 것이다. 이쯤이면 누가 더 기대하고 있는 건지 새삼 의심스러워진다. 연우는 서서히 일어나 코를 쓰윽 비비고는 세면대 앞으로 향했다.

"좀 기대하는 게 있긴 한가봐?"

선재가 놀리듯 물었다.

"설레는 마음은 이해하는데, 누가 보면 욕한다. 우리 부부 경력 다 소문나겠어."

억울해진 연우는 입술을 샐룩거리며 수건을 머리에 감아 바짝 올렸다.

"그러고 씻으려고? 옷 벗겨줘?"

병아리 후드티 그대로 세수하려 하는 연우에게 선재가 물었다.

"아니에요. 나는 원래 이렇게 씻어요."

선재는 자상하게 미소 짓고는 폭이 큰 수건을 꺼내 연우의 목에 꽉 맞게 두른 후 목덜미 쪽에서 고무줄로 수건을 묶었다. 수건이 미용실의 케이프처럼 변했다. 병아리옷을 적시지 않고 씻을 수 있게 되었다.

"오올. 고마워요."

"어렸을 때 아빠가 이렇게 씻겨주셨지. 내가 옷 안 벗고 씻는다고 생떼 부리던 시절에."

"아빠라고 부르네요?"

"그랬던 때도 있었어."

선재가 치약을 묻힌 칫솔을 건네며 대답했다. 옷 안 벗고 씻는다고 생떼를 부리는 꼬마 강선재. 그리고 그런 선재를 달래어 씻기는 아버지. 연우는 상상하는 것만으로도 마음이 즐거워졌다. 그녀는 금세 요게 되었다.

"흐흐흐."

"칫솔 물고 웃지 마. 치약 먹는다."

선재가 그녀의 어깨에 한 팔을 척 걸치며 말했다. 나란히 서서 양치질을 하는 건 처음이다. 거울을 통해 보이는 남편의 상체는 옷을 갖춰 입고 수건망토까지 두른 자신보다도 훨씬 듬직하다. 섹시한 것은 더 말할 것도 없어서 자꾸 눈이 간다. 나를 씻어야 되는 건데, 눈빛으로는 자꾸 그를 씻기고 있다. 양치질 내내 잠자코 있다가 입을 헹군 그가 말했다.

"빨리 씻어. 씻겨주기 전에."

"네?"

"자꾸 눈빛으로 유혹하지만 말고 얼른 방으로 들어가자고."

그녀의 마음속에 들어앉아 있는 음흉함을 귀신같이 잡아낸 것이다. 양치질을 마치고 세수를 하는 손이 새삼 떨린다. 이미 그는 몸을 정갈하게 하고서 그녀의 세면이 끝나기만을 기다리고 있다. 유혹은 늘 자기가 하면서. 그 적나라한 눈빛에 몸이 뚫릴 것만 같다. 이윽고 그녀가 세수를 마치자마자 그의 손에 의해 수건 망토가 풀려나갔다. 막 세수를 마친 아내의 투명하고 탐스러운 피부를 물고 빨고 핥고 싶은 원초적인 욕심이 취기처럼 속에서 일렁일렁한다.

"이제 자자."

선재는 연우의 손을 잡고 곧장 방으로 직행했다. 방문이 스륵 닫히고 찰칵 잠겼다. 적당한 크기의 침실은 영락없이 둘만의 세계가 되었다. 남들 앞에서 점잔을 떨고 있었던 그의 매너손이 본성으로 돌아오는 시간이다. 이마와 뺨과 귀밑으로 쏟아지는 키스 세례에 이성이 일탈하려는 와중에 잠시 걱정되는 것이 있어 연우는 급히 말을 내뱉었다.

"옆방에서 애기가 잘 텐데."

"자는 애기가 깨지는 않을 거야."

"자는 애기가 문제가 아니라, 애기가 자는 집이 조용한 게 문제죠."

"괜찮아. 방음이 완벽한 집이야."

그러나 그가 변명을 하기가 우습게 문밖에서 소리가 들렸다.

"얼른 쉬어. 방 뜨끈뜨끈하니까 온도 조절해서 자고."

"네. 고맙습니다. 숙모님도 안녕히 주무세요."

은혁 내외를 챙기는 미현과, 은혁의 대화였다. 뜨끈뜨끈하던 공기
가 서늘하게 식는다. 연우가 선재를 쏘아보았다.

"다 들리잖아요! 뭐? 방음이 완벽해?"

그러나 큰 소리를 내진 못하고 따져야 했다. 그녀가 소리를 죽이며
선재를 흘겨보았다. 딱 거기까지만 면박을 주고 끝내면, 어쩌면 문제
가 없었을 텐데.

"어디 눈 가리고 어흥이야."

아아, 사모님.

"……아니, 아웅. 눈 가리고, 아 웅."

"심심하게 왜 요즘은 말실수 안 하시나 했지."

뒤늦게 제 실수를 깨달은 연우가 구차하게 앞말을 정정했으나 이미
늦었다. 백 퍼센트 밀도로 채워지는 그의 눈빛 안에 연우는 꽉 갇히고
말았다.

"진짜 너 없으면 못 살 거야, 난."

'어흥'을 기대했나. 실수도 너무 귀엽게 해주시는 내 부인. 네 모든
게 좋아. 좋아 죽을 것 같아.

연우는 웃지도 울지도 못한 채로 조용히 뒷걸음질 치다가 운명처럼 침대에 털썩 착석했다. 나도 나 때문에 못 살겠어요…… 성큼 다가온 커다란 손 하나가 그녀의 시야를 덮어버린다. 말실수에 창피해졌던 방금 전 또한 기다란 손가락들에 푹 덮었다. 홀로 어두운 그 속에서 감각들이 예민해졌다. 어흥. 입가 가까이에서 환청처럼 목소리가 들렸다. 움찔하여 입술이 벌어진 순간 물컹한 숨결이 서슴없이 안쪽으로 침입했다. 그의 손이 떨어진 이후에도 그녀는 눈을 뜰 수가 없었다. 양치질 직후의 상쾌한 입안이 다시금 질척해졌다. 손끝까지 전율이 와서 그녀는 그의 팔을 지그시 붙잡았다. 그 신호가 그를 부추겼다.

그녀의 허리춤으로 내려간 그의 손이 단번에 병아리를 떠나보냈다. 겨우 눈꺼풀을 들어 올린 연우가 안녕 병아리, 인사할 새는 없었다. 눈앞의 어흥이가 노골적인 시선으로 자신을 훑어 내리고 있었다. 어딜 먼저 물어버릴까 생각하는 표정으로.

"뭐랄까. 이연우한테 빨려들어가는 기분이야."

그가 그녀의 허리를 당겨 제 허벅지 위로 올리자 연우는 흡, 숨을 들이켰다.

"너무 예쁘다."

바깥으로 소음이 새어나갈까 염려하는 마음이 사라져버렸다. 자신을 예쁘다고 말하는 감탄사는 또 다른 유혹이었다. 유혹받고 있었지만 하루의 치유이기도 했다. 내내 그는 그녀에게 사랑한다고, 사랑스럽다고 말해주고 있었다. 뭉클해진 연우가 먼저 그의 턱을 올려 입맞춤했다. 참 길었던 하루. 눈송이처럼 꽁꽁 뭉쳐진 것들이 봄날처럼 녹아내린다. 방 안은 여름처럼 뜨겁기도 했다.

다음 날 아침, 먼저 눈이 뜨인 연우는 조용히 침실을 빠져나왔다. 겨울 아침인데도 햇빛이 좋다. 도심의 아파트에서는 느끼지 못하는 상쾌한 공기였다. 밖으로 나온 그녀는 저편에서 시어머니 미현이 마당을 쓸고 있는 것을 보았다.

"안녕히 주무셨어요."

"일찍 일어났네. 잘 잤어? 내가 방에다가 커플 잠옷 놔뒀는데 입고 잤어?"

아. 하하하. 어머님이 그렇게 신경 써주셨는데 그걸 입고 자지는 못했다. 몸에 두른 건 그저 이불과 그의 손바닥뿐인 밤이었다. 그런데도 참 더웠다.

"정말 예쁘더라고요. 고맙습니다."

하지만 연우는 입어보았다는 뉘앙스로 인사했다.

"빗자루 주세요. 제가 쓸게요."

"아니야. 이거 나 운동하는 거야."

연우가 대신 마당을 쓸겠다고 하자 미현은 손사래를 쳤다.

"갑자기 와서 불편한 건 없었어?"

"네. 정말 다 좋아요."

미현의 질문에 대답한 연우가 잠시 눈을 굴리다가 다시 물었다.

"그런데요, 어머니. 어머님께서 고모님이랑 숙모님한테 무슨 말씀 하셨어요?"

"응? 무슨 말?"

"저랑 잘 지내라는……."

지금까지 자신을 탐탁지 않게 보던 고모와 숙모의 태도가 달라진 것이 수상하여 물었다. 미현이 두 사람을 타이른 게 아닌가 싶어진 것이다.

"아니. 그런 말은 안 했는데. 왜? 태도가 변했어?"

"이전이랑은 약간 달라서요."

"나 없는 데에서 고모랑 숙모가 군기 잡으려고 했구나?"

도리어 미현이 미루어 짐작하며 물었다.

"연우야, 그럴 때는 세게 나갈 필요가 있어."

미현의 표정이 진지해졌다.

"약한 사람에게는 물러도 되지만, 강한 척하는 사람에게는 같이 강한 척할 필요가 있지."

그것이 미현이 터득한 삶의 지혜였다. 약한 사람에게 약하고 강한 사람에게 강한 것.

"그게 한 번에 되는 건 아니고 꽤 오랜 시간 연습이 필요할 거야. 그래도 늘 기억하고 마음을 다지도록 해."

연우는 크게 끄덕여 보였다. 부드럽고도 강직한 시어머니가 존경스러웠다.

"근데 그럼요, 어머님께서는 제가 약해 보여서 잘해주시는 거예요?"

한층 가까워진 마음으로 연우가 다시 질문했다.

"아니! 우리 새아가한테는 고마워서 그러지."

오해하지 말라는 듯 미현의 목소리가 높아졌다.

"그 녀석이랑 살아주잖니. 내 은인이지. 일생의 시름을 해결해줬으니까."

햇살이 머금은 따끈한 기운이 연우의 안쪽으로 스며든다.

"알다시피 선재가 좀 예민하고 독한 데가 있잖아. 그 성격을 누가 받아주려나, 연애는 하려나 결혼은 할 수 있으려나 생각했는데 널 데려오더라니까."

이 얘기를 전에도 비슷하게 들은 적이 있었다. 미현의 마음은 조금 두 꾸밈이 없었던 것이다.

"누구랑 선을 보게 해야 되나 머리 싸맬 일도 없었어. 결혼은 정말 편하게 시켰지."

미현은 흐뭇하게 웃었다.

"결혼한 뒤로 선재 성격이 변한 것 같기도 하고 말이야. 선재가 제 아빠한테는 네가 세상에서 제일 재미있다고 웃으면서 자랑했다더라. 나도 못 고쳤던 내 아들을 이렇게 바꿀 수 있는 사람이 있다는 게 정말 신기했어."

연우도 수줍게 미소 지었다. 별로 한 것도 없는데 칭찬을 담뿍 받은 것 같아 머쓱하기도 했다. 소심하고 무디고 사교성도 없는 내가 정말 이런 사랑을 받아도 되는 걸까? 조건 없는 사랑이 과분하게 여겨지기도 했다. 그녀가 부끄러워하는 것을 알고서 미현이 다시 말을 걸었다.

"선재 어렸을 때 앨범 보여줄까?"

연우의 눈이 이내 반짝 빛났다.

"네! 좋아요!"

"들어가자."

미현은 빗자루를 옆으로 치우고 집 안으로 안내했다.

일 층의 서재. 벽면이 책으로 도배된 공간의 가장 아래쪽에서 미현은 두꺼운 앨범 하나를 꺼냈다. 미현이 두툼한 표지를 넘기자 100일 남짓 되어 보이는 아기 사진이 나타났다. '나는 강선재요' 하고 이마에 써 붙인 것만 같은 시크함.

푸핫. 아기답지 않게 세상에 대한 두전정신이 가득한 눈빛이 연우를 뻥 터지게 했다.

"이때 표정이랑 지금 표정이 어쩌면 이렇게 똑같을까요."

"사진은 일부에 불과해. 분위기도 싸했다니까. 선재 아빠도 과묵하고 선재도 과묵하고 그래서 난 별로 사는 재미가 없었어."

그렇게 대답하면서도 미현의 표정은 아련한 추억에 깊어져 있다. 페이지가 찬찬히 넘어갔다. 선재는 키가 커지고 움직임이 생겨날 뿐 달라지는 것이 거의 없었다. 온갖 좋은 장난감을 들고서도 즐거운 무표정, 장난감을 빼앗겨서는 슬픈 무표정, 손으로 V자를 해 보이면서도 시크하기 이를 데 없는 모습은 한숨이 나오게 했다. 그런데도 그의 과거를 알아가는 과정이 재미있었다. 페이지를 넘길 때마다 조금씩 커가는 그의 모습에 괜스레 뿌듯하고 기분이 좋았다. 그렇게 사진 한 장한 장을 짚어가던 연우의 손이 앨범의 중간 즈음에서 멈췄다.

'학교 운동회 사진인가?'

V자를 한 무표정의 선재 옆에 빙긋 웃고 있는 남자아이 한 명이 눈에 들어왔다. 선재와 비슷한 키에 비슷한 체구, 그러나 인상은 완전히 다른 남자아이. 강아지상의 얼굴로 선하게 웃고 있는 남자아이는 마치 연우가 아는 사람인 것처럼, 오래전부터 알고 지냈던 것처럼 익숙한 느낌이었다.

"어머니, 이 친구는……."

연우는 말끝을 맺지 못했다. 다른 앨범을 꺼내 보려던 미현이 연우에게로 다가와 연우가 짚어낸 사진을 알아보고서 대답했다.

"딱 한 장 있는 사진이야."

남자아이의 선한 눈매를 따라하듯 미현의 눈빛도 선하게 젖어갔다. 연우의 가슴이 일렁이고, 울렁거렸다.

"선재의 옛날 친구란다. 사울이라고 해."

연우는 얼마 전, 학교 캠퍼스에서 만났던 한 남자를 떠올렸다. 머리가 노랗고 인상이 좋았던 남자. 선재와 비슷한 키에 비슷한 연령대, '사울'이라는 특이한 이름을 알려주었던 남자. 연우가 지금 손으로 짚고 있는 남자아이가 왠지 그와 비슷한 인상이라고 생각했는데, 미현의 입을 통해 전해진 이름 또한 '사울'이었다. 가슴이 뜨거운데 머리끝은 오싹했다. 이것은 우연일까? 연우는 떨리는 목소리를 숨기며 미현에게 물었다.

"유사라 언니의 오빠 말씀하시는 거죠?"

"역시 새아기한테는 다 얘기했구나."

선재가 아내를 얼마나 의지하고 신뢰하는지 다시 한 번 확인했다는 듯 미현은 흐뭇하게 끄덕였다. 하지만 눈동자를 적신 반짝임은 그대로다.

"맞아. 그 친구야. 사라의 쌍둥이 오빠, 유사울."

연우는 어찔했다. 손끝까지 떨렸다.

'난 귀신을 만난 건가?'

아니야. 귀신일 리 없어. 흐릿하지만 사진에도 찍혔는걸.

'나만 그 사람을 본 것도 아니잖아. 결혼식장에서는 관리인이 보았고, 드레스숍에서는 숍의 직원들이 보았는데.'

하지만, 떠올려보면 그 사람의 존재는 처음부터 이상했다. 누렁이가 있어야 할 자리에 그 사람이 있었던 순간부터. 스토커가 아니고서야 그렇게 마주칠 수는 없다. 게다가 마치 수호천사처럼, 연우가 난감해진 순간마다 짠, 하고 나타나 도움을 주었다. 도움인지 뭔지도 몰랐던 사건들 또한 시간이 지나고 난 후에 도움이었다는 걸 알 수 있었다,

그렇게 세 번이나 도움을 받았다.

"둘이 참 친했지. ……선재가 웃음이 없어지고 친구를 깊이 사귀지 못하게 된 건 그 사건 때문일 거야."

연우가 상념에 빠진 동안 미현은 따로 말을 이어갔다. 연우도 곧장 상념을 접고 미현의 말에 집중했다.

"선재 씨가 많이 힘들어했나요?"

"그런 충격을 견디기 힘든 나이였지. 그래도 의사들은 긍정적으로 봤어. 그런 충격을 경험한 아이치고는 굳세다고 했었어."

"혹시 그냥 이겨낸 척한 건 아니었을까요?"

"그럴 수도 있겠지? 하지만 그렇다면 나는 좀 슬플 거야. 그 애는 내게 줄곧 공포도 없고, 아픔도 무뎌진다고 했으니까."

연우는 끄덕였다.

"어머님께 그렇게 말씀드렸다면 그게 맞을 거예요."

그때가 떠오른 미현은 결국 눈물을 떨구었고 급하게 닦아냈다. 때마침 선재가 방으로 들어왔다.

"어머니, 안녕히 주무셨어요?"

"응. 그래. ……아참, 질손 줄 신발을 사다놨는데……."

미현은 선재의 인사를 대강 받아주고는 잊은 것이 있다며 후다닥 방을 나가버렸다. 미현의 뒷모습을 눈으로 좇는 동안 연우도 가슴이 먹먹해졌다.

"앨범 보고 있었어?"

연우의 곁에 있는 앨범을 알아본 선재는 연우의 옆에 앉았다. 연우는 서둘러 앨범을 닫아 다시 책장에 꽂았다.

"네. 다 봤어요."

캠핑장에서, 잠깐 이십일 년 전의 화재 사건에 대한 이야기가 나온 적이 있었다. 그때 선재는 기억을 잊어가고 있다고 했다. 그는 그때의 친구에 대해, '문득문득 그리운데 얼굴이 떠오르지 않는 사람'이라고 표현했다. 그 사람에 대한 기억이 지워지니 불도 피울 수 있게 되었다고, 캠핑할 생각을 하면서 설렐 수도 있게 되었다고도 말했다. 이제 화재 사건에 대한 기억은 선재에게 완벽한 과거가 되었다.

'조금 더 생각해보자.'

지금 그 남자에 대해 무턱대고 선재에게 이야기하는 것은 선재의 혼란을 가중시킬 수 있다. 한 번 더 노랑머리 남자와 인연이 있어서 만나게 된다면 그때 남자에게 물어보는 게 먼저일 것이라고 판단했다.

"잘 잤어?"

"네. 여보는 잘 잤어요?"

연우는 서울에 대한 생각을 접고서 선재에게 물었다. 혹시 선재가 방금 전의 대화를 듣지는 않았을까 신경 쓰였다.

"아니. 아침에 일어나니까 부인이 없어져서 침대에서 울었어."

선재의 목소리는 평소와 다름이 없었다. 농담을 던지는 걸 보니 남편은 미현과 연우의 대화를 듣지 못한 모양이었다.

다 같이 아침 식사를 마친 후, 운호네 집을 방문한 사람들이 헤어질 시간이 되었다. 후일을 기약하며 저마다 인사를 나누고 있는 동안 선재의 고모 윤미도 연우에게 다가와 쭈뼛쭈뼛 말을 건넸다.

"내가 질부를 좀 오해했어."

"네?"

영문을 알 수 없는 연우는 눈을 동그랗게 뜨고서 물었다. 윤미는 모두 이실직고했다.

"마진태 사장 부인이 내게 접근해 왔었어. 그래서 질부 흉을 좀 보더라고. 질부가 선재한테 계획적으로 접근한 거라는 둥, 자기 딸을 계속 따라해왔다는 둥. 후우. 그런 데에 걸려들면 안 되는 거였는데."

역시, 그럴 줄 알았다. 연우는 한숨을 한 번 털어냈다.

'내가 상희를 따라했다는 소문을 퍼뜨리기 위해 그런 연극을 한 거구나.'

승혜의 유치한 공작에 씁쓸해졌다.

"어쩌면 어제 자선 행사에서 질부가 나 때문에 옷을 갈아입었던 건지도 몰라. 마진태 부인이 얼마 전에 물었었거든. 질부 시어머니는 어디 드레스숍 이용하시냐고. ……그런 일이 일어나서 나도 당황스러웠어. 뒤늦게 내가 속았다는 생각이 들더라고."

윤미는 미안하다는 말을 하지는 않았지만, 그 표정에서는 충분히 미안해하는 마음이 드러났다. 가볍게 속아 넘어간 윤미를 크게 탓할 수는 없었다. 윤미와는 조금도 교류가 없었으니 한때나마 윤미는 연우보다 옥승혜를 더 신뢰했을 것이다. 지금이라도 이용당했다는 것을 깨닫고 모두 말해줘 연우는 감지덕지할 뿐이다. 윤미는 고개를 갸웃거리며 말을 이어갔다.

"하지만 이해가 가지 않네. 왜 그런 짓을 벌였을까? 결국 나중엔 제 딸이 망신당할 텐데."

윤미는 그렇게 추측했지만, 그게 아닐 수도 있다. 옥승혜는 소문을 내고 싶어 하는 사람들의 심리를 잘 이용해먹는 사람이었다. 이미 자신이 원하는 바를 달성했을 수도 있다. 이연우를 논란의 도마 위에 올려놓는 것. 계속 그렇게 한다면 연우는 뒷소문이 많은 사람으로 각인된다. 뒷소문이 많은 사람은 그 자체만으로도 타격을 입게 되는 것이다.

"제수씨."

윤미와 심각한 이야기를 끝낼 즈음에는 선재의 사촌형, 은혁이 말을 걸었다. 은혁과 마주하니 연우는 괜스레 제 발이 저려 얼굴이 달아올랐다. 어젯밤 선재와의 밀애가 방문을 넘어 은혁이 가족과 함께 머무는 방에 닿았을지 해서.

"네, 아주버니. 아기가 정말 많이 컸어요. 더 예뻐진 것 같아요."

찔리는 것이 생긴 연우는 아기에 대해 냉큼 먼저 말문을 열었다. 올해 다섯 살이 된 은혁의 아들은 딱 다섯 살다운 예쁜 개구쟁이였다.

"후우. 인제 제 엄마 아빠 머리 꼭대기에 올라가죠. 잠들어 있을 때만 예뻐요."

아기는 오늘도 운호와 놀고 있었다. 시아버지 운호가 저렇게까지 아기를 좋아하는 줄은 몰랐다.

"제수씨네는 가족계획 세웠어요?"

"네?"

아기를 보며 웃고만 있던 연우의 표정이 멍해졌다.

"아, 저……."

분위기도 돌연 이상해졌다. 그녀가 대답하는 것을 망설이는 사이에 연우 쪽으로 온 이목이 집중되었다. 왠지 멀찍이 떨어져서 아기와 놀아주는 시아버지도 목소리를 죽이고, 숨을 죽이고 귀를 쫑긋 세우고서 몰래 연우 쪽을 의식하는 것 같았다. 가족계획에 대해서는 한 번도 남편과 얘기해본 적 없는데. 가족계획을 세웠다고 해야 할지, 아직 계획이 없다고 해야 할지. 연우는 짧은 시간 동안 진땀을 흘렸다. 그때 구원자 선재가 연우에게로 다가와 연우의 어깨를 감쌌다.

"뭐 해? 무슨 얘기 했어?"

"너희 가족계획 얘기."

은혁이 대신 대답했다.

"우리 가족계획 얘기를 왜 형이랑 해."

선재가 뚱하게 쏘아붙였다. 난감한 상황은 벗어났지만 연우의 마음에는 시아버지 운호의 얼굴에 잠깐 비친 표정이 남았다.

한집에 모인 식구들과 인사를 하고 집으로 돌아온 두 사람. 선재는 집에 가는 내내 연우가 별말이 없었던 것이 마음에 걸렸다.

"은혁이 형 얘기 신경 쓰지 마."

집 안으로 들어오자마자 선재는 연우에게 당부했다.

"네?"

"가족계획 얘기 말이야."

"아. 그거야 뭐."

연우는 맹숭맹숭한 반응을 보였다. 당시에 조금 진땀을 빼긴 했지만, 현재 연우의 근심은 대부분 노랑머리 남자에 대한 것이었다.

"그것 때문에 표정 어두운 거 아니었어?"

"그런 말씀은 우리 엄마도 하는걸요."

그러나 선재가 그리 당부하고 나니 문득 궁금해졌다.

"근데 여보는요? 어떻게 생각해요?"

"응?"

"우리 한 번도 얘기해본 적 없잖아요. 가족계획."

연우는 진지한 눈으로 선재를 곧게 바라보며 물었다.

"난 아직은 생각 없는데."

"아, 그렇구나."

연우는 알겠다는 뜻을 담아 끄덕였다. 딱히 서운하진 않았다. 아이를 좋아하지 않는 사람들은 세상에 많았다. 그런데 선재는 사족을 조금 덧붙였다.

"딸을 낳으면 어떻게 하지, 하는 생각은 좀 있어."

그렇구나. 대를 이어야 되니까 아들이 필요하구나. 역시 그 마음도 이해할 수는 있지만 이번에는 약간 아쉬운 기분이 들었다. 내가 혹여나 아들이 아니라 딸을 낳으면 이 사람은 서운해하겠구나 싶어서. 그러나 그건 기우였다. 그의 뜻은 조금 달랐다.

"딸이 태어나면 회사를 그만둬야 될 것 같아."

"그게 무슨 소리예요?"

"쫓아다녀야지. 날 닮아도 예쁘고 널 닮으면 더 예쁠 텐데 요즘 세상이 험해서 누가 잡아가면 어떻게 해."

까닭은 그냥, 딸이 예쁠 것 같아서였다.

"나쁜 생각하는 사람들은 딸이건 아들이건 안 가리거든요."

"그런가?"

그래도 다행이다. 그는 딸을 마다하는 건 아니었다.

"아무튼 아기가 태어나면 일단 이사를 가야 될 것 같아."

선재는 조금 더 말을 이었다.

"지금 사는 집은 도심 쪽이라 너무 삭막해. 공기도 안 좋고. 아이들이 좀 뛰어놀 수 있었으면 좋겠어. 할 수만 있다면 수영장도 만들고 싶다. 나는 아이들이랑 수영장에서 놀고 수영하는 로망이 있거든. 밤에는 별도 좀 봐야 되니까 역시 도심은 안 맞아."

아니, 생각 없다는 사람이 이렇게 상당히 구체적일 수도 있나. 게다가 '아이'도 아니고 '아이들'이라고 했다. 한 명을 원하는 게 아니라는 소리다. '로망'이라는 말도 했다. 그를 바라보는 연우의 눈이 가늘어졌다.

"아, 주말마다 캠핑을 가는 것도 좋겠네."

"……이러면서 생각이 없어요?"

"응?"

"아기가 태어나면 뭘 할 거다, 로망도 한가득하면서 생각이 없어요?"

"아니야. 나는 네가 제일 중요해. 네가 좋아하지 않는다면 아이는 필요 없어."

떠벌떠벌 잘도 말하던 그는 금방 단호한 입장이 되었다. 연우의 입가에도 서서히 미소가 생겨났다. 연우는 솔직하게 진심을 말했다.

"나도 아기 좋아해요. 난 안 좋다고 한 적 없는데."

아기에 대해서는 한 번도 입에 담은 적이 없어 그는 그녀가 아기를 좋아하지 않는다고 생각하는 듯했다.

"거기다 내 아기인데 얼마나 이쁘겠어요."

"그래. 우리 아기는 정말 예쁠 거야. 널 닮아서."

돌연 쪽, 하며, 입술이 도장처럼 찍혔다. 그의 주특기 맥락 없는 키스다. 행복한 키스 뒤에는 현실주의자의 자세로 돌아왔다.

"하지만 천천히 시간을 갖자. 일단 고소를 진행하면 스트레스 받을 테니까 몸이 안 좋아질 수도 있을 거야. 네 몸에 신경 써. 벌 받을 사람들 벌 받게 하고, 아이는 그 후에 다시 생각해보자."

그는 마음 깊이 그녀를 배려하고 있었다. 낭만은 품되 상대의 안위를 살피는 따뜻함이 그녀의 마음을 벅차도록 채운다. 그를 바라보며 빙긋 웃고 있는데, 그 얼굴을 애틋하게 바라보던 선재가 현실주의자답게 말을 이었다.

"저녁때 변호사랑 만나기로 했어. 옥승혜 고소 준비해야지."

연우도 고개를 끄덕였다. 당장 급한 일이 무엇인지 그녀도 잘 알고 있었다.

"그 전까지 기억을 좀 정리해볼래?"

"기억이요?"

"응. 되도록 기억나는 것들을 구체적으로 정리해야 고소에 도움이 될 거야. 너무 힘들면……."

"할 수 있어요. 해볼게요."

연우는 덤덤히 자신 있게 대답했다.

"그래. 나도 내가 가지고 있는 자료들을 정리해볼게."

선재도 연우에게 일러두고선 돌아섰다. 연우가 혼자서 과거의 일을 정리할 수 있는 시간을 줘야 했다.

각자의 방에서 앞으로의 일을 준비하기로 하고 헤어진 두 사람. 그러나 연우는 선재의 앞에서 자신 있게 얘기했던 보람도 없이 컴퓨터를 켠 후에 바로 멍해지고 말았다.

"여섯 살 때의 얘기 먼저 해야 하나? 너무 오래된 얘긴가?"

경험을 열거하는 것은 방대한 일이었다. 폭행은 너무 자주 일어난 일이었기에 일일이 기억하는 것이 불가능했다. 컴퓨터 앞에서 한참 머리를 붙잡고 있던 연우는 문득 선재의 트라우마에 대해 생각하게 되었다. 그리고 오늘 사진으로 확인했던 '유사울'이라는 아이에 대해서도.

누렁 씨는 정말, 남편의 친구 유사울일까? 왜 내 곁을 맴돌며 필요할 때마다 도움을 주는 걸까. 환생이라도 한 걸까?

'아니, 혹시, 살아 있는 거 아니야?'

연우는 엉뚱한 기대감을 갖고서 책상 앞에 고쳐 앉았다. 그리고 검색창을 띄워 이십일 년 전의 방화 사건에 대한 기사를 검색했다. 기사 라이브러리에서 '강남' '산' '화재' '방화' '만취' 등의 단어를 조합하여 검색한 끝에 연우는 기사 하나를 찾아낼 수 있었다. 지금으로부터 이십일 년 전, 6월의 기사였다.

25일 오후 4시 10분 서울 강남 야산 무허가 판잣집에 화재가 발생해 집에 갇힌 초등학생 유모 군(10)이 사망하고 집에서 빠져나온 강모 군(10)이 부상을 입었다. 방화범 집주인 김모 씨(40)는 가출한 아내와 아들이 돌아온 것으로 오해하여 보복심리로 집에 불을 질렀으며 범행 당시 만취상태였다고 진술했다. 사상자들은 집이 빈집인 줄 알고 집 안으로 들어갔다가 화를 당한 것으로 밝혀졌다.

짤막한 기사에는 선재가 이야기했던 그대로의 내용이 담겨 있었다. 유사울은 그때 사망한 것이 맞았다. 활자화된 기사를 직접 확인하고 나니 선재에게서 처음 이 이야기를 들었을 때만큼이나 가슴이 미어졌다.

'남편도 내가 옥승혜에게 오랫동안 당했다는 사실을 알았을 때 이렇게 마음이 아팠을까?'

연우는 먹먹해졌다. 한편으로는 의지를 다질 수 있게 되었다. 남편이 자신 때문에 힘들어지지 않도록 기억 정리를 제대로 해야겠다고 생각했다.

'누렁 씨에 대한 의문이 남지만…… 하나씩 해결하자. 누렁 씨에 대한 건 이후에 다시 생각해보자.'

마음을 단단히 먹은 연우가 글을 쓰기 위해 검색창을 닫으려는데 검색어 순위가 자꾸 눈에 걸렸다. '제이백화점 부사장'이라는 검색어였다. 연우는 미간을 굳힌 채로 검색어를 클릭했다. 벌써 발 빠른 네티즌 몇 명이 한 커뮤니티에 올라온 글을 퍼 날라 연우는 쉽게 그 내용을 확인할 수 있었다. 제이백화점 부사장의 집에서 가정부로 일하던 여성이 쫓겨났다는 내용이었다. 연우는 내용의 원문을 확인해보기 위해 해당 커뮤니티의 주소로 들어갔다.

'재벌 고용주에게 해고 통보를 받았습니다'라는 제목의 글이 보였다.

저는 제이백화점 부사장인 강XX님의 집에서 삼 년째 일해온 가사도우미입니다. 얼마 전 저는 강XX 부사장의 부인 이〇〇 사모님으로부터 뜻밖의 해고통보를 받았습니다. 청소를 하라고 해서 청소를 한 것뿐인데 저를, 남의 집 물건을 훔치는 도둑으로 몰더군요. 해고된 지 며칠이 지났지만 저는 그때의 충격으로 잠을 이루지 못하고 있습니다. 원통해서 죽고 싶은 생각도 들더군요.

그분은 저의 뭐가 그렇게 못마땅하고 마음에 안 들었을까. 왜 저를, 삼 년 가까이 조용히 성실하게 일한 저를 쫓아내야만 했을까. 저는 이들의 사생활을 존중하여 이 년이 넘도록 거짓말도 기꺼이 해왔는데 말이죠.

강XX 부사장과 그 부인 이〇〇씨. 이들은 사실 쇼윈도 부부입니다. 밖에서는 깨가 떨어지는 잉꼬부부라 하더군요. 사람들이 많은 곳에서 두 사람은 오랫동안 연극을 해왔으니까요. 실상은 다릅니다. 두 사람은 집에서 각방을 쓰고 서로 만나는 일도 없습니다. 늘 이혼 직전처럼 살벌했습니다.

저는 그런 집에서 만 이 년을 꿋꿋하게 청소와 살림을 해왔습니다. 종종 근무시간이 아닌 경우에도 갑자기 일은 시켜 저는 다른 집 살림은 만을 수도 없었습니다. 대상포진에 걸려 근무가 힘든 날까지도 일을 시키더군요. 여러 가지 고통스런 것들이 있었지만 이 년 넘게 군말 없이 일을 했습니다. 그런데 어느 날 갑자기 저를 쫓아내더군요. 도둑 누명까지 씌워가면서.

쫓겨난 이후에 알게 되었습니다. 두 사람의 거짓 결혼생활이 알음알음으로 퍼져가고 있다는 것을요. 그 집의 사모님은 그 소문을 제가 냈다고 생각했던 겁니다. 오히려 그 비밀을 저는 목숨처럼 지켰는데요.

사모님, 아니면 제가 너무 많은 것을 알고 있어서 무서워지신 건가요? 정말 알고 싶습니다. 이 글을 써 내려가는데 문득 생명의 위협을 느낍니다. 돈 있는 사람들이 얼마나 지독한지 알았거든요. 제 안위를 보장받지 못하는 상황이지만 혹시라도 제게 사고가 닥친다면 아무것도 하지 못한 것이 억울할 것만 같아 피를 토하는 심정으로 글을 씁니다. 또한 도둑이라는 누명만은 꼭 벗고 싶네요.

그리고 사모님, 이 글을 보시고 깨달은 바가 있으시다면 제게 사과를 부탁드립니다. 인간이라면, 그러면 안 되는 겁니다.

글의 말미에는 자신의 신분을 증명할 수 있는 신분증과 가사도우미 계약 당시에 썼던 계약서가 함께 찍힌 사진이 있었다. 계약서와 신분증을 모자이크 처리하여 완전히 드러나지는 않았지만 그들이 어느 아파트에 사는지까지는 훤히 알아볼 수 있었다. 남지순은 자신의 개인 정보까지 노출시켜가며 거짓을 까발린 것이다. 스스로를 희생양으로 삼아버려서 사람들은 더욱 진실한 정보라고 믿는 듯했다. 제대로 뒤통수를 맞은 것이었다.

글을 읽는 사이에 선재가 연우의 방으로 들어왔다. 선재는 연우의 표정을 보고는 그녀 또한 문제의 글을 읽었다는 것을 알아차렸다.

"그거 봤구나."

"잘 끝낸 일이라고 생각했는데, 어떻게 이런 수가 있죠?"

연우가 허망해진 목소리로 말했다. 그 아래, 꾸준히 늘어나는 댓글은 더욱 적나라했다.

몇 년 전에 제이그룹 회장 아들이 서민 여자하고 결혼한 걸로 떠들썩했지. 실은 이게 큰 그림이라고 하더라. 강운호 회장이 정계에 진출할 욕심으로 아들을 서민 여자랑 결혼시킨 거라던데.

그럼 그렇지. 원래 재벌과 서민의 결혼이라는 게 성립이 안 되는 거다.

강운호는 대통령 욕심 있어서 자선 활동도 많이 하고 있음.

아무리 그래도 그렇지 어떻게 아들을 팔아먹을 생각을 하지? 쓰레기.

강선재 부사장도 루머 엄청 많음. 새해에 유사랑 스캔들 일으킨 주인공. 잘 덮어가나 했더니 결국은 이렇게 터지는구나.

댓글까지 확인한 선재는 주먹을 꽉 쥐었다. 흙탕물은 선재와 연우의 테두리를 넘어 선재의 아버지 운호에게까지 튀었다. 그간 운호가 자선 사업을 많이 해왔고 이미지도 좋았기에 정계의 러브콜이 있긴 했었다. 그러나 운호는 정치엔 전혀 뜻이 없다. 정계 진출에 대한 이야기는 그저 말하기 좋아하는 사람들이 만들어낸 헛소문이었다. 지금 수를 써서 이 글을 내리게 한다고 한들 확산을 막는 것은 불가능했다. 소문내기 좋아하는 사람들은 벌써 이 글을 이곳저곳에 퍼 날랐을 것이다.

어딘가로 전화를 건 연우가 떨리는 목소리로 말했다.

"아주머니가 연락이 안 돼요."

"이런 글을 써놓고 연락을 받을 리가 없지."

선재가 말했다. 너무도 기가 막혀 헛웃음이 나왔다.

"내 앞에서는 그렇게 다짐을 했는데. 옥승혜를 안 만나겠다고. 앞으로 수사가 시작되면 협조하겠다고도 했었어요."

"그럼 그 이후에 다른 유혹이나 위협이 있지 않았을까?"

선재가 지지해주자 연우의 표정이 조금 나아졌다.

"옥승혜의 공작인 것 같아요. 옥승혜는 자기 손을 더럽히지 않고 남을 조종하는 사람이에요."

선재는 긍정의 뜻으로 끄덕인 후 연우의 표정을 다시 살폈다.

"괜찮아?"

그녀는 핏기가 완전히 가신 얼굴을 하고 있었다. 그녀가 상처받을 일만 계속 일어나는 것 같아 안타까웠다.

"……뜬금없이 아버님이 피해를 보시게 될 것 같아요."

"아버지는 아버지대로 해결하실 거야. 이런 걸 두고 보시는 분이 아니거든. 네가 걱정이지."

지금은 괜찮더라도 앞으로가 힘들 것이다. 글을 보고 격분한 사람들은 연우의 신상을 파헤치려 할 것이고 연우가 하지 않은 일까지 한 것처럼 만들어 매장시킬 것이다. 연우가 고등학교 때 겪은 사건까지 들추어질 수도 있다. 아내가 잘못한 것은 정말 아무것도 없는데.

"일이 이렇게 돼버렸으니 변호사를 만나는 건 하루만 미루자. 우선은 이 말도 안 되는 글을 좀 치워버려야겠어."

연우도 곧게 끄덕였다.

이후 남지순의 글은 게시된 지 네 시간 만에 사라졌다. 그러나 글은 이미 여기저기로 확산된 상태였다. 이상하게도 화살은 연우와 선재에게가 아니라 연우의 시아버지 운호에게 향했다. 운호는 어느새 자신의 야욕을 위해 아들을 희생시킨 매정한 아버지가 되어 있었다.

다음 날이 되어서는 기자들에게 시달린 강운호 회장이 직접 자신의 의견을 밝혀야 했다. 운호는 기자들에게 향후 회장 자리에서 물러나더라도 정치인이 될 생각은 조금도 없다고 말했다. 그의 육성은 기사로 만들어졌고 사람들은 그제야 수긍하는 눈치를 보였다. 그러나 완전히 소강된 것은 아니었다. 일부 의심 많은 사람들은 악플 테러를 계속 이어갔다. 학교에 출근해 인터넷 기사로 운호의 인터뷰를 확인한 연우는 한숨을 크게 쉬었다.

"차암 되는 일도 없지."

머리가 지끈거렸다. 오후에는 선재와 변호사를 만나러 가기로 했다. 선재가 학교로 데리러 온다 하여 일찍 연구실에서 나온 연우는 벤치에 앉아 계속 기사들을 찾아보다가 허공을 향해 한마디를 툭 내뱉었다.

"오늘은 안 나타나요?"

문득 누렁 씨가 생각났다. 가장 마지막에 만난 게 이 벤치였다.

"매번 내가 힘들 때마다 나타났으니까, 오늘도 나타나야죠."

누렁 씨가 또 불현듯이 나타나서 좋은 말을 해주었으면 했다. 그러면 도움이 될 텐데.

"나 할 말도 있는데, 많은데. 대체 어디 사는 거야, 이 남자는."

하지만 누렁 씨는 모습을 보이지 않았고, 연우는 허공에 불평을 털어내는 것밖에는 도리가 없게 되었다. 그때 그녀의 고개가 돌아간 반대편에서 목소리가 들렸다.

"연우야."

누렁 씨가 아니라 같은 연구실 동료 희진이었다.

"어? 선배."

오늘 내내 서로 바빠 인사도 하는 둥 마는 둥했는데, 이렇게 희진이 찾아와 말을 붙이자 잠깐은 반가운 마음이 들었다.

"집에 가려고?"

"네. 선배도 지금 퇴근하세요?"

"아니. 그냥 너 보러 나왔어."

하지만 자신을 보러 나왔다는 말이 왠지 의미심장하게 들렸다.

"할 말 있으세요?"

"연우야."

"네."

"힘든 일들, 정 털어놓을 데가 없으면 나한테 털어놔도 돼."

연우는 눈을 동그랗게 뜨고서 희진을 응시하다가 혼자 깨닫고는 끄덕였다.

"아. 아까 혼잣말 들으셨구나."

혹시나 누렁 씨가 찾아올까 해서 질러버린 혼잣말을 들은 것이다. 힘들다고 크게 얘기해버렸으니 세심한 희진이 신경 쓸 만도 했다.

"사실 별로 힘든 거 없어요. 그냥 심심해서 혼잣말한 거예요."

연우는 웃어 보였으나 희진의 눈에는 그마저 변명으로 보이는 모양이었다.

"연우야, 그 글이 다 사실은 아닐 테지만, 네가 힘들었던 거 알아. 지난 이 년간 말이야."

정곡을 찌르는 말에 연우는 더 이상 웃지 못했다. 희진은 이 얘기를 하길 벼르고 있었다는 듯 또박또박 그간의 지켜본 바를 이야기했다.

"결혼하기 전까지 넌 꽤 잘 웃고 명랑한 편이었는데 결혼한 뒤에 그게 완전히 사라졌었어. 공부를 하는 것으로 네 존재를 증명하려는 깃처럼 학교 일에만 열중하는 게 신혼의 신부 같지는 않았어. 최근 들어서야 네 남편이 학교에도 찾아오고 관심을 보이고 하지만, 지난 이 년간은 그런 게 하나도 없었지."

그녀가 용케 숨겨왔던 것들을 희진은 눈치채고 있었던 것이다. 연우는 진땀이 났다. 맞다. 다 맞는 얘기예요. 하지만 지금까지 그렇지는 않은데. 지금은 남편이랑 사이좋은데요…….

"이게 네가 원하는 게 아니었다면, 혹시라도 네가 억지로 결혼하게 된 상황이었다면…… 바로잡을 수 있도록 내가 도울게, 연우야. 네가 진심으로 자유롭고 행복했으면 좋겠어."

선재에게서 그 표정을 본 적이 있다. 뭔가를 망설이는 표정. 마음에 안 드는 것이 있어 애가 타는 표정.

"아니, 선배, 뭔가 오해가 있는 것 같아요……."

얼른 희진의 생각을 정정해야 했다.

"여보."

그때, 타이밍 좋게도 저편에서 선재의 모습이 보였다. 선재는 연우와 함께 있는 사람이 희진이라는 것을 알아보자마자 빠르게 달려와 연우의 어깨를 와락 끌어갔다.

"무슨 얘기 해?"

연우에게 묻는 음성은 나긋나긋하고 다정했으나 희진을 쏘아보는 눈빛은 잘 벼린 칼날 같았다.

"연우 좀 귀찮게 하지 말지. 연우가 곤란해하는 거 안 보이나?"

"아, 여보, 그건 좀 오해가 있었어요."

말다툼이 일어날 것 같아서 연우가 급히 만류했다. 선재가 연우에게 물었다.

"무슨 오해?"

"두 사람이 억지로 결혼한 것 같다고 얘기했죠."

선재의 질문에는 희진이 대답했다. 다시 선재의 눈빛이 희진을 향해 날카로워졌다.

"예전부터 그래 보였거든요."

"그건 또 무슨 무례한 관심이지?"

선재는 희진이 다른 생각할 여지를 주지 않았다.

"그쪽이 연우한테 흑심이 있으니 그런 쪽으로만 믿고 싶겠지. 하지만 미안하게도 우리는 죽고 못 살 듯이 사랑해서 결혼했어."

"흑심이라니. 그쪽이야말로 무례한 거 아닙니까?"

"그럼 아니야? 내 눈엔 훤히 다 보이는데?"

선재가 틈 없이 희진을 몰아붙이자 희진이 입을 다물었다.

"연우가 그쪽 눈에도 몹시 예뻐 보이는 건 이해하는데 제발 좀 어른답게 마음을 접어. 연우 직장에서 곤란하게 하지 말고."

선재는 싸늘한 말을 내뱉고는 연우의 손을 잡았다.

"가자."

"앗, 선배, 저는 이만 갈게요."

연우는 선재의 손에 이끌려 따라가며 희진에게 부랴부랴 인사했다. 인사하지 말라는 듯 선재가 연우를 잠시 쏘아보았다. 차를 주차해놓은 곳으로 가는 동안 선재는 아무 말도 하지 않았다. 그 모습을 살피던 연우가 차 안으로 들어와 물었다.

"화났어요?"

"아니."

톡 내뱉은 대답 후에 다시 그는 일자로 입술을 다물었다.

"……그럼 질투?"

그녀는 조심스럽게 질문을 한 번 더 던졌다. 날카로운 눈빛이 그녀를 향했다.

"아니."

그가 어금니를 꽉 물고서 대답했다. '그래'라는 말보다 무시무시했다.

"내가 더 잘생겼고 몸도 좋고 목소리도 좋고 머리도 좋고 돈도 많고 성숙하고, 이연우 남편은 나고. 여러모로 내가 훨씬 더 월등한데 왜 질투하겠어. 유치하게."

머릿속으로 계산된 바로는 절대 질투해선 안 되는 상황이었다. 그래서 선재는 그 마음을 경계했다. 그런데 왜 이렇게 속이 부글부글 끓는지 모를 일이다.

"네."

"안 해."

"네."

고분고분 대답하는 연우에게 눈을 흘겼다. 어쩐지 그녀가 입술에 힘을 주어 웃음을 참는 것만 같았다.

"왜 웃어. 내가 웃겨?"

"아뇨…… 풉."

결국 대답을 하던 연우는 웃음을 뱉어내고 말았다. 질투하는 남편의 모습이 새삼 귀여워서 웃음을 참을 수가 없었다.

"이건 질투가 아니야. 그냥 경계하는 거지."

제 발이 저린 그가 다시 반박했다.

"고백하기 직전이었다고. 알아?"

사실은 그게 마음에 들지 않았다. 그녀와 몇 마디 더 나눴으면 '내가 네 남편보다 더 일찍 너를 좋아했어' 이따위 말을 했을 만한 상황이었다. 그런 놈이 아내의 연구실 동료라는 게 너무나도 못마땅했다. 그런데도 아무것도 할 수가 없이 지켜만 봐야 하는 자신의 처지가 한탄스럽기도 했다. 사랑의 크기를 직접 보여줄 수만 있다면 그따위 놈보다 내가 훨씬 더 대단한 사람이라는 걸 그녀도 제대로 알 수 있을 텐데.

선재는 쓸쓸한 마음을 애써 집어넣고 오늘의 안부를 물었다.

"연구실에서는 어땠어? 분위기 어색하진 않았어?"

"네. 근데 그 일에 대해 물어보는 사람도 없었어요."

연우가 허망한 표정 그대로 한숨을 푸욱 내쉬었다.

"나한테 폐가 될까봐 물어보질 못하는 건지, 아예 관심 없어서 그런 일이 일어난 줄도 모르는 건지. 그걸 알 수가 없으니까 먼저 말을 걸 수도 없고. 그래서 일만 하다 왔죠. ……난 왜 그런 말을 못 할까."

내 아내가 또 한마디 말도 못하고 소심하게 혼자 끙끙 앓았구나 생각하니 마음이 짠했다. 그의 손이 연우의 뺨을 쓰다듬어주기 위해 움직였다.

"아. 희진 선배는 아는 척해줬는데."

그러나 연우의 이어진 말에 선재의 손은 목표를 바꾸어 그녀의 뺨을 꼬집게 되었다. 그녀의 볼살은 찰기 있게 손에 잡혔다.

"아야!"

"연습해. 연습해서 안 되는 게 어디 있어. 인터넷상에 올라온 글은 다 공감입니다, 나는 사랑해서 결혼한 거예요, 이렇게 말하란 말이야."

"알겠어요. 근데 아파! 아프다고요오!"

아프다는 그녀의 말에 선재는 손을 놓았다. 아프다는 말을 제때에 한 것만으로 칭찬해줘야 할 입장이긴 하다. 아내는 차츰 발전해가고 있으니 언젠가 애정 표현도 솔직하게 하게 될 것이다. 그날이 어서 오길 기다린다.

* * *

마진태는 외박을 하고 오후가 되어서야 집에 돌아왔다. 어디서 외박을 하는지, 누구와 함께 있었는지, 이제 옥승혜는 묻지 않는다. 두 사람은 이제 사업상의 파트너 같은 관계다.

"강 회장이 욕을 많이 먹고 있어."

진태가 옷을 갈아입으며 말했다. 입가에는 기분 좋은 미소가 고여 있다.

"언론이 강 회장한테 계속 주목한다면 내가 제이그룹에서 빠져나오긴 더 쉽겠지. 방법은 유치했지만 결과는 괜찮았어."

진태는 승혜가 벌인 일에 대해 평했다. 남지순을 사칭하여 한 커뮤니티에 올린 글의 반응이 괜찮았다.

"하지만 그놈들이 명예훼손 고소라도 하면 본전도 못 건지는 거 알지? 꼬리 밟히지 않게 조심해. 그 가정부 여자는 어디 있나?"

"외국에 있는 아들한테 보내버렸죠. 한국에서 무슨 일이 일어나고 있는지도 모를 거예요."

"그래. 잘했어."

얼마 만에 호평인지 모르겠다. 진태의 앞에서는 잘 웃지 않는 승혜의 입술 끝에도 쓰게나마 웃음이 배어들었다.

"상희한테 이연우랑 같은 드레스 입히는 짓만 안 했다면 팔십 점은 줬을 텐데."

그러나 미소는 스치듯 그녀의 곁을 금세 떠났다.

"딱 오십 점이야."

진태의 자비 없는 평점이 승혜의 자존심을 갉아먹었다. 언제부턴가 진태는 승혜의 행동에 일일이 점수를 붙이기 시작했다. 그게 뭐라고, 승혜는 진태가 점수를 낮게 매긴 날에는 하루 종일 기분이 좋지 않았다.

상희에게 이연우와 같은 드레스를 입힌 것은 무리였다는 걸 승혜도 알고 있다. 하지만 승혜는, 이연우가 순순히 옷을 갈아입는 것을 보고 싶었다. 여전히 이연우가 자신에게 쩔쩔매는 꼴을 꼭 보고 싶었다. 이연우를 찍어 누르며 자신의 위치를 확인하고 싶었다.

"평소에 생각 좀 하고 행동해. 상희가 누구 닮아서 그렇게 멍청하냐는 얘기 듣기 싫으면."

마진태는 오십 점이라는 점수와 함께 비방도 쏟아냈다. 멍청하다는 말에 승혜의 얼굴 근육이 움찔했다. 남편이 미워 죽겠는데도 그에게는 손끝 하나 댈 수 없었다. 나는 왜 이런 사람과 살까. 이런 사람과 부부로 지내며, 왜 여태 이혼할 생각도 하지 못하고 있을까.

"그러다가 상희 좋은 곳에 시집도 못 보내. 알아들었어?"

승혜가 대답하지 않으니 진태는 말을 더 보탰다.

"흘려듣지 마. 당신이 지금 누구 덕에 호강하고 있는지 생각하면서 내 말 좀 똑바로 들으라고."

옷을 갈아입은 진태는 어딜 간다는 말도 없이 다시 나가버렸다. 승혜는 다시 또 혼자가 되었다.

마진태. 이 남자와 결혼하기 위해 노력했다. 이십여 년 전의 맞선 자리는 시험장 같았다. 어려운 시험을 뚫고 결혼했으니 편안할 줄만 알았다. 그러나 첫째로 딸을 낳고, 아들이었던 둘째, 태중의 아이를 잃은 뒤에 남편의 태도가 변했다. 엎친 데 덮친 격으로 남편의 회사는 부도가 났다. 승혜는 결혼을 잘못했다는 생각을 지울 수 없었으나 이혼할 수도 없는 입장이었다. 그녀는 씀씀이가 헤펐고 그나마 진태가 은닉해둔 재산이 승혜의 숨통을 트이게 했다.

울컥 화가 날 때마다 아랫집 아이가 필요했다. 아이를 때릴 때만 느낄 수 있는 그 짜릿함은 중독적이었다. 내 딸이 아니니 미래를 걱정할 필요도 없었다. 이연우가 없었으면, 진작 미쳐버렸을지도 모른다. 세월이 흘러 그 유일한 놀잇감이 좋은 혼처를 찾아 시집을 간다고 하니 기가 막혔다. 강선재가 이연우의 앞에 다시는 나타나지 말라고 했기에 몸을 사리는 것 또한 고통이었다. 지난 이 년간은 그렇게 숨을 죽이고 살아야 했다. 그러다가 각고의 노력 끝에 남지순을 끌어들였고 이연우의 약점을 발견할 수 있게 되었다. 지금이 아니면 이연우의 목을 쥘 수 없는데. 남편 마진태는 자신이 다른 경쟁기업으로 떠날 때까지 제이그룹을 혼란스럽게 하면 된다고 했지만 옥승혜는 그것만으로는 성에 차지 않았다. 이연우를 이혼시키고 다시 굴욕적으로 만드는 것이 그녀의 목표였다. 이연우가 설설 기어주어야 살아 있는 기분을 느낄 수 있을 것 같았다.

* * *

변호사 사무실에 도착한 선재와 연우는 변호사와 인사한 후 고소 전차에 대해 안내받았다. 선재는 변호사의 앞에서 USB 동영상을 틀었다. 삼 년 전의 백화점 엘리베이터 앞에서 일어난 일이 담긴 동영상이었다.

'이걸 다시 마주하다니.'

연우는 씁쓸했으나 동영상을 처음부터 끝까지 똑바로 보았다. 엘리베이터 쪽으로 떠난 옥승혜. 이를 쫓아가는 자신. 옥승혜에게 다가가기가 무섭게 뺨으로 거칠게 날아온 손. 동영상에서는 아무 소리도 들리지 않았지만 연우는 고막이 쩌렁, 하고 울리는 것 같았다. 동시에 뺨이 얼얼한 느낌도 났다. 그 후 옥승혜는 분이 풀리지 않는 듯 연우가 들고 있던 책을 빼앗아 벽 쪽으로 던져버린 후 무어라 퍼부어댔다.

'이때 뭐라고 했더라? 분수도 모르고 나댄다고 했던가?'

지금 생각해보면 이가 갈리는 일인데, 그때는 그런 말을 듣고도 반박하지 못했다. 반박할 생각도 하지 못했다. 아니, 자신의 미래는 옥승혜의 말대로 될 것만 같았다. 옥승혜라는 몹쓸 최면에 걸려 있었던 것이다.

"보관을 잘하셨네요."

동영상이 끝난 후에 변호사가 말했다.

"이런 동영상은 결정적인 자료가 됩니다. 문제는 이것 하나밖에 없어서 상습성을 증명하기가 수월하지는 않다는 거예요. 피고 측에서 폭행은 그때 한 번뿐이었다고 나오기가 쉽죠."

변호사는 현실적인 문제도 그대로 알려주었다.

"십팔 년 간 폭행을 당한 사실을 계속 숨겨왔던 거죠? 가족들은 당연히 모르고, 혹시 친한 친구들 중에 대강이라도 짐작하시는 분이 있습니까?"

변호사의 질문에 선재가 말을 보탰다.

"수지 씨는 눈치가 빠르니까 짐작했을 수도 있지 않겠어?"

"폭행까지는 모를 거고, 구박을 좀 받았다는 건 알 거예요."

변호사는 고개를 끄덕였다.

"그럼 그것도 포함시켜보죠. 소명 자료를 잘 만들어주셔서 수월하게 정리가 되겠네요."

세 사람은 곧장 고소장 정리를 시작했다. 고소장 정리를 거의 마무리 지었을 때쯤 선재에게 전화가 걸려왔다. 선재의 아버지 강운호였다.

"네, 아버지."

[어디냐.]

운호의 목소리는 꽤나 따끔했다. 속에 차 있는 분노를 누르는 목소리라 선재는 의아하게 여기며 대답했다.

"연우랑 변호사 만나고 있습니다."

[무슨 일로.]

"나중에 차차 말씀드릴게요."

[뭐어? 이 썩을 놈 같으니.]

운호의 격한 비난에 선재는 멍해졌다. 나중에 말씀드린다는 선재의 말은 본성이 냉랭한 그가 줄곧 입에 달고 살던 말이다. 선재의 성격을 잘 알고 있는 운호는 단 한 번도 이에 대해 뭐라고 한 적이 없었다. 설사 서운하더라도 그러려니 하며 참고 넘겨왔었는데.

[지금 새아기랑 같이 당장 건너와!]

운호는 버럭 소리를 지르고는 전화를 뚝 끊어버렸다. 끊어진 전화를 멍하니 바라만 보고 있는 선재에게 연우가 물었다.

"무슨 일이에요?"

"아버지가 당장 집으로 오라고 하시는데?"

"회사 일에 문제 생긴 거예요?"

"아니. 같이 오라고 하셨어."

"나도 같이요?"

"응. 많이 흥분하신 목소리였어."

선재는 멍한 눈빛인 채로 갸웃거리며 대답했다.

고소장 정리를 마친 후, 변호사 사무실에서 나온 두 사람은 곧장 운호네로 향했다. 대체 왜 아버지께서 이토록 화가 나신 것인지 대강이라도 알고 싶어 미현에게 전화를 걸었으나 미현도 받지 않았다.

"뭐 짚이는 거 있어요?"

심각해진 연우가 물었다.

"글쎄. 남지순 씨가 올린 글에 대해서도 어제 오늘 아버지랑 얘기했는데. 우리가 억울한 입장이라는 걸 충분히 이해시켜드렸어. 아직 옥승혜 얘기까지는 하지 않았고."

"약간 불안한데요. 무슨 일로 나까지 같이 오라고 하셨을까."

"괜찮아. 며느리한테 뭐라고 하시진 못할 거야."

선재는 연우를 안심시켰다. 연우도 선재에게 당부했다.

"아버님께서 흥분하셨다고 같이 소리 높이면 안 돼요. 버릇없이 굴지도 말고요. 사라 언니한테 했던 것처럼 노발대발하지 말고 차분하게, 알았죠?"

"알겠어."

"여보는 인상만으로도 좀 무서운 구석이 있으니까 표정 굳히지 말고 선하게. 착한 표정 잊으면 안 돼요. 알았어요?"

"알았어."

선재는 거듭 끄덕였다. 퇴근시간이라 차가 밀렸다. 두 사람이 운호

의 집에 도착했을 때는 7시가 넘어 있었다. 운호가 당장 건너오라고
한 지 한 시간이 지난 것이다. 운호와 미현은 두 사람을 오래도록 기다
린 듯한 표정으로 응접실에 꼿꼿하게 앉아 있다가 두 사람이 들어오
자 자리에서 일어났다.

"아버님, 어머님, 안녕하세요. 저희 왔습니다."

연우가 먼저 인사했다.

"그래."

미현은 한숨과 함께 인사를 받아주었다. 미현의 코와 눈이 붉어져
있었다. 바로 전까지 울었던 흔적이었다. 대체 이게 다 무슨 일인지.
운호는 자상한 이미지를 완전히 벗어버린 지엄한 표정이었다. 뉴스에
서 보는 것보다도 더 무섭게 여겨져서 연우는 마른침을 꿀꺽 삼켰다.

"무슨 일로 부르셨어요?"

다가가 자리에 앉으려는 선재에게, 운호가 독하게 명령했다.

"선재 넌 거기 꿇어앉아라."

난데없이 꿇으라는 지시에 선재의 눈동자가 이리저리 흔들리다가
연우에게 고정되었다. 여보. 나 꿇어야 돼?

연우와 얘기한 것도 있으니 아버지께서 하라는 대로 하는 게 맞는
데, 이유도 모른 채로 꿇어앉아야 하니 몹시 억울한 생각이 들었다. 연
우도 넋 나간 표정으로 운호와 미현을 응시했다. 운호는 위엄이 넘치
는 목소리로 말을 이었다.

"두 사람은 당분간 떨어져 지내는 게 좋겠다. 선재는 이 집에서 출퇴
근하고 새아가만 집으로 돌아가거라."

청천벽력이었다. 운호를 바라보는 연우와 선재의 눈이 좀 전보다도
더욱 멍하니 크게 뜨였다. 대체 이게 다 무슨 일인지. 그런데 선재를

바라보며 독한 모습을 보였던 운호는, 연우의 얼굴을 마주하면서는 무척이나 안타깝고 가슴 아린 표정이다.

"……새아가 네게도 혼자 생각할 시간이 필요하겠지."

네? 네? 제가 무슨 생각을 혼자 해야 되나요…… 어리벙벙 연우가 운호와 미현을 바라보는 동안 다시 운호의 시선이 선재에게로 이동했다.

"넌 내 아들도 아니야. 인간으로서 해서는 안 될 짓을 했다."

인간으로서 해서는 안 될 짓? 그건 또 뭐지? 남편이 대체 무슨 범죄에 연루된 것인지 하여 연우는 혼란스러웠다. 선재 또한 왜 이런 상황을 맞이하게 되었는지 알지 못하는 표정이었다. 간담은 서늘하고 가슴은 쿵쾅거렸다. 이때 미현이 응접실 입구로 걸음을 옮겼다.

"새아가는 이쪽으로 가자. 나랑 따로 얘기하자."

왜, 왜 따로 얘기해야 하지요? 이 무슨 현대판 견우와 직녀란 말인가. 그녀를 바라보는 선재의 눈이 붉어져 있다. '가지 마' 하며 붙잡는 눈빛이다. 지금 선재와 헤어지면 다시는 만날 수 없을 것 같은 불안감이 움텄다. 잠시 잊고 있었던 '다른 미래'에서의 일이 다시 머리에 각인되었다. '다른 미래'의 2월 1일. 그녀는 이혼신청서를 제출했다. 지금으로부터 열흘 뒤에 벌어지는 일이다.

설마. 안 돼. 그럴 순 없어.

연우는 불안한 눈동자로 잠시 선재를 바라보다가 미현을 따라 떠났다.

"넌 앞으로 사람대접 받을 생각 하지 마라."

선재가 연우의 뒷모습을 좇으며 멍해 있는 사이, 운호가 싸늘하게 말했다. 운호는 선재를 한 대 칠 것처럼 주먹을 불끈 쥐고 있었다.

"새아가를……."

그 주먹을 부르르 떨며 운호가 말했다.

"네가 새아가를……."

선재는 멍한 채로 운호를 올려다보며 침을 꿀꺽 삼켰다. 아버지가 무슨 말씀을 하실지 짐작조차 되지 않았다. 운호는 쥐어짜는 듯 고통스러운 목소리로 말했다.

"……훔쳐다가 결혼할 줄이야."

네? 운호의 어처구니없는 말에 선재의 입술이 비뚜름하게 들려 올라갔다.

"망할 자식."

네에?

"기준이가 다 자백했다. 새아가를 훔쳐다가 결혼한 거라며."

아버지는 세상 진지하다. 선재는 기가 막혔다.

"사라랑도 얘기했다. 네가 새아가에게 그렇게 집착했다며. 이 거머리 같은 놈."

네에에?

응접실에서 약간 떨어진 방으로 연우를 이끈 미현은 편안한 침대에 연우를 앉히고는 그 옆에 나란히 앉았다. 미현은 한참 가만히 연우를 응시하기만 하다가 조심스럽게 말문을 열었다.

"처음엔 가볍게 생각했었어. 네가 그렇게도 우리를 어색해했던 게, 무서워하는 것처럼 보였던 게, 그저 네가 내성적이기 때문이라고 쉽게 생각했었지."

자신을 슬프게 바라보는 시어머니의 표정에, 연우는 그 이유를 알 수 없으면서도 어쩐지 가슴이 저몄다. 어머니는 무슨 말씀을 하고 싶으신 걸까.

"선재가 너와 우리 사이를 가로막고 있는 것 같다는 느낌이 종종 들었지만 나름 너를 보호해주고 있는 거라고 오해했어. 그 녀석이 우리 아들이기에, 도에 어긋나는 짓을 하지는 않았을 거라고 덥석 믿어버렸단다."

도에 어긋나는 짓? 대체 그게 뭘까요? 알쏭달쏭해진 연우가 고개를 옆으로 슬쩍 기울였다.

"새아가, 아니, 연우야. 우린 네 뜻에 따를 거다. 선재가 어떤 억지를 부리든 간에."

어머님, 어머님이 무슨 말씀을 하시는지 일도 모르겠어요…… 그러나 미현은 일 그램의 웃음기도 없이 진지한 모습이다.

"이제 그놈 말은 듣지 않아. 그러니 너도 마음 편히 얘기해라. 선재가 어떤 억지를 부려서 결혼까지 하게 된 거니?"

네? 연우의 표정은 영문을 알 수가 없어 얼어붙었는데, 미현은 점점 열이 올라가는 것 같았다.

"그놈이 너한테 무슨 짓을 했니. 어떤 몹쓸 짓을 했지?"

떨리는 목소리로, 미현은 진실과 제대로 마주하겠다 말하고 있었다. 아들이 무슨 행패를 부려서, 이를테면 날 겁탈이라도 해서 결혼을 강행했다고 생각하시는 건가? 설마.

"괜찮아. 나 청심환 먹었다. 걱정 말고 얘기해도 돼."

설마가 사람을 잡는다. 미현의 표정에서는 이미 어떤 확신이 보였다. 겁먹은 듯 보이는 며느리를 차근히 안심시키며.

"선재 그놈은 두려워할 필요도 없다. 이제 너에게 그 애 손끝도 닿지 못하도록 할 테니까. 감옥에 처넣어버릴 거야. 호적에서 파버리고 맨몸으로 쫓아낼 거다, 그놈은."

미현은 강직하고도 끈기 있게 물어왔다. 진실을 요청해 왔다.

"두둔할 생각도 하지 마. 남의 인생 망쳐놓고 행복한 척 세뇌시킨 비러지 같은 놈. 내가 그놈을 안 낳고 호박이나 낳았더라면 국이라도 끓여 먹었을 텐데."

또한 미현은 눈가에 맺힌 눈물을 닦아내면서도 아들의 험담을 멈추지 않는다. 연우의 신뢰를 얻기 위해 노력하는 것이다. 우습도록 어처구니없는 상황. 또한 너무 진지해서 함부로 웃을 수도 없는 상황.

"괜찮아. 다 얘기해도 돼. 연우야."

그러나.

"우리가 널 지켜줄 테니 다 얘기해도 돼."

웃음보다 눈물이 먼저 찾아오고야 말았다. 괜찮다, 다 얘기해도 된다, 지켜주겠다…… 불과 며칠 전에, 선재가 했던 말과 똑같은 말이다. 어머니와 아들. 두 사람은 각기 다른 상황에서 그녀에게 같은 마음, 같은 표현을 보여주는 것이다.

괜찮다, 다 얘기해도 된다, 지켜주겠다…….

어쩌면 이럴 수가 있을까요. 저는 그냥 며느리잖아요. 두 분의 아들이 없으면 저는 아무것도 아니잖아요. 어떻게 이토록 따뜻하게 말씀하시나요.

연우는 앙탈 부리듯 고개를 저었다. 눈물이 흔들리며 바닥으로 떨어졌다.

"어머니, 그게 아니에요…… 정말 아니에요…….."

눈물이 나왔지만 사실 벅차도록 행복했다.

"제가 좋아해요. 어머니. 저희 둘 다 서로 너무너무 좋아한다고요."

다들 이렇게나 나를 존중해주는구나. 날 아껴주는구나. 보호해주는구나. 이 말도 안 되는 상황 곳곳에도 보물이 숨어 있다.

"제가 선재 씨를 사랑해요. 둘이 서로 사랑하는 거예요⋯⋯."

결국 행복이 넘쳐서 진심이 툭 터졌다. 연우의 갑작스런 울음에 미현은 당황했다.

"연우야, 난 널 울리려고 그런 게 아니라⋯⋯."

알아요, 알아요, 죄송해요⋯⋯ 연우도 할 수만 있다면 울음을 꼭 걸어 잠그고 싶었지만 울컥 터져버린 눈물은 쉬이 멈출 수가 없었다. 근래에 눈물이 많아졌다. 이십 년 가까이 가슴속에 가둬놓았던 것이 이제야 바깥으로 배출되나보다.

"연우야아⋯⋯."

시어머니 미현이 난감해하며 연우의 등을 토닥이다가 포옥 끌어안았다.

"아이고오. 어떻게 하니⋯⋯."

아이고오. 어머니. 이렇게 따뜻하게 끌어안아주시면. 제가 더 울어버려요⋯⋯.

으윽흑. 미현의 다정한 위로에 힘입어 벅찬 마음으로 마음껏 울고 있을 때 문이 벌컥 열렸다. 선재와 운호였다. 두 사람은 이 광경을 바라보고는 눈이 뎅그레졌다.

"어머니, 연우 왜 울어요?"

미현은 더욱 무안해졌다.

"난 울리고 싶지 않았어⋯⋯ 믿어줘."

"여보, 어떻게 며느리를⋯⋯."

운호도 한마디 보탰다.

"아니에요. 얘, 나 그런 사람 아니야……."

당황스러워진 미현의 얼굴이 붉어졌다. 운호가 당최 이해할 수가 없다는 표정으로 물었다.

"새아가를 막 추궁했어요?"

"아니 꼭 그런 건 아닌데…… 연우가 선재랑 서로 사랑한다면서 막 울어가지고, 난 그냥 달래주는 거예요. 연우야, 그렇지?"

연우가 눈물을 닦아내며 고개를 끄덕거렸다. 울음이 목에 가득해서 차마 목소리를 낼 수는 없었다.

"그런데 선재야, 이거 정말이야? 사라가 나한테는 그랬다고. 네가 엄청 새아가한테 집착했다면서. 엄청, 어어엄청."

미현은 억울한 표정으로 '엄청'에 엄청나게 힘을 실었다. 선재의 머릿속에 사라가 미현에게 고자질하는 장면이 생생하게 그려졌다. 얼마 전, 사라 때문에 연우가 고생한 것에 대해 화가 나서 사라에게 격하게 마구 쏟아부었던 적이 있다. 그때의 화살이 이런 식으로 돌아온 것이다. 뭐, 그때, 자신이 연우에게 집착했었다는 얘기를 하긴 했다.

"그건 사라가 심술부린 거잖아요."

"그런데 사라 목소리는 엄청, 어어엄청 진지했다고."

"유사라는 배우잖아요."

"그리고 기준이는 네가 연우를 훔쳐온 거라고……."

"기준이 그 자식은 장난친 거고요!"

흥분한 선재가 목소리를 높였다.

"그럼 제가, 연우한테 몹쓸 짓이라도 해서 억지로 결혼한 거라고 생각하신 거예요?"

"아니, 그냥, 나는…… 네가 원래 좀 음침하잖니. 속도 통 모르겠고."

"허어어."

선재는 눈을 부릅떴다가 연우의 눈치를 보며 눈꺼풀을 슬며시 내렸다. 부모님 앞에서 버릇없이 굴지 않겠다고 연우와 약속했었던 것이 떠올랐다. 미현은 혼란스러워하며 운호에게 물었다.

"여보, 기준이가 엄청 심각하게 말했다고 하지 않았어요?"

"아니…… 그게, 다시 생각해보니까 좀 장난스러웠던 것 같기도 하고."

좀 전까지 지엄하신 회장님이었던 운호는 다시 순둥한 표정으로 돌아와 느린 말투로 기억을 되짚어냈다.

"아니, 기준이한테서 엄청 추궁해서 얻어낸 진실이라면서요."

"그러니까, 엄청 추궁해가지고 기준이가 아무 말이나 했나 싶기도 하고."

"아유. 이게 무슨 망신이에요, 세상에!"

"당신도 사라한테서 이상한 얘기를 듣고서 흥분했잖아요……."

운호는 기준에게서, 미현은 사라에게서 각기 다른 말을 듣고는 부부가 정보를 교환하다가 이런 불상사가 일어난 것이다. 두 분이 존댓말로 투덕거리는 동안 선재는 연우에게 다가가 그녀의 뺨을 매만지며 말했다.

"여보. 괜찮아?"

그러고서 부모님께 들리지 않을 만치 자그마한 목소리로 속삭였다.

"입이 간지럽겠지만 제발 사랑해서 결혼했다고 하자. 여보, 나 죽어."

연우에게 집착해서, 연우를 훔쳐서 결혼한 게 맞을 수도 있다. 오로지 선재가 밀어붙여서 하게 된 결혼이었기에. 이 사실이 부모님께 곧

이곧대로 알려지게 되면 선재가 정신교육을 다시 받아야 되는 것은 물론이거니와 두 사람이 별거를 하게 될 수도 있는 것이다. 울음을 삼키던 연우도 그 의중을 파악하고는 슬그머니 끄덕였다.

운호가 아들 내외를 집으로 불러들인 일은 해프닝으로 잘 마무리되었다. 운호와 미현은 자신들이 오해했던 것을 사과했다. 선재와 연우는 부모님 댁을 방문한 김에 저녁까지 얻어먹고 나오게 되었다. 과정이 어쨌든 간에 마무리는 괜찮은 하루다.

"나 오늘은 정말 울고 싶었다."

집으로 돌아가는 길. 선재가 영혼까지 털린 목소리로, 한숨과 함께 말했다.

"부모님이 날 의심하실 줄이야."

울음이 그치고, 벅찬 마음만 남은 연우는 빙긋 웃었다.

"우리 부모님을 다시 봤네."

"왜요, 세상에서 제일 훌륭하신 분들인데. 난 오늘 너무너무 감동받았는데."

"어떤 포인트에서 감동이 찍히던?"

"내가 몹쓸 짓 당해서 결혼한 줄 알고 여보를 감옥에 처넣어버리겠다고 하셨어요."

"허어. 어떻게 날 감옥에 처넣는 얘기를 그렇게 행복한 얼굴로 할 수가 있지? 내가 감옥에 들어가는 게 그렇게 감동적이야?"

선재가 따지듯 대꾸했다.

"범죄에 대해서는 설사 친아들이더라도 용납하지 않는 그 강직함이 멋있잖아요."

손을 부들부들 떨면서도, 며느리 앞에서 의연하게 보이려고 애쓰시던 어머님의 모습을 잊을 수가 없다. 선재가 다시 한 번 불만스럽게 말했다.

"그 강직함 때문에 우리가 이혼할 뻔했다."

"그러게. 아까 엄청 놀라긴 했어요. 진짜 이혼할까봐 무섭기도 했고."

"설사 이혼시키려고 하시면 내가 가만히 있겠어?"

뾰족하게 말하다가도 연우의 약해진 모습에는 금세 듬직한 태도를 취하는 남편.

"어머니 앞에서, 나랑 이혼 안 할 거라고 막 울었다며."

또한 그는 능청스럽다.

"날 엄청 사랑한다던데?"

하지만 놀리면서도 그는 뿌듯한 미소를 지우지 못했다. 그녀가 다른 사람에게, 자신을 사랑한다는 말을 한 건 처음이었다.

"그럼 여보는, 현기준 본부장님한테 뭐라고 한 거예요? 뭐? 날 훔쳐왔어?"

선재의 놀림에 연우도 야무지게 맞섰다. 선재의 미간에 금방 주름이 파였다.

"아니, 그건 서로 이것저것 얘기하다가 그 자식이 혼자 자문자답한 거야. 자기 혼자 상상해놓고, 걘 진짜 못된 놈이야. 연을 끊어야지."

"치. 친구도 없으면서. 있는 친구하고라도 잘 지내요."

연우는 픽 코웃음을 쳤다. 아내를 놀리다가 금방 놀림당하는 처지가 되었으나 선재도 기분 좋게 웃었다. 그때까지는 두 사람 모두 참 기분이 좋았다. 고소장 접수를 앞두고 있었지만 긴장되는 마음은 전혀 없었다.

다음 날 아침 일찍 연우는 선재와 함께 경찰서로 가 고소장을 접수했다. 고소인 소환 통보는 되도록 빨리해주겠다는 답변을 받았다. 일은 정오가 넘어갈 즈음에 닥쳤다. 점심을 먹고 연구실로 돌아온 연우는 선재의 전화를 받았다.

"여보세요."

[일 잘하고 있어? 기분은 어때?]

"그냥 덤덤한데요. 왜요? 여보는 기분 안 좋아요?"

[아니. 그냥 한번 물어봤어. 오늘은 춥다니까 되도록 밖에서 돌아다니지 말고 집에 일찍 들어와.]

"네."

[너무 휴대폰 만지작거리지도 말고. 모르는 사람 전화도 받지 말고.]

"치. 원래 조심하거든요."

남편이 과한 걱정을 하는 듯싶어 연우는 웃어넘기고는 전화를 끊었다. 그러나 금방, 연우는 선재가 왜 전화를 했는지 알게 되었다. 연우는 책상 앞에 앉아 인터넷 기사들을 눈가는 대로 쭈욱 훑어보다가 왠지 기분 나쁘게 느껴지는 제목의 기사를 발견했다.

'갑질 사모님, 이번엔 피해자 코스프레?'

"이게 뭐야……."

연우는 이맛살을 쓰게 구기며 기사를 클릭했다. 최근에 가사도우미에게 도둑 누명을 씌워서 해고시킨 대기업 임원의 아내가 이번엔 어렸을 때 이웃에게 폭행을 당해 일루 경찰서에 고소장을 제출했다는 내용이었다. 연우의 이름이 실리지는 않았지만 기사에 쓰인 주인공이 연우라는 것을 확신할 만한 소지는 충분했다. 연우의 이야기가 금방 기사로 만들어진 것이다. 어떻게든 기사가 만들어질 수 있다고 생각하긴 했지만 이렇게 빨리, 이렇게 한쪽으로 치우친 기사가 가장 먼저 나올 줄은 몰랐기에 당혹스러웠다. 벌써 댓글도 여러 개 달린 상태였다.

폭행? 그걸 누가 믿냐. 되게 웃기네. 사모님 된 지 이 년이 넘었는데 지금까지 가만히 있다가 이제야 고소를 한다고?
아무래도 이 사모님은 관심병에 걸린 것 같다.
어떻게든 동정표를 얻고 싶은 건가? 언플 잘하십니다.

역시 댓글들은 적나라했다. 이걸 그대로 두었다간 더 이상한 기사들도 양산될 수 있다. 세상이 참 불공평하게 느껴질 때가 있다. 억울한 사람들은 그 억울함을 증명하는 것조차 힘들다. 이 기사를 막으려면 발 빠르게 반박 기사를 준비해야 할 것이다. 그래도 일은 더 커지게 될 텐데……

이후에 일어나게 될 일들을 생각하니 가장 먼저 부모님이 떠올랐다. 그리고 동생과 시부모님…… 이 기사를 발견한 가족들도 다들 충격을 받게 되겠지.

'내가 먼저 얘기하려고 했는데, 왜 늘 타이밍이 이렇지?'

매번 뒤늦게 한숨을 쉬는 인생을 사는 것 같아 속이 쓰렸다. 시간은 기다려주지 않아. 뒤늦게 후회하면 늦는다. 다시 한 번 수업료를 지불했다. 인생에 대한 값비싼 수업료다.

기사를 막기 위해 고군분투하는 남편의 모습이 눈에 선하게 그려졌다. 자신의 명예를 지키기 위해 누군가를 고생시켜야 한다는 게 서글 펐다. 멍하니 시름에 잠겨 있는데 모르는 번호로 전화가 걸려왔다. 연 우는 얼떨결에 전화를 받게 되었다.

"여보세요."

[안녕하세요. 데일리 위즈덤 기자 박현주라고 합니다. 이연우 님 맞 으시죠?]

"아…… 네."

남편이 모르는 사람 전화는 받지 말라고 했는데. 실수를 한 것이다.

[다름이 아니라, 오늘 경찰서에 폭행 사건과 관련해서 고소장을 접 수하셨다고 들었습니다. 거기에 대해 하실 말씀이 많을 것 같은데, 인 터뷰 좀 부탁드려도 될까요?]

"지금 입장을 정리하고 있어서요. 정리가 되면 연락드리겠습니다."

연우는 좋은 말로 인터뷰를 거절하고 전화를 끊었다. 이게 시작일 것이다. 기자들에게 그녀의 전화번호가 알려졌다면, 앞으로 연락이 빗발칠 수도 있다. 연우는 일찍 퇴근하기로 했다. 옆에 앉은 동료가 연 우를 격려했다.

"복잡한 일 많구나. 힘내. 나중에 다 정리된 다음에 물어볼게."

그 옆에 앉은 다른 여자 선배도 이를 거들었다.

"힘내. 네가 정직하다는 건 우리 모두 다 잘 알고 있어."

"고맙습니다."

역시 동료들은 다 알고, 모두 지켜보고 있으면서 그녀를 위해 모른 척해주었던 것이다. 동료들의 배려와 지지가 고마웠다. 연우는 동료 들에게 인사를 하고는 연구실에서 나왔다. 일찍 나와 기사님을 기다 리며 캠퍼스를 가만히 걸었다.

이제 결정을 해야 한다. 집으로 돌아갈 것인가, 아니면…….

남편을 생각하면서는 빠릿빠릿하게 반응하던 뇌가 도무지 유연한 사고를 하지 못한다. 자꾸 자신으로 인해 불편을 겪게 되는 사람들의 얼굴이 떠오르는 것이다.

고민하는 와중에 저편에서 한 여자의 비명이 들렸다. '꺄악' 소리가 난 곳으로 고개를 돌려보니 누런 개 한 마리가 잘도 돌아다니고 있었다. 여자는 개가 자신에게 돌진해 오는 줄 알고 겁을 먹어 소리를 지른 것이었다.

온몸이 가을의 들판처럼 노란빛인 개 한 마리.

"하아."

연우의 입에서 깊은 탄식이 터져 나왔다. 연우는 누렁이를 발견하고는 곧장 달려갔다. 노란빛의 털, 왠지 구슬프게 느껴지는 숨소리, 그녀의 마음을 들여다보는 듯이 깊고 고운 눈. 그때의 그 누렁이가 맞다. 확신할 수 있었다. 연우가 쫓아와 누렁이를 덥석 손으로 잡자 여자는 겁을 먹은 목소리로 연우에게 따졌다.

"주인이에요? 그럼 목줄을 채워야죠."

"죄송합니다."

연우는 얼결에 여자에게 사과를 하게 되었다. 여자가 떠나자마자 연우의 눈이 젖어들어갔다.

"맞죠?"

당신이 누렁 씨죠? 그래서 오늘도 내 앞에 나타난 거죠?

"근데, 왜!"

그런데 왜 사람이 되어 오지 않은 건가요.

"사람으로 돌아와!"

연우는 누렁이에게 소리쳤다.

"내가 이렇게 힘든데 왜 그쪽까지 그런 모습으로 있는 거예요, 왜!"

누렁 씨가 다시 누렁이로 변한 것까지 왠지 자신의 책임인 것만 같았다.

"어떻게 해야 사람이 되겠어요, 응?"

내가 사울이라는 존재를 알게 되어서? 당신이 내 남편의 친구라는 걸 내가 알게 되어서, 혹시 그래서 모습을 감춰야 하는 거야?

"왜 말을 못 해, 왜! 꼬리만 흔들지 말고 말을 해보란 말이야! 말을 해, 말을!"

연우는 누렁이에게 계속 소리쳤다. 그러나 개가 사람 말을 할 리 있나. 멀찍이에서 지나가는 학생들이 연우 쪽을 쳐다보았다. 아마도 미쳤다고 생각할 것이다.

"……그쪽을 만나면 하고 싶은 말이 많았다고요."

하지만 연우는 그 사람들의 눈치를 보지는 않았다. 누렁 씨가 누렁이가 되었다는 사실이 가슴 아플 뿐이었다.

"근데……."

연우는 더 말을 잇지 못하고 조용히 한숨을 내쉬었다. 눈물이 핑글 돌았다.

그래. 누렁 씨는, 다시는 볼 수 없는 사람일지도 몰라. 죽은 사람이라면, 귀신이라면 언제든 이별을 준비해야 했겠지.

사울, 그 아이는 세상을 떠났고, 나는 살았다. 나는 살아남았다. 생존자인 내가, 이생의 사람인지 저승의 사람인지 알 수 없는 이에게 매번 도와달라고 살려달라고 부탁할 수는 없는 일이었다. 개똥밭에 굴러도 이승이 좋은 거니까, 내가 혜택을 받은 사람이니까. 죽음은 죽음

끼리의 고리가 있고, 살아 있는 사람들은 살아 있는 사람들끼리 산다. 당신이 죽은 사람이라면, 정말 남편의 친구라면, 살아 있는 나를 죽은 당신이 도와준 일에 대해 나는 미안하고 고맙게 생각해야 했어.

"도움을 줘서 고마워요. 고마웠어요."

누렁 씨에게 하지 못한 말은 누렁이에게 건넸다.

"혹시라도, 유사라 언니나 선재 씨가 보고 싶으면 말해요. 보여줄 테니까."

하지만 아쉬움이 남아서, 당부도 해두었다. 당신이 선재 씨를 만나길 원한다면, 난 무슨 일이 있어도 도울 거야.

"내 도움이 필요한 건 언제든지 얘기해요. 이렇게 맨발로 다니지 말고요. 또 유리 밟아요."

그 염려를 알아들은 듯이 누렁이가 고개를 끄덕였다. 그 인사를 끝으로 누렁이는 연우를 유유히 떠났다. 언젠가 누렁 씨가 떠나던 그 방향이었다. 그 뒷모습을 바라보는 동안 연우의 가슴속에 뜨거운 것이 채워진다.

힘내. 이연우. 넌 생생하게 살아 있고, 거기에다가 보너스로 100일의 인생도 얻었잖아. 넌 더 큰 것과 싸우기 위해 과거로 돌아온 온 거잖아. 운명과 싸우려고 돌아왔잖아.

고민하던 머릿속이 맑아졌다. 주먹에 불끈 힘이 들어갔다. 이 난관을 어떻게 타개해갈 것인가.

눈에는 눈, 이에는 이. 한 번도 강자의 앞에서 강하게 나서지 못했던 자신이, 한 번은 시도해보아야 할 과제가 있었다.

분주하게 오가는 사람들 틈에서 오도카니 앉아 있던 연우는 휴대폰

을 꺼내 전원을 켰다. 역시 부재중 전화가 많았다. 연우는 부재중 전화
는 나중에 확인해보기로 하고, 일단 엄마 순정에게 짧은 문자메시지
를 보낸 후 선재에게 전화를 걸었다.

[여보세요.]

지금 이 순간, 가장 힘이 되는 목소리가 그녀의 귀로 달게 흘러들어
온다.

[이상한 전화가 자꾸 와서 힘들지? 가지고 있는 번호들은 다 알려
진 것 같던데.]

선재는 연우가 목소리를 내기 전에 그녀를 위로하듯 먼저 물었다.

"괜찮아요. 지금까지 휴대폰 꺼놨었어요."

[그래, 잘했어. 어디야? 집이야?]

"여보."

연우는 선재의 질문에 답하지 않고 나지막이 그를 불렀다.

[응.]

그녀가 '여보'라고 부르는 것이 듣기 좋은 듯 그의 목소리가 더 부드
러워졌다.

"내가요. 개인의 문제 때문에 방송 인터뷰를 하게 된다면, 아버님이
많이 곤란하시려나?"

연우는 계속 걱정하던 문제에 대해 선재에게 물었다. 혹시라도 자
신의 짧은 생각으로 기업인인 시아버지께서 피해를 입게 된다면, 또
무척 죄송스러워질 것 같았다. 하지만 저편에서 돌아오는 대답은 긍
정적이었다.

[아니. 그게 정의로운 일이라면 오히려 응원하시겠지. 어제 겪어봤
잖아. 아버지는 올바르지 않은 걸 불명예라고 생각하셔.]

"그럼 나 괜찮겠죠?"

[인터뷰하려고 하는 거야?]

"네."

[그래. 그것도 좋은 생각이겠다. 응원할게.]

선재 또한 흔쾌히 힘을 실어주었다.

[네가 하려는 일은 세상에도 도움이 될 거야.]

"그럴까요?"

[응.]

사실 거창하게 세상이 변하길 바라진 않는다. 나는 내가 지키고 싶은 것만 지킬 뿐이야.

[인터뷰는 언제 하게?]

"지금 방송국에 와 있어요."

[뭐?]

그러나 그녀의 이어진 말에는 그가 당황스러운 목소리를 내었다.

"곧 방송 시작해요. 후딱 끝내고 갈게요."

[뭐? 뭐?]

선재가 어버버하는 동안 연우는 전화를 끊어야 했다. 저편에서 스태프가 신호를 주었다. 연우는 다시 휴대폰 전원을 껐다.

한국에서 가장 막강한 방송사. MBS의 뉴스 스튜디오에 와 있다. 내내 수동적이고 소심한 모습만을 보였던 나에게 이런 모습이 있다는 걸 아버님, 어머님께서도 알아주시려나. 아니, 이해해주시려나. 친정쪽도 걱정이 되었다. 부모님이 받을 충격, 그리고 남들이 부모님에게 손가락질을 할 것을 생각하니 벌써 가슴이 아팠다.

하지만, 이대로 아무것도 하지 않고 있다가 이상한 기사 쪽으로 힘이 실려서 엄마 아빠가 더 몹쓸 질타를 받게 되느니 이쪽이 옳았다. 자신이 직접 판을 이끌고 가는 것. 그녀의 입을 통해 나온 목소리를 사람들이 믿게 하는 것.

겪어보지 못한 세계는 너무나도 떨리지만 이제 두려워하지 않을 것이다.

"준비됐어요? 마이크 괜찮죠?"

가까이 온 스태프가 연우에게 물었다.

"네."

연우는 스태프를 따라 세트로 이동했다. 앵커의 옆 테이블에 마련된 자리로 가 착석한 연우는 쏟아지는 조명에 눈을 꼭 감았다가 떴다. 그사이에 앵커의 멘트가 이루어졌다.

"통계로 보면 일회적으로 발생하는 아동학대가 가장 많지만, 상습적인 경우도 결코 적지 않습니다. 오늘 이 자리에는 아동학대 상습폭행의 피해자 이연우 씨가 나와 계십니다. 안녕하십니까. 자리해주셔서 감사합니다."

드디어 눈앞의 TV 화면에 자신의 얼굴이 떠오른 게 보인다.

"안녕하세요. 이연우라고 합니다."

"제이그룹 제이백화점 강선재 부사장의 아내 분으로 알고 있는데, 맞습니까?"

앵커는 그녀의 신분을 쉽게 알릴 수 있는 질문을 던졌다. 이목을 집중시키기도 좋을 것이다.

"네. 이 자리는 이연우라는 개인으로서 나오게 된 자리이지만요."

연우는 앵커의 질문에 무리 없이 대답했다. 앵커도 다시 본연의 주제로 돌아왔다.

"오늘은 어렸을 때부터 당해왔던 폭행에 대해서 말씀해주신다고요."

"네. 저는 여섯 살 때부터 결혼 직전인 스물세 살 때까지 셋집에서 살았습니다. 그리고 그 집의 집주인 아주머니한테 상습폭행을 당했습니다."

"여섯 살 때부터 스물세 살까지라면 무려 십팔 년 동안인데, 뒷받침할 수 있는 근거가 있을까요?"

"남아 있는 증거자료가 하나 있습니다."

고개를 끄덕인 연우가, 올곧은 눈빛으로 대답했다.

여전히 모두에게 미안하다. 하지만 미안하기에, 나는 더 힘껏 살아야겠다. 나는 내가 지키고 싶은 것을 지킬 거야. 내가 움직여서, 내가 내 행복들을 쟁취해낼 거야.

* * *

낱낱들이 어렴풋한 기억의 더미 속에서 지워지지 않는 사람이 있다.

옥승혜에게 맞던 어린 자신을 위로하던 사람이 한 명 있었다. 마진태 집에서 청소를 하던 아주머니. 처음엔 종일 근무를 하다가 나중에는 마진태의 집에 특별한 일이 있을 때만 하루씩 불려오게 되었던 아주머니다.

아주머니가 자신이 맞는 것을 보았는지, 연우는 사실 확신할 수 없었다. 한 번도 물어본 적이 없었기 때문이다. 그런데 신기하게도, 맞고 난 당일이나 다음 날에 꼭 아주머니께 사탕을 받았다. 사탕이 맛있어서 위로가 되었다. 동시에 위기를 스스로 간과하기도 했다. 이건 큰일이 아닌 거야, 라고 생각하게 되었다.

큰일이 아니다. 맞아서 생긴 통증 같은 건 한 시간이면 말끔히 사라지니까. 그리고 아주머니도 아무 일도 없었다는 듯이 아무것도 묻지 않고 사탕을 주시니까. 그렇게 시간이 흘러흘러 아픔에 무뎌지게 되어버린 것 같다.

이제 와서야 그때 아무 말도 하지 못했던 것이 후회되었다. 한 번이라도 얘기해보는 건데. 제발 나를 도와달라고 말해보는 건데. 그러면 아주머니는 사탕을 건네던 그 손으로 나를 도와주었을 텐데.

* * *

뉴스 스튜디오. 커다란 화면을 통해 방송으로 송출되는 장면이 보인다. 삼 년 전 백화점 엘리베이터 앞에서의 CCTV 영상이다. 옥승혜가 연우를 때리는 장면에서는 눈앞의 스태프들이 동시에 움찔하는 것이 보였다. 앵커 또한 주먹을 꽈악 쥐었다. 동영상은 옥승혜가 연우의 책을 던진 후 홀로 떠나는 장면에서 끝났다. 앵커도 연우의 사연이 안타까운지 잠시 말을 잇지 못하다가 진행을 이어갔다.

"이게, 그러니까, 삼 년 전이군요. 이연우 씨의 결혼 이전."

"네. 맞습니다."

"안타까운 동영상이긴 합니다만, 이것 하나로 아동폭행과 상습폭행을 증명하기는 힘들지 않을까 합니다."

"증거는 부족하지만 저는 끝까지 싸워보려고 합니다."

연우는 의연하게 말했다. 싸우겠다는 말을 하기 위해 나왔다. 함부로 나를 건드리지 말라고 하기 위해 나왔다. 앵커가 짧게 끄덕이고는 다시 물었다.

"폭행이 오랜 시간 지속되었는데, 왜 가족에게 도움을 요청하지 않았습니까?"

"일단 어렸을 때는 너무 어려서 그게 폭행인지 몰랐고 제가 잘못해서 맞는 것이라고 생각했습니다."

"그 이후에는요?"

"좀 더 나이가 들어서는 폭행이 너무 오랫동안 지속되어와서 오히려 더 말하기가 곤란해졌습니다. 부모님은 주인집의 운전사로, 그리고 가정부로 일하는 처지였고 저희 가족은 계속 근근이 살았습니다. 거기다가 주인집에 빚진 돈도 있었고요. 경제적인 문제가 얽혀 있어서 제가 이 평화를 깨뜨리면 가족들은 거리에 나앉게 될 수도 있겠다는 생각을 했습니다."

"두려움이 컸군요."

"네. 많이 그랬죠."

"그런데 정말로, 아무도 눈치를 못 챘나요? 십팔 년이나 이어졌는데?"

"폭행은 초등학교 재학 때까지가 심한 편이었고 그 이후로 조금씩 줄어들긴 했습니다. 어쩌면 그 집에서 일하시는 다른 분들이 눈치 챘을 수도 있겠지만, 제 가족은 알지 못합니다. 제가 겁을 내서 더 숨긴 것도 있으니까요."

연우는 긴 사연을 되도록 쉽게 풀어내기 위해 노력했다. 긴장한 상태였지만 다행히 말실수를 하지는 않았다.

"사연이 참담하네요."

앵커가 짧게 평했다.

"그 폭행으로부터 벗어난 지 만 이 년 이상이 지났는데요. 이렇게 뒤늦게야 이 사실을 알리시는 이유가 있습니까?"

"폭행으로부터 벗어나기는 했지만, 그때의 주인집 아주머니가 여전히 제 삶을 위협하고 있다는 느낌을 받았기 때문입니다."

"정신적인 건가요, 아니면 정말로 물리적인 위협이 있었다는 건가요?"

"이 자리에서 모두 밝힐 수는 없지만 정신적인 위협과 더불어 물리적인 위협도 있었습니다."

"밝힐 수 없습니까? 이유를 여쭤봐도 되겠습니까?"

"다른 분의 명예가 걸려 있는 일이라서요."

"다른 분의 명예라면, 남편 분을 말씀하시는 건가요?"

"가족은 아닙니다."

연우는 남지순과의 일에 대해 직접적으로 거론하지는 않았다. 아직은 남지순을 믿고 싶었다. 남지순도 피해자일 것 같다는 생각을 떨칠 수가 없었다. 연우는 남지순의 범행에 대한 증거자료를 가지고 있었다. 언제든 남지순을 신고할 수 있는 것이다. 그렇게 위태로운 입장에서 남지순이 연우를 비방할 수는 없을 것 같았다. 남지순이 올렸다는 글 또한 옥승혜의 짓이리라. 연우는 자꾸 그런 생각이 들었다.

"네. 알겠습니다. 지금 밝히지 못하신 사실은 언젠가 다시 다룰 수 있었으면 좋겠습니다."

이후 상습폭행에 대한 내용이 좀 더 오가고, 인터뷰는 어느새 마무리되어간다. 앵커는, 대다수의 사람들이 궁금해할 만한 이슈에 대한 이야기를 꺼냈다.

"그리고, 이걸 여쭤보지 않을 수는 없을 것 같습니다 최근 인터넷상에 글 하나가 올라왔습니다. 이연우 씨의 집에서 청소를 담당하던 직원의 고발 내용이었는데요. 그 글에 대해서는 어떤 입장이십니까."

"사실 그 글도 제가 이 자리에 나오게 된 이유가 되었습니다. 잘못된 정보들을 정리해야겠다는 생각이 들어서요. 일단 저는, 아주머니께 누명을 씌운 사실이 없습니다."

연우는 단호한 어조로 말했다. '누명'을 씌운 사실이 없으니 연우가 거짓을 말한 건 아니다.

"아주머니와는 계속 연락이 닿지 않고 있어서 확인할 수가 없지만, 사실 그 글은 본인이 쓴 것이라고 생각하지 않습니다. 하지만 이건 추측일 뿐이니 여기에 대해서는 아주머니와 따로 이야기를 나눈 뒤에 말씀드리고 싶습니다. 하루빨리 연락이 닿았으면 좋겠네요."

"네. 그럼 이후에 말씀해주셔야 할 게 두 개나 생기네요. 나중에라도 꼭 답변을 부탁드리겠습니다."

앵커는 꼼꼼하게 후일을 챙겼다.

"그리고, 이왕 나오셨으니 지엽적인 질문 하나만 더 드리겠습니다. 결혼에 대해서도 말이 많습니다. 쇼윈도 부부다, 합의 결혼이다, 하는 얘기가 있었는데 이것은 어떻게 생각하십니까."

"저와 제 남편은 서로 사랑하고 아껴주는 관계입니다. 그것은 앞으로의 시간을 통해 충분히 증명할 수 있을 것입니다."

연우는 시원하게 대답했다. 정말 인생은 알 수가 없다는 생각을 하며. 이제껏 남들 앞에서 하지 못한 얘기였는데 이렇게 전국으로 송출되는 방송에서 진심을 고백하게 되다니. 소심쟁이 이연우가 말이다.

"증명이라면?"

"시간의 흐름이겠죠."

"그러네요."

앵커는 연우의 야무진 대답에 처음으로 희미한 미소를 보였다.

"알겠습니다. 끝으로, 하실 말씀이 있을까요? 뉴스에 바라는 점이라든가 시청자 분들께 따로 하고 싶으신 말씀이요."

연우는 잠시 생각하는 듯 눈꺼풀을 내렸다가 입을 열었다. 진심의 호소가 먹힐 것인가. 아직 결과가 어찌될지는 모른다. 이것은 자신을 둘러싼 세상을 더 혼란스럽게 만드는 촉매제가 될 수도 있고 아무것도 아닌 채로 사라지는 해프닝이 될 수도 있다.

"저는 그 당시에 용기를 못 내서 부당한 일을 빨리 바로잡지 못했습니다. 지금은 너무 후회스럽습니다."

하지만 연우는 일단, 제 목소리를 냈다는 데에 의의를 두기로 했다. 결과가 두렵지만, 그래도 한 발 전진했다는 것. 그리고 내가 달라지고 있다는 것에.

"지금도 상습폭행으로 고통받고 있는 분들이 적지 않을 거라고 생각합니다. 그분들도 하루빨리 주변에 도움을 청해서 스스로의 존엄성을 지킬 수 있었으면 합니다."

"네. 오늘 용기 내주셔서 감사합니다."

이렇게 인터뷰는 끝났다. 잘했어. 이연우. 그녀가 지은 미소는 스스로에게 보내는 것이었다.

선재는 미팅에서 빠져나와 방송국으로 향했다. 방송국 가까운 곳에서 미팅을 하고 있어 다행이었다. 재빨리 뉴스 예고를 확인한 선재는 마침 미팅 장소를 방문한 퀵 기사에게 요청하여 오토바이를 타고 방송국까지 이동했다. 007작전을 수행하는 요원이 된 기분이었다. 방송국에 막 도착했을 때, 로비의 화면에 연우의 얼굴이 큼지막하게 나오고 있었다.

와. 지금 할 말은 아니지만 내 부인은 TV로 봐도 예쁘구나. 엉뚱한 생각을 하다가 정신을 차리고 내용에 집중했을 때는 이미 인터뷰가 끝난 뒤였다. 인터뷰는 금세 동영상 기사로 만들어져서 선재는 동영상 기사를 통해 연우의 인터뷰를 제대로 확인할 수 있었다.

"하아."

끝까지 확인했을 때에는 절로 탄식이 흘러나왔다. 이게 뭐야. 내가 필요 없잖아.

자신이 아내의 일을 모두 해결해주고 싶었는데, 아내는 무소의 뿔처럼 혼자서 돌진했다. 기사의 아래에 달린 댓글들은 대부분 긍정적이었다. 그녀를 지지하겠다는 메시지들이 쉼 없이 달렸다. 머리가 저릿할 정도로 전율이 일었다. 그때 휴대폰으로 전화가 걸려왔다. 아버지, 운호의 전화였다.

"네, 아버지."

연우가 인터뷰를 했다는 사실을 운호에게도 알려야 했기에, 선재는 곧장 전화를 받았다.

[내가 새아가를 다시 봤다. 추진력이 대단하네. 아무래도 경영을 가르쳐야겠다.]

그러나 운호가 먼저 이야기를 꺼냈다. 운호도 방송을 지켜보았던 것이다. 아버지의 반응에 선재의 입가에는 미소가 떠올랐다.

"재미있어할 수도 있겠네요. 언젠가 자기도 상속녀였다면 저보다 더 훌륭한 경영인이 됐을 것 같다고 했었거든요."

[새아가가 그런 말을 했어? 의외로 야욕이 있네.]

"농담이에요. 연우가 농담으로 한 얘기였어요."

마음이 벅찬 만큼 즐거운 말을 하게 되었다. 하지만 운호의 목소리는 그새 가라앉았다.

[너도 새아가의 사연 때문에 마음이 아팠겠구나.]

"연우가 겪은 일에 비하면 아무것도 아니죠."

[그렇게 힘들었으면서, 정말 올곧게 자랐어. 솔직히 놀랐다. 나한테 도움 한번 요청하지 않고서 혼자서 맞서다니.]

"스스로는 엄청 도움을 받고 있다고 생각하던데요."

[그래도 말이다. 사실 우리가 대신 싸워줄 수 있잖아. 마음먹으면 없애버릴 수도 있고.]

헉.

"아버지, 저는 연우한테 아버지가 되게 정의로운 분이라고 얘기했단 말이에요. 없애버릴 수도 있단 말씀은 하면 안 돼요!"

[뭐 그게 진짜 없애버린다는 얘기겠냐. 쫄딱 망하게 해주겠다는 거지.]

"어휴."

아버지가 기껏 쌓아온 좋은 이미지를 스스로 버리려 하여 선재는 한숨을 푸욱 쉬었다. 하지만 여전히, 미소는 그대로.

"연우는 우리가 도와줄 수 있다는 걸 알아도 정공법을 택할 것 같아요. 그런 도움은 바라질 않더라고요. 자기 때문에 다른 사람이 악한 선택을 하게 되는 걸 막는 거예요."

제 부인의 자랑을 하는 것이 행복했다.

"답답할 정도로 순수한데, 그게 매력이죠. 세상에 그런 사람은 둘도 없을 테니까."

부인 자랑을 하며, 또 새삼 빠져들고 있다. 대단한 사람과 결혼했다는 것을 실감했다.

인터뷰를 마친 연우가 스태프들에게 인사한 뒤 떠나려는데 젊은 남자 스태프 한 명이 쫓아왔다.

"사모님."

"아유. 무슨 사모님이에요. 이름 부르세요, 그냥."

"네, 이연우 씨. 제가 오늘 처음으로 이연우 씨 전화 받았던 사람입니다."

"아, 그렇구나. 난감하셨을 텐데 인터뷰 속행해주셔서 감사합니다."

"이슈가 될 만해서 생방송으로 밀었어요. 인터뷰 잘해주셔서 저희가 감사하죠. 반응도 좋아서 기분이 좋네요."

"반응이 좋았나요?"

"뉴스 게시판 아직 안 보셨어요?"

"게시판에 긍정적인 글이 많이 올라왔나보네요."

아직 연우가 모르는 것 같아서, 스태프는 휴대폰을 꺼내 뉴스 시청자 게시판을 열어 연우에게 보여주었다.

"내려 보시면 폭행 목격자 글이 있을 거예요."

스태프의 말에 따라 연우는 댓글이 몇 개 달린 글을 열었다. '연우 고등학교 친구입니다'라는 제목의 글이었다.

연우 고등학교 친구입니다. 연우는 학교에서 제일 공부 잘하고 예쁜 학생이었습니다. 그 주인집 딸도 저희 학교였고요. 걔는 연우랑 다르게 사고를 많이 쳐서 그 아줌마가 학교에 많이 불려 다녔을 거예요. 그때 연우를 불러내서 혼내는 거 제가 목격했어요. 사실 그때는 연우를 때리는 여자가 연우네 엄마라고 생각해서 아무 말 안 했는데 지금 검색해보니까 그 아줌마 맞네요. 연우야, 너 조사 받으면 나도 목격자 진술할 거야. 우리 반 반장 멍천재 힘내라!

……목격자 진술은 정말 감사한데, 친구야. 뉴스 게시판에 내가 멍천재라는 사실을 알리면 어쩌니.

"하아."

웃픈 웃음을 터트린 연우는 다시 스태프에게 휴대폰을 건네려다가 댓글이 더 많이 달린 글을 발견하게 되었다. '과거에 옥승혜의 집에서 일했던 사람입니다'라는 제목의 글이었다.

'설마.'

제목을 발견한 연우의 눈동자가 좀 전과는 달리 요동쳤다. 연우는 떨리는 마음으로 글을 열었다.

오늘 인터뷰했던 이연우 씨 상습폭행의 가해자, 옥승혜의 집에서 일했던 사람입니다. 옥 여사는 저를 '청소'라고 불렀죠.

옥 여사가 연우에게 손찌검을 하는 걸 알면서도 입에 풀칠하며 사는 처지라 나설 수가 없었습니다. 이제야 이것을 밝힐 수 있게 되어서 저도 후련합니다. 제가 가지고 있는 동영상 자료를 올립니다. 교복을 입고 있는 학생이 이연우 씨이고 머리채를 붙잡고 있는 여자가 옥승혜입니다. 십이 년 전 폰으로 찍은 동영상입니다.

연우는 떨리는 손끝을 감추지 못한 채로 첨부된 동영상 자료를 클릭했다. 중학교 교복을 입은 자신이 마당에서 옥승혜에게 붙들려 머리채를 잡히는 동영상이었다. 연우가 몸을 빼려 하자 옥승혜는 쫓아와서 다시 머리채를 잡았다. 동영상은 몰래 찍은 것 같았지만, 거리가 꽤 가까웠다. 주변의 소음이 있었지만 화면 속의 연우는 조금도 소리를 내지 않았다. 백화점 엘리베이터 앞에서의 동영상을 확인했을 때와는 달리 연우는 눈물이 핑 돌았다. 어린 날의 이연우에게 미안하다고 말하고 싶었다. 왜 나는 스스로를 아끼지 못했는지.

글의 마지막 줄은 청소 담당 아주머니가 연우에게 직접 보내는 메시지였다.

연우야, 그 옛날, 내 처지가 궁해서 너에게 도움을 주지 못했어. 무릎을 꿇고 사죄를 한다. 네가 행복해지길 바란다.

아주머니의 메시지에 눈물을 닦아낸 연우는 이번엔 그 자리에서 콩콩 발을 굴렀다. 진심으로 기뻤다. 함께 있던 스태프는 연우의 행동을 멍하니 보다가 어이가 없어 웃고 말았다. 자기가 맞는 장면 동영상을 보고서 동동동 신나게 뛰는 사람이 있다는 게 놀라웠다.

"인터뷰가 통했어요!"

거기다, 그녀가 하는 말이란.

"원하던 대로 됐다고요!"

원하던 대로? 그럼 이 모든 게 그녀의 빅 픽처였단 말인가. 스태프는 뒤통수를 한 대 맞은 기분이었다. 이 모든 게 계획된 거였다고? 이 여자가 뉴스를 이용했단 말이야? 이 순해 보이는 얼굴로, 무서운 사람 일세.

그런데 멍해진 스태프를 앞에 두고서 그녀는 또 반전을 선사한다.

"제가 나서면, 한 명은 도와줄 거라고 생각했어요!"

아. 그런 말이구나. 너무 연약해 보여서 어떻게라도 지켜줘야 될 것 같은 여자가 지닌 긍정 에너지가 놀라웠다.

"잘됐으면 좋겠어요. 이연우 씨."

이 여자의 남편이 왠지 부러웠다. 스태프는 흐뭇하게 미소 지었다. 그때.

"여보."

웬 남자가 출입 통제구역 밖에서 연우를 향해 저벅저벅 다가오는 것이 보였다. 다가오는데, 너무 잘생겨서 눈이 부셨다. 자체 동력으로 후광을 만들어내는 남자였다.

"빨리 와. 엄청 기다렸단 말이야."

그가 다가오니 연우의 얼굴이 더 밝아졌다. 연우는 스태프에게 휴대폰을 돌려주고 재빨리 인사를 건넨 뒤에 출입 통제구역을 벗어나 선재에게 갔다. 스태프는 졸지에 버려졌다.

"언제 왔어요?"

이것저것 모두 기분이 좋은 연우가 선재에게 밝게 물었다.

"엄청 기다렸다니까."

심술을 부리는 듯했던 선재는 연우의 손을 잡으려다가 조금 더 당겨 끌어안아버렸다.

"잘했어."

심술부리는 척했지만 실은 칭찬해주고 싶었다. 마음을 감출 수 없는 날이 많아진다.

"최고였어."

그의 돌발행동에 놀란 연우는 잠시 긴장했던 몸을 편안히 풀었다. 칭찬이 기분 좋았다. 그녀도 그의 허리를 꽉 끌어안았다.

"그런데 방송 십오 분 전에야 말해주고 말이야."

하나, 칭찬뿐인 것은 아니다.

"심술이 나니 잡아먹어야겠다."

다시 나타난 어홍이는 달콤하고도 의미심장했다.

옥승혜의 집. 집에서 연우의 인터뷰를 생방송으로 확인한 옥승혜는 급하게 아는 기자들에게 연락을 취했다. 맹랑한 계집애가 뉴스에 나와서 대놓고 나를 헐뜯다니. 괘씸해서 참을 수가 없었다.

다행히 이연우가 가지고 있는 자료는 삼 년 전 백화점 엘리베이터 앞 CCTV 기록이 전부였다. 이 정도는 경찰서에서 조사받을 때에도 시치미 떼어 넘기기 어렵지 않은 것이었다. 왜 그랬는지 기억은 잘 나지 않지만 그 당시는 아마도 음주상태라 심신이 미약했을 것이라고 주장하면 된다.

[그런데 여사님, 그쪽에서 뉴스에 대고 터트려버려서요. 더 센 것이 아니면 우리가 밀리기 쉬워요.]

"오래전에 이연우가 데이트 폭력을 당한 적 있어요. 알 만한 사람들은 다 아는 얘기예요. 이연우가 직접 신고한 기록도 있죠. 그런 이연우가 상습폭행을 남들에게 알릴 생각도 못 했다는 건 말도 안 되는 얘기죠. 완전히 날 모함하려고 작정한 거거든."

[아, 그런 일이 있었군요. 그럼 여사님, 이연우 씨가 데이트 폭력을 신고했을 때가 언제쯤인지 알고 계시나요?]

"잠깐만요, 내가 어디 사진을 저장해놓은 것도 있을 텐데……."

옥승혜는 전화기를 끊지 않은 채로 노트북을 뒤적거렸다. 방금 끝난 뉴스의, 시청자 게시판 페이지가 열려 있었다. 옥승혜는 예전 사진을 찾기 위해 게시판을 내리려다가 멈칫했다. 글 하나를 발견했다 게시판에서 유독 댓글이 많이 달린 글이었다.

"……일단은 끊어요."

[네? 사모님…….]

승혜는 기자의 말을 더 들을 새도 없이 전화를 끊었다. '과거에 옥승혜의 집에서 일했던 사람입니다'라는 제목의 글을 클릭하여 들어가니 동영상이 하나 보였다. 화질이 썩 좋은 건 아니었지만 자신의 집 마당을 찍은 것이라는 사실은 바로 알아볼 수 있었다. 십여 년 전의 자신이 연우의 머리채를 잡고 휘두르는 동영상이었다. 승혜는 곧장 휴대폰을 다시 잡았다.

"미국, 아니, 프랑스…… 파리 행 비행기표가 필요한데……."

택시를 타고 집으로 돌아가는 길. 선재는 뾰로통한 목소리로 연우에게 물었다.

"못생긴 남자애가 전화번호 찍어달래?"

방송국 로비에서 연우와 만나기 직전, 연우가 웬 남자의 휴대폰을 들고 있었던 게 내심 마음 쓰였던 것이다.

"아, 아까 그 스태프요? 전화번호가 아니라 그냥, 뉴스 게시판에 올라온 글을 보여준 거예요."

연우는 선재가 무슨 이야기를 하는지 금방 알아듣고는 밝게 대답했다.

"예전에 알고 지내던 아주머니가, 내가 옥승혜한테 당하고 있는 걸 동영상으로 찍었더라고요. 십이 년 전에 찍은 걸 여태 가지고 있었던 거예요. 그걸 뉴스 시청자 게시판에 올렸더라고요."

"그래?"

선재도 금방 관심을 보였다. 연우는 휴대폰을 꺼내 전원을 켰다. 부재중 전화와 부재중 메시지 소리가 오랫동안 울렸다. 연우는 모든 메시지를 제쳐두고서 MBS뉴스 게시판을 검색하여 시청자 게시판 페이지로 들어갔다.

"여기에서 댓글이 제일 많이 달려 있는 글이에요."

연우는 청소 담당 아주머니의 글을 찾아서 선재에게 휴대폰을 넘겼다. 연우에게서 휴대폰을 건네받은 선재는 글을 꼼꼼하게 읽고 동영상 자료를 눌렀다. 선재는 일 분밖에 안 되는 짧은 동영상을 세 번 반복해 확인했다. 동영상을 돌려보는 동안 그의 눈동자에 분노의 불꽃이 이는 것이 보였다. 연우는 그의 표정을 살피며 마른침을 삼키게 되었다.

"사람이 아니야, 이건."

선재는 짧게 평했다. 일 분밖에 안 되는 동영상 자료만으로도 울컥 화가 올라왔다. 십이 년 전의 동영상이라 하니 연우가 열네 살 때였다. 열네 살. 중학교 1학년짜리, 그 어린아이를 어떻게 이토록 무지막지하게 학대할 수 있단 말인가.

좀 더 얘기를 하려 했으나 연우에게 걸려온 전화가 대화를 잠시 차단시켰다. 휴대폰 진동이 울리며, '국제전화입니다'라는 메시지가 떴다.

"전화 오는데? 국제전화야."

"외국이요? 아, 수지가 해외 출장을 갔는데."

연우는 선재에게서 다시 휴대폰을 건네받아 수신을 눌렀다.

"여보세요."

그런데 휴대폰 저편이 고요했다.

"여보세요."

[……시모님.]

연우가 한 번 더 목소리를 내고 나서야 저편에서도 반응이 왔다.

"……아주머니?"

남지순의 목소리였다.

"지금 어디 계세요? 외국에 계세요?"

[네. 아들이랑 같이 있어요.]

남지순은 어쩔 줄 모르겠는 듯 무안해하며 말했다. 울먹거리는 것 같기도 했다.

[사모님, 믿으실지 모르겠지만, 그 글은 제가 올린 게 아니에요. 저도 방금 전에야 알았네요.]

역시나, 연우의 예상대로 인터넷 커뮤니티에 올라온 글은 남지순이 쓴 게 아니었다.

[어쩐지, 옥승혜 여사님이 저를 미국으로, 아들 있는 데로 보내고 싶어 하더라고요. 그때 눈치챘어야 했는데. 죄송합니다.]

연우의 입에서 어쩔 수 없는 탄식이 흘러나왔다. 남지순은 옥승혜를 더는 만나지 않기로 약속해놓고 옥승혜를 만나러 나간 것이다. 그것은 원망스러웠다. 남지순도 면목이 없는지 거듭 죄송하다고 말했다.

[사모님께서는 저를 믿어주시고, 경찰도 부르지 않아주셨는데, 옥승혜 여사님이랑 연락을 해서 죄송해요. 마지막이라고 생각하고 나갔는데 대뜸 수고했다면서 아들 있는 데에 가보라고 해서 덥석 비행기 표를 받게 됐습니다. 이렇게 될 줄도 모르고…….]

목소리만 건네 들을 수 있었지만 연우는 지순이 미안해하는 마음을 느낄 수 있었다. 연우는 지나간 일은 쿨하게 단념하기로 했다. 대신 지순에게 원하는 것을 요청했다.

"그럼 아주머니, 부탁이 있어요."

[네. 말씀하세요.]

"일단 지금 어디에든, 아주머니 입장을 소명해주시겠어요?"

[소명이라면……]

"인터넷 커뮤니티 같은 데에 아주머니께서 직접 사실을 밝혀주세요. 밝힐 수 있는 선에서요. 그럼 아주머니 책임은 묻지 않을 거예요. 약속드려요. 다만 옥승혜 여사가 한 짓은 제대로 말씀해주세요."

[네. 알겠습니다. 그렇게 할게요.]

남지순의 약속을 받아낸 연우는 담담히 전화를 끊었다. 후우우. 안도, 그리고 허탈의 한숨이 흘러나왔다. 그런 그녀를 선재가 가만히 바라보다가 머리를 토닥였다.

"뭐랄까."

그녀를 따뜻한 눈으로 바라보던 선재가 고요히 말했다.

"성장했어."

하지만, 그녀의 머리를 토닥이던 손을 내린 선재는 금방 비 맞고 축처진 강아지 같은 눈빛을 했다.

"도움을 주고 싶었는데 내가 별 도움이 안 되었다는 생각에 서럽기도 해."

연우는 빙긋 웃었다. 도움이 안 되긴요. 당신의 존재가 언제나 나를 움직이게 하는데.

이번에도 그대가 나를 구했다. 그대는 이해할 수 없겠지만, '다른 미래'에서는 생각지도 못한 경험들을 하고, 문제를 해결하고 있다. 남편의 인생을 구하려고 했는데 매번 그녀의 인생이 구원받는다.

"아니. 언제나 여보가 제일 큰 힘이에요."

그의 지지가 없었다면 조금도 움직이지 못했을 것이나.

"내가 사랑받고 있다는 걸 매번 확인시켜줘서 고마워요."

연우는 흐뭇하게 마음을 고백했다.

"정말로?"

그녀의 고백이 마음에 든 선재가 새침하게 물었다.

"응. 고마워요, 정말."

"고마운 건 말로만 하면 안 되지."

그의 입술이 길게 늘어났다. 택시 안이었는데, 그는 그녀의 뺨에 입맞춤하는 것을 주저하지 않았다. 또다시 뜬금없는 키스 세례가 마구 이어지려고 해서 연우는 급히 다른 화제를 꺼냈다.

"여보, 고맙긴 한데, 나 할 말이 있는데."

"응. 얘기해."

"엄마한테 가려고요."

"그래. 알았어."

"오늘요."

"오늘?"

역시 그의 이맛살이 금방 찌푸려졌다.

"너무 늦었잖아. 내일 가는 게 낫지 않겠어?"

"엄마가 잠을 못 주무시게 될 것 같아서요."

눈을 깜빡거리던 선재는 연우의 말뜻을 파악하고는 한숨을 길게 쉬며 좌석 등받이에 몸을 기댔다.

"진짜이네. 같이 가고 싶긴 한데 여기서 할 일이 있어."

그는 같이 가지 못하는 처지라 아쉬워했다.

"괜찮아요. 나 혼자 잘 다녀올게요."

연우는 문제가 될 건 아무것도 없다는 듯이 쉽게 말했다. 선재 혼자서 아쉬웠다. 집에 도착하여, 선재는 연우가 짐을 챙기는 것을 뚱하게 바라보며 한숨지었다.

내 아내는 너무 밀당을 잘해. 예뻐해주고 싶은 일이 잔뜩 있건만, 내가 제일 큰 힘이라고 말하면서 나를 혼자 두고 떠나려 한다니. 그러나 부모님이 걱정되는 그녀의 마음을 이해할 수 있어 아무 말 하지 못하는 선재였다.

"짐 다 쌌어요. 조금 있으면 기사님 도착하겠다."

그 옆에 앉아 말없이 지켜만 보던 선재가 일어나 연우를 와락 끌어안았다. 어머님, 아버님, 저는 못된 사위입니다. 사실은 연우 보내기 싫어요.

아쉬운 마음을 뒤로하고 연우의 짐을 들고서 일 층으로 내려온 선재는 입구에서 대기하고 있던 기사에게 인사했다.

"기사님, 밤 운전 괜찮으시겠어요?"

선재가 물었다. 장인어른 댁에 도착하면 자정에 가까운 시각일 터였다.

"네, 괜찮습니다. 낮에 사모님이 충분히 쉬라고 해서, 집에서 쉬다가 왔습니다."

"그럼 잘 부탁드립니다."

기사에게 인사한 선재는 연우도 따로 불렀다.

"연우야."

하지 못한 당부가 있었다.

"나만 널 사랑하는 게 아니야. 알지?"

"응."

연우는 씩씩하게 끄덕였다.

"네가 힘들면 기대도 되는 사람들이 많이 있어. 네가 울면 받아주는 사람들. 알지?"

"응."

"그래. 되도록 빨리 일 끝내고 따라갈게."

"안 와도 돼요."

"갈게."

선재는 다시 한 번 약속했다. 연우는 선재의 당부와 약속을 고맙게 여기며 떠났다. 가는 길에는 아빠에게 전화를 걸었다.

[그래. 연우야.]

연우의 아빠 명식은 바로 전화를 받았다.

"아빠."

[응. 그래.]

명식의 목소리는 낮게 가라앉아 있었다. 감정을 숨기듯이.

"엄마는 괜찮아?"

[그럼. 괜찮지.]

"아빠는 괜찮아?"

[당연하지.]

'당연하지'라는 대답이 애써 힘을 내는 듯이 애처롭게 들렸다. 역시, 곧장 떠나길 잘했다는 생각이 들었다.

"아빠, 나 지금 아빠 보러 가려고."

[지금 오겠다고? 여길?]

"응. 안 돼?"

[아니…… 강 서방이랑 같이 올 거야?]

"아니. 일단 나 혼자 가요."

[혼자서 여길 오겠다고?]

"기사님이 태워다주시지."

[왜 그렇게 기사님을 혹사시켜. 지금 어딘데.]

"서울. 지금 출발했어."

[자정에나 도착하겠네!]

낮게 가라앉아 있던 명식의 음성이 점점 높아지다가 퉁 튀었다.

[후우. 일단 와.]

그래도 딸이 오겠다는 걸 막을 수는 없다는 듯, 명식은 한숨을 쉬며 전화를 끊었다. 아빠와의 통화를 마친 후 서울을 떠나며, 연우는 한 시간 전에 엄마에게서 받은 문자메시지를 읽고 또 읽었다. 문자메시지는 길게 이어져 마치 편지 같았다.

─연우야, 아빠랑 같이 방송 확인했다. 사실은 충격이 아닌 것이 없었어. 세상이 무너지는 것 같았지. 마음이 아프고, 너에게 너무 미안했어. 내가 너에게 좋은 엄마였는지 생각해보게 되었단다. 너를 잘 키워서 나는 스스로 뿌듯했는데, 너무 부끄러워. 미안하다. 시간을 되돌리고 싶을 만큼 한스럽구나.

거듭 읽을 때마다 마음이 아렸다. 역시 엄마는 마음이 약해지고 말았다. 얼른 가서 위로해드려야 했다. 그건 모두 지난 일이고, 나는 괜찮다고. 이제 나는 행복하다고 말해야 했다.

세 시간 후. 캄캄한 시골길을 달리던 차가 작은 마을에 닿았다. 기사는 마을에 이르러 약간 헤맸지만 노란 등이 켜져 있는 집 앞에 사람이 서성이는 것을 보고는 금방 집을 찾아냈다.

"두 분이 나와 계시네요."

기사가 말했다. 이 추운 날씨에 두 분이 집 밖에서 자신을 기다리고 있는 것을 보며, 연우는 또 울컥했다. 울지 말자. 연우는 마음을 다독이며 차 문을 열고 밖으로 나갔다. 밝은 목소리와 밝은 얼굴로 부모님께 인사했다.

"추운데 왜 나와 있어."

노란 등이 주위를 환하게 비추지는 못했으나 연우는 엄마의 음영진 얼굴에 울음이 뭉쳐 있다는 것을 알게 되었다. 엄마 순정은 연우에게로 달려와 연우를 포옥 끌어안았다.

"이 바보 같은 것아. 왜 이제껏 그걸 얘기 안 했어."

목소리가 아프게 들렸다. 과거에 연우가 아파했던 그대로, 엄마가 고통을 느끼고 있는 듯했다. 연우는 부러 밝은 목소리로 말했다.

"엄마, 나는 괜찮아."

"괜찮긴 뭐가 괜찮아."

"나는 정말 괜찮아."

그러나 거듭 괜찮다고 말하기가 무섭게 뭉쳐진 눈물이 순정의 어깨 위로 낙하했다. 부모님을 위로하려고 왔는데, 울지 않기로 다짐했는데. 순정이 포옹을 풀고서 연우의 얼굴을 살폈다. 연우는 무안해졌다.

"아니, 엄마. 한이 많아서 우는 게 아니라 엄마가 반가워서……."

"왜 우는 걸 감춰."

순정은 그런 연우를 타박했다. 딸이 더 이상 울음을 참게 히도록 히고 싶지 않았다. 순정 또한 맑게 젖은 눈이었다.

"엄마 앞인데 뭐 어때."

이십 년 가까이 묵혀 있던 딸의 눈물을 확인한 순정은 가슴이 찢어질 듯 애통했지만 의연한 얼굴로 연우를 위로했다. 연우가 도착하기 바로 전에 사위가 전화로 했던 말이 가슴 깊이 남았다.

[어머니, 어머님께서 힘을 내셔야 연우가 힘을 냅니다.]

그 말이 옳았다. 순정은 이제 자신이 딸을 지켜야겠단 생각을 했다.

인천공항.

가장 빨리 출발하는 파리 행 비행기표를 끊은 옥승혜는 무사히 체크인을 마치고 출국심사대 쪽으로 갔다. 가지고 있는 휴대폰은 총 네 개였는데 그중 번호가 노출되지 않은 하나만 들고 왔다. 승혜는 딸 마상희에게 전화를 걸었다. 그래도 딸에게는 행선지를 제대로 알려야겠다고 생각했다.

[엄마! 나 엄마 때문에 창피해 죽겠어! 이제 어쩔 거야!]

상희는 전화를 받자마자 버럭 소리를 질렀다. 까랑까랑하게 날이 선 딸의 목소리를 들으니 승혜 또한 신경질이 났다. 그래도 딸이 고생할 거란 생각에 차분한 목소리로 일러두었다.

"엄마는 프랑스에 가 있을 테니까 너도 힘들면 건너와."

[뭐?]

"곧 출국할 거야. 도착해서 연락할게. 네 아빠한테도 안부 전해줘."

[엄마, 엄마!]

상희가 거듭 그녀를 불렀지만, 승혜는 바로 전화를 끊었다. 연예인이라도 출국하는지, 출국심사대 문 앞을 서성이는 기자들이 꽤 되었다. 승혜는 괜히 긴장하게 되었다. 얼른 한국을 떠나고 싶은 마음뿐이었다. 출국심사대 앞. 승혜는 여권과 비행기표를 심사원에게 내밀었다.

"프랑스로 가십니까?"

심사원이 형식적으로 물으며 여권을 스캔했다.

"응."

승혜도 대강 대답했다. 얼른 심사대를 벗어나고 싶은데, 기분 나쁘게도 심사원이 너무 굼떴다. 심사원은 기계가 이상한지 고개를 갸웃거리며 여권을 몇 번 다시 스캔했다.

"일 좀 빠릿빠릿하게 할 수 없나?"

결국 승혜가 버럭 짜증을 냈다. 심사원은 승혜의 말엔 대답하지 않고 몇 발자국 옆에 있는 경찰들에게 말했다.

"여기 이분 긴급 출국금지조치 내렸는데요."

서울경찰청에서 법무부로 긴급 출국금지를 요청한 것이다.

연우를 친정으로 보낸 후, 고소장을 제출한 경찰서로 간 선재는 경찰서장에게 직접 요청했다.

"피고소인은 아마도 출국할 겁니다. 일단은 피해보고 싶은 마음이겠죠. 조사를 계획대로 진행하시려면 아마 당장 출국금지부터 시켜야 할 겁니다."

경찰서장은 선재의 주장에 수긍하며 곧장 움직여주었다. 승혜가 출국심사를 받기 삼십 분 전에 모든 준비는 완료되었다. 선재가 준비한 선물은 또 하나 있다.

"옥 여사가 지금 뭘 어떻게 하겠습니까. 해외 도피나 생각하겠죠. 아마 오늘 밤 출국심사대 앞을 서성이면 좋은 사진을 찍을 수 있을 것 같은데요."

기자들에게 직접 미끼를 던져주었다. 선재의 팁을 전해 듣고 출국심사대 앞을 서성이던 기자들은 출국에 실패하여 경찰과 함께 밖으로 나오는 승혜의 얼굴을 확인할 수 있었다.

'상습폭행 '옥 여사' 해외 도피 실패'.

기자들은 벌써 기사 타이틀까지 잡아가고 있었다. 플래시들이 팡팡 터지는 그 속에서, 한 기자가 큰 목소리로 물었다.

"옥 여사님, 경찰 조사를 앞두고 있을 텐데요. 해외로 도피하려고 하신 겁니까?"

옥 여사는 그토록 간교하게 이용해오던 기자들에게 당한 것이다.

다른 미래

부모님을 원망하지 않는다. 조금도. 연우는 부모님께 넘치도록 사랑을 받았다. 연우에게는 그 이상은 없을 최고의 부모님이다. 다시 태어나도 두 분의 딸로 태어나고 싶을 만큼.

두 분은 쉬는 날 없이 일을 하셨고, 병든 할머니를 챙겼고, 빚이 많아 근근이 살아가면서 드실 것 입을 것은 모두 아이 둘에게 양보했다. 두 분이 연우를 돌보지 못한 게 아니라 연우가 겁을 냈었던 것이다. 너무 어려서. 시간을 되돌리고 싶을 만큼 한스럽다는 엄마의 말처럼, 연우도 지나간 시간들이 한스러웠다.

"엄마, 미안해. 나 때문에 엄마가 손가락질 받을지도 몰라."

연우는 현실적인 걱정에 대해 털어놓으며 사과했다. 순정은 고개를 내저었다.

"그런 걸 왜 신경 써."

순정은 연우의 마음이 약해지지 않도록 의연하게 대했다. 또한 사실이 그랬다. 남들의 비난은 아무 걱정도 되지 않았다. 고통받았던 사람이 내 딸이란 사실을 생각하면 자신에게 쏟아지는 비난 따위는 아무것도 아니었다.

"얼마나 아팠어……."

그 시간을 함께하지 못했단 사실이 두고두고 원망스러울 뿐.

"얼마나 아팠을까, 이 이쁜 게……."

얼마나 힘들었을까. 맑은 눈으로 자신을 바라보는 딸을 보면 눈물이 날 것 같았지만 순정은 울지 않았다. 마음이 무너지지 않는다는 것을 딸에게 보여주어야 했다. 지금 딸에게 할 수 있는 사죄는 그것밖에 없었다.

"하지만, 그래도 얘기했어야지."

대화를 이어가던 순정이 솔직하게 속을 털어놓았다.

"엄마가 늘 물었잖아. 별일 없냐고."

원망은 아니다. 그저 앞으로라도, 딸이 길을 잃었을 때 의지해주었으면 한다. 혼자라고 생각하지 말고.

"그게 어떤 아픈 비밀이더라도, 엄마한테 얘기했어야 되는 거야. 그땐 엄마가 보호자였잖아."

"미안해."

"아니야. 이제라도 얘기했으니 됐어. 잘했어."

순정은 연우의 사과에 지그시 미소 지어 보였다.

"애기 같은 게 결혼을 해서 걱정했는데, 결혼을 하고 나서 훌쩍 커졌네."

이제 딸은 힘든 일이 있을 때, 엄마에게보다는 남편에게 더 기대게 될 것이다. 엄마로서 힘이 될 수 있는 게 이제 더 이상 없다는 사실이 안타까웠지만 딸이 의젓하고 든든한 남편을 만나 더 성장한 것 같아 마음이 놓였다.

"옥승혜는 아이를 잃은 적이 있어."

순정은 연우가 모르는 이야기를 들려주었다.

"상희 아래로 동생이 있었는데 태어나질 못했어. 그래서 안됐다고 생각했어. 그래서 잘해주려고 했었어."

딸에게 늘, 옥승혜 아줌마한테 잘하라고 얘기했다. 아줌마는 예민하지만 알고 보면 좋은 구석이 있는 사람이라는 말도 했던 것 같다. 아이에게 착한 마음을 가르치기 위해 타인을 좋은 사람이라고 포장해 버렸다. 그게 크나큰 실수였다. 내게 별다를 것 없는 사람이어도, 다른 이에게 악한 사람일 수 있다는 걸 간과했다.

"그 억지스런 마음만 아니었어도…… 엄마가 정말 미안해."

"……."

"그런데 이렇게 잘 커줘서 고맙고."

연우의 눈동자 위에서 투명한 구슬이 또 몸집을 키웠다. 연우는 우는 것이 무안한 듯 눈물을 훔쳤다. 서러워서 눈물이 난 게 아니었다. 내 처지를, 그때의 나를 알아주는 게 고마워서, 마음을 나눠주는 게 고마워서 눈물이 났다.

"엄마. 나 이게 진짜 마지막이야. 이제 안 울어."

"아유. 울면 좀 어때."

순정은 훌쩍거리는 연우를 토닥였다. 밤이 깊었고, 마음도 깊었다.

자정을 한참 넘어선 시각. 연우는 느지감치 잠자리에 들었다. 사실 연우는 엄마와 함께 자려고 했는데, 순정은 연우에게 방을 따로 내주었다

"엄마는 네 아빠랑 자야지."

연우에게는 보이지 않았지만, 순정의 마음에도 눈물이 차 있었다. 눈물을 훔치는 모습을 딸에게 보일 수는 없는 노릇이고, 남편 명식에게 아픔을 토로하다가 잠들게 될 것이다. 순정과 명식, 이들 또한 힘든 일이 닥쳤을 때 서로를 의지하고 위로하는 평범한 부부였다.

엄마 아빠를 만나서 속이 더욱 후련해진 연우는 금방 잠이 들었다. 연우에게는 인생의 전환점 같은 하루였다. 연우가 깊이 잠들었을 때, 순정은 조용히 연우의 방에 찾아가 잠든 연우의 얼굴을 쓰다듬었다. 연우의 표정은 편안히 풀어져 있었다.

"우리 애기……."

꿈속에서 순정의 목소리를 듣는 듯, 연우의 입가에 잠시 희미한 미소가 떠올랐다. 그 미소에도 눈물이 날 만큼 딸은 애틋했다.

연우의 꿈은 흐릿했지만 행복한 색깔이었다. 마음속의 응어리가 모두 풀리고 나니 그날 꿈속에는 엄마도 나오고 남편도 나왔다.

"대박."

푸르스름한 새벽의 기운이 가득 찬 방에서 남편이 자신과 나란히 누워 새벽별처럼 반짝 빛나는 눈으로 자신을 바라보고 있었다. 그녀가 목소리를 내니 그는 그녀의 뺨을 소중히 쓰다듬었다. 그 손끝이 기분 좋아서 연우는 졸음에 겨운 눈을 몇 번 감았다 뜨면서도 히죽 웃었다.

"보고 싶었는데."

그녀는 느릿느릿 진심을 말했다. 꿈속에서 만났기 때문인지 그동안 며칠이 지난 느낌이다. 남편이 심통 부리듯 말했다.

"보고 싶었어? 나는 또 나만 좋아하는 줄 알았지. 자꾸 도망가길래."

"아니야."

"아니야?"

"아니야. 세상에서 제일 사랑해."

그에게 몸을 밀착시킨 연우는 행복한 사랑의 고백과 힘께 그의 허리를 꽉 안았다. 생생한 꿈이 기분 좋았다. 끄응, 그녀를 둘러싼 세계에서 앓는 소리가 났다. 그 뒤에, '나도 사랑해' '넌 잠꼬대도 참 재주 있게 한다' '어디 나중에 보자'와 같은 재미난 말들이 희미하게 들렸지만 연우는 다른 꿈결로 흘러들어갔다.

그리고 아침이 되어.

"헉."

제 옆에 언제나처럼 누워 있는 남편의 모습을 발견하고 연우는 식겁하고 만다. 그게 꿈인 줄 알았건만 생시였다니. 화들짝 놀란 연우의 반응에 그 또한 몸을 뒤척거렸다.

"……왜 여기 있어요?"

"오겠다고 했잖아."

그러나 그는 잠에서 깨지는 못하는 목소리다.

"언제 왔어요?"

"본인이 환영해줬는데, 기억도 안 나지?"

기억이 날 리가 없다. 연우는 멍한 표정으로 눈을 삼박거렸다.

"더 자자."

"회사 안 가도 돼요?"

"연차 냈어."

선재는 끝내 연우의 팔을 잡아끌어 제 옆에 눕혔다. 의식이 말짱한 상태가 아니어서 힘 조절이 안 되었다. 속절없이 끌려간 연우는 그 옆에 누워 선재의 얼굴을 뚫어지게 바라보았다.

"잠도 안 자고 여길 온 거예요?"

"어."

"내가 그렇게 보고 싶었나?"

"어."

"그래도 이렇게 한밤중에 운전해서 오면 안 되죠. 낮에 일하고 쪽잠도 안 자고서 운전하다가 사고 나면 어쩌려고."

역시 연우는 일단 반가운 마음보다는 선재의 안위가 먼저다.

"그러니까 나 좀 재워줘, 연우야."

선재도 의식이 말짱하지 않은 만큼 편하게 응석을 부렸다. 연우는 선재가 힘쓰는 대로 폭 안겨주었다가 7시쯤 되어서야 풀려나 밖으로 나왔다. 집 안에 아무도 없어서 밖으로 나가보니, 집 밖의 세상은 온통 하얀 눈이었다. 그녀가 잠든 사이에 눈이 소복이 내린 것이다. 눈이 반가운 마음은 잠시, 이 눈길을 헤치고 남편이 여기까지 왔다는 것에 탄식하게 되었다.

"일어났어?"

하얀 세상을 바라보며 하얀 입김을 내뿜고 있을 때 마당의 비닐하우스에서 나온 순정이 말을 걸었다.

"엄마, 방에 강 서방이 있어."

"새벽에 왔대. 5시쯤 도착했으려나?"

"운전해서 왔대?"

"그렇다네. 집 앞에 차 세워놓고 잘 생각이었나보더라고. 네 아빠가 일찍 눈이 뜨여서 나가보니까 강 서방 차가 있어가지고 얼른 들어오라고 했더란다."

하도 어처구니가 없어서 연우의 입술이 멍하니 벌어졌다.

"휴가 냈으면 집에서 쉬고 낮에 와도 될 텐데. 색시가 어지간히도 좋은가보네. 그래도 너무 무리하지 말라고 그래. 안쓰럽잖아."

순정은 안쓰럽다고 말했지만, 실은 딸을 그토록 사랑해주는 사위의 마음이 고마웠고 사랑스러웠다.

"강 서방은 더 자게 두고 우리끼리 조용히 아침 먹자."

순정은 먼저 일어난 딸을 챙겼다.

선재가 깨어난 건 점심 즈음이었다. 처갓집에서 너무 늘어지게 잤다는 생각에 무안해진 선재는 벌떡 일어나 허둥지둥 나와서 순정과 명식에게 인사했다.

"너무 오래 잤네요. 죄송합니다."

"아니야. 일부러 안 깨웠어."

순정이 대답했다. 가까이에서 점심상을 차리고 있던 연우가 선재의 까치집 머리를 보며 쿡쿡 웃었다. 웃음의 의미를 귀신같이 알아들은 선재가 서둘러 씻으러 들어갔다. 선재가 씻고 나오는 사이에 점심상이 다 차려져 있었다.

"배고프지? 점심 들어."

"네."

순정은 정이 넘치는 대로 밥그릇에 밥을 수북이 담았다. 사위에게 고마운 마음을 표현할 길이 없으니 이런 식으로 밥을 퍼 올리는 정만 커져간다.

"많이 먹어. 먹고 더 먹어."

"네. 고맙습니다."

"엄마 밥 너무 많은데? 강 서방 먹고 체하면 어떻게 해."

연우가 밥이 많다며 한마디 했다. 순정이 대꾸했다.

"먹다가 못 먹겠으면 남기면 되지."

"자리가 어려워서 어디 남길 생각을 하겠어?"

"장인 장모를 어려워하면 안 되지. 강 서방, 먹을 만큼 먹다가 남겨."

"네."

선재가 넙죽 대답했으나 연우는 끈질기게 따졌다.

"안 된다니까. 여보, 지금 말해요. 이거 먹을 수 있어요, 없어요?"

"먹을 수 있어."

선재는 걱정 말라며 연우에게 웃어 보였다. 하지만 연우의 해석은 달랐다.

"이것 봐요. 영혼 없는 미소. 웃는 게 텅 비었잖아요."

와, 우리 부인 홈그라운드라고 너무 말씀을 막 하시네. 어떻게 나를 껍데기뿐인 남자로 만들어. 내가 오기로라도 다 먹고 만다. 선재는 주먹을 불끈 쥐고 밥을 크게 떠 입에 넣었다. 옆에서 연우가 숟가락을 뜰 때마다 '못 먹겠죠?, 남길 것 같죠?' 하며 깐족거렸으나 선재는 뚝심 있게 앉아 밥그릇을 비웠다.

식사를 무사히 마친 후, 순정과 명식은 다시 비닐하우스로 갔다. 선재가 화장실에 갔다가 나오니 연우는 고무장갑을 끼고서 설거지를 하려고 하고 있었다.

"참, 기사 봤어요?"

연우는 개수대의 물 쏟아지는 소리에 선재가 소리를 못 들을까봐 크게 말했다.

"어젯밤에 옥승혜 여사가 해외 도피를 하려다가 공항에서 내쳐졌대요. 출국금지 됐다나봐요."

"품. 옥승혜, 공항에서 시트콤을 찍었겠네."

큰 그림을 짠 장본인 선재는 지금 소식을 접한 양 능청스럽게 웃으며 연우의 말을 잘도 받아주었다. 소식을 전해주며 즐거워하는 이내에게 화답하기 위해 시치미를 떼는 것이다.

"그리고 아침에……."

밤사이 벌어진 일들로 할 얘기가 많았던 연우는 이번엔 아예 선재를 향해 뒤돌았다. 그러다가 그녀가 들고 있던 물컵이 비눗물을 머금고서 아래로 낙하했다. 쨍강.

"헉."

"움직이지 마. 가만히 있어."

뒤편에 서 있던 선재가 서둘러 쫓아오며 단호하게 말했다.

"괜찮아? 안 다쳤어?"

"괜찮아요."

선재는 연우를 옆으로 움직이게 한 뒤, 바닥으로 떨어진 물컵의 잔해들을 정리했다. 유리컵은 가까운 곳에서 충격 없이 떨어졌다. 위험하게 산산조각이 나지는 않았다.

"앉아 있어. 나머지는 내가 할게."

선재는 연우의 고무장갑을 넘겨받았다. 나머지 설거지는 선재 몫이 되었다.

"하하……."

무안해진 연우는 멋쩍게 웃어 보였다.

"엄마가 여보 귀인 대접해주라고 그랬는데."

"지금도 넘치도록 대접받고 있어."

선재는 식탁의 의자 하나를 끌어와 개수대 옆에 바짝 붙였다.

"여기 앉아서 하려던 얘기나 계속해줘."

실은 뭔가를 떨어뜨리고 깨뜨리는 것에 불안해하며 예민한 반응을 보이는 아내가 그저 멋쩍게 웃어주어 마음이 편했다. 연우는 고개를 끄덕이고는 자리에 앉았다.

"아침에 문자 왔어요. 고소인 조사 일정이 잡혔다고."

선재는 연우의 목소리를 제대로 듣기 위해 물소리를 낮추었다. 설거지는 오래 걸릴 수도 있겠지만 이 여유로움이 행복하다.

"언제야?"

"내일모레 10시요."

"금방이네."

"네. 글피에는 옥승혜 여사가 조사받는대요."

연우가 방송에서 제 목소리를 낸 덕분에 조사도 빨리 이루어지게 되었다.

"옥승혜는 구속 수사를 받게 될 수도 있겠어. 엘리베이터 동영상 USB가 옥승혜한테서 발견된다면 증거인멸 시도로 볼 수가 있고, 어제는 도주하려고도 했었으니까."

선재의 이야기에 연우가 힘껏 끄덕였다.

"그리고 남지순 아주머니가 글 올렸어요. 뉴스 시청자 게시판에다가요. 잘됐죠?"

"오. 잘됐네."

선재는 이번에도 반가운 목소리로 대답했다. 이것 역시 연우가 확인하기 한참 전에, 남지순이 글을 올리자마자 득달같이 확인했지만, 선재는 소식을 전해주는 연우에게 실컷 맞장구쳐주었다.

"이따가 글 올린 거 보여줄게요."

"그래."

"아, 뿌듯하다."

하고 싶었던 이야기를 모두 하고 편안히 기지개를 켠 그녀에게 선재가 물었다.

"이제 걱정은 없어?"

"고소인 조사 같은 건 처음이라 긴장되긴 하는데, 그건 사실대로 솔직하게 말하기만 하면 되니까요."

"그래. 잘할 수 있을 거야."

연우가 끄덕였다.

"행복이 별게 아니야. 그치?"

선재의 물음에 연우는 문득 지난날을 떠올렸다. 그와 이혼하기로 결심했을 때, 연우는 그에게 보내는 편지에 '나도 이제 행복해지고 싶습니다'라는 말을 썼었다. 그와는 절대 행복해질 수 없다고 생각했다. 그에게서 벗어나야만 행복을 찾을 수 있다고 생각했다. 이렇게 가까이에 있는 행복을, 파랑새를 찾듯이 한참 동안 찾으러 다녔다.

자리에서 일어난 연우는 설거지에 열중하는 선재의 뒤편으로 가서 그의 허리를 꼭 끌어안았다.

"어어……."

당황한 선재가 제자리에서 잠시 휘청거렸다. 옷감이 얇은 티셔츠는 그의 등에 그대로 밀착되어 연우가 제 뺨으로 탄탄한 등 근육을 만끽하게 했다. 그리고 또한 등에 귀를 대어도 그의 심장 소리를 들을 수 있단 사실을 알게 되었다.

그녀는 그렇게도 행복했지만 그는 속 편히 받아들일 수는 없는 입장이다. 이런 작은 도발로도 충분히 유혹당하는 몸인지라.

"하지 마. 떽. 오빠 설거지하잖아."

"설거지하느라 팔을 못 쓰니까 맞먹기가 좋네요."

홈그라운드에 왔다고 오만해진 아내. 깝죽거리는 솜씨가 보통이 아니다.

"지금 내가 정상으로 보이지? 참고 있는 거야."

여기에서까지 너한테 달려들면 내가 짐승 소리를 듣는 거라고.

"처가댁에서까지 이성을 잃고 싶지는 않다. 여긴 신성해서 안 돼. 협조해."

"큽. 신성하대. 완전 웃겨."

우습도록 진지한 그를 비웃은 연우는 등에 착 달라붙는 것을 넘어서 그의 복근을 더듬기에 이르렀다.

"야야, 뭐하는 짓이야. 저리 가, 저리 가."

결국 그는 설거지를 하던 움직임을 멈추게 되었다.

"흐음. 흐음……."

심호흡을 따라서 그의 흉근이 크게 부풀어 올랐다가 가라앉는다. 사실 연우도 이쯤에서 멈추려고 했는데, 그 와중에 그의 심호흡 소리가 대책 없이 섹시해서 연우는 좀 더 이 기분을 즐기게 되었다. 행복이 가까이 있어서 참 좋았다. 하지만 그건 연우의 마음일 뿐.

"나 갑자기 행복하지 않아졌어."

"난 행복한데?"

"여보."

선재는 끝까지 깝죽거리는 그녀를 나긋이 불렀다. 목소리는 다정했으나 눈빛은 무시무시하다.

"너 되게 귀엽고 쫌 가증스럽다."

"으흐흐흐흐흐."

그러나 주의를 주었음에도 이 요망한 부인은 이런 남편의 노력도 몰라주고 그의 허리를 꽉 끌어안은 채로 계속 놀리듯 웃고 있다. 웃을 때마다 등이 간질거렸다. 그래. 참아보련다. 네가 그렇게 행복하다면.

하나, 사랑하기에 이겨내보려 하는데 요놈의 깝죽이가 더욱 정신을 교란시킨다.

"여보오."

"왜."

"내가 좋아하는 거 알죠?"

아아아아아아아아. 어우. 진짜 얘가. 선재는 설거지를 하던 손을 멈추고 고개를 천장 위로 들어 올려 '하아아' 한숨을 길게 내뱉었다. 인내심이 산처럼 쌓여 저축왕이 되겠네.

"어라. 왜 내 말에 한숨을 쉬어요?"

설거지를 하기 전까지 산사의 이슬처럼 깨끗하고도 맑았던 마음이 잔뜩 혼탁해졌다.

"연우야."

선재는 애써 평정심을 유지한 목소리로 나지막이 그녀를 불렀다.

"내일까지는 여기 있어야겠다고 생각했는데 안 되겠다. 오늘 집에 가서 보자."

"그럼 난 뭐라고 말해야 돼요?"

그가 겁을 줬음에도 불구하고 요놈의 소심쟁이가 웬일로 주눅 들지를 않는다.

"엄마 아빠한테 왜 오늘 간다고 말하지? 남편이 집에 가서 두고 보자고 그랬다고 해야 되나?"

"후우……."

"말해요? 그렇게?"

"아니야. 하지 마."

아주 날 갖고 노는구나. 그래. 놀아. 재미있게 놀아. 다 포기한 선재
는 하단전에 모인 힘을 분산시키는 데에만 집중했다. 다행스럽게도 선
재가 이성의 끈을 끈기 있게 붙들고 있을 때 구원자 순정이 들어왔다.

"어휴, 눈이 또 온다."

순정이 현관문을 열고 들어서며 말했다. 그제야 그의 허리를 붙잡
고 있던 팔이 냉큼 풀렸다.

"눈이 또 와?"

"설거지는 널 시켰는데 왜 강 서방이 하고 있어."

머리에 몇 개 올라앉은 눈송이를 털며, 순정이 연우를 타박했다.

"내가 유리컵을 깨가지고."

하지만 순정의 목소리는 금세 걱정스럽게 바뀌었다.

"어쩌다가."

"그냥, 비눗물에 미끄러져서."

"안 다쳤어?"

"응. 위험하게 깨지지는 않았고 그냥 톡, 금이 갔어."

"그래도 조심해야지. 다 저리 가. 엄마가 바닥 좀 다시 보게."

순정은 선재를 개수대에서 밀어내며 말했다.

"아니, 전 괜찮은데요, 어머니."

"그냥 둬. 나머지는 내가 할게. 우리 사위한텐 일 안 시키려고 했는
데. 강 서방도 고생했어. 고마워."

순정은 사위를 흐뭇하게 보며 인사하고는 선재에게서 빼앗은 고무

장갑을 받아 손에 꼈다.

"밖에 나가서 눈 내리는 거나 구경해. 바람도 안 불고 아주 예쁘게 내린다."

순정의 제안에 솔깃해진 연우는 선재를 보며 빙긋 웃었다. 선재는 가느다래진 눈으로 연우를 흘겨보았다. 몇 분 전의 앙금이 남은 것이다. 그러나 아내가 생긋 웃으며 제 손을 잡아끌면 금세 표정이 풀리고야 마는 바보가 여기 있다. 두 사람은 집 안에서 나와 처마 아래 의자에 가 나란히 앉았다. 하얀 세상에 또 눈이 소록소록 내리고 있었다. 벚꽃 잎처럼 커다란 눈송이였다.

"눈 내리는 거 너무 예쁘다."

가만히 앉아서 눈 내리는 걸 보는 게 처음이었다. 밖을 훤히 볼 수 있도록 낮은 담장에, 그 앞의 장독대에, 담장 너머의 커다란 나무에 소복이 쌓인 눈들이 어쩐지 포근한 솜이불처럼 보였다.

"여기서 가만히 있으면 도끼 자국 썩는 줄 모르겠다."

"도끼 자루겠지."

하지만 남편은 이 고요하고 거룩한 분위기를 무참히 깨뜨려버린다.

"제대로 모르면 말을 하질 말든가."

옳다구나 하며 그녀의 약점을 잡은 선재가 놀렸다. 연우는 약이 올랐다.

"못됐네, 못됐어. 이 낭만적인 분위기에서 부인이 말실수 요만큼 했기로서니 그걸 꼭 그렇게 들춰야 돼요? 분위기 깨지게."

"솔직하게 말해. 긴장할 때만 실수하더니 타이밍이 영 이상해. 귀여워 보이려고 일부러 그러는 거지? 귀여운 말 수첩에다가 다 적고 있는 거 알아."

"내가 귀엽기는 한가봐요?"

"말했잖아. 되게 귀엽고 가증스럽다고."

"치."

그가 대답과 함께 자신의 손을 잡아버려서 연우는 피식 웃고 말았다. 눈 내리는 세상을 가만히 바라보는 것은 좋은데, 서울로 돌아갈 생각을 하니 암담하긴 했다.

"우리 어떻게 집에 가죠? 고소인 조사도 받아야 되는데."

"걱정 마. 헬기를 띄워서라도 데려다줄 테니까."

그가 말도 안 되는 얘기로 의지를 표명했다. 연우가 헛웃음을 지었을 때 현관문이 열리고 순정이 나왔다.

"강 서방, 전화 왔는데."

거실에 아무렇게나 놓아둔 선재의 휴대폰이 길게 울린 것이었다.

"네. 고맙습니다."

선재는 순정이 건네준 휴대폰을 받고서 집 안으로 들어갔다. 갑자기 휴가를 냈으니 쉬어도 제대로 쉬는 것은 아닐 것이다. 바쁜 와중에도 제 옆에 있어주는 그의 마음 씀씀이가 고마워서 연우는 그의 뒷모습을 보며 오랫동안 지그시 미소 지어주다가 순정을 맞았다.

"좋아? 마음에 들어?"

선재가 떠난 자리에 순정이 앉으며 물었다.

"응. 좋아."

연우는 망설임 없이 행복한 목소리로 대답했다.

"너무 좋아. 싫을 때가 없어. 어떻게 이런 사람이 있나 싶어."

자랑이었다. 엄마에게만 솔직하게 할 수 있는 얘기다. 순정이 픕 웃음을 터트렸다.

"말도 못 하게 좋은가보네. 지금 앉은 자리에서 눈 구경하는 거 좋으냐고 물었더니 제 서방 자랑을 하고 있어."

"이, 그런 거였어?"

"결혼을 하더니 바보가 됐네."

순정이 연우를 놀렸다. 연우는 멋쩍어서 허허 웃었다. 바보라는 얘기를 들어도 그저 마냥 기분이 좋았다. 행복은 함박눈처럼 계속 내렸다.

행복하고 느긋한 시간은 단꿈처럼 지나가고, 서울로 돌아온 선재와 연우에게 꼭 와야만 하는 날이 찾아왔다. 연우의 고소인 조사가 있는 날이 되었다.

"변호사는 경찰서 앞에서 만나기로 했어."

출근 준비를 마친 선재가 말했다. 단정한 옷으로 꺼내 입은 연우도 깊게 심호흡을 하며 끄덕였다.

"긴장할 거 없어. 다 잘될 거야."

그가 그녀의 이마에 입 맞췄다. 두 사람은 함께 집을 나섰다. 손을 꼭 잡고서 사이좋은 발걸음으로 주차장에 닿았을 때, 귀에 익은 목소리가 들렸다.

"이연우."

옥승혜의 딸, 마상희였다. 연우를 만나러 여기까지 찾아온 것이다. 상희가 두 사람을 향해 성큼성큼 걸어왔다. 선재가 급히 연우의 어깨를 감싸 제 쪽으로 당기며 상희를 막아섰다.

"중요한 날에 이러는 건 그쪽한테도 도움이 안 될 텐데, 왜 이러지?"

선재가 따끔하게 물었다.

"연우한테 할 말 있어요."

울먹이는 목소리였다. 징징거리는 건 상희의 성격이었다. 상희의 목소리에 한숨을 쉬게 된 연우가 선재에게 말했다.

"얘기하고 갈게요."

연우의 뜻을 존중하며, 선재가 자리를 피해주었다.

"차 끌고 올게."

선재가 떠난 후, 연우는 휴대폰을 꺼내 화면을 보여주며 상희에게 일러두었다.

"녹음할 거야. 협박은 안 하는 게 좋아."

연우의 강경한 대응에 상희의 목소리가 자그마해졌다.

"너 오늘 조사받으러 가서 뭐라고 할 거야?"

"사실대로 말해야지. 고2 때 있었던 묻지 마 폭행까지 다 얘기할 거야."

"야, 네가 어떻게 그럴 수가 있어!"

그러나 상희는 금방 다시 흥분했다.

"너네 집안은 이십 년 가까이 우리 덕분에 먹고살았어. 우리 아니었으면 너네는 길거리에 나앉았다고. 근데 네가 어떻게 우리 엄마한테 이럴 수가 있냐!"

상희의 앙탈에 연우는 냉정하게 응수했다.

"그래. 너희 집안에서 월급 받아먹고 살았지. 네 아빠가 우리 돈을 떼어먹은 것도 모르고서 근근이 살았어. 숨통만 겨우겨우 트일 정도로 말이야. 너희는 그렇게 빼앗아놓고 자기들이 다 해준 양 허세를 부렸지."

상희의 억지에도 연우는 눈 깜짝하지 않았다. 상희의 눈에 맺힌 눈물이 크게 부풀어 올랐다.

"우리 엄마 좀 살려주라, 좀!"

세간의 이야기들에 상희는 겁을 먹은 것이었다. 엄마가 구속될 수도 있다는 것, 징역을 살게 될 수도 있다는 것은 아직 엄마에게 많은 것을 의지하는 상희에게 너무 큰 충격이었다. 상희는 눈물을 떨구며, 연우의 팔을 잡아 흔들었다.

"네가 네 가족 소중하게 생각하듯이 나도 내 엄마가 소중해."

"그런데 왜 그랬어?"

연우가 상희에게 싸늘하게 대꾸했다.

"엄마가 소중한데, 왜 그렇게 살았니? 엄마한테 자랑스러운 딸이 되지는 못하더라도, 적어도 민폐는 되지 말았어야지."

연우의 지적에 상희는 멍해진 표정으로 연우를 응시했다.

"아무것도 모르는 척하지 마. 네 엄마가 가한 폭행의 일부는 네 몫이었어."

연우는 더 따끔하게 말했다.

"네가 남들 하는 대로 평범하게 열심히만 살았어도 내가 그렇게까지 시달리진 않았어."

늘 답답했었다. 이 아이는 왜 매번 노력 없이 원하는 걸 얻으려고 할까. 하지만 이 얘길 직접 하는 것은 처음이었다.

"고등학생 때 네가 그 남자랑 어울리는 바람에, 네 소문이 걱정된 네 엄마가 날 이용했던 거잖아. 네 엄마가 짜놓은 각본대로 나는 너랑 사귀던 그 남자한테 두들겨 맞았다고. 이렇게 맞다가 죽겠구나 싶었어."

그간 더 큰 싸움을 피하기 위해 누구에게도 함부로 말하지 않은 일이었다.

"그렇게 맞았는데두 엄마한테 말 못 했을 때의 기분을 알아? 너무 소중해서 차마 말할 수가 없는 그 심정을……."

연우는 말을 끝맺지 못했다. 몸의 상처가 나은 뒤에도 그때를 떠올리면 아팠다. 엄마한테 가장 말하고 싶었지만, 엄마의 위로를 받고 싶었지만 그러질 못했었다. 내가 아픈 만큼 엄마는 가슴이 찢어질 것 같아서, 너무 소중해서 말할 수가 없었다.

"이 기회에 좀 너도 네 엄마의 소중함을 뼈저리게, 아프게 느껴봐."

말을 마친 순간 연우의 앞에 선재의 차가 섰다. 이제 떠날 시간이라는 의미였다. 연우는 상희에게서 등을 돌려 차에 올랐다. 상희는 연우를 더는 붙잡을 수 없었다.

후우우. 상희의 앞에서 의연하게 말했지만, 사실 연우는 떨리는 손끝을 감추고 있었다. 흔들리는 목소리를 숨기는 것도 힘들었다. 이게 시작이겠지. 더 단단히 각오를 다져야 할 것 같았다. 한편으로는 한 고개를 넘어간 것 같은 후련함이다. 제 손을 바꿔가며 주무르던 그녀가 깊은 심호흡을 하며 혼잣말하듯 목소리를 뱉어냈다.

"어휴. 큰일이야."

"응? 왜?"

묵묵히 운전하던 선재가 물었다.

"내가 변하는 것 같아서요. 모두에게 선의를 베풀고 착하고 다정한 게 내 이미지였는데요. 점점 강선재화되어가는 것 같아요."

"축하해."

선재가 대수롭지 않게 대답했다.

"나 닮아간다는 건 무조건 축하받을 일 아냐?"

"엥. 꼭 그렇진 않을 것 같은데."

반박하면서도 조금은 솔깃했다. 냉철하고 위기 대처 능력이 탁월한 그가 부럽긴 했으므로. 엉뚱한 생각에 잠긴 연우를 잠시 바라본 선재가 피식 웃으며 말을 덧붙였다.

"걱정 마. 내가 이연우화되어가고 있으니까. 엄청 순수하고 착해지고 있어."

……어디가 순수하다는 것이여 시방.

"네가 강선재가 되면 내가 이연우가 될게."

"와 싫다. 징그러워요."

거듭 이어지는 농담에 연우는 결국 웃음을 터트리며 고개를 내젓게 되었다. 이연우화된 강선재를 떠올리며 연우의 표정이 적당히 풀어진 사이에 선재가 다시 말을 걸어왔다.

"강선재화되어가고 있는 게 아니라, 사소한 영향을 받은 것뿐이야. 내가 순수하고 착해진 것처럼."

이번엔 진중한 목소리다.

"날 만나서 달라진 점은 매력 한 가지가 추가된 거라고 봐야지. 그리고 여기서 더 변한다고 해도 이연우는 그대로 이연우일 거야. 세상 어떤 사람도 진짜를 흉내 낼 수가 없는 이연우. 내가 많이 좋아하고 사랑하는 사람. 어디 가서 이연우를 또 구할 수도 없어. 세상에 하나야."

뜬금없이, 아주 시크하게 사랑의 고백이 팔랑 날아와 그녀의 가슴 위에 사뿐히 앉았다. 작정하고 하는 것이 아닌, 무심코 생겨난 말들이 더 사랑스러웠다. 그가 있는 그대로의 자신을 사랑해준다는 것, 그리고 자신이 변해가는 모습마저 소중하게 받아들이고 사랑해주겠다는 마음 모두가 담겨 있었다. 하루를 살아가는 힘은 의지이지만, 힘차게 살아가는 힘은 사랑이다. 어느덧 상희와 마주하여 씁쓸했던 마음이 정리되었다. 이제 사소한 것에 기운 빠지는 일 없이 고소인 조사를 잘 끝낼 수 있을 것 같은 생각이 들었다.

두 사람이 탄 차는 금방 경찰서 앞에 닿았다. 선재의 역할은 거기까지였다. 변호사에게 잘 부탁한다는 말을 남긴 선재는 연우에게도 마음을 편히 가지라 격려했다.

"그냥 솔직하게만 얘기해. 더 이상 쌓아놓는 것 없이 후련하도록."

연우는 씩씩하게 끄덕이고 경찰서 안으로 들어갔다.

고소인 조사는 수월하게 이루어졌다. 연우는 오늘 아침에 녹음한 상희와의 대화도 증거로 썼다. 상희 스스로 제 무덤을 판 꼴이 되었다. 다만 연우는 사건의 판결이 나기 전에 옥승혜의 구속 수사가 이루어지는 것은 싫다고 말했다. 그 아침에 찾아온 상희에 대한 나름의 배려였다. 상희 또한 거의 인생 처음으로 제 엄마를 위한 노력을 한 것 같아서. 하지만 그렇다고 해서 옥승혜 여사와 합의하는 일은 없을 것이다. 그들에 대한 배려는 그것이 전부다. 나머지는 법대로 벌을 받길 바랐다.

담당 경찰도 팔 년 전의 '묻지 마 폭행'에 대해 다시 조사해보겠다고 했다. 이미 종결된 사건이라 다시 파헤치기가 쉽지 않을 텐데 경찰들은 연우의 주장에 꽤나 우호적이었다. 뭔가 이상한 낌새를 느끼게 된 연우는 조사가 끝날 즈음, 변호사에게 몰래 물었다.

"변호사님, 좀 이상하지 않아요?"

"네? 뭐가요?"

"경찰들이 되게 우호적이어서요. 제 남편이나 시아버님이 경찰서에 다녀간 게 아닐까 하는 생각이 좀 들어요. 제 고소인 조사를 잘 봐달라는 부탁을 받은 게 아닐까 하는."

연우의 의심에 변호사는 빙긋 웃었다.

"안 그래도 담당 경사님이 얘기하더라고요. 부탁을 받으면 사건을 처리하기가 오히려 더 불편해지는데 그런 요청이 없어서 편했다고요.
대신 누군가에게 요청을 받긴 했다고 하네요."

"누구한테요?"

"경사님 아내 분이요. 아내 분이 방송도 보고 이후에 올라온 동영상
도 보셨나봐요. 이 사건을 대충 처리하면 안 된다는 얘기를 귀에 딱지
가 앉도록 들었다고 하네요."

아. 연우는 고개를 끄덕였다.

"처음에 이연우 씨가 대뜸 방송에 나와서 저도 당황했는데, 지금은
그게 신의 한 수였다는 생각이 들어요."

2회 차 인생을 살고 있는데도 여전히 인생을 잘 모르겠다. 계산대로
흘러가는 것은 아무것도 없다. 하지만 이제 연우는 겁내지 않는다. 조
금 더 긍정적으로 생각할 줄 알게 되었다. 자신의 인생이 넓어지고 있
다고.

다음 날 밤. 고소인 조사가 잘 끝나고 만 하루가 더 지났다. 연우는
옥승혜의 피고소인 조사도 끝났다는 연락을 받았다. 소식과 함께 뜻
밖의 편지가 도착했다. 연우의 앞으로 보낸 옥승혜의 반성문이었다.
그러나 반성문은 연우에게 보내는 것이라기보다는 외부에 보이기 위
한 것처럼 읽혔다.

삼 년 전 저는 심신미약상태였습니다. 정신과 진료를 받으며 약을 먹고
있었습니다. 그것을 아무에게도 말할 수 없어 힘들었었죠. 삶이 버겁다
느껴질 만큼 아주 지쳐 있었습니다. 백화점에서의 사건은 아마도 며칠
동안 제대로 잠들지 못하여 수면유도제를 먹었으나 결국 실패한 날이었

을 겁니다. 정신이 없었죠. 하지만 이후에 당시의 일을 얼마나 후회했는지 모릅니다. 그다음 날 바로 이연우 님께 사과했지만, 다시 용서를 구합니다. 미안합니다. 당시의 나는 더 깊이 사과했어야 했습니다.

"허. 사과한 적 없었다고!"

편지를 모두 읽은 연우는 기가 막혀 소리를 높였다. 옥승혜는 그녀에게 사과를 하러 온 적이 없었다. 선재에게 찾아가서는 쩔쩔맸을지 모르나 연우에게는 코빼기도 비추지 않았다. 엎어지면 코 닿을 데에 살면서 말이다.

"이렇게 나올 거라고 예상은 했었지만 역시 너무 괘씸하네."

선재도 기가 막혀 코웃음을 지었다.

"거기에다가 어제는 마진태 사장이 자기 회사를 버리고 경쟁사로 갔어. 쇼핑기업으로."

"아예 내빼버린 거예요? 제이내추럴은 괜찮아요?"

"원래 마진태가 하는 일 없이도 그럭저럭 굴러가고 있었으니까. 마진태는 딱 법적으로 얽힌 문제들만 날림으로 해결해버리고 떠났더라고. 후임이 힘들어지게 생겼어."

"아버님도 난감하시겠네요."

"근데 실은 아버지도 마진태를 내보내려고 생각하고 있으셨어. 그전에 마진태가 선수를 쳐서 나간 거지. 회사 기밀들을 들고 가지 않았을까 해. 자기는 아니라고 발뺌하겠지만 석연치 않은 구석이 너무 많고 얼마 전부터 경쟁사에서 갑자기 공격적으로 움직이는 게 좀 걸려. 모종의 거래가 있었겠지."

"회사가 위험하진 않아요?"

"그 정도로 휘청할 회사는 아니니까."

실은 복잡한 문제였고 큰일이었지만 선재는 연우가 너무 걱정하지 않도록 가볍게 말했다. 연우는 그의 의도대로 고개를 끄덕였다.

"근데 생각해보니 옥승혜 여사는 지금의 태도가 나은 것 같기도 해요. 어정쩡하게 참회하는 사람이 아니어서, 내가 마음 불편한 것 없이 미워할 수 있으니까요."

"되게 긍정적이네."

선재는 그사이 연우가 더욱 대인배가 된 것을 깨달았다. 더 칭찬해주고 싶은데 연우의 휴대폰이 바쁘게 울렸다. 휴대폰을 집어 든 연우가 말했다.

"어? 잠깐만요. 수지가 호주로 출장 갔었는데 지금 돌아왔나봐요."

그녀는 선재에게 밝은 목소리로 얘기해두고는 곧장 전화를 받았다.

"어. 수지야."

[야, 나 지금 돌아왔어! 한국에서 별일이 다 있었다며!]

수지의 목소리는 상기되어 있었다.

"하하. 좀 그랬지. 나 방송도 탔다. 유명 인사 됐어."

[어이구, 이제 여유를 부리네. 정말 고생 많았다야. 나 공항에서 울었어.]

"야, 네가 왜 울어. 난 말짱한데."

[출장 가기 전에 너한테 대강 듣긴 했지만 방송을 보니까 또 눈물이 나더라. 기자들한테 많이 시달렸겠네. 힘든 건 없었어?]

"별로. 아, 어제 고소인 조사 받았다. 경찰서에서."

경찰서에 다녀온 것을 훈장처럼 말하는 연우의 대화를 엿들으며 선재는 피식 웃었다. 아무래도 통화가 길어질 것 같아서 선재는 시간을 때우고자 제 휴대폰을 들었다. 온라인 뉴스 기사를 관리하는 건 선재의 역할이었다. 옥승혜가 피고소인 조사를 받고 나온 직후라 관련 기사들도 몇 개 있었다. 기사를 모두 읽고 휴대폰을 내려놓으려던 선재의 눈에 이상하게 걸리적거리는 실시간 검색어가 하나 있었다.

로또 당첨 번호. 얼마 전 연우가 했던 말이 되새겨졌다.

"조만간요. 1월에. 이 번호가 로또 2등이 될 거예요. 그럼 날 좀 더 이해할 수 있을 거예요."

그때 연우가 메모지에 써서 주었던 번호 여섯 개가 책상 서랍 어딘가에 있다. 수지가 그 번호로 로또 2등에 당첨된다고 했던가? 선재는 곧장 서재로 가서 어렵지 않게 그때의 메모를 찾아 돌아왔다.

오늘은 1월의 마지막 주 토요일. 아마 두 시간쯤 전에 로또 당첨 번호가 발표되었을 것이다. 선재는 묵묵히 '로또 당첨 번호'라는 검색어를 눌렀다. 그리고, 떠오른 숫자 하나하나를 살폈다.

'2, 10, 12…….'

보너스 숫자까지 합하여, 발표된 7개의 숫자 중 6개가 일치하기에 손으로 꼽을 필요도 없었는데, 선재는 그 번호를 하나하나 몇 번씩 되뇌어가며 손으로 꼽았다. 정말 2등의 번호였다. 침착한 척 조금도 움직이지 않았지만 온몸의 털이 쭈뼛 서버렸다.

"호주는 좋아? 괜찮았어? 여기는 엄청 추웠어."

정작 그에게 이 번호를 알려주었던 장본인은 로또에 당첨된 친구와 세상모르고 즐겁게 통화 중이다. 친구 수지도 자신이 당첨되었다는 사실을 아직 모르는 모양이다.

어제도, 오늘도 똑같이 사랑스러운, 아니, 오늘 더 사랑스러운 아내를 바라보는데 왠지 가슴에 구멍이 생긴 것 같은 기분이었다. 연우의 말을 믿지 못했던 게 아니다. 아무것도 악당지 않아 그것은 그냥 '다른 미래'일 뿐이라고 막연히 생각했었다. 그런데 이제 와 이런 묘한 기분을 느끼게 되는 것이다. 내가 세상을 떠나는 미래가 있다…….

내가, 죽는다고? 내가 저 사랑스러운 여자를 두고 떠날 수 있다고?

말이 되지 않아 선재는 고개를 가로저었다. 내가 죽을 리 없잖아. 우리가 이혼할 리도 없고, 이혼하지 않으니 내가 반지를 뺄 리도 없고. 선재는 무거워진 마음을 다스리며 메모지를 바지 주머니에 깊숙이 넣었다. 그리고 아무렇지 않은 듯, 통화하는 연우에게 가 조심스럽게 뺨에 입 맞췄다.

"여보, 나 먼저 잘게. 통화하고 와. 수지 씨한테 안부 전해주고."

연우는 밝은 표정으로 손을 흔들었다.

"미안. 통화 마치고 갈게요."

선재는 연우에게 미소 지어주고는 혼자 침실로 갔다. 타박타박. 발걸음 소리가 아쉬움처럼 조용히 뒤따라왔다. 먼저 자겠다며 침대에 누웠지만 잠이 올 리는 없었다. 한참을 뒤척거리다가 결국 연우보다 더 늦게 잠이 들었다.

* * *

탁 트인 공간에 차분한 클래식 음악이 은은하게 흐른다. 고아한 이브닝드레스를 입은 신부가 신랑의 손을 잡고 테이블을 돌며 인사하고 있었다

11월 25일. 선재의 육촌, 태준의 결혼식 풍경이다. 새신랑 새신부를 바라보는 연우의 표정에서는 아무 감정도 느껴지지 않는다.

"선재네는 아직도 아이 소식이 없네. 결혼한 지 이 년이나 됐는데."

그 와중에 고모 윤미가 말을 걸어왔다.

"앗……."

그 소리에 놀란 듯 연우는 들고 있던 포크를 떨어뜨렸다. 연우의 베이지색 원피스에 얼룩이 묻었다. 왜 이런 말 하나에도 깜짝깜짝 놀라는 걸까. 조금 더 강단 있게 대처할 수는 없나?

"이제 겨우 이 년이죠. 아직 신혼이라서요. 아이 생각은 별로 없어요."

선재는 아내의 반응이 마음에 들지 않았으나 내색하지 않고 고모에게 대답하며 접대용 미소를 보였다.

부담스러웠던 식사시간이 마무리된 후. 결혼식장에서 만난 친구들과 잠깐 얘기를 나누는 동안 연우가 없어졌다. 처음엔 화장실에 갔나 보다 하고 생각했는데 삼십 분 이상 모습이 보이질 않으니 걱정이 되었다. 선재는 슬그머니 아내를 찾으러 다녔다. 그녀는 뒷마당의, 웬 버려진 개와 함께 있었다.

"뭐 해."

어처구니가 없어 싸늘하게 그녀를 부르며 다가갔다.

"찾았잖아."

역시나 그를 마주한 그녀의 표정은 금세 경직되었다. 자신을 얼마나 싫어하는지 다시 한 번 확인받았다. 그런 그녀와 연극을 해야 하는 그의 마음은 무거웠다.

"뭐야, 옷이 왜 그래?"

"여기, 개가 다쳐서요. 상처 좀 치료해주느라고."

그의 친척들하고는 말 한마디 편하게 못 나누는 그녀는 사람보다는 개와 더 친한 모습이었다. 선재는 그런 그녀를 이끌어 결혼식이 열렸던 홀로 데려갔다. 오늘 그에게는 미션이 하나 있었다. 아내와의 사이를 고모와 숙모에게 보여주기 위해 연극을 해야 하는 것이다. 연극은 몇 번 해본 적이 있기에 연우에게 긴 자초지종을 설명할 필요는 없었다.

"고개 들고 내 목 감아."

그저 언제나처럼, 요청이 아니라 요구, 진심이 아니라 가식.

자신의 요구를 고분고분 따르는 그녀는 안쓰러우면서도 답답하다. 그녀를 감싸주고 싶으면서도 한편으로는 쥐고 흔들고 싶어진다. 두 손을 올려 자신의 목을 감싸는 그녀의 가녀린 팔이 애처로웠다. 그러나 내색하지 않았다. 나도 견디고 있으니 너도 견뎌보라며 신호를 보낸다. 입술을 맞대어, 숨을 앗아가듯 지독하게 괴롭혔다. 버티기 힘든 듯 휘청거리는 그녀를 붙들듯이 잡았다. 그것이 마지막 키스가 될 줄은, 선재는 미처 몰랐다.

결혼식장에서 연우를 먼저 집에 보낸 후, 선재는 이어진 친목 모임에 참석하여 글로벌 쇼핑업체의 임원을 소개받았다. 그 후 친구 기준과 이야기를 나누다가 기준과 사라가 일어날 때 함께 밖으로 나왔다. 사라가 데려다달라고 했지만 피곤해서 거절했다. 선재는 사라를 택시 태워 보내고서 집으로 갔다.

집 안은 모두 불이 꺼져 있었다. 형식상의 아내는 먼저 잠이 든 것이다. 별다를 것이 없는 어두운 길을 지나 침실에 이르렀다. 그리고, 그 별다를 것 없는 공간에 눈에 띄는 새로운 것이 보여서 한참 가만히 그쪽으로 시선을 두었다.

침대 위에 서류봉투가 하나 있었다. 봉투를 집어 든 선재는 그 안에서 종이 두 장을 꺼냈다. 첫 번째 종이에는 '협의이혼 의사확인신청서'라는 이름이 붙어 있었고 아내의 글씨로 서명이 되어 있었다. 그리고 그 뒷장은 이별 편지였다.

나의 남편 선재 씨에게.

당신에게 편지를 쓰는 게 처음이네요. 이제 우리의 이 인연을 끝낼 때가 되어 처음이자 마지막으로 이렇게 글을 남겨봅니다. ……나는 결혼을 한 후에 조금도 행복하지 않았습니다. 이 집이 조금도 편하지가 않았어요. 당신도 마찬가지였습니다. 나는 우리가 부부라고 생각하지 않아요. 내가 끝내지 않으면 이 잘못된 결합이 내내 무의미하게 이어질 거라는 걸 잘 알기에 먼저 제안합니다. 이건 내가 당신에게 하는 유일한 청이 될 거예요.

이혼해주세요. 나를 놔주세요. 제발 부탁드립니다. 나도 이제 행복해지고 싶습니다.

선재는 편지를 한 번 더 천천히 읽어본 뒤 내려놓았다. 추신으로 위자료에 대한 얘기가 있었지만 위자료를 달라는 게 아니라 그가 청구한다면 받아들이겠다는 것이었다. 어지간히 이혼이 하고 싶은 모양이었다. 편지를 내려놓은 뒤에도 오랫동안, '나도 이제 행복해지고 싶습니다'라는 마지막 말이 머릿속에서 떠나질 않았다.

이혼. 처음 결혼을 하자고 제안했을 때 자신이 먼저 조건으로 내세운 말이었다. 그렇게 하지 않으면 그녀가 결혼에 응해줄 리 없다고 생각해서. 그래도 그녀가 이 결혼으로 얻은 것이 있기에 이혼을 먼저 제안하지는 않을 거라고 생각했다. 그런데 결혼 만 이 년이 지나자마자 바로 이혼 제안이라니. 그녀가 이날을 얼마나 기다려왔을지 생각하니 쓸쓸했다. 그는 그녀에게 바라는 게 없었다. 그저 아내로 있어주는 것만으로 충분히 제 역할을 하고 있다고 생각했다.

다만 그녀가 조금 더 자주적으로 행동했으면, 하는 마음은 있었다. 이 년이나 사모님 생활을 했으면 이제 좀 뻔뻔해질 만한데 그녀는 여태 소심하고 내성적인 모습을 보였다. 그게 안타까웠다. 그랬는데, 결혼 이후 처음으로 그녀의 자주적인 모습을 확인했다. 이혼 제안으로써 말이다. 어처구니가 없었지만 그래도 그게 그녀의 주장이라서 받아들일 수밖에 없었다. 행복해지고 싶다는데 안 된다고 할 수가 없었다.

이후 두 사람은 타협을 했다. 그가 약간의 꾀를 부려서 이혼은 이 개월가량 늦추어졌다. 정말로 회사에 큰일이 있기는 했으므로 핑계이기만 한 것은 아니었다. 이혼신청서는 그때 제출하기로 하고 두 사람은 별거를 시작했다. 연우는 간소하게 제 짐만 챙겨 떠나버렸다. 원래 휑한 집이라 사람 하나 빠져나간 것밖에 달라진 게 없는데, 그녀가 떠나고 나니 커다란 집은 더욱 휑하게 느껴졌다. 집 안에서는 서로 영역을 나누어 살고 있었지만, 그래도 그가 퇴근하고 오면 그녀가 있었기에 집 안이 따뜻한 느낌이었다. 미약한 불씨나마 그녀가 티 나지 않게 지켜주는 느낌이었는데 이제 불씨를 지킬 사람도 없는 것이다.

연우가 떠난 뒤에는 이상하게도 다치는 날이 많았다. 다리에 유리가 박힌 적도 있었고 팔에 화상을 입기도 했고 계단에서 떨어져서 깁스생활을 하기도 했다. 그 외에 작은 타박상들은 셀 수도 없다.

아버지의 회갑 잔치 때에는 화상 때문에 팔에 붕대를 감고 있게 되었다. 문득 그는 연우에게 그 붕대를 보여주고 싶다는 생각을 했다

'어쩌다 이렇게 됐어요?'라는 말을 듣고 싶었다. 딱히 미련이랄 것도 없는데, 없다고 생각했는데 그날은 왠지 유치하게도 관심을 받고 싶었다. 그는 붕대가 보이도록 셔츠의 소매를 걷고서 그녀의 옆에 앉았다. 그의 인생에 있어 가장 유치한 짓 중 하나였다. 그러나 그녀는 팔에 감긴 붕대를 물끄러미 바라볼 뿐 팔에 대해 직접 묻지는 않았다.

"늦었지만 새해 복 많이 받으세요."

이후에 그녀가 한 말은 아무 감정도 느껴지지 않는 새해 인사였다. 그마저도 그게 끝이었다.

"그래. 너도."

그 또한 기대를 접고서 담백하게 인사했다. 결국 그렇게 되고 나니 유치한 짓을 했던 자신이 부끄러워졌다. 그 이후로는 의식적으로 그녀에 대한 생각을 하지 않으려고 노력했다. 어쩌다가 회사에서 일찍 퇴근하게 된 날, 그녀가 머무는 처남의 오피스텔 앞을 괜히 지나가게 되는 것은 어쩔 수가 없었지만.

바쁘게 사는 동안 시간은 쉴 새 없이 흘러 어느새 이혼확정 기일이 되었다. 선재는 이혼신청서를 제출하러 갈 때와 마찬가지로 택시를 타고 이동했다. 혹시나 뒷말이 나올 수도 있기에 기사와 함께 이동하지 못했고, 직접 운전해서 가자니 운전 실수를 할 것 같아서 그런 선택을 한 것이었다.

이혼확정 절차는 아주 간단하게 마무리되었다. 판사가 두 사람의 이혼이 확정되었다고 말하자마자 긴장한 그녀의 얼굴이 순식간에 확 풀렸다. 저렇게도 좋아할 수가 있나 싶었다. 웃는 게 저렇게 예쁜데, 저 미소를 만들어주지 못했구나 생각하니 미안해졌다. '자유로워진 걸 축하해'라고 말하고도 싶었다. 따지자면 오늘이야말로 그녀가 완벽하게 자유로워지는 날이었다. 삼 년 전의 결혼은 마진태의 집안에서 벗어나기 위해 절박하게 선택한 것이었기에. 생각이 거기에 이르자 선재는 한편으로 가슴이 두근거렸다. 어떤 관계는, 이혼으로부터 시작할 수도 있지 않을까.

"노력하지 않아도 돼요. 우리는 차 한잔 제대로 같이 마신 적도 없는걸요. 지금 와서 선배가 뭘 한다고 해서 그게 제대로 보일 리도 없고요."

그녀가 집을 떠나던 날 했던 말이 머릿속에서 맴맴 돌았다. 이혼을 막기 위한 노력은 인정해주지 않겠다는 말이었다. 하지만 이혼 이후라면, 서류정리를 마친 이후에 그가 뭔가를 시도하려 한다면, 완전히 정리된 이후에 새롭게 시작하고자 한다면, 그러면 그녀도 그를 제대로 보게 되지 않을까. 무언가가 다시 시작되지 않을까.

'아, 내가 무슨 생각을 하는 거지?'

상념에 빠져 있던 선재는 엇나가는 마음을 다스렸다. 자신에게 연애감정이라는 게 있을 리 없는데, 지금 막 이혼한 전부인을 상대로 이상한 생각을 하고 있는 것이다. 가정법원의 계단을 내려오며, 그는 그간 하지 못했던 인사를 했다.

"그동안 잘 있었어?"

"네. 잘 있었어요."

"난 많이 아팠어."

"……."

"팔에 화상도 입었고, 계단에서 떨어져서 다리가 골절되기도 했고.

이혼신청서 내고 오는 길에 다리를 다쳐서 깁스생활을 하다가 나흘 전에야 풀었어."

자꾸 말을 하게 되었다. 결혼 기간에도 이토록 다정히 안부를 늘어놓은 적은 없을 것이다.

"차나 한잔 마실까?"

급기야는 이혼확정 서류의 잉크가 마르기도 전에 차를 마시자는 제안을 내놓기도 했다. 역시 그녀가 받아들일 리는 없었다. 그는 또 다른 호의를 표했다. 점점 가정법원의 입구가 다가오는 것이 아쉬워졌다.

"네 생일 다가오네. 꽃바구니라도 보내줄까?"

"웃으라고 한 말이죠?"

매년 보낸 꽃바구니 배송처를 그녀가 머무는 오피스텔 주소로 바꾸어놓기까지 했지만 그는 능청스럽게 웃어넘겼다. 너에게 이혼 기념 선물로 백 억을 송금한 걸 알면, 너는 불같이 화를 낼지도 모르겠다. 하지만 어쩌면, 그것으로 우리의 관계가 다시 시작될 수도 있겠지.

오늘은 이만 안녕. 오늘 모든 것이 끝났지만, 또 그녀가 완전히 홀로 서는 첫날이기에. 모든 것이 시작되는 날이라서. 오늘은 그런 너에게 박수를 쳐줄게.

"잘 가."

몇 번의 이어진 인사 끝에 그는 등을 돌릴 수 있었다. 그리고 돌아가는 길. 그는 그간 피부처럼 제 손을 지키고 있던 결혼반지를 빼냈다. 손가락에서 빠져나간 반지는 바닥에 떨어져 데구르르 굴러갔다. 은연중에 허리를 굽히고 손을 뻗었다. 아슬아슬하게 자신의 손끝을 비껴가는 반지가 마치 이연우 같았다. 그래서, 저 반지를 잡아야 무언가를 다시 시작할 수 있을 것 같았다. 도로 아래로 내려가서 기어이 반지를 잡았다. 그리고 허리를 폈을 때, 저편에서 달려오던 그녀의 얼굴이 순식간에 굳어버리는 것이 보였다.

몇 발치 떨어진 거리였는데, 그녀의 눈동자가 선명히 눈에 들어오는 것은 정말 이상한 일이었다. 그 후 경적소리가 크게 울리며, 퉁, 하고 몸이 소멸되듯 밀려났다. 그 찰나에, 간절히 그녀에 대해 생각했다.

네 인생이 나로 인해 무거워지지는 말아야 할 텐데. 네가 죄책감을 갖지 말아야 할 텐데. 이건 네 탓이 아니야.

그러나 운명과 싸울 새도 없이 정신은 금세 아득해졌다.

······그리고······.

번쩍! 빛이 쏟아졌다.

"흡! 허엇!"

꽉 막혀 있던 숨통이 급하게 트였다. 그는 꽉 감고 있던 눈을 떴다.

하아, 하아, 하아. 숨을 거칠게 내뱉으며 주위를 둘러보았다. 줄지어 선 빌라, 그리고 오피스텔 건물······.

이럴 수가! 그럴 리가 없는데? 가정법원 앞의 커다란 도로에 누워 있어야 할 자신이 웬 동네에 말짱히 서 있는 것이다.

'여긴······.'

선재는 이곳이 어디인지 금방 알아볼 수 있었다. 연우와 별거를 하게 된 후, 그는 이곳에 찾아 왔다가 그냥 발길을 돌린 적이 더러 있었다. 연우가 머무는, 처남의 오피스텔 앞.

'내가 왜 여기 있지?'

하아, 하아. 정신이 없는 것만큼이나 호흡도 여전히 어지러웠다. 선재는 숨을 고르게 다스리려 노력했다. 자신이 숨을 쉬고 있다는 것을 인지하니 그다음에는 말짱히 살아 있다는 것이 믿기지 않았다. 어디 아픈 곳도 없었다. 몸에 상처 하나 없는지 확인하고 싶어진 선재는 팔을 앞으로 뻗었다. 그때.

반지를 놓지 마.

어디선가 소리가 들려왔다. 아니, 고막 가까이에서 둥둥 울리는 환청 같은 말이었다. 누가 그런 말을 했는지 모르겠다. 주변에는 어떤 인기척도 없었다. 오른손을 내려다보았다. 자신은 주먹을 꽉 쥐고 있었다. 그 안에는 무언가가 있었다.

"아……."

반지였다. 손을 펴서 확인할 수는 없었지만 손에 쥔 촉감은 분명 결혼반지였다. 다른 것일 수는 없었다.

'그럼 내가, 반지를 손에 쥔 그대로 차원 이동이라도 한 건가?'

문득, 아주 오래전에 친구가 했던 말이 희미하게 떠올랐다.

"누가 해준 얘긴데, 착한 사람들한테는 신이 인생의 마지막 순간에 선물을 준대. 잠깐 과거로 돌아갈 수 있는 기회를 준대."

그 말을 했던 친구가…… 사울이었던가? 그러고 보니 방금 전 들려왔던 목소리가 사울의 목소리 같기도 했다. 자신이 착한 사람이라는 생각을 해본 적이 없기에 선재는 고개를 가로저었다. 하지만 어쨌든 받아들일 수밖에 없는 현실이 눈앞에 있다. 자신이 차원 이동한 것이다. 반지를 손에 쥔 채로.

'그럼, 이 손을 풀면, 나는 다시 내가 죽는 그 순간으로 돌아가는 건가?'

빠르게 상황을 파악하고 나니 그 당시에는 미처 깨닫지 못했던 죽음의 공포가 밀려왔다. 그리고 다시 떠오른 그녀의 얼굴. 하필이면 사고가 나기 직전, 자신에게로 달려오던 연우와 눈이 마주쳤다. 그 경험은 앞으로 그녀가 살아갈 날들에 커다란 짐이 될 것이다. 자신의 마지막이 누군가에게 고통이 될 것이라 생각하니 이제 해야 할 일이 명료해졌다. 운명이 날 이곳으로 인도해주었다면, 역시 내가 남긴 미련은 모두 너이겠지.

오른쪽 주머니에 휴대폰이 있었다. 선재는 반지를 손에서 놓지 않기 위해 왼손을 써서 휴대폰을 꺼냈다. 휴대폰 화면에는 2월 16일이라고 표시돼 있었다. 역시, 공간을 이동했을 뿐 아니라 시간도 넘어온 것이다. 그러나 휴대폰은 그저 날짜와 시간이 나타났을 뿐 무용지물이었다. 통화도, 통신도 불가능했다. 그래서 지금 이 시간이 정말 2월 16일이 맞는지 제대로 확인할 수는 없었다. 다만 한 가지는 생각났다.

'2월 16일에 난 여길 서성거렸었어.'

연우가 머무는 오피스텔로 찾아가 볼까 하다가 결국 돌아선 날이었다. 그날로 돌아왔다고밖에 생각할 수 없었다. 오피스텔 건물 안으로 들어간 선재는 곧장 처남의 방 앞으로 가서 초인종을 눌렀다. 안에서 연우의 비명소리가 들리는 것 같았다. 한참 기다린 후에 문이 열렸다.

빛이 나도록 하얗고 뽀얀 얼굴. 새초롬한 표정. 그 얼굴을 확인하니 가슴이 찌르르 아파왔다.

"어떻게 알고 온 거예요? 여기서 지낸다고 말한 적 없는데."

그녀의 표정으로 보아 오늘이 2월 16일인 것은 맞는 모양이다. 그녀의 뚱한 목소리에도 눈물이 날 것 같아서, 마음을 감추느라 대답이 늦었다.

"오래전에 처남한테 들었어. 그리고 네가 여기 올 거라는 건, 사실 뻔하지."

"선배가 갑자기 이런다고 해서 내 마음이 달라질 수는 없어요. 아시죠?"

그녀의 입에서는 연거푸 매정한 말이 흘러나왔다. 그런데 그 씩씩한 말들이, 참 듣기 좋았다. '네가 이런다고 해서 운명이 바뀌지는 않아'라는 말로 들렸지만 또 한편으로는 '네가 날 괴롭혀도 난 잘 살아갈 거야'라는 말로 들리기도 했다. 넌 강한 사람이구나. 그녀에게 용서를 구하라고 신이 과거로 돌아갈 기회를 준 줄 알았는데, 이건 신이 그에게 주는 선물이었다. 이승에 미련을 남기지 말고 떠나라는 뜻이었다.

"하, 할 말 있어서 온 거 아니에요?"

그녀가 서툰 목소리로 물었다. 그는 그 목소리를 가슴에 깊이깊이 넣었다.

"……그냥. 잘 사나 해서."

선재도 그녀처럼 편안히 인사했다.

"그래. 잘 살아."

다른 말은 할 수가 없었다. 머릿속의 산소가 말라가는 느낌이 들었다. 운명의 신이 어서 인사를 끝내라고 재촉하고 있었다. 아쉽지만 돌아서야 했다. 좀처럼 떨어지지 않는 발을 한 걸음씩 뗐다. 등 뒤에서 문이 닫히는 소리가 났다. 그 소리와 함께, 온몸에 잠시 힘이 풀렸다. 꽉 쥐고 있던 반지가 살그머니 미끄러졌다.

"……흡."

곧장 격통이 시작되었다. 고통스러워 신음을 뱉어내면서, 반지를 쥐고 있던 손에 다시 힘을 주었지만 이미 목 안쪽은 말라 붙어가고 있었다.

으으으윽…… 살고 싶다는 간절한 갈망이 뒤늦게 가득 찼으나 몸이 부서지는 엄청난 아픔에 정신이 흐릿해져갔다. 폐와 심장을 누가 기계로 꽉 짓누르는 것 같았다. 얼른 이 고통이 끝났으면 좋겠다는 마음이 빠르게 삶의 갈망을 덮어갔다. 가만히 서 있기 힘들었다. 그는 그대로 무너지듯 주저앉았다. 허리가 앞으로 접혔다. 숨이 죄어들면서, 한 가지가 떠올랐다.

네 생일 꽃바구니를 취소하지 못했다.

네가 많이 울지 않았으면 해.

* * *

새벽의 침실. 꿈속에서 긴 여행을 하고 돌아온 선재가 발작을 하듯 일어났다.

"흐읍! 헛!"

수면 아래 잠겨 있다가 극적으로 빠져나온 듯이, 선재는 호흡을 거칠게 토해냈다.

"……여보."

급하게 몸을 일으켰기에, 옆에서 곤히 자고 있던 연우마저 깨우고 말았다.

허어어억. 허어어. 허어어.

그러니 연우의 목소리에도 선재는 대답할 수 없었다. 공기를 들이 마시는 그의 숨이 거칠었다.

"여보. 여보."

허어어억. 허어억, 허억. 끅. 그의 호흡은 쉽게 안정이 되지 않았고 급기야 숨이 꼴딱 넘어가는 소리까지 났다. 연우는 침실의 불을 켜고, 침실 밖으로 재빨리 나가 생수를 들고 돌아왔다. 그사이 눈에 쏟아지는 불빛이 쓰린 듯 선재는 허리를 접어 엎드려 쿨럭댔다. 숨을 너무 거칠게 들이마셨던 탓이다.

"여보, 물 마셔요."

그러나 선재는 기침만 할 뿐이다. 쿨럭. 쿨럭.

"오빠."

허어, 허어, 허어. 아무래도 남편이 가위에 눌린 것 같아서, 연우는 오히려 정신을 바짝 차리게 되었다. 그녀는 엎드린 선재의 등을 가만히 쓸었다.

"선재 씨."

콜록. 콜록. 콜록. 기침은 몇 번 더 이어졌다.

"괜찮아요?"

하아. 하아. 아주 찬찬히 그의 호흡이 돌아오고 있었다.

"병원에 갈까요?"

"……연우야."

쥐어짜내듯 고통스러운 목소리로, 그녀의 이름이 흘러나왔다.

"네."

그가 접었던 허리를 들어 겨우겨우 몸을 일으켰다. 흰자위의 실핏줄이 모두 터져 그의 눈이 붉었다.

"연우야."

그 표정이 안타까워서 연우는 울컥 울고 싶은 마음이 생겼다. 하지만 꾹 참고 그에게 대답했다.

"네, 네."

흐릿했던 눈앞이 점점 선명해지며 연우의 얼굴이 보였다. 선재는 그녀의 뽀얀 얼굴, 흐트러진 머리칼, 우수에 서려 빛나는 두 눈을 오랫동안 먹먹히 응시했다. 그가 당장이라도 눈물을 폭 쏟아낼 듯한 표정을 하고 있어서 연우도 아무 말 하지 못했다. 한참 지켜만 보던 그가 와락 그녀의 어깨를 당겨 안았다. 오랫동안 헤어져 있다가 다시 만난 듯 그는 숨소리 하나조차도 애달팠다.

"연우야."

그가 애착이 가득한 목소리로 그녀를 불렀다.

"응, 응."

"사랑해."

"응. 나도, 나도."

아주 큰 가위에 눌려서 새삼 그녀가 소중해진 모양이다. 그녀 또한 이런 경험이 있어 이해할 수는 있었다. 뜬금없었지만, 연우는 그의 고백에 차분하게 모두 응답했다.

"정말 사랑해."

"응. 나도 사랑해요."

그녀가 품 안에서 속삭이는데도, 마음이 가득 찬 고백인데도 선재는 그것이 사라질까 두려워졌다. 그저 긴 꿈에서 깨어난 것인데 인생 하나를 모두 살고, 끝내고 돌아온 것 같은 먹먹한 느낌이었다.

아니, 꿈이 아니었다. 자신의 인생 하나를 확인하고 왔다.

정말로 존재했던, '다른 미래'.

나무가 되는 남자

월요일 출근시간. 선재는 블라우스의 단추를 채우는 연우를 가만히 바라만 보고 있다. 매번 그녀의 속살을 보면 눈빛이 변하면서 달려들던 남자가, 아니 적어도 다가와서 가슴께에 입이라도 맞추던 남자가 그저 조용히 응시만 하고 있으니 연우는 기분이 이상했다. 그건 또 그것 나름대로 다른 종류의 긴장감을 선사한다. 언제 잡아먹을까 기다리는 눈빛이라고나 할까.

"그러고 있어도 돼요? 오늘 바쁘다고 하지 않았어요?"

두근거리기 시작한 연우가 시치미 떼고서 물었다.

"같이 나갈까 해서."

그의 대답은 늦었다. 딴생각을 하느라 늦은 게 아니라 단순히 그녀를 가만히 바라보다가 늦게 대답한 거였다. 혼자서 느린 시간 속에 살고 있는 사람처럼 그는 느릿해졌다.

"아침에 일 있다면서요."

"그래도 주차장까지 같이 내려갈 시간은 있지."

쪽. 드디어 다가온 그가 그녀의 목덜미로 입술을 내려 가볍게 키스했다. 가벼운 것치고는 입술이 새삼 뜨거웠다. 연우는 방을 나가는 선재의 뒷모습을 보며 고개를 갸웃거렸다.

남편이 달라진 것 같다. 정확히 전날 새벽을 기점으로.

전날 새벽, 잠에서 깬 남편은 발작을 일으키듯 한참 동안 속을 진정시키지 못했다. 거친 호흡과 쏟아지는 재채기, 그리고 헛구역질을 달랜 뒤 그는 그녀를 꽈악 안고서 몇 번이나 사랑한다고 말했다. 그 후 그는 잠깐 악몽을 꾸었다고 대답했다. 그리고 어제 내내 계속 걱정을 하는 연우에게 이제 괜찮다고, 아무렇지도 않다고 거듭 말해주었다.

정말 그는 겉으로 보기에는 말짱했다. 하지만 뭔가 과묵한 모습이, 그제와는 한참 달라 보였다. 연우는 계속 염려스러웠다. 채비를 모두 마친 연우가 방에서 나온 것을 확인한 선재는 소파에서 일어났다.

"준비 다 됐어? 내려가자."

선재는 신발을 신고 먼저 밖으로 나왔다. 연우도 선재를 쫓아서 나왔다. 엘리베이터 앞에서 선재가 그녀의 손을 잡았다. 손의 온기는 여느 때와 같이 따뜻했다. 마치 그녀의 찬 손을 잡아주기 위해 오래도록 덥힌 것처럼.

"여보."

고민하던 연우가 선재를 불렀다.

"응?"

"여보가 어제부터 좀 달라진 것 같은데."

"내가? 어디가?"

남편은 아무것도 모르겠다는 듯이 물었다.

"혹시요. 어제 꿨다던 악몽이…… 옛날 그 화재 사건 꿈이었어요?"

그녀가 질문을 던졌을 때 엘리베이터가 도착했다.

"아니."

엘리베이터에 타느라 대답이 늦은 건지, 아니면 그가 혼자 생각하다가 늦게 대답한 건지 알 수가 없었다. 그의 목소리는 오늘 아침 내내 그랬듯 차분했다.

"물에 빠지는 꿈이었어. 너무 생생해서 잠깐 헤맸던 거야."

"예전에도 이런 적 있어요?"

"아니."

걱정이 가득한 연우의 얼굴을 확인한 선재는 거짓말을 하는 쪽을 택했다. 자신이 죽는 걸 경험했다는 말을 차마 할 수가 없었다. '다른 미래'에 대해 적혀 있던 그 노트를 캠핑장에서 불태워버린 후, 그녀가 미래에 대해 겨우 노심초사하지 않게 되었는데 지금 또 그 얘기를 꺼낼 수는 없었다. 무엇보다도 그가, 그 이야기를 하고 싶지가 않았다.

언젠가는 얘기해야지. 내가 죽었던 그날이 지난 뒤에. 그때 후련히 얘기해야지.

"왜 그런 꿈을 꿨을까요?"

"꿈이야 그냥 상상력이지."

"무의식이잖아요."

"음. 수영장이 나오는 맥주 광고를 본 것 같아. 아무래도 맥주가 마시고 싶었던 게 아닐까?"

선재는 거짓말로 대답을 끼워 맞췄다.

"그럼 이따가 저녁때 맥주 마실까요?"

"아, 오늘은 늦을 것 같아. 미안."

일정이 있었기에 선재는 연우의 제안을 거절해야 했다.

"아니에요."

연우는 이해할 수 있다는 듯 끄덕였다.

"밤늦게 와도 맥주 먹고 싶으면 말해요. 나는 자다가 일어나서도 마실 수 있으니까."

"마시고 또 잘 거잖아."

"속도를 조절할게요. 숟가락으로 떠먹을게요."

연우의 대답에 선재는 지그시 미소 지었다.

"근데 너무 목숨 걸고 일하지 맙시다. 그것도 병이에요. 혼자만 잘났다고 생각하지 말고, 혼자서 일하지 말고 일거리도 좀 나눠주고요. 세상에 여보보다 뛰어난 사람도 많다는 걸 믿어야 돼요."

거기에 그치지 않고 그녀는 제 나름의 잔소리를 한다. 잔소리에는 애정이 담뿍 담겨 있다. 그녀의 눈에 자신이 어떻게 보일지 짐작할 수 있는 선재는 불현듯 과거의 일이 미안해졌다.

이 개월 전, '다른 미래'를 먼저 경험하고 돌아왔던 그때의 이연우가 생각났다. 이혼하자는 내 말에 넌 필사적으로 이혼은 안 하겠다며 임기응변으로 버텼지. 내가 사납게 따지니 너는 키스가 좋아서 이혼을 안 하겠다는 재미있는 말도 했었어. 네게 그렇게도 매정하게 굴었는데, 넌 아랑곳하지 않고 필사적으로 이혼을 막았지. 그 임기응변은 얼마나 고마운 것이었는지. 아니, 네가 여태 내 옆에서 날 지켜주는 게 얼마나 대단한 일인지. 그때 네가 흘렸던 그 눈물의 무게를 이제야 깨달은 것이 너무나도 미안하다.

"되도록 빨리 올게."

애틋해지는 마음은 다잡은 선재는 연우의 기사님을 만나 인사하고는 먼저 떠났다.

선재의 차가 저 멀리 먼저 떠나는 것을 보며 연우는 한숨을 쉬었다. 역시 뭔가 이상했다.

'어제 새벽이 아니라, 그젯밤이 기점인가?'

생각해보니 그가 그젯밤부터 많이 뒤척거렸던 것 같다. 잠자리가 편치 않아서 악몽까지 꾼 걸까?

'혹시 건강에 문제가 생긴 건가? 건강검진을 받으러 가자고 할까?'

걱정들이 앞다투어 생겨났다. 그 와중에 전화가 울렸다. 친구 수지였다.

"여보세요."

[야, 야, 야! 대박!]

연우가 전화를 받자마자 수화기 저편에서 잔뜩 고조된 목소리가 들렸다.

[나 로또 당첨됐어!]

아…… 연우는 몰래 탄식했다. 옥승혜 고소 문제 때문에, 그리고 주말에는 남편이 걱정되어서, '다른 미래'에서 그런 일이 있었다는 걸 까맣게 잊고 있었던 것이다.

[1등은 아니고, 2등! 그래도 그게 어디냐. 대박! 야, 넌 정말 천재야. 네가 날 설득해주지 않았다면 난 지조 없이 번호를 바꿨을 거야.]

수지는 '다른 미래'에서와 똑같이 2등에 당첨되었다.

"와아. 진짜 잘됐다!"

연우는 지금 이 사실을 알게 된 양 마음을 다해 축하했지만 실은 정신이 딴 데 가 있게 되었다.

[넌 진짜 최고야. 사랑한다 친구야. 뭐 먹고 싶은 거 있어? 뭐든지

말해. 내가 쏠게.]

그럼 혹시, 이것 때문인가? 연우는 얼마 전에 선재에게 로또 번호를 그대로 적어주었던 기억이 났다. 그에게 그게 로또 2등이 된다고 말했었지. 그걸 남편이 신경 쓰고 있었는지도 모르겠다. 그래서 로또 당첨 번호 발표가 난 이후 마음이 무거워진 게 아닐까.

'내가 왜 그 번호를 알려줬을까.'

연우도 마음이 무거워졌다.

점심시간, 학교에서 동료들과 다 같이 점심을 먹고 연구실로 이동하는데 희진이 인문학관 건물 맞은편을 가리키며 연우에게 말을 걸었다.

"연우야. 저 여자……."

희진이 가리킨 곳에 옥승혜가 서 있었다.

"맞지? 그 사람."

연우는 대답하지 못하고서 옥승혜를 노려보았다. 나는 남편 생각만으로도 여념이 없는데 저 여자는 어쩌면 이렇게 내게 집착하는지 도통 모르겠네.

멀리서 옥승혜가 연우를 발견하고 미소를 짓는 것이 보였다. 섬뜩했다.

"와. 정말 뻔뻔하다. 그리고 무서운 사람이야. 소름 끼쳐."

"옆문으로 가자. 저기서 계속 저러고 있으면 신고해야겠다."

다른 동료들이 다른 입구로 들어가자며 연우의 팔을 잡았다. 하지만 연우는 옥승혜와 대면해보기로 했다.

"아뇨. 만날 거예요."

"헉. 안 돼. 완전 이상한 사람이던데. 흉기라도 가지고 있으면 어쩌려고."

옥승혜가 악랄하긴 하지만 바보는 아니다. 재판을 피할 수 없게 된 입장에, 이런 데에서 위해를 가하지는 못할 것이다.

"괜찮아요. 개방된 곳에서 뭘 어떻게 하지는 못할 거예요. 다녀올게요."

"혹시 모르니까 나는 몰래 동영상 촬영하고 있을게."

"그래. 나도. 우리 다각도에서 촬영하자. 너도 녹음기 빨리 켜. 만반의 준비를 하고 가야지."

그들이 신경 써주는 것만으로도 힘을 낼 수 있게 되었다. 연우는 휴대폰의 녹음 기능을 켜고서 씩씩한 발걸음으로 옥승혜에게 다가갔다.

"제가 여기 있는 건 어떻게 아셨을까요? 제 뒷조사를 많이 하셨나봐요."

"잊은 말이 있어서 왔지."

그녀가 가까워지는 동안 승혜의 여유 넘치는 미소는 내내 그대로였다. 연우의 질문에 대한 대답이 아니었다. 연우도 오기가 생겼다.

"왜 그렇게까지 날 미워하시죠? 내 뭐가 그렇게 싫었기에."

연우도 옥승혜가 내뱉은 말 따위에 신경 쓰지 않고 하고 싶은 말을 했다. 이번엔 옥승혜가 연우를 빤히 바라보고만 있었다. 당연히 대답을 하지는 않았다.

"오래전부터 그 이유를 알고 싶었어요. 역시 그냥, 날 때리는 것으로 스트레스를 해소한 거였어요?"

옥승혜의 표정에는 조금의 변화도 없었다.

"나야말로 오래전부터 궁금한 게 하나 있었지."

잠시 후, 침묵하던 옥승혜가 입을 열었다.

"'다른 미래'가 뭘까."

연우는 잠깐 섬찟했으나 겉으로 드러내지는 않았다. 연우가 입을 다문 사이에 옥승혜가 계속 말을 이어갔다.

"너처럼 아둔한 애가 미래를 계산해볼 리도 없는데, 왜 넌 그 노트에 그런 괴상한 말을 써놓았던 걸까."

옥승혜의 이상한 호기심이었다. 그 호기심이 걱정스럽기도 했으나 연우는 옥승혜가 계속 말을 하도록 내버려두었다. 뭔가 계략이 있는 거라면 조금이라도 마음을 읽을 수 있어야 했기에.

"처음엔 계획표라고 생각했어. 하지만 참 이상하지. 그 노트에 적혀 있는 대로라면 넌 이혼 준비를 하고 있어야 되는데 왜 그런 징후가 보이지 않을까."

옥승혜는 계속 추론을 펼쳤다.

"그 노트대로 된 것도 있었지만 그 노트대로 되지 않은 것도 있었어. 구분해봤지. 그대로 된 것과 그대로 되지 않은 것. 이 두 가지는 무슨 차이가 있나."

제 나름대로 노트에 대해 꽤 깊게 생각한 듯했다.

"딱 한 가지가 있더군. 네 의지."

"……"

"네 의지가 반영되는 사건들은 일어나질 않더군. 달라지더라고."

옥승혜의 추론은 '의지'에 방점을 찍었다. 맞다. 맞는 얘기였다. 연우가 겪은 미래는 그녀의 의지대로 달라질 수밖에 없는 것이다.

"뒤틀려버린 미래를 내다보고 있는 건가, 넌?"

소름이 끼쳤지만 역시 연우는 내색하지 않았다. 승혜가 한 걸음 더

가왔다. 연우도 물러나지는 않았다.

"아니면 미래를 겪어봤다든지, 그것도 아니면 네가 시간을 넘나든다든지 말이야."

하지만 승혜의 다음 추론에 연우는 움찔하게 되었다. 신내림을 받아 앞날을 점칠 수 있다든가, 예지몽을 꿨다든가 해야 그 정도의 추론이 일반적일 텐데 옥승혜는 그녀를 꿰뚫어 보듯이 말한 것이다. 시간을 넘나든다고.

"웬 개가 짖는다고 생각할 만한 얘기인데 넌 왜 긴장하고 있는지 모르겠네."

연우의 미세한 반응을 관찰한 옥승혜가 비아냥거렸다.

"당신 헛소리가 너무 우스워서 들어주고 있는 것뿐이에요. 망상할 시간도 있고 여유 있으시네요."

연우도 곧장 태도를 바꾸어 날렵하게 대꾸했다. 옥승혜는 이에 굴하지 않고 계속 노트에 대한 제 해석을 읊어냈다.

"노트에는 3월 2일 사고가 났다고 쓰여 있던데, 거기서 끊겼는데 말이지. 그럼 넌 그 사고를 막기 위해 미래에서 과거로 온 건가?"

연우의 입안이 바싹 말라갔다.

"사고는 대체 뭘까? 네가 죽는 걸까?"

몸은 미동이 없으나 심장은 계속 쿵쾅댔다.

"아니면 네 남편?"

제법 정확했다. 연우는 옥승혜의 입술이 길어질 때마다 마녀를 보는 것 같았다.

'다른 미래'를 겪고 온 선재에게 단 한 가지 득이 된 일이 있었다. 회사의 미래 또한 알게 되었다는 것이다. 이미 '다른 미래'에서의 100일 중 60일 정도가 지났으니 앞으로 내다볼 수 있는 건 한 달 남짓뿐이지만 그것만으로도 엄청난 도움이 되었다.

물론 그때와 회사가 달라진 점도 있긴 했다. 그건 연우와의 사이에서 일어난 변화가 작게나마 회사의 일에도 영향을 끼치게 된 것일 게다. 또한 마진태가 회사를 나간 것도 예상치 못했던 일이다. '다른 미래'에서는 마진태가 회사를 그만두지 않았다.

'그건, 그 노트 때문인가?'

연우는 '다른 미래'의 사건들을 잊지 않기 위해 노트에 모두 적어두었다. 그 노트에 대해서는 옥승혜도 알고 있다. 그러니 그 내용은 당연히 마진태에게도 전달되었을 터, 노트에 적힌 대로 마진태는 회사의 일을 점쳤을 것이고 회사의 기밀들을 경쟁사에 팔아넘기기도 쉬웠을 것이다.

그러한 문제가 있다 해도 회사 일에서만큼은 눈이 완전히 뜨인 느낌이었다. 선재는 중요한 일들에 과감한 결단을 내릴 수 있었다. 그는 질질 끌어오던 헤븐과의 합작법인 문제를 마무리 지었고 다음 달 리뉴얼하여 재오픈하는 백화점의 브랜드들을 다시 살폈다. 그리고 회의를 이어가며 틈나는 대로 다음 달 이슈화될 내용들을 정리했다.

연우가 왜 그런 노트를 썼는지 이제야 깨달을 수 있었다. 또한 그녀가 얼마나 필사적이었는지도 알게 되었다. 현기증이 나도록 바쁜 와중에도 연우에 대한 생각이 많이 났다. 미안함과 고마움이 매번 함께였다.

"아버지. 엔터테인먼트 회사 가이아 엔터와 해외 가구업체 프라이드의 지분을 매수하려고 합니다. 미래가 밝은 회사들이에요."

선재는 회사의 일을 정리하는 데에 그치지 않고 외부 투자도 추진했다.

"그래? 프라이드는 그렇다 쳐도 가이아는 들어본 적이 없는데 괜찮은 거냐?"

선재의 아버지 운호가 고개를 갸웃거리며 선재의 의견을 다시 물었다. 일주일 뒤에 가이아 엔터테인먼트에서 데뷔시키게 될 여자 아이돌 그룹이 유튜브 대박을 치게 된다는 사실을 알고 있는 선재는 자신 있게 웃어 보였다.

"믿으셔도 될 겁니다."

"근데 너 괜찮은 거냐?"

"네?"

"안색이 영 안 좋아."

"괜찮은데요."

선재가 아무렇지 않게 대답했으나 운호는 손을 뻗어 선재의 이마를 짚었다.

"에구. 이 녀석아. 열이 있잖아! 머리에서 김이 올라오는데 괜찮긴 뭐가 괜찮냐!"

"어어? 정말 괜찮은데요. 아버지, 일단 주식 좀 사게 자금 좀……."

"됐다 이놈아. 그 얘긴 그만하고 얼른 가서 쉬어. 젊은 것이 벌써부터 몸이 이래서야 쓰겠어? 그래서 애는 만들 수나 있겠……."

잔소리를 이어가던 운호가 급히 입을 다물었다. 흥분하여 진심을 내비치게 된 것이다.

"……아니다."

그러나 선재는 눈치가 빠른 사람이다. 아버지. 손주를 원하고 계셨

군요.

"내가 이런 말 했다는 거, 절대 새아기한테 말하지 마. 말하면 너랑 절교다."

당황한 운호가 아이처럼 말했다. 선재는 웃고 말았다.

"아무튼 너는 가서 쉬어."

웃는 얼굴마저도 걱정스러운 안색인 아들을 바라보며 운호가 말했다.

"그간 집안일이 많았으니 너도 힘들었겠지. 일은 네가 하라는 대로 다 해놓을 테니까 걱정 말고 들어가라. 그러다가 아빠보다 먼저 죽으면 천하의 불효자식 되는 거야."

'아빠'라는 정감 어린 표현에 선재는 먹먹해졌다. 농담처럼 내뱉은 운호의 말을 흘려들을 수가 없었다. 자신이 세상을 떠났을 때, 부모님이 얼마나 가슴 아프셨을까 생각하니 조용히 한탄이 나왔다.

옥승혜와 대면한 후 연구실로 돌아온 연우는 동료들의 걱정에 태연한 척했지만 실은 심장이 계속 쿵쿵거렸다. 남편이 곧 죽게 되는 것이냐고 묻는 옥승혜의 질문에는 소름이 끼쳤다. 의연한 체하느라 숨도 제대로 쉴 수가 없었다. 그냥 말일 뿐인데, 마치 옥승혜가 남편에게 무슨 허튼짓이라도 할 것처럼 무서운 상상을 하게 됐다.

따져 보면 옥승혜는 '다른 미래'에서 남편의 죽음에 영향을 끼친 사람이다. 옥승혜가 사라에게 입을 함부로 놀리는 바람에 연우가 이혼을 결심하게 되었고, 이혼을 하게 되어 남편에게 사고가 일어난 것이니.

'아니야. 이젠 두려워할 필요 없지. 우리는 이혼하지 않았잖아.'

연우는 쿵쿵거리는 심장을 다스렸다. 옥승혜가 그런 무서운 생각을 하였다 해도 어디까지나 추측일 뿐 옥승혜를 굳이 두려워할 필요는 없다. 현재는 연우의 의지가 반영된 세계이니.

'치. 곧 징역을 살게 될지도 모르는데 남의 미래에 웬 관심이람. 자기 미래나 좀 신경 쓰지.'

속으로 투덜거리던 연우는 고개를 도리도리 저었다.

'차라리 이 시간에 남편 걱정을 하겠어!'

남편이 어제부터 그렇게도 기운이 없는데, 내가 지금 뭔 생각을 하고 있던 건지. 비생산적인 생각을 한 자신을 반성하며, 연우는 책상 앞에 고쳐 앉아 담당한 일을 시작했다. 하지만 또 금방 멍하니 딴생각을 하게 되었다. 옥승혜 걱정과 남편 걱정이 뒤섞인 가운데, 연우는 포털 사이트 우측 하단의 쇼핑 브랜드 배너를 무심코 클릭하게 되었다. 아마도 '이거 입으면 남친이 좋아해. 남편은 더 좋아해'라는 광고 카피가 은연중에 눈에 들어왔던 모양이다.

"어머어머."

하지만 곧 자신이 뭘 클릭했는지 깨달은 연우는 화들짝 놀라며 화면에 떠오른 창을 닫았다. 사무실 동료들의 시선이 모두 연우에게 모였다.

"왜 그래? 괜찮아?"

희진이 물었다.

"아…… 문서 파일을 저장도 안 하고 지웠는 줄 알았는데 여기 있었네요. 다행이다. 다행이야."

연우는 급히 거짓말 하나를 꾸며 둘러댔다. 주목하고 있던 동료들이 다시 고개를 돌렸다. 연우는 몰래 한숨을 내쉬고서 한 번 닫았던 창을 다시 열었다. 이 추운 겨울을 뜨끈하게 하는 시선 난로가 여기 있었다. 쇼핑 사이트의 이름은 '섹시퀸'. 여성 잠옷과 속옷과 코스튬 복장들을 전문으로 취급하는 의류 쇼핑몰이었다. 쇼핑몰의 이곳저곳을 살펴보던 연우의 눈이 빛났다. 머릿속을 환기시키는 데 이보다 더 강한 자극이 없었다.

그중 하나가 참 오랫동안 시선을 사로잡았다. 옷에 이름도 있었다. '밀리언 섹시 레이스 슬립'이라고. 잠자리 날개처럼 하늘하늘한 슬립을 걸친 여인이 섹시하고도 우아한 자태로 서서 연우에게 최면을 걸었다. 너는 산다, 너는 결제를 하고야 만다, 하며.

카피도 봐. 얼마나 좋은가.

'이거 입으면 남친이 좋아해. 남편은 더 좋아해.'

연우는 입안에 고인 침을 꿀꺽 크게 삼키면서도 고개를 힘껏 저었다.

'내 남편은 그런 사람 아니야!'

그러나 삼 초도 안 되어 확신을 할 수가 없게 된다. 아니야. 내 남편도 그런 사람일지도 몰라…… 인정하려니 가슴 아프지만 그런 사람 중에 제일 밝히는 사람일지도 몰라…….

'이게 그렇게 인기가 많다는 거지?'

나도 비율이 쫌 좋다는 평을 수지한테 많이 들었는데. 근데 또 이 몸매가 평생 가겠냐고. 임신하고 출산하면 이 몸으로 돌아오지 못할 수도 있다고. 이걸 예쁘게 입을 기회도 딱 지금뿐일 수가 있는 것이야. 아, 그 생각을 하니까 슬프네. 슬플 때는 쇼핑이지. 어느새 연우는 그 옷을 사야 하는 이유를 만들어가고 있다. 어여쁜 여인의 의도대로 최면에 걸려든 것이다.

연우는 화면에 보이는 어여쁜 여인 대신 자신의 얼굴을 넣어 상상해보았다. 여자인 내가 봐도 이렇게 정신이 쏙 빠지는데…… 남편이 흐뭇하게 미소 짓는 표정도 함께 떠올랐다. 그리고 그가 한순간 눈빛이 변하며 상남자가 되는 상념이 이어졌다. 꺄악. 몰라. 누가 이런 기가 막힌 카피를 만들어가지고 이렇게! 손가락을 자꾸 움직이게 만들어! 연우는 주문창에다가 제 주소를 정확하게 박아 넣고 있는 자신을 발견한다. 그리고 어느새 '결제하기'만 누르면 모든 것이 끝난다. 누를까 말까 누를까 말까. '오후 2시까지 결제하면 로켓처럼 빠르게 당일 배송'이라는 문구 옆에 로켓 그림이 반짝거렸다. 결제하기를 누르면 돌이킬 수 없기에 연우는 잠시 이성적인 사람으로 돌아와 고민이라는 것을 해보았다. 그러다가.

"연우야."

"네에에?"

딸깍. 옆에서 동료 선배가 자신을 부르는 소리에 놀라 결제하기 버튼을 눌러버리고 말았다. 겨, 결제를 해버렸네?

"왜 자꾸 놀라? 너 아까 있었던 일 때문에 스트레스받는 거지?"

동료 선배가 걱정스러운 얼굴로 물었다.

"아, 아니에요. 괜찮아요. 정말 괜찮아요."

"괜찮긴. 얼굴이 시뻘건데. 연우야, 화를 계속 참으면 병 돼."

그래서 그런 건 아닌데. 머릿속에는 '밀리언 섹시 레이스 슬립'밖에 없어요.

"오늘 일찍 들어가는 게 어때? 네 일은 우리가 나눠서 할게."

이 미안하고도 난감한 상황에도 '로켓 배송'만 생각하고 있다. 당일 로켓 배송이면 언제 오려나? 몇 시간 뒤에 오려나? 박스에 '섹시퀸'이라고 쓰여 있으려나? '밀리언 섹시 레이스 슬립'이라는 상품명까지 그대로 쓰여 있진 않겠지? 아파트 정문 앞에 서 있다가 기사님이 오시면 바로 낚아채버릴까? 역시 취소할까? 취소하려면 지금 취소 비튼을 눌러야 한다. 직원들이 로켓처럼 배송시켜버리기 전에.

하지만 그러고 싶지 않았다. 심장이 아까와는 다른 이유로 두근거리고 있었다. 일단은 상품을 눈으로 확인하자. 새로운 세상에 눈을 뜬 나를 칭찬해주자고. 도오……전.

결국 제시간에 퇴근하여 집에 돌아온 연우는 현관에 선재의 신발이 놓여 있어 의아했다. 늦게 들어온다던 남편이 자신보다 더 일찍 돌아온 것이다. 하나, 집 안에서는 인기척이 들리지 않았다.

"여보."

연우는 천천히 걸음을 옮기며 선재를 불렀다. 그리고 침실에 누워 있는 그를 발견하게 되었다. 선잠이 들었다가 연우가 다가오는 소리에 일어난 선재가 그녀를 바라보았다.

"왔어?"

선재의 안색이 좋지 않다는 것을 알게 된 연우가 물었다.

"어디 아파요?"

"아니. 안 아픈데."

역시 선재는 사실을 부인했다. 그렇다고 연우가 알아보지 못하는 건 아니다.

"아프면 아프다고 해야지. 나한테는 아프다고 하라고 가르쳐놓고."

잠시 선재에게 핀잔을 주었지만 금세 그녀는 걱정스러운 표정으로 돌아왔다

"어디어디 아파요? 약은 먹었어요? 약 좀 사 올게요."

"약 먹었어. 쉬면 금방 괜찮아져."

선재는 그녀를 안심시키고는 다시 자리에 누웠다.

"연우야. 나 좀 잘게. 약이 잘 듣나보다. 졸리네."

선재가 누운 후, 연우는 이불을 정리해주고 선재의 얼굴을 만져보았다. 이마가 뜨끈뜨끈했다. 그가 이렇게나 열이 나는 건 처음이었다. 이럴 줄 알았으면 선배들이 들어가라고 할 때 그냥 집에 왔지. 몸이 좋지 않은 것을 알리지 않은 남편에게 서운해졌다. 하지만 열을 내리는 게 우선이었다. 연우는 수건에 물을 축여다가 그의 얼굴을 닦아내었다. 선재는 자면서 기침을 많이 했다. 몸살과 함께 찾아온 감기였다. 이어지는 기침 끝에 목이 쉬어버렸다. 새벽이 되어서야 그의 열이 차츰 내려갔다. 간호하던 연우도 그제야 잠이 들었다.

다음 날 아침. 손에 얹힌 묵직한 느낌에 눈을 뜬 선재는 연우가 제 손을 고이 베고 잠이 들었다는 것을 알게 되었다. 손을 베고 자는 것은 괜찮으나 약지에 반지를 낀지라, 아무래도 그녀의 뺨에 반지 자국이 그대로 남을 것 같아 걱정되었다. 고민 끝에 손을 빼내기로 한 선재가 살살 제 손을 잡아당기는데, 연우의 눈꺼풀이 슬며시 움직였다.

"으응……?"

"손을 좀 빼내려고."

"헉. 미안! 잘못했어요!"

연우는 제가 그의 손을 베고서 자고 있었다는 걸 인지하자마자 호들갑스럽게 벌떡 일어났다. 그 뺨에는 역시 반지 자국이 선명하게 박혀 있었다.

"체온을 확인한다는 게 손을 베고 잤네. 저려요? 피 안 통해요?"

그녀의 말과 행동이 우스워서 선재는 엄살을 부려보기로 했다.

"응. 아야아야."

"아아, 어떻게 해……."

걱정해주는 모습이 귀여워 죽겠다. 아니, 죽겠다는 말을 하면 안 되지. '다른 미래'에 다녀온 후 그녀가 왜 그토록 죽음에 관한 단어들에 진저리를 쳤는지 그것 또한 이해할 수 있게 되었다. 함께 맞이하는 순간순간이 눈물겹도록 소중해.

"뺨에 반지 자국 찍혔다."

선재는 코가 찡해지는 느낌을 놀림으로 막아냈다. 연우가 제 뺨을 문지르며 물었다.

"몸은 어때요?"

"많이 괜찮아졌어."

"기분은 어때요?"

"늘 좋지."

연우는 그의 얼굴에 다시 손을 가져갔다. 열이 내리니 그녀의 걱정도 쓱 내려갔다. 걱정이 거두어지니 어제 했어야 했던 말이 생각났다.

"어제 옥승혜 만났어요. 학교로 찾아와서."

순하게 풀어져 있던 그의 얼굴이 딱딱해졌다.

"그래서 만나줬어?"

"그냥 어떻게 나오나 보려고 만나봤어요. 내가 그 사람에게 제대로 맞먹을 수 있나 궁금하기도 했고."

"그럼 제대로 맞먹었어?"

연우는 한숨을 자그마하게 내쉬었다.

"나름 맞서긴 했는데 그렇다고 함락시킬 수 있는 수준은 아니었어요. 그리고…… 옥승혜가 '다른 미래' 얘기를 했어요. 다른 미래에 어떤 일이 일어날지 자기가 추측해본 모양인데, 그게 얼추 맞아서 소름이 좀 끼쳤어요."

연우에게서 '다른 미래'의 이야기가 나와서 선재도 멈칫했다.

"옥승혜가 여보를 위협할까 싶기도 해서 무섭더라고요. 자꾸 불안해할 만한 얘기를 해서 미안해요. 그런데 정말 앞으로 조심해야 돼요. 얘기하기 싫었는데 여보 조심하라고 얘기하는 거예요."

"알았어."

선재가 차분히 응답했다. 하지만 더 이상 연우가 걱정하도록 둘 수는 없었다.

"근데 저기 걸어놓은 저건 뭘까?"

그래서 화제를 바꾸었다. 선재는 벽 쪽 옷걸이에 걸려 있는 하얀색 천 조각을 가리키며 물었다.

"아……."

연우의 얼굴이 금방 발그레해졌다. 어제 연구실에서 주문한 그것이 지난밤에 도착한 것이다. 로켓 배송이라더니 정말 로켓처럼 배송되었다. 늦은 밤, 남편을 간호하던 와중에 연락을 받은 연우는 득달같이 달려 나가 택배 상자를 받아 들었다. 택배 포장을 뜯어 내용물을 확인한 연우는 옷을 입어보려다가 옷걸이에 걸어 침실에 놔두는 묘안을 짜냈다.

그게 바로 저기 옷걸이에 걸려 있는 옷. 역시나 발견한 그는 금방 반응을 보였다.

"저 귀여운 게 뭐냐고."

"저걸 보면 좀 힘이 날까 해서."

연우는 얼굴을 붉히며 헤헤 웃어 보였다.

"나보고 상상만 하라고?"

"음, 나중에 여보가 나으면 입어보려고요."

"요망해졌네."

아내는 많이 변했다. 어느새 그녀는 자신을 꽉 쥐고 흔들 수 있게 되었다.

"다 나았다. 지금 입자."

"난 진지해요."

그의 농담에 그녀가 표정을 굳히자 선재는 못 당하겠다는 듯 한숨을 푸욱 쉬었다.

"농담이야. 건드릴 수도 없어. 감기 옮을까봐."

그녀의 눈동자가 초롱초롱해졌다.

"나한테 옮겨도 되니까 안 아팠으면 좋겠네."

"그런 말은 하지 마."

선재가 그녀의 애정 어린 표현에 따끔하게 대꾸했다. 자신이 아프면 아팠지, 아내가 대신 아파주는 건 싫다. 그 마음도 마다하고 싶다. 너보다 중요한 건 세상에 없어.

"네 인생을 희생해가면서 날 지키려고는 하지 마. 내가 행복하게 살지 말고 네가 행복하게 살아야지."

"그렇게 말하면 서운하죠."

그의 정색에 도리어 서운해진 연우가 입술을 샐쭉거렸다.

"내 인생을 여보랑 떨어뜨릴 수가 있겠어요? 이제 같이 가는 운명이지. 내가 행복하려고 여보를 지키려는 거죠. 여보가 내 옆에 계속 있었으면 해서. 그러니까, 나한테 옮겨서 다 낫기 싫으면 스스로 얼른 건강해지면 되는 거예요."

연우의 대응에 잠시 멍해졌던 선재는 서서히 입술을 길게 늘였다. 아, 이제 이런 게 괜한 걱정이구나. 어느새 아내는 자기 인생을 스스로 결정하고 개척해가는 사람이 되었다.

"알겠어. 이미 다 나았지만 더 건강해질게. 그리고 계속 네 옆에 있을 거야."

선재는 연우의 어깨를 당겨 안았다. 실은 안고만 있어도 좋았다.

연우 덕분에 기운을 많이 회복한 선재는 그날 정오가 지난 후 출근했다. '다른 미래'를 겪어본 것을 잘 써먹으려면 지금 많이 움직이는 것이 중요했다. 선재는 어제 틈틈이 정리한 아이디어들을 토대로 사람들을 만나러 다니고 동의를 얻고 사업을 추진시켰다. 그중에는 현재 제이홈쇼핑의 본부장으로 일하는 친구 기준도 포함되어 있었다.

"너 근데 이렇게 다녀도 괜찮은 거냐? 회장님께서 어제 너 안색이 안 좋아서 집으로 돌려보냈다고 하시던데."

홈쇼핑 본사를 직접 방문하여 임원들을 만난 후, 가는 길에는 기준이 배웅해주었다. 선재는 건물 밖으로 나와 차를 기다리며 기준과 더 이야기를 나누었다.

"다 나았지. 근데 넌 나보다 우리 아버지랑 더 친한 것 같다."

"너희 아버지께서 날 좋아하시는 거다. 넌 매정하고 재미없는데 나는 싹싹하고 재미있다고."

기준의 면박에 선재는 픽 웃고 만다.

"그쪽 조심해. 빙판길이 안 녹아서 미끄럽다."

기준이 계단 쪽으로 내려가려는 선재의 팔을 붙잡았다. 정말로 선재가 발을 옮기려던 방향은 모두 빙판길이었다.

"아무튼 아버지한테 좀 잘해드려라. 평소에 일 얘기 말고 다른 대화도 좀 자주 하고."

"알았어. 우리 아버지 챙겨줘서 고맙다."

선재는 기준에게 인사했다. 순순히 고맙다고 말하는 선재가 신기하여 기준은 웃음을 터트렸다. 그때.

"아가. 안 돼. 이리 와."

저편에서 세 살 남짓 되어 보이는 아기가 빙판길 쪽으로 총총총 뛰어오는 것이 선재의 시야에 턱 걸렸다. 아이 엄마가 유모차를 끌고서 뒤따라오다가 안 되겠는지 유모차를 놓고 쫓아왔다. 앞길은 빙판길. 그리고 그 앞은 계단이었다. 아기가 넘어져 미끄러지기 직전, 선재는 아기에게 재빨리 달려가 아기를 끌어안았다.

아기를 빙판길에서 안전하게 보호해낸 것은 잘한 일이었으나 그가 중심을 잃고 말았다. 휘청거리며 중심을 잡으려 애쓰던 그는 계단 아래로 추락하고 말았다. 운명을 막을 수가 없었다.

인생은 달라졌다. 하지만 운명까지 달라질 수는 없는 거였다. 꿈을 통해 '다른 미래'를 모두 알게 된 선재는 자신의 몸에 대해서만큼은 연우가 노트에 기록한 것보다 더 많은 것을 알게 되었다. 수많은 타박상이 있었고 팔에 화상을 입기도 했다. 그리고 '다른 미래'에서의 2월 1일. 이혼신청서를 접수하고 돌아오는 길에는 계단에서 떨어져 다리가 골절되었다. 그는 사 주 동안 꼬박 깁스를 하고 다니는 처지였었다.

그 모든 일들이 지금도 그대로 일어나고 있다. 상황이 달라지더라도 몸에 입는 상처는 변함이 없다. 어떻게든 화상을 입고 어떻게든 다치고, 이번에는 계단에서 떨어져 골절상까지 입게 되었다.

"뼈에 금이 갔네요."

엑스레이 사진을 들여다본 의사가 말했다. 선재는 연우의 얼굴이 아른거렸다. 연우가 이걸 알게 되면 얼마나 걱정할까, 무서워할까. 자신이 화상을 입었을 때 큼지막한 눈물을 뚝뚝 떨구던 그녀가 생각났다. 다리가 아픈 건 그다음이었다.

"완전히 낫는 데는 얼마나 걸릴까요?"

"완치라면 사 주 정도는 생각하셔야 됩니다. 일이 주 개인 차가 있을 거고요."

"깁스를 해야 할까요? 안 하는 방법은 없을까요?"

"그건 당연한 건데. 입원치료 없이 일상생활을 하시려면 깁스가 편하실 겁니다."

"깁스는 얼마나 오래 해야 될까요?"

웬만하면 깁스를 피하고 싶었다. 깁스를 발견한 연우가 힘들어할 것이 걱정되었다.

"이 주는 의무적으로 하셔야 됩니다. 그 이후는 경과를 지켜보죠."

의사는 단호했다. 선재는 의사의 대답에 착잡한 표정으로 끄덕였다.

"그럼 깁스는 탈착이 가능한 걸로 부탁드립니다."

"네. 알겠습니다. 그래도 씻을 때만 빼주시고요. 평소에는 하고 계시는 게 좋습니다."

"네."

선재는 의사와 합의를 보아 가장 가벼운 깁스를 선택했다. 목발도 구입해야 했다.

'목발은 차에 두고 다녀야겠다.'

비상금을 숨겨두듯 아내에게 숨길 것이 생겼다. 어떻게든 연우가 이 사실을 몰랐으면 한다. 이제껏 한 번도 의식해본 적이 없었던 게 마음에 턱 걸렸다.

이러는 동안에도 시간은 계속 흐른다. 다리를 다친 오늘은 1월 30일. '다른 미래'에서는 2월 1일에 다리를 다쳤으니 이틀 앞당겨진 것이다.

그렇다면 내가 죽는 날도 당겨지는 걸까? 정말 나는 곧 세상을 떠나게 되는 건가? 그냥 그런 운명인 건가?

선재는 복잡한 마음을 안고 집으로 향했다.

연우보다 일찍 집에 도착한 선재는 말끔히 씻은 후 옷을 갈아입고 침대 위로 올라갔다. 어제 너무 많이 자버려서 잠은 오지 않았지만 어쩔 수 없이 누워 있어야 했다. 섣불리 움직였다가 다리를 절뚝거리는 것을 보이거나 깁스를 노출시켜버리면 안 되기 때문이었다.

'깁스를 뺄까?'

그냥 가만히 있으면 굳이 깁스를 하지 않아도 될 것 같았다. 조심스럽게 다리로 손을 가져가는데 현관문 열리는 소리가 났다.

"헛."

선재는 급하게 침대에 누웠다.

"어? 오늘도 일찍 왔네요?"

현관에 그의 신발이 놓인 것을 발견한 연우가 집에 들어서며 소리를 냈다.

"으응."

선재도 그 상태로 대답했다. 침실까지 재빨리 달려온 연우는 선재의 모습을 보고 시무룩해졌다.

"오늘도 침대네요. 아직 안 나았구나."

"미안해. 자꾸 누워 있어서."

"그건 괜찮은데요. 아프니까 걱정돼서 그러죠."

연우는 침대 위로 훌쩍 올라왔다. 깁스를 들킬까 싶어 흠칫한 선재의 몸이 굳었다. 연우는 곧장 팔을 뻗어 그의 이마에 올렸다.

"다시 열이 나네."

감기가 아니라, 다리를 다친 후 발생하는 열일 것이다. 그녀를 걱정스럽게 해서 미안했지만 선재는 침대에서 나가지 않아도 되는 구실을 만들게 된 것이 다행스러웠다.

"병원은 갔다 왔어요?"

"응. 갔다 왔고 약도 먹었어."

"내일은 나았으면 좋겠다. 밥은 먹었어요? 먹고 싶은 거 없어요?"

"응. 없어. 누워 있을 거라서 뭘 더 먹고 싶지도 않고."

"그래요. 누워 있어요."

연우는 선재가 다시 눕는 것을 지켜본 후 욕실로 들어갔다. 연우가 씻는 동안 선재는 깁스를 빼서 침대 아래에 숨겨놓았다. 잠시 후 씻고 나온 연우는 선재가 자신을 응시하며 눈을 깜빡거리는 것을 보고는 다시 침대 위로 폴짝 올라갔다. 그러면서 그의 다리를 슬쩍 건드리게 되었다.

"윽."

선재가 움찔하며 소리를 내었다. 그 소리에 연우가 더 놀라고 말았다.

"헉. 미안!"

연우는 급하게 뒤로 몸을 빼며 거듭 사과했다.

"미안! 조금이라도 건드리면 힘들 정도로 아파요?"

연우는 충격을 받은 표정이었다. 선재는 진땀이 났다.

"아니야. 괜찮아. 그냥 놀라서 그랬어."

"왜 이런 거에 놀라고 그래요! 안 그랬잖아. 너무 아파서 간도 콩알만 해진 건가? 아니면 심장이 약해진 건가?"

"아니야. 아니야. 네가 다가와서, 두근거려서 그런 거야."

"아닌 것 같은데? 변명 같은데?"

연우는 쉽게 속아 넘어가지 않고 눈을 흘겼다.

"아니라니까."

연우의 미간이 딱딱하게 굳었다. 가뜩이나 의심을 품게 되었는데, 그런 아내에게 다른 제안을 해야 하는 선재는 더 괴로워졌다.

"그리고 연우야, 미안한데."

"네. 얘기해요."

"우리 당분간 이불 따로 써야겠다."

역시 그녀의 눈동자가 실망으로 흐릿해지는 것이 명확하게 보였다.

"네가 감기 옮을까봐 걱정돼서 그래."

그런데 그 잠시 흐릿해졌던 눈동자가 다시 또렷해졌다.

"그럼 감기 옮은 다음에는 이불 같이 덮어도 돼요?"

그녀가 먼저 해 오는 제안이다. 감기를 옮겠다는 것은 용납할 수 없지만 이불을 같이 쓰겠다고 야무지게 물어오는 것은 너무 사랑스러워서 선재는 속으로 탄식하게 되었다. 그러나 마음을 숨기고서 대답한다.

"왜 옮을 생각을 해."

"생각도 못 해요?"

그의 반응에 실망한 연우가 입술을 삐죽 내밀었다.

"그래도 따로 덮고 자자."

그런 그녀에게 다시 매정하게 말했다.

"네가 얻은 감기에 내가 다시 걸리면 안 되잖아. 그리고 겨울이라 이불로 몸을 꽁꽁 싸매고 자고도 싶어."

"그렇죠…… 이젠 나보다 이불이 따뜻한 거죠……."

"아니, 그게 아니고, 후우……."

선재가 속을 앓고 있다는 것을 눈치챈 연우는 그쯤에서 서운한 마음을 정리했다. 그토록 밝히던 사람이 이불을 따로 쓰자고 제안한 심정은 오죽하겠냐고, 그렇게 생각하기로 했다.

"농담해본 거예요. 괜찮아요. 여보가 얼른 낫는 게 중요하죠. 혹시내가 감기 걸리면 다른 방에서 자면 되니까 안심하고요."

연우는 바로 표정을 바꾸어 편안히 웃어주었다.

그렇게 하룻밤이 무사히 지나고 다음 날 아침, 선재는 다른 난관에 봉착하였다. 출근시간이 다가오는데, 어떻게 연우의 눈에 띄지 않고 출근 준비를 할 수 있을지 난감했다.

"여보. 안 씻어요?"

매번 선재가 먼저 출근했기에, 씻는 것도 선재가 더 먼저였다. 연우는 선재가 집을 나선 후 채비를 시작하는 것이 일상이었다.

"으응……."

들키지 말아야 되는데. 어떻게 씻으러 가지?

"아, 여보. 나 여보가 해주는 스무디가 먹고 싶다. 언젠가 과일 갈아서 준 적 있잖아. 오늘 아침 그거 먹으면 안 될까?"

"되죠! 얼른 만들어 올게요."

연우가 분부를 받잡겠다며 냉큼 일어나 나간 후 선재도 바로 벌떡 일어났다. 그리고 옷방으로 가서 오늘 입을 옷을 꺼내와 욕실 앞 옷걸이에 걸고, 수면용 긴바지를 챙겨 가지고서 욕실로 들어갔다. 역시 다리가 불편하니 씻는 것도 여간 힘든 게 아니었다. 연우에게 말하면 씻겨주는 것까지도 마다하지 않을 텐데. 그제야 그는 그 옛날 연우가 옥승혜에게 상습폭행을 당하면서도 가족에게 말하지 못했을 때의 심정을 제대로 헤아릴 수 있게 되었다. 이해할 수 있게 되니 자신이 그간 너무 그녀를 나무란 것만 같아 미안해졌다.

참회의 샤워를 마친 후, 선재는 바지를 챙겨 입고서 밖으로 나왔다. 역시 욕실 앞에는 연우가 스무디를 들고 서 있다.

"오오."

연우는 선재를 보자마자 높게 감탄사를 냈다.

"왜?"

"바지를 입고 나와서요."

"그게 왜."

"맨날 수건만 두르고 나오다가 바지를 입고 나오니까."

예리하기도 하시지.

"추워서. 추워서."

선재가 가볍게 둘러댔다. 어제의 부상으로 잔뜩 부은 발목을 그녀에게 보여줄 수 없었다. 그는 찡긋 웃어주고는 연우가 들고 있던 스무디를 받아 빠르게 비워냈다.

"천천히 마시라고 했잖아요."

"진짜 배고팠거든. 고마워."

선재가 커다란 잔을 뚝딱 비워내고는 대답했다. 그 후에도 연우는 자리를 피해주지 않는다. 그가 머리를 말리는 것을 한자리에서 계속 바라보다가 그에게 물었다.

"옷 갈아입혀줄까요?"

"아니. 내가 입을 수 있어."

"내가 해주는 거 싫어요?"

이불을 따로 덮고 자서, 조금 멀어진 느낌이 나서 서운했는지 그녀는 오늘따라 사랑을 확인받고자 애썼다. 선재는 뒤늦게 대답을 고쳐했다.

"아니. 갈아입혀줘."

연우의 얼굴에 금방 미소가 떠올라 선재도 안심하게 되었다.

"아, 여보. 주방에 약 있는데 잊어버리고 안 먹었다. 좀 갖다 줄래?"

"응. 알겠어요. 금방 갖고 올게요."

"천천히 다녀와도 돼."

이럴 때는 집이 큰 게 상당히 도움이 된다. 그 틈에 선재는 냉큼 바지를 갈아입고 깁스를 했다. 깁스를 고정시키자마자 연우가 약을 들고서 다시 나타났다.

"이제 옷 입혀줘."

고비를 넘긴 후 여유가 생긴 선재가 말했다.

"응. 약 먼저 먹고요. 근데 약이…… 진통제랑 소염제랑 항생제네요?"

연우는 약봉투에 적혀 있는 설명을 확인한 후 말했다.

"응. 감기약은 진통제랑 소염제랑 항생제지."

선재가 무리 없이 대답했다. 이 생활을 얼마나 이어갈 수 있을까. 감기약인 척하면서 약을 계속 먹기도 미안한데. 선재는 마음이 무거웠다.

남편이 여전히 이상하다.

연우는 며칠간 남편이 침대에서 일어나 돌아다니는 걸 두어 번밖에 보지 못한 것 같았다. 출근할 때 보여주는 약간의 부산스러움이 다였다. 남편은 감기가 다 나았다고 하면서도 침대와 물아일체된 사람처럼 좀처럼 움직이질 않았다. 그동안 몹시도 바쁘게 살았으니 이렇게 편히 지내는 것이 좋은 거라고 생각하면서도 연우는 한편으로 걱정이 되었다. 남편이 모든 일에 흥미를 잃은 것 같아서.

시간이 흘러흘러 금요일 저녁. 역시 남편은 침대와 연인이 되어 조용히 독서를 하고 있다. 보다 못한 연우가 움직이게 되었다. 내게는 절호의 아이템이 있지. 남친도 좋아하고 남편은 더 좋아한다는 그 마법의 아이템. '밀리언 섹시 레이스 슬립'. 그가 애걸복걸하기 전까지 절대 입지 않을 생각이었지만 어쩔 수가 없었다. 목마른 사람이 우물을 판다고, 내가 조바심이 나니 내가 움직여야지. 완전 무서운 상남자가 되어도 좋으니까 지금의 그 기운 빠진 모습만은 회복되었으면 좋겠다. 연우는 욕실로 들어가 주섬주섬 옷을 갈아입고는 거울 앞에 섰다.

"아이고."

연우는 제 눈을 가리며 고개를 휙 돌려버렸다.

못 봐주겠네.

너무 적나라해서 부끄럽다. 옷이라고는 했으나 그냥 망사에 가까운 것이라서 뭘 입은 것 같지가 않다. 입은 게 벗은 것보다 야할 수가 있다니. 하지만 연우는 고개를 도리도리 젓고는 다시 거울을 제대로 보았다.

극복하자. 극복해. 연우야. 원래 이런 게 처음이 어려운 거잖아. 너도 안잖아. 하지만 한 번 용기를 내면 미래가 달라진다는 것도 알잖아.

연우는 냉담한 부부 사이의 변화를 꿈꾸며 욕실 밖으로 나갔다.

"여보."

목욕 가운을 걸친 연우가 선녀처럼 살포시 웃으며 다가오자 침대에 기대어 앉아 법정 스님의 《무소유》를 읽고 있던 선재가 책을 덮었다.

"응."

그렇게 연우를 따라 미소 지으려 했으나 그녀의 가운 매듭이 풀림과 동시에 그의 표정도 풀려버렸다.

"하아."

탄식이 나왔다. 자신의 기운 빠진 모습에 아내가 얼마나 불안해했는가를 짐작할 수 있을 것 같았다. 선재는 자리에서 일어났다. 움직일 때마다 다리가 아팠지만 그녀를 위해 그 정도는 할 수 있어야 했다. 그리고 그녀의 어깨를 끌어당겨 꽈악 안았다.

"연우야."

품 안에서 미세한 떨림이 느껴진다. 그녀가 긴장하고 있다는 걸 잘 알 수 있었다.

"이해해줘."

그녀가 너무 사랑스러워서 가슴이 무너지듯 아팠지만 어쩔 수가 없었다.

"며칠 더 지나고서, 많이 안아줄게."

그의 말에 연우는 다시 한 번 낙담하게 되었다. 상냥한 말이었지만 거절이었다. 그렇다고 단번에 포기할 연우는 아니다.

"내가 안아줘도 되는데."

연우는 다시 용기를 내었다.

"여보는 그냥 가만히 있어도 돼요. 내가 알아서 해볼게요."

내가 알아서 그대의 성욕을 깨워줄 테니, 오늘은 딱 가만히 있어봐요, 어디. 옷까지 갖춰 입은 내가 더 부끄러울 게 뭐가 있겠습니까.

연우는 기합을 넣은 초롱초롱한 눈빛으로 그의 허리춤을 향해 손을 내렸다.

"아니야."

그러나 그의 상의를 끌어올리려던 그녀의 손은 단호한 그의 목소리에 금방 저지당했다. 잔뜩 진지한 표정을 한 그가 당황해 얼어버린 연우의 손을 차분히 잡았다.

"너무 끌어안고 자고 싶은데 감기가 아직 안 나아서, 옮을까봐 너무 걱정돼."

난 진짜 옮아도 괜찮은데. 그리고 여태 감기에 안 걸린 걸 보면 쉽게 옮지 않는 모양인데. 면역력도 되게 좋은 것 같은데.

그리고 약간 무안하기도 하다. 그렇다고 그에게 무안하다고 투정 부리고 싶지는 않았다.

나만큼 이 사람도 힘들 거야. 갈등이 많을 거야. 이해해. 수십 번도 이해할 수 있어. 아, 이 사람 앞에서 울지 말아야지. 창피하지만.

연우는 겨우겨우 눈물을 삼켰다. 곧 눈물방울이 무겁게 추락할 것만 같은 연우의 눈을 본 선재의 가슴도 아프게 욱신거렸다. 지금 내가 이 착한 아내에게 무슨 짓을 하고 있는 건지. 그런데도 그녀가 자신의 다리에 대해 알게 되는 것만은 피하고 싶어서 이를 악물게 되었다. 먹먹히 가라앉는 그녀의 눈동자가 가슴 아프다. 그 또한 눈물이 날 것 같았다. 오늘은 2월 2일. 이제 '다른 미래'에서 내가 세상을 떠나는 그 운명의 날까지 한 달이 남은 건가. 그마저도 장담할 수가 없다. 사고는 매번 '다른 미래'에서보다 더 먼저 일어났으니.

"여보."

먹먹한 마음으로 그녀를 불렀다.

"네?"

눈에서 눈물을 말끔히 지워낸 연우가 늘 그랬듯 청초하게 대답했다.

"좀 늦었지만."

너를 두고 세상을 떠나고 싶지 않아. 절대 나는 죽지 않을 거야. 하지만 그럼에도 불구하고 떠나게 되는 거라면. 내 남은 시간들은 모두 너에게 주고 싶다.

"우리 신혼여행 갈까?"

남은 인생의 시간들이 얼마 되지 않는 것 같아서 가슴이 아플 뿐이다. 너와 함께 가고 싶은 곳이 너무나도 많은데.

"가자. 감기 나으면, 바로 가자."

연우가 눈을 깜빡거렸다. 선재가 내놓은 제안이 그녀의 무안한 마음을 가라앉힐 만큼 강력한 것이었나보다.

"여행 갈 시간은 있어요?"

잠깐 시무룩해져 있던 연우의 표정에 다시금 생기가 엿보였다.

"곧 바쁜 일은 마무리 짓게 될 거야. 그럼 길게 휴가 내려고. 너야말로 시간 돼?"

"나야 언제든 괜찮죠."

선재는 미소 지을 수 있게 되었다. 다행이다, 하며 속으로 안도의 한숨을 쉬었다.

"어디로 갈까? 어디 가고 싶어?"

그의 질문에 그녀의 눈동자가 또르르 움직였다.

"지금 정해야 돼요? 좀 생각해보면 안 돼요?"

"그래. 마음놓고 생각해. 제일 가고 싶은 데로 가자."

연우는 그의 다정한 목소리에 연거푸 끄덕였다. 그가 마음이 식어서 자신을 거부한 것은 아니라는 확신을 갖게 되었다. 갑자기 여행 스케줄을 만들기 위해 그가 무리하게 되지는 않을까 싶지만 그녀의 내면은 '그것을 원하라'라고 아우성치고 있었다. 설렘이 생겨난 그녀의 마음을 읽어낸 것처럼 그가 입술을 지그시 늘였다.

"이건 여행 가서 실컷 볼 거야."

그리고 연우가 걸친 가운 안쪽으로 손을 넣어 그녀의 허리를 매만졌다.

"색깔별로 다 사는 게 어때?"

그의 빛나는 눈은 장난스럽기보다는 유혹적이었다. 정말 신혼여행이란 것을 하게 될 훗날을 기대하게 만들었다. 연우는 섹시퀸 쇼핑몰을 더 탐험해야 되나 하는 생각을 했다.

그리고 그날 밤.

"여보."

연우가 서서히 잠에 빠져들려는 찰나, 옆에 누운 선재가 고요히 그녀를 불렀다.

"우리가 2월 2일에 이혼신청서를 접수했다고 했지?"

"……."

"내가 3월 2일에 세상을 떠났고, 너는 장례식 이후에 과거로 돌아온 거라고 했지?"

거듭 말을 걸어와, 결국 연우의 잠도 달아났다. 연우는 거짓 없이 대답했다.

"응."

"내 장례식은 어땠어?"

그 초연한 목소리에 연우는 가슴이 아렸다. 그의 장례식에 대해서
는 대답해주고 싶지 않았다.

"얘기해주면 안 돼? 궁금해서."

하지만 그는 어쩔 수 없이 궁금한 모양이었다.

"응? 여보오."

거듭된 청유에 결국 연우는 입을 열었다.

"사람들이 많았고, 기자들도 많았고, 다들 충격을 받았고."

그러는 사이에 그녀의 베갯잇이 슬쩍 젖었다.

"아버님은 내내 과묵하셨고, 어머니는 많이 우셨고. 아, 유사라 언니
도 정말 많이 울었어요."

"너도 많이 울었어?"

"나는……."

꽃바구니 얘기까지 다 할까, 하다가 연우는 고개를 도리 저었다. 너
무 심하게 울어버렸다는 얘기를 해버리면 그가 잠을 이루지 못할 것
만 같았다.

"별로 안 울었어요."

연우는 장례식 때의 이야기만 했다. 장례식 때는 그다지 많이 울지
않았으므로 거짓말은 아니다.

"그땐 우리가 이혼한 처지라."

그렇구나. 그가 자그맣게 중얼댔다. 조금 안심한 목소리 같기도 했
다.

"내 욕 하는 사람은 없었어?"

"없었어요. 한 명도. 다들 아파했어요."

"내 무덤 같은 것도 있어?"

"수목장을 했어요. 그날 비가 와가지고 다들 우산을 쓰고 따라갔어요."

나무가 됐구나. 그가 다시 한 번 중얼거렸다. 솔직하게 모두 대답해 주었지만 개운함과는 거리가 멀었다. 연우는 그가 침울해질 것 같아 마음이 무거웠다.

"걱정 안 해도 돼요. 우리가 이혼할 리 없잖아요. 우리는 운명을 바꾼 거예요."

"그래."

그의 담백한 목소리가 쓸쓸하게 들렸다. 그 이후 그는 말을 걸지 않았다. 하지만 이따금 그의 뒤척거리는 소리가 들렸다.

선재가 필사적으로 조심한 덕에 무사히 넘기는 낮과 밤이 쌓이고, 어느덧 선재가 다리를 다친 지도 꽤 되어 일주일을 넘어섰다. 또 무사히 하룻밤을 넘기고 새벽이 찾아온 침실. 선재는 움찔 놀라며 번쩍 눈을 떴다.

'허억.'

이번에는 다행히도 연우를 깨우지 않았다. 선재는 자리에 누운 채로 놀란 심장을 가만히 다스렸다.

'후우우…….'

'다른 미래'에 또 다녀왔다. 다리를 다친 사건부터 판사에게서 이혼 확정을 받을 때까지의 시간이 빠르게 지나갔다. 사실 이번이 세 번째 다. 그게도 비슷한 꿈을 꿨었다. 처음에는 분명히 자신의 영혼이 나른 미래'를 겪고 온 느낌이었는데 두 번째와 세 번째는 정말 꿈처럼 아득히 생겨났다가 사라졌다. '다른 미래'에 대한 트라우마가 생겨난 것인지 운명이 제게 경고를 해 오는 것인지 알 수가 없었다.

'운명에 대비하라는 건가?'

그래도 세 번째 악몽이 반복되니 조금 내성이 생긴 것 같기도 하다. 선재는 처음처럼 놀라거나 발작을 일으키지 않았다. 대신 다른 생각을 하게 되었다. 만나야 될 사람, 마음을 전해야 할 사람이 많겠다는 생각.

그날 오후, 선재는 홀로 어머니 댁을 찾았다. 아들이 온다는 연락에 마당으로 마중을 나온 미현은 선재의 걸음걸이가 이상하다는 것을 금방 알아챘다.

"다리 다쳤어?"

선재가 가까이 다가오자마자 미현이 물었다. 선재는 자연스러운 변명을 내놓았다.

"마당에서 조금 튀어나온 돌을 밟아가지고요. 약간 접질린 거예요. 조금 있으면 괜찮아 져요."

"튀어나온 돌? 어디!"

"아, 거기가 어디더라……."

선재의 대답을 들을 틈도 없이 미현이 몸을 움직였다.

"이거네, 이거."

저만치 걸어간 미현이 바닥을 발로 퉁퉁 쳤다. 뭔가 무딘 소리가 났다. 정말 디딤돌 중 하나가 튀어나온 모양이었다.

"여기지? 하이고. 밤에 넘어지면 큰일 나겠다. 당장 손봐놓을게."

아닌데. 안 그러셔도 되는데. 하지만 어머니의 발 빠른 대처에 무안한 마음 못지않게 괜스레 가슴속이 따끈해졌다. 평소에는 느끼지 못했던 것들이 소중하게 각인된다.

"근데 이 시간에 웬일이야?"

"그냥. 앨범 좀 가져갈까 해서 왔어요."

"네 옛날 앨범?"

"네."

"잠깐만. 일단 들어와. 엄마가 갖다 줄게."

미현은 혼자 집 안으로 들어가 서재로 갔다. 선재는 천천히 걸어 집 안으로 들어갔다. 선재가 집 안에 이르렀을 때 미현은 앨범을 가지고 나왔다. 선재의 다리가 안됐다는 듯 미현은 한 번 한숨을 쉬고는 선재에게 앨범을 건넸다.

"여기 있어."

앨범을 받아든 선재는 자리에 앉아 앨범을 두어 장 넘겼다. 그사이에 쉽게 눈시울이 뜨거워졌다.

"어머니."

지금의 자신보다 더 어린 모습의 어머니가 갓 100일을 지난 아기를 안고서 곱게 웃고 있는 사진이 마음을 먹먹하게 했다.

"응?"

"어머니는 아버지를 어떻게 만났어요?"

그간 한 번도 물어보지 않은 질문을 던졌다. 미현은 아들의 질문이 낯설어 어색해하면서도 다정하게 답했다.

"우리야 선봐서 만났지. 나는 네 아빠가 너무 무뚝뚝해서 날 맘에 들어 하는지도 몰랐다. 몇 번 만나는 동안에도 이게 연애를 하는 건지 몰랐어. 그래서 결혼하자고 했을 때 충격받았지."

별것 아니었다는 듯 툭 내뱉는 표현들이 선재의 가슴속을 적셨다.

"너도 네 아빠를 좀 닮아서 걱정했는데, 그래도 좋은 사람을 만나서 다행이야. 행복해서 좋고."

미현의 눈빛은 겨울을 지나면 늘 맞이했던 봄처럼 낯익은 따스함이다. 언제나 어머니가 그 눈빛으로 자신을 지켜봐주었다는 것을 새삼 깨닫게 되는 선재였다.

"네 아빠랑 엄마는 이제 이룰 만한 것들을 다 이뤄서, 네가 행복하기만 하다면 더 바랄 게 없어. 정말로."

낯익은 따스함이지만 오래도록 보고 싶은 소중함.

"몸은 떨어져 있어도 마음은 하루에 열두 번도 더 찾지."

그러나 미현은 언제나 그렇듯 아들의 행복을 먼저 당부한다.

"새아가는 괜찮아? 요즘은 연우가 힘들 테니까 네가 좀 다독여줘. 웬만하면 약속도 잡지 말고 집에 일찍 들어가고 웃을 일도 많이 만들어주고 그래."

"네."

어느덧 이야기는 연우에 대한 것으로 이어졌다. 미현은 아들을 사랑하고 아끼는 그 마음 그대로 며느리를 염려한다.

"마냥 사랑만 받고 자란 얼굴인데 그런 힘든 일이 있었다는 걸 알고 나도 너무 놀랐다. 그런데도 참 올곧게 기특하게 컸어. 어쩌면 그렇게 강단이 있을 수 있는지 그것도 놀랍더라고."

미현의 이야기에 선재도 묵묵히 고개를 끄덕였다.

"그래도 부담될까봐 연우한테 연락도 한 번밖에 못 해봤다."

"연락하세요. 연우가 좋아할 거예요."

선재의 말에 미현의 눈이 동그래졌다.

"네가 웬일이니? 내가 연우 귀찮게 할까봐 꽁꽁 싸매고 보여주지도 않았던 애가."

"어머니가 연우 귀찮게 하진 않을 거라는 걸 알게 됐어요. 연우도 알아서 잘할 거라는 것도 알고."

"그래! 그걸 이제야 알았어?"

정말로 이제야 알았다. 선재는 싱긋 웃었다. 한편으로는 아내를 계속 생각했다. 내 아내는 내가 생각하는 것보다 훨씬 강할지도 몰라. 내 운명에 대한 이야기를 듣더라도, 이연우라면 모든 것을 이겨내고 더 강해질 수 있을지도 몰라. 그렇다면 나도 방황을 끝내고 모든 것을 털어놓는 편이 후회가 덜하지 않을까.

연우의 퇴근길. 기사님의 차를 타고 돌아온 연우는 경비실 앞에서 낯익은 사람을 만나게 되었다. 선재의 친구 기준이 웬 꿀단지 같은 커다란 병을 들고 서 있었다.

"저기. 현기준 본부장님이시죠?"

연우는 조심스럽게 알은체했다. 기준도 금방 알아보고는 반갑게 인사했다.

"엇. 연우 씨. 오랜만에 뵙네요. 잘 지내셨죠?"

"네. 안녕하셨어요."

"이거 전해주러 왔어요. 선재한테 연락도 안 하고 와버려서 그냥 경비실에 맡기려고 했는데. 오랜만에 뵈니까 반갑네요."

"이게 뭐예요?"

연우는 기준이 건네준 꿀단지를 내려다보며 물었다.

"뼈가 붙는 데 좋은 약재료 만든 효소라고 하네요."

기준의 알 수 없는 답변에 연우의 표정이 굳어갔다.

"선재 다리 때문에 속상하시겠네요. 어휴. 그래도 되게 멋있었어요. 그 급한 상황에서 아기 쪽으로 몸을 날렸으니. 최고였죠. 선재 튼튼해서 뼈도 금방 붙을 테니까 너무 걱정 마시고요."

선재가 꽁꽁 숨기고 있던 사실을 알아챈 것이다.

연우는 기준과 아파트 건물 입구에서 헤어져 혼자 집으로 올라왔다. 집 안에는 선재가 있었다. 남편은 오늘도 역시 자신보다 일찍 퇴근했다.

"왔어? 들고 있는 게 뭐야?"

그는 연우를 보자마자 천천히 자리에서 일어났다. 일어나는 움직임이 재빠르지 못했다. 어딘가 불편한 사람처럼. 현관에서 그의 움직임을 주시한 연우는 유리병을 내려놓고 선재를 향해 저벅저벅 다가갔다. 그리고 그의 오른쪽 다리의 바짓단을 걷었다. 선재가 당황한 듯 발을 뒤로 뺐다. 하지만 그의 깁스는 그대로 노출되고야 말았다.

연우는 길게 탄식했다. 그간 그가 굼뜬 행동을 보였던 것, 계속 일찍 퇴근했던 것, 그리고 자신의 몸이 닿는 것을 슬쩍 거부해왔던 것이 실은 한 가지 이유였던 것이다.

"언제 이렇게 됐어요?"

"……일주일 전에."

선재는 이실직고했다.

"왜 이걸 나한테 숨겼어요?"

"……."

"왜. 내가 아픈 건 다 얘기하라고 하면서, 왜?"

"미안해. 네 마음이 약해질까봐 그랬어."

선재는 곧장 사과했다.

"누가 약해진대요. 내가 얼마나 강한 사람인데."

연우는 눈을 축축이 적신 채로 대꾸했다. 그녀의 야무진 대답이 만족스러운 듯 선재는 미소 지었다.

"그래. 알아. 이제 알아. 그래서 말하려고 했어. 지금 막 말하려고 했는데 네가 먼저 알게 된 거야. 미안해."

그녀의 기분과는 섞이지 않는 고요한 목소리로, 그가 그녀를 달래듯 말했다.

"정말이야."

그러나 연우는 속을 달래지 못했다. 울먹이는 목소리가 밖으로 나왔다.

"그럼 이렇게 다쳐서 그동안 축 처져 있었던 거예요? 내가 불안해할까봐 아픈데도 말도 못 하고?"

기준에게서 들은 건 뼈에 금이 갔다는 것이었다. 얼마나 아팠을까. 그렇게 아픈데도 말하지 못했다는 게 속상해서 연우는 소리를 높여 따지게 되었다.

"이유가 있었어."

그가 대답했다.

"꿈속에서 '다른 미래'를 보고 왔거든."

그의 대답에 연우의 눈이 멍해졌다.

"네가 얘기했던 그 '다른 미래'. 우리가 이혼하고, 내가 죽는 그 미래 말이야."

"하아아……."

그녀는 잠시 제 이마를 짚으며 비틀거렸다.

"미안해요. 그건 내가 잘못 말했어요."

그녀는 금방 태도를 바꾸어 사과했다. 자신이 '다른 미래' 이야기를 꺼내버려서, 그가 불안 증세를 보이는 거라고 판단한 것이다. 그가 '다른 미래'에 대한 막연한 악몽을 꾸게 되었다면 그건 자신의 탓이었다.

"나도 그 얘길 하고서 얼마나 후회했는지 몰라. 혹시라도 여보 마음이 약해질까봐요."

"그런 게 아니야. 연우야."

그녀가 오해하는 것 같아서, 선재는 다시 설명했다.

"진짜 '다른 미래'였어. 네가 경험하고 온 세계를 나도 경험한 거라고. 내가 너에게 백 억을 송금했던 그 미래."

노트의 어디에도 쓰지 않았던 이야기를 꺼내자 연우의 움직임이 한순간 정지했다. 그녀의 눈동자만이 살아 있는 것처럼 파르르 움직였다. 진실을 제대로 알게 된 것이다.

잠시 후 연우는 뿌리가 굵어진 눈물을 눈에 매달고는 그의 손을 덥석 잡았다. 우리가 같은 경험을 공유하게 되었다. 하지만 그 사실에 대해 손뼉 치며 기뻐할 수는 없는 상황이다. 그에게, 당신을 지킬 수 있다고, 안심하라고 말해야 했다.

"불안해하지 마요. 절대 사고 같은 거 안 나요."

그의 불안을 떨쳐내기 위해 의연한 표정을 보이고 싶었다. 그러나 그녀는 자신의 표정을 통제할 수 없는 상태가 되었다.

"내가 당신 죽게 안 둬요. 내 인생의 목표는 그거 하나야. 다른 건 다 필요 없어. 아무것도 필요 없어."

선재는 울컥 울음이 나오려는 것을 감추었다. 어느새 그녀의 인생에 있어 최우선이 되었다. 무한한 영광이라는 생각과 함께, 두려움이 가득 생겨난다. 네 인생에 내가 없다면, 너는 어떤 마음으로 살아가게 되는 걸까.

"다른 게 필요 없으면 안 되지."

두려워진 그는 제법 매정하게 목소리를 내었다.

"왜 안 돼? 정말 난 그렇다고요!"

"여보."

눈시울을 붉히며 목청을 높이는 그녀의 두 팔을 잡았다. 연우가 잡힌 팔을 흔들어댔다. 저항하는 틈에 그녀의 호흡이 거칠어졌다.

"연우야."

그런 그녀를 진정시키려는 듯이 그가 차분히 불렀다.

"여보의 착한 심성은 내가 알지. 내가 아니라 다른 사람이 네 앞에서 사고를 당했고 그 이후 네가 과거로 돌아오게 됐다면, 넌 내가 아니라 그 사람을 필사적으로 지켰을 거야. 그 사람을 위해서 인생을 살게 됐을 거야."

연우는 고개를 계속 절레절레 저었다. 아니야. 그렇지 않아. 당신이라서 그랬던 거야.

"어쩌다 보니 내가 운이 좋아서 너에게 보호받고 있는 거지. 난 이미 복 받은 사람이야."

아니야. 그런 말은 듣고 싶지 않아. 이상한 언변으로 나를 흔들지 마. 약해진 당신에게 설득당하고 싶지는 않아. 당신이 내 인생의 전부야. 정말 다른 건 필요 없어.

"연우야."

"……."

"자기 마지막 날을 알 수 있는 사람은 얼마 없어."

연우는 심장이 철렁 내려앉는 것만 같았다. 머릿속에 '다른 미래'가 가득 찼다. 눈앞에 있는 남편의 마지막 모습이 또한 가득 찼다. 부디 그런 눈으로, 뭐든지 받아들일 수 있겠단 표정으로, 당신의 인생을 포기하려 하지는 마.

"왜 자꾸 그런 불안한 말을 하는 건데요?"

나를 회유하려고 하지 마.

"내가 살린다고! 약해지지 말라고!"

"널 믿어! 네가 말하는 대로 다 할게! 네가 시키는 거 뭐든 다 할 거야! 살 수 있도록 필사적으로 노력할 거라고!"

그녀가 고함치자 그 또한 목소리를 높였다.

"살 거야. 안 죽어. 절대 안 죽어."

살 거라고. 절대 죽지 않겠다고. 거기에서 당신이 말을 마쳤으면 하는데 왜.

"그러니까 너도 하나만 약속해."

왜 당신은 나에게 조건을 걸겠다고 하는 건지.

연우는 먹먹해진 눈으로 그를 바라보았다. 그의 눈은 간절한 소망을 담아 빛나고 있다.

그는 그 어느 때보다도 침착했고 진지했고 간절했다.

"만에 하나 말이야. 아니, 십만에 하나. 아니, 억에 하나."

억에 하나. 내가 너를 떠나게 된다면.

"억에 하나의 충격이 닥치더라도 절대 무너지지 않기로 하자."

내가 널 떠나는 건 3월 2일일지, 그보다 먼 미래일지, 아니면 당장 내일일지 알 수가 없으니까. 아무 말도 남기지 않고 널 떠난다면 네가 너무 슬플 테니까. 나도 너무 슬플 테니까. 그래서 얘기하는 거야. 한 번씩 미래를 겪고 온 우리도 여전히 미래를 모르니까.

"꿋꿋하게 씩씩하게 살아가는 거지. 이연우는 강하니까."

억에 하나 내가 갑자기 세상을 떠나더라도 너는 씩씩했으면. 부디.

"약속해. 이거 한 가지만 해줘."

약속해줘.

"연우야."

우는 아이를 어르듯 차분히 목소리가 쌓였다.

"연우야."

연우는 흘러내리는 눈물과 무너져가는 표정을 두 손으로 숨기고서 고개를 저었다. '싫어.' 연우의 잇새로 흘러나오는 목소리는 가냘팠다. 그런 그녀를 그가 팔을 뻗어 감싸 안았다. 그녀의 세계에 어김없이 맑은 고백이 가득 울린다.

"연우야."

선재는 이다음은 없을 것처럼 애틋하게 몇 번이나 그녀의 이름을 불렀다.

"연우야. 사랑해. 연우야."

연우야.

기억이 켜켜이 쌓이면

나는 너에게 나이테처럼 선명히 남아,

그게 너의 나이가 되고

나는 네 튼튼한 줄기가 되어서

네가 굳게 살아가는 힘이 될 거야.

혹여나 내가 떠나도.

신혼여행

"싫어. 나는 못 해."

당신이 없으면 나 힘내지 않을 거야.

연우는 결국 선재의 애절한 부탁을 거절하고 말았다. 눈물을 가득 머금고서 필사적으로 미소 짓고 있던 남자에게, 그렇게 예쁘게 이름을 불러주며 사랑한다고 고백하는 남자에게 싫다는 말을 했다.

그가 홀연히 떠나버릴까봐 겁이 났다. 미련 없이 생을 놓아버릴까봐 두려웠다.

냉전상태로 하루가 지나고, 연우의 연구실.

"연우야."

어쩌다 연구실에 둘만 남게 되자 옆자리의 희진이 말을 걸었다.

"해외 세미나 신청 안 해?"

"네."

연우는 망설임 없이 대답했다. 3월에 프랑스에서 세미나가 있었다. 자리가 한정적이라 지원서를 받아 선발된 조교들만 참석할 수 있었다. 해외 석학들이 모이는 자리라 대부분의 대학원생들이 지원서 작성에 열을 올렸다. 그런데 연우는 지원서도 내지 않고 포기해버린 것이다.

"개인적으로 복잡한 게 많겠지만 그래도 가면 도움이 되지 않겠어? 멀리 건너갔다 오면 마음이 정리될 수도 있고."

희진은 거듭 설득했다.

"일단 지원해놓고 선발되면 가고 아니면 말고 그렇게 해도 되지 않을까?"

"아뇨. 저는 생각이 없어요."

연우가 한 번 더 단호하게 말하니 희진도 결국 설득을 포기했다.

"그래. 힘들겠지. 미안해. 네 능력이 아까워서 말해봤어."

연우는 소리 내지 않고 피식 웃었다. 실은 희진과 시시콜콜한 대화를 할 마음의 여유가 없었다. 머릿속에는 선재의 운명에 대한 생각만 가득했다. 그녀가 꽤나 저기압이라는 걸 눈치챈 희진이 다시 한 번 다정하게 말을 걸어왔다.

"연우야. 혹시 그 옥승혜라는 사람이 이상한 말을 했어? 그날부터 네 기분이 계속 안 좋아 보였어."

어느 정도는 주의 깊게 본 것이다. 그 무렵 남편이 침대생활을 시작했고 연우는 남편 걱정을 하느라 다른 어떤 것에도 신경 쓸 여력이 없었다.

"제가 그래 보였어요?"

"남편한테는 얘기한 거야?"

"네."

"그런데 아무 조치도 취해주지 않아?"

"선배."

연우는 얼굴을 굳히고서 희진을 불렀다. 현재 선재와 냉전상태라고 해도, 다른 사람이 남편을 깎아내리려 하는 것은 싫었다.

"그건 선배가 걱정할 게 아니에요."

그녀의 단호하고 따끔한 말에 희진은 입을 일자로 닫았다.

"제 남편은 나한테 넘치도록 잘하고 있거든요."

연우는 이참에 모두 확실히 말해놓아야겠다고 생각했다.

"예전부터 선배가 좀 오해하는 게 있는 것 같은데, 저는 제 남편이랑 좋아서 결혼한 거예요. 너무 좋아서 결혼했어요. 지금은 그때보다 더 많이 사랑하고요."

비록 지금은 아주 잠깐 냉전상태지만, 그렇다고 사랑하는 마음이 달아난 건 아니다. 어제보다 더 커졌으면 커졌지, 작아질 수는 없는 마음이다.

운명을 받아들일 수 있는 대인배가 되고 싶은데 시간이 지날수록 점점 더 사랑하게 되어서 집착 또한 커진다. 이젠 남편의 어떤 것도 포기할 수가 없다. 그에게 어느 날 갑자기 죽음이란 것이 닥치게 되면 그 사람은 내가 마음에 걸려서 죽음의 길목에서 얼마나 슬퍼하게 될까. 그 생각을 하면 가슴이 찢어질 것 같지만 그래도 포기할 수 없었다. 연우가 상념에 빠져 있는 사이에 희진은 잠시 놀랐다가 가라앉은 표정으로 입을 열었다.

"……그래."

희진의 얼굴에는 옅은 미소가 자리하고 있었지만 어쩐지 그 표정의 안쪽이 텅 비어 보였다.

"그렇게 좋아하면서 왜 그동안 내색을 안 했는데."

원망 같기도 했고 한탄 같기도 했다.

"널 좋아하는 녀석들이 많았던 거 알지? 그 녀석들이 네 결혼 소식에 멘붕이었던 것도. 네 남편 될 사람이 경영학과의 누구라더라, 그 소문이 퍼지고 나서야 다들 포기했었어. 하지만 끝까지 포기 못 하는 바보도 있었지. 결혼을 앞두었다는 네가 그다지 행복해 보이지가 않았거든."

희진의 말에 연우는 반박하지 못했다. 정확한 지적이었다. 그 무렵의 연우는 조금도 행복하지 않았으니까.

"결혼 이후에도 넌 많이 어두워 보였어. 그래서 나는 엉뚱한 상상을 해버렸어. 네가 억지로 결혼한 건 아닐까 하는 생각을 했어."

희진은 후련하게 털어냈다. 아주 오랫동안 감춰왔던 마음이었다. 그러나 그 모든 지적은 과거형이다. 널 오랫동안 지켜봤어. 좋아해왔어. 마음이 이어질 수는 없겠지만 언젠가 그 말을 하고 싶었어. 육 년 전, 그녀가 신입생이었던 시절부터 키워온 마음이었다. 하지만 사람 좋은 선배 역할을 하느라 제대로 고백해보지 못했다. 그녀가 결혼을 할 시점에서 마음을 접었어야 했는데 그렇게도 못했다. 마음은 종이 접듯이 간단히 접어지지가 않아서 이토록 오래 끌려왔다.

"그렇게 꽉 찬 마음이라면 표현해도 되는데 말이야."

연우는 대답하지 않고 고개를 천천히 끄덕였다. 마음을 차단했던 과거는 그녀에게도 후회로 남았다. '다른 미래'에서 남편이 세상을 떠나고 나서야, 그가 세상에 둘도 없는 좋은 사람이란 걸 알고 나서야 그와 가까이 지내지 못한 과거를 한탄하게 되었다. 또한 지금도 아주 소모적인 감정싸움을 하고 있다. '다른 미래'를 경험하고 와서 마음이 잔뜩 약해진 그에게 실망한 모습을 보이면 안 되는 건데. 사고가 일어나는 날까지, 이제 한 달도 남지 않은 시간인데, 사랑만 하기에도 모자란 시간에 지금 난 뭘 하고 있는 건지.

묵묵히 표정을 감추고 있던 연우의 눈이 그제야 또랑또랑 빛났다.

"이제부터라도 많이 표현하려고요. 너무 닭털 날린다고 뭐라고 하지 마세요."

"그래. 정떨어지도록 표현해주길 바란다."

희진이 쿨하게 대답했다. 희진의 얼굴에도 그제야 제대로 된 미소가 떠올랐다.

업무를 마무리 짓고 퇴근하는 길. 연우는 차를 타고 이동하는 내내 어떻게 남편의 마음을 풀어줄 것인가 생각했다.

"사고가 난 것 같은데요. 다른 길로 가겠습니다."

연우가 골몰하는 사이에 기사가 말을 걸었다. 도로 앞이 꽉 막혀 차가 전진하지 못하고 있었다. 후진도 쉽지 않아 보였다. 연우도 창문 쪽으로 고개를 빼서 상황을 살폈다. 몇 중으로 추돌사고가 일어난 모양이었다. 어수선했다. 그런 연우의 시야에 들어온 사람이 한 명 있었다. 노랑머리의 남자. 누렁 씨. 사울.

"기사님. 잠깐요!"

연우는 운전대를 돌리는 기사에게 외쳤다. 기사는 샛길로 들어서자마자 차를 세웠다. 연우는 다급히 차에서 내리며 말했다.

"저 택시 타고 들어갈게요."

기사와 인사하면서도 눈은 남자의 뒷모습을 계속 주시하고 있었다. 너무 멀찍이 떨어져 있었다. 달려가도 닿을 수 있을지 장담할 수 없었다. 연우는 기사와 헤어져 남자를 쫓아갔다. 현재의 상황이 절박하니 누렁 씨는 하늘에서 내려온 동아줄 같아 보였다. 이렇게 저 남자를 또 다시 발견한 게 우연일 수는 없어. 역시 저 남자는 수호천사가 맞아. 이십여 년 전의 그 사울이, 남편을 지켜주기 위해 찾아온 거야. 저 남자가 내 남편을 살릴 수 있는 열쇠를 쥐고 있을 거야.

희망을 품은 심장이 두근거렸다. 그러나 남자에게로 가는 길은 멀고도 험했다.

"버내너 어학원입니다."

"피부미인 되세요."

"오늘 오픈한 클럽이에요. 오늘만 입장권 팔찌 그냥 드려요."

인파가 많은 길에서 전단지 알바생들에게 붙들려 전단지를 한 아름 받아야 했다. 그사이 남자와의 거리는 더욱 벌어져갔다. 연우는 힘껏 달렸다.

"사울 씨!"

큰 소리로 남자를 불렀으나 남자는 쳐다보지 않았다.

"사울!"

다시 한 번 목이 터져라 남자를 불렀다. 남자는 잠시 두리번거리는 듯했으나 다시 제 갈 길을 갔다.

"누렁 씨!"

그제야 남자가 뒤돌아보았다. 멀리서 눈이 마주쳤다. 뭐야. 자기 이름을 부를 때는 쳐다보지도 않고 별명을 불러주니 쳐다보다니. 연우가 거칠어진 호흡을 정리하는 동안 남자가 천천히 다가왔다. 연우는 가까이 다가온 남자에게 대뜸 내뱉었다.

"하아. 보고 싶었잖아요!"

"빈말이라도 듣기 좋네요."

남자가 사람 좋은 미소로 대답했다.

"빈말이 아니고요."

"빈말 맞을 텐데. 또 만날 줄은 몰랐네요."

남자의 인사에 연우는 의아했다. 또 만날 줄 몰랐다니. 그럼 이건 계획에 없는 만남이라는 건가? 그가 그녀를 위한 수호천사라고만 생각하고 있던 연우는 고개를 슬쩍 갸웃거렸다. 남자는 인사를 이어갔다.

"잘 지냈어요?"

"아뇨."

"왜요? 사랑하는 사람이 옆에 있는데, 잘 지내야죠."

"내가 사랑하는 사람…… 사울 씨는 안 보고 싶어요?"

답답해진 연우는 정공법을 택했다. 오늘은 그의 정체를 꼭 밝혀내야겠다고 생각했다. 오늘이 아니면 기회가 없을 것 같다는 직감이 머리를 장악하고 있었다. 그녀의 질문에도 남자는 별 반응이 없었다. 그저 좀 전보다 더 싸늘해진 말투로 반문할 뿐이었다.

"내가 왜요?"

"내 남편 친구 아니에요? 유사울. 사라 언니 쌍둥이 오빠."

연우는 내내 의심하고 있던 것을 그대로 쏟아냈다. 그리고 제안했다.

"사라 언니든 선재 씨든 보고 싶으면 말해요. 내가 다리가 돼줄 테니까요. 난 얼마든지 해줄 수 있어요."

"왜 그쪽이 그런 걸 해주죠?"

"당신 도움을 많이 받았으니까요. 수호천사처럼 나를 지켜줬잖아요. 그러니까 나도……."

"정말 특이한 여자야."

연우의 제안은 한참 뻗어나가다가 막혔다. 남자의 냉소적인 반응에 연우는 입술을 더는 움직이지 못했다.

"이연우 씨. 난 그쪽을 지켜준 게 아니에요."

그사이, 사람 좋아 보이던 그 인상이 사라졌다.

"이연우 씨는 내가 누구라고 생각합니까. 내가 당신 수호천사라고 생각해요?"

남자는 선인인지 악인인지 알 수 없는 눈을 하고 있었다.

"다른 건 생각해본 적도 없죠? 그냥 원하는 대로 믿고 싶은 거 아니에요? 수호천사라고 믿어야 내가 남편의 운명을 바꿔줄 것 같으니."

맞다. 사실 그런 마음이 있었다. 그래서 필사적으로 남자를 쫓아왔던 거였다. 더 이상 남자에게 바라는 게 있어서는 안 된다는 걸 충분히 생각하면서도 동아줄처럼 잡아보려고 했다. 이 남자가 이 알 수 없는 세계의 열쇠를 쥐고 있는 사람인 것만 같아서, 초월자인 것 같아서 미래를 물어보려 했었다. 그런데 이 남자는……

"내가 왜 수호천사야. 생각 좀 해봐요."

전혀 다른 이야기를 하고 있었다.

"당신의 말대로라면 난, 친구가 날 구해주지 않아서 세상을 떠난 사람이라고."

남자의 낮은 목소리가 그녀의 뼛속으로 스며들어가 싸늘하게 몸을 휘감는 듯했다.

"난 강선재 때문에 죽은 거잖아. 그런데 수호천사일 리가 있나."

그녀의 눈이 크게 뜨이며 동공이 확장되었다. 뒤통수를 맞은 것 같았다. 생각해보면 그게 맞는 거였다. 그때 사울이 화재 장소에서 먼저 탈출했다면 지금 남편은 세상에 없는 사람일 터였다.

몸이 바르르 떨렸다. 하지만 한편으로는 부정하는 마음도 있었다. 그간 남자에게 꽤나 도움을 받아왔다. 남자는 연우가 곤경에 처했을 때마다 하늘에서 뚝 떨어진 사람처럼 뜻밖의 장소에서 나타나 그녀를 도왔다. 그런데 수호천사가 아니라고? 그녀는 믿고 싶지 않았다.

"모두가 다 행복한 미래는 없더라고요. 그건 좀 알려주고 싶네요."

그녀가 부정하든 말든 상관없다는 투로 남자는 말을 이었다. 그리고 그는 그녀가 멍하니 쥐고 있던 전단지들을 잡아당겼다. 몸에 힘이 풀린 그녀의 손아귀에서 쉽게 전단지들이 빠져나갔다. 남자는 그 사이에 있는 클럽 입장권 팔찌를 빼내어 한 면을 뒤집어서 끝과 끝을 이어 붙였다. 팔찌는 뫼비우스의 띠처럼 속이 꼬인 원이 되었다. 남자는 팔찌를 넘겨주며 그녀에게 말했다. 선심 쓰는 듯이.

"당신에게 문제를 하나 낼 거예요. 꼭 그 문제를 해결하길 바랍니다."

"……."

"내가 선재를 데려가기 전에."

그는 자신이 수호천사가 아니라, 저승사자라고 말하고 있었다. 오금이 저려 왔다.

"시간이 얼마 없겠네요."

남자가 다시 미소 지었다. 얼마 전과 똑같은 미소이건만, 이제 사람 좋은 인상이라고 확신할 수가 없게 되었다. 쿵쾅거리는 심장이 진정되질 않았다.

퇴근한 선재는 회사 건물 앞에 정차돼 있는 차에 올랐다. 전신이 검은색인 밴이었다.

"오랜만이다."

시크한 목소리가 그를 맞았다. 미국에서 지내다가 광고 촬영차 잠시 귀국한 사라였다. 스케줄이 꽉 차 있어 따로 만날 시간이 없는 터라 선재의 퇴근시간에 잠깐 보는 것으로 약속을 잡은 것이다.

"잘 지냈어?"

선재가 제법 상냥하게 물었다. 마음이 조금 꼬여 있는 사라가 비아냥거렸다.

"네가 웬일이야. 나한테 먼저 보자고 하고. 연우 씨가 나 만나는 거 뭐라고 안 해?"

"연우가 넌 줄 아냐."

흥. 콧방귀를 뀐 사라가 말했다.

"이대로 집으로 가. 집까지 데려다줄게."

미국으로 떠나기 전 꽤나 거친 말들이 오갔지만 그 정도는 아무 일도 아니었다는 듯 덮어버릴 수 있는 친구 사이였다. 친구로서 지내온 이십일 년이라는 시간이 그냥 쌓인 것은 아니다.

"왜 보자고 했어?"

"이거."

선재는 가방에서 사진 한 장을 꺼내 사라에게 건넸다. 앨범에 있었던 사진이었다. 이십일 년 전의 운동회 사진. 선재와 사울이 열 살 때 함께 찍은 사진이다.

"너한테 보여주지 않은 게 생각이 나서."

사진을 받아든 사라의 눈이 금세 촉촉이 젖었다.

"오랜만이네."

사라는 사울의 얼굴을 손끝으로 가만히 매만졌다.

"이걸 주면 네 건 없잖아. 넌 이 사진 없어도 돼?"

"나도 카피본 있어."

선재가 안심시켜주니 사라는 지그시 웃었다. 그간 서운했던 감정이 바로 풀어졌다.

"고마워."

"뭘."

"근데 너, 다크한 표정 짓지 마."

고맙다고 인사한 사라가 지적했다. 제 표정을 모르고 있던 선재가 눈을 깜빡였다.

"이십 년이나 지난 일이잖아. 너도 그 사건의 피해자야. 네가 가해자인 양 미안해하면서 아파하지 말라고."

친구를 염려하는 마음으로 사라가 말했다. 죽은 사울을 대하는 선재의 태도는 내내 한결같았다. 그가 자신 때문에 사울이 목숨을 잃었다고 생각하고 있다는 걸 사라도 알고 있었다. 그렇게 이십여 년 전의 사건을 안고 살아가는 마음은 얼마나 척박할까. 사라는 선재를 진심으로 위로해주고 싶었다. 이제 그 사건에서 벗어나라고 말해주고 싶었다.

"선재야. 너한테 하지 않은 얘기가 있어."

깊게 한숨을 쉰 사라가 다시 입을 열었다.

"사울이가 죽은 그날, 죽었다던 그 시간에 말이야. 사울이가 내 꿈에 찾아왔었어."

회한에 잠겨 다른 쪽으로 고개를 돌리고 있던 선재의 눈이 사라에게 고정되었다.

"꿈이었는데, 분명 꿈이었을 텐데 아직도 그 생생한 느낌이 기억난다. 사울이가 나한테 막 울면서, 날 두고 먼저 가서 미안하다고 하더

라. 그리고 씩씩하게 잘 살아달래."

사라의 목소리는 나긋한데도 힘이 있었다.

"잠결이었지만, 웬 귀신 콩 까먹는 소린가 했다. 근데 그날 사울이가 그렇게 돼버린 거지."

선재는 멍하니 그녀의 이야기에 집중했다.

"그래서 사울이 장례 때는 좀 헷갈렸었어. 사울이는 죽은 게 아닌데 사람들이 다들 연극하는 건 줄 알았어. 염습할 때에야 현실을 자각했지. 그리고 장례식이 끝난 후에야 깨닫게 됐어. 내가 기적을 체험했구나 하는 생각이 들더라."

사라는 의연하게 말했지만 목소리의 끝에는 어김없이 잔뜩 차오른 울음의 흔적이 느껴졌다.

"정신 나간 소리 같겠지만 난 지금도 그건 진짜 사울이었다고 생각해. 사울이가 나한테 다녀갔던 거야. 날 걱정해서. 마음이 놓이질 않아서."

선재 또한 먹먹해졌다. 열흘 전 '다른 미래'에 다녀왔을 때도 생각났다. 그는 죽음 직전에 '다른 미래'에서 또 한 번 시간여행을 했다. 미련이 남았던 대로 연우에게로 가게 되었고 그녀에게 나름의 마지막 인사를 했다. 사울 또한 그랬던 걸까. 세상에 남겨두고 가는 혈육에 대한 미련이 가득해서 사라에게 나타나 펑펑 울었던 걸까.

"그래서 난 사실 많이 아프진 않았어. 사울이가 천국에서 날 지켜주는 것 같았고, 네가 있었고, 아저씨 아주머니도 친부모님 못지않게 챙겨주셨고."

사라는 눈물을 감춘 이야기를 끝낸 후 쓸쓸하게 미소 지었다.

"아, 이 얘길 일찍 했어야 했는데 네가 결혼한 게 신술나서 말을 못했다. 미안. ……야, 너 울어?"

고개를 반대쪽으로 돌려버린 선재에게 사라가 물었다.

"아니. 아닌데."

"우는 것 같은데?"

"아니라니까."

"그럼 어디 좀 봐봐."

"아, 아니라고!"

사라가 그의 팔을 붙잡자 선재는 냉큼 뿌리쳤다.

"아니면 아니지 왜 화를 내고 그러냐. 얘가 연우 씨랑 싸웠나. 톱스타한테 신경질이야…….."

선재에게 거부당한 사라는 한껏 구시렁거렸다. 정말로 연우와 냉전 상태인 선재는 코가 시큰해진 와중에 잠깐 뜨끔했다.

사울을 만나고 난 후 연우의 머릿속은 더욱 복잡해졌다. 사울의 이야기는 이 년간 집 안 살림을 맡아오던 남지순 아주머니의 배신만큼이나 충격적이었다. 차라리 남편의 옛친구 유사울과는 조금의 관계도 없는 다른 사람이라고 말했더라면 마음이 오히려 편했을지도 모르겠다.

"남편을 데려갈 거라고?"

그 말에는 등골이 싸했다. 수호천사라 믿어왔던 사람이 실은 저승사자였다니. 진실이 이렇다면 남자와 선재를 만나게 해줄 수도 없었다. 그 남자를 만난 사실을 선재에게 숨겨야 하는 처지가 된 것이다. 게다가 남자의 말은 미궁과 같았다.

"당신에게 문제를 하나 낼 거예요. 꼭 그 문제를 해결할 수 있길 바

랍니다."

남자는 대뜸 문제를 내겠다고 했다. 문제가 뭔지도 가르쳐주지 않으면서. 그리고 그 문제를 해결하길 바란다는 빈말도 했다. 뭐 어쩌라는 건지.

"그리고 이건 또 뭔데!"

집에 돌아온 연우는 멍하니 들고 있던 전단지 사이의 팔찌를 침대에 내던지며 소리쳤다. 뼛속까지 문과생인 나에게 뫼비우스의 띠가 웬 말이냐고.

"아닌가? 이 클럽으로 오라는 건가? 클럽에 오면 문제를 내주겠다는 건가?"

여전히 지푸라기라도 잡고 싶은 심정이었다. 남편을 데려가기 전에 문제를 해결하라고 했으니 가지 않을 수는 없었다.

"당장 가야겠네."

근데 또 옷은 어떻게 입어야 되나. 요즘 클럽 다니는 사람들은 어떻게 옷을 입나. 연우는 인터넷 검색을 시작했다. '겨울 클럽 패션'이라는 검색어에 잡힌 것은 미니스커트에 맨다리가 가장 많았다. 죄다 겨울답지 않은 차림뿐이었다.

"어후. 눈으로만 봐도 춥다! 이러고 어떻게 나가."

연우는 못마땅해하면서도 미니스커트 찾기에 열을 올렸다. 마침내 옷장의 구석에서 미니스커트 원피스를 찾아냈다. 연우는 냉큼 옷을 갈아입었다. 타이트한 올블랙에 가슴께에는 비즈 장식이 촘촘히 들어가 있어 클럽용으로 손색없었다.

"어후. 짧다 짧아,"

하지만 치맛단이 짧은 것은 역시 너무 신경 쓰였다. 연우는 마음의 안정을 위해 검은색 스타킹을 신었다. 너무 수수해 보일까 싶어 화장도 평소와 달리 진하게 해보았다. 대강, 무난하면서도 적당히 클럽 느낌이 나는 스타일이 완성되었다.

"이 정도면 날 알아보는 사람도 없겠지."

연우는 스스로에게 후한 점수를 주며 집을 나섰다. 퇴근시간이라 차가 많았지만 택시를 잡기는 쉽지 않았다.

"하아. 추워. 추워."

스타킹 차림은 역시 위험했다. 찬바람이 스타킹의 미세한 구멍 안쪽으로 파고들어 뼈까지 시려 오는 기분이었다.

"택시야. 빨리 와라……."

자그마하게 중얼거리며 발을 동동 구르고 있는데 몇 발치 떨어진 곳에서 웬 연예인 밴이 섰다. 같은 아파트에 사는 연예인이 두어 명 있었기에 호기심 어린 마음으로 자연스레 시선을 그쪽으로 두었다. 그리고 차에서 내린 사람을 알아본 연우는 동동거리던 발을 우뚝 멈추었다.

"잘 가. 오늘 고마웠어."

차의 안쪽에서 익숙한 목소리가 희미하게 들려왔다. 유사라였다.

유사라, 유사울. 이 남매들이 쌍둥이 아니랄까봐 쌍으로 뒤통수를 치는 거야, 뭐야. 유사라와 남편의 관계를 인정하면서도 왠지 울컥 심술이 났다. 오늘 그렇게나 냉전상태였는데, 그런 와중에도 아내는 남편의 죽음을 막기 위해 안 입던 옷도 입고 이렇게 고군분투하는데, 남편은 옛친구를 만나 둘이서 좋은 시간을 보내셨다니.

한편 연우를 알아본 선재 또한 눈이 멍해지고 말았다. 아내의 차림

새가 심상치 않았던 것이다. 화장도, 표정도. 연우에게로 부지런히 다가간 선재가 먼저 사실대로 고했다.

"사라는 줄 게 있어서 잠깐 만났어."

"안 물어봤는데요."

연우가 픽 토라진 목소리로 대답하며 고개를 돌렸다. 선재는 점점 더 불안해졌다.

"어디 가?"

"클럽에요. 공짜 입장권이 생겨서."

"뭐어?"

가족과 함께 보내야 하는 불금에 클럽이라니. 아내가 삐뚤어진 것이다…… 그냥 하는 말이 아닌 듯했다. 택시를 잡으려 내뻗은 그녀의 팔목에 클럽 팔찌가 채워져 있는 것이 보였다.

"거길 왜 가?"

"말했잖아요. 공짜 입장권이 생겨서 간다고."

그사이에 그녀의 앞에 택시가 멈췄다.

"오늘은 따라오면 안 돼요. 따라오지 마요."

연우는 멍해져 있는 선재에게 따끔히 당부하고는 냉큼 차에 올랐다.

"뭐야, 안 돼. 가지 마."

뒤늦게 쫓아간 선재가 택시를 붙잡으려 손을 뻗었으나 불편한 다리로 쫓아가는 것은 역부족이었다. 가슴이 쿵쾅쿵쾅. 아내의 예상치 못한 일탈에 선재의 심장이 요동쳤다. 멍하니 있을 시간이 없었다. 다행히 그 뒤에도 택시가 왔다. 선재는 급히 택시를 잡아탔다.

"저 택시 좀 쫓아가주세요. 빨리."

숨겨놓고 있던 카리스마가 오랜만에 빛을 발했다. 선재의 위협적인 존재감에 압도당한 기사가 부지런히 가속페달을 밟았다. 신호에 한 번 걸리는 바람에 거리는 점점 벌어졌지만 그렇다고 해서 연우가 탄 택시를 놓치지는 않았다. 베스트 드라이버를 만난 덕에 선재는 그녀가 어떤 클럽 앞에 차를 세웠는지 제대로 확인할 수 있었다. 하지만 택시에서 내렸을 땐 이미 그녀가 클럽 안으로 들어가버린 후였다. 선재는 저벅저벅 걸어 클럽 입구로 발을 디뎠다.

"어, 어? 손님, 손님."

그런데 입구에 서 있던 직원이 그를 막아섰다. 선재는 어쩔 수 없이 신분증을 꺼내 보였다.

"삼십 대 초반입니다. 입장 가능하지 않아요?"

"그것보다는 좀, 패션이……."

"패션이 왜요?"

직원은 곤란하다는 듯이 눈치를 보다가 대답했다.

"저희 클럽의 아이덴티티와 부합하지 않는 것 같습니다."

그러고 보니 입구에 선 직원들은 죄다 어두운 색 셔츠 차림이었다. 넥타이도 하지 않고 있었다. 재빠르게 눈치챈 선재가 넥타이를 풀며 말했다.

"넥타이 풀면 됩니까?"

"아니, 그래도 좀……."

"재킷도 벗고요."

선재는 걸치고 있던 코트와 슈트 재킷까지 벗었다. 그러나 그 이후 드러난 것은 직장인의 상징 하얀색 셔츠.

"죄송합니다. 오늘이 오픈 날이라서요. 나중에는 꼭 입장시켜드리겠습니다."

직원은 정중하게 선재의 입장을 저지했다. 재킷까지 벗어서 몸에 찬바람이 가득 들건만, 선재의 속은 바싹바싹 타들어가고 있다. 아, 열 받는데 이 클럽 확 사버릴까보다! 참을 수 없게 된 선재가 소리를 높였다.

"지금 집 나간 내 부인이 저 안에 있다고요!"

멘탈에 빠직빠직 금이 가고 있었다.

시끄러운 음악, 번쩍거리는 네온사인, 앞으로 나아가기 힘들 정도로 꽉 들어찬 인파. 이 안에서 과연 누렁 씨를 찾을 수 있을지나 모르겠다. 뒤에서 낯선 남자가 팔과 허리를 붙잡는 느낌이 났다. 이 정도로 밀집된 곳에서 당연한 현상이겠으나 너무 노골적이었다. 연우는 간신히 떨쳐내고서 앞으로 나아갔다. 그나마 누렁 씨의 머리가 노란색이라 눈을 크게 뜨면 보일 것 같은데, 노랑머리의 남자는 어디에도 보이지 않았다. 답답해진 연우는 더 제대로 보기 위해 클럽 구석 쪽의 단상으로 올라갔다.

"오올."

한 번 따돌렸던 남자가 다시 쫓아와 단상으로 훌쩍 올라와 몸을 붙였다.

"이봐요. 난 여기 놀러온 거 아니고, 찾을 사람이 있어서 왔……."

그러나 몸을 붙인 남자는 아랑곳없이 그녀의 몸을 훑어 내려갔다. 큼지막한 손이 스타킹을 매만지다가 스커트 자락을 들치는 느낌이 났다. 머릿속에 빨간 경고등이 켜졌다.

"야! 나 여기 놀러온 거 아니야! 손 치우라고!"

그러나 그녀의 목소리는 광광거리는 음악에 안전히 묻혀버렸다. 올고 싶었다. 그때.

"꺼져! XXX야!"

제 귀를 의심케 하는 욕설이 그녀의 품 안을 가득 울렸다. 선재였다. 단상으로 훌쩍 올라오며 치한을 밀어낸 그는 그녀를 품에 안고서 또 한 번 욕설을 쏟아냈다.

"누굴 건드려. X 같은 미친 XX가!"

번쩍거리는 조명에 더욱 날렵해진 그의 눈이 번뜩였다. 이럴 때는 그렇게 생겨먹은 남자인 것이 꽤나 믿음직했다. 그의 카리스마에 탈 탈 털린 눈빛이 된 남자가 욕만 얻어먹고 물러났다. 연우는 속으로 안 도의 한숨을 쉬었다.

"괜찮아?"

그가 물었다. 그러나 그녀를 바라보는 눈이 딱히 다정하진 않았다. 그녀가 혼자 클럽에 와서 화가 난 모양이었다.

"집에 가자."

선재는 그녀의 손을 잡아 입구 쪽으로 당겼다. 연우의 모험은 거기 에서 끝난 것이다. 선재가 힘 있게 이끈 덕에 두 사람은 들어올 때와 달리 금방 클럽 밖으로 탈출할 수 있었다.

"삐뚤어지지 마. 심장이 철렁한다."

"이게 삐뚤어지는 거예요?"

그의 냉랭한 목소리에 연우도 따갑게 응수했다. 이러저러한 사정이 있었다는 얘기를 할 수는 없었다.

"내가 클럽에 가는 건 내 자유예요."

"그냥 스트레스 풀고 싶은 생각이라면 얘기해. 클럽을 하루 전세 내 서라도 편히 춤출 수 있게 해줄 테니까. 걱정돼서 그러는 거야. 방금 전 같은 일이 생길까봐."

"거짓말. 내가 일탈한다고 생각해서 단속하려고 쫓아온 거잖아요. 내가 씩씩하게 산다는 건 이런 건데, 왜 이해 못 해요?"

어젯밤, 선재는 그녀에게 씩씩하게 살아 달라 간청했다. 그녀는 지금 그 말을 비꼬고 있는 것이 틀림없었다. 선재는 기가 막혀 피식 코웃음 치게 되었다.

"좀 초연하고 의연해질 수 없어?"

"여기서 얼마나 더 초연하고 의연해져야 되는데."

연우도 양보할 수 없는 입장이 되었다. 치한을 막아준 것은 고마웠으나 누렁 씨를 찾는 것은 포기해야 했기에 원통했다. 누렁 씨가 당신 잡아갈까봐 클럽에도 따라오지 말라고 했는데, 왜 내 말은 안 듣고 따라와서 훼방을 놓고 난리야, 왜.

"지금도 엄청 초연하고 의연하구먼. 내가 요즘 이연우가 아니라 초연우, 의연우라고요!"

"그 초연하고 의연한 사람이 얼마나 신경질을 내고 있는지 알아?"

연우는 소리를 높였다. 그러나.

"여보가 먼저 잠자는 코털을 건드렸잖아요오옷!"

"……."

아…… 나는 왜 이 모양이지…….

지금도 인생 2회전이니 할 말은 없는데, 욕심이 있다면 다시 태어나고 싶어. 이런 상황에서 실수 따위 하지 않는 똑똑한 사람으로 다시 태어나고 싶다!

"사자!"

연우는 뒤늦게 제 식수를 주워 담았다.

"잠자는 코털의 사자!"

그러나 두 번째 역시 제대로 된 말이 아니었으니.

아, 눈물 나…… 왜 내 인생에는 무게감이라는 것이 없는가.

그가, 입술이 벌어지는 것을 참으려 입에 꽉 힘을 주고 있는 것이 너무도 잘 보인다.

"아니이! 잠자는 사자의 코털! 어후우우! 신경질 나아아아!"

결국 잠자는 코털의 사자는 제 신경질을 인정하며 혼탁한 밤하늘에 대고 포효했다.

"콜록콜록……."

혼신을 다하여 웃음을 참던 그의 얼굴이 벌겋게 폭발했다. 웃음 대신 기침이었으나 웃음과 별다를 바 없었다.

"콜록, 크, 허, 콜록. 컥."

그런 소리를 연우는 처음 들어보았다. 혼탁한 밤하늘에 시원한 기침 소리가 가득 찼다. 어쩨 이 남자는 조금도 달라진 게 없는 건지. 그렇게 놀리듯 웃으면서 잘생쁨 멋쁨을 팡팡 터트리지 말란 말이다! 기분 나쁘다고!

잘생긴 남편을 만나면 이렇게 곤란한 경우가 있다. 부부싸움을 하다가도 그 웃는 얼굴에 마음이 스르르 풀려버리는 것이다. 그래. 나는 당신의 웃음이 고팠어. 당신이 웃는 세상에서 살고 싶었어. 그녀의 눈이 맑게 젖었다.

우리는 헤어짐을 준비하고 있는 게 아니야. 운명을 이겨내고 있는 거란 말이야.

그의 기침인지 웃음인지가 진정된 후, 연우는 그에게 씩씩하게 말을 걸었다.

"억에 하나, 여보가 세상을 떠나게 되더라도 꿋꿋하게 씩씩하게 살라고 했죠?"

어제 했던 말이 미안한 듯, 그는 대답하지 않았다. 연우가 먼저 쿨하게 고개를 끄덕였다.

"오케이. 억에 하나, 그렇게 되면 정말 부탁한 대로 살게요. 살아볼게요. 그러니까 내 부탁도 들어줘요. 우선은 우리, 지금을 꿋꿋하게 씩씩하게 삽시다."

지금 우리, 함께 있어서 이렇게, 뜬금없이 웃을 일이 차고 넘치잖아. 그러니까 불의의 사고가 닥치기 전에 먼저 무너지지 말고. 너무 걱정하지도 말고.

"진짜 행복하게, 즐겁게. 지금 누릴 수 있는 행복을 다 누리면서."

죽음에 대해 생각하지 말고, 삶에 대해 생각해요.

"너무 무서워하지 말고, 그렇게 삽시다."

그녀가 초연히 씩씩하게 말했다. 가만히 그녀를 마주하고 있던 그의 눈이 투명하게 젖어들어갔다. 혼탁한 하늘에 숨어들어간 별들은 저기에 다 있는 것 같았다.

"맞아."

선재는 긴 한숨과 함께 끄덕였다.

"부인 말씀이 맞네요. 그렇게 삽시다."

역시 이연우. 내 아내.

그래서 내가 그대를 존경해. 이렇게 올곧고 멋진 사람이라서.

이제야 그는 그녀가 원하는 표정으로 만족스럽게 웃어 보였다.

두 사람은 다가오는 택시를 잡아타고 집으로 향했다. 연우는 클럽을 떠나야 하는 것이 아쉽긴 했지만 별 도리가 없었다. 저승사자와 남편이 만나도록 할 수는 없었다. 저승사자로부터 남편을 지키는 것이 먼저였다. 그런데, 문득 가슴에 모호한 느낌표가 생겼다.

'이게 뭐야. 또 누렁 씨 도움을 받은 꼴이 됐잖아!'

누렁 씨가 클럽 팔찌를 빼앗았다가 다시 건네주며 '문제' 이야기를 했고, 그래서 연우는 클럽 팔찌를 차고 클럽에 가게 되었다. 그 바람에 안달이 난 선재가 따라오게 된 것이고. 요 며칠 산은 산이요, 물은 물이요, 하던 남편이 오랜만에 생기를 되찾고서 으르렁거렸고. 바로 지금을, 오늘을 후회하지 말고 살아가자는 교훈도 얻었다.

'누렁 씨, 자꾸 이렇게 당신 덕을 보게 되는데 어떻게 당신이 저승사자라고 생각할 수가 있겠어.'

연우는 다시, 남자의 정체를 확신할 수 없게 되었다.

'다시 만날 수 있으려나? 한 번만 다시 만났으면 좋겠다.'

클럽에서 만나지 못한 것이 조금은 아쉬운 마음에 나직이 한숨을 쉬었다.

"무슨 생각해?"

선재가 뚱하게 물었다. 아내가 여전히 클럽에 미련을 버리지 못했다고 넘겨짚은 듯했다. 연우는 그의 머릿속을 환기시키려 다른 질문을 던졌다.

"다리 안 아파요?"

"괜찮아."

선재는 가뿐하게 말했다.

"깁스를 몰래 하느라 난감했는데, 이제 숨길 필요 없어져서 더 빨리 낫는 느낌이야."

그간 남편이 다리를 다친 사실을 숨기느라 헛된 노력을 했다는 걸 생각하니 또 한숨이 나왔다. 연우는 선재를 질책했다.

"미련해요. 미련해. 미련해."

"누굴 보고 미련하다는 거야."

그가 뚱하게 반박하고선 물었다.

"클럽엘 왜 갔던 건데."

클럽 앞에서, 행복하게 살자고 하고서 오늘 일은 퉁친 줄 알았는데, 또 클럽엘 왜 갔었느냐고 추궁한다.

"클럽에 왜 갔겠어요. 놀러 갔지."

"놀러 온 거 아니라고 소리쳤었잖아. 그 치한 놈이 붙잡았을 때."

세상에. 음악에 파묻혔다고 생각했는데 그 목소리를 들은 것이다.

"삐뚤어지려고 가봤어요. 미안하네요."

연우는 불퉁스럽게 둘러대었다. 선재가 픽 웃었다.

"삐뚤어지기도 힘들지?"

질문과 함께 선재가 그녀에게로 엉덩이를 바싹 붙였다. 다가온 그의 손이 그녀의 머리카락을 훑어 목을 쓰다듬었다.

"좀 떨어져요. 기사님이 보시는데 민망하잖아요."

연우의 속삭임에 선재는 그녀에게서 손을 거두었다. 택시는 금방 집 앞에 닿았다. 눈앞에 집이 보이니 긴장이 풀린 연우의 어깨가 축 처졌다. 누렁 씨를 뒤쫓아 가느라 차에서 내려 뛰고, 안 입던 옷을 입고서 클럽에 갔다가 치한도 만나고, 남편에게 붙들려 클럽에서 나오고. 오랜만에 정신이 쏙 빠질 만한 하루를 보냈다.

내가 이렇게 벅찼는데, 다리를 다친 남편은 얼마나 힘들었을까. 그가 괜찮다고는 했지만 연우는 남편의 다리가 걱정되었다. 현관문을 연 그녀가 신발을 벗으며 말했다.

"피곤하죠. 욕조에 물 받아줄 테니까 오랜만에 느긋하게……."

"같이 씻자고?"

그녀는 분명 신발만 벗었는데 그사이에 그녀의 겉옷이 허물처럼 벗겨졌다. 선재가 뒤에서 그녀의 외투를 잡아당겨 벗긴 것이다. 그 민첩한 움직임과 함께 귓가에 대고 속삭이는 목소리가 몸의 노곤함을 싹 달아나게 했다.

하지만 그녀의 마음 한편에는 남편의 안위를 보살피는 성실한 이성이 자리하고 있다. 목덜미에 그의 입술이 내려앉으려는 찰나, 연우는 급하게 뒤돌았다. 그러나 또다시 난관이었다. 그녀를 내려다보느라 가늘어진 눈이 노골적으로 야하게 반짝거리고 있었다. 오랜만에 보는 어흥이다. 그간 억지로 닫아놓았던 빗장이 풀린 것이다. 연우의 목구멍으로 침이 꿀떡 크게 넘어갔다. 아아. 참아야 하느니라. 그의 부상을 알기 전에는 내내 기다리던 순간인데, 이제 정신을 바짝 차리고 그를 저지해야만 하는 입장이 되었다.

"집이야. 이제 보는 사람 없잖아."

그녀에게 손이 잡히자 그는 불만인 듯했다.

"다리 다 나으면요."

"거의 나았어. 지금을 행복하게 살자며."

이럴 때 써먹으라고 한 말이 아닌데. 그는 날름 '행복'이란 단어를 자기화시켜버렸다. 내가 행복한 게 좋잖아, 응? 다정하면서도 야욕 넘치는 눈빛이 소곤댔다. 그사이 입장이 바뀌었다. 그의 손을 붙들고 있던 그녀의 악력이 풀리고, 그가 그녀의 손을 지그시 붙잡았다. 아니, 지그시 가져갔으나 움켜쥔 것과 다름없었다. 연우는 차마 그에게서 손을 빼낼 수도 없었다.

"네가 내일 또 이 옷을 입어줄 건 아니잖아."

그가 솔직하게 말했다. 균형 좋은 몸에 밀착된 원피스, 섹시한 검정 스타킹, 평소와는 다른 화장. 변화를 시도한 아내의 색다른 모습은 집으로 돌아오는 내내 그의 피를 들끓게 했다. 사실 그녀가 방긋 웃기만 해도 홀딱 넘어가버리고 마는데, 그간 마음에도 없는 금욕생활을 해야 했던 그에게 오늘의 이연우는 너무 치명적이었다.

"본인이 얼마나 섹시한지 모르는 게 참 귀엽네."

"……이런 스타일을 좋아했어요?"

"네가 하면 뭐든 좋으니까 더 해봐."

입맛을 다시듯이 잠깐 나왔다가 들어가는 그의 붉은 혀가 그녀의 몸을 잠시 경직시켰다. 그를 막을 수는 없는 거였다.

"잠깐."

그래도 연우는 그를 다시 한 번 저지했다.

"내일 나랑 같이 병원 가요. 다리, 더 안 좋아졌단 얘기 들리면 이건 다신 없어요. 알았어요?"

"야박하네."

불만을 내비치면서도 그의 입가에는 미소가 걸렸다. 그녀가 지금 이 순간을 거부하지 않아 만족스러웠다.

"내일 일은 내일 생각하자."

어느새 바닥에 그의 코트가 크게 펼쳐진 채로 내려앉았다. 그녀 또한 그 위에 곱게 눕혀졌다. 침대가 아니다. 이제껏 침대가 아닌 적은 없었다. 익숙한 생활공간에서의 낯선 긴장감은 그의 손길이 닿기 전부터 심장을 자극해 왔다.

"오랜만이야. 부인."

윗공기를 지배한 남자가 나긋하게 그녀를 불렀다.

"참다가 미치는 줄 알았다."

클럽 안에서 욕설을 내뱉을 때처럼 까마득히 낮은 목소리였다. 연우는 홀린 듯이 그에게로 손을 뻗었다. 심장이 딸꾹질하듯 크게 들썩거렸다. 그녀 또한 실은 아주 오래 기다려온 시간이었다.

화해와 격정의 밤이 지난 후 다음 날. 정오 즈음 연우는 병원을 찾아갔다. 로비에 앉아 있으니 선재가 다가왔다.

"오래 기다렸어?"

앉아 있는 연우에게로 다정히 고개를 숙이며 말을 건네는 남편에게 연우는 금방 대답하지 못했다. 그의 얼굴을 마주하니 다시 어제의 일이 떠오르면서 두 뺨에 열이 올라왔다. 어제는 참. 하이고 참.

그의 안에 살고 있던 어흥이가 한두 마리는 아니었단 걸 알게 된 어제는 조금은 쑥스러운 기억이 되었다. 정작 이 부끄러움을 가져다준 남편의 얼굴은 생기가 넘치고 개운해 보인다.

"목발 좀 하고 다니죠?"

겨우겨우 할 말을 찾아낸 연우가 핀잔을 주었다. 그가 제 몸을 스스로 돌보지 않는 것 같아 불만이었다.

"어. 나도 그러려고 했는데."

대답하는 그의 목소리는 제법 진지했다.

"이상하게 별로 안 아프더라고."

"아프지 않아도 해야죠."

"아니, 목발이 굳이 필요하지는 않을 정도로 말짱해졌다니까."

연우는 눈을 흘겼다.

그런데, 부상에 차도가 있다는 말은 그냥 하는 말이 아닌 듯했다. 선재의 상태를 한참 살핀 의사는 CT 촬영을 지시했다. 촬영 후 재방문한 진료실에서 의사는 촬영 영상을 오래 들여다보다가 사진의 한 지점을 콕 짚어냈다.

"여기가 골절이 있었던 부위인데 지금은 흔적을 거의 볼 수가 없네요. 벌써 유합이 되고 있다는 소린데……."

의사는 이전의 촬영 기록과 현재의 기록을 몇 번 되짚어 비교해보고는 고개를 갸우뚱했다.

"회복이 엄청 빠르네요…… 성장기 어린이보다도 빠른 것 같은데요……."

환자에게 좋은 일이니 의사에게도 뿌듯한 일이긴 한데, 이처럼 회복이 빠른 사람은 처음이어서 자신이 오진을 한 게 아닌가 싶어진 것이다. 이것 봐. 정말로 안 아프다니까. 선재는 연우를 쳐다보며 빙긋 웃어 보였다.

연우는 의사만큼이나 멍한 상태가 되었다.

"그래도 아직은 당연히 불편함이 있을 테니 충격에 주의하세요. 뛰지 마시고, 너무 오래 걷지도 마시고요."

"깁스를 풀어도 되겠죠?"

선재가 의사에게 물었다. 의사가 당부했다.

"내일부턴 풀고서 활동해보시고, 뻐근하다 싶으시면 착용하세요. 아무튼 너무 무리하시면 안 됩니다."

삶의 기적이었다.

부상 열흘 만에 깁스를 푼 선재는 다시 기운 넘치는 모습으로 돌아왔다. 그는 회사 일에 열을 쏟았다. '다른 미래'에 다녀온 후 벌였던 일들이 차츰 좋은 성과로 돌아오고 있었다. 운호는 선재를 매일 불렀고 선재는 바쁜 와중에도 하루에 두어 시간은 아버지와 함께 보냈다. 그렇게 며칠이 평안히 흐르고, 선재는 아버지와 함께하는 자리에 친구 기준을 불러 긴 회의를 했다. 그리고 이야기가 마무리될 무렵 긴하게 분위기를 잡았다.

"아버지. 드릴 말씀이 있습니다."

"응? 뭐."

"저 독립하려고 합니다."

아들의 뜬금없는 독립선언에 운호는 뚱해졌다.

"너 독립은 팔 년 전에 했잖아."

"그 독립 말고요. 퇴사하고 싶습니다."

운호는 하도 어이가 없어 헛웃음을 지었다.

"허허허허. 미친놈. 기준아, 얘가 지금 뭐라는 거냐."

"야, 너 왜 그래……."

기준도 작은 소리로 선재를 말렸다. 선재는 꿋꿋이 말을 이어갔다.

"오래전부터 꿈이었어요. 소자본으로 내 회사 차려서 제대로 키워보는 게."

"그럼 제이그룹 안에서 자회사 차려."

운호는 딱 잘라 말했다. 아들의 퇴사를 용납할 수는 없었다.

"아뇨. 그런 거 말고요. 저는 아버지 회사를 물려받기에는 부족하고, 앞으로의 그룹 경영은 역시 전문 경영인에게 맡기는 게 좋을 것 같습니다."

"네가 전문 경영인이잖아. 왜 그래."

기준 또한 기가 막혀서 선재의 옆구리를 쿡 찌르며 거듭 눈치를 주었다. 선재는 아랑곳하지 않았다.

"이를테면 현기준 본부장이 있죠. 제 자리에는 현기준 본부장을 추천합니다."

선재의 깜짝 발언에 놀란 기준이 한 대 맞은 듯 멍한 표정을 지었다.

"회, 회장님. 이 새…… 아니, 이 친구가, 아니, 부사장님이 좀 이상하신 것 같습니다."

운호의 눈에는 쌍심지가 켜졌다.

"이놈, 이게 다 뭔 소리냐. 결혼만 시켜주면 나한테 순종할 거라더니."

결혼 이전의 이야기가 나오자 선재도 잠깐 움찔했다. 아, 내가 그런 적이 있었지. 그렇다면 한 수 물러야 했다.

"사실 당장 그만두는 게 깔끔하긴 한데요. 그러면 회사도 혼란스러울 테니 잠깐 휴식기를 갖는 게 어떨까 해요. 일 개월만요."

운호의 시름이 깊어졌다. 얼마 전에 아들의 컨디션이 안 좋아 보였던 게 덜컥 생각이 났다.

"너 어디 아프냐?"

운호가 걱정스러운 얼굴로 물었다. 대답하는 선재는 말짱하다.

"아뇨. 그냥, 연우랑 신혼여행 가고 싶어서요."

"신혼여행을 한 달이나 다녀오게?"

"그럼 안 될까요? 지금 못 가면 후회할 것 같아서요. 지금 가는 게 신혼여행이잖아요. 아기 없을 때."

아기 없을 때…… 그 말에는 침을 꿀꺽 삼킬 수밖에 없는 운호였다.

아기가 없는 지금 신혼여행을 빨리 가겠다는 건, 그건······.

"아버지. 제가 세상에서 제일 좋아하는 빵이 뭔지 아세요?"

운호가 잠시 달콤한 상상을 하고 있을 때 선재가 뜬금없는 질문을 던졌다. 운호의 미간에 굵은 주름이 생겼다.

"얘기하다 말고 갑자기 웬 빵이여."

"아빵."

운호는 할 말을 잃었고 기준은 경악했다. 한참 뒤에야 운호가 더듬더듬 목소리를 냈다.

"······이, 이노무 자식, 시키면 놈이 어디서 몹쓸 애교를······."

"아빵."

그러나 선재는 굴하지 않고 한 번 더 밀어붙였다. 옆에 있는 기준은 정신이 혼미해지는 느낌이었다. 오그라든 손이 펴지질 않았다.

"아빵."

괴로운 듯 눈을 한 번 질끈 감았다가 뜬 운호가 말했다.

"······선물 사 와."

결국 세 번의 '아빵'은 운호를 함락시켰다. 그는 다 자란 아들의 애교에도 져줄 수밖에 없는 쉽고 평범한 아버지였다.

"회······장님······."

옆에서 모든 것을 지켜본 기준만이 믿을 수 없다는 듯 어버버 웅얼거렸다.

"퇴사는 다녀오고 나서 다시 얘기해. 못된 녀석아."

운호가 따끔하게 당부했다.

"고맙습니다. 인수인계는 확실하게 할게요."

원하는 것을 얻어낸 선재가 속 시원한 얼굴로 미소 지었다.

그날 저녁. 회사 앞에는 연우가 기다리고 있다. 일찍 업무를 마치고 나오는 선재에게로 총총 달려간 연우가 물었다.

"잘됐어요?

"여보가 시키는 대로 했다."

실은 선재의 몹쓸 애교는 어제 연우가 일러준 것이었다. 연우는 선재의 대답을 듣고는 까르르 웃었다. 우스갯소리로 한 말이었는데 정말 실행에 옮길 줄은 몰랐다.

"진짜 그걸 했어요? 아버님한테 안 맞았어요?"

"맞긴 왜 맞아. 완전 사르르 녹여드렸지. 나 애교쟁이인 것 같아."

선재는 자신감에 찬 표정으로 으쓱했다. 뒤늦게 가게 된 신혼여행이지만, 생각하는 것만으로도 기분 좋았다.

"여행지는 정했어?"

"여보는 어디 가고 싶어요?"

"나? 나는 무인도."

연우의 질문에 선재가 망설임 없이 대답했다.

"왜요?"

"무인도 전세 내서 홀랑 벗고 다니면 참 좋겠어. 부인이 침실에 걸어 놨던 그 속옷이나 색깔별로 입혀보면서."

"……입이 되게 저급해진 느낌입니다?"

"괜찮아. 얼굴이 고급이잖아."

그새 넉살이 더 좋아진 선재가 빙긋 웃어보였다.

지금을 꿋꿋하게 씩씩하게 행복하게. 이제 선재의 안에는 연우가 했던 말이 그대로 박혀 있다.

2월 13일. 어느덧 '다른 미래'에서의 그날이 십칠 일 앞으로 다가왔다. 이제 막연히 두려워하지는 않기로 했다.

그래도, 우리의 첫 여행이 마지막이 되지는 않았으면 해.

며칠이 흘러 여행 출발 당일. 먼저 채비를 마친 선재는 연우에게로 갔다가 짐가방 위에 놓인 클럽 팔찌를 발견했다.

"이게 왜 아직도 여기 있어?"

설렘과 흥분, 새뜻한 마음 가득한 이 아침의 옥에 티였다.

"클럽에 또 가게?"

연우는 선재의 질문에 잠깐 대답하지 못하고 있다가 뒤늦게 되물었다.

"여보는 그걸 보면 무슨 생각이 들어요?"

"내 와이프가 클럽에 미련을 못 버린 건가 하는 생각."

선재가 뚱하니 대답했다.

"가려면 같이 가. 혼자 가지 마. 알았어?"

연우는 고개를 흔들었다.

"그거 말고요. 뫼비우스의 띠 같다는 생각은 안 들어요?"

선재는 다시 한 번 새치름하게 대답했다.

"몰라. 이 팔찌를 하고 있던 네 이미지가 너무 강렬해서 다른 건 생각이 안 나네."

하지만 아내의 말을 귀담아듣지 않을 수는 없었다. 그는 팔찌를 찬찬히 바라보았다. 클럽 팔찌는 한 번 꼬인 채로 앞면과 뒷면이 맞물려 있었다. 뫼비우스의 띠.

"그러고 보니…….."

선재는 나직이 목소리를 내었다.

"어렸을 때 딱 이런 모양으로 띠를 만들어 보여준 친구가 있었어."

"누군데요?"

"예전에 얘기한 적 있지. 유사울이라고."

선재의 대답에 부지런히 짐을 챙기던 연우의 손이 멈췄다. 이게 우연이라고 생각할 수는 없었다.

"……그 친구 떠올리기 힘든 거 아니에요?"

연우는 떨려오는 목소리를 숨겨야 했다.

"내가 힘들다고 했어?"

되묻는 선재의 표정은 언제나처럼 별다를 것이 없다.

"예전에 그랬잖아요, 캠핑장에서. 얼굴이 생각나지 않는 사람이 있는데, 그렇게 기억이 지워지니까 불을 피울 수도 있게 됐다고."

연우는 캠핑장에서 선재가 했던 말을 떠올리며 더듬더듬 추궁했다. 잠시 눈동자를 굴리던 선재가 기억났다는 듯 끄덕이고는 대답했다.

"그 사람은 사울이가 아니야. 내가 사울이를 어떻게 잊겠어. 못 잊지. 잊으면 안 되지."

연우의 심장이 욱신욱신 아프게 뛰기 시작했다. 남편은 사울을 기억에서 지워버리려던 게 아니었다. 여태 사울을 소중히 기억하고 있었다. 그 사울이, 당신 가까이 있었어요. 그거 알아요? 사울이 저승사자처럼 굴었기에 차마 남편에게 밝히지 못한 사실은 연우의 가슴을 저릿하게 했다.

"그 사울이라는 친구가 뫼비우스의 띠에 대해서 어떻게 말했어요?"

마음을 숨기며 연우가 물었다. 선재는 팔찌를 다시 내려다보았다.

"……점심시간에 축구공을 들고 사울이한테 갔는데 사울이가 종이를 기다랗게 찢어서 한쪽 면을 꼬아 이어 붙여서 붙여줬어."

생각이 날 듯 말 듯, 안개가 끼어 있는 것처럼 기억은 흐릿했다.

"뭐 하냐?"
"이게 뫼비우스의 띠라는 거야. 책에서 보고 만들어봤어. 신기하네."

오래전 기억은 그 한 토막이 다였다.
"사울이가, 뫼비우스의 띠가 뭔지 가르쳐줬어. 책에서 보고 만들어
봤다고 했던가? ······그것밖엔 생각이 안 나네."
"좀 더 떠올려봐요."
"그런 게 중요해? 왜?"
눈을 빛내던 연우가 짧게 헛기침을 하고는 대답했다.
"여보의 과거는 뭐든 중요하고 소중하죠."
그녀는 아무렇지도 않은 듯이 다시 짐을 챙겼다.
"아무튼 생각나면 얘기해요. 꼭."
짐을 챙기는 내내 선재가 했던 얘기를 계속 되새김질했다. 선재의
기억이 누렁 씨가 낸 문제의 단서가 될 거란 확신이 들었다. 생각지도
않게 문제에 접근해가고 있는 것이다. 남편의 기억이 좀 더 회복된다
면, 문제에 닿을 수 있게 될까. 그러면 남편의 운명을 구할 수 있게 되
는 걸까. 연우의 가슴에 몽글몽글한 희망이 피어났다.
두 사람의 신혼 여행지는 스페인이었다. 선재가 바르셀로나 쪽을
가보지 않았다는 사실을 알게 된 연우는 쉽게 신혼 여행지를 택했다.
"여보. 나 이거 첫 해외여행이에요."
비행기를 타기 직전, 연우가 들뜬 목소리로 말했다.
"국제선 탈 때는 신발 벗어야 하는 거 알지?"

"진심으로 내가 여기서 신발 벗었으면 좋겠어요?"

"그럼 내가 자연스럽게 업고 갈게."

사이좋은 부부의 대화가 끊임없이 오갔다. 일등석 여덟 개 자리 중 커플석은 하나뿐이었다. 선재와 연우는 커플석에 나란히 앉았다. 첫 해외여행, 거기에다가 일등석을 타게 된 연우는 설렘 가득한 마음을 휴대폰 카메라에 열심히 담았다.

"여보, 여보."

"응?"

"사진 찍어요."

거기에 그치지 않고 연우는 커플 셀카놀이를 시작했다. 휴대폰 화면 가득 두 사람의 얼굴이 꽉 들어차게 담겼다.

"헐. 안 돼. 내 얼굴만 달덩이처럼 나오잖아요. 더 앞으로 나와요."

제 얼굴이 남편의 얼굴보다 상대적으로 크게 잡히자 연우는 조정을 요청했다.

"얼굴 크기가 뭐가 중요해."

"난 중요해요. 빨랑 앞으로 나와요. 더, 더."

선재는 얼굴 크기에 예민한 반응을 보이는 연우의 휴대폰을 가져가 제 손으로 쥐었다. 그제야 연우가 원하는 그림이 만들어졌다. 남편의 얼굴이 크게, 제 얼굴은 작게 보였다. 찰칵 소리와 함께 사진 한 장이 저장되었다. 사진에 만족한 연우가 끄덕였다. 더할 나위 없이 행복한 신혼여행의 시작이다.

열세 시간의 비행 끝에 비행기는 바르셀로나 공항에 도착했다. 가장 먼저 비행기에서 나와 입국수속을 밟을 수 있었지만 그래도 입국 심사대까지의 줄이 꽤 밀려 있었다. 앞서 도착한 미국발 비행기에서 사람들이 우르르 내린 것이었다. 선재와 연우는 같은 줄에 서서 차례를 기다렸다. 연우가 먼저 심사를 마치고 심사대 밖으로 나갔다. 그런데, 가만히 서서 선재를 기다리는 연우에게 웬 낯선 남자가 말을 걸어왔다.

"저기요."

"네?"

연우 나이 또래의 한국인이었다.

"혹시 어렸을 때 서울 쌍문동에서 살지 않았나요?"

연우의 눈이 동그래졌다. 쌍문동에 살았던 기억이 어렴풋이 있긴 하다. 연우네가 마진태의 집에서 살기 이전의 이야기다. 그때 연우는 다섯 살이었다.

"이름이, 이연우 아니에요?"

"무슨 일이시죠?"

입국수속을 마친 선재가 눈에 불을 켜고 다가왔다. 아내에게 접근하는 낯선 남자가 곱게 보일 리 없었다.

"연우 맞지?"

이에 굴하지 않고 남자는 계속 눈을 빛내며 연우에게 제 소개를 했다.

"야, 나 최택이야! 기억 안 나?"

연우는 멍하니 눈을 삼박거렸다. 어딘가 낯이 익긴 한데…….

"이십일 년 전에 우리, 옆집에 살았었잖아."

선재의 미간이 우글우글해졌다. 이 자식 미친 거 아니야? 이십일 년 전에 내 아내는 다섯 살이었다고. 누가 다섯 살 시절을 기억하냐.

"우리 맨날 만나서 놀았잖아. 너 이사 가고 나서도 우리 가끔 만나서 놀았었는데."

별 시답잖은 소리를 지어내고 있다. 저 자식은 한국에서 연우의 인터뷰를 보고, 연우와의 접점을 찾아 꾀를 내어본 것이 분명했다. 선재의 머릿속에서 경보가 울렸다. 선재는 연우를 보호하듯 어깨를 감쌌다. 그런데, 연우의 표정이 심상치 않다. 선재는 불안해졌다.

"너희 어머니도 나 좋아하셨잖아. 우리 택이, 우리 택이 하시면서 사위 삼겠다는 말씀도 하셨을걸."

"택이? 그…… 수박씨 멀리 뱉기 시합하던 그……?"

그러나 연우의 입술은 선재의 바람과는 달리 차근히 움직인다. 연우가 조금 알은척을 해주니 놈은 더 신이 나서 떠들어댔다.

"그래! 우리 집 앞마당에서 수박 먹고 수박씨 멀리 뱉기 시합했었잖아! 그때 네가 시합에서 질 것 같으니까 수박씨를 죄다 삼켰었고."

"수박씨 삼키면 배 속에서 수박 자란다고 했던……?"

연우가 모호한 듯 고개를 갸웃하며 검지로 놈을 가리켰다.

"그래그래!"

놈의 반가워하는 목소리에 연우의 입이 서서히 함박만 하게 벌어졌다. 우리의 첫 여행인데, 신혼여행인데, 선재는 꿔다 놓은 보릿자루가 된 기분을 맛보았다. 연우는 그 삿대질한 손가락 그대로 놈을 향해 흔들며 소리를 높였다.

"그때 내가 배 터질까봐 얼마나 울었는지 알아?"

연우 또한 기억난 것이다.

"내가 울린 것만 생각나? 네가 나 엄청 따라 다녔었잖……."

제 세상에 빠져 이야기를 늘어놓던 최택의 고개가 천천히 돌아갔다. 옆에서 묘한 살의가 느껴진 것이다.

어디 해봐. 더 해봐. 계속해봐. 도끼눈을 뜨고서 자신을 바라보고 있는 남자를 확인한 최택이 마른침을 삼키고는 연우에게 물었다.

"……누구야?"

"신랑이야."

연우는 바로 답했다. 그녀의 대답에 선재의 마음이 조금 풀어지려 했으나.

"허. 벌써 결혼을 했어? 우리 나이가 몇인데 벌써 결혼이야."

놈의 버르장머리에 다시 속이 활활 불탔다. 놈은 선재의 얼굴을 한참 쳐다보다가 혼잣말하듯 중얼댔다.

"근데 어디서 많이 뵌 것 같은데……."

"인터넷 뉴스로 봤겠죠."

선재는 생전 안 부리던 허세를 부리고 싶어졌다. 자신의 유명세에 대해 간략히 말했다.

"아, 한국 뉴스요? 저는 한국 뉴스 안 본 지 한참 됐는데."

"그럼 잡지에서 봤겠네요. 〈포브스〉."

선재는 미국의 유명 경제 잡지의 이름을 말했다. 이쯤 되면 좀 기가 죽어야 할 텐데 놈은 그렇지가 않았다.

"오, 꽤 유명한 분이신가봐요."

그러고서, 놈이 혀를 굴리며 덧붙이는 말이 또 가관이다.

"나도 몇 번 나온 적 있는데. 〈Forbes〉."

자신감에 차 있던 선재의 표정이 미세하게 달라졌다. 흠칫한 것이다. 놈은 강자였다.

"조그맣게 사업을 좀 하고 있거든요."

놈이 주머니에서 명함을 꺼내 선재에게 주었다.

CHOICE CARE. Alex Choi.

젠장. 들어본 적 있어. IT 의료 서비스 기업 '초이스 케어'에 대해서는 선재도 몇 번 들어본 적 있었다. 몇 년 전 명문 의대에 재학 중이던 학생이 친구들과 의료복지 시스템에 대해 생각해보다가 획기적인 아이디어를 떠올려 만든 기업이라고 알고 있었다. 선재가 알고 있는 '초이스 케어'는 절대 조그만 기업이 아니다. 젠장. 선재의 입안이 바싹 말라 왔다. 최택이라는 놈은 연우에게로 다시 몸을 돌려서 말을 이어갔다.

"아무튼 축하한다. 언제 결혼한 거야? 이럴 줄 알았으면 예전에 한국 갔을 때 연락하는 건데."

뭐? 뭐? 뭐? 뭐 저런 미친놈이. 축하한다면서 그 뒤에 덧붙이는 사족은 뭔데.

"삼 년 전에 했어."

연우는 그런 선재의 속도 모르고 다정하게 대답했다.

"삼 년 전이면 스물셋에 결혼한 거야? 너무 빨리 한 거 아니야? 괜히 아쉽네. 너 나랑 결혼하기로 했었잖아."

선재의 눈이 큼지막하게 뜨였다. 선재는 제 귀를 의심했다. 동시에 오래전 쉽게 넘겼던 그녀의 말 한 토막이 머릿속에서 투웅, 깡통 소리를 내며 빠져나왔다. 캠핑장에서, 그녀가 했던 그 말.

"첫사랑 같은 건 유치원 들어갈 때 동네 친구랑 풋풋하게 끝내는 거죠."

연우야. 혹시 이 자식이 너랑 풋풋했던 그 자식이냐. 연우를 노려보니 연우가 뻣뻣하게 시선을 피했다. 그사이에 놈은 떠벌떠벌 이야기를 이어가고 있다.

"어머니 아버지는 안녕하시지? 우리는 아버지 돌아가시고, 외삼촌 따라서 스페인으로 와서 정착했어. 어머니는 십 년 전에 여기서 재혼하셨고. 나 열여섯 살 차이 나는 여동생도 있다. 그 애 이름도 연우야. 우리 어머니가 널 되게 좋아하셨던 거지."

선재는 계속 안달이 났다. 왜 나는 내 신혼여행에서 이런 얘기를 들어야 하지? 부인은 몇 시간 전에 내 과거는 뭐든 소중하다고 했으니 속 좁게 굴 수도 없고. 겨우겨우 놈의 목소리를 꾸역꾸역 들어주고 있는데, 놈이 기분 좋게 웃으며 선재에게 물었다.

"혹시 오늘 저녁 일정 있으세요? 없으면 저희 집에 초대할게요. 어머니가 연우 되게 보고 싶어 하셨었거든요."

없다. 없어, 이놈아. 딱 잘라 거절해야 하는데 연우를 보니 마음이 약해지는 선재였다. 눈 좀 그렇게 빛내지 마. 초조하잖아.

"아니면 저희 집에 며칠 묵으셔도 괜찮고요."

놈은 젠장 자꾸 호의를 베풀었다. 제발 좀 우리의 신혼여행을 방해하지 말았으면 좋겠는데.

* * *

그 무렵 한국. 재판을 준비하는 문제로 골머리를 썩던 옥승혜의 집으로 전화가 걸려왔다. 국제전화였다.

[오랜만입니다.]

수화기 너머의 음성을 들은 옥승혜의 얼굴이 시퍼레졌다. 오래전 자신의 딸과 교제하고 문제를 일으켰던 녀석, 황상욱의 목소리였다.

승혜는 제 딸에 대한 지저분한 소문을 막기 위해 황상욱을 이용한 적이 있었다. 하굣길의 연우를 무지막지하게 폭행하도록 시켜 데이트 폭력으로 엮어버렸던 것이다. 그 이후 황상욱은 미국으로 도주했고, 승혜는 도주한 황상욱을 미국에서 다른 죄목으로 신고하여 결국 교도소에 집어넣었다.

[댁네 딸이랑 사귀었다고 날 범죄자로 만들어서 교도소에 처넣어?]

전화기를 붙잡고 있는 승혜의 손이 떨렸다.

[두고 봐. 당신 죽여버리러 한국 갈 테니까.]

그러나 곧, 막다른 길까지 몰린 승혜는 기발한 꾀를 생각해낼 수 있게 되었다.

"내가 그랬겠니? 하긴, 거기에서 넌 TV 같은 것도 못 봤겠구나."

확신이 선 승혜는 전혀 떨지 않는 목소리로 대답했다.

"이연우 기억하지? 그 아이는 오래전에 재벌가에 시집을 가서 사모님이 되었단다. 널 거기 가둔 건 이연우의 남편이 벌인 일이지. 이연우 남편이 널 가만히 둘 수 있었겠니?"

하늘이 무너져도 솟아날 구멍이 있는 것이다.

"너만 억울하다고 생각지는 말길 바란다. 나도 그 남자와 이연우 때문에 징역을 살게 되었으니."

저편에서 들려오는 목소리가 없었다. 황상욱 또한 충격을 받은 것이 분명했다.

"한국에 온다는 널, 어쩌면 마중 나가지 못할 수도 있겠지. 아무튼 출소를 축하한다."

그런 상욱의 대답을 기다리지 않고 승혜는 후일을 기약하며 전화를 끊었다.

딸깍, 전화를 끊은 후 고개를 돌린 승혜는 흠칫 놀랐다. 상희가 눈에 눈물을 가득 머금고 자신을 바라보고 있었던 것이다.

"……엄마, 또 무슨 일을 꾸미는 거야."

상희가 겁먹은 목소리로 물었다.

"이제 그만해!"

승혜가 대답하지 않으니 상희는 더 소리를 높였다.

"엄마를 위해서 하는 말이야. 이러다가는 엄마가 먼저 죽어."

"넌 가만히 있어."

"엄마가 이상한 사람이 되어가는데 내가 어떻게 가만히 있어!"

상희의 눈에서 눈물이 뚝 떨어졌다.

"엄마, 미안해. 내가 잘못했어."

상희는 엄마의 팔을 잡고 흔들었다.

"앞으로라도 나 열심히 살게. 늦었지만 공부도 하고 사고도 안 치고 조용히 살게. 엄마도 제발 그만해. 더 이상 무서운 일은 저지르지 마. 그만해도 되잖아."

절박하게 애원하며 설득했다. 상희에게는 기댈 곳이 없었다. 이대로 엄마가 벌을 받게 된다면, 징역을 살게 된다면 상희 또한 어떤 미래를 살게 될지 알 수 없었다.

승혜의 표정이 아주 잠시 일그러졌다. 딸은 알지 못한다. 알 필요도 없다.

"그 애가 내게 빚진 걸, 넌 이해 못 하지."

그 뜻을 알 수 없는 엄마의 대답에 상희의 눈은 멍해졌다. 승혜는 간절하게 매달리는 딸에게 굳이 많은 것을 해명하지 않았다.

"그 애는 더 처절해져야 돼."

그저 싸늘하고 단호하게, 무서운 주장을 내비쳤다.

* * *

바르셀로나 공항에서 나오니 저녁 무렵이었다. 선재와 연우는 택시를 타고 호텔로 이동하여 짐을 놓고 바로 나왔다. 최택과 약속한 시각은 저녁 7시. 그 전에 한 시간가량 시간이 남아 연우는 공원에 가자고 했다. 구엘 공원, 스페인의 대표 건축가 안토니 가우디가 설계한 공원이다.

저녁 무렵이었지만 바르셀로나의 바람은 그리 차게 느껴지지 않았다. 2월 중순인데도 벌써 꽃을 피우는 나무들도 있었다. 연우는 꽃나무들에 눈길을 주지 않고 곧장 약도를 따라 움직였다. 그녀가 서둘러 달려간 곳은 야자수를 형상화한 투박한 돌기둥들이 주욱 늘어선 길이었다. 그녀는 돌기둥길을 부지런히 걷다가 웬 나무 앞에 멈추었다. 줄기가 해괴하게 구부러진 나무였다. 꽤 오래된 나무 같았는데 속줄기가 온통 드러나서 이게 과연 산 나무인지 죽은 나무인지 선재는 헷갈렸다.

"여보, 이게요. 소원을 들어주는 나무래요. 그리고 장수하는 나무래요."

연우가 상기된 목소리로 말했다.

"이 공원을 만들 때 경로를 가로막고 있어서 베어질 운명이었는데요. 가우디가 이 나무를 살리기 위해 이 부근의 설계를 다시 한 거죠.

그래서 살아남은 나무래요."

연우는 손을 뻗어 나무의 표면을 아기 고양이 쓰다듬듯 소중히 어루만졌다.

"그래서 이걸 만지면 오래 살고요. 이걸 만지면서 소원을 빌면 소원이 이루어진대요."

선재도 다가와서 나무를 자세히 보았다. 투박한 외양과는 다르게 표면이 반들반들해 보였다. 많은 사람들의 손이 다녀간 것이다. 이 나무는 얼마나 많은 소원을 품고 있을까.

"계속 만져요. 계속."

연우는 선재의 손을 나무의 반들반들한 자리에 턱 얹으며 말했다.

"소원은 내가 빌 테니까 여보는 만지기만 해요."

"나도 빌면 안 돼?"

"그럼 내 소원을 꼭 이루게 해달라고 빌어요."

연우는 소원을 지정해줬다. 그녀의 소원이 무엇일지 뻔히 알면서도 그는 소원 하나를 자신을 위해 쓰고 싶은 욕심이 있었다. 연우야, 지금 당장의 내 소원은 최택 놈의 집에 가지 않는 거란다. 우리 둘만 있으면 이렇게 평화롭고 행복하고 좋은데, 꼭 거길 가야겠니?

"지금 이상한 생각하는 거 다 보여요. 무병장수에 집중하라고요."

연우는 그런 선재의 속도 모르고 해맑은 얼굴로 잔소리를 할 뿐이다.

기어이 약속의 시간 7시가 되었다. 최택의 집은 공원에서 멀지는 않은 곳이었다. 연우와 선재는 약속시간에 딱 맞게 도착했다. 최택과, 최택의 어머니가 집 앞으로 마중 나와 두 사람을 맞았다.

"연우야! 이게 얼마 만이니!"

"아주머니, 안녕하세요."

"아유! 옛날에도 예뻤는데 더 예뻐졌구나. 내가 기억은 나?"

"아주 어렴풋이요. 오는 길에 엄마한테 여쭤봤는데 엄마는 기억난다고 반가워하셨어요. 지금 한국이 한밤중이라 길게 통화는 못 했지만요."

"그래그래. 고마워. 어서 와라."

최택의 어머니는 반갑다며 연우의 손을 맞잡았다. 그리고 그 옆의 선재에게도 기분 좋게 인사했다.

"결혼을 했다며! 아유, 반가워요! 갑자기 초대해서 당황했을 텐데 와줘서 고마워요."

"아닙니다. 초대해주셔서 감사합니다."

마음에도 없는 인사였지만 선재는 깍듯하게 예의를 차렸다. 그래도 불편하기만 한 자리는 아니었다. 식사 자리의 주도권은 다행히 최택이 아니라 최택의 어머니에게 있었다. 최택의 어머니는 자신이 알고 있는 연우에 대한 기억을 꼼꼼히 늘어놓았다. 늦게 얻은 딸의 이름도 연우라고 지은 걸 보면 연우를 어지간히 아꼈던 모양이다. 이야기를 하다 보니 연우도 어렴풋이 기억하는 장면들이 꽤 있었다. 아주 작은 기억의 조각들을 공유하며 웃는 연우와 최택의 어머니를 보니 선재도 흐뭇해졌다.

다섯 살 무렵의 이연우. 연우가 옥승혜의 집에 살기 이전, 상습폭행이 없던 시절의 사랑스런 꼬마아이 이연우에 대한 이야기는 상상하는 것만으로도 가슴이 따뜻하고 애틋했다.

나를 만나기 이전의 너를 알아가는 것이 좋아. 그런 마음으로 너도 내게 사울이와의 일을 물었을까. 그러다가 문득, 선재는 사울과의 대화를 조금 더 떠올릴 수 있게 되었다. 아득히 사울의 목소리가 머릿속에서 재생되었다.

"이게 뫼비우스의 띠라는 거야. 책에서 보고 만들어봤어. 신기하네."

"그게 신기해?"

"원이 한 번 꼬여 있어서 앞면으로 시작했지만 뒷면으로 끝나는 거야."

"이걸 만들어서 어디다 써먹어?"

"컨베이어벨트 같은 걸로 응용할 수 있다고 하더라."

"아! 롤러코스터도 꼬여 있는 게 비슷하긴 하다."

출국하기 직전 연우가 물어왔던 그때의 기억이었다. 뫼비우스의 띠를 소개하는 사울, 뫼비우스의 띠를 들여다보는 자신. 하지만 기억은 그것뿐이다. 그 이후에 무언가 다른 말을 한 것 같기도 한데 그것까지 기억나진 않았다. 그래도 기억해내려 애쓰니 차츰 기억이 돌아오는 것이 신기했다. 그 이상은 기억나지 않아서, 마음은 다시 연우에게로 돌아갔다. 내 과거를 소중하게 생각해주었으니 나도 너의 과거를 소중하게 여겨야지. 선재는 사랑스러운 다짐을 했다.

하지만 선재의 아름다운 마음은 오래가지 않았다. 식사 자리를 마무리 짓고 난 후, 최택의 어머니가 연우에게 선물을 주겠다며 방으로 이끌었다. 졸지에 응접실에 선재와 최택만 남게 되자, 최택이 노골적으로 물어왔다.

"연우랑 왜 그렇게 일찍 결혼하셨어요?"

"결혼하고 싶어서 결혼했죠."

선재가 뭘 그런 당연한 걸 묻느냐는 듯이 대답했다.

"좋겠어요. 상속자들은."

그제야 최택이 본색을 드러냈다.

"남들의 반절만 노력해도 원하는 건 쟁취할 수 있으니 말이에요. 결혼도 쉽고요. 맨땅에 헤딩해야 되는 사람들은 성공하기 힘든 세상이잖아요."

다분히 말에 가시가 있었다. 최택의 은밀한 디스였다.

"근데 다시 태어난다고 해도 상속자가 되고 싶지는 않을 것 같아요. 난 내가 내 힘으로 쟁취한 것만 가치 있게 보거든요."

"노력에 대한 지적은 그럴 수도 있겠지만 연우에 대해서만큼은 오해하지 말았으면 좋겠네요. 그쪽 첫사랑이 겨우 내 배경 때문에 마음에 없는 결혼을 하고, 결혼생활을 유지할 사람으로 보입니까?"

뼈 있는 말에 선재도 매섭게 응수했다.

"그런 생각을 가지고 있다면 우리 연우가 다시 태어난다고 해도 절대 최택 씨한테 갈 리는 없죠."

선재의 지적에 최택이 쓰린 표정으로 미소 지었다.

"연우는 내가 상속자라서 내 옆에 있는 게 아닙니다. 사랑해서 함께 있는 거지."

선재도 한쪽 입술 끝을 올려 웃어 보였다. 부럽지? 더 약 올리고 싶었지만 너무 유치하게 굴지는 않기로 했다. 세상에는 내 아내를 노리는 놈이 너무 많아. 절대 죽지 말아야지. 반드시 살아야겠다. 오래오래 마누라 옆에 진득이처럼 붙어 있어야지. 아무도 눈독 들이지 못하게. 참 이상한 데에서 삶의 의지가 울컥 치밀어 오르는 선재였다. 내일, 장수나무를 좀 더 만지러 가야겠다.

즐거운 식사를 마치고 저택을 구경하고, 어느덧 까마득한 밤이 되어 연우네도 돌아갈 시간이 되었다. 최택네 가족들은 모두 집 앞까지 나와 연우와 선재를 배웅했다.

"초대해주셔서 감사합니다. 정말 반가웠어요. 아주머니."

"그래. 연우야, 잘 살아. 엄마한테도 안부 전해주고."

"네."

최택도 선재에게 악수를 청했다. 선재는 빙긋 미소를 지으며 손을 맞잡았다. 그러나 사실 웃는 게 웃는 게 아니다.

"제가 한국에 가면 초대해주실 거죠?"

"하하. 아니요."

웃어주었지만 농담 아님. 진담임. 최택이 익살스럽게 미소 지으며 대꾸했다.

"그럼 한국 가면 연우만 따로 만나야겠네요."

건방진 자식. 어쨌든 다음 약속을 잡지 않고 헤어지는 것을 다행스럽게 여기며 선재는 그들에게 손을 흔들었다. 호텔로 돌아가는 택시에서, 연우가 선재에게 말했다.

"피곤하죠. 오늘 같이 가줘서 고마웠어요."

"무슨 소리야. 당연히 같이 가야지. 그놈이 너한테 어떤 수작을 부릴 줄 알고."

"네?"

연우가 눈을 깜빡였다. 선재는 곧장 다른 쪽으로 화제를 돌렸다.

"아니, 아니야. 참, 연우야, 나 사울이랑 뫼비우스의 띠 얘기할 때의 기억이 좀 더 떠올랐어."

역시나 그녀의 표정이 금방 달라졌다. 연우는 그가 사울과의 이야기를 더 들려주길 기다리며 눈동자를 반짝 빛냈다.

다음 날은 원래 바르셀로나 시내 투어를 하기로 했는데, 연우의 주장으로 일정이 급 수정되었다. 연우가 가자고 한 곳은 바르셀로나 근교의 놀이공원이었다.

"여기 유럽 최고의 롤러코스터가 있대요."

연우가 들뜬 목소리로 설명했다. 어젯밤 선재의 말을 들은 그녀는 인터넷 검색으로 재빨리 근교의 놀이공원을 알아보았다. 사울과의 대화에서 롤러코스터를 떠올렸던 선재의 이야기에 실마리를 얻은 것이다. 연우는 구입한 자유이용권 팔찌를 한 번 꼬아 선재의 팔목에 둘렀다. 역시 뫼비우스의 띠가 되었다.

넓은 놀이공원에서 롤러코스터를 찾는 것은 어려운 일이 아니었다. 가장 높이 솟아올라 있는 놀이기구가 롤러코스터였기 때문이다. 멀리서 보기만 해도 아찔한 경사가 연우의 숨을 콱 막히게 했다. 사실 롤러코스터는 고등학교 때 소풍 가서 멋모르고 타본 이후로 근처에도 가지 않았지만 연우는 선재를 이끌기 위해 제 과거를 숨겼다.

"저걸 타고 싶었어?"

"네."

연우는 자그마한 목소리로 대답했다. 선재가 다시 한 번 물었다.

"진짜야?"

"그럼요. 진짜진짜 타고 싶었어요."

"근데 왜 내 눈엔 겁먹은 것처럼 보이지?"

"에이, 겁이라니."

연우는 시원하게 손사래를 치는 선재에게 같은 질문을 했다.

"여보는 롤러코스터 탈 수 있어요?"

"나야 문제없지. 나 이런 거 좋아해."

"하하하, 다행이다."

"근데 정말 롤러코스터 좋아하는 거 맞아?"

"당연하죠."

"긴장한 거 아니지?"

"그럼요. 그럼요. 완전 말짱해요."

"하긴. 아까 여보보다 한 뼘은 작은 애도 타러 가더라."

선재가 연우의 승부욕을 부추겼다.

그래. 꼬꼬마도 타는 걸 내가 왜 못 타. 나도 할 수 있지. 연우는 주먹을 불끈 쥐었다.

연우네가 롤러코스터 대기줄에 자리 잡은 뒤 금방 대기줄은 사람이 가득 찼다. 조금만 더 늦게 왔으면 삼십 분은 더 기다릴 뻔했다. 이왕 이렇게 됐으니 확 타버리자, 하고 굳게 마음을 먹었지만 순서가 가까워질수록 심장이 요동치는 건 어쩔 수가 없었다. 그런 연우의 시야에 솜사탕 판매대가 보였다.

"아, 여보, 솜사탕 좀 먹고 올까요? 맛있겠다."

"타고 와서 먹자. 괜히 먹었다가 속이 뒤집히면 큰일이야."

선재는 오들오들 떨고 있는 연우의 속도 모르고 진지하게 응답했다. 솜사탕이 속을 얼마나 뒤집는다고. 연우가 속으로 찔끔 울며 구시렁거렸다. 이윽고, 연우의 순서가 바로 앞으로 다가왔다. 출발한 롤러코스터에 탄 사람들이 지르는 비명이 귀청을 찢는 느낌이었다. 인생은 이토록 아이러니하다. 왜 이 고통스러운 것을 돈 주고 타려고 줄을 서 있는가. 아니, 비행기 타고 바르셀로나까지 와서 이 고통스러운 것을 타려고 기다리고 있는 나는 대체 뭔가.

"연우야, 타자."

연우의 머리가 뱅글뱅글 도는 사이에 열차가 홈으로 돌아왔다. 기어이 연우의 차례가 오고야 말았다. 연우는 괴로운 마음을 숨기며 열차에 올랐다. 선재는 연우의 안전바와 벨트를 꼼꼼히 확인하고 제 것을 챙겼다. 잠시 후 롤러코스터가 출발했다. 그간 꾸며 짓고 있던 연우의 표정이 완전히 얼어버렸다. 롤러코스터 열차는 경사로를 답답하다 싶을 정도로 천천히 나아갔다. 그 속도는 긴장감을 극대화시켰다. 언제 아래로 훅 떨어져 내려갈지 모른다는 섬뜩한 공포가 호흡을 밭게 만들었다. 이윽고, 경사의 정점이 가까워오자 연우는 찔끔 눈물이 났다. 눈앞에 펼쳐진 하늘과 작아진 땅의 풍경이 아찔했다.

"여보."

"응."

왠지 유언을 남기고 싶었다.

"사랑…… 아아아아아아아악!"

사랑해. 사랑해. 그러나 그녀는 아름다운 고백 대신 비명을 남겼다. 까마득한 꼭대기에서 곤두박질치듯이 하강한 열차는 내려오자마자 다시 올라가 360도로 두 바퀴 돌았다. 살아서 만납시다아아아. 그게 끝이 아니었다. 열차는 엄청난 속도로 옆으로 휘어진 채로 달리다가 또 급경사로 떨어지고 거꾸로 달렸다가 한 바퀴를 더 돌았다. 홈으로 돌아오기까지의 오 분은 그야말로, 인류가 정성스럽게 만든 지옥.

"괜찮아?"

열차가 정차한 후, 영혼까지 탈탈 털린 얼굴이 된 연우에게 선재가 물었다.

"와. 진짜 재미있어요!"

연우는 마음과는 다른 말을 했다. 와 이거 내 인생의 마지막 롤러코스터. 다시는 타지 않으리. 그러나 사랑하는 남편은 연우의 마음과는 사뭇 다르다.

"정말 재미있다! 또 탈까?"

"에이, 이것만 타면 안 되죠! 골고루 타봐야죠!"

연우가 고양된 목소리로 대답했다. 선재의 경악스런 제안에 흥분한 목소리를 감출 수가 없었다.

"한국에서는 품위 유지하느라 타본 적이 없거든. 굴욕 사진 찍힐 거라고 아버지가 타지 말라고 하셨어."

……그렇게까지 얘기하면 또 마음이 약해지잖아. 그냥 눈 딱 감고 한 번만 더 탈까? 연우는 마른침을 꿀꺽 삼켰다. 저 끔찍한 걸 또 탈 생각을 하니 오금이 저리지만, 남편이 좋아하기도 하고, 어쩌다가 남편이 옛날 기억을 떠올리면 그것보다 좋은 게 없을 테니까. 미래를 위한 투자라고 생각하자. 하지만 화장실은 좀 가야 되겠다. 연우는 눈앞에 보이는 화장실을 가리키며 선재에게 말했다.

"선배, 나 화장실에 갔다 올게요. 잠깐만 기다려요."

그리고 화장실로 급하게 달려갔다. 속을 다 게워내고 가글까지 하니 한결 몸이 가뿐했다. 두통과 어지러움도 괜찮아지는 것 같았다.

'나는 담력이 너무 부족해. 남편은 이렇게나 두려움 없이 즐기고 있는데.'

연우는 놀이기구를 제대로 즐기지 못했던 자신을 반성하며 화장실에서 나왔다. 마음을 단단히 먹으니 이제 한 번 정도는 더 탈 수 있을 것 같았다. 남편이 그렇게나 좋아하는데 타줘야지. 내가 옆에 있어야 남편도 더 재미있게 탈 수 있지. 연우는 화장실 밖으로 나오며 부러 밝은 목소리를 냈다.

"오래 기다렸…….'

그러나 남편은 그 자리에 없었다.

'화장실 갔나?'

연우는 화장실 앞에 앉아 선재를 기다렸다. 하지만 한참이 지나도 화장실에서 나오는 사람은 없었다.

"저기, 실례합니다."

잠시 후 걱정이 된 연우는 남자 화장실로 들어가는 한 관광객을 불러 영어로 물었다.

"제 남편이 화장실에서 나오지 않아서요. 죄송하지만 안에 있는지 봐주시겠어요?"

남자가 끄덕이고는 화장실로 들어갔다. 그리고 잠시 후 다시 나와 연우에게 전했다.

"화장실에 아무도 없는데요."

불안해진 연우는 직접 선재를 찾으러 돌아다니게 되었다. 선재에게 연락할 길이 없었다. 롤러코스터를 타느라 휴대폰은 연우의 가방에 두 개를 다 넣어둔 상태였다. 불안한 마음인 채로 한참 돌아다니고 나니 원래의 화장실 쪽으로 돌아가는 길도 쉽지 않게 되었다. 간신히 화장실을 찾았지만 역시 남편은 없었다. 왠지 지금까지 보았던 풍경도 낯설게 보였다. 이 놀이공원이 뫼비우스의 띠가 아닐까. 되돌아가도 같은 곳이 아니고 만나기로 한 사람은 어디 갔는지 보이질 않고. 어느 덧 남편을 잃어버린 지 삼십 분이 지났다. 심장이 점점 더 거세게 뛰었다. 연우는 찔끔 솟아오른 눈물을 닦고서 놀이공원의 스태프를 찾아 두리번거렸다. 방송이라도 해야겠다고 생각했다. 연우는 가까이 보이는 청소 담당 직원에게 다가가 영어로 말했다.

"실례합니다."

그때.

"이연우!"

등 뒤에서 남편의 목소리가 크게 들렸다. 연우는 서둘러 뒤돌았다. 선재가 한 손에 커다란 솜사탕을 든 채로 연우에게 성큼성큼 다가오고 있었다. 연우의 입술 사이로 커다란 탄식이 빠져나갔다.

"찾았잖아요!"

연우는 물기 가득한 음성으로 소리쳤다.

당신을 잃어버리는 줄 알았단 말이야.

"화장실 앞에 있으라니까 어딜 갔었어요!"

"너야말로 말이야. 저 화장실로 들어갔던 애가 왜 이 화장실 앞에 서 있냐고."

그런데, 그의 대답에 멍해지고 말았다. 연우가 서 있는 곳은 한참 전에 들어갔던 화장실과는 다른 화장실 앞이었던 것이다. 혼돈상태였던 연우는 그걸 알아보지 못했다. 선재 또한 한숨을 길게 쉬며 말을 이었다.

"너 아까 화장실 들어가면서 나한테 선배라고 불렀다."

"……."

"롤러코스터 타느라 힘들었구나 생각했지."

그리고서 그는 주머니에서 약 상자를 하나 꺼냈다. 그는 약국에 갔다 온 것이었다.

"이건 멀미약, 이건 솜사탕. 솜사탕 먹고 싶다고 그랬잖아."

허투루 던진 말을 잊지 않고 솜사탕을 사왔다. 그 넘치는 센스에도 연우는 마냥 기뻐할 수가 없었다.

"그냥 해본 말이란 말이야. 갑자기 나만 두고 어딜 가. 이 낯선 곳에서 나 혼자 어떻게 하라고. 내가 화장실에서 나오면 그때 같이 갔어야지."

"네가 좀 늦어지는 것 같길래. 큰 볼일 보나 했어. 나름 눈치껏 행동해준 건데."

선재가 연우의 마음을 풀어주려는 듯 씨익 웃어 보이고는 그녀를 안아주었다.

"나도 네가 없어져서 걱정했다."

"그러니까! 걱정할 짓을 왜 하냐고요."

"미안."

"씨이. 진짜 얼마나 무서웠는지 알아요?"

"미안. 미안."

연우를 거듭 달래준 선재가 다시 한 번 유연하게 주의를 환기시켰다.

"근데 연우야. 나 전부 생각났어. 사울이 했던 얘기 말이야."

더는 화를 낼 수 없게 되었다.

* * *

○○초등학교의 점심시간.

성장기 남자아이들의 식사는 십 분 만에 끝난다. 식사를 얼른 해치워버리고 뛰어놀 수 있는 시간을 확보하는 것이 중요한 시기다. 여느 때와 같이 축구공을 들고서 친구를 찾은 열 살의 선재는 친구 사울이 들고 있는 자그마한 띠를 보고는 물었다.

"뭐 하냐?"

"이게 뫼비우스의 띠라는 거야. 책에서 보고 만들어봤어. 신기하네."

그저 면이 한 번 뒤틀린 종이 띠가 뭐 그리 신기하다는 건지, 선재는 뚱해질 수밖에 없었다.

"그게 신기해?"

"원이 한 번 꼬여 있어서 앞면으로 시작했지만 뒷면으로 끝나는 거야."

사울은 선재의 질문에 친절하게 설명했다. 자신이 신기해하는 것을 친구도 재미있어해줬으면 하는 거였다. 선재도 조금 관심을 갖고서 물었다.

"이걸 만들어서 어디다 써먹어?"

"컨베이어벨트 같은 걸로 응용할 수 있다고 하더라."

"아! 롤러코스터도 꼬여 있는 게 비슷하긴 하다."

눈을 굴리던 선재가 최근에 탔던 놀이기구를 떠올리며 말했다.

"그러네."

사울이 고개를 끄덕였다. 하지만 선재는 다시 고개를 갸웃거리게 되었다. 사울이 만든 띠는 롤러코스터와는 다르다. 같은 곳으로 돌아와도 반대쪽 면이기 때문이다.

"아니다. 롤러코스터가 이렇게 제자리로 돌아왔다간 다들 떨어져 죽어."

허무주의자가 된 선재가 흐음, 콧바람을 빼며 말했다.

"다시 돌아와도 제자리가 아니네. 허무한 거네."

"아니지."

그런데, 사울이 고개를 가로저으며 빙긋 웃었다.

"두 번 돌아와서 제자리가 되는 거야."

사울은 선재와 생각이 달랐다.

*　*　*

이후 선재와 연우는 놀이공원에서 무난한 놀이기구 위주로 돌아보고서 밖으로 나왔다.

"속은 좀 괜찮아?"

"그럼요."

선재는 간혹 멍한 표정을 짓는 연우가 걱정되어 이따금 물었다. 사실 연우는 선재가 들려준 이야기에 대해 골몰하고 있었던 거였다.

지성이면 감천이라고 했던가. 선재의 기억을 되살리기 위해 롤러코스터 승차까지 감행한 연우는 생각보다 빨리 바람을 이룰 수 있었다. 이십일 년 전의 까마득한 이야기가 기억났다는 것은 엄청난 일이었다. 어쩌면 이건 삶의 또 다른 기적일지도 모르겠다. 그러나 연우는 그 보석 같은 기억에도 마냥 반가워할 수가 없었다. 그 대화 속엔 비밀도 문제도 없었다. 마지막 사울이 했다는 그 말이 특별하게 들리긴 했다. '두 번 돌아와서 제자리'. 하지만, 그 말에 힘을 실어보면 머리가 복잡해졌다. 두 번 돌아와서 제자리가 되는 것. 그 '제자리'가 의미하는 게 뭐지? 모든 게 다 원래대로 된다는 의미인가? 설마, 기어이 내 남편을 데려가겠다는 말은 아니겠지?

연우는 고개를 거세게 가로저었다. 그렇게 되면 안 된다. 긍정적으로 생각하자. 어차피 문제는 확실치 않으니 해석이라도 밝게 해봐야겠다. 연우는 팔찌를 내려다보며 곰곰이 생각에 잠겼다.

'혹시 그런 뜻인가?'

나도 한 번 미래에서 과거로 돌아왔고 남편도 한 번 미래에서 과거로 돌아왔다. 나 한 번, 남편 한 번. 그렇게 두 번 돌아와서 서로를 제대로 이해할 수 있게 되었다.

'그 해석대로라면, 난 문제를 이미 해결한 게 되잖아!'

옳거니! 그렇게 생각하니 좀 더 힘이 났다. 역시 문제를 제대로 알 수 없다면 해석이라도 그럴듯하게 해서 정신건강을 해치지 않는 게 현명하다. 연우는 속으로 누렁 씨에게 따졌다.

'누렁 씨, 너무 문제가 어려운 거 아니에요? 나는 그냥 나 좋은 대로 해석할래요!'

그럴 수밖에 없다. 꿋꿋하게 씩씩하게 시간을 보내고 있지만 속에 내재한 두려움을 없앤 건 아니다. 그저 남편과 함께하는 시간이 소중해서 두려움을 꼭꼭 눌러놓았을 뿐이다. 앞으로도 그럴 것이다. 누렁 씨가 진짜 문제를 내놓지 않는다면 현재의 행복만 생각하면서 살아갈 수밖에 없다.

"여보, 시체스라는 곳을 지나서 가자. 거기가 축제 기간이라, 오늘 대규모 가장행렬이 있대."

속으로 굳게 다짐한 연우에게, 선재가 차의 시동을 걸며 말했다.

"오. 가장행렬. 재미있겠다!"

막연히 롤러코스터를 타기 위해 떠난 여정이었는데 가는 길에 축제까지 구경할 수 있다 하니 연우는 이득을 본 기분이었다. 이토록 세상이 흥미롭고 기대되는 일투성이라, 걱정거리를 안고서 축 처져 있을 수가 없었다.

해안가 도로를 따라 한 시간여를 달린 끝에 선재가 모는 차는 한 해변 도시에 닿았다. 어느덧 해가 뉘엿뉘엿 넘어가면서 세상엔 땅거미가 졌다. 세상은 어두워지는데 거리는 활기찼다. 선재와 연우는 가까운 주차장에 차를 주차하고 카니발이 열리는 중심가로 함께 걸어갔다.

"손 놓지 마."

두 번 잃어버릴 수 없다는 듯 선재가 단단히 당부했다. 두 사람은 사람들이 가는 방향으로 부지런히 걸음을 옮겼다. 나중에는 인파가 점점 늘어나서, 사람들 사이에서 둥둥 떠서 나아가는 기분이었다. 소음도 엄청났다. 밀려가다 보니 어느새 바리케이드 앞에 자리하게 되었다. 가장 행렬이 한창이었다. 퍼레이드카가 하나씩 지날 때마다 각각 다른 테마의 가장행렬이 펼쳐졌다. 다채로운 옷을 차려입은 사람들, 옷을 거의 입지 않은 사람들, 동물 분장을 한 사람들, 애니메이션 캐릭터, 영화 캐릭터, 그리고 해외 유명 인사들로 분장을 한 사람들이 계속 저마다의 질서를 가지고 행렬을 이어갔다. 선재는 사람이 많은 걸 좋아하지 않는 사람이었지만 오늘은 왠지 마음이 들떴다. 사람들이 퍼레이드 음악에 맞추어 춤추며 노래했고, 아이들은 아빠를 목말 타고 나팔을 불었다. 행렬을 구경하던 커플들은 주위를 의식하지 않고 수시로 끌어안고 키스했다. 저마다 스스로 하고 싶은 것을 자신 있게 내보이는 축제. 소중한 이에게 사랑하는 마음을 오롯이 표현할 수 있는 자유로움. 제 행복을 찾아가는 순간들이 저마다 어우러져 찬란한 빛을 낸다. 선재도 문득 제 마음을 드러내고 싶어졌다.

"연우야."

자신을 부르는 소리에 연우는 고개를 들었다. 그 틈에 재빠르게 고개를 내린 선재가 이 축제를 함께하는 뭇 커플들처럼 거리낌 없이 입맞춤을 했다. 놀란 듯 움찔했던 연우의 입술이 얌전하게 벌어졌다. 언제나 뜬금없이 다가오는 이 남자를 위해 늘 마음의 준비를 하고 있지만 그럼에도 매번 설레게 된다. 그리고 오늘은 왠지 설렘이 다가 아니다. 가슴이 뭉클하고 먹먹하다. 꽉 찬 소란 속에서 그의 숨결이 평화롭게 제 안으로 흘러들어온다. 그토록 많은 사람들 틈이었는데, 세상에 둘만 있는 것 같았다. 시간이 잠깐 멈춘 기분이었다. 찰나가 조각조각 나서 영원해지는 것 같은 환상이었다. 꿈처럼 아득한 반짝임 속에서 연우는 신에게 간절히 기도했다.

이 사람과 함께한 모든 것이 반짝반짝 빛나도록 만들어주셔서 고맙습니다. 그리고 이토록 행복한데 더 많은 것을 바라게 되어서 죄송합니다. 신이여, 이 사랑스러운 남자를 지켜주세요. 그토록 많은 것을 가지고도 지금에서야 이렇게 어린애처럼 웃을 수 있는 삶을 살게 된 이 사람을 지켜주세요. 더 많은 날, 웃을 수 있게 해주세요. 오래오래 행복하게 해주세요.

시체스의 해변에서 처음으로 함께 낮바다를 보고, 바르셀로나로 돌아가 구엘 공원의 장수나무를 또 만지고, 몬세라트의 케이블카를 타고 수도원까지 올라가 탁 트인 절경을 감상하고, 작은 마을의 오래된 성당에 가만히 앉아 있기도 하고. 헤로나의 중세 분위기 물씬 풍기는 골목을 느리게 누비는 동안 시간은 빠르게 흘러갔다. 밤에는 샹그리아를 마시며 하루를 마무리했다. 술을 마신 연우는 매번 금방 잠들었고, 그래서 선재는 아침에 그녀를 오래 붙들고 있게 되었다. '섹시퀸'의 '밀리언 섹시 레이스 슬립'도 개시했다. 그날은 저녁 무렵에 호텔에서 나와 주변을 산책하는 게 고작이었다. 많은 곳을 두루 돌아다니지는 못했지만 천천히 섬세하게 기억을 새겨 넣었다.

어느덧 2월 27일. 한국으로 돌아가야 하는 날이 하루 앞으로 다가왔다. 두 사람의 마지막 방문지는 초현실주의 대표 화가 살바도르 달리의 생가가 있는 곳으로 유명한 지역, 피게레스였다.

살바도르 달리의 작품은 「기억의 지속」밖에는 제대로 아는 것이 없다. 넓은 해변 같은 공간에 하얀 새처럼 보이는 형체가 누워 있고 그 위에 치즈처럼 녹아내린 시계가 늘어져 있는 그림. 그 유명한 그림은 뉴욕현대미술관에 있지만 달리의 생가에서 그림의 사진본을 찾을 수 있었다. 오래전 그 그림을 봤다면 꽤나 모호하게 생각했을 수도 있겠다. 하지만 '다른 미래'를 경험하고 온 연우는 이제 많은 생각을 할 수 있게 되었다. 그림이 자신에게 말을 거는 것 같았다.

"역시 신혼여행을 이쪽으로 오길 잘한 것 같아요."

연우가 뿌듯하게 말했다.

"내 경험이 초현실이라서."

"달리가 달리 보이지?"

다소곳이 미소 짓던 연우가 선재의 농담에 정색했다.

"어디 가서 그런 말 하지 마요. 특히 직원들한테 그런 몹쓸 개그 하면 안 돼요. 직원들의 웃음 자율권을 생각합시다."

"그중에는 정말로 웃겨서 웃는 사람들도 있을 거야."

연우는 능청스러워진 남편을 보며 픽 웃었다. 여행의 끝. 새로운 시작을 이야기할 시간이다.

"교수님들이랑 학생들이 같이 프로젝트를 진행하면요, 기발한 아이디어는 대부분 신입생들 머리에서 나오거든요. 그럼 교수님들은 종종 반려해요. 이건 이래서 안 돼. 저건 저래서 불가능해. 그 말씀이 현실적으로 맞는 말인데도 불구하고 가끔 교수님들의 보수성에 답답할 때가 있어요."

연우의 이야기를 들으며, 선재는 뜨끔했다. 관리자는 된다, 안 된다를 말해주는 사람이다. 선재도 보통의 관리자들처럼 타인의 의견을 끝까지 듣지 않고 안 된다고 잘라 말한 적이 더러 있었다. 불가능에 대해 얼마나 많이 말해왔는지, 자신을 잠깐 뒤돌아보게 되었다.

"여보는 다른 사람들의 엉뚱한 발상이나 꿈도 포용해주는 사람이 됐으면 좋겠어요. 그래야 달리 같은 사람도 만날 수 있을 거예요."

"알겠어. 노력할게."

선재의 대답에 연우는 후련히 한숨을 쉬었다. 마음 편히 미래에 대해 얘기할 수 있으니 참 좋다.

"여행이 끝났네요."

"그러게."

선재도 연우를 따라 한숨을 쉬었다. 그의 한숨에는 아쉬운 마음이 담겨 있다.

"일찍 왔다면 좋았을걸. 진짜 신혼 때 신혼여행을 가지 못한 게 아쉽다. 그때 갔다면 더 빨리 진짜 부부가 될 수 있었을 텐데 말이야."

"하지만 서로 사랑하게 된 다음에 오는 신혼여행이 좋잖아요."

"그래. 그것도 맞는 말이야."

아쉬워하던 선재는 금방 웃었다.

"세상에서 가장 빠른 열흘이었어."

"이제 곧 3월이에요."

"봄이 오겠다. 벚꽃도 보러 가야지."

그는 다가올 봄을 이야기했다. 그는 신혼여행 내내 자신이 세상을 떠나는 '그날'에 대해서 한 번도 얘기하지 않았다. 내내 웃고 행복해했다. 그렇게 여행을 완벽하게 만들어주었다.

"한국에 가면 당분간 계속 집에만 있을 거예요."

연우가 말했다. 그게 그녀의 계획이었다. 무식하게 보일지도 모르겠으나 가장 완벽한 계획이라고 생각했다. 밖에 나가지 않고 일을 만들지 않고 내내 함께 집에 있는 것.

"협조할 거죠?"

그렇게 운명의 그날을 피해가볼 것이다. 선재는 여유롭게 끄덕였다.

"그럼. 당연하지."

미소 짓고 있지만 서로에게 잠재한 안타까움의 무게를 모르는 것은 아니다. 서로를 보듬어주듯, 두 사람은 동시에 손을 잡았다.

기다리는 시간이 다가온다.

기다리지 않는다.

다가오지 말았으면 좋겠다.

한국으로 돌아온 연우와 선재는 곧장 두 사람의 보금자리로 돌아갔다. 완벽한 칩거생활을 하기 전에 연우와 선재는 마트에서 식량을 잔뜩 샀다. 아래층에 대형마트가 있는 아파트라 언제든 필요한 것을 살 수 있음에도 불구하고 두 사람은 전쟁 준비하듯이 식료품과 생필품으로 카트 하나를 넘치도록 꽉 채웠다. 쇼핑객들이 두 사람을 딴 세상 사람처럼 쳐다보았지만 둘은 남의 시선을 신경 쓰지 않았다. 당분간은 아무도 만나지 않고 집에서 둘이서만 지내기로 했다. 신혼여행은 끝났지만 신혼여행과 다를 바 없는 휴양이었다.

그리고 하루가 더 지나 기어이 디데이가 되었다. '다른 미래'에서 그가 세상을 떠난 날.

의연하게 있어보려고 했지만 그날만은 도무지 진정할 수가 없었다. 연우는 온종일 선재를 쫓아다녔다. 삼십 센티 여유를 두고 쉴 틈 없이 졸랑졸랑 뒤따랐다. 심지어는 화장실까지도 쫓아 들어가려고 했다.

"……볼일 보러 갈 때도 쫓아올래?"

참다못한 선재가 눈을 가늘게 뜨고 물었다.

"쫓아가면 안 돼요?"

연우는 진지했다. 그녀는 의지와 목표가 뚜렷한 사람이었다.

"안 건드리고 가만히 보기만 할게요."

……왠지 말만으로도 굴욕스러워.

선재는 겨우겨우 연우를 달래 떼어내고는 화장실로 갔다. 연우는 선재가 화장실에서 나올 때까지 문 앞을 지독하게 지켰다. 선재는 고집스러운 연우의 걱정을 잠재우기 위한 묘안을 떠올렸다. 그는 뇌쇄적으로 연우를 쏘아보다가 웃옷을 훌렁 벗어버렸다.

"왜 옷을 벗어요? 집이 더워요?"

"목욕할 거야."

그는 욕실로 저벅저벅 걸어가며 바지마저 휙 벗었다. 조각가의 작품처럼 매끈한 그의 뒷모습이 시선을 확 사로잡았다. 연우가 눈을 끔뻑이며 선재를 바라보았다.

"따라와야지."

그가 욕실로 들어가며 말했다. 잠시 멍하니 그의 맨몸을 바라보던 연우가 뒤늦게 걸음을 옮겼다.

"옷은 벗고 와라."

"……여보가 잘 씻는지 보기만 할 거예요."

"벗고 와."

그가 무시무시한 목소리로 당부했다. 연우의 이맛살이 우그러졌다. 왠지 그에게 걸려든 것 같은 느낌이었다. 그간 그가 씻겨준다며 달려들었던 적은 꽤 있었지만 같이 씻은 적은 없었다. 부끄러움이 많은 연우가 잘도 도망 다녔기 때문이다. 하지만 오늘은 그를 피해 도망갈 수가 없는 날이었다. 그가 도망가면 그녀가 붙잡아야 하는 날. 연우는 찜찜한 기분으로 욕실에 들어섰다. 순수하게 그를 돌보자는 마음가짐이었으므로 옷을 벗지는 않았다. 그러나 욕실에 발을 딛자마자 물세례가 떨어졌다. 벽에 매달린 샤워기에서 거센 물줄기가 쏟아졌다.

"아악! 물 좀 꺼요!"

"물을 끄면 어떻게 목욕을 하나."

뒤늦게 물이 끊겼지만 이미 연우의 옷은 홀딱 젖어버렸다.

"다 젖었잖아요."

"그러게 벗고 오라고 했잖아."

선재는 서슴없이 연우의 옷을 벗겨냈다. 제 몸 곳곳으로 뜨거운 시선이 박혀 들어가자 연우의 얼굴이 금세 발긋해졌다. 일자로 다물어져 있던 그의 입술이 길게 늘어나는 것이 보였다.

"일부러 이러는 거예요?"

"당연한 거 아니겠어?"

그는 곧장 불평을 토로했다.

"화장실에서 볼일 보는 소리가 왜 궁금한데. 왜 귀를 갖다 대는데. 변태냐?"

"……그건 순수하게 여보의 안위를 살피는 거잖아요."

"순수한 변태냐?"

"……."

"괜찮아. 나도 변태야."

가늘어진 눈을 반짝 빛낸 선재가 연우를 안아들어 욕조 안에 내려놓았다. 찰박하게 올라온 수면이 엉덩이를 따끈하게 자극했다. 연우가 더 움직일 새도 없이 선재 또한 날름 욕조 안으로 들어왔다. 차오른 물이 더 높이 올라왔다.

"이…… 뭐하는 건데요?"

그녀의 피부 위로 끈적끈적하게 움직이는 그의 손을 내려다보며 연우가 물었다.

"씻겨주려고."

"이게 순수하게 그냥 씻기는 건 아닌 것 같은데."

"나는 순수한 변태가 아니라서. 그냥 변태라서."

노골적으로 움직이는 손끝이 그녀의 감각들을 예민하게 건드렸다. 그녀의 목소리는 작았지만 욕실을 울리기에는 부족함이 없었다. 고양이가 앓는 소리처럼 귀여운 목소리에 선재는 흡족했다. 버티다 못해 그의 손을 붙잡은 연우가 눈물을 머금고 사과했다.

"알겠어요. 볼일 볼 때는 피해주면 될 거 아니야."

"누가 뭐래. 이건 여보 기분 좋으라고 간질이는 거야."

선재가 능청스럽게 그녀의 어깨에 입 맞추며 말했다. 어느새 욕조에 뜨끈한 물이 가득 찼다. 그가 괴롭히지 않으니 욕조 안은 뜨끈한 힐링의 공간이 되었다. 연우는 제 등 뒤에 닿는 매끈 탄탄한 그의 복근이 기분 좋았다.

"그러고 보니 넌 다치지 않았네."

그가 등 뒤에서 말했다.

"손가락 다쳤었잖아. '다른 미래'에서의 오늘."

아. 선재의 말에 연우가 끄덕였다. '다른 미래'에서의 오늘, 연우는 가운뎃손가락에 붕대를 감고서 법원에 갔었다. 친구와 장난을 치다가 다친 것이었다.

"그러네요. 여기 다쳤었는데."

연우는 왼손 가운뎃손가락을 보이며 말했다.

"앗. 이거 욕 아니에요."

"일부러 그러고 나타난 거 아니야? 손가락으로 날 욕하고 싶어서."

선재가 눈을 가늘게 뜨고는 피식 웃었다. 다시 간지럼 태우기가 시작되었다.

"으아. 그만해욧!"

선재의 손짓에 연우가 몸을 이리저리 피했다. 물이 찰바닥거리는 소리가 야릇하게 욕실을 울렸다.

욕실에서 오래 놀아 윤기가 반드르르 흐르는 피부를 갖게 된 두 사람이 이번에는 TV 앞에 나란히 앉았다. 건전한 칩거생활에 영화 감상만큼 좋은 게 없다. 연우가 IPTV 메뉴에 뜬 영화 목록을 재빠르게 넘기며 물었다.

"좋아하는 장르가 뭐예요?"

"에로."

"좋아하는 장르가 뭐예요?"

"에로."

"좋아하는 장르가 뭐예요?"

"에로라고 했잖아."

선재의 말을 무시하는 것처럼, 연우가 다시 한 번 물었다.

"좋아하는 장르가 뭐예요?"

"후우. 그래. 멜로 보자. 멜로."

연우가 씨익 웃으며 멜로 영화 목록으로 메뉴를 넘겼다. 그녀는 시간여행을 하는 남자의 이야기를 유쾌하고 따뜻하게 풀어낸 멜로 영화를 선택했다. 타이틀이 뜨는 동안, 연우가 조곤조곤 목소리를 내었다.

"내가 좋아하는 장르는 역사. 그리고 미스터리."

연우의 목소리에 귀를 쫑긋 세우게 된 선재가 자리에 고쳐 앉았다.

"마음이 가난해질 때가 있잖아요. 나는 이 사람의 이런 점이 궁금한데, 사랑하면 뭐든 궁금할 것 같은데 왜 이 사람은 그만큼 나에 대해 궁금해하지 않는 걸까."

아. 그제야 선재는 그녀가 왜 같은 질문을 여러 번 했는지 깨달았다. 연우가 좋아하는 장르가 뭐냐고 네 번 묻는 동안, 한 번도 그녀에게 되물어보지 않았다. 그녀는 같은 질문을 해주기를 내심 기다렸던 것이다.

"쫌생이처럼 그게 괜히 서운할 때가 있는데요. 그러면 안 된다는 걸 알긴 해요. 내 틀에 여보를 맞추고 싶지는 않아요. 우리가 달라서 재미나게 사는 거니까."

하지만 그녀의 이야기는 다른 쪽에 초점을 두고 흘러갔다.

"서운한 걸 얘기한 게 아니고요. 그냥, 다행이라고 얘기하는 거예요. 내가 사랑을 하지 않았더라면, 결혼하지 않았더라면 타인을 이해하는 마음을 알지 못했을 거다, 하고요."

선재는 연우의 몸을 바짝 끌어와 제 앞에 앉혀 어깨를 끌어안았다. 사랑을 통해, 결혼생활을 통해 사람을 알아간다. 이토록 사랑하지만, 이 사람은 나와는 다른 사람이라는 것. 그래서 어떨 땐 답답하고 어쩔 땐 속상하지만 많은 순간 즐겁고 행복하다는 걸 배운다.

"서운한 게 있으면 바로 말해줘. 난 잘 몰라."

그가 청했다. 부부의 규칙이 만들어지고 있다.

"그래도 한 번에 기억하려고 노력할게. 하나를 배우면 열을 알지는 못하지만 하나는 제대로 알도록 할 테니까."

두 사람이 대화를 나누는 동안 타이틀이 지나갔다. 영화가 재생되고 있었지만 두 사람의 눈빛은 다른 것을 원했다. 누가 먼저랄 것도 없이 깊어진 키스는 금방 서로의 몸을 달뜨게 했다.

3월 2일. 그가 운명을 넘어서 제게 오는 벅찬 느낌에 연우는 조금 울었다.

운명의 날은 지났지만 연우에게 이것은 한시름 놓은 것에 불과했다. 이후에도 두 사람은 집에서 시간을 보냈다. 영화를 보고 보드게임을 하고 피트니스룸에서 운동도 하고 눈빛이 통할 때마다 사랑을 나누기도 하며 시간은 소중하게 흘러갔다. 3월 3일의 늦은 밤, 설거지를 끝낸 후 선재는 거실에서 화분을 들여다보고 있는 연우에게로 갔다.

"프리티들이 많이 커져가지고 조만간 옮겨 심어야 될지도 모르겠어요."

"화분 새로 사야겠네."

"프리티들은 신혼여행 다녀오는 동안 하나도 안 죽었어요."

"그러게. 기특하다."

"내가 걱정을 놓아도 잘 자라주니까 고마워요. 얘네들한테."

연우는 자리에서 일어나 선재와 함께 침실로 갔다. 함께 있는 시간이 소중하긴 했지만 그래도 이 시간이 얼른얼른 흘러버렸으면, 하고 생각하게 된다. 운명을 더는 걱정하지 않아도 될 정도로 시간이 멀리 멀리 흘러갔으면.

"여보도 이제 그렇게 되겠죠? 내가 걱정하지 않아도 잘 지낼 수 있게 되겠죠?"

연우의 걱정을 이해하는 선재는 침대에 누운 아내에게 이불을 덮어 주며 말했다.

"걱정이 지나치면 내가 오히려 걱정하게 되겠지만, 그게 아니라면 난 좋아."

그 이불 속으로 자신도 쏙 들어갔다. 역시, 한 이불을 덮고 자는 것이 좋다. 이불보다 사람이 더 따뜻할 때가 많아서.

"네 걱정이 늘 고마웠어. 지금도 정말 좋아해."

날 졸졸 따라다니는 너, 내 안위를 염려하는 너, 사랑하는 이의 그런 열렬한 관심을 싫어하는 사람이 누가 있겠어. 나에게 다가왔던, 나를 만지던, 내 건강을 지키려 필사적이었던 네가 없었다면 지금의 나는 세상에 있더라도 다른 모습이겠지.

그녀를 바라보며 눈이 젖어든 순간, 아늑한 침묵을 깨고 전화벨이 시끄럽게 울렸다.

"어? 전화 켜놓고 있었어요?"

그녀의 휴대폰은 꺼져 있었으니, 전화벨이 부르는 건 선재였다. 선재의 휴대폰인 것이다.

"급한 전환가봐요. 얼른 받아요."

그간 그의 전화벨이 울린 적은 한 번도 없었기에, 연우는 그의 전화기도 당연히 꺼져 있을 거라고 생각했었다. 그래서 의아했다. 잠깐 일어나 서랍에 넣어두었던 휴대폰을 확인한 선재는 곧장 전원을 끄고 다시 침대 위로 올라왔다.

"어? 전화 안 받아요?"

제 옆에 다시 몸을 누이는 선재를 보며 의아해진 연우가 물었다.

"알람이야. 3월 4일이 됐어."

그가 그녀의 머리를 귀 뒤로 곱게 쓸어주며 조용히 말했다. 연우의 눈이 말갛게 젖었다. 3월 4일. 당신의 장례식날. 다른 미래의 당신은 모르는 날.

"이연우."

그리고…….

"생일 축하해."

내 생일.

이제야 온전한 축하를 받는다. 처음엔 험난했고, 나중엔 절박하고 애틋했던 100일의 날들이 주마등처럼 스쳐간다. 당신이 있어서 완성되는 나의 생일.

그가 빙긋 미소 지으며 말했다.

"네가 태어나서."

"……."

"내가 결혼을 했다."

가장 큰 선물이었다.

넘어지는 것이 두려워도

연우는 감격에 겨워 초롱초롱해진 눈으로 남편을 바라보았다.

"정말?"

"그럼, 정말이지."

선재가 나긋하게 대답했다.

"언젠가 말한 적 있잖아. 네가 아니면 결혼 안 했을 거라고."

연우는 몇 달 전 일이 떠올랐다. 정말 그는 그런 말을 했었다. 시댁에 방문해서 소고기뭇국을 끓였던 날이었다. 그때 연우는 그 고백을 웃어넘겼었다. 그의 말을 믿지 못했던 것이다. 하지만 지금은 마음이 달랐다. 정말 그가 자신에게 결혼을 제안한 건 미스터리가 아닐 수 없다. 처음 결혼 제안을 했을 때 그는, 결혼을 해야 될 상황인데 신부가 없다고 했었다. 그런데 알고 보니 꼭 결혼을 해야 되는 상황도 아니었다. 결혼을 하기 위해 핑계를 댔던 것이다.

궁금해진 연우가 물었다.

"어떻게 그 짧은 인연으로 나랑 결혼할 생각을 했어요?"

"나 혼자서는 짧지 않은 인연이지. 내가 네 뒷조사를 꽤 했었으니까."

"언제요?"

"우리가 처음 만났을 때. 홍보대사 촬영 직후에 잠깐 했어."

잠시 둥그렇게 뜨였던 연우의 눈이 가늘어졌다.

"다른 사람 뒷조사는 안 하죠? 그런 거 하면 안 돼요."

"안 해. 그리고 네 뒷조사도 망한 편이야. 제대로 했다면 옥승혜 집안을 더 일찍 손봐줬을 텐데."

그가 회한이 서린 목소리로 말했다. 잠깐 미소 지어주던 연우가 표정을 바꾸었다. 홍보대사 촬영, 그날의 일이 생각났다.

"아, 그러고 보니 그때 촬영장에서 여보가 나한테 이상한 말을 했었어요."

그때 일면식도 없던 그가 갑자기 다가와 무어라 말을 걸었었다. 그게 도무지 기억나질 않았다.

"진짜 뜬금없는 말이었는데. 뭐였지?"

"넌 어머니를 닮았니, 아마 그런 말이었을 거야."

푸핫. 연우가 크게 웃음을 터트렸다. 그제야 기억이 돌아왔다.

"생각난다!"

그날, 조 편성이 끝난 후 다가온 그가 대뜸 물었던 건 엄마를 닮았느냐는 말이었다. 그때의 연우는 그의 뜬금없는 질문에 멍하게 '아뇨, 아빠 닮았는데요.' 하고 야무지게 대답했었다. 그 후 그는 고개를 천천히 끄덕이고는 떠났다. 더 이상 볼 일 없다는 식으로. 그 뜬금없는 질문과 그 이후의 반응이 심겁기 그지없어서, 연우는 황당하지만 ㄱ 사건을 잊고 말았다. 아니, 잊으려고 애썼던 건지도 모르겠다. 그때의 연우는 선재를 탐탁지 않게 여겼었다. 마진태 집안보다 더 엄청난 재벌이라기에, 조금도 호감을 가질 수가 없었다. 그래서 이제야 그 어처구니없던 질문에 대해 묻는다.

"왜 그런 걸 물었어요? 뜬금없이."

널 어쩌면 좋니, 어머님이 누구니, 이런 건가?

"그러게. 왜 그 말이 나왔는지 모르겠어."

선재도 알 수 없다는 듯이 고개를 갸웃거렸다.

"왜 그렇게 내 뒷조사를 했어요? 처음부터 날 좋아한 것도 아니었잖아요."

"그것도 몰라."

그는 연우의 말을 부정하지는 않았다. 하지만 긍정도 아니었다.

"그냥 마음 가는 대로 했어. 내가 왜 그랬는지도 모르겠고 그때의 감정에 대해 깊게 생각해본 적도 없는 것 같아."

처음부터 좋아했다고 말하기엔 서툰 감정. 끌리는 사람에게서 느낄 수 있는 그 모호한 감정에 죄다 이름을 붙일 수가 있을까.

"그냥 끌려서 그랬어."

세상엔 설명할 수 없는 것이 너무 많다. 우리가 미래를 경험하고 돌아와 새로운 인생을 살게 된 것처럼.

"그거 알아? 나도 새로 태어난 기분이야."

선재는 화제를 바꾸어 지금의 기분을 전했다. 그리고 어린아이의 것처럼 까맣고 또렷한 그녀의 눈동자 안에, 자신이 살고 있는 것을 가만히 바라보았다.

"'다른 미래'에서 겪어보지 못한 날을 살기 시작했거든."

눈동자 안에 담긴 자신의 얼굴이 또다시 일렁거렸다. 그게 더없이 소중하게 여겨지는 밤이었다.

남편과 느릿느릿 이야기를 이어오다가 까무룩 잠이 들었던 연우는 아침 8시가 넘어서 눈을 떴다. 잠이 깨 정신이 돌아오기가 무섭게 침대에서 벌떡 몸을 일으켜 앉았다. 옆자리가 비어 있었다. 심장이 벌렁거리는 건 어쩔 수가 없다. 이 불안한 마음은 언제까지 이어질까. 연우는 곧장 침대에서 내려와 침실 밖으로 나갔다. 주방에서 고기 볶는 냄새가 났다. 선재는 거기 있었다.

"일어났어?"

"뭐 해요?"

연우는 그가 말짱한 것에 몰래 안도의 한숨을 쉬고는 물었다.

"미역국 끓일 거야."

선재가 자신만만하게 대답했다. 그녀의 생일이라고 미역국을 끓여주려는 모양인데, 왠지 주방의 상태가 심상치 않다.

"허얼. 미역국을 며칠이나 먹으려고요?

"어…… 이게 이렇게 많아질 줄 몰랐어."

마른 미역을 물에 불리면 그 부피가 엄청나게 팽창한다. 선재는 그 정도를 몰랐던 것이다. 미역 봉지에도 이십 인분이라고 쓰여 있잖아, 이 남자야. 그걸 좀 확인하지.

"고기를 많이 사 왔다고 생각했는데 미역 양에 비교하니 고기가 얼마 안 되네. 사 인분 정도만 끓이고 나머지 불린 미역들은 버릴까?"

"아뇨. 그냥 다 끓여요. 냉동실에 얼려두면 오래 먹을 수 있어요."

"오, 그래?"

연우의 조언을 반갑게 받아들인 그는 웹 검색으로 찾은 레시피를 따라 천천히 사골을 우리듯 미역국을 끓여냈다. 아주 오래 걸려서 연우는 자기가 하는 게 낫겠다 싶은 생각도 들었지만 그대로 두었다. 그가 만들어내는 맛이 궁금했다. 한참 뒤, 깊은 맛이 기대되는 미역국 한 솥이 완성되었다. 선재는 두 개의 예쁜 그릇에 미역국 일 인분씩을 담아냈다. 그리고 연우 몫의 그릇에 고기가 얼마 없다는 것을 확인한 후 집게를 들고서 냄비 안을 휘저었다. 한 번의 뒤적거림마다 고기조각이 나타났다. 그는 고기조각을 놓치지 않고 한 점 한 점 집어내었다. 사골처럼 우려낸 국물에, 고기조각을 하나하나 건져낸 정성스런 미역국 한 그릇이 연우의 앞에 놓였다.

"잘 먹을게요!"

연우는 기쁘게 인사한 후 미역국을 크게 떠서 입에 넣었다. ……근데 싱거워.

"어때?"

하지만 그녀의 반응을 기대하며 눈을 빛내는 예쁜 남편에게 연우는 솔직하게 말할 수가 없었다. 그녀는 감격스러운 목소리로 엄지를 치켜들었다.

"최고예요! 대박!"

꾸준히 얻어먹으려면 뭐가 되었든 처음엔 칭찬을 해줘야 한다.

"또 해줄게. 많이 먹어."

"아, 여보. 내 휴대폰 어디 있어요? 본 적 있어요? 어디다 뒀는지 기억이 안 나네. 엄마한테 전화 올 것 같은데."

"응. 잠깐만 기다려봐."

연우의 의도대로 선재는 한 술 뜨기도 전에 자리에서 일어났다. 선재가 자리를 떠나자마자 연우는 부랴부랴 움직였다. 한솥 끓인 미역국 냄비에 소금 두 큰술을 넣었다. 식탁 위에 놓인 각각의 국그릇에도 적당히 넣어 간을 맞췄다. 한 번에 간을 맞추어서 참 다행이었다. 일을 몰래 마무리 지은 그녀가 자리에 막 앉았을 때, 선재가 다시 돌아왔다.

"휴대폰 침대 옆에 있던데."

"아. 못 봤네요. 고마워요."

연우는 능청스럽게 건네받은 휴대폰 화면을 확인하고는 카메라를 켰다.

"뭐 하려고?"

"사진으로 남겨놓으려고요. 여보가 내 생일에 끓여준 미역국."

찰칵, 사진을 찍은 뒤에야 선재는 한 술 뜰 수 있었다. 연우가 빠른 시간에 제대로 간을 맞춘 덕에 미역국은 선재의 입맛에도 딱 맞는 맛 좋은 음식이 되었다.

"오. 내가 끓였지만 진짜 맛있다! 나 요리에 재능 있나봐."

"그러게요."

연우는 시치미를 떼고서 씨익 웃었다.

별것 없지만 행복한 식사를 마친 후, 두 사람은 거실 바닥에 앉았다. 오늘은 삼천 피스 퍼즐 맞추기를 하는 날이었다. 그끄저께 마트를 방문했을 때, 연우가 집어 들었던 것이다. 연우는 이거 하나만 있으면 하루가 그냥 간다며 제 생일에는 꼭 이걸 맞추어야겠다고 말했다. 연우가 선택한 퍼즐은 고흐의 대표작 「별이 빛나는 밤」을 원작 크기로 프린팅한 직소퍼즐이었다. 조각이 삼천 개나 되어서 앞면으로 뒤집어 펼쳐놓는 데만도 십여 분이 걸렸고 가장자리 쪽 퍼즐을 골라내어 맞추는 데는 또 꼬박 한 시간이 걸렸다. 그 후 연우는 가장 쉬워 보이는 초승달 부분을 맞추었고 선재는 하단부의 마을을 완성시켰다. 거기까지가 오전의 이야기. 희망찬 마음으로 시작했으나 지칠 수밖에 없는 규모의 퍼즐이었다.

"이것도 빗살무늬 파란색, 이것도 빗살무늬 파란색, 이것도 빗살무늬 파란색…… 이제 빗살무늬 파란색만 보면 미치겠어요."

연우는 그토록 좋아했던 고흐의 그림을 처음으로 비판할 수 있게 되었다.

"왜 고흐는 그림을 이렇게 그려놨지? 너무 책임감 없는 거 아니에요?"

선재는 그녀의 종알거리는 말을 라디오 음악처럼 들으며 묵묵히 퍼즐을 맞추어갔다.

"미래에 자기 작품으로 퍼즐이 만들어질 걸 대비해서 구역마다 숫자를 좀 써놨어야지. 나 짜증내는 거 아니에요. 그냥 고흐랑 영혼의 대화를 하는 거예요."

연우가 자신의 신경질이 찔렸는지 선재가 지적하기 전에 먼저 둘러댔다.

"그래서 고흐의 영혼이 뭐래?"

"그러게 왜 자기 작품을 삼천 개로 나눠놓고, 사서 이 고생을 하느냐고."

선재는 내내 즐겁게 웃었다.

"눈알 빠질 것 같다. 눈이 그냥 감겨요. 눈깔사탕 먹고 싶어요."

어느덧 광대뼈까지 다크서클이 내려온 연우는 급기야 의식의 흐름대로 말을 하기 시작했다.

"졸리면 잠깐 눈 좀 붙여."

"싫어요. 절대 안 돼요."

걱정이 된 선재가 말했지만 연우는 고집을 부렸다. 연우는 눈이 퀭한 채로 선재의 옆에 붙어 꾸역꾸역 퍼즐을 맞추어나갔다. 연우의 생일은 그렇게 흘러갔다. 두 사람이 작업을 끝낸 건 밤 10시였다. 하루를 꼬박 퍼즐 맞추기에 투자한 것이다. 중간에 너무 답답해서 퍼즐 천 개쯤은 씹어 먹어버리고 싶다고 생각했던 연우도 완성작을 보니 뿌듯했다. 하나하나 맞추어간 삼천 조각의 퍼즐이 각각 제자리에서 제 빛깔을 냈다. 한 조각이라도 사라져버린다면 완성되지 않는 그림. 연우는 온전한 삼천 개의 조각이 고맙게 느껴졌다.

연우가 완성된 그림을 감상하는 동안 주방에서 부스럭거리던 선재가 초코빵을 이중으로 쌓아 케이크를 만들어서 나타났다.

"와아! 케이크 데커레이션 한 거예요?"

앙증맞은 딸기와 한 면을 자른 귤이 위에 올라가니 아담하면서도 센스 있는 디자인의 케이크가 되었다. 거실 테이블에 케이크를 내려놓은 선재는 밤 시간의 라디오 디제이 같은 음성으로 그녀를 위한 노래를 불렀다. 생일 축하합니다. 생일 축하합니다. 사랑하는 연우의 생일 축하합니다. 기교 없는 바른 음색이 연우의 심장을 콩콩 노크했다.

"촛불 불어야지."

노래를 끝낸 선재가 말했다. 연우는 숨을 크게 들이마시고도 단번에 촛불을 끄지 못했다. 후, 후, 후. 몇 번의 시도 끝에 불이 모두 꺼지고 선재는 거실의 등을 켰다. 환한 불빛 아래서 아내가 눈물을 뚝뚝 떨구고 있는 것이 보였다. 감동 받아 우는 것치고는 너무 애달프고 처절하다.

"내 노래가 그렇게 마음에 안 들었어?"

선재가 그녀의 눈물을 손으로 닦아내며 가벼이 농담했다. 연우는 대답하지 못하는 채로 고개를 도리도리 저었다. 순간순간이 모두 아름다워. 퍼즐 한 조각 한 조각처럼, 당신과 함께하는 순간에 경중을 매길 수가 없다.

무엇 하나 버릴 것 없이 모두 다 너무 아름다워서 졸렸지만 낮잠을 잘 수 없었다. 지금 이 순간이, 흘러간 100일의 시간이, 모두 꿈같아서. 자고 일어나면 다시 '다른 미래'로 돌아가버리고 말 것 같아서 잘 수가 없었다.

이제, 당신이 사라지지 않을 거라고 믿어야 할 시간이다.

"여보."

"응?"

"이제 세상으로 나갈까요, 우리?"

유난히 걸음마를 늦게 떼었던 동생의 어렸을 때가 떠오른다. 너무 많이 넘어져서 걷는 것을 두려워했던 동생을, 엄마 아빠는 안타까이 여기면서도 그대로 지켜보기만 했었다. 넘어지는 것이 두려워도 계속 걸어보아야 온전한 걸음을 터득할 수 있다는 걸 엄마 아빠는 알았던 것이다. 이제야 그 마음을 이해할 수 있을 것 같다.

그대를 세상 밖으로 보내는 것은 걸음마를 시작하는 아이를 지켜보는 것처럼 떨리는 일이지만, 아직 마음이 완전히 놓이지는 않지만, 그래도 이제 그대를 믿고 맡겨볼까 해. 그대의 생활을 믿어야 그대의 인생 또한 계속 건강하게 흘러갈 수 있을 테니까.

"괜찮겠어?"

그가 진지해진 눈빛으로 물었다.

"응."

"그래. 그러자."

연우는 올곧은 표정으로 고개를 끄덕였다. 당신을 지켜보는 것은 나의 성장이기도 할 것이다.

선재는 연우의 생일 다음 날까지 쉬고, 하루는 재택근무를 했다. 두 사람이 칩거생활을 끝내기 무섭게 선재가 해결해야 할 회사 일들이 몰아쳤다. 선재는 3월 7일부터 출근을 하기로 했다. 결국 선재가 계획한 한 달의 휴가는 이십 일 만에 막을 내리게 된 것이다. 오랜만에 선재의 넥타이를 매주는 연우의 손이 떨렸다.

"기사님 와 있으셔요?"

"응."

"차 점검은 자주 하시겠죠?"

"글쎄. 안 물어봤는데."

"후우. 점검해달라고 말해놓을걸."

혹여나 차 점검에 신경 쓰지 못한 부분이 있어 사고가 날까 무서웠다. 선재는 걱정이 많은 연우를 다독였다.

"걱정 마. 기사님 꼼꼼하신 거 알잖아."

연우가 끄덕이고는 당부했다.

"차 조심하고, 길 걷다가 뭐 줍지 말아요. 아니, 떨어뜨리지도 말아요. 떨어뜨리면 잊어. 반지를 떨어뜨려도 잊어. 휴대폰을 떨어뜨려도 잊어, 잊어."

"알겠어."

이제 헤어져야 될 시간. 이십 일 동안 꼬옥 붙어 있었는데도 또 헤어지려니 아쉬움이 난다.

"조심해서 갔다 와요. 난 계속 집에 있을 거니까 언제라도 마음이 힘들면 집으로 돌아와요."

"알았어. 갔다 올게."

"사랑해요."

연우는 선재의 목을 끌어안았다.

남편을 회사에 보낸 후 연우는 곧장 집 안 청소를 시작했다. 양손을 사용할 수는 없었다. 언제라도 남편의 전화를 받을 수 있도록 휴대폰을 꼭 쥐고 있어야 했다.

'이제 회사에 도착했겠지?'

집에서 회사까지는, 길이 아무리 막혀도 한 시간 이상 걸리지 않는다. 이제 남편이 떠난 지 두 시간이 되었으니 아마 남편은 회사에 도착하여 다시 업무를 시작했을 것이다.

'바쁘겠지? 그래도 문자 보내볼까?'

걱정을 놓을 수가 없던 연우는 선재에게 메시지를 전송했다. 회사에 잘 도착했냐고 물어보았다. 답문이 올 때까지만 앉아 있어야지. 연우는 청소기를 내려놓고 소파에 앉았다. 멍하니 있으려니 심심해서 버릇처럼 휴대폰을 잡아 포털 사이트를 열었다. 그런 그녀의 눈길에 섬찟한 내용의 기사 하나가 걸렸다.

'서울가정법원 앞 삼중 추돌사고'

집에서 남편 회사까지 가는 길에는 가정법원이 있다. 길이 여러 갈래라 굳이 그 길을 지나지 않아도 되지만 경우의 수는 분명히 있었다. 연우는 답문이 오길 기다리지 않고 남편에게 곧장 전화를 걸었다. 그는 전화를 받지 않았다.

'정말 휴대폰을 어디 떨어뜨렸나?'

가벼이 생각해보려고 해도 불안해지는 마음은 어쩔 수가 없었다. 두 번 통화를 시도한 연우는 휴대폰을 내려놓았다.

'안 받을 수도 있지. 오랜만에 회사에 나갔으니 얼마나 바쁘겠어.'

조금 더 마음을 편히 갖자. 언젠가 연락하겠지. 연우는 다시 청소기를 손에 쥐었다. 하지만 얼마 못 가 결국 다시 휴대폰을 들었다. 가만히 기다릴 수가 없었다. 대신 그녀는 남편이 아닌 다른 사람, 남편의 집무실 비서에게 연락을 시도했다. 통화는 금방 연결되었다.

[네, 사모님.]

연우의 연락처를 알고 있었던 비서가 반갑게 전화를 받았다. 아아아. 조금은 안도했다. 비서의 목소리가 밝다는 건 남편에게 아무 일도 없다는 뜻일 게다.

"은정 님, 안녕하세요. 바쁘실 텐데 연락드려서 죄송해요."

[아닙니다. 무슨 일이세요?]

"아니, 다름이 아니라…… 지금 제 남편은 어디 있나요?"

[지금은 임원회의 중이십니다.]

"아…… 본사에서요?"

[네, 임원회의실에서요.]

연우는 한숨을 내쉬며 지그시 눈을 감았다. 비서에게 집착녀처럼 비추어졌겠지만 어쨌든 이제야 좀 마음이 가라앉았다.

"알려주셔서 감사해요."

[혹시 전하실 말씀 있으신가요?]

"아니에요. 그런 나중에 뵐게요."

연우는 밝아진 목소리로 전화를 끊었다.

선재의 복귀 첫날 일정은 쉴 틈 없이 빡빡했다. 두 시간짜리 임원회의를 마치고 집무실로 돌아온 선재가 비서에게 물었다.

"별일 없었죠?"

"네. 별일은 없었고, 부사장님 사모님께서 연락하셨습니다."

"언제요?"

"한 시간 전쯤에요."

"혹시 무슨 일인지 물어봤습니까?"

"아뇨…… 그렇게는 못 했는데, 지금 부사장님 어디 계시냐고 물어보셨었어요. 근데 그냥 안부 연락인 것 같았습니다."

"알겠어요."

선재는 제 옷 주머니들을 짚었다. 수중에 휴대폰이 없었다. 아마도 집무실에 놓고 갔다 온 모양이었다. 일정에 쫓겨서 휴대폰을 두고 다녔단 사실도 몰랐다.

"강선재 부사장님."

집무실에 들어가려고 몸을 움직였을 때 등 뒤에서 비꼬듯이 자신을 부르는 소리가 들렸다. 친구 현기준이었다. 선재가 돌아서자 기준은 떠름하게 입술을 씰룩거리다가 말했다.

"지금 로비에서 헤븐 서비스본부장 만나기로 했다. 준비해."

"뭐?"

선재는 표정을 구겼다.

"오늘 아니잖아. 다음 주라며."

"그때는 헤븐 부회장 만나는 거고."

"어떻게 쉴 틈이 없냐."

"네가 회사 부사장인데 당연히 쉴 틈이 없는 거지. 회사가 너한테 공짜로 돈을 주냐?"

기준이 질책했다. 기준의 힐난에는 그간의 감정이 숨어 있는 것이다. 선재가 자리를 비운 이십 일 동안 기준은 제이홈쇼핑에서 제이그룹 본사로 자리를 옮겨 선재의 일을 대신하는 입장이 되었다. 선재가 제대로 인수인계를 해주고 떠났지만, 정리되는 일 외에 들이닥치는 일도 엄청났으므로 기준은 매일 바쁜 나날을 보냈다. 선재는 기준의 투정이 재미있기도 하고 미안하기도 하여 마음을 풀어주려는 듯 씨익 웃었다. 기준은 그런 선재를 노려보다가 팽 뒤돌아서서 먼저 걸음을 옮겼다. 선재가 기준을 졸졸 쫓아갔다.

"너 제이그룹 사람이 다 됐다. 역시 회장님 후계자는 너야."

"시끄러."

선재가 나름 칭찬했으나 기준에게는 좋게 들릴 리가 없었다. 사람 좋은 기준이었지만 정말 삐친 것이다. 하지만 그래도 친구의 꿈을 응원해줄 수밖에 없다. 선재와 함께 엘리베이터에 들어선 기준은 진지하게 말했다.

"아무튼 네가 개업하는 게 진짜 꿈이라면 친구로서 존중해."

또한 자신이 속한 그룹을 위해서도 한마디 했다.

"근데 향후 이 년은 너 없이 안 된다."

제이그룹은 아직 강선재가 필요하다. 기준은 주변과 타협하는 성격인 반면, 선재는 추진력이 있는 사람이었다. 계속 성장해야 하는 회사는 선재와 같은 추진력 있는 인재가 필요하다. 기준도, 선재의 아버지 은호도, 아직은 선재에게 기대고 싶은 마음이 컸다.

"회장님이야 너의 썩은 애교에 넘어갔지만 내가 회장님 같을 줄 알아? 난 네가 하나도 귀엽지가 않아. 또 아빵 같은 거 내 앞에서 하기만 해봐."

기준은 지난 악몽을 떠올리며 진저리를 쳤다. 선재는 그런 기준을 보며 픽 웃었다. 대화를 나누는 사이에 두 사람은 로비에 도착했다. 로비의 대형 TV에서 뉴스가 흘러나오고 있었다. 선재가 멈칫, 발을 멈췄다. TV 화면에 교통사고 취재 현장이 크게 나타났다.

"저 뉴스 뭐지? 무슨 얘기지?"

선재가 멍하니 물었다. 기준이 뉴스 내용을 알아보고서 대답했다.

"아, 오늘 아침에 가정법원 앞에서 사고 났다더라. 단순 접촉사고인 줄 알았는데 꽤 큰 사고였네."

선재의 심장이 강하게 뛰었다. 걱정하고 있을 연우의 얼굴이 어른거렸다. 전화, 전화…… 버릇처럼 바지 주머니 자리를 다시 툭툭 짚어냈다. 내가 휴대폰을 어디에 뒀더라?

"기준아, 나 전화 좀……."

"야야, 왔다. 도착했어. 빨리 와."

그러나 몸이 바쁜 기준은 선재의 음성을 듣지 못했다. 선재는 멍하게 끌려갔다.

헤븐 관계자와의 미팅은 한 시간이 넘게 이어졌다. 선재는 미팅이 끝날 때까지 꼼짝없이 기준의 옆에 앉아 있게 되었다. 일을 게을리할 수는 없으나 마음 한편에는 연우에 대한 걱정이 계속 이어졌다. 글로벌 쇼핑업체 헤븐과의 합작법인 설립이 마무리된 후, 올 6월 쇼핑 브랜드 론칭을 앞두고 있는 시점이라 바쁜 것은 이해한다. 그래도, 배우자한테 한 번 연락할 시간은 줘야지.

"전화기 좀."

미팅을 마친 선재는 기준에게 손을 내밀어 보였다.

"뭐?"

"좀 빌려달라고."

"허. 빌려달라는 놈 태도가 왜 이래. 꼭 제 휴대폰 맡겨놓은 거 찾아 가듯이 하네?"

"안 가지고 나와서 그래. 급히 전화할 데가 있어. 좀 빌려주라."

기준은 구시렁거렸지만 선재의 요청을 바로 들어주었다. 선재는 급하게 연우의 전화번호를 눌렀다.

[여보세요.]

전화를 건지 일 초 만에 전화를 받은 연우의 목소리는 겁을 잔뜩 먹은 듯 위태롭게 들렸다.

"나야."

선재가 말했다.

[걱정했잖아요오오!]

이번엔 물기 가득한 앙탈이 들렸다.

"미안. 일이 많아서 이리저리 끌려다녔어."

[지금 이거 누구 핸드폰이에요? 정말 핸드폰 떨어뜨려서 망가져서 새로 장만한 거예요?]

급하게 이어지는 그녀의 말을 들으니, 그녀가 그동안 얼마나 많은 상상과 걱정을 했는지 깨달을 수 있었다.

"기준이 휴대폰이야. 내가 집무실에 놓고 나와서 잠깐 빌렸어."

하아아아, 바짝 긴장했던 마음을 정리하는 연우의 한숨 소리가 그의 귀를 간질였다.

[아무 일 없으면 됐어요. 얼른 일해요.]

"응. 이따가 봐. 오늘은 좀 늦을 거야."

다정한 목소리로 통화를 마무리 지은 선재는 얼빠진 표정을 짓고 있는 기준에게 휴대폰을 건넸다.

"……너, 연우 씨랑 통화한다는 거였냐?"

"응. 잘 썼다. 고마워."

선재가 능청스럽게 대답하며 기준의 어깨를 토닥였다. 이 바쁜 시간에 부인한테 안부 전화를 하려고 휴대폰을 빌리는 친구를 이해할 수가 없어 기준은 코를 벌름거렸다. 어느새 자신보다 더욱 대단한 사랑꾼이 되어 있었던 것이다.

오후 4시가 넘어, 분 단위 스케줄에 지친 선재가 기준에게 힘 빠진 목소리로 물었다.

"마스터, 이제 다음 스케줄은?"

기준은 어느새 선재에게 마스터로 불리게 되었다.

"수고했어. 이제 우리 집으로 갈 거야."

"응? 왜?"

"네가 내 딸을 봐주기로 했어."

"……으응?"

기준의 뜻 모를 말에 선재는 눈을 끔뻑였다. 기준은 책 읽듯 딱딱한 어조로 대답했다.

"회장님이 지시하신 일이야. '그동안 기준이가 선재 때문에 고생했으니 딸은 선재한테 잠깐 맡기고 두 내외가 바람이라도 쐬고 오너라'라고 하셨지."

"나한테 오늘 8시까지 스케줄 있다고 한 게 이거였어?"

"7시 반 정도면 돌아와. 그냥 세희 엄마랑 영화만 한 편 보고 올 거야. 미술 선생님이 오시기로 했으니 너는 그냥 옆에서 지켜보기만 하면 돼. 때맞춰서 밥만 머여주고."

"야, 나 애 돌봐본 적 없어……."

선재가 떨리는 목소리로 말했다. 뜻밖의 공포가 생겨나고 있었다.

"나도 너한테 우리 딸 맡기는 거 불안해. 근데 회장님 지시사항인데 어쩌겠냐."

기준은 주차장으로 걸음을 옮기며 한숨을 쉬었다.

"세희 사교성 좋아서 너한테 말도 잘 걸고 편하게 해줄 거야. 내가 네 사진도 많이 보여줬어. 그리고 일 층이라 마음껏 뛰어놀아도 돼. 꼭 너 혼자 돌봐주도록 해라. 연우 씨 불러서 연우 씨한테 떠맡기지 말고."

기준이 매정하게 당부했다.

하지만 기준의 말과는 달리 선재는 엄청난 난관에 봉착하게 되었다. 믿었던 미술 선생님은 수업을 일찍 시작하게 되었다며 선재가 온 지 삼십 분 만에 떠나버렸고 아이 돌보기는 완전히 선재의 몫이 된 것이다. TV만 보게 할 수도 없었다. CCTV가 그를 지켜보고 있었다. 기준이 그간 자기 때문에 엄청난 고생을 했으니 이해할 수는 있지만 그래도 너무한다는 생각이 들었다. 차라리 회사 일을 떠넘겨주지. 사교성이 좋다던 다섯 살 아이 세희는 거울 들여다보는 것마냥 뚱한 표정을 짓고 있었다.

"……뭐 하고 싶은 거 있어?"

선재가 조심스럽게 물었다.

"곰 그려주세요."

세희가 스케치북을 선재 앞으로 밀어주며 말했다. 끄응. 곰이 어떻게 생겼더라. 선재는 몰래 눈을 굴리다가 소파 위에 있는 곰인형을 보고는 커닝하듯이 그림 그렸다. 처음 그렸는데, 제법 예쁘게 그려진 것 같았다.

"자. 선물이야."

선재가 흐뭇하게 말했다. 세희는 아무 반응 없이 다시 스케치북을 밀었다.

"강아지 그려주세요."

후우우. 강아지는 또 어떻게 생겼더라? 당황한 선재는 상상 속의 강아지를 그렸다.

"곰이랑 똑같잖아요."

"아니야. 자세히 봐봐. 완전히 다르잖아."

"고양이 그려주세요."

"세희야, 그림은 그만 그리고, 자. 글자를 배우자. 이건 가, 이건 나, 이건 다……."

세희의 요구가 점점 더 어려워지자 선재는 방향을 바꿨다.

"재미없어."

세희는 오늘의 현기준처럼 시니컬했다.

"재미있는 얘기해주세요오오."

선재는 세희의 앙탈에 책꽂이의 동화책을 빼들었다.

"인어공주를 아시나요? 아주 깊고 푸른 바다에는……."

홍. 선재의 높낮이 없는 음성에 세희는 콧방귀를 뀌었다. 선재는 몰래 한숨을 쉬었다.

"그러게 글을 배우자니까. 글자를 알면 네가 직접 책을 읽을 수도 있어. 네가 나보다 더 재미나게 잘 읽을 수 있을 거야."

"싫어요. 이거 말고 재미있는 얘기 만들어서 해주세요오."

왜 이 아이는 나에게 창의력까지 요구하는가. 다른 친구들 입사 면접을 볼 때 이미 회사에서 한자리 차지하고 앉아 있었던 선재는 처음으로 압박 면접이라는 걸 경험하게 되었다. 진땀이 났다.

"바다에서 살던 인어공주가 땅으로 가고 싶어서 바다 마녀한테 부탁했어."

"그거 인어공주잖아요."

"아니야. 들어봐."

"그래서 인어공주한테 긴 꼬리 대신 다리가 생겨서 드디어 땅으로 올라갈 수 있게 됐어. 그런데 이 인어공주는 다리를 얻게 된 대신 목소리를 빼앗긴 거야. 그래서 말을 못 하게 됐지."

"똑같잖아요!"

세희가 다시 따졌다. 요즘 다섯 살들은 어쩌면 이렇게 똑똑한지. 그냥 넘어가는 법이 없다.

"그래. 하지만 중요한 건 그게 아니야. 인어공주가 나중에 어떻게 됐지?"

"물거품."

"그래. 인어공주는 왕자를 사랑했는데, 왕자한테 좋아한다는 말도 못하고 결국 물거품이 됐지. 그 이유가 뭔지 알아?"

"……."

"인어공주는 글자를 몰랐기 때문이야. 글자를 알았으면 말을 못 해도 편지를 썼겠지. 편지 한 장만 썼어도 물거품은 안 됐지."

세희의 표정이 우그러졌다.

"글을 배우는 건 그렇게 중요한 거야. 자, 다시 글자를 배우자. 이건 가, 이건 나, 이건 다……."

"으아앙!"

결국 세희는 울음을 터트렸다.

역시 아이와는 몸으로 놀아주는 것만큼 좋은 게 없다. 선재와 세희는 서로 옥신각신하던 끝에 뛰어노는 것으로 합의를 보았다. 숨바꼭질이나 달리기는 괜찮았는데, 코끼리코를 하고 뱅글뱅글 돌았다가 색종이 위에 서 있기 놀이를 할 때는 정말이지 영혼이 빠져나가는 것 같았다. 신이 난 세희는 밥도 거르고 놀겠다고 떼를 부렸고 선재는 그런 세희를 달래어 밥을 먹였다. 피곤해진 세희가 공을 던지다가 꾸벅꾸벅 졸 때쯤에 기준과 기준의 아내가 돌아왔다.

"엄마아아!"

잠깐 꿈나라로 가는가 싶던 세희는 문이 열리는 소리에 벌떡 일어나 엄마에게 안겼다. 세희는 엄마바라기였다.

"엄마, 보고 싶었잖아아."

선재는 세희의 애교에 허, 실소를 터트렸다. 시니컬한 아이가 아니라, 단순히 선재에게 낯을 가렸던 것이다.

"엄마도 보고 싶었지. 우리 애기 잘 놀았어?"

기준의 아내도 세희의 애교에 사르르 녹은 목소리로 화답했다.

"선재 씨, 고마워요. 덕분에 영화도 보고 좋았네요."

"아닙니다. 기준이가 저 때문에 그동안 고생 많이 했습니다."

선재가 의젓하게 대답했다. 기준도 그제야 예전처럼 편안한 미소를 보였다.

기준의 집에서 나와 차에 오른 선재는 바로 연우에게 전화를 걸었다. 이번에도 연우는 금방 전화를 받았다.

[여보세요.]

"하아. 이제 퇴근한다."

[고생했어요. 엄청 지친 목소리네요.]

"말도 마. 엄청난 일이 있었어."

[엄청난 일이요? 뭔데요?]

"아, 아니, 걱정할 만한 일은 아니고, 엄청 웃긴 일이었어."

연우의 목소리가 무거워져서 선재는 했던 말을 바로 수습했다.

"집에 가서 얘기해줄게. 삼십 분이면 갈 거야."

아, 보고 싶어 죽겠다. 전화를 끊은 후, 선재는 작은 소리로 중얼거렸다. 이십 일 동안 내내 붙어 있었는데, 여전히 떨어져 있을 때는 아쉽다. 그녀와 맞이하는 시간은 온통 그렇다. 언제나 벅차게 행복하면서도 한편으로는 아쉽다.

우리는 어떤 날에 만나 어떤 뜨거운 사랑을 했더라도 마지막 날엔 안타까운 마음을 떠올릴 거야. 머리를 빗겨주고 싶었다고. 어깨를 주물러주고 싶었다고. 손톱을 깎아주고, 발을 씻겨주고도 싶었다고. 너와 함께 지구 반대편의 석양을 보고 싶었는데. 당신이 이 꽃을 닮았다고 말해줘야 하는데. 세상의 온갖 곳에서 사랑한다고 말해줬어야 했는데. 하지 못한 것, 하지 못한 말들이 너무나 많다고. 그렇게 미처 말하지 못한 사랑의 고백을 떠올릴 거야. 언제나 아쉬울 거야. 많이 사랑해서. 아쉬운 마음은 어쩔 수가 없어. 평생 그럴 거야.

하지만 반대로 생각해보면 모든 게 감사할 일이지. 이토록 사랑할 수 있는 사람을 만났다는 건 기적 같은 일이니까. 당신으로 인해 내가 축복받은 사람이라는 걸 알게 되었으니.

기사가 운전하는 차는 금방 집에 닿았다. 선재는 엘리베이터를 타고 올라가는 더없이 초조했다. 왜 이렇게 높은 곳에 살게 되었지? 너무 멀잖아. 이사를 가고 싶다는 생각을 했다. 이윽고 최고층에 닿은 엘리베이터. 성큼 걸음을 옮긴 선재는 현관문 번호키를 누르고 문을 열었다. 역시나, 아내는 문 열리는 소리에 문 앞까지 달려왔다. 그 마음속까지 다 비추는 것만 같은 맑고 투명한 눈동자에 오늘의 피로가 다 씻겨 내려가는 것 같았다. 잔뜩 긴장하고 있던 그녀의 동그마한 어깨도 편안히 아래로 내려갔다.

"수고했어요."

"연우야."

그런 그녀의 어깨를 당겨 안았다. 최소한의 두려움이 걷히며 아늑한 온기가 전해졌다.

원하지 못했던 것이 있다. 언젠가 내가 너를 떠날 수도 있다는 불안 때문에, 혹여 내가 너에게 남기고 떠나게 되는 게 생길까봐 철저했던 것이 있었다. 환상처럼 이어지던 열락의 시간 속에서도 단단히 자제했던 마음이 있었다. 이제 그 욕심을 말할 수 있을 것 같다.

"아기가 있었으면 좋겠어."

'다른 미래'가 아니라 '진짜 미래' 말이야. 우리의 진짜 미래.

그대를 사랑하는 내 마음이 커져서, 더 큰 집을 원하게 되었다.

세상이 어두워지고 보름달처럼 무드등이 켜졌다. 연우는 왠지 촉촉이 젖어 있는 그의 눈망울이 별처럼 보였다. 마냥 바라보며, 거기에 꿈도 싣고 소원도 빌고 싶어졌다. 어떤 숭고한 의식이 이루어지는 기분이었다. 선재는 침대 위로 훌쩍 올라오기 전에 그녀의 손을 잡았다. 그의 커다란 손이 그녀를 보필해주는 것 같았다.

그는 아무리 몸이 달았을 때도 마지막 남은 이성의 끈을 챙기듯 피임에 철저했었다. 아이들과 수영장에서 놀고 수영하는 로망이 있다고 했지만 그간 너무나 빈틈없이 꼼꼼했기에, 연우는 아직 그가 아기를 원하는 건 아니라고 생각했다. 그에게도 애틋한 사정이 있었다는 걸 이제야 알게 되었다. 오늘의 남편은 이때까지와는 달랐다. 벅찬 마음을 표정으로 많이 보여주었다. 그가 가진 열망이 뜨거운 체온으로 그녀에게 전달되었다. 솔직히 며칠 뒤에야 임신에 적당한 때가 되지만 연우는 그에게 굳이 그 사실을 말하지는 않았다. 그가 느끼는 감정을 그대로 공유하고 싶었다. 또한 먼저 원해준 그가 좋았다.

연우는 건강하게 드러난 그의 복근을 손끝으로 쓸었다. 그가 흘리는 야릇한 한숨들이 문득문득 신성해졌다. 두 사람이 도달하는 곳은 이승의 천국이었다. 천국에서 천사가 태어날 거라고 그가 속삭였다. 아직은 아닌데. 연우는 찔끔 눈물을 머금고서도 몰래 키득거렸다.

연우의 오늘 식사는 점심 몇 숟갈, 저녁 몇 숟갈이 전부였다. 도통 입맛이 없었던 것이다. 남편이 언제 오려나 내내 노심초사하느라 어떤 것에 집중할 수도 제대로 먹을 수도 없었다. 남편의 복귀일이 무사히 마무리된 것에 안심하고서야 연우는 식욕이 돌아왔다. 그녀가 집어든 것은 냉동실의 아이스크림이었다. 열기에 휩싸였던 몸이 시원한 것을 원했다.

"웃기는 일 있었다면서요?"

연우가 아이스크림을 크게 떠 그의 입에 먼저 한술을 넣으며 물었다.

"베이비시터 일을 좀 했어."

"베이비시터요?"

"응. 기준이가 나 때문에 그동안 엄청 고생했다고, 아버지가 나더러 기준이 딸을 돌보라고 하셨어. 기준이랑 기준이 부인이 바람 쐬고 와야 된다고."

"퓹."

연우는 그에게 먼저 아이스크림을 먹이길 잘했다고 생각했다. 제 입에 들어갔으면 뿜어져 나왔을 것이다.

"어휴. 발로 하는 가위바위보를 오십 번은 했을 거야."

선재는 지난 격정의 시간들을 떠올리며 한숨을 쉬었다. 그러나 그의 입가에는 희미한 미소가 보인다. 그래서 그랬구나. 그가 가족계획을 세우고 싶어질 만큼 그 시간이 좋았던 거구나. 연우가 뒤늦게 끄덕였다.

"아기가 엄청 귀여웠던 거구나."

"그렇기도 했고. 부럽기도 했고."

"……."

"미래가 기대되잖아."

이제 미래를 두려워하지 않는다. 연우는 건강한 미래를 확신하는 그의 목소리가 좋았다. 하지 않았던, 하지 못했던 말을 하게 된 그를 보듬어주고 싶었다. 그녀는 잠시 흐뭇하게 미소 지은 뒤에 솔직하게 털어놓았다.

"근데 여보."

"응?"

"오늘 삼신할머니가 왔다 가시진 않을 거예요."

"매일 오시라고 하면 언젠가 하루는 오시겠지."

"너무 욕심 부리는 건 여보가 피곤해서 안 돼요. 오늘도 일에 치여서 힘들었잖아요."

"여보."

서재는 하지 않아도 될 걱정을 하는 연우의 머리를 쓰다듬었다.

"너만 건강하면 돼. 난 평소에 힘을 많이 비축하면서 살아."

게다가 너만 보면 힘이 난단다. 그의 눈빛에서 또다시 불온의 기운이 보였다. 연우는 입안에 고여 있는 침을 몰래 삼켰다. 어디 힘주머니라도 따로 있는 모양이다. 숭고하게 생각했던 그 마음가짐이 흐트러졌다. 이 남자는 그저 신이 난 것 같다. 아니, 신이 난 것이 다가 아니었다. 왠지 그의 체온이 점점 상승하는 것 같았다. 이렇게 대책 없이 불끈불끈하는 남자가 어떻게 정조를 지키고 살았다는 걸까.

"왜."

"아뇨. 늦게 배운 도둑질이 더 무섭다는 말이 떠올랐어요."

"늦게 배운 바늘도둑이 소도둑 된다, 이렇게 해야지."

그의 지적에 연우가 어리숙하게 눈을 굴렸다. 이상하다? 내 표현이 맞는데? 맞는 것 같은데? 그때 그가 푸핫, 시원하게 웃었다.

"긴장했지? 또 틀린 말 한 줄 알고."

그녀를 놀린 거였다.

"허얼. 아니거든요. 완전 여보를 비웃고 있었거든요."

그녀는 입술을 샐쭉거리면서도 웃음을 짓게 되었다. 참 행복한 밤이다.

"너랑 노는 게 제일 재밌어."

"나도 너랑 노는 게 제일 재밌어."

연우가 즐겁게 그의 말을 되받아쳤다. 그 순간, 흠칫. 짧은 정적 속에서 그의 눈빛이 변했다. 갑작스레 뜨거워진 눈동자에 잠깐 풀어졌던 정염의 기운이 다시 모여들었다. 아내가 너무 귀엽고 사랑스러워서 대책 없이 마음이 동한 것이다. 아기를 기다린다는 건 어쩌면 핑계일지도 모를 이 건강한 남자는 그녀가 입안에 머금고 있던 아이스크림을 남김없이 앗아갔다. 아이스크림보다 더 부드러운 숨결이 그 안에서 사르르 녹아 없어졌다. 두 사람의 심장이 서로를 향해 달려가듯 뛰었다.

사흘이 평화롭게 지난 후. 그날은 옥승혜의 재판이 있는 날이었다. 이전에 연우의 인터뷰로 많은 사람들이 관심을 가지게 된 사건이라 법원에는 기자들도 많이 모였다. 연우와 선재는 함께 법원으로 갔다. 연우의 동생 태우와 연우의 시어머니 미현도 시간을 내어 재판을 지켜보게 되었다. 옥승혜는 의연한 모습, 당당한 표정으로 법원에 나타났다.

"듣기로는 변호사가 몇 번 바뀌었다고 하더라. 변호사가 바뀔 때마다 주장이 달라져서 검사가 기소를 하기까지 좀 애를 먹었다나봐. 아무튼 그러는 바람에 옥승혜의 진정성이라는 게 다 휘발되어서 재판은 우리 쪽에 유리할 거야."

선재가 긴장한 연우의 손을 잡아주며 말했다. 오늘 재판의 관건은 옥승혜의 폭행이 상습으로 인정되느냐 아니냐이다. 옥승혜는 검찰 수사에서 끝까지 자신의 상습폭행을 인정하지 않았다. 동영상 증거가 있는 사건 두 건만을 인정한 것이다. 옥승혜의 폭행이 상습폭행이 아닌 단순폭행으로 인정되면 공소시효에 따라 삼 년 전의 폭행에 대해서만 죄를 묻게 되어 벌금형으로 끝나게 될 수도 있는 것이다. 옥승혜는 역시나 재판정에서, 이전에 자신에게 보냈던 형식적인 반성문과 별다를 바 없는 주장을 펼쳤다.

"절대 상습폭행은 없었습니다. 동영상 증거라는 것이 어떤 의도로 만들어진 건지는 모르겠지만 동영상의 내용만은 인정합니다. 하지만 그때도 저는 심신이 미약한 상태였습니다. 우울증 약을 꾸준히 복용하고 있었고 약의 부작용 때문인지 가끔 분노조절장애 증상이 나타나기도 했습니다. 그리고, 제가 몸이 좋지 않아서 팔다리에 힘이 별로 없습니다. 사람을 때리는 것이 불가능한 몸입니다. 그러니 피해를 입은 입장에서도 사실 아프지는 않았을 거예요."

방청석이 술렁거렸다. 검사가 자리에서 일어났다.

"피고인의 발언이 거짓이라는 건 삼 년 전 백화점 엘리베이터 앞에 찍힌 동영상을 보시면 알 수 있습니다. 피고인은 피해자 이연우 씨를 한 차례 때리고서 피해자가 들고 있던 책도 빼앗아 멀리 던져버렸습니다. 그 책이 벽에 퉁겨지도록 던질 힘이라면 팔에 힘이 없다고 보기는 어렵습니다. 물론 힘이 없다는 말은 상대적인 것입니다만, 피고인이 스스로 힘이 없는 사람이라고 주장한다면 자신의 힘을 과소평가한 것이 됩니다. 피고인은 이 정도의 폭행은 폭행도 아니라는 위험한 사고를 가지고 있었던 겁니다."

이번에는 옥승혜 쪽의 변호사가 변론했다.

"피고인은 동영상에 찍힌 그때의 행동에 대해서는 충분히 반성하며, 후회하고 있습니다. 다만 이 폭행 사건은 세상의 수많은 폭행 사건에 비해 미약하고, 그래서 안타까운 사건입니다. 십이 년 전에 머리채를 잡은 일, 삼 년 전에 뺨을 한 대 때린 일로 이토록 큰 재판이 이루어진 적은 없었습니다. 피해자의 시댁 쪽 외압이 있었던 건 아닐까 하는 의심을 지울 수가 없습니다. 또한 피해자가 십팔 년 동안 폭행을 당해왔다는 주장의 근거는 어디에도 없습니다. 동영상은 아주 단편적인 것에 불과하고요. 그 두 개의 동영상 단서를 구실 삼아 피해자는 거짓 주장을 하는 것으로 보입니다."

연우는 변호사의 주장에 한숨을 푸욱 쉬었다. 검사도 그 한심한 발언에 증인을 요청했다. 십이 년 전 연우의 동영상을 찍은 아주머니였다.

"선명애라고 합니다. 이십 년 전부터 십 년간 옥승혜 여사님의 집에서 청소 담당으로 근무했습니다."

연우는 아주머니를 알아볼 수 있었다. 명애는 연우 쪽은 눈길도 주지 않았다.

"옥승혜 여사의 폭행을 처음 목격한 건 아주 오래전입니다. 아마 그 집에서 일을 할 무렵부터였을 겁니다."

"그렇다면 피해자가 여섯 살 때부터 일을 한 셈인데, 당시 폭행 장면을 목격한 사실이 있습니까?"

검사가 명애에게 물었다.

"네. 그때 아마 연우가…… 피해자가 옥승혜 여사에게 아주머니라는 말을 했다고 맞았던 것 같습니다. 아주머니가 아니라 사모님이라고 불러야 하는데 잘못 불렀다고요."

명애의 진술에 연우는 입을 틀어막았다. 눈 밑에 금세 물방울이 굵게 매달렸다. 명애는 아주 오래전부터 지켜보고 있었던 것이다.

"그럼 그때가 처음이었고, 그 뒤로도 폭행을 목격했습니까?"

"네."

"얼마나 자주 폭행이 있었죠?"

"제가 목격한 것만 일 년에 적어도 두 번꼴은 됩니다. 제가 그 집 일을 그만둘 무렵에도 목격했고요."

"어째서 선명애 씨만 그렇게 자주 폭행을 목격할 수 있었습니까? 피해자의 부모님도 알지 못했던 일을요."

"제가 마당 청소 담당이라 자주 목격했습니다. 여사님은 주로, 뛰어서 집에 들어가려는 연우를 붙잡아 때렸거든요."

명애는 자신이 목격한 폭행에 대해 담담히 털어놓았지만 그 안에는 울음이 고여 있었다. 명애는 연우를 향해 잠시 고개를 들었다가 금방 돌렸다. 잠깐이었지만 명애의 먹먹한 마음이 연우에게 전달되었다.

"그때는 제가 먹고살기 급급해서 신고를 못 했습니다. 그게 여전히 죄책감으로 남아 있습니다."

명애는 그 고백을 끝으로 증인석에서 일어났다. 그 이후 떠날 때에도 연우를 바라보지 않았다. 그저 증언만 하고 홀연히 떠난 것이다. 연우는 마음으로 명애에게 감사 인사를 했다.

그다음 이어진 건 연우의 학창 시절 같은 반 친구의 증언이었다. 친구가 증인으로 나오게 되었다는 말을 듣지 못한 터라, 연우도 적잖이 놀랐다. 친구는 자신이 보았던 장면을 담담하게 털어놓았다.

"옥 여사 딸, 그러니까 마상희도 우리 학교였어요. 마상희가 사고를 많이 쳐가지고 옥 여사가 자주 학교에 불려왔거든요. 제가 본 건 고3 처음 시작할 때니까, 칠 년 전인데요. 옥 여사가 연우 머리를 콕콕콕콕 쥐어박아서 한 이 미터쯤 갔나? 결국 뒤로 밀려가던 연우가 학교 건물 벽에 뒤통수를 부딪혔어요. 옥 여사는 그런 연우 머리를 또 쥐어박았고요."

옥승혜를 옥 여사라고 부르는 친구의 말투가 우스워서 연우는 피식 웃었다. 방청석도 작은 웃음과 한숨이 뒤섞였다. 친구의 명랑한 목소리에, 방금 전까지의 그 무거운 분위기가 조금은 누그러들었다.

재판은 건강하게 진행되었다. 모든 증거와 증인의 증언을 토대로 검사는 옥승혜의 폭행을 포괄일죄로 보고 십팔 년간의 상습폭행에 대한 죄를 물었다. 또한 아동학대를 가중처벌하여 옥승혜에게 징역 삼 년을 구형했다.

재판이 끝나고 집으로 돌아온 두 사람.

"고생했어, 이쁜이."

선재가 소파에 앉아 제게 어깨를 기댄 연우를 토닥이며 말했다. 가장 처음 증인석에 앉아 검사와 변호사의 신문에 대해 있는 그대로 답하는 동안, 그리고 재판을 지켜보는 동안 내내 의연한 태도를 보이던 연우도 선재와 두 사람만 남게 되자 금방 표정이 풀렸다.

"선고까지 봐야 제대로 한숨 돌리겠지만, 그래도 고비 하나를 또 넘은 것 같아요."

진이 다 빠져버렸지만 그래도 연우는 웃을 수 있었다.

"평생 상처로 남았을 일을 정리했어요. 여보가 없었으면 난 정말 생각도 못 했을 거야. 내내 소심하게 살았을 거예요."

당신이 없었다면 나는.

한 사람을 사랑하는 마음이 삶에 대한 애착이 되었다. 스스로에게 당당하며, 제대로 사랑할 줄 알게 되었다.

'상처로 남았을 일'이라는 말에 선재는 잠시 먹먹해졌다. 그녀를 통해서 선재 또한 과거를 정리하는 법을 배우고 있다. 그는 '다른 미래'에서의 마지막 경험에 대해 떠올렸다. 이제 제법 '다른 미래'를 생각하는 마음이 편해졌으니 그녀에게 이 사실을 털어놓아도 괜찮겠다 싶었다.

"여보."

"네?"

"말하지 못했던 게 하나 있어."

선재는 그 기적 같았던 경험에 대해 이야기하기 전에, 오래전 사울이 해주었던 이야기를 먼저 꺼냈다.

"그 얘기 알아? 어떤 사람들은 신이 인생의 마지막 순간에 잠깐 과거로 돌아갈 수 있는 기회를 준대."

연우도 그 얘기를 들어본 적이 있었다. 언젠가 친구 수지가 했던 말이었다. 자신도 미래를 경험하고 과거로 돌아온 사람이라, 그 당시 연우는 수지의 말을 흘려들을 수가 없었다. 그가 하는 말은 수지가 했던 말과 같은 거였다. 정말 그런 말이 있구나 싶어서 연우는 고개를 끄덕였다.

"정말 그런 말 알아?"

"들어본 적 있어요."

연우가 느긋하게 대답했다. 그러나 선재의 이어지는 말에, 연우는 숨 쉬는 것도 잊고 말았다.

"다른 미래에서 내 숨이 끊어지기 직전에, 난 또 과거로 갔었어. 아마 이혼신청서를 제출하고 보름쯤 지나서일 거야. 처남 오피스텔로 찾아갔는데 그때의 네가 참 씩씩했어. 그래서 마음 놓고 떠날 수 있게 됐지."

하아. 덤덤하게 이야기를 펼치는 선재의 목소리에 연우는 가슴이 저릿해졌다.

그때의 당신을 알아. 기억해.

"그때 난 손에 반지를 쥐고 있었어. 왠지 그 세계에는 어떤 법칙 같은 게 있는 것 같았는데 그 반지를 놓으면 내 운명이 다하는 거였던 듯해. 어딘가에서 소리가 들렸어. 반지를 놓지 말라고."

그는 다른 미래, 그 안에서 과거로 한 번 돌아갔던 것이다.

"……그래서 주먹을 꽉 쥐고 있었어요?"

연우가 떨리는 목소리로 물었다.

"그걸 알아? 기억하는 거야?"

그 또한 일렁거리는 감정이 느껴지는 목소리로 물었다.

"한낮에 대뜸 찾아와서 잘 살라고 하는데, 어떻게 그걸 잊어요. 그날 당신이 얼마나 이상했……."

그런데, 가만. 멈칫한 연우가 다시 질문했다.

"반지를 놓지 말라고 하는 소리가 들렸다고요? 신의 메시지 같은 거예요?"

"그렇게 말하니 거창하긴 하지만, 아무튼 모든 게 나름의 기적이었어."

연우는 그의 느긋한 미소를 빤히 바라보다가 시선을 아래로 내렸다. 심장이 쿵쿵쿵 세차게 뛰었다. 떨리는 손끝을 숨기지 못한 채로 그의 왼손에 다가갔다. 그의 네 번째 손가락, 그 기다란 손가락을 더 매력적으로 만드는 금색의 띠. 남편의 손에 언제나 피부처럼 끼워져 있던 반지. 그 모양이 너무 익숙하여 실은 신경도 쓰지 못했다. 이 결혼반지는 오래전 누렁 씨가 건네주었던 그 띠의 형태와 같은 디자인이었던 것이다. 뫼비우스의 띠.

이거야. 이거였어.

* * *

그로부터 이 주 후, 벚꽃은 아직 기다려야 하지만 하루가 다르게 날이 점점 따뜻해지는 봄의 어느 날. 연우와 선재는 한 주얼리숍을 찾았다. 주문한 반지를 찾는 날이었다. 한국에서 가장 유명한 금세공사에게 주문한 것이라 반지를 받기까지 꽤 오랜 시간이 걸렸다. 드디어 연우의 손가락에도 선재와 똑같은 디자인의 반지가 끼워졌다.

"와. 예쁘다!"

연우는 반지를 낀 손을 위로 들어 보이며 탄성을 지었다.

"언제는 내가 반지 끼고 있는 것도 싫다고 했으면서."

"그때는 불안했었잖아요."

"이제 불안하지 않아?"

"응. 여보는요?"

"나도."

연우는 남편의 편안한 미소와 꼭 닮은 모습으로 웃어 보였다. 남편에게서 '다른 미래'에서의 마지막 날 이야기를 듣고 반지에 얽힌 비밀을 알게 된 연우는 곧장 제 반지를 주문하겠다고 했다. 그것이 열쇠가 될 거란 판단이 섰던 것이다.

'다른 미래'에서 남편이 들었다던 그 목소리, 반지를 놓지 말라고 했다는 그 말. 그게 누렁 씨의 목소리일 거라고 확신한다. 누렁 씨가 낸 문제가 정확히 무엇인지는 여전히 알 수 없다. 하지만 한 가지는 굳게 믿을 수 있게 되었다. 누렁 씨는 저승사자가 아니다. 그 사람은 남편을 지켜주고 있어. 분명 그 사람이 원하는 운명의 방향이란 게 있는 거야. 문득 누렁 씨와 자신이 남편의 생명을 위해 함께 난관을 헤쳐나가는 동료일 수도 있겠다는 생각이 들었다. 이 가슴 벅찬 동료애. 반지를 손에 낀 것은 '강선재 수호단'의 배지를 획득한 것 같은 충만감을 주었다.

"여보가 끼고 다니는 게 내심 부러웠거든요. 여보는 잘 끼고 다니는데 내 반지는 알이 너무 커서 못 끼는 게 미안하기도 했고."

굳이 하지 않아도 될 변명을 주저리 늘어놓으며 연우는 흐뭇하게 웃었다.

"커플링 하고 있으니 진짜 커플 같네요."

"우린 누가 봐도 부부야."

대꾸한 선재가 멈칫 숨을 머금었다가 그녀를 불렀다.

"연우야."

"네?"

"그게 아무리 예뻐도 길바닥에 떨어뜨려서 차도까지 굴러가게 되면 주우러 달려가지 마."

꼭 해야 하는 당부였다. 연우는 쿡쿡 웃으며 끄덕였다. 반지를 찾은 후 두 사람은 맛집에서 점심을 먹고 나왔다. 두 시간 가까이 함께했는데 시간이 너무 후딱 지나가버리는 것 같았다.

"너랑 있으면 시간이 너무 빨리 가는 느낌이야."

연우를 학교까지 바래다주는 길. 선재는 자신의 기분을 털어놓았다.

"좋다. 일 년 정도는 그렇게 빨리빨리 지나갔으면 좋겠어요."

연우는 기분 좋게 웃었다. 지금 남아 있는 일말의 불안감까지 싹 다 없어지도록 시간이 멀리 흘러갔으면 좋겠다.

그리고, 문득 잊었던 게 생각이 난 연우는 학교 입구에 이르기도 전에 선재에게 말했다.

"여기서 내려주면 돼요."

"학교까지 바래다줄게."

"아뇨. 괜찮아요. 갈 데가 있어요."

"어디 가게? 데려다줄게."

"괜찮아요."

그가 바래다주겠다는 주장을 굽히지 않아서, 창밖을 향해 눈을 굴리던 연우는 되는 대로 한 커피숍을 가리키게 되었다.

"저기 저 집. 저 집 커피가 맛있어서 좀 마시고 가려고요."

"그걸 혼자 마시려고 그랬어? 같이 좀 더 있자. 나 회사엔 조금 늦게 들어가도 돼."

"아니, 날이 좋아서 오랜만에 혼자 거닐면서 명상의 시간을 가질까 했죠."

선재의 미간에 주름이 파였다. 아내가 한사코 함께 있기를 거부하는 것이 이상하게 여겨졌다.

"너 혹시…… 나 몰래 최택이라도 만나러 가니?"

"어휴. 뭔 소리예요."

"그럼 왜 나랑 못 헤어져서 안달이야. 내가 싫어?"

"어휴. 아니이."

답답한 듯 한숨을 몰아쉬면서도 연우는 사실을 말하지 못했다. 선재는 서운했으나 아내가 원하는 대로 해줄 수밖에 없었다.

"알겠어. 내려줄게."

집착하지 않는 쿨하고 멋진 남자로 있는 것은 때때로 힘들다.

"차 조심하고, 이따가 퇴근할 때 연락해. 오늘은 나도 빨리 가도록 할게."

선재는 아쉬운 마음을 뒤로하고 연우를 지하철역 앞 상가에 내려주었다.

"후우우."

한곳에 붙어 서서 선재가 떠나는 것을 진득하게 바라본 후 연우는 날숨을 길게 흘렸다. 연우가 동행을 마다한 이유는 따로 있었다. 약국에 가야 할 일이 생겼다.

"임신테스트기 두 개 주세요. 다른 종류로요."

이걸 집에서 테스트해보고 집에 버렸다가 남편이 발견하게 되면, 그가 호들갑을 떨 게 뻔해서였다. 난생처음 사보는 물건의 사용법을 정독한 연우는 떨리는 마음으로 화장실로 갔다. 그리고 정독한 대로 테스트를 시도했다. 표시선이 나타나기까지 십 분을 기다려야 한다는데 그 십 분이 남편과 함께했던 두 시간보다 더 길게 느껴졌다.

그렇게 십 분이 겨우 흐른 후.

"이게 뭐야. 이게 그렇다는 겨, 아니라는 겨."

테스트기의 결과물을 확인한 연우의 이맛살이 우그러졌다. 각각 다른 회사의 테스트기 두 개는 동일사의 같은 제품마냥 결과가 똑같았다. 대조선은 둘 다 진했고 테스트선은 보일락 말락 보일락 말락. 눈을 크게 뜨면 선이 보이는 것 같기도 하고, 대조선을 너무 오랫동안 봐서 눈동자에 잔상이 남아가지고 선처럼 보이는 것 같기도 했다.

답답해진 연우는 인터넷 검색 찬스를 이용했다. 포털 검색창에 임신테스트기의 선이 흐릿하다고 써넣었다. 연우와 비슷한 궁금증을 가진 사람이 많은 모양이었다. 테스트기 사진도 꽤 많이 보였다. 이런 현상을 '초매직'이라고 하는 모양이다. 테스트선이 좀 더 흐릿하면 '초초매직'. '초초매직'의 경우 마음의 눈으로 보아야 보인다고 한다. 연우는 사진을 올린 사람들의 얼굴은 모르지만 모두와 마음을 나눈 기분이 들었다. 아무래도 지금의 초매직으로는 판별이 무리일 것 같고, 며칠 더 지나야 제대로 알 수 있을 것 같다.

연우는 건물에서 나와 길을 거닐었다. 그녀가 걷는 방향으로 바람이 유유히 흘렀다.

'시간이 더 흘러야 된단 말이지.'

가만히 있어두 흐르는 것, 시간. 시간이 흘러간다. 시간이 흘러가는 게 참 기분 좋아. 연우는 바람의 결을 매만지듯 허공을 향해 왼손을 들었다. 햇빛에 반사된 반지가 반짝거렸다.

"수호천사 맞잖아요."

문득 누렁 씨가 생각나 혼잣말했다. 누렁 씨가 들어주었으면 하며.

"난 당신이, 내가 항상 조심했으면 해서 당부해준 거라는 생각밖엔 안 들어요."

이 반지를 끼고 있으면 나타나줄까.

"문제가 대체 뭔데요? 나는 문제를 해결했어요?"

내게 문제를 하나 내겠다고 했으니, 그걸 해결하라고 했으니 한 번은 나타나겠지. 얼른 다시 만났으면 좋겠다.

"나한테 원하는 게 뭐예요? 내가 해줄게요, 누렁 씨."

스스로 행복하니 누렁 씨의 행복에 대해서도 생각해보게 되었다. 어린 나이에 하늘나라로 간 사울. 그는 지금 행복할까.

"내가 행복하니 당신도 행복했으면 좋겠어요."

이보다 더 행복해지길 바라지도 않는다. 딱 이만큼만 행복해도 좋으니 나머지의 행복은 누렁 씨에게 모두 주고 싶다.

"조교님!"

느긋하게 길을 걷고 있는데 학생들이 연우를 부르며 달려왔다. 연우가 조교로 있는 수업에서 보았던 여학생과 남학생이었다. 두 사람은 달려오면서도 손을 꼭 잡고 있었다.

"조교님, 안녕하세요, 학교 가세요?"

"네. 두 사람도요?"

"네."

"둘이 커플이구나. 캠퍼스 커플이네."

"조교님은 CC 안 해보셨어요? 엄청 인기 많으셨을 것 같은데."

"아아, 조교님 결혼하셨잖아."

여학생이 남학생에게 눈치를 주었다.

"아, 맞다. 죄송합니다."

"풉. 뭐가 죄송해요."

예의를 차리는 젊은 커플의 사과에 연우는 웃어 보였다.

"조교님, 근데 같이 택시 안 타실래요? 저희는 수업에 늦어서 택시 타려고요. 학교가 너무 멀어요."

하긴. 걸어가기엔 너무 멀다. 학생들의 급한 마음과 주머니 사정을 염려하여 연우는 알았다고 했다. 마침 지나가는 택시가 있었다. 연우가 택시를 세우자 남학생이 뒷좌석의 문을 열었다. 남학생은 여자친구와 연우를 뒷좌석에 태우고 자신이 조수석에 탈 요량이었던 듯하다. 그런데, 함께 뻗었던 연우의 왼손과 마음이 급한 남학생의 손이 둔탁하게 부딪혔다.

"앗……."

밀려난 건 연우의 손이었다.

"헉. 조교님, 괜찮으세요? 죄송해요. 저는 문 열어드리려다가……."

"괜찮아요. 얼른 타요."

연우는 괜찮다고 하고는 차에 올랐다. 그들 몰래 왼손을 매만졌다. 좀 전의 충격이 컸는지 왼손 마디가 뻐근했다. 연우는 왠지 모르게 마음이 무거웠지만 내색하지 않았다. 세 사람이 탄 차가 학교 정문을 지날 때쯤 연우의 전화가 울렸다. 선재의 연락이었다.

"여보세요."

[연우야.]

아까까지만 해도 더없이 밝았던 남편의 목소리가 어둡게 들렸다.

"네."

[그 얘기 들었어? 오래전에 널 폭행했던 그놈 있잖아. 황상욱이라는 놈.]

선재의 목소리에 팔 년 전 그날의 기억이 빠르게 되살아났다. 온몸의 근육들이 잔뜩 위축되었다.

[그간 그놈이 미국 교도소에 있었거든. 그런데 얼마 전에 출소했다고 하네. 혹시 모르니 이상한 연락이 오면 말해달라고.]

머릿속이 금세 멍해졌다.

[무슨 일 있으면 바로 연락해. 알았지?]

당부의 전화는 금방 끊겼다. 남편은 바쁜 것 같았다.

"조교님, 무슨 안 좋은 일 있으세요?"

옆에 앉은 여학생이 전화를 끊은 연우에게 물었다. 연우는 아무 일도 없다는 듯 웃어 보였다.

택시는 금방 인문학관 앞에 닿았다. 커플에게 수업 잘 들으라고 인사를 하고 연구실로 가는 길. 연우는 아까 부딪힌 손이 점점 더 욱신거려서 벤치에 앉았다. 그새 가운뎃손가락이 부어 있었다. '다른 미래'에서 이혼확정 당일 붕대를 감고 있던 그 손가락이다.

왼손 네 번째 손가락에 끼워진 반지. 가운뎃손가락의 아픔.

손을 내려다보니 다시 누렁 씨가 생각났다. 뫼비우스의 띠 이야기도 생각났다. 두 번 돌아서서 제자리가 된다는 말을 거듭 되뇌게 되었다

생각해보니 남편은 과거로 돌아간 적이 두 번 있는 셈이다. '다른 미래'
에서 죽음 직전 반지를 손에 쥐고서 과거로 또 한 번 돌아갔었으니.

'그런데 난……'

섬뜩해졌다. 입안이 금세 뻣뻣하게 말라버렸다. 인정하고 싶지 않
았다. 아직 운명의 장난이 끝나지 않았다는 걸. 눈 밑이 뜨거워졌다.

누렁 씨, 혹시.

"당신이 데려가려고 하는 사람은……."

남편이 아니라 나야?

* * *

왼손 가운뎃손가락을 다쳐서 우울했던 연우의 마음은 금세 가라앉
았다. 회복이 빨랐고 남편의 표정이 늘 듬직하도록 밝기 때문이었다.
날이 따뜻해지니 잠이 많아져서 많이 잤고, 긴 수면이 스트레스를 완
화시켜준 것도 좋은 이유가 되었다. 또한 반지를 만지작거리면 마음
이 안정되는 것 같기도 했다. 누렁 씨가 지켜주는 것처럼.

남편이 황상욱의 이야기를 해서 잠시 싱숭생숭했지만 그 불안감도
금방 걷혔다. 연우는 황상욱에게 폭행을 당한 피해자였고 그것을 바
로잡기 위해 힘을 쓰고 있는 상황이었다. 황상욱이 한국에 나타난다
면 곧장 붙들려가 경찰 조사를 받게 된다. 그러니 한국으로 올 수는 없
는 입장이다. 시간의 흐름은 예민한 마음을 무디게 만들어준다.

어느덧 4월 4일. '다른 미래'를 벗어난 지도 한 달이 흘렀다. 그리고
옥승혜 상습폭행의 선고공판 기일이 되었다.

"한 시에 학교로 데리러 갈게. 같이 법원으로 가자."

아침식사 중에 선재가 연우에게 말했다. 오늘 선고공판은 오후 2시에 시작된다. 알겠다고 대답한 연우는 밥을 반 공기도 비우지 않고 숟가락을 놓았다.

"입맛 없어? 너무 걱정하지 마. 다 잘될 테니까."

걱정하느라 그런 게 아닌데. 요즘은 먹는 족족 살이 되는 기분이라서 양을 줄여보려는 것뿐인데.

"네."

하지만 연우는 사실을 말했을 경우의 잔소리가 두려워서 그냥 끄덕이고 말았다. 새해 때보다 삼 킬로그램 몸무게가 불었다. 한 달에 일 킬로그램씩 쪘다는 말인데 일이 킬로그램 쪘을 때는 신경 쓰이지 않다가 삼 킬로그램 무게 차이가 나니 비로소 실감하게 되었다. 무엇보다도 예쁘게 입었던 옷들이 불편해진 느낌이 들었다. 겨울이 지나 옷차림이 가벼워지니 몸이 더 신경 쓰였다.

'같은 밥을 먹는데, 내가 훨씬 조금 먹을 텐데 왜 난 살로 가서 붙고 저 사람은 근육이 되지?'

아침식사 후, 연우는 씻고 나온 남편의 근사한 근육을 멀리서 실눈으로 흘겨보며 생각했다.

"왜 음흉하게 쳐다봐? 나 회사 가지 마?"

그녀의 눈빛을 인지한 선재가 미소를 띠며 물었다.

"음흉하게 쳐다본 거 아닌데. 노려본 건데. 아침에 내 옆구리 꼬집었죠?"

연우는 새침하게 물었다. 잠에서 깨어난 직후, 먼저 일어난 선재가 가만히 그녀의 얼굴을 바라보다가 옆구릿살을 쥐었던 것이 마음에 남았다. 그때는 멍해서 아무 생각도 못 하다가 이제야 마음이 상한 것이다. 셔츠의 단추를 채우던 선재의 손이 잠시 멈췄다.

"아, 그거."

선재는 별거 아닌 듯이 웃으며 대답했다.

"살이 너무 기분 좋아가지고. 부들부들해서."

남편의 충격적인 대답에 연우는 안면을 부들부들 떨게 되었다.

"왜?"

"내가 살쪘다는 거잖아요. 부들부들 물컹물컹."

"내가 언제 물컹물컹이라고 했어."

"아무튼 살쪘다는 거잖아요."

"안 쪘어."

선재는 심통을 부리는 연우의 목을 꼭 껴안아 달랬다.

"꼬집어서 미안해. 근데 만지는 느낌이 좋은 걸 어떡하냐."

연우는 몸을 비틀어 그의 팔에서 빠져나왔다. 연우가 마음이 풀린 기색이 없어 선재는 셔츠 자락을 들쳐 보였다. 그의 호리호리한 허리 라인이 드러났다. 울퉁불퉁 매끄러운 복근은 두말할 것도 없고, 아찔한 치골근이 숨을 턱 막히게 한다. 연우는 호흡을 숨겼다.

"자, 너도 꼬집어. 꼬집어 비틀어도 돼."

치, 됐다고 하고 넘어갈 줄 알아? 나도 꼬집어버릴 거야. 그의 도발에 자극받은 연우는 오른손으로 집게를 만들어가지고서 다가갔다. 그런데 그녀가 원하는 장면이 만들어지지 않았다.

"허어. 힘주지 맙시다."

"힘준 거 아니야."

피부 가죽 안에 뼈만 담긴 건가? 살이 철갑처럼 단단했다. 연우는 그립감이 느껴질 만한 물컹한 살을 찾아 그의 드러난 피부를 계속 짚어나갔다.

"흐음, 연우야. 그만해야겠다."

한참 몰두해 있을 때 그가 제지했다. 그의 하반신에서 열기가 느껴져 연우도 흠칫 움직임을 멈췄다. 고개를 들어보니 이성과 본능의 경계 지점 어딘가의 눈빛으로 변한 그가 자신을 치명치명하게 바라보고 있다.

"……벌 받는 도중에 이러는 게 어디 있어요."

"내가 의도한 게 아니야."

그 또한 난감한 듯 말했다.

"어후. 출근만 아니면."

옷을 정리하며 혼잣말을 하는 그의 목소리가 공기를 짓이기듯 불평스럽게 내려앉았다.

연우와 선재는 공판이 시작되기 십 분 전에 법원에 도착했다. 법원에는 여전히 기자들이 많았다. 재판 때에는 모습을 보이지 않던 마진태와 마상희도 와 있었다. 옥승혜는 이전보다도 초췌해 보였다. 그새 살이 빠진 듯했다.

정시가 되어 판사가 입장했다. 피의자석에 있던 옥승혜가 판사 앞에 섰다. 옥승혜의 어깨가 이토록 작게 느껴진 건 처음이었다. 큰 이변은 없었고, 판사는 옥승혜의 폭행을 포괄일죄로 보아 징역 이 년 육 개월을 선고했다. 마상희는 얼굴을 가리고 그 자리에서 흐느껴 울었다. 옥승혜는 부들부들 어깨를 떨며 고개를 푹 숙였다.

연우는 아무 표정도 짓지 못했다. 사실 속 시원한 마음보다는 허무한 마음이 컸다. 십팔 년 동안 이어져온, 여섯 살 꼬마가 성년이 될 때

까지 계속되었던 폭행이 이 년 육 개월의 징역으로 갈음된다는 사실
은 잘 와닿지가 않았다. 저 사람은 이 년 육 개월의 징역살이가 끝나면
과연 반성하게 될까? 더 분노가 커지지 않을까? 어떻게든 나에게 보
복을 하려 하지 않을까? 영원히 가슴에서 우러난 사과는 받지 못할 것
이란 사실이 그녀의 가슴을 씁쓸하게 했다. 이 년 육 개월이라는 시간
은 옥승혜의 죄가 깨끗해지는 시간이 아니라, 연우가 옥승혜를 용서
해야 하는 시간인 것인지도 모르겠다.

실형이 선고된 옥승혜는 법정경위의 인도를 받아 구속 피고인 대기
실로 향했다. 동행이 허락된 곳까지 상희와 마진태가 따라갔다.

"걱정 마. 여보. 이쪽은 나한테 맡겨."

마진태가 옥승혜에게 마지막 인사를 했다. 이상하게도 인사를 하는
동안 마진태의 시선은 선재와 연우를 향해 있었다. 마치 두 사람에게
복수하겠다는 듯이 날카로워 보이는 표정이었다.

"마진태가 좀 의미심장한데요."

연우가 선재의 뒤편에 서서 소곤댔다. 엄마를 떠나보낸 후 상희는
연우를 지나쳐가며 눈을 흘겼다. 그러나 그뿐, 연우를 모함하거나 해
코지할 수는 없었다.

"옥승혜는 계속 항소할 거야. 아마 대법원까지 가게 되겠지."

선재가 씁쓸하게 말했다. 연우 역시 동의하는 마음으로 끄덕였다.

선재와 헤어진 후, 연우가 향한 곳은 학교가 아니라 병원이었다. 지
난주에 임신테스트기를 사용했다가 실패한 후, 참고 참았다가 어제
다시 시도해보았다. 선명한 두 줄에 심장이 거세게 뛰었지만, 괜히 김
칫국 마시는 것처럼 보일까봐 아무에게도 드러내지 않고서 혼자 산부

인과에 가게 되었다.

평일 한낮이었는데 병원에는 커플이 참 많았다. 산달이 얼마 남지 않은 것으로 보이는 임부부터 여우처럼 초진문진표를 작성하는 꼬꼬마 예비 엄마까지 어림잡아 십수 명의 여성들 중 반 이상이 배우자와 함께였다.

'나도 다음에는 남편이랑 같이 와야지.'

아마 남편이라면 바쁜 시간을 쪼개서라도 동행하겠다고 목청을 높일 것이다. 아니, 다른 일은 다 제쳐두고 병원에 가는 날만 손꼽아 기다릴지도 모르겠다. 다음에 남편과 함께 올 수 있도록, 기쁘게 방문할 수 있도록, 오늘 임신확인 도장을 받을 수 있었으면 좋겠다는 생각을 했다.

"이연우 님. 들어오세요."

안내직원이 연우의 이름을 불렀다. 연우는 씩씩하게 대답하고 진료실로 들어갔다.

연우의 이름을 확인한 의사가 문진표를 쭉 읽어보고는 곧장 본론에 돌입했다.

"약국 테스트기는 확인해보셨네요. 마지막 생리일로 계산하면 조금 이르지만 초음파를 한번 볼까요?"

곧장 진료실의 조명이 어둑해졌다. 말로만 듣던 진료를 처음 받아보는 입장인지라 자꾸 몸이 긴장하게 되었다. 별것도 아닌데 조금은 무서웠다. 손을 잡아줄 남편이 절대적으로 필요했다. 왜 대기실에 그렇게도 남자들이 많았는지 연우는 금방 이해하게 되었다.

그나마 관록 있는 의사를 만나, 연우의 아기집은 금방 발견되었다. 부채꼴 무양으로 비춰지는 화면에 강낭콩 주머니 같은 것이 보였다.

검은색 주머니 안에는 결혼반지가 들어 있는 것 같았다. 결혼반지의 뭉쳐진 끝이 반짝였다. 마우스를 움직여 아기집의 크기를 잰 의사가 말했다.

"생리 기준일로는 오 주 일 일인데 크기는 육 주 일이네요."

남편이 며칠 전에 시간이 빨리 흐르는 것 같다고 했는데, 몸의 시간도 빠른 모양이다. 아기는 연우도 모르는 사이에 움을 틔우고 있었다.

"축하드립니다."

이 얘기는 남편이 들어야 될 것 같다. 집요하고 끈질긴 노력 끝에 성공하셨으니.

"반짝반짝거리는 게 심장이에요. 심장 소리 들어볼까요?"

곧이어 스피커를 통해 쑥쑥쑥쑥 하며, 빠른 심장 소리가 들려왔다. 제가 쑥쑥 잘 자라고 있다는 사실을 알리는 듯 건강한 소리였다. 기분이 이상했다. 준비되지 않은 벅찬 마음이 울컥거렸다. 이 소중한 걸 혼자 듣게 되어 남편에게 괜스레 미안해졌다.

"진료 기록은 병원 어플로 다 확인할 수 있어요."

그녀의 마음을 읽기라도 한 듯이 의사가 말했다.

"심장 소리도 다시 확인할 수 있는 거죠?"

"그럼요. 다 저장됩니다. 몸이 어디 불편한 데는 없나요?"

"불편한 건 없고요. 근데 졸음이 많아졌어요. 살도 좀 쪘고요."

"체중 증가는 아직은 그다지 일반적이지 않고 그냥 많이 드셔서 그럴 거예요."

아 네…… 다정한 미소로 팩폭 날리시는 의사 선생님 덕에 연우는 숙연해졌다.

"엽산은 드시고 있죠? 비타민D도 중요하니까 햇빛도 적당히 보시고요."

의사는 연우의 표정에 아랑곳없이 단단한 당부를 하고는 진료를 마무리 지었다.

"다음 진료 때는 예정일이 더 정확해질 거예요. 가시기 전에 산전검사 하시고, 이 주 뒤에 뵙죠."

진료실을 나온 연우는 안내직원의 안내대로 산전검사를 받고 다음 진료를 예약한 뒤 산모수첩과 임신확인서를 받았다. 임신 초기에 특히 조심해야 된다고 했는데, 의사에게서 받은 초음파 사진을 보니 설레서 발을 동동 구르게 됐다.

아가야 안녕.

남편은 또 얼마나 좋아할까. 하지만 우리 바보 남편은 초음파 사진을 봐도, 산모수첩을 봐도 이게 뭔지 모를 거야. 임신확인서를 보고도 아무 생각이 없을지도 몰라. 연우는 키득거리다가 휴대폰을 들어 선재에게 전화를 걸었다.

[여보세요.]

선재는 바로 전화를 받았다. 연우는 들뜬 목소리를 숨기며 물었다.

"오늘 언제 와요?"

[7시쯤? 늦지는 않을 것 같아.]

바로 말해주고는 싶은데 지금 말하려니 그의 표정을 보지 못하는 것이 아까웠다. 연우는 사실을 말해주는 대신 과제를 냈다.

"꽃 사 가지고 와요, 꽃, 꽃."

남편의 축하를 받고 싶었다. 하지만 그를 위한 꽃이기도 할 것이다.

[꽃? 바구니? 꽃다발?]

"꽃다발 직원 시키지 말고 여보가 사 오기로, 화환처럼 커다란 거 말고 그냥 적당한 한 다발이요."

[알겠어. 무슨 꽃이 좋아?]

"여보가 알아서 예쁜 걸로 사 와요."

[내 센스를 믿어?]

생명력만 신경 쓰느라 콩나물 같은 걸 사 오지는 않을까 하여 한마디 해두려다가 마음을 거두었다. 그의 센스를 믿어보고 싶었다.

"그냥 기대해볼게요."

[알겠어. 당장 사러 간다.]

"저녁때 봐요."

[응. 이따 봐.]

남편은 대뜸 꽃을 요구하는 그녀에게 대체 무슨 일 있는 거냐고 묻지도 않는다. 이런 무딘 남자. 후훗. 하지만 괜찮아. 키우는 재미가 있어.

세상이 아름답게만 보이는 연우는 병원 밖으로 나와 따뜻한 공기를 들이마셨다. 기사님의 차가 도착할 동안 비타민D를 흡수해볼까. 병원 앞 벤치에 앉은 연우는 지나다니는 사람들을 바라보며 행복을 만끽했다.

"주말엔 벚꽃이 피겠다."

아기 태명은 벚꽃이라고 지을까, 아니면 쑥쑥이라고 지을까. 설레는 마음으로 상상의 나래를 펴고 있을 때 같은 벤치에 남자 한 명이 앉았다. 다른 자리도 많은데 굳이 옆에 앉는 것이 신경 쓰여 연우는 엉덩이를 옆으로 옮겼다. 남자는 오래 앉아 있지 않았다. 그런데, 남자가 일어난 순간 그녀의 머리 위에서 뭔가가 분사되었다. 독한 알코올성의 코를 찌르는 냄새가 났다가 순식간에 사라졌다. 잠깐 머리가 어찔했다. 원래 술을 마시지 못하는 체질이라 알코올 냄새에도 몸이 민감하게 반응하는가보다 하고 생각했다.

더 앉아 있는 것이 신경 쓰여서 연우는 몸을 일으켰다. 얼른 집에 가야지. 집에 가서 쉬어야지. 짧은 기다림 끝에 치기 도착했다. 햇빛을 정면으로 봐서 그런가. 초록색, 파란색, 보라색의 점들이 잔상이 되어 계속 눈앞을 어지럽혔다.

"사모님 댁으로 갈까요?"

운전대를 잡은 기사가 물었다.

"네, 부탁드릴게요."

연우는 짧게 대답하고 바로 눈을 감았다. 임신 때문에 쏟아지는 졸음에 춘곤증이 더해져 금방 몸이 나른해졌다. 차가 조용히 출발했다.

선재는 회사의 지하상가 꽃집에서 꽃을 골랐다. 크리스마스에 꽃다발을 선물했다가 울린 뒤로 꽃 선물은 꿈도 못 꾸고 있었는데 연우가 먼저 부탁해주어 내심 기뻤다.

그래도 하나를 가르쳐주면 하나는 제대로 아는 남자였다. 분홍색 장미는 거들떠도 보지 않았다. 이것도 예쁘고 저것도 예뻐서, 사랑하는 아내가 들고 있으면 아내의 얼굴도 활짝 피어날 것 같아서 이것저것 고르다 보니 정말 꽃다발이 걷잡을 수 없이 풍성해질 위기가 왔다. 선재는 플로리스트의 조언에 따라 몇 송이는 포기했다. 꽃다발은 퇴근할 때에 찾으러 가겠다고 말해놓았다. 앞으로도 아내가 자신에게 조르는 게 많아지면 좋겠다고 생각했다. 다가올 저녁시간을 기대하며 선재는 일정에 따라 업무를 밟아나갔다. 정시에 일을 모두 정리할 수 있을 것 같아 기분이 좋았다. 점점 설렘이 생겨나고 있을 때, 뜻밖에도 기사 대기실에서 전화가 왔다.

"네. 강선재입니다."

[부사장님, 기사실 실장 고승규입니다. 혹시 사모님 연락 받으셨습니까?]

"꽃다발 사 오라는 연락이요?"

[아, 아니, 그게 아니라…… 그럼 혹시 김상기 기사 연락은 받으셨습니까?]

김상기는 연우와 자신의 운전 담당 기사의 이름이다. 문득 불안감이 엄습했다. 선재는 딱딱해진 목소리로 물었다.

"왜 그런 걸 묻는 겁니까."

[다름이 아니라, 김상기 기사가 아직 복귀하지 않았습니다. 집으로 돌아간다는 말도 없었고요. 혹시나 해서 차에 달린 GPS로 추적해봤는데 남양주 쪽으로 잡혔…….]

"지금 대기실로 내려갈게요."

선재는 기사실장의 목소리를 끊어내고는 곧장 말했다. 전화를 끊은 그는 바삐 집무실을 나서며 연우에게 전화를 걸었다. 전화기가 꺼져 있다는 메시지가 흘러나왔다.

연우는 밤이 되어서야 눈을 떴다. 콘크리트 골격이 드러난 공사장이었고, 불빛은 희미해서 이런 일을 꾸민 자가 누구인지 제대로 보이지 않았다. 그녀는 팔과 다리가 묶여 있었고 입에는 테이프가 붙어 있었다. 한참 옆에는 기사님이 있었다. 기사님도 연우와 같은 처지인 것 같았다. 기사님은 아직 정신을 차리지 못한 듯했다. 가까운 곳에서 말소리가 들렸다. 연우와 기사님 쪽에는 전등이 켜져 있었지만 범인들 쪽에는 전등이 없었다.

"얼마짜리라고 부를까? 마 사장한테 수수료도 백 억 넘겨줘야 되니까 한 이백 억쯤?"

"이백 억? 그럼 삼십삼 억씩이잖아. 장난해? 쟤네 남편 그룹 자산이 수십 조일 텐데."

"그러게. 그럼 사백 억으로 할까?"

"그래. 그래야 우리가 나눠 가져도 배가 부르지. 일단 오백 억으로 부르면 거기에서 딜을 하겠지. 적어도 사백 억 아래로 안 내려가게 해보자고. 인당 백 억은 쥐어야 되니까."

"코인 지갑은 만들었어?"

"마 사장이 추적당하지 않는 걸로 생성해서 보내주겠다고 했는데 아직 연락이 없네. 일처리가 이렇게 느려서야 원."

"돈 받고 싶으면 똑바로 좀 하라고 그래."

이야기를 나누는 건 세 사람인 듯했다. 정신을 차리자. 놈들에게는 체계가 없어. 즉흥적으로 일을 꾸미고서 신이 난 게 틀림없어. 그만큼 바보 같은 놈들일 거라는 얘기다.

"쟤 때문에 몇 년 동안 이를 갈았는데 좀 시원해졌네. 이런 복덩이가 돼 있는 줄도 모르고."

숨을 죽이고 목소리를 들은 연우는 목소리의 주인공이 황상욱이라는 것을 알아차렸다. 이것 역시 옥승혜의 짓일까. 옥승혜가 자신의 이름을 팔아 황상욱에게 거짓말을 한 걸까. 억울한 마음이 사무쳤지만 입이 막혀 있어 어떤 말도 할 수가 없었다.

"거기다가 더 예뻐졌어. 하긴, 원래 예뻤지."

어둠 속에서 황상욱의 비릿한 웃음이 느껴졌다. 연우는 온몸에 소름이 돋았다

"어허. 상품인데 함부로 건드릴 생각 하지 마라."

정체를 알 수 없는 남자가 말했다. 연우는 속으로 조금 안도했다. 저 사람들은 날 없애지 못해. 그럼 됐어. 살아서 돌아갈 수 있어. 아무것도 생각하지 말자. 돈 생각도 하지 말자. 나만 다치지 않고 돌아가면 돼.

그러나 그 의지 가득한 마음은 가슴 안에 몇 분 머물지 못했다.

"일단 우리가 돈을 손에 쥐기 전까지는 존중해줘야지."

연우는 다시 섬뜩해졌다.

위치를 추적할 수 있는 모든 방법을 동원하여 경찰은 남양주의 산 아랫자락에 버려진 차를 찾아냈다. 차에는 연우의 휴대폰과 기사의 휴대폰이 버려져 있었다. 블랙박스는 범인이 탄 직후에 꺼졌고 차 내부를 비추지는 않아서 범인을 특정할 수가 없었다. 다만 경찰은 기사와 연우가 납치되었다는 데에 무게를 두어 움직일 수 있게 되었다.

경찰과 함께 남양주로 갔다가 곧장 서울로 돌아온 선재는 마진태의 집을 찾았다. 오늘 재판에서 마진태가 보란 듯이 했던 말을 도무지 잊을 수가 없었다. 집 앞에서 마진태든 마상희든 불러보려고 했는데, 마침 귀가하는 마상희와 맞닥뜨리게 되었다. 선재는 다짜고짜 마상희의 멱살을 잡았다. 이성적으로 생각할 마음의 여유가 없었다.

"뭐, 뭐예요, 당신!"

식겁한 마상희가 물었다.

"너야말로 뭐야."

마상희의 표정은 순박했다. 정말로 그가 왜 그러는지 아무것도 알지 못하는 얼굴이었다. 선재는 절박하게 사실을 털어놓았다.

"연우가 없어졌어. 아는 거 없어?"

"가출을 했다고요?"

"가출 같은 게 아니야. 납치라고."

마상희의 눈동자가 이리저리 흔들렸다.

"네 아빠가 그런 거 아니야?"

주저하던 마상희가 울상이 되어 털어놓았다.

"……엄마가 선고받기 전에 통화하는 걸 들은 적 있어요. ……엄마가 누군가한테 출소를 축하한다는 말을 했었어요. 아무래도 그게 황상욱이었던 것 같아요."

황상욱. 팔 년 전 연우를 폭행했던 그놈이었다.

"엄마가 통화하면서 그쪽이랑 연우 얘기도 했었어요, 그 전화 상대한테. 이연우 남편 때문에 네가 거기 간 것이다. 이연우 남편이 널 가만히 둘 수가 있었겠니, 대강 그런 말이었어요……."

말을 마친 마상희는 결국 울음을 터트렸다. 선재는 눈앞이 멍해졌다. 황상욱이라는 놈이 보복심리로 연우를 데려갔다면, 연우의 목숨이 위험할 수도 있다.

그 와중에 선재의 개인 이메일 주소로 이메일이 도착했다. 이 주소를 아는 사람은 몇 되지 않는데, 놈이 그 주소로 연락을 해 온 것이 놀라웠다.

이연우는 안전하게 잘 있습니다. 경찰에는 알리지 않는 게 좋을 겁니다. 지금 알려드린 주소로 오천만 달러 코인을 보내면 이연우를 돌려 보내 주겠습니다.

황상욱은 보낸 지 몇 분 만에 도착한 답 메일에 대단히 놀랐다.

연우와 김상기 님의 안위가 직접 확인되어야 코인을 보낼 수 있습니다.
연우와 김상기 님의 정면 사진을 보내주십시오.

간결한 문장에 황상욱은 피식 웃고 말았다.

"이메일은 금방 확인한 모양인데? 언제든 돈은 보낼 수 있나 봐. 역시 재벌의 배포는 대단하네."

"오천만 달러라고 하지 말고 일 억 달러라고 할걸."

"그러게. 아쉽네."

"일단 오천만 달러 받고 더 달라고 하면 되지. 어디까지 줄 수 있나 한번 보자고."

황상욱은 선재의 요구를 들어주기 위해 연우의 입에 붙어 있던 테이프를 떼어내고 손을 풀었다.

"안녕? 나 오랜만이지?"

팔 년 만에 황상욱과 얼굴을 마주한 연우는 모골이 송연해졌으나 내색하지 않았다.

"네 남편이 사진을 보내라고 한다. 잘 웃어줘."

사진을 대강 찍은 황상욱은 바닥에 축 처져 있는 기사를 흔들어 깨웠다. 그러나 기사는 일어나지 않았다.

"그 남자는 대충 사진 찍어서 보내. 그렇게만 해도 강선재라면 돈 보내줄 거야. 돈을 안 보내주면 자기 와이프도 저놈처럼 되겠구나 하고 위기감을 느끼겠지."

"그러려나?"

황상욱은 기사가 눈을 감고 있는 모습 그대로 사진을 찍었다.

"야, 근데 테이프 어디 있냐. 다시 입 좀 막아놔야 되는데."

"그냥 둬. 심심하면 노래나 시키게."

다른 녀석이 키득거리며 장난스럽게 말했다.

연우는 재빨리 주변을 훑었다. 약품 이름이 쓰인 커다란 병과 작은 분무기가 보였다. 그녀에게 사용된 약은 분사해 사용할 수 있는 수면 마취 약품인 모양이었다. 약품을 적신 손수건으로 입과 코를 막아 사람을 기절시키는 장면이 나오는 영화를 몇 번 본 적 있다. 이것도 그런 종류인 듯했다. 이제 밤이 찾아왔으니 어떻게든 그들도 잠을 자야 할 테고 한 명씩 돌아가며 계속 인질들의 보초를 서겠지. 까마득한 밤이 되면 보초를 서던 나머지 한 명도 꾸벅꾸벅 졸게 되는 때가 올 거야. 그때 나도 저 도구들을 사용할 수 있을 거야. 연우는 침착하게 마음속으로 계획을 정리했다.

아가야. 미안. 아가야. 너는 살아 있을까? 부디 계속 심장이 뛰고 있었으면 좋겠어. 반드시 안전하게 돌아갈게.

시간이 꽤 길게 흘렀다. 긴 시간을 버텨온 연우에게 드디어 기회가 찾아왔다. 황상욱을 포함한 다른 한 명이 멀찍이 떨어져 담요를 덮고 잠들었고 한 명만 남아 인질들의 보초를 섰다. 약품은 연우에게서 멀지 않은 곳에 있었다. 여차하면 연우를 기절시켜야 하기 때문에 보초를 선 녀석이 가지고 있었던 것이다. 몇 시간 동안의 사투 끝에 제 손을 묶은 줄을 몰래 풀어낸 연우는 보초를 선 녀석에게 약품을 마구 분사했다. 놈이 깨지 않는 것에 자신감을 얻게 된 연우는 영화에서처럼 화장지에 약품을 적셔서 쓰러진 놈의 호흡기 앞에 가져다놓았다. 놈의 주머니에 휴대폰이 있었다. 연우는 GPS를 켜서 현재 위치를 선재의 휴대폰 번호로 전송했다. 연우가 있는 곳은 부도가 나서 건설이 중단되었다던 아파트의 공사현장이었다.

거기까지 작업을 마쳤을 때 저편에서 부스럭거리는 소리가 들렸다. 누군가 깨어나면 곤란하다. 연우는 다시 숨을 죽이고 동태를 살폈다. 기사를 흔들어보았으나 반응이 없었다. 그의 상태가 걱정되었다.

나만 빠져나갈 수는 없어. 기사님을 업고 나갈 수도 없어. 남편이 올 때까지 기다려야 돼. 남편이 오려면 얼마나 걸릴까. 한 시간? 두 시간? 서울에서 그다지 먼 것 같지는 않던데.

아무래도 잠든 두 명도 손을 봐야 할 것 같았다. 굳게 마음먹은 연우는 전사의 표정으로 자리에서 일어났다. 황상욱의 옆에 누워 있는 남자는 심하게 곯아떨어져 있었다. 연우는 아까와 마찬가지로 휴지에 약품을 잔뜩 묻혀 남자의 코를 눌렀다. 이제 황상욱의 차례. 황상욱만 기절시키면 집으로 돌아갈 수 있다. 그렇게 기대를 품고서 용감하게 돌아섰는데, 덜컹, 총구가 그녀의 이마를 눌렀다.

"이거 알지? 허튼짓할 생각은 마."

황상욱이 소름 끼치는 목소리로 말했다. 곯아떨어진 남자를 손보는 사이에 황상욱은 조용히 자리에서 일어난 것이다.

"네 남편을 원망해라. 네 남편이 보내는 알람 덕분에 상쾌하게 깨어났으니까. 깔끔하게 돈을 보내주셨지 뭐야."

황상욱은 낄낄거렸다.

"애들이 다 정신도 못 차리고 있네. 뭘 어떻게 한 거지? 뭐 괜찮아. 나도 혼자서 돈 버는 게 좋으니까. 그리고 한국 놈들이야 내 알 바 아니지."

황상욱은 시커먼 속을 드러냈다.

"하지만 넌 아직은 안 되지. 내가 한국을 빠져나갈 때까지 방패가 되어줘야 되지 않겠어?"

황상욱은 계속 연우에게 총구를 겨눈 채로 그녀의 팔을 잡아 끌어당겼다.

"돈이 들어왔으니 이제 나가자고. 일어나."

어스름하게 새벽이 밝아오고 있다. 남편에게 지금의 위치를 알려주었는데, 여기에서 다시 장소를 옮기게 되면 모든 것이 틀어져버린다. 연우는 용기를 내어 따졌다. 오해라도 풀어보자고 생각했다.

"왜 내게 원한을 갖는 건지 모르겠네요. 혹시 내가 당신을 미국 교도소에 가뒀다고 생각하는 거예요?"

"아니야? 하지만 네가 아니면 네 남편이 그랬겠지."

"내 남편은 내게 그런 일이 있었다는 것도 결혼할 무렵에야 알았어요. 그때 당신은 복역 중이었을 거고요."

"그걸 어떻게 믿나."

황상욱은 코웃음 쳤다.

"그리고 누가 신고했든 그게 무슨 상관이야. 이제 아무 의미 없어. 너를 여기 데려온 이상 우리 미래는 정해진 거잖아. 안 그래? 일어나. 가자고."

연우는 황상욱을 따라 움직일 수밖에 없었다.

밤새 머물렀던 아파트 공사장 이 층에서 내려와 일 층으로 가는 길.

"젠장. 다시 올라와."

그러나 황상욱은 몇 계단 내려가지 못하고 다시 위로 올라오라며 끌어당겼다. 아래층에서 인기척이 들려온 것이다. 연우는 황상욱에게 떠밀려 사 층까지 올라갔다. 그리고 악착같이 쫓아온 상대를 알아보게 되었다. 몰아쉬는 숨소리만 어렴풋이 들어도 알아챌 수 있었다. 연우는 눈물이 핑 돌았다.

이윽고 사 층으로 숨어들려던 황상욱을 쫓아온 선재가 얼굴을 드러냈다. 황상욱은 경악해 보였다.

"어떻게 된 거야. 어떻게 여길 왔지?"

연우 또한 놀라긴 마찬가지였다. 그에게 위치 문자를 전송한 지 십 분 남짓밖에 지나지 않았을 텐데 이렇게 빨리 찾아와준 것이 놀라웠고 다행스러웠다. 하지만 마냥 안도할 수가 없었다. 황상욱에게는 무기가 있었다.

"돈을 보냈으니 직접 데리러 온 것뿐이야. 총은 내려놓고 그대로 떠나."

그의 손에 들린 무기를 알아본 선재가 조심스럽게 말했다. 황상욱은 보란 듯이 연우에게 총구를 겨누었다. 가까이 오면 그녀를 죽여버리겠다는 듯이.

"네가 생성한 지갑으로 코인 보냈어. 요구한 금액에 웃돈까지 얹었으니 죽을 때까지 편히 살 수 있을 거야."

선재의 자비 넘치는 목소리에 황상욱은 다시 금액을 확인해볼 요량으로 휴대폰을 꺼내 들었다. 그러나 그는 코인 지갑을 확인하러 접속했다가 당황하고 만다.

"내, 내 지갑은? 어디 간 거지?"

몇 시간 전에 생성한 지갑이 감쪽같이 사라져버렸다. 분명 그 지갑에 코인이 들어온 것까지 직접 눈으로 확인했는데.

"그걸 왜 나한테 물어보나. 너도 코인 들어온 거 확인했을 거 아니야."

선재가 강경하게 물었다. 황상욱은 당황한 목소리로 고개를 저었다.

"아니야. 없다고. 없어."

감정이 동요하자 그녀를 향해 겨눈 총구의 끝이 흔들렸다. 선재가 더 다가서며 말했다.

"그렇다면 네 수장이 가져갔겠지. 얼른 가서 돈 좀 나눠달라고 해."

"너 내 지갑에다가 무슨 짓을 한 거야."

"나는 분명히 네가 시키는 대로 보냈어. 내가 네 지갑에 뭘 할 수 없다는 거 알잖아."

"개소리하지 마!"

"알았어. 더 보낼 테니까 다른 주소나 말해줘. 총 내려놓고."

황상욱이 정말 사기를 당한 것인지 연기를 하는 것인지 알 도리가 없는 선재는 한숨을 쉬며 말했다. 어쨌든 연우를 안전하게 데려오는 것이 중요했다.

그때, 쿵쿵쿵쿵, 계단을 올라오는 발소리가 시끄럽게 들렸다.

흥분한 상태의 황상욱은 연우를 겨누던 총구의 방향을 급히 계단 쪽으로 바꾸었다. 선재도 그쪽에 있었다.

"안 돼."

황상욱의 의미심장한 움직임에 놀란 연우가 황상욱을 붙잡아 그 팔을 위로 쳐냈다.

탕!

허공으로 총성이 터졌다. 단 한 발밖에 없는 탄알이었다.

"이이이이!"

무기를 잃은 황상욱이 분노한 표정으로 연우를 향해 달려들었다. 뒤쪽은 뻥 뚫린 베란다였다. 중심을 잃은 연우의 몸이 뒤로 홱 밀려났다. 아주 눈 깜짝할 사이에 벌어진 일이었다.

필사적으로 포커페이스를 유지하고 있던 선재의 표정이 무너졌다.

아직 어둑한 새벽이었으나, 연우는 남편의 눈을 선명히 확인할 수 있었다.

안 돼.

싫어.

내가 왜?

내가 왜 이렇게 돼야 하지?

이제야 겨우 제대로 행복해지기 시작했는데 왜.

연우는 운명을 원망했다. 하지만 소리가 나오지는 않았다. 그 와중에 남편이 자신의 이름을 부르며 달려오는 것이 어렴풋하게 보였다.

안 돼. 그가 나를 따라 뛰어내리면 안 된다.

이쪽으로 오지도 말았으면 좋겠어. 당신이 내가 죽어가는 모습을 볼 수 없었으면 좋겠어. 당신에게 연락을 한 게 나의 실수였다.

느릿한 추락 속에서, 누군가 이성을 잃어가는 남편의 몸을 붙잡는 것이 희미하게 보였다. 경찰인 것 같았다. 그래도, 그나마 다행이라고 생각했다. 다행이야. 천만다행이야.

이제 막 심장이 뛰기 시작한 아가야, 미안.

지켜주지 못해서 정말 미안. 엄마가 잘못했어.

신께 기도합니다.

제 인생이 두 번이었으니 제 배 속의 생명에게도 여러 갈래의 길이 있지 않을까요?

어떤 세상에서든 이 생명이 부디 건강하게 태어나길.

건강하게 자라고 듬뿍 사랑받고 예쁘게 사랑하며 행복하게 살아가길.

그리고. 예쁜 그대. 너무 많이 울진 마.

당신의 인생 한 페이지가 온통 슬픔뿐이더라도 그 페이지는 곧 넘어갈 테니까 세상이 끝난 듯이 무너지지는 마.

절대, 당신의 탓이라고 생각하지도 마.

사랑해. 내 사랑.

그 마음을 놓을 수는 없을 거야.

능력자

주머니 안에서 따뜻하게 잡아주던 손. 이름을 불러주던 목소리. 그대가 해주었던 음식들. 팔베개. 예쁘다는 말. 사랑한다는 말. 사랑해서 하게 되었던 수많은 약속들. 잠들기 전까지 서로를 응시하다가 서로의 꿈에서 다시 만날 것처럼 눈을 감고 잠에 이르던 숱한 날들. 그대의 숨소리를 확인하며 눈떴던 수많은 아침들.

그 소중한 순간들이 작별을 고한다.

하지만 나로 인해 당신이 무너지지 않길.

내가 당신에게 행복만 가져다준 것이었으면.

* * *

"헉!"

경기를 일으키며 자리에서 벌떡 일어나 앉은 연우는 제 주변을 둘러싼 생소한 배경에 숨을 쉬는 것도 잊은 채 고개를 두리번거렸다.

'여긴 어디지?'

웬 방 안에서, 신발까지 신고 있다. 아파트 공사장에서의 차림 그대로다. 분명 아파트 공사장에서 추락했는데. 죽을 운명이었는데 완전히 낯선 장소에서 눈을 뜬 것이다.

연우는 심호흡을 정리하며 조용히 눈을 굴렸다. 남편의 말이 떠올랐다.

"그 얘기 알아? 어떤 사람들은 신이 인생의 마지막 순간에 잠깐 과거로 돌아갈 수 있는 기회를 준대."

선재는 그렇게 말했었다. 친구 수지에게도 한 번 들었던 말이다. 그리고, 남편은 정말로 죽기 직전 과거로 타임리프했었다. 그녀 또한 비슷한 운명이 된 것일까.

"그런데 대체 여기가 어딘데. 어느 과거로 돌아온 건데."

하지만 자신이 있는 곳이 어디인지 전혀 알 수가 없었다. 황당했다. 그곳은 예전에 자신이 살던 집도 아니었고 기억에도 없었다. 다만, 그녀의 옆에 엄마의 옛날 가방이 있었다. 연우가 초등학교 2학년 때였나. 바닥에 구멍이 뚫릴 때까지 엄마가 쓰던 빨간색 가방. 그 가방이 말짱한 상태로 제 옆에 놓여 있었다. 그럼 초등학교 2학년이 되기도 전의 과거로 돌아왔다는 얘긴데.

'설마.'

다시 둘러보니 어렴풋이 떠오르는 것 같기도 했다. 연우는 자리에서 일어서서 방문을 열고 나갔다. 역시 연우의 짐작이 맞았다. 주인집.

마진태와 옥승혜의 집이었다.

'내가 왜 여기 있는 거야. 도둑으로 몰리겠잖아.'

거실에는 아무도 없었지만, 그래도 이 집의 주인들에게 들키지는 않을까 초조해졌다. 연우는 숨 쉬는 일도 조심하며 살금살금 걸음을 옮겼다.

'근데 집이, 내가 아는 것과는 달라. 아주 많이 달라.'

이 집에 많이 들어와 본 건 아니지만, 그래도 기억력이 좋은 연우는 어느 정도는 기억할 수 있었다. 전화기와 TV, 그리고 가구들이 꽤나 옛날식이었다. 자신이 아주 오래전의 과거로 떨어졌다는 얘기다.

오늘이 몇 년 며칠일까. 그걸 어떻게 알아봐야 되지? 다시 머리를 굴리던 연우는 가까이에 있는 전화기를 집었다. 스마트폰이 없었던 시절, 연우의 아빠가 매일 아침 연우에게 부탁했던 일이 있었다. 일기예보 자동안내 전화로 그날의 날씨 알아보기. 연우는 용기 있게 수화기를 들어 131번을 눌렀다. 일기예보안내 전화번호다.

[안녕하세요. 일기예보안내 전화 서비스입니다.]

자동음성이 흘러나왔다. 연우는 음성안내에 따라 빠르게 안내번호를 눌렀다.

[○○년 6월 25일, 오늘의 서울 날씨를 말씀드리겠습니다.]

"뭐? 뭐?"

날씨를 안내하기 이전에 들려온 음성에 연우는 황당하여 수화기를 놓칠 뻔했다. ○○년. 그녀가 살고 있던 해로부터 이십일 년 전의 6월 25일이었다.

'……내가 다섯 살 때로 돌아왔다고?'

믿을 수가 없어서 연우는 현재의 상황도 잊은 채 상담원 연결 번호를 눌렀다.

[네. 무엇을 도와드릴까요?]

인사를 건네는 상담원에게 연우는 다짜고짜 물었다.

"오늘이 몇 년 몇 월 며칠이에요?"

연우의 황당한 질문에도 상담원은 당황하지 않고 대답했다. 상담원의 대답은 조금 전에 들었던 안내방송과 같았다. 정말로 이십일 년 전. 다섯 살이었던 때로 돌아온 것이다. 스물여섯 살의 모습 그대로.

근데 6월 25일? 6월 25일에 무슨 일이 있었던 것 같은데? 한국전쟁이 발발한 날이라는 건 알고 있고. 그리고 개인적으로 다른 일도 있었던 것 같은데.

누렁 씨. 왜 난 이날로 돌아왔나요?

"아……!"

떠올리는 데는 그리 오래 걸리지 않았다. 연우는 얼마 전에 찾아보았던 신문기사 한 토막을 기억해냈다. 6월 25일. 서울 강남 야산 무허가 판잣집에서 화재가 발생한 날이다. 남편이 화재사고를 경험한 날. 남편이 사울을 떠나보낸 날.

"하아."

기억을 떠올린 연우의 눈시울이 뜨겁게 젖었다. 이 모든 게 누렁 씨의 빅 픽처였을까? 자신을 구해달라는 신호였을까?

전화를 끊은 연우는 곧장 움직였다. 시계를 보니 3시 40분을 지나고 있었다. 화재가 발생하는 시각은 4시 10분이다. 이제 삼십 분밖에 남지 않았다. 연우는 다시 이전의 방으로 돌아가 엄마의 낡은 가방을 열었다. 엄마는 대체 어디 갔을까. 마당에 있을까? 지금보다 젊은 시절의 엄마 또한 그립다는 생각을 잠깐 하며, 그녀는 엄마의 가방을 뒤져 지갑을 꺼냈다. 지갑에 든 돈은 만 오천 원이다.

'엄마, 미안해. 만 원만 가져갈게.'

연우는 돈을 주머니에 넣고 곧장 밖으로 나왔다. 강남 야산이 어딘지는 몰라도 그곳으로 빨리 가야 했다. 한시가 급했다.

아무와도 마주치지 않아 다행이라고 생각하며, 재빨리 걸음을 옮기려던 그때.

"당신 누구야!"

결국 이 집의 주인, 옥승혜와 마주치고 말았다. 옥승혜는 마당에 나와 있었던 것이다.

"왜 여기 있어!"

옥승혜가 두려움 가득한 목소리로 따졌다. 젊은 시절의 옥승혜는 비록 상황이 상황인지라 인상을 쓰고는 있었지만, 연우가 건너온 미래의 모습보다 훨씬 유순한 인상이었다.

"……마 사장님 회사 직원입니다. 마 사장님 심부름으로 왔다가……."

그런데, 옥승혜의 표정이 정말 예사롭지 않았다. 옥승혜는 연우를 발견하여 놀란 게 아니었다. 승혜는 고통스러운 듯 얼굴을 일그러뜨리며 배를 붙잡고 있었다. 그녀의 배는 불룩 나와 있었다. 임신 중이었던 것이다. 안 돼도 칠팔 개월은 된 것 같았다.

"괜찮으세요?"

"병원, 병원……."

옥승혜가 숨조차 쉬기 힘든 얼굴로 연우의 어깨를 붙잡으며 말했다. 연우는 오래전 엄마가 해주었던 말을 기억해냈다.

"옥승혜는 아이를 잃은 적이 있어. 상희 아래로 동생이 있었는데 태어나질 못했어. 그래서 안됐다고 생각했어. 그래서 잘해주려고 했었어."

이 아이가 그 아이구나. 연우의 가슴이 욱신거렸다. 아이가 무사했으면 했다.

하지만 한시가 급한데. 사울도 구해야 하는데.

"움직이실 수 있겠어요?"

연우는 옥승혜를 부축하여 집 안으로 들어갔다. 그리고 소파에 몸을 편히 누여주었다.

"조금만 참으세요. 천천히 심호흡하시고요. 119 부를게요."

그렇게 다시 전화기 앞으로 간 연우는 활짝 열린 현관문 틈으로 마진태의 얼굴을 보았다. 마진태가 집으로 들어오려 하고 있었다.

"사장님이⋯⋯."

정말 잘된 일이다. 연우가 마진태 사장의 심부름으로 여기 온 게 아니라는 사실이 밝혀지지만 않는다면.

연우는 전화기를 내려놓았다. 마진태에게 빨리 달려가야 했다. 허겁지겁 움직이는 연우의 옷자락을 옥승혜가 덥석 붙들었다.

"어딜 가려고."

옥승혜가 고통스러운 듯 헉헉대며 원망스럽게 물었다.

"사장님이 밖에 있어요. 바로 들어오라고 할게요."

현관문과 반대편 방향으로 누워 있었던 옥승혜는 마진태를 볼 수가 없었다. 옥승혜는 고개를 가로저었다.

"가지 마. 여기에서 불러."

"정말 사장님이 밖에 있다고요."

옥승혜의 눈 위 실핏줄들이 투둑 터져나갔다. 흰자위가 온통 붉어져 그녀의 눈에 매달린 눈은 피눈물처럼 보였다. 지금 날 버려두면 널 저주할 거야. 옥승혜의 마음에 머물러 있는 목소리가 들리는 것 같았다.

"죄송해요. 저는 가야 돼요."

연우가 옥승혜의 손을 뿌리치며 다시 말했다.

"사장님이 오고 계세요. 바로 병원 데려가시라고 말씀드릴게요."

옥승혜의 호흡이 점점 받아지고 있었다.

"아기도 사모님도 건강하길 기도할게요. 다 잘될 거예요."

연우는 재빨리 집을 빠져나왔다. 마진태는 마당에서 어슬렁어슬렁 집으로 걸어오다가, 제게로 달려오는 연우를 만났다.

"사장님, 지금 사모님이 배가 많이 아파요!"

연우는 마진태에게 급하게 말했다. 약간의 알코올 냄새가 났다. 마진태는 낮술을 한잔한 것 같았다. 이해한다. 이때쯤 그의 회사가 주저앉아가고 있었을 것이다. 회사를 살리려 이리저리 뛰어다니다 보면 낮술도 할 수 있다. 그래도 그리 많이 마신 것 같진 않았다. 다행이었다. 마진태는 눈썹을 올리며 그녀에게 물었다.

"아가씨는 누구지?"

"꼭 병원에 가세요. 아기가 잘못될 수도 있어요. 꼭 가세요. 꼭!"

연우는 마진태의 질문에 대답하지 않고 강하게 당부했다. 그리고 곧장 대문 밖으로 나갔다. 자신에게 주어진 과제를 해결하는 게 우선이었다.

마당에 덩그러니 남겨진 마진태는 시큰둥하게 현관을 노려보았다.

"아들 임신했다고 호들갑 떠는 것도 한두 번이지. 임신이 벼슬도 아니고 참……."

마진태는 진절머리가 난다는 듯 고개를 가로저었다. 그는 집으로 들어가지 않고 그냥 뒤돌아버렸다.

연우는 큰길로 나와 택시를 잡아탔다. 3시 50분. 속이 탔다.

"어디로 가면 되죠?"

그녀가 행선지를 말하지 않은 채로 숨을 고르고만 있으니, 택시기사가 먼저 물었다. 어디로 가야 될까. 오래전 보았던 신문기사에는 '강남의 야산'에서 화재가 났다고만 기재돼 있었다.

"강남의 야산이요……."

연우는 자신 없는 목소리로 대답했다. 택시기사가 별 미친 여자를 본다는 듯이 고개를 돌려 쳐다보았다. 연우는 다시 생각에 잠겼다. 선재는 자신의 집과 사울의 집이 ○○초등학교에서 서로 반대 방향이었다고 했다.

"기사님. ○○초등학교에서 개포동 인근 보육원이 어디죠? 그 근처에 산이 있나요?"

"산이야 많지. 보육원 뒷산으로 가면 돼요?"

노련하게 대답한 기사가 차를 출발시켰다. 차는 십 분 만에 산자락에 도착했다. 엄마의 가방에서 꺼낸 돈으로 차비를 지불하고 택시에서 내린 연우는 다시 눈앞이 까마득해졌다.

"정말 여기일까?"

산이 너무 높고 컸다. 판잣집이야 멀리서도 발견할 수 있겠지만, 그래도 이 녹음 우거진 산을 온통 헤집고 돌아다녀야 된다는 소린데 과연 4시 10분까지 그 과제를 해결할 수 있을지 모르겠다. 지나다니는 사람에게 판잣집이 어디 있냐고 물어보고도 싶은데, 지나다니는 사람조차 없었다. 그렇게 망설이고 있을 때 뜻밖의 구원자가 나타났다.

멍! 멍!

하아. 눈물이 핑 돌았다. 가을의 들판처럼 노란빛의 털, 깊고도 고운 눈. 누렁이가 먼 미래에서의 모습 그대로 그녀의 앞에 나타난 것이다. 연우가 울먹이며 누렁이에게 다가갔다.

"너는 누구야. 누렁이야 누렁 씨야!"

누렁이는 그게 중요한 게 아니라는 듯 구슬픈 숨소리를 내다가 곧장 산을 올랐다.

"따라가면 되는 거지? 너만 믿을 거야, 너만."

연우는 부지런히 누렁이의 뒤를 쫓았다.

"날 낚은 거라면 정말 혼날 줄 알아."

그녀는 울먹이는 목소리로 말을 덧붙였다. 산은 제법 가팔랐다. 오분 정도 힘껏 올라가니 숨이 부쳤다. 숨이 차다는 것이 신기하다. 지금의 고통은 살아 있음을 깨닫게 한다.

연우는 잠깐 생각했다. 혹시 내가 살아 있는 건 아닐까? 현생에서도 죽지 않은 게 아닐까? 죽음 직전에야 과거로 돌아가는 거라고 하지만, 그래도 내가 살아 있는 거였으면 좋겠어. 너무 큰 욕심일까?

하지만 잠깐의 생각은 금방 또 날아갔다. 시간이 얼마나 흘렀을까. 매캐한 연기가 보이기 시작했다. 어느 순간 바삐 앞서 달려가던 누렁이는 보이지 않게 되었다. 하지만 연기 냄새를 따라 연우는 계속 나아갈 수 있게 되었다. 막 타오르기 시작한 집 한 채를 발견하는 건 어려운 일이 아니었다.

그리고, 그 앞. 두 사람이 보였다. 시커먼 광기를 드러내고 몽둥이를 휘두르는 한 남자와 그를 맨몸으로 맞서는 남자아이.

분노를 움켜쥐고 있는 매서운 눈매, 그을었지만 그럼에도 숨길 수 없는 고운 얼굴, 몽둥이를 피하면서 공격을 시도하는 날렵한 몸.

단번에 알아볼 수 있었다. 어린 강선재였다.

하아.

"살려줘요!"

어린 선재를 발견하고 깊이 한숨을 내뱉은 연우에게 선재가 외쳤다.

"내 친구! 내 친구가 집 안에 갇혀 있어요!"

계속 술꾼의 공격을 팔로 막아내며.

"살려달라고!"

번쩍, 어린 선재의 고함에 정신이 든 연우가 허겁지겁 몸을 움직였다. 아, 신고를 먼저 하고 올 것을. 이제야 그것을 생각하게 되었다. 후회스러웠다. 술꾼이 휘발유를 부은 집이었다. 아직 불길이 다는 번지지 않은 상태였다. 하지만 금방이라도 번질 듯이 위태로웠다.

연우는 선재가 예전에 말했던 기억을 더듬어 따끔해지는 눈으로 집을 살폈다. 역시 창문이 있었다. 저기가 화장실이겠지. 참 괴상한 판잣집이다. 손이 닿기도 힘들 만큼 높은 곳에 창문이 달려 있었다. 그것도 오래전 선재가 해주었던 말 그대로였다. 높이 뛰어올라 창문턱을 겨우겨우 손으로 붙잡았다. 버티는 건 또 다른 문제였다. 간신히 창문에 대롱대롱 매달린 연우는 있는 힘껏 몸을 위로 올려 겨드랑이를 창턱에 걸쳤다. 정말 초인적인 힘이었다. 이글이글하고 혼탁하고 거뭇한 공기 속에서, 벽에 붙어 제 입을 가린 채 꼼짝도 하지 않는 어린 사울이 보였다.

"사울."

연우는 다급하게 사울을 불렀다. 사울이 천천히 고개를 들어 올렸다. 눈이 조금 풀려 있었다. 유해가스를 너무 많이 마신 것이다.

"손잡아. 손."

연우가 애타게 말했다.

"잡아. 끌어줄게."

"……."

"정신 차려! 빨리 탈출해야지!"

연우의 소리는 점점 더 높아졌다.

"제발 좀 손잡아! 유사울!"

사울이 비틀비틀 움직여 자리에서 일어났다. 그리고 그녀를 향해 손을 뻗었다.

잡았어. 살 수 있어. 살아 있는 사울의 온기가 그녀의 가슴까지 전해졌다. 연우는 그 손을 끌어당겼다. 그러나.

"아악!"

뒤에서 성큼 다가온 술꾼이 그녀의 머리채를 붙잡았다. 연우는 벽에서 미끄러졌다.

와장창. 그녀의 발아래에 있던 소주병들이 깨지며 그녀의 발목을 마구 할퀴었다. 사울을 붙잡고 있던 손도 풀리고 말았다.

"안 돼."

연우는 다시 올라가고자 깨진 소주병 위로 올라섰으나 이성을 잃은 술꾼은 그녀의 어깨를 붙잡아 반대편으로 팽개쳤다.

술꾼에게 각목으로 공격당하여 잠시 쓰러져 있던 어린 선재가 다시 일어나 술꾼이 들었던 각목으로 술꾼의 머리를 가격했다. 술꾼의 머리에서 피가 터졌다. 어린 선재 역시 피를 흘리고 있었다. 제 몸에 묻은 피를 확인하고서 더욱 실성해버린 술꾼이 어린 선재의 목을 틀어쥐었다. 어린 선재는 들고 있던 각목을 놓쳤다. 선재를 쓰러뜨린 술꾼은 그 위로 엎드려 제 손에 악력을 가했다. 목이 졸리자 어린 선재의 얼굴이 시퍼레졌다.

이번엔 연우가 각목을 집어 들었다. 그녀는 남자의 뒤통수를 쳤다. 선재의 목을 조르고 있던 술꾼의 손이 풀렸다. 술꾼은 선재의 가슴 위로 고꾸라졌다. 그다지 큰 힘은 아니었으나 이미 피로가 쌓인 술꾼은 그대로 기절해버렸다.

"허어허어. 괜찮아?"

술꾼을 선재에게서 멀리 떼어낸 연우가 숨을 몰아쉬며 물었다.

"사울이를 구해 올……."

연우는 어린 선재의 손을 잠깐만 잡아준 뒤 자리에서 일어나려 했지만 그러질 못했다. 어린 선재는 미동이 없었다.

연우는 떨리는 마음으로 어린 선재의 왼쪽 가슴에 귀를 대보았다.

"흐윽."

눈물이 준비 없이 후드득 떨어져 내렸다. 심장이 뛰질 않았다.

연우는 어린 선재의 가슴 위로 두 손을 모아 가슴을 압박했다. 오래전에 심폐소생술 교육을 받았다. 실습 이후에는 교육받은 것을 현장에서 써먹을 만한 상황은 한 번도 없었기에 자신이 실패할까 걱정되었다.

"제발, 제발……."

기억을 더듬어 강하게 어린 선재의 가슴을 서른 번 압박한 연우는 의식이 없는 선재의 턱을 들어 올려 기도를 개방한 후 호흡을 불어넣어주었다. 한 번에 의식이 돌아오지는 않았다. 여전히 심장이 뛰는 소리가 들리지 않았다.

"숨 좀 쉬어봐. 제발……."

연우는 배운 대로 계속 반복했다. 할 수 있는 게 그것뿐인 현실이 처절했다. 그렇게 네 번쯤 같은 행동을 반복했을 때.

"콜록."

그의 숨이 터졌다. 기적처럼 의식이 돌아왔다. 멈춰 있던 심장이 다시 뛰기 시작했다.

"하아아……."

그제야 그녀의 심장도 제대로 뛰는 기분이었다.

하아. 감사합니다.

연우는 보이지 않는 신에게 감사 인사를 전했다. 선재가 제대로 숨을 쉴 수 있도록 비스듬히 눕혀준 연우는 눈물을 닦고서 다시 자리에서 일어났다. 그사이에 판잣집은 완전히 화염에 휩싸여버렸다. 그간 보이지 않던 누렁이가 집주변을 돌며 멍멍 짖어댔다. 산 아래에서 사람들이 올라왔다. 소방대원이었다.

"밖에 사람 두 명 쓰러져 있습니다."

소방대원들이 무전을 나누는 소리가 들렸다.

"안에도 사람이 있어요!"

연우가 목청을 높여 소리쳤다. 그러나 아무도 그녀의 말을 들어주지 않았다. 그러고 보니 사람이 두 명 쓰러져 있다고 했다.

이제 이 사람들에게는 내가 보이지 않는 건가?

그 혼란 속에서 누렁이와 눈이 마주쳤다. 눈을 지그시 감은 누렁이가 입 끝을 끌어 올리는 것이 보였다.

……개가 웃는다고? 어떻게 개가 웃어. 정말 개가 웃을 일이다.

연우는 제가 헛것을 보고 있나보다 생각했다. 따라 웃고 싶은데 웃을 수가 없는 슬픈 풍경이었다. 온몸의 힘이 쭉 빠져버렸다. 연우는 그대로 정신을 놓아버리고 말았다.

연우는 밤이 되어서야 축축한 흙바닥에서 일어났다. 주변은 완전히 정리되어 있었다. 시커먼 골격만 겨우 남은 작은 판잣집 밖은 안전테이프가 몇 겹으로 둘러져 있었다. 아직 이십일 년 전의 그 세계인 것이다. 사람들이 올라오는 소리가 들렸다. 남자 두 명이었다. 동네 주민인 것 같았다. 연우는 급히 몸을 숨겼지만, 사실 그럴 필요가 없었다. 그 사람들에게 연우의 모습은 보이지 않게 되었다.

"어휴. 미친놈. 언젠가 내가 일낼 줄 알았다. 이렇게라도 철거돼서 다행이지."

"안에서 사람이 죽었다며? 꼬마애라던데."

"우리 와이프가 S병원에서 근무하잖아. 듣자 하니 제이백화점 집안 아들내미라더라."

"그럼 그 아들내미가 죽은 거야?"

"아닐걸. 그 아들내미는 살고 다른 애 한 명이 죽었다던데."

두 사람의 대화를 들은 연우는 허탈해졌다. 결국 사울을 구하지 못했다. 어쩌면 사울을 구할 수 있었을지도 모른다. 자신이 선재에게 심폐소생술을 하지 않고 바로 사울에게로 달려갔었더라면.

하지만 그 선택의 순간에 연우에게는 판단력이라는 게 없었다. 연우는 본능대로 선재를 살리기 위해 움직였다. 아마도 선재의 숨이 돌아올 때까지 연우는 계속 심폐소생술을 반복했을 것이다. 열 번이라도. 백 번이라도.

수많은 후회들이 지나갔다. 내가 조금만 더 일찍 왔었더라면. 내가 조금만 더 민첩했더라면. 사울의 손을 놓지 않았더라면.

연우는 한참 울다가 산을 내려왔다. 인적 드문 길을 걸어, 상가들을 지나, 차도를 건너, 그녀는 계속 천천히 걸음을 옮겼다.

이상하게도 난 미래로 다시 돌아가지도 않는구나. 그냥 이 세계에 갇히는 건가?

상가 앞의 통유리에도 제 모습이 비치질 않았다. 이 세계에서 완벽하게 귀신이 되었다. 그야말로 거지꼴이라서, 연우는 사람들의 눈에 제가 보이지 않는 것이 다행이라고 생각했다.

한참을 걸어간 끝에 S병원에 닿았다. 그사이에 그녀의 몸은 스스로 보기에도 투명해지고 있었다. 이렇게 깔끔하게 사라지는 것도 괜찮은 마지막이라고 생각하며, 연우는 걸음을 계속 옮겼다. 아무도 제게 신경을 쓰지 않아 입원실까지도 금방이었다. 입원실 앞에 경호원이 한 명 서 있어서, 연우는 그곳이 선재의 병실이라는 걸 바로 알아차렸다. 마침 문이 반쯤 열려 있어서 연우는 그 안으로 들어갈 수 있었다.

선재는 혼자였다. 아버지, 어머니는 어딜 가신 모양이다. 머리에 붕대를 감고 있는 어린 선재는 침대 위에 앉아 어둠뿐인 창밖을 바라보고 있었다.

모든 것을 잃은 듯한 패잔병의 눈. 그 텅 빈 눈으로 선재가 자신을 바라보았다. 연우는 그 얼굴을 마주하니 우습게도, 현실에서의 육 년 전 기억이 떠올랐다. 대학교 홍보대사 촬영을 하던 날, 그가 자신에게 했던 질문. 두 사람의 대화가.

"나 좀 물어볼 게 있는데."

"네?"

"넌 어머니를 닮았어?"

"네? 아, 아뇨. 아빠 닮았는데요?"

"그럼 혹시, 이모나 고모 있어?"

"아뇨. 삼촌 외삼촌만 있는데요."

기억을 떠올린 연우는 피식 웃었다. 그래서 나한테 그런 걸 물었구나. 당신 무의식 어딘가에 내 얼굴이 있었던 거구나. 나를 닮은 사람과 왠지 인연이 있는 것 같아서, 그런 엉뚱한 질문을 했던 거구나.

그러고 보니 캠핑장에서는 그가 그런 말도 했었다.

"나도 얼굴이 생각나지 않는 사람이 있어. 문득문득 그리운데 그 마음뿐이고 이젠 얼굴이 떠오르질 않더라."

"문득문득 그리웠던 그 사람에 대한 기억이 지워지니, 내가 이런 곳에 올 수도 있게 됐어. 이렇게 부인까지 데리고. 불을 피울 수 있게 됐다는 말이야."

처음에 그녀는 남편이 그리워하는 그 사람이 사울이라고 생각했다. 그런데 언젠가 남편은 사울을 제대로 기억하고 있다고 답했다. 연우는 '문득문득 그리웠던 그 사람'에 대한 정보를 더 이상 얻지 못했다.

그게…… 나였던 거야?

연우는 눈에 눈물을 가두고서 곱게 웃었다. 눈물은 금방 부풀어서 뺨을 타고 흘러내렸다. 그때 가만히 바라보고만 있던 어린 선재가 말을 걸어왔다.

"왜 울어요?"

내가 보여?

또다시 누렁 씨의 선물일까. 어린 선재의 눈에 자신이 오롯이 보이는 게 신기했다.

"네가 다쳤잖아."

연우는 귀신인 티를 내지 않으려고 노력하며 천천히 다가갔다. 그에게는 어떻게 보일지 모르겠지만, 그녀는 점점 더 투명해지고 있다.

"네가 다치면 내가 슬퍼지는 거야."

"왜요?"

어린 선재가 거듭 물었다. 그 표정에는 느껴지는 감정이 없었다. 감정이 단절된 표정을 보는 것은 또 다른 고통이었다. 이 남자는 오늘의 충격으로 감정을 잃게 되는구나. 빨리, 내가 사라지기 전에 말해두어야 할 텐데. 행복하게 살아가라고 당부해줘야 할 텐데.

"너는 정말 최선을 다했어. 알지? 아프게 살지 마. 네 마음을 괴롭히지 마."

그에게로 다가가 따뜻하게 끌어안으며 말했다.

"인생을 무겁게 살지 마. 잘 자고, 잘 먹고, 많이 웃고, 친구도 많이 사귀고."

꽉 끌어안았던 몸을 떼고 그를 바라보며 말했다. 제대로 얼굴을 마주하는 건 처음이었다.

"행복해져야 돼. 알았지?"

웃는 모습을 보여줘야 하는데 눈물이 자꾸 눈앞을 가렸다.

"너는 훌륭한 어른이 될 거야. 약속을 잘 지키고 친구를 소중히 여기고……."

그리고 멋진 사랑도 할 거야. 네가 사랑하는 여자는 최고로 행복한 사람이 될 거야.

"네 운명은 네가 만드는 거야. 알았지?"

눈물과 미소가 함께였다.

이제 옥승혜의 분노를 이해해. 미래의 이연우는 그 여자의 괴롭힘을 감내할 거야. 미래의 내가 당신을 만날 수 있다면 모두 감내할 수 있는 고통이다. 어느 것 하나 틀어지지 않고 내가 당신에게 닿길 바란다. 우리의 인생은 잘못된 것이 없었다.

"아줌마는 누구세요?"

맹해진 선재가 물었다.

"지금은 날 잊어줘."

연우가 대답했다. 먼 훗날의 자신을 위하여 당부했다. 먼 훗날의 이연우는 그를 의지하며 변해간다. 스스로를 사랑하는 법을 알게 되고 사랑받는 사람의 행복을 알게 된다. 그건 처음부터 거머쥐는 것이 아니었다. 두 사람의 갈등과 화해, 어긋났다가 다시 맞추어지는 과정 속에서 비로소 얻을 수 있는 것이었다.

"인연이라면 만나게 돼 있어."

점점 더 모습이 사라지며, 목소리 또한 작아지고 있었다.

만나서 행복했어. 만나서 너무 좋았어. 그걸 모르고 갈 뻔했어. 지금 나는 떠나지만, 당신이 다시 만날 이연우는 이제 막 시작하는 거겠지.

"우린 또 만날 거야."

우리는 그렇게 꼭 다시 만날 테니까, 기다려.

미래에서 내가 당신에게 갈 테니까.

* * *

납치된 연우를 금방 찾을 수 있었던 건 옥승혜의 딸 상희의 도움이 컸다.

상희가 오래전 엿들었던 이야기를 말해준 덕에 선재는 옥승혜의 전화 통화기록을 조회해볼 수 있었다. 통화기록을 살핀 경찰은 그중 의심이 가는 번호들의 소지자를 살폈고 신원조회를 했다. 그리하여 황상욱이 한국에 있을 당시 어울리던 친구의 번호를 확인할 수 있게 되었다. 그 휴대폰 번호로 위치추적을 한 결과, 양평의 한 아파트 공사장 인근으로 신호가 잡혔다. 그러나 정확한 위치를 찾기는 어려웠다.

그 이후 연우가 몰래 보내온 지도 캡처 사진이 도착했다. 사실 문자가 한 줄도 쓰여 있지 않아 발신자가 누구인지 어떤 의도로 지도 사진을 보냈는지는 알 수 없었으나 선재는 연우가 있는 장소일 것이라고 확신했다. 선재와 경찰은 몰래 아파트 공사장으로 갔다. 공사장의 어느 라인에 있는지까지 지도 사진에 정확히 나타나 있었으므로 선재는 금방 장소에 닿을 수 있었다.

연우의 동생 태우, 그리고 경찰도 동행했지만 현장까지 모두 함께 올라갈 수는 없었다. 흥분한 범인들이 연우에게 해를 가할 수도 있었기 때문에 선재 혼자 조용히 움직였다. 그렇게 연우를 다시 만났다. 그러나, 연우는 아파트 공사장 사 층 높이에서 아래로 추락하고 만다.

그 짧은 순간 동안 선재는 이성을 잃었었다. 태우와 경찰이 연우를 쫓아가려는 선재를 붙들었다. 선재는 삶의 빛이 암전하는 절망을 맛보았다.

그런데 그 아래에서 믿을 수 없는 일이 일어났다. 아파트 콘크리트 건물의 옆, 있는 줄도 몰랐던 삐삐 마른 나무의 가지들이 연우의 충격을 흡수한 것이다. 분명 기적이었다. 연우가 추락하는 순간, 그 별 볼일 없었던 나무의 가지들이 길어지고 잎이 무성해지면서 연우의 방향으로 가지를 내렸다.

그렇게, 나무는 연우를 떠안았다가 내려놓았다. 정확히는 가지들 사이에 연우가 걸쳐지는 바람에 더 천천히 떨어지게 된 것이다. 어쨌든 연우는 추락했다.

그때 어디에선가 한 남자가 나타났다. 그 새벽에, 눈이 부실 정도로 머리가 노란 남자였다. 남자는 연우의 머리가 바닥에 닿기 전에 팔을 뻗어 연우를 받아냈다. 연우는 남자의 팔 위로 안전하게 떨어졌다.

그 후 사람들은 연우를 구조하기 위해 분주하게 아래층으로 내려갔다. 그러나 그곳에는 정신을 잃은 연우만 덩그러니 남아 바르게 누워 있을 뿐, 노랑머리의 남자는 없었다.

납치를 계획한 세 명의 범인들은 모두 잡혔고 연우의 운전기사도 무사히 구조되었다. 운전기사는 금방 건강을 회복했다. 황상욱이 구속되어 팔 년 전의 묻지 마 폭행에 대한 조사까지 다시 이루어지게 되었다. 연우만이 깊은 잠에서 깨어나질 못했다.

그녀가 임신상태인 걸 알게 되었지만 걱정되는 상황이라 촬영이 불가피했다. 그녀가 깨어나지 못하는 동안 MRI 촬영과 다리 쪽 엑스레이 촬영이 이루어졌다. 연우는 다리에 피가 날 정도로 상처가 많았지만 그 외에는 다친 데가 없었다. 그럼에도 일어나지 못하여 선재는 내내 초조할 수밖에 없었다.

"연우야. 너 괜찮대. 얼른 일어나."

대답 없는 그녀에게 계속 말을 걸어보았지만 연우는 꼼짝하지 않았다. 순정과 명식이 시골에서 올라왔고, 태우도 병실에 수시로 들락거렸다.

"매형, 매형은 좀 주무셨어요? 조금만 주무세요. 여기는 엄마 아빠한테 잠깐 맡기시고요."

"그래. 우리가 지킬게. 몇 시간이라도 좀 집에 가서 자. 강 서방이 힘이 나야 연우도 빨리 회복하지."

연우를 떠나지 못하는 선재가 안쓰러워 태우와 순정이 말했다. 선재는 사흘 만에 집으로 돌아가게 되었다.

"처남, 처남도 봤지?"

돌아가는 택시 안에서, 선재가 멍하게 말했다.

"아파트 일 층에서 연우를 안아서 구조해줬던 남자 말이야. 그 남자는 누구였을까."

노란색의 머리. 선재는 오래전 자신에게 우편으로 왔던 의문의 사진을 떠올렸다. 그 사진 속에서 울고 있던 연우를 위로해주었던 남자, 그 남자와 똑같은 머리색을 가진 남자였다. 연우는 그 사람이 일으킨 기적으로 살아남은 것 같았다.

"나무의 요정인가?"

선재는 농담하며 힘없이 피식 웃었다.

연우야. 네가 살아야 되기 때문에 기적이 일어났어.

집으로 돌아온 선재는 곧장 씻고 피로해진 몸을 침대에 누였다. 늘 제 옆에 함께 누워주었던 아내가 없으니 집 또한 의미가 없어진 것 같았다. 아내가 살아 있어 천만다행이라고 생각하는 마음과, 아직 깨어나지 않아 안타까운 마음이 혼재한다.

발견된 그녀의 가방에는 산모수첩이 있었다. 임신확인증도 있었다. 가방을 열었을 땐 가슴이 두 쪽으로 찢어지는 것만 같았다.

"나보고 꽃 사들고 오라며."

그녀가 없는 집, 허공에 투정을 털어놓았다.

"벚꽃도 보러 가기로 했잖아."

세상은 찬란한 봄인데, 다시 겨울에 갇힌 것만 같았다.

"벚꽃 지겠다."

* * *

과거에 갇힌 연우는 어린 선재와 마지막 인사를 하고 병실을 나와 정처 없이 걸었다. 이제 자신의 몸은 꽤나 투명해져서 유리로 만든 형상물 같았다.

'이제 정말로 죽은 건가?'

죽음의 세계를 상상한 적이 몇 번 있었다. 그녀에게 죽음은 무(無)였다. 아무것도 없는 세계. 실은 의식도 없는 게 그녀의 추측이었지만 이런 세계 또한 그 나름대로 꽤 죽음의 세계다웠다.

나는 그냥, 자유롭게 세상을 떠도는 영혼이 된 건가?

인어공주가 물거품이 되는 동화가 떠올랐다. 인어공주의 기분이 이런 건가 하는 생각을 잠시 했다. 그렇게 입원실 복도를 떠나 병원 밖으로 나왔다. 여전히 선선한 밤공기를 느낄 수 있음에 감사한다. 연우는 눈을 지그시 감고 숨을 크게 들이마셨다. 숨을 들이마신다는 행위가 신기했다. 그렇게 죽음의 세계에 적응하기 위한 첫 노력을 하고 있을 때 어딘가에서 목소리가 들렸다.

"또 보네요."

목소리를 인식한 그녀의 투명한 얼굴이 급하게 일그러졌다. 누렁 씨였다. 만들어진 눈물은 기다릴 틈도 없이 뚝 떨어졌다. 그는 웃고 있는데 연우는 슬픔을 억누르기가 힘들었다. 심장이 죄어들었다. 이 남자의 미소가 이토록 아플 줄은 몰랐다.

"왜 울어요?"

으엉엉엉. 왜 우냐고 물어보니 울음은 더 거세어졌다.

"왜 날 보자마자 웁니까? 나는 웃고 있는데."

그가 달래듯이 물었다.

"사울을, 살려주지 못해서 미안해요."

엉엉엉엉. 나는 결국 당신이 내준 문제를 해결하지 못했다. 당신을 살리지 못했다. 남편이 가져야 하는 죄책감은 실은 내 몫이었어.

"정말 살려주고 싶었는데 그렇게 못했어요. 결국 아무것도 하지 못해서 너무 미안해요."

"괜찮아요."

그러나 누렁 씨는 표정을 바꾸지 않았다. 처음 만났을 때처럼 그렇게 다정하게 미소 지어주었다.

"잘했어요."

그리고 그녀를 칭찬했다. 연우는 칭찬을 마다하며 고개를 저었다. 한참 울던 그녀가 눈물을 닦고서 주저하며 물었다.

"이제 내 남편은 어떻게 되나요? 남편을 데려갈 거예요?"

문제를 해결하지 못했으므로, 그가 남편을 데려갈 것이다. 누렁 씨에게 이런 말을 하는 것이 면목 없지만 그런 상황에서도 연우는 남편을 지키고 싶었다.

"남편을 미워하지 않으면 안 될까요? 그 사람은 절박하게…… 정말 절박하게 당신을 구하고 싶어 했어요. 당신을 구해내지 못한 건 나예요."

"……"

"내가 죽었잖아요. 그걸로 대신하면 안 돼요?"

"누가 그래요. 당신이 죽었다고."

그의 대답에 연우는 멍해졌다.

"……나 안 죽었어요?"

다시 불안이 엄습했다.

"혹시, 나 대신 내 남편이 죽고…… 그런 건 아니죠?"

누렁 씨는 그저 피식 웃을 뿐.

"그럼 여기는 대체 어디예요? 왜 난 이런 데 있는 거예요? 사람이 죽을 때가 되어야 과거로 돌아가는 거라면서요."

"그렇게도 죽길 바라는 겁니까?"

"아뇨!"

누렁 씨가 놀리듯 자극하여 그녀는 빽 소리치고 말았다.

"당연히 살고 싶죠. 남편도 보고 싶고 엄마 아빠도 보고 싶고 아기도 낳고 싶고."

그녀는 삶에의 절절함을 솔직하게 털어놓았다. 누렁 씨가 여전히 키를 쥐고 있는 것 같은데, 그가 설정한 방향대로 그녀의 삶이 움직이는 것 같은데, 누렁 씨는 그 오묘한 비밀에 대해 속 시원하게 말하지 않고 입을 꾹 다물었다.

"황상욱이라는 남자가 나를 밀어버렸어요."

연우는 침묵을 채우듯이 걱정을 더 털어놓았다. 예전이나 지금이나, 누렁 씨에게는 타인이 진심을 털어놓게 하는 능력이 있다.

"그 남자가, 내가 떠난 이후에 남편도 해쳤을까봐 걱정돼요. 총을 가지고 있었거든요."

누렁 씨는 한쪽 입술을 비뚜름하게 들어 올리며 웃었다.

"아직도 그런 게 궁금해요? 본인이 죽었는지 살았는지도 모르면서?"

놀리는 거였다. 연우도 잠깐 마음이 상했다. 이 사람 참 헷갈리게 하네. 그래서 내가 죽었다는 거야, 살아 있다는 거야.

"당연히 궁금하죠. 내가 필사적으로 지킨 사람이 살았는지 죽었는지. 그 사람의 운명을 바꾸려던 내 노력이 결실을 봤는지, 물거품이 됐는지. 당연히 궁금한 거죠. 그 사람이 살아 있어야 그래도 내 인생이 뿌듯한 거잖아요. 내가 인생을 마감하더라도."

누렁 씨는 그녀의 말이 흥미롭다는 듯이 듣고 있을 뿐이다. 그의 반응이 영 미적지근하니 어떻게 해야 할지 모르겠다. 연우도 더 말하는 걸 포기하고 어깨를 늘어뜨렸다. 이룬 것은 없으나 참 힘든 하루였지.

한참 후에야 그녀의 목소리가 다시 이어졌다.

"내 짐이 이렇게 버거워질 줄은 몰랐어요. ……난 한 사람의 인생만 바꾸려고 과거로 돌아왔는데 너무 많은 일들이 엉켜버렸네요."

"쉽지 않을 거라는 거 각오하지 않았나."

그가 냉소적인 대답을 툭 던졌다. 달빛이 그를 투영하고 있었다. 그 또한 투명해지고 있는 것이다. 연우의 심장이 다시 파득파득 뛰었다. 그가 사라질까봐 초조해졌다. 그는 언제나처럼 느긋하다.

"한 사람의 인생을 바꾸는 건."

"……."

"세상을 바꾸는 일이잖아요."

"……."

"잘했어요."

그는 다시 한 번 잘했다고 했다. 그녀를 제대로 확신시켜주겠다는 듯, 아까보다도 더 예쁘게 웃어 보였다.

"당신이 달라져서 세상이 달라진 거예요."

연우는 아무 말도 할 수 없었다.

"날 구해주는 게 문제가 아니었어요. 어린 선재를 구하고, 여기까지 오는 게 문제였지."

"……그럼 이제 남편은 안 죽는 거죠?"

그럼에도 의심을 거둘 수가 없는 연우가 다시 물었다.

"아직도 그 얘기를 합니까?"

누렁 씨는 그녀의 집요함을 놀렸다.

"당신 남편은 오래전에 운명을 뛰어넘었죠. 내가 말했잖아요. 그쪽의 능력에 비하면 난 아무것도 아니라고. 당신 남편의 상처가 빨리 나았던 게 무엇 때문이라고 생각해요?"

그의 생경한 대답과 질문에 연우의 눈이 커졌다.

"그쪽이 남편의 시간을 움직인 거예요. 상처의 시간을 빨리 흐르게 만들었나봅니다. 당신이."

누렁 씨는 차근차근 친절하게 모든 것을 설명했다.

"운명의 시간도 빨리 흘러갔죠. 당신 남편은 아주 오래전에 운명을 뛰어넘었던 거예요. 두 사람이 불안해하고 있을 때, 이미."

당신이 그토록 바라고 원하던 일이라 그렇게 되었다. 그 진지한 설명에 연우는 또 이상한 질문을 던졌다.

"나 때문에 남편의 시간이 빨리 흘러갔다고요? 그럼 내 남편은 빨리 노화가 진행되는 거예요?"

푸핫. 줄곧 시크한 미소를 짓고 있던 그가 웃음을 터트렸다. 지금까지 지켜봐온 중에 가장 큰 웃음이었다. 진지한 상황인데. 별로 그렇게 웃기지 않은데. 오히려 지켜보는 연우는 뚱해졌다.

"하아. 여전히 참 재미있는 사람이야."

시원한 웃음을 겨우 거둔 누렁 씨가 혼잣말을 하고는 다시 대답해 주었다.

"당신 남편의 시간은 그간 멈춰 있거나 느리게 흘러가고 있었으니, 이제야 제 시간을 찾아간 거라고 칩시다."

연우가 설레는 마음으로 물었다.

"내가 그렇게 능력자였어요?"

"사람은 다 능력자예요. 사랑받는 사람, 사랑하는 사람은 다 능력자예요. 간절한 사람들은 다 능력자예요."

"……."

"많은 것들이 실은 그렇게 움직인다고 합니다."

한 사람을 위해 우주가 움직인다고 합니다.

그대가 따뜻해서 봄이 오듯이.

그대 마음이 붉게 물들어 가을이 오듯이.

그가 만물의 창조주처럼 자애롭게 미소 지었다. 그의 눈동자는 많은 생명들을 품고 있는 우주처럼 깊고도 까맸다.

"선재도 능력자네요. 곧 당신을 깨어나게 해줄 거거든요."

그가 처음으로 남편의 이름을 다정하게 불러주었다. 연우의 가슴속이 뜨끈해졌다.

"두 사람이 같이 아기 심장 소리를 들을 수 있겠네요."

쏙 집어넣었던 눈물이 다시 흘렀다.

"수호천사 맞잖아요."

연우는 울지 않으려 눈을 비볐다.

"왜 자꾸 나쁜 남자인 척했던 건데요. 나쁜 남자에 로망이 있나."

하지만 투정은 오래가지 않는다.

"고마워요. 사실 내가 안 죽었을지도 모르겠다고 생각은 했는데요. 미안해서 말할 수가 없었어요."

당신을 살리지 못해서. 나는 살아 있는 동안 그걸 평생 미안해하게 되겠지. 하지만 그래도, 그 죄책감이 평생을 가더라도 살고 싶다.

"고마워요, 정말. 앞으로 정말 열심히 착하게 살게요. 강선재만 사랑하면서."

그녀는 씩씩하게 약속했다.

"근데 내 능력을 누렁 씨는 안 써먹어요? 누렁 씨는 행복해요? 친구를…… 동생을 안 만나도 되겠어요?"

그리고 그를 위해서 몇 번 내놓았던 물음을 다시 던졌다. 나라면 엄청 보고 싶을 것 같은데, 왜 그는 친구와 동생을 만나려 하지 않는지 이해가 가지 않았다.

"보고 싶지 않겠어요?"

그제야 그가 꽁꽁 감춰 놓았던 욕심을 내비쳤다.

"정말로 나를 도와주고 싶어요?"

그의 대답에 연우는 힘차게 고개를 끄덕였다.

"뭐든 도와줄게요, 내가."

누렁 씨의 눈에도 눈물이 찔끔 맺혔다.

* * *

"연우야."

그녀의 몸을 투과하던 어둠이 걷히고 제 이름을 불러주는 따뜻한 목소리가 그녀를 감쌌다. 빛이 쏟아졌다.

연우는 눈을 끔뻑거리며 잠에서 깨어났다. 쓰러진 지 나흘 만이었다. 말짱히 살아 있는 남편, 엄마 아빠, 그리고 동생 태우가 한눈에 들어왔다. 그 뒤에는 의사와 간호사가 있었다. 눈을 뜬 그녀를 바라보며 엄마 순정은 찔끔 맺힌 눈물을 닦았고 태우와 명식은 안도의 한숨을 쉬었다. 남편만이 표정의 변화가 없었다.

"내가 누군지 알겠어?"

연우는 고개를 가만히 끄덕여 보였다.

"아픈 데 없어?"

끄덕끄덕.

"정말 괜찮아?"

끄덕끄덕. 그의 표정이 감격한 듯 일그러졌다. 선재는 손으로 그녀의 머리를 감싸고 폭 엎어지며 말했다.

"사랑해. 연우야."

연우의 얼굴에도 자그마하게 미소가 떠올랐다.

"잠깐만요. 환자 분 상태 좀 바로 확인하겠습니다."

그러나 그 감격의 순간이 길게 이어지진 못했다. 명식과 태우의 사이를 비집고 앞으로 나온 의사가 연우에게 말했다.

"이연우 씨. 여기 병원이에요. 아시겠어요?"

끄덕끄덕.

"제가 누군지 보이세요?"

모든 이목이 연우에게 모였다. 사람들은 숨을 죽인 채로 연우의 대답을 기다렸다. 연우의 입술이 조금씩 벌어졌다. 그러나, '네'라는 말은 음성이 되지 못했다. 그녀가 다시 입을 벌렸으나 아무 소리도 나오지 않았다.

"이연우 씨, 아 하고 목소리 내보세요. 아무 말이나."

연우는 목에 힘을 주며 입술을 재차 움직였다. 안도했던 선재의 표정이 다시 굳어갔다. 뻐끔뻐끔. 그녀는 입술을 움직일 뿐 어떤 소리도 내지 못했다. 마치 물고기가 된 것 같았다.

"목소리가 안 나와요?"

의사가 심각해진 얼굴로 간호사가 들고 있던 펜과 종이를 가져가 연우에게 건넸다.

"글씨 쓸 수 있겠어요? 손은 움직여요?"

종이와 펜을 받아든 연우가 고개를 끄덕거렸다.

"이연우 씨, 어쩌다가 쓰러지셨는지는 기억합니까?"

연우는 힘겹게 펜을 쥐어 종이에 글씨를 썼다.

─황상욱에게 납치돼서 건물에서 떨어졌어요. 근데 저는 왜 아픈 데가 없나요? 오늘은 며칠이에요?

팔에 힘이 없어 휘갈겨 쓰게 됐지만 연우의 대답과 질문은 말짱했다.

"유동성 실어증이라고 볼 수 있겠는데요……."

의사는 무겁게 입을 열었다. 운동성 실어증이란, 다른 사람의 말을 이해하고 어떻게 말해야 할지도 알고 있지만 그 말을 직접 소리로 내지 못하는 증상을 말한다.

"전두엽의 언어중추에 손상이 있었을 수도 있겠는데, 검사를 해보는 게 어떨까요?"

의사의 진단에 순정은 한숨을 크게 터트리며 입을 막았다. 다른 사람들의 표정도 모두 참담하게 변했다. 의사의 말을 들은 연우의 표정만이 변함이 없었다. 그녀는 덤덤하게 제 배를 어루만졌다.

"배고파?"

연우의 동생 태우가 물었다. 연우가 현실 누나의 표정으로 태우를 흘겨보며 인상을 구겼다.

"아기?"

이번엔 선재가 물었다.

"아기 어떻게 됐냐고?"

연우가 고개를 끄덕였다.

"아기 검사는 안 해봤어. 아기 먼저 확인할래?"

연우가 누워 있을 때 MRI 검사를 하긴 했다. 임신상태라는 것을 고려하여 촬영에 신중했다. 당연히 아기의 상태까지 확인하지는 못했다. 의식이 없는 연우를 더 무리하게 할 수는 없었다. 선재의 물음에 연우가 한 번 더 씩씩하게 고개를 끄덕였다.

"그래. 그러자."

선재가 연우의 손을 잡았다. 서둘러 진료 예약을 잡은 선재는 연우를 데리고 산부인과 쪽으로 이동했다. 연우는 휠체어를 타게 되었다.

"네가 다치지 않은 건 기적 같은 거였어."

이동하는 동안 선재가 그간의 사정을 설명해주었다.

"착각이나 착시일 수도 있겠는데, 적어도 나한테는 기적처럼 보였어. 네가 떨어졌을 때 아파트 일 층에 있던 나무의 가지들이 막 길어지면서 널 받쳐줬어."

잠자코 이야기를 듣는 연우의 눈이 초롱초롱해졌다.

"그다음에는 노랑머리를 한 남자가 나타나서 널 안전하게 바닥에 내려놨어. 예전에 내가 보여준 사진에 찍혔던 남자, 기억나?"

선재를 올려다보고 있던 그녀의 고개가 멈칫 아래로 내려갔다.

"그때 그 사람이었을까?"

말하지 못하는 아내에게 대답을 요구한 자신이 우스워 선재는 옅게 한숨을 쉬었다.

"그 남자는 범인들하고 한패 같지는 않았어. 그놈들은 그 남자의 존재조차도 모르는 것 같았거든. 뭘까 대체. 그 사람은 누구였을까."

그녀의 이마에서 흐르는 식은땀을, 그는 눈치채지 못했다.

산부인과 진료실로 간 연우와 선재는 바로 아기집을 확인할 수 있었다. 연우가 보기에 나흘 전과 비슷해 보였지만 의사는 이전보다 커진 사이즈로 말했다.

"아기집 크기가 육 주 사 일이네요."

그새 또 자란 것이다. 알게 모르게 긴장하고 있던 연우의 몸이 편하게 풀어졌다. 연우는 조용히 한숨을 내쉬었다. 선재는 내내 굳어 있었다. 당연히 아기가 잘못됐을 수도 있겠다는 각오를 했다. 그렇게 된다면 연우가 수술로 더 고통받는 일이 없었으면 좋겠다고 생각했다. 가슴 아파할 연우를 위로해줄 준비도 하고 있었다. 그런데, 의사는 뜻밖의 기적을 전해주었다.

"심장 소리 들어볼까요?"

의사가 화면의 마우스를 몇 번 딸깍거리니 화면 한쪽에 심전도가 나타났다. 쑥쑥쑥쑥…… '나는 잘 있어요' 하듯이 귀엽게 쑥쑥거리는 심장 소리가 두 사람의 가슴을 노크한다.

안도의 한숨. 흐느낌 같은 숨소리. 말을 하지 못하는 연우였지만 그럼에도 아기의 심장 소리는 그녀가 낼 수 있는 최대한의 소리를 만드는 힘이 있었다. 감격에 겨워 남편을 바라본 연우는 눈물을 참으려는 듯 그의 눈이 붉어진 것을 확인할 수 있었다.

"고마워."

그녀의 손을 꽉 붙잡은 채 울먹임을 억지로 집어넣으며 그가 말했다. 초음파를 확인한 후, 나란히 앉은 두 사람에게 의사가 물었다.

"사고가 있었다고요."

선재가 대답했다.

"네. 납치 사건이 있었습니다. 그 충격으로 쓰러졌다가 나흘 만에 깨어났는데요. 목소리가 나오질 않는다고 하네요."

의사가 심각해진 표정으로 끄덕였다.

"머리의 문제인 것 같아서 MRI 촬영을 다시 해보려고 하는데 괜찮을까요? 이전에는 조영제 없이 촬영했습니다. 그때는 골절 정도만 확인하는 게 목적이었거든요."

"뇌촬영을 하려면 조영제를 쓸 텐데, 조영제는 태아한테 영향을 줄 수도 있어요. 아시죠?"

의사의 질문에 연우가 움찔했다. 두 사람은 선택에 기로에 놓였다. 태아에 대한 위험부담을 안고 뇌 촬영을 하느냐, 촬영은 포기하고 좀 더 지켜보느냐. 진료실에서 나온 연우는 곧장 고개를 저었다. 촬영은 안 하겠다는 쪽이었다.

"안 할래? 하기 싫어?"

선재가 다시 물었다. 연우는 휴대폰으로 메시지를 써서 보여주었다.

─ 하지 말아요.

"연우야."

선재는 연우의 뇌에 큰 이상이 생긴 것일까봐 걱정되었다.

"나는 아기보다는 네가 중요해."

연우는 그 고백에도 아랑곳없이 두 손의 검지를 들어 엑스 자를 만들어 보였다. 그리고 그에게 마구 삿대질을 했다. 아니, 어떻게 아기가 중요하지 않을 수가 있냐, 아기가 중요하지, 이렇게 따지는 말이었다.

"아니야?"

연우가 입 모양으로 '아니야, 아니야' 하고 외쳤다. 대강 그 입 모양과 표정으로 뜻을 다 알아들을 수 있는 것이 신기하다.

"그런 소리 하지 말라고?"

"……."

"애가 듣는다고?"

연우가 입 모양만으로 주절주절 떠든 끝에 시원하게 끄덕였다. 그녀의 생기발랄한 모습에 선재도 피식 웃어버리고 말았다. 하지만 크게 힘이 나지는 않았다. 이렇게 의사소통에 의지를 보이는데도 목소리가 나오지 않는다는 건 다른 이유가 있어서겠지. 그게 뇌의 문제일까봐 겁이 났다. 혹시 뇌에 이상이 생긴 거라면, 그래서 혹시나 그 이상이 번겨가게 된다면, 그러면 자신은 지금의 이 순간을 후회하게 될 것이다.

"알아. 나도 아기 좋아. 내가 원했던 거잖아. 지켜줘서 고마워."

연우와 눈높이를 맞춘 그가 그녀의 머리를 쓰다듬어주며 말했다.

"근데 겁나지 않아? 목소리가 돌아오지 않을 수도 있잖아."

연우는 어깨를 으쓱해 보였다.

"겁이 안 나?"

선재는 막막하여 후우, 한숨이 나왔지만.

"그래. 네가 걱정 없다면 됐어."

잠깐 동안만이라도 그녀의 여유로운 마음을 믿어보기로 했다. 일단은 그녀의 스트레스를 덜어주고 싶었다.

선재는 연우와 함께 병실로 돌아가면서 그간 있었던 일에 대해 더 이야기했다. 범행을 저지른 놈들이 그 자리에서 체포된 것, 기사님이 건강을 회복한 것. 선재가 급히 마련한 육백 억의 코인이 어딘가로 증발되어 경찰이 추적 중이라는 이야기도 덧붙였다. 선재의 이야기를 들은 연우는 고개를 갸웃거리다가 문자메시지를 찍어 보여주었다.

─마진태 사장이 가져간 것일 텐데. 그 사람들이 '마 사장'이라고 얘기하는 걸 들었거든요.

"그래? 근데 체포된 뒤에는 그런 얘기 안 했어. 다른 거래가 있었나?"

선재가 고개를 갸웃거렸다.

"근데 그건 신경 쓰지 마. 그걸로 회사가 피해를 보는 건 없으니까. 사라진 건 내 돈이고. 주가가 휘청거리면 원래 하루에 몇천 억씩 왔다

갔다 하기도 해서 몇백 억 정도는 신경 쓰이지도 않아."

그녀의 시무룩한 표정을 확인한 선재가 걱정 말라고 당부했다.

"그리고 최근 두 달 동안 내가 돈을 디게 많이 벌었어. 투자한 주식이 대박이 났거든."

사실이었다. 선재는 '다른 미래'에 다녀온 경험을 욕심껏 써먹어서 좋은 결실을 거두었다. 몇백 억 정도는 우습게 날려먹어도 아무도 그에게 뭐라 핀잔을 놓을 수 없게 된 것이다.

선재 혼자 떠벌떠벌 이야기를 하는 동안 두 사람은 다시 병실에 닿았다. 병실에서 이제나저제나 하며 기다리고 있던 순정과 명식, 그리고 태우는 문이 열리자마자 어미를 기다리던 아기 펭귄들처럼 동시에 자리에서 일어났다.

"아기는 무사하다고 합니다. 심장도 잘 뛰는 거 확인했고요."

태우와 명식은 안도의 한숨을 쉬었지만 순정의 시름은 깊어졌다.

"그럼 뇌 검사는?"

"일단은 안 하고 경과를 지켜보기로 했어요."

"그러다가 더 잘못되면?"

순정이 따졌다. 명식이 옆에서 눈치를 주었다.

"두 사람도 생각이 있겠지."

"생각을 할 게 뭐가 있어. 일단 검사해봐야지. 어디 종양이라도 생겼을 수도 있잖아."

"이 사람 참. 말을 해도."

"뭐, 뭐. 내가 뭐."

명식과 순정의 실랑이가 시작되었다. 태우가 바로 중재했다.

"엄마 아빠, 조금만 더 두고 봐요. 두 분이 못 봐서 그렇지, 그때 엄청

났어요. 아파트 사 층에서 떨어지고서 이렇게 멀쩡한 사람이 어디 있 겠어요. 누나는 지금 신이 돌보고 있는 거예요. 지금은 입이 안 풀려서 그런 거고, 입 좀 풀리고 나면 또 지겹게 쫑알거릴 테니까 조금만 기다 려봐요."

"넌 누나 대하는 말버릇이 그게 뭐야."

"이놈이 누나 알기를 우습게 알어."

그 능청에 순정과 명식의 화살은 곧장 태우에게로 향하게 되었다. 병실이 시끄러워지니 연우는 살아 있는 것이 실감났다. 그녀에게는 더없이 행복한 환영 인사였다.

조용하고 평화롭게 흘러가는 하루하루. 어느덧 연우와 선재도 병원 생활에 적응해간다.

이연우로 말할 것 같으면, 그렇게 태평할 수가 없었다. 말을 해보려 는 노력을 하는 것도 아니었다. 지켜보는 입장에서 내색은 하지 못하 지만 선재만 점점 초조해져갔다.

"여보. 사랑해."

근심이 쌓이면 고백을 하는 것으로 마음을 달랬다. 왕자의 사랑을 얻지 못하면 물거품이 되는 인어공주가 떠올라서 뜬금없이 사랑한다 는 말을 많이 하게 되었다. 부디 물거품이 되지 말라고. 내가 널 사랑 하니까 사라지지 말라고.

그 애틋한 선재의 속도 모르고, 그저그저 사랑을 듬뿍 먹은 아내는 며칠 동안 한껏 물이 올랐다. 걱정스런 마음과는 별개로 욕망이 차오 를 때가 이따금 생겼다. 그건 또 다른 걱정거리였다.

"그만 봐."

막대초코과자를 오도도도도독 씹어 먹으며 즐거이 TV를 시청하고 있던 연우를 가만히 지켜보던 선재가 대뜸 TV를 껐다. 오래전에는 마음대로 채널을 바꾸었다고 고래고래 소리를 쳤었는데 지금의 연우는 고요하기 그지없다. 매트를 짚고 덥석 다가가 그녀의 입술 사이를 혀로 비집어냈다. 숨결이 젖어 질척이는 소리가 머릿속을 가득 채운다. 제 소리는 지우고 그녀의 소리만 남기고 싶었다. 그는 아예 침대 위로 홀쩍 올라와버렸다. 홍조가 생긴 그녀의 뺨이 얄밉도록 귀여웠다.

"해도 되지?"

그의 도발이었다.

"싫으면 날 때려."

그녀가 그러듯 얄미운 미소를 지으며 그녀의 허리춤에 손을 넣어 속살을 간질였다.

"때리라니까."

그러나 그 기세는 오래가지 못했다.

후아아아아. 목소리가 없으니 그녀의 의견을 알 수가 없었다. 의견을 모르니 나쁜 짓을 하는 것 같은 느낌이 들었다.

"목소리 돌아오면 두고 보자. 너도 기대되지?"

눈물을 머금은 그의 눈이 투명하게 빛났다.

"혼자만 말하고 있으니까 기분이 이상해."

선재가 한탄을 털어놓았다.

"대화하고 싶다."

그 애절뜨뜻한 눈빛에도 아내는 휩쓸리는 일이 없다. 흥. 쿨녀 다 된 듯.

"네 목소리가 돌아온다면 뭐든 할 거야."

하지만 역시 목마른 자가 우물을 파는 것이다. 선재가 애원하듯 말했다. 연우는 그 기회를 놓치지 않고 빙긋 웃으며 메시지를 보냈다.

—그럼 여보, 나 학교 앞에 파는 떡볶이 좀 사다 줘요. 쑥쑥이가 먹고 싶다고 그러네.

"그래 알겠어. 어머니 오시면 갔다 올게. 혼자 두기 싫어."
그가 순순히 대답했다. 쑥쑥이가 먹고 싶다고 안 해도 사다 줄 텐데 참 재미있는 화법이라고 생각했다.

선재를 심부름 보낸 후, 연우는 엄마 순정과 단둘이 있게 되었다.
'엄마.'
엄마와 둘만 남게 되자 연우는 곧장 말을 붙였다. 물론 목소리를 낸 건 아니다.
"응?"
딸의 낌새를 확인한 순정이 대답했다. 연우는 휴대폰에 묻고 싶은 말들을 찍어냈다. 간절히 확인하고 싶었던 게 있었다.

—옥승혜 여사는 어떻게 아기를 잃은 거야? 혹시 그날이 6월 25일이었어?

6월 25일은 아니길 바라며, 연우가 문자메시지를 보여주었다.
"그걸 어떻게 알아?"
메시지를 확인한 순정이 흠칫 놀라며 물었다. 커진 연우의 눈에 물기가 생겨났다.

"그랬지, 그날. 우리가 쌍문동에 살 때니까 이십 년도 더 전이었을 거야. 6월 25일이었어."

순정은 한숨을 푸욱 쉬고는 천천히 이야기를 시작했다.

"언젠가 한번 너를 상희랑 만나게 해줬는데 상희가 너를 좋아하더라고. 그래서 그날 널 데리고 옥승혜 여사 집으로 출근하게 됐었어."

순정의 얼굴이 잠잠히 어두워졌다.

"너랑 상희랑 둘이서 내내 놀다가 잠들었는데 상희가 갑자기 열이 났어. 그래서 나는 부랴부랴 상희를 데리고서 병원에 갔지. 너는 두고 갔어. 자고 있는 너를 깨울 새도 없었어. 그렇게 옥승혜 여사 집에 너랑 옥승혜만 남은 거야. 그사이에 그런 일이 벌어진 거지."

연우는 지그시 눈을 감았다. 가슴이 저몄다. 결국 그날 옥승혜도 아기를 떠나보낸 것이다.

"그리고 별다른 이유도 없이 아기가 떠났어. 마진태 사장 말로는 옥승혜 여사가 임신하고서 꽤 예민해졌었다고 하더라고. 아기도 버티지 못했던 거지. 그리고 병원엘 너무 늦게 갔어."

순정의 이야기에 연우는 눈을 깜빡거렸다.

—마진태 사장이 옥승혜 여사 옆에 있었을 거 아니야.

연우의 메시지에 순정이 아니라며 고개를 저었다.

"낮에 일어난 일이야. 마진태 사장이야 일하고 있었지. 거길 어떻게 와."

기가 막혔다. 어처구니가 없어 연우가 인상을 구기는 동안 순정이 말을 이었다.

"그때 너는 꽤 깊게 자고 있었고 옥승혜 여사도 너한테 도움을 요청할 생각을 못했나보더라고."

연우는 자신이 왜 옥승혜의 집에서 눈을 떴는지 어렴풋이 이해하게 되었다. 이십일 년 전의 자신이 그곳에서 잠들어 있었기에 그 장소로 떨어진 것이었다. 당시의 이야기를 이어가던 순정은 속상했던 마음도 털어놓았다.

"네가 그동안 옥승혜한테 그런 일을 당했다는 걸 알고서야 뒤늦게 엄마도 그때 생각이 나더라. 옥승혜가 그때 일로 너한테 화풀이를 한 건가 싶기도 했어. 차라리 나한테 따지지. 다섯 살짜리가 뭘 안다고."

엄마, 그건 아닐 거야. 옥승혜는 아마도 그때의 나를 기억하고 있는 것일 거야. 연우는 엄마의 죄책감을 위로하며 고개를 저어 보였다.

"그런데 연우야."

한참 아픈 속을 털어놓던 순정이 표정을 바꾸어 연우를 불렀다.

"넌 말하고 싶지 않아?"

선재가 연우를 편하게 해주라고 당부했지만 순정은 답답했다. 엄마에게는 딸의 건강이 가장 중요했다. 혹시 제때 조치를 취하지 못해 딸이 잘못되기라도 한다면 아무리 예쁜 사위라도 원망할 수밖에 없을 것 같은데. 그런데 딸은 여전히 걱정 없이 천하 태평한 모습이다.

"그래. 네가 걱정하지 않고 웃고만 있으니 엄마도 웃어야지."

순정은 체념한 표정으로 한숨을 쉬다가 쓸쓸히 웃어 보였다. 그때 똑똑, 노크 소리가 들렸다. 두 사람이 고개를 돌렸다. 병실 문 앞에는 사라가 서 있었다. 사라는 자신을 알아보고서 흥분한 순정과 함께 사진을 찍고 때마침 방문한 간호사에게 사인을 해주고 나서야 연우와 단둘이 앉아 있을 수 있게 되었다.

"임신했다고 해서 꽃을 사 왔었어요. 분홍색 엄청 이쁜 장미."

사라는 연우가 목소리를 잃었다는 사실을 알았지만 크게 안타까워하지는 않는 시원시원한 말투였다.

"근데 선재가 장미 가지고 올 거면 얼씬도 하지 말라고 그래서 차에 놓고 왔네. 장미가 그렇게 싫어요? 왜? 나처럼 예뻐서?"

연우는 휴대폰에 재빨리 세 글자를 적었다.

─주세요.

문자를 확인하고서 허, 코웃음 친 사라가 벌떡 일어나 나갔다. 십 분쯤 지난 후에 돌아온 사라의 손엔 큼지막한 분홍색 장미 꽃다발이 들려 있었다.

"임신 축하해요."

연우가 행복하게 웃었다. 지금 이 선물이 연우에게 어떤 의미인지 알 리 없는 사라는 그 예쁜 모습에 괜히 숙연해졌다.

"미안하고."

오래전에 했어야 했던 사과를 이제야 하게 되었다. 연우에게 엄청난 사건이 일어난 후 과거의 일에 대해 다시금 통탄하게 된 것이다.

"내가 왜 옥승혜 같은 사람하고 연락을 했는지 모르겠어. 그땐 뭐가 씌었었나봐."

진심을 고백하는 동안 눈가가 촉촉이 젖었다. 사라는 더 차오르려는 눈물을 쫓아내기 위해 부러 씩씩한 목소리를 냈다.

"우리 아프지 말고 사고 치지 말고 오래오래 삽시다. 결국은 돈, 명성 그런 다 필요 없고 오래 사는 게 장땡이에요. 오래 사는 놈이 이기는 거야."

연우가 즐거이 웃으며 끄덕이고는 물었다.

—어떻게 오셨어요? 바쁘지 않으세요?

"으휴. 본인도 답답하지? 그냥 말로 하면 될 것을 면전에 두고 문자를 보내려니."

사라는 연우를 놀렸다. 하지만 연우의 표정이 좋아서 사라도 다른 걱정은 거두기로 했다. 당신의 목소리는 당신이 잘 알겠지. 언젠가 꼭 돌아올 거야.

"근데 쪼끔 귀엽긴 하네. 지금 내가 연우 씨 괴롭혀도 아무도 모르겠지?"

한 번 더 농담을 던진 사라가 입술 끝을 빙긋 올려 호선을 그리며 말했다.

"그냥 갑자기 한국에 오고 싶더라고. 누가 날 막 부르는 것 같더라고."

딱히 이유가 없다는 사라의 고백에 연우의 코끝이 찡해졌다.

당신의 오빠가 여기 있었어요. 어느 날 당신의 꿈에 다시 다녀가겠다고 했는데.

아직 그녀는 오빠를 만나지는 못한 모양이다.

"그렇게 마음이 동해서 왔는데 연우 씨한테 그런 일이 있었다고 그래서 놀랐죠. 그래서, 무사해줘서 고마워요. 연우 씨가 잘못됐다면 나는 자학하게 됐을 거야. 연우 씨가 나한테 해준 건 아무것도 없지만 그래도 나한테 엄청 대단한 사람이란 얘기예요."

사라는 새침하게 웃었다. 말 한마디 한마디에 톱스타의 아우라가 느껴졌다.

같은 시각, 선재는 학교 앞 분식점에 도착했다. 분식점 주인은 떡볶이를 새로 만들어야 한다며 이십 분만 기다려달라고 말했다. 선재는 떡볶이를 기다리며 분식점 옆의 벤치에 앉아 느긋하게 주변을 바라보았다.

봄의 햇빛이 꽤나 눈부셨다. 세상엔 벚꽃이 흩날리고 있었다. 벚꽃이 피기 전에 세상을 떠날 수도 있겠단 생각을 했던 적이 있었는데, 그 걱정으로부터 멀어진 것이 신기하다. 지금 그의 머릿속은 연우 한 사람으로 꽉 차 있었다.

문득 욕심의 적정선이라는 것에 대해 생각해보게 되었다. 나는 이만큼만 행복해도 충분하지 않을까. 예쁜 아내가 죽을 고비를 넘어 살아났고, 생기 있게 웃어주고, 아기가 생겼고 쑥쑥 잘 자라고 있고. 아내의 목소리가 사라졌다는 것 외에 참 완벽한 인생이 아닌가. 그래. 이 정도로 되었다. 충분히 행복하다. 아내에게 그 이상 다른 병이 없다면, 지금의 삶을 인정하면서 건강한 마음으로 살 수 있다. 인생을 행복하게 살아야 하는 이유가 널리고 널렸으니 말이다.

선재는 가뿐하게 미소 지으며 자리에서 일어나 다시 분식점을 향해 걸음을 옮겼다.

"안녕."

그때 등 뒤에서 목소리가 들렸다. 이상하게도, 목소리의 주인을 알지 못하는데도 가슴이 들끓듯이 울렁거렸다. 선재는 천천히 고개를 돌렸다.

"나 기억해?"

목소리의 주인이 물었다. 봄의 햇빛만큼이나 눈부신 머리칼이 보였다. 그 정면을 제대로 보는 건 처음이었다. 눈앞의 풍경들이 온통 일렁거렸다.

울어본 적이 없었다. 눈물이 그득그득 차올랐던 날들은 넘쳐났지만 끝내는 흐르지 않았다. '다른 미래'에서 숨이 끊어지는 순간에도, 연우가 아파트 베란다에서 추락했을 때에도. 아내가 옥승혜에게 폭행당했었다는 것을 알게 된 후 다그칠 때에도. 그녀에게 얼마나 아팠는지, 얼마나 힘들었는지 다 얘기하라고 다그치며 눈물을 꺼내놓게 했었지만 정작 그는 함께 울어주지 못했었다.

"날 알아보겠어?"

내가 널 어떻게 잊을까. 너의 마지막 표정이 아직도 생생히 내 머리에 남아 있는데. 내 키가 크면 너도 이만큼 크겠지, 내 얼굴이 변하면 너도 이만큼 변하겠지, 내 목소리가 달라졌으니 너도 이렇게 달라졌겠지, 아무에게도 말하지 못하고 내 마음속에서 몰래 함께 자라주었던 너를 내가 어떻게 알아보지 못하겠어.

오랫동안 만나지 못했던 친구에게로 가는 선재의 발걸음이 점점 빨라졌다.

미안했어. 너는 이십일 년 전의 거기에 계속 남아 있을 텐데 나만 나이가 들어서 너무 미안했었어. 함께 크고 싶었어. 너와 함께 크는 게 어렸을 때의 내 소원이었어.

선재가 한 걸음씩 발을 옮길 때마다 누렁 씨의 모습이 변해갔다. 자신이 그때의 그 사울이라는 것을 굳이 선재에게 한 번 더 확인시키려는 듯 그의 얼굴이 시간을 거슬러 어려지고 있었다. 이윽고 선재가 붙잡은 남자는 한참 작은 키를 가진 열 살짜리 소년이었다. 소년에게 무너지듯 기댄 덩치 큰 남자는, 그간의 울분을 모두 털어놓듯 울고 말았다.

만남과 헤어짐은 함께였다. 이승과 저승의 경계는 명확했다. 선재의 손이 닿은 순간부터 사울은 흐릿해지고 있었다. 언제라도 사라져 버릴 것 같은 위태로운 모습을 붙들고서 선재는 원망스러운 듯 흐느끼며 물었다.

"왜 이제야 왔어. 더 일찍 오지."

얼마나 보고 싶었는데.

사랑하는 여인의 보호자로서, 언젠가 태어날 아가의 아빠로서, 기업인으로서 듬직하게 행동해왔던, 때론 혹독하게 자신을 몰아붙였던 남자는 소년의 표정으로 돌아가 눈물을 쏟아냈다. 그의 물음에 사울은 미소 지으며 사정을 말해주었다.

"더 일찍 왔다면…… 넌 나를 따라가고 싶어 했겠지."

너에게 이런 마음이 있다는 걸 모르고. 사랑도 모르고, 꿈도 없이 너는 나를 따라갔겠지. 그래서 너에게 오는 길이 험난했어. 이 말을 해주기까지가 너무 오래 걸렸다.

"이제 괜찮지? 여기가 천국이지? 사랑하는 사람이 여기 있잖아."

사울의 지적에 선재는 어떤 대꾸도 할 수가 없었다. 어느새 선재는 과거보다도 미래를 더 생각할 줄 아는 사람이 되었다. 하루하루 살아가는 기쁨, 일상의 반짝이는 것들이 쓰린 과거의 상처를 지워냈다. 이제 그는 현재를 살아간다.

"비밀을 말해줄게."

사울은 늠름해진 친구를 마주하는 것이 뿌듯한 얼굴로 더 말을 이었다.

"어떤 사람들은 말이야. 죽음에 이르는 순간에 마음이 불러들이는 어떤 간절한 과거로 돌아간다고 해."

두 사람 모두 경험해본 타임리프에 대한 이야기였다.

"난 내게 주어진 마지막 날에 내 동생을 택했었어. 나를 떠나보낸 네 죄책감 같은 건 알 턱이 없었어."

"……."

"하지만 넌 같은 상황에서 방금 전 이혼한 네 부인을 택했지. 그 마음이 사랑은 아니었을 텐데, 너는 그랬어."

많이 투명해진 사울의 표정이 희미하게 일그러졌다.

"걱정되어서 그랬겠지. 네 부인이 너에 대한 죄책감을 안고 살아갈게 걱정되어서. 죄책감이 어떤 것인지 너는 잘 알고 있었으니까."

그런 너를, 자랑스럽게 생각해.

그런 너를, 사랑스럽게 생각해.

"행복해질 수 있는 기회를 버리지 마."

이것은 사울의 마지막 당부다.

"평생 반성하기 위해 살아야 될 만큼 넌 나쁜 사람이 아니잖아."

주어진 시간은 넉넉하지 않았다. 여전히 눈물을 닦지 못하고 있는 친구를 위해 사울이 말했다.

"오른손을 펴봐."

사울의 요청에 선재는 말 잘 듣는 강아지처럼 오른손을 펴 보였다. 사울이 그 위로 손을 올렸다. 무언가를 건네주듯.

"주먹을 쥐어."

그리고 그 손을 꼭 움켜쥐게 해주었다.

"꼭 쥐고 가. 가서 부인한테 갖다 줘. 이연우 씨한테."

뜬금없는 지시에 선재의 눈물이 쏙 들어갔다.

"내 손안에 네 부인의 목소리가 들었어."

"뭐?"

선재가 훌쩍거리며 물었다.

"그대로 가서 부인한테 전해줘. 사울이한테 돌려받았다고 해. 그러면 알 거야."

"으응?"

"그게 내 진짜 선물. 잘 살아라."

선재야.

네가 내 모습을 내내 상상해줘서, 떠올려줘서, 내가 어른이 되어볼 수 있었어. 지금의 나는 네 인생의 한 부분이야.

그러니 내가 떠나도 아파하지 말길.

나와 함께한 어린 시절의 기억들을, 그 아무것도 아닌 추억들을 소중히 여겨줘서 고마워. 날 내내 숨 쉬게 해줘서 고마워.

사울의 마지막 미소는 무척이나 짓궂게 보였다. 그리고 안녕이라는 말도 없이, 모습이 사라졌다. 선재가 다시 붙잡을 새도 없었다. 그 마지막이 너무나 쿨해서 선재는 멍하니 눈을 깜빡이고만 있게 되었다. 그 어떤 흔적도 없이 모습이 사라졌다.

한참 지난 후에야 선재는 고개를 내려 주먹을 바라보았다. 친구가 남긴 것은 그게 전부였다.

'이 주먹 안에 목소리가 들었다고?'

친구가 떠난 것은 가슴 아픈 일이지만 아내의 목소리가 돌아오는 것은 반가운 일이라, 선재는 웃을 수도 울 수도 없는 표정이 되어버렸다. 당황스러웠다.

친구가 떠나자마자 곧장 들이닥친 현실. 여기 목소리가 들었다고 했으니 주먹을 펼 수가 없네. 운전도 못 하겠네. 대리운전 불러야겠네. 선재는 대리운전 기사를 부르고 주문한 떡볶이를 찾아서 다시 병원으로 떠나게 되었다. 계속 의문이 남았다. 주먹 안에는 아무것도 만져지는 게 없는데. 이 안에 정말 연우의 목소리가 들었다고?

'하긴, 목소리는 형태가 없으니.'

그래. 믿자. 믿어야 하느니라. 그저 시키니 할 뿐이다.

어느덧 선재의 차는 병원에 닿았다. 입원실로 올라가는 동안 자꾸 가슴이 욱신거렸다. 이제 다시는 사울의 얼굴을 볼 수 없을 거란 짐작에 슬퍼지는 건 어쩔 수가 없었다. 그래도 씩씩하게, 자신을 기다리고 있을 아내를 위해 걸음을 옮겼다. 병실 문을 여니 순정과 연우가 있었다.

"에구. 이제 왔어? 유사라가 왔다 갔어! 강 서방 친구라며! 조금만 더 일찍 왔어도 볼 수 있었을 텐데."

순정이 톱스타를 만나 기분 좋은 얼굴로 선재를 맞았다.

"갔다 오느라 고생했어."

"아닙니다."

선재에게서 떡볶이를 건네받은 순정은 부지런히 움직였다.

"연우 지금 떡볶이 먹을 거지? 포크랑 그릇 좀 씻어 와야겠다."

순정이 병실 밖으로 나간 후, 선재는 꼭 쥐고 온 주먹을 연우의 앞에 내밀었다. 연우가 눈을 동그랗게 뜨고서 멀뚱히 있으니 선재가 그녀의 손을 잡아서 손을 펴고는 그 위에 제 주먹을 얹었다. 병실에 둘만 있어서 다행이다.

"자, 가져가."

주먹 안엔 아무것도 안 들었는데 이게 뭐하는 짓인가 싶다. 연우가 나보고 바보라고 하려나? 그래도 내 신통한 친구가 말해주었으니 신통력이 있겠지.

"여기, 네 목소리야."

"……"

"사울이한테 돌려받았어."

"……픕."

효과는 아주 빨랐다.

아하하하. 내내 기다렸던 아내의 웃음소리가 병실을 울렸다.

"그게 뭐야. 완전 낡였잖아요."

다시 눈물이 핑 돌았다. 그 어떤 환영 인사도 하지 못하고 한탄을 터트렸다. 그의 텅 빈 손을 그녀의 작은 손이 꽉 붙들어 흔들었다.

이십일 년의 시간을 뛰어넘어 나타나준 어린 시절의 친구는 그렇게 그에게 짓궂은 장난을 걸고 떠났다. 이별이 아닌 것처럼. 마치 내일 또 말을 걸어올 것처럼.

'다른 미래'에서의 네 마지막 날.

주먹을 쥐고 있느라 그녀의 손을 잡아보지 못하고 떠났던 그날.

그날의 너를 이젠 잊어버리길.

이제 꽉 쥐고 살았던 주먹을 펴고, 짊어졌던 짐을 내려놓고, 아픈 기억을 잊고, 너도 마음껏 행복해지길.

내 수줍한 친구 선재야.

오늘의 해피엔딩

이십일 년 전의 과거에서 현재로 돌아가기 직전, 누렁 씨는 연우에게 마음을 털어놓았다.

"보여주고 싶은 게 있어요."

"그게 뭔데요?"

"지금의 나. 내가 크면 이런 모습이 된다는 걸 보여주고 싶어요, 선재한테."

누렁 씨의 애틋한 목소리가 밤공기에 녹아들었다.

"네. 내가 도와줄게요."

연우가 결연한 의지를 보이며 끄덕였다. 그러나 누렁 씨의 얼굴엔 근심이 엿보였다.

"선재 혼자만 있을 때 나타나야 할 텐데."

"내가 남편한테 알려주면 되잖아요. 언젠가 친구가 나타날 테니까 기다리고 있으라고. 혼자 있으면 친구가 찾아올 거라고."

"그럴 수가 없어요. 우리들은 예고 없이, 기대 없이 나타나야 돼요."

여기서 '우리들'이란 누렁 씨가 속한 세계의 이야기였다. 영혼만 있는 사람들. 누렁 씨의 대답에 연우는 머머해졌다. 누렁 씨와 남편을 꼭 만나게 해주고 싶은데, 예고 없이 나타나야 한다고 하니 해줄 수 있는 게 없을뿐더러 어쩌다가 입을 잘못 놀리지는 않을까 걱정스럽기도 했다. 내가 아무 말도 안 하고 가만히 있으면 되는 건데……

"문제가 있어요…… 누렁 씨는 잘 모르겠지만 내가 좀 말실수를 많이 하는 편이에요."

어쩔 수 없이 연우는 자신의 약점을 솔직하게 털어놓았다. '누렁 씨는 잘 모르겠지만'이라는 말에 사울이 미약하게 웃었다.

"남편이 추궁하면 나도 모르는 사이에 다 불어버릴 수도 있어요……"

"그냥 꿈에 다녀가야겠네요."

"아니에요! 내가 말을 안 하면 되잖아요!"

쿨하게 넘기려 하는 누렁 씨를 연우가 절박하게 붙들었다.

"내 목소리가 안 나오게 해주면 돼요. 그럼 내가 거짓말을 할 필요도 없죠."

연우가 짜낸 묘안은 이런 거였다.

"내 목소리를 잠깐만 가져갔다가 돌려주면 되는 거잖아요."

연우는 스스로 낸 아이디어가 마음에 쏙 든다는 듯이 눈동자를 반짝거렸다.

떡볶이를 사 가지고 온다는 선재는 생각보다 늦어지고 있었다. 그래서 연우는 내심 기대했다. 사울을 만났을까? 무사히 잘 만났으면 좋겠다. 아주 오래 있다가 와도 좋으니까 친구를 실컷 보고 왔으면 좋겠다.

얼마 후, 노크 소리가 들린 순간 목 내부가 시원해졌다. 내내 기도가 좁아진 듯 턱 막힌 느낌이었는데. 목소리가 돌아오고 있는 거였다. 문이 열리고 선재가 병실 안으로 들어왔다. 그가 친구를 잘 만나고 왔다는 것은 그의 젖은 눈을 통해 알 수 있었다. 이 사람, 울었구나. 그녀 또한 시원해진 목이 다시 메는 것만 같았다.

그렇게, 목소리가 돌아온 첫인사를 울음으로 대신하려 할 때.

"자, 가져가. 여기, 네 목소리야."

그의 말이 참 가관이었다. 표정 또한 세상 진지하다. 사울이 남편에게 뭐라 말하며 그의 주먹을 고이 쥐어주었을지 상상하게 되었다. 그리고 정말로 제 주먹 안에 아내의 목소리가 들었다고 믿어 의심치 않으며 소중하게 주먹을 쥐고 왔을 남편의 모습도 눈에 선하게 그려졌다.

"풉."

그 진지함에 결국 웃고 말았다. 남편은 여전히 멍한 얼굴이다. 새삼 순둥한 그가 귀엽게 느껴졌다. 친구의 장난에 제대로 걸려든 남편을 위로하려 할 때 순정이 병실로 들어왔다.

"엄마."

연우가 빙긋 웃으며 엄마를 불렀다.

"아이고, 세상에!"

연우의 목소리를 들은 순정이 부랴부랴 달려왔다.

"강 서방, 우리 연우가 말을 한다! 연우야, 엄마, 해봐."

순정은 감격에 겨운 얼굴로 눈시울을 붉히며 연우에게 요청했다. 연우가 다시 엄마를 불렀다.

"엄마."

"아이고 세상에!"

순정이 연우를 꽉 끌어안았다. '엄마'라고 말하고서 이토록 칭찬받는 날도 있다니. 기억도 나지 않는 아기 때로 돌아간 것 같았다. 연우는 엄마에게 안겨 배시시 웃었다.

"목은 안 아파? 어디 다른 데 아픈 덴 없어?"

순정이 이제야 연우의 얼굴을 제대로 보는 것처럼 한참 어루만지며 물었다.

"응, 없어. 말짱해."

"엄마가 얼마나 불안했는지 알아?"

"미안해."

"아니야. 네가 왜 미안해. 이제라도 목소리 내줘서 고맙지."

순정이 젖은 목소리로 거듭 끌어안았다.

감격한 순정을 위해 한 걸음 뒤로 물러나 의젓한 척하고 있던 선재는 병실 밖으로 나가 담당 의사의 진료를 잡았다. 연우에게 발견되는 이상이 없었고 목소리까지 돌아왔으니 병원에 더 있을 이유가 없었다. 얼른 집으로 돌아가고 싶어졌다.

퇴원수속은 쉽게 이루어졌다. 연우는 열흘 만에 다시 집으로 돌아가게 되었다. 순정과 태우가 짐을 가지고 가느라 먼저 내려간 사이, 둘만 남게 되자 연우가 선재에게 조심스럽게 물었다.

"여보, 삐쳤어요?"

그녀가 목소리를 내기 전에는 혼자서 주절주절 시키지 않는 말까지 잘도 하던 그가 입을 꼭 닫고 있으니 걱정되었다.

"아니."

"그럼 아까 울었었어요?"

"아니."

"울었던 것 같은데?"

"내가 왜 울어."

난처해지자 선재는 화제를 바꾸며 연우를 가느다랗게 뜬 눈으로 흘 겨보았다.

"정말 사울이를 알고 있었어?"

사울이라는 이름에 여전히 눈물이 묻어 있다. 연우는 쉽게 말문을 열지 못했다. 어디서부터 어떻게 이야기해야 할지. '다른 미래'에서 누 렁이를 치료해준 것부터일지, 이십일 년 전의 화재 사건에 대한 것일 지. 아무튼 그 이야기는 쌓이고 쌓인 감정만큼이나 긴 여행이 될 것이 다. 그녀가 대답을 하지 못하니 그의 표정이 뾰로통해졌다.

"내가 얼마나 걱정했는지 알아?"

"미안해요. 근데 일부러 목소리를 못 낸 건 아니었어요."

그녀가 시무룩해진 표정으로 고개를 내렸다. 선재는 더는 화를 낼 수가 없었다.

"퇴원하자. 세상에 벚꽃이 얼마나 잔뜩 피었는지 좀 봐야지."

연우와 선재는 집으로 가기 전에 벚꽃길에 먼저 들르기로 했다. 인 도를 가운데 두고 벚나무가 양옆으로 줄지어 선 유명한 길은 평일인데 도 사람이 꽤나 많았다. 처음에는 선재와 연우와 순정과 태우가 나란히 걸었으나 순정이 뒤로 물러나면서 연우와 선재가 앞서게 되었다.

바람이 불 때마다 벚나무가 가지를 흔들어 꽃잎들을 쏟아냈다. 머리 위에도 발아래에도 하얀색이 가득 차 설경을 걷는 것 같았다.

"둘이서 걷게 될 줄 알았는데 셋이 됐네."

들뜬 마음으로 걸음을 옮기는 그녀에게 선재가 말했다. 쑥쑥이에 대한 이야기였다.

"내년에는 아기띠를 하고 오려나."

"못 올 수도 있어요. 그때 겨우 100일 정도일 테니까."

"100일. 생각만 해도 벌써 귀엽다."

그제야 그는 쑥쑥이에 대한 마음을 제대로 드러냈다. 그간 아내의 목소리가 걱정되어 함부로 드러내지 않았던 마음이었다. 연우도 그간의 미안했던 마음을 전했다.

"나 때문에 그동안 회사도 못 나갔죠. 미안해요."

"아니야. 기준이가 나 대신 잘해주고 있어서 요즘 할 일이 별로 없었어."

"내일부터는 출근해요. 나도 슬슬 움직여볼게요."

"일주일만 더 같이 있어. 내가 경호원 해줄게. 방해 안 되게 조용히 따라다닐게."

"여보도 경호를 받아야 될 것 같은데요?"

그래도 경호원이 되어주겠다는 말은 싫지 않아서 연우는 기분 좋게 웃었다.

"또 가고 싶은 데는 없어? 벚꽃 말고 다른 건, 보고 싶은 거 없어?"

연우의 웃는 얼굴을 애정 가득한 눈으로 바라보며 선재가 물었다.

"아, 갈 데가 있긴 해요."

선재가 물어보니 생각이 났다. 연우는 끄덕이고는 냉큼 대답했다. 목소리가 돌아오면 꼭 해야지, 마음먹었던 일이 있었다.

"어디? 말만 해."

"옥승혜 여사랑 대면하려고 해요. 할 말이 있거든요."

그녀의 대답에 선재의 이맛살이 잠깐 우그러졌다.

"옥승혜가 갇혀 있는 처지니 크게 위험하진 않겠지만, 과연 만나주려고 할까?"

"옥승혜 담당 변호사한테 부탁 좀 해주면 안 돼요? 이연우를 만나야할 것 같다고."

"그래. 알겠어. 대신 나랑 같이 가자."

선재가 제안했다. 걱정스럽긴 하지만 어쩔 수가 없었다. 이제 그는 그녀가 하는 일은 뭐든 지지할 수밖에 없는 남편이 되었다.

"여보."

가만히 올려다보던 연우가 다소곳이 그를 불렀다.

"응?"

"사랑해."

"……."

"목소리가 안 나와서, 대답을 못 해서 미안했었어요."

선재는 그녀의 고백을 흐뭇하게 받아들였다.

"계속해."

"네?"

"계속 말하라고. 목소리 듣고 싶으니까."

"사랑해."

"응. 더 해."

"사랑해."

"나도 사랑해."

만족스럽게 미소 지은 선재가 연우의 손을 꽉 잡았다. 어쩌다 보니 그 닭털 날리는 순간 두 사람에게 다가가게 되었던 태우는 진저리를 치며 순정에게로 돌아갔다.

"엄마, 난 저 커플 가까이로는 못 가겠어요. 저 주위로 미친 결계가 있어. 시공간이 다 오그라들어."

순정이 픽 웃으며 태우를 놀렸다.

"넌 이 꽃길을 같이 걸을 애인도 없어?"

"흥. 로스쿨 가서 만들 거예요."

"그래. 우리 태우도 우리 연우처럼 이쁘고 사랑스러운 애인 만들어야지."

"엄마! 나보고 누나 같은 사람을 만나라고? 아들한테 어찌 그런 악담을."

"이놈아. 그게 왜 악담이야. 네 누나가 뭐가 어때서. 네 누나가 저렇게 이쁘니까 매형 같은 사람도 만난 거지."

태우는 입술을 비뚜름하게 올리고는 빈정거렸다.

"치, 엄마 어젯밤에는 나한테 뭐라고 하셨더라? 너희 매형은 누나가 목소리가 안 나오는데 걱정도 안 되나, 우리 딸 머리에 이상이라도 생기면 어쩔 건가, 그렇게 애기가 중요한가, 강 서방 실망이다, 솔직히 처음에 결혼하겠다고 집에 쳐들어왔을 때부터 그리 마음에 든 건 아니었지, 내 딸이 좋다니까 받아준 거지, 엄청엄청 뭐라고……."

흠칫 놀란 순정이 다 큰 아들의 머리를 쥐어박았다.

"이놈, 넌 빨리 가서 공부나 해."

어딜 가도 구박덩어리인 태우가 머리를 감싸며 투덜거렸다.

"어후, 난 어디 숨 쉴 데가 없어."

앞서 걸어가는 사이좋은 부부는 사랑한다는 말을 주고받느라 등 뒤에서 어떤 일이 일어나고 있는지 조금도 알지 못했다.

* * *

옥승혜는 교도소 안에서 연우의 납치 사건에 대해 들었다. 연우가 겨우겨우 목숨을 건졌다는 소식에 옥승혜는 기분이 좋지도 나쁘지도 않았다. 검찰에서 그 사건에 자신이 관여돼 있다고 생각할까봐 불쾌해진 것이었다. 담당 변호사도 접견을 와서는 그런 말을 했었다.

"이연우 납치 사건이 있었습니다. 알고 계시죠?"

"여기 재소자들만큼만 아는 거지."

"네. 그 입장을 고수하셔야 합니다."

변호사는 이미 그녀가 그 사건에 관여돼 있다고 확신하며 능글맞게 당부했다.

"정말 모르는 일이에요."

"네. 아무튼 이연우가 여사님을 만나고 싶다는군요. 그 입장 그대로 말씀해주시면 됩니다."

변호사는 옥승혜에게 대꾸하며 히죽 웃었다. 옥승혜는 기가 막혔다. 교도소에서 출소한 후 한국으로 온 황상욱이 옥승혜에게 연락했던 것은 사실이다. 그러나 옥승혜는 그 연락에 제대로 응대하지 않았다. 남편 마진태가 그 일에 대해 물었을 때도 부디 관여하지 말라고 당부했다. 딸 상희의 애원이 계속 마음에 걸렸다. 어차피 구속될 운명인데 딸이라도 걱정하지 않게 해주자 하는 생각이었다. 이미 한 번 황상욱에게 미끼를 제공했으니 그것만으로 됐다고 생각했다. 범인들이 연우와 운전기사의 몸값을 요구하여 돈을 코인으로 바꾸어 송금하는 과정에서 육백 억이 증발했다고 언뜻 들었지만 옥승혜는 전혀 알지 못하는 일이었다. 억울한 일이 하나 생길 조짐이었다.

그런 답답한 마음으로 교도소 생활을 이어가고 있을 때, 변호사가 예고한 대로 이연우가 찾아왔다. 대면하는 것이 꺼려졌지만 옥승혜는 이연우를 만나러 갔다.

"속이 후련하겠구나. 이런 나를 직접 눈으로 확인했으니."

연우와 마주한 옥승혜는 비아냥거리며 입을 열었다. 이 말을 받아들이는 연우의 표정은 덤덤했다.

"뭐가 후련해요. 여사님 때문에 죽다 살아났어요. 납치당했었고 건물에서 떨어졌고 나흘 만에 깨어났죠. 끔찍한 경험들만 잔뜩이었어요."

"네가 잘못 알고 있어. 그건 나 때문이 아니다. 난 모르는 일이야."

옥승혜가 쓸쓸해진 표정으로 말했다.

"황상욱한테 저를 없애라고 시킨 게 아니고요?"

"내가 왜?"

"날 미워했으니까."

"널 미워하긴 했지만 황상욱은 아니야. 그 애가 그런 짓을 꾸밀 줄은 나도 몰랐다."

옥승혜가 싸하게 말했다. 연우도 싸한 표정으로 응수했다. 한참 침묵이 이어진 뒤, 옥승혜가 일어나려 할 때 연우가 다시 목소리를 내었다.

"왜 그렇게 절 싫어하셨는지 이유를 듣고 싶네요."

옥승혜는 그 이상 더 얘기를 나누고 싶지는 않았다. 이연우가 궁금해하든 말든 할 말을 마친 옥승혜는 자리에서 일어나 뒤돌아버렸다. 그때.

"내가 여사님 아이를 죽인 것 같아서요?"

연우가 말했다. 옥승혜의 발이 흠칫 멈췄다. 그녀는 천천히 고개를 돌렸다.

"이십일 년 전에 배가 아프다는 여사님을 두고 도망가버려서요? 사장님이 문밖에 있다는 거짓말을 하고 119도 불러주질 않고 가버려서요?"

그녀의 질문에 옥승혜는 손이 부들부들 떨렸다.

"그 여자 얼굴을 기억하시는군요. 그래서, 시간이 지날수록 그때 그 여자를 닮아가는 제가 미우셨나요?"

"……뭐야 넌. 넌 대체 누구야."

떨리는 음성을 숨기지 못한 채로 물었다.

"그때 그 여자예요."

옥승혜는 저도 모르게 벽을 쾅 쳤다. 뒤에서 교도관이 주의를 주었지만 그 말이 귀에 들어오지 않았다. 입을 다물지 못한 채로 아무 말도 내뱉지 못하고 입술을 뻐끔거렸다. 배가 찢어지는 듯, 배 속에 돌덩어리가 자궁을 짓누르는 듯 끔찍했던 그때의 고통이 되새겨졌다.

그때 그 여자. 내내 의심해왔던 그 문제의 답을 얻어냈다. 이연우에게 직접.

아기를 떠나보냈던 그날, 6월 25일. 여자가 떠난 후에도 남편은 오지 않았고, 옥승혜는 한 번 실신했다가 겨우 일어나 전화기까지 기어가서 119를 불렀다. 남편은 아기의 심장이 뛰지 않는다는 진단이 내려진 직후에야 연락이 닿았다. 아기를 죽인 거냐고 노발대발하는 남편에게 '그때 그 여자'가 당신이 오고 있다고 했는데 왜 집에 들어오지 않은 거냐고 원망스럽게 추궁했었다. 남편은 '그때 그 여자'가 대체 누구냐고 또 따졌다. 옥승혜는 당신의 회사 직원이라고 대답했다. 그러나 남편의 회사에는 그런 여자가 없었다. 여자에게 완전히 당한 거였다. 도둑인가 싶었으나 집 안에 무언가 없어진 것도 없었다. 누구도 그 여자를 본 적 없다고 해서, 옥승혜는 자신이 미친 건가 하는 의심을 했었다. 집에 남아 있었다던 다섯 살 꼬마아이 이연우도 아무것도 모르는 얼굴이었다. 그 처음의 원망은 그렇게 시작되었다.

그리고 시간이 흘러, 왠지 그 꼬마아이 이연우가 그때의 그 여자를 닮은 것만 같아서 옥승혜는 더욱 기분이 싸해졌다. 자신이 점점 더 미쳐가는 건가 하는 생각을 했었다.

그런데, 그때의 내 기억이 잘못된 게 아니었어. 이연우는 역시 시간을 넘나들었던 거였다. 이십일 년 전의 그날처럼 숨이 가빠졌다. 네가 내 아이를 죽였어! 소리를 지르고 싶었다.

"하지만 여사님이 잘못 알고 계신 게 있어요."

분노가 되살아나 눈이 시뻘게진 옥승혜를 앞에 두고서, 연우는 덤덤하게 말을 이었다.

"여사님, 잘 들으세요. 그때, 당신을 버린 사람은 제가 아니에요. 여사님 남편이에요. 마진태 사장."

기가 막힌 듯 옥승혜의 눈썹이 반대로 휘었다. 연우의 말을 믿지 못하는 눈치였다. 연우는 다시 제대로 말했다.

"마진태 사장님한테 직접 물어보시죠. 그때 왜 그 여자한테 내가 아프다는 얘기를 듣고도 집 안으로 들어가보지 않았냐고."

이십일 년 전의 일이고 증거는 없다. 연우는 그저 자신이 알고 있는 것을 제대로 말해주는 수밖에 없었다.

"마진태 사장님이 당황하면 어떻게 행동하는지 아시죠? 금방 확인하실 수 있으시겠네요."

그녀의 말을 믿을지, 그냥 그대로 오해하며 살아갈지는 이제 옥승혜의 선택에 달린 것이다. 옥승혜의 눈동자가 파르르 떨리는 것이 보였다.

"난 그때 정말, 당신 아이가 죽지 않길 기도했었어요. 아이가 그렇게 된 건 유감이에요. 아이가 살아 있었다면 여사님이 저를 그렇게까지 때리지는 않았을 텐데, 그런 생각도 했었죠."

그 생각을 하니 연우는 속이 쓰렸다. 옥승혜 또한 불쌍하게 여겨졌다.

연우는 면회를 마친 후 교도소 접견 대기실로 돌아왔다. 초조하게 연우를 기다리고 있던 선재가 달려가 그녀의 손을 잡았다.

"괜찮았어? 아무 일 없었어?"

연우는 미소 지으며 끄덕였다.

"옥승혜가 협박은 안 해?"

"아뇨. 안 했어요."

"후우. 고생했어."

선재가 한시름 놓은 얼굴로 연우를 안아주었다.

"이제 얼른 가요. 어머님, 아버님 기다리시겠다."

연우가 그의 등을 쓸어내려주며 말했다. 저녁때는 시댁을 방문하기로 했다. 이제 연우의 앞에는 행복이 가득해 보였다.

서울로 돌아가는 길. 연우는 운전하는 선재에게 옥승혜 여사와의 대화를 간략히 얘기해주었다. 아직 선재는 연우가 이십일 년 전의 과거를 경험하고 왔다는 걸 모른다. 그녀가 아직 얘기해주지 않은 거였다. 연우는 이십일 년 전의 사연을 제외한 이야기를 했다.

"옥승혜는 황상욱이 저지른 일은 모른다고 말하더라고요. 잡아떼는 건지 정말인지는 잘 모르겠어요."

"하지만 마상희의 증언 때문에 널 빨리 찾을 수 있었는걸. 아무래도 아주 관계가 없다고 할 수는 없을 거야."

"범인들이 분명히 그랬어요. 마 사장이 지갑을 만들어줄 거라고. 그리고 수수료로 백 억을 요구했다는 말도 들었어요. 분명 마 사장이 마진태일 텐데, 왜 자백하실 않지?"

"아마 다른 거래가 있었을 거야. 디지털 화폐를 금방 현금화시켜서 추적이 불가능하게 됐거든. 일단 교도소에서 노역을 하고 나오면 훔친 돈을 나눠 가질 수 있다는 계획이 있겠지."

그는 육백 억을 잃었는데도 남의 돈 얘기하듯 태연했다. 연우의 표정만 시무룩해졌다.

"괜찮아. 돈을 더 잃었어도 아무렇지도 않았을 거야. 너만 있으면 돼."

그녀가 멀뚱하니 있어 선재는 뜨끔한 마음으로 말을 정정했다.

"아니, 너랑 쑥쑥이만 있으면 돼."

눈치를 보는 선재가 우스워 연우는 피식 웃었다.

운호와 미현의 집 주방. 바쁜 아내의 요청에 따라 막자로 깨를 빻던 운호가 대뜸 미현에게 말했다.

"여보, 나, 바닷가 쪽에 땅을 좀 몇만 평 사고 싶은데."

"몇만 평? 갑자기 왜요?"

"놀이공원 좀 만들어보면 어때요?"

국을 끓이고 반찬 십여 가지를 한 번에 하느라 분주하게 움직이던 미현이 한숨과 함께 피식 웃었다. 이 남자가 또 엉뚱한 생각을 하고 있구나.

"갑자기 웬 놀이공원인데요."

"아니, 뭐 요즘 사업이 잘돼가지고."

"손주 주려고요?"

"아니, 뭐 줄 수도 있는 거고……."

운호가 말끝을 흐렸다. 미현은 가벼이 눈을 흘겼다.

"당신 예전에 선재한테는 뭐라고 했는지 알아요? 남의 놀이공원에서 이상한 놀이기구 타다가 이상한 사진 찍히면 지울 수도 없으니까 조심하라고 했다고요. 품위 유지하라고."

"그거야 성인 돼서 얘기잖아요."

"그럼 손주도 성인 되면 품위 유지를 위해서 놀이기구 못 타게 할 거예요?"

"아니 그때 되면 또 세상이 달라져서 그런 건 소탈하게 보이겠죠."

태어날 손주를 중심으로 사고와 가치관이 착착 재정립되고 있는 운호였다.

"그리고 선재는 좀 애가 무서웠잖아요. 내가 안 시켜도 이미지 관리하고. 그러니까 그 이미지 망가질까봐 염려돼서 그런 거죠. 여기, 깨. 깨. 깨."

미현의 지적에 마음이 슬쩍 상한 운호가 막자사발을 툭 밀며 말했다. 미현은 그런 운호를 다독였다.

"선재한테 못 해준 걸 손주한테 해주고 싶은 마음은 이해하는데 너무 티 내지는 맙시다. 연우가 그동안 너무 힘들었잖아요."

미현의 눈가가 금방 촉촉해졌다.

"어렸을 때 그렇게 고생했다고 그래서 지켜주고 싶었는데 또 그런 일을 겪게 했어요. 말로는 건강하게 퇴원했다고 하지만 그제까지는 목소리도 안 나왔다잖아요. 얼마나 힘들었으면 목소리가 안 나와. 거기다가 후유증은 또 얼마나 크겠어요. 당신이 그렇게 힘든 새아가를 앞에 두고 히죽히죽 웃으면서 부담 주면 새아가는 더 힘든 거예요. 알겠어요?"

미현이 조곤조곤 충고했지만 운호는 심드렁할 수밖에 없었다. 며느리한테 해주고 싶은 게 한가득한데 부담이라니. 부담이라니.

"당신 선재 닮아가는 거 알아요?"

"내가요? 어디가요?"

"아니에요."

"이상한 소리 그만하고 반찬이나 날라줘요."

운호는 툴툴거리며 자리에서 일어나 미현의 요구에 따라 반찬을 날랐다. 식탁이 다 차려졌을 때쯤 현관에서 소리가 났다. 귀신같이 그 소리를 알아들은 두 사람은 득달같이 현관으로 달려 나갔다.

"저희 왔어요."

"어머님, 아버님, 안녕하셨어요."

반갑게 쫓아간 미현이 연우의 손을 잡았다.

"아유. 힘들 텐데 와줘서 고마워. 기분은 어때? 컨디션은 괜찮아?"

"네, 괜찮아요. 불러주셔서 고맙습니다."

"배고프지? 얼른 밥 먹자."

미현이 안내했다. 식사실까지 가는 동안에도 미현은 질문이 많았다.

"병원에서는 뭐래? 특별히 조심할 건 없고?"

"네, 괜찮대요."

"지금 학교는 어떻게 하고 있는 거야?"

"원래 한 학기 휴학하고 조교일만 하고 있었어요. 지금은 동료한테 맡긴 상태인데 중간고사 기간에는 바빠질 것 같아서 다시 나가보려고 요."

"힘들 텐데 괜찮겠어?"

"원래 부담 없는 거였어요. 맡은 게 별로 없어서 스트레스도 없고 요."

질문이 너무 많은 것 같아서 옆에 있던 운호가 미현의 팔을 잡아 당겼다. 운호는 작은 소리로 미현을 타박했다.

"나보고 뭐라고 하더니 지금 새아가한테 일 그만두라고 눈치 주는 거예요?"

"내가 언제 일 그만두라고 했다는 거예요. 그냥 힘들까봐 물어본 거지. 무리하면 안 되니까."

왠지 부모님의 대화가 심상치 않은 것 같아 뒤에 있던 선재는 어깨를 으쓱했다. 곧 네 사람은 식사실로 들어섰다. 십인용 식탁 위에 가득 차려진 음식을 확인한 선재와 연우의 눈이 커졌다.

"뭘 이렇게 많이 하셨어요?"

선재가 물었다. 분명 어머니 혼자 음식을 준비하신다고 했는데.

"새아기 임신했다고 그래서 몸에 좋은 거 그냥 몇 가지 했어."

미현이 별일 아닌 듯이 말했다. 이때를 놓치지 않고 운호가 또 몰래 한마디 했다.

"당신이야말로 너무 티 내는 거 같은데?"

"아니 내가 어디요. 우리 먹는 거에서 반찬 몇 개 더 만든 것뿐이잖아요."

훗훗 웃은 운호가 선재에게 말했다.

"네 엄마가 12시부터 저녁 준비를 했다."

"아니야. 그냥 쉬엄쉬엄 했어."

미현이 운호의 옆구리를 쿡 찌르고선 다시 속닥였다.

"그런 말 하지 말라니까. 애 부담스럽게 왜 그런 말을 해요."

"새아가는 안 부담스러워해요. 시어머니가 나를 이렇게 생각해주는 구나 해서 좋아할 거라고요."

두 사람의 눈치를 보던 선재가 미현에게 물었다.

"어머니, 너무 무리하신 거 아니에요?"

"에이 뭘. 우리 원래 이렇게 먹잖아. 연우야. 얼른 앉아. 밥 먹자."

"어머니, 잘 먹을게요. 감사합니다."

연우는 이 환대를 편히 받아들이기로 했다. 두 분이 하고 싶은 대로 하시게 하는 것, 그게 지금 연우가 할 수 있는 효도였다.

이윽고 식탁에 마주 앉은 네 사람. 미현이 밥을 꼭꼭 씹어 넘기는 연우를 사랑스러운 듯 바라보다가 물었다.

"입덧은 없어?"

"네, 아직까지는요."

연우가 꿀떡 넘기고선 대답했다. 운호는 연우가 체할까봐 내심 걱정이 되었다. 미현이 또 물었다.

"특히 뭐 먹고 싶은 건 없어?"

"그냥 골고루 다 맛있게 잘 먹고 있어요."

미현은 운호 앞에 있는 반찬을 연우 앞으로 옮겼다.

"이거 먹어봐. 화원 뒤에서 키운 표고버섯이야. 흑임자소스 만들어 가지고 버무린 거야."

"네."

"갈비도 먹어. 지난번에 보니까 잘 먹길래 많이 했어. 집에 갈 때 가 져가."

"고맙습니다."

연우가 반찬 하나를 집기가 무섭게 다른 반찬을 들이미는 미현을 보고서 운호가 타박했다.

"새아가 체하겠어요. 반찬이 이렇게 많은데 먹고 싶은 거 알아서 골 라 먹게 하면 되지."

미현이 조용히 운호를 흘겨보았다. 선재는 몰래 고개를 내저었다. 이러다 두 분 싸우시는 건 아니겠지.

잠깐 잠잠해진 틈을 타 이번엔 운호가 빙긋 웃으며 말을 걸어온다.

"새아가."

"네, 아버님."

"내가 뭐 해줄까?"

"네?"

"뭐 갖고 싶은 거 없어?"

아버지는 연우가 말만 하면 별이든 달이든 다 따다 주실 것 같은 눈 빛이다. 선재는 미현의 눈치를 보다가 마른침을 꿀떡 삼켰다. 어머니 의 눈에서는 레이저광선이 나오고 있다. 두 분이 연우한테 잘해주기 시합하는 것도 아니고, 왜 오늘따라 이렇게 경쟁적이신 걸까. 선재는 분위기를 바꾸어보고자 입을 떼었다.

"어머니, 화원에서 표고버섯도 키우고 있어요? 난 못 봤는데."

"응. 화원 뒤쪽에 키우고 있어."

운호를 누려보던 미현이 아들의 질문에 응답했다.

"집에서 키운 거라 그런지 더 맛있네요. 아, 채소도 키운다고 하지 않으셨어요?"

"그렇지. 상추랑 깻잎이랑 고추랑 다 집에서 키우지. 그리고 이건 두릅나무에서 딴 두릅이야."

"두릅을 나무에서 따요?"

"땅 두릅도 있고 나무 두릅도 있어."

미현이 운호를 노려볼 때와는 비교되는 온도차로 다정하게 대답했다. 가정의 평화를 위해, 선재가 생애 처음으로 하는 별 뜻 없는, 살가운 질문이었다.

식사시간은 짧았다. 기분 좋은 대화가 이어지니 시간은 너무나도 빨리 흘러갔다. 어느새 두 사람이 집으로 돌아갈 때가 되었다.

"더 있다가 가지. 아니면 여기서 자고 가도 되는데."

아쉬워하는 미현에게 선재가 말했다.

"오늘은 할 일이 있어서요."

"넌 너무 바쁘게 살지 말고 연우랑 좀 시간을 보내."

"그럴게요."

"어머니, 오늘 저녁 고맙습니다. 반찬도 많이 싸주셔서 감사합니다. 맛있게 먹을게요."

연우도 꾸벅 인사했다. 시부모님과 헤어져 주차장으로 가는 길. 선재가 연우에게 물었다.

"괜찮아? 불편한 건 없었어?"

"불편하긴. 완전 다 너무 좋았어요. 어머님 아버님이 좋아해주시는 것도 좋고."

두 분의 유난스러움이 부담이 될까 했는데 연우는 기분 좋게 받아들인 모양이다. 선재도 다행스러웠다. 이번엔 연우가 선재에게 물었다.

"오늘 할 일이 있어요? 회사에 가봐야 돼요?"

남편이 늦은 밤에 할 일이 있다고 하니 걱정이 되었다.

"아니. 집에서 할 일이야."

선재는 아무렇지 않게 대답했다.

"집에 가면 이제껏 못한 걸 할 거야."

"네? 뭘요?"

"그러고 나서 오늘 치를 할 거야."

조명등 아래에서 은근히 깊어지는 그의 미소가 왠지 야릇하고 의미심장했다.

"그냥 그렇다고."

무언가 엄청난 일이 벌어질 것만 같은 예감에 연우의 얼굴이 발긋해졌다. 심장도 쿵쾅거렸다. 하지만 엄마로서의 자아는 제재를 가한다.

"여보, 그건 우리 쑥쑥이에게 좀……."

"왜. 뽀뽀도 하지 마?"

아. 그의 대답에 왠지 김칫국을 마신 것 같은 쑥스러운 기분이 되었다. 그런 그녀를 놀리듯 선재가 다시 물었다.

"무슨 생각을 했는데?"

"허허허허."

"기대에 부응해줄까?"

"허허허허 아니아니……."

연우가 고개를 저으며 차 안으로 쏙 들어갔다. 차 안에서도 멋쩍은 웃음은 조금 더 이어졌다. 그런 그녀를 사랑스럽게 바라본 선재가 한숨을 옅게 쉬었다.

"마음을 아끼고 있으니까 부인도 협조해."

임신한 아내를 아껴주어야 한다는 걸 잘 알고 있다.

"책임감 없이 유혹하면 번뇌가 깊어진다."

"응. 명심할게요."

연우가 경건하게 끄덕였다.

"뭐야. 너무 진지하게 받아들이니까 더 괴롭히고 싶잖아."

"아니 그럼 대체 어느 리듬에 맞춰 춤을 추라는 건데요."

"……."

"장단. 어느 장단."

훗.

"아니, 리듬이나 장단이나. 그게 그거죠오!"

"그래."

그녀가 한없이 귀여워서 선재의 견고한 마음은 자꾸만 무너진다.

이 예쁜 실수들. 이런 말들을 듣고 싶었지, 네 목소리로. 이런 행복이 사라지는 게 두려웠었어.

힘들었던 시간이 지나고 나니 일상의 모든 것이 선물 같았다.

아침 8시 30분. 교도소 면회시간에 맞추어 아침부터 불려 나온 마진태가 인상을 가득 쓰고는 승혜를 맞았다.

"왜 이 아침부터 불렀어?"

옥~~승혜의 연락에 달려오게 된 마진태는 불쾌하기 짝이 없었다. 옥승혜 또한 기분이 좋지만은 않았다.

"아니, 내가 회사를 옮겨서 바쁜 거 당신도 알잖아. 게다가 부인이 교도소 들어간 게 자랑도 아닌데 이렇게 평일에 불러내면 곤란해."

"물어볼 게 있어서 불렀어요."

옥승혜는 그 불쾌함을 뒤로하고 곧장 본론에 돌입했다. 주어진 시간이 길지 않았다.

"이십일 년 전에 말이야. 내가 상희 동생을 임신했을 때…… 그날, 우리 애가 죽어버린 그날."

옥승혜는 한 음절 한 음절 내뱉을 때마다 가슴에 압정이 박히는 것 같았는데, 남편은 시큰둥하기 짝이 없었다.

"갑자기 그 얘기는 왜?"

"그날 내가 봤다던 여자 말이에요. 기억나요?"

"또 그 얘길 하는 거야?"

마진태는 넌더리가 난다는 듯 거칠게 한숨을 쉬었다.

"그게 언제 적 일인데. 됐어. 그 일은 당신도 털어버려. 이 아침에 불러내서 왜 그 얘길 하는데. 신경질 나게."

그러나 옥승혜는 더 말을 이어갔다.

"숨길 필요 없어요. 그 여자가 당신의 내연녀였다는 거 다 알아."

모두 지어낸 말이었다. 그를 떠보기 위해서. 진실을 알기 위해서는 그를 자극시켜야만 했다.

"사실 그 여자한테 다 들었거든. 그 여자도 당신 때문에 중절수술을 했다던데. 당신이 꼬박꼬박 돈을 대줬다며."

"중절수술이라니. 이 사람이 미쳤나. 뭔 헛소리야!"

역시나 마진태는 금방 발끈했다.

"대체 무슨 오해를 얼마나 하고 살았던 거야! 이제 나는 그때 그 여자 얼굴도 기억 안 난다고!"

이제 기억이 안 난다고?

정말, 그 여자를 만났었구나.

몹시 어처구니없게도 금세 진실이 밝혀졌다. 옥승혜의 눈에 금방 눈물이 부풀어 올랐다.

"역시 당신은 그때 집에 왔었어."

당황한 마진태가 입을 꾹 닫았다.

"집에 와서, 내가 아프다는 걸 듣고서도 그냥 갔어. 당신."

"이, 이 여자가, 왜 자꾸 뚱딴지같은 소리를 하는 건데."

"당신 때문에 아이가 죽었어."

옥승혜의 흰자위가 붉어졌다. 이십일 년 동안의 한이, 지난 시간들이, 잃어버린 마음이 사무쳐 눈물로 흘렀다.

"당신이 죽였어……."

마진태는 도리어 악을 썼다.

"그, 그게 어떻게 내가 죽인 거야! 죽인 건 당신이야! 임신한 여자가 애를 책임져야지, 내가 애 상태가 어떤지 어떻게 알아! 어? 당신이 제때 병원에만 갔어도 되는 거라고! 전화기로 119 누르는 게 그렇게 힘들어? 어?"

남편의 진면모를 보게 되었다. 아니, 그 진면모는 애초부터 알고 있었다. 그저 인정하기 싫었던 것뿐이다. 제 남편이 쓰레기라는 걸. 이런 남편을 가장으로 여기며 살아온 자신의 삶은 처음부터 틀려먹었다는 걸 인정하고 싶지 않았던 것이다.

"난 탓 좀 하지 마라 지긋지긋하니까."

마진태는 눈물 흘리는 옥승혜를 버려두고 등을 돌렸다.

연우는 제 가슴 위를 눌러 턱 걸쳐진 커다란 손의 압력에 잠에서 깼
다. 아침 9시가 다 되어가고 있었다. 선재는 아직도 눈을 뜨지 못했다.
두 사람이 나란히 늦잠을 잔 것이다.

늦잠을 잔 이유는, 뭐 그렇다. 아껴주겠다고 말을 했던 선재는 그녀
가 유혹하니 금방 어흥이가 되었다. 유혹이랄 것도 없었는데, 옷만 벗
겨주었을 뿐인데 그리되었다. 기다렸다는 듯이. 그래도 초보 엄마아
빠인 두 사람은 사랑이 넘치는 순간에도 본분을 잊지는 않았다. 쑥쑥
이를 염려한 두 사람의 시간은 조심스럽게 흘러갔다. 어찌나 조심스
러웠는지 새벽에야 잠이 든 것 같다. 그리고 늦은 아침. 먼저 눈을 뜬
연우는 자신을 움켜쥔 못된 손을 거두어내기 위해 슬그머니 제 손을
움직였다. 하지만. 덥석. 다시 붙들리고 말았다.

"뭐 해?"

착 가라앉은 시크한 목소리가 아침부터 심쿵해주신다.

"아, 깼어요?"

"아니. 꿈속이야."

눈을 제대로 뜨지 못하고서도 목표는 제대로 알고 있는 그가 일어
나려는 연우를 막았다. 획. 단박에 제 위를 점령한 남자의 날숨이, 갈
등이 가득한 듯 들끓고 있다. 아침에 로딩시간이 필요한 그를 건드렸
으니 인과응보다. 다가오는 요염한 눈빛과 마주하니 또다시 설렘이
생겨난다. 하지만 좀, 이러면 안 되지 않을까요. 우리 쑥쑥이가 삐치지
않을까요, 여보.

그녀의 마음을 읽어낸 건지, 점점 다가오던 선재는 그 옆으로 미끄

러지듯 엎어졌다. 그의 한숨이 그녀의 어깨를 타고 검질기게 흘러내렸다. 어젯밤엔 만족했지만, 아침이 되면 로딩과 함께 리셋되는 욕구가 참 원망스럽다.

그럼에도 불구하고.

"사랑은 참 위대해."

선재는 이 원망 또한 설렘으로 바꿀 수 있는 사랑스런 시간을 경험하고 있다.

두 사람은 밖에서 오붓하게 늦은 아침을 먹고 집 주변을 산책했다. 여전히 벚꽃잎들이 나부끼는 세상이었다. 작년에는 몰랐던 봄의 풍경이, 아니, 아름다운 줄 몰랐던 모든 것들의 소중함이 선재의 마음에 꽉꽉 들어차는 시간이었다. 선재는 연우와 함께 보내게 된 일주일 동안 회사 일을 모두 내려놓았다. 다시 보름 이상 일을 쉬게 된 것이다. 연우는 그게 꽤 걱정되었는데 선재는 그다지 신경 쓰이지 않는지 일부러 그러는 건지 휴대폰을 확인하는 것도 등한시했다. 몇 번 오는 연락을 두세 번 놓쳤다가 받는 건 예삿일이었다.

"전화 왔어요."

이번에도 연우가 먼저 그의 휴대폰 진동을 확인하고서 그를 불렀다.

"경찰서 사이버수사대라는데요?"

휴대폰 화면에 떠오른 글자가 의미심장했다. 선재도 심각해진 표정으로 연우가 건네준 휴대폰을 넘겨받았다. 잠시 후, 다른 방에서 통화를 마치고 나온 선재가 말했다.

"여보. 나 좀 나갔다 와야 될 것 같아."

"어디 가는데요? 무슨 일이에요?"

"경찰서, 사라진 돈의 행방을 알게 될 수도 있을 것 같아."

"오! 어떻게요?"

그의 반가운 대답에 연우의 목소리가 붕 떠올랐다.

"내가 개설한 지갑에 있다가 다른 지갑으로 건너간 코인들 일부가 발견된 거야. 경찰이 해당 코인의 유통을 감시하고 있었는데 어떤 작자가 그 코인을 시장에 조금씩 흘려보내서 현금화시키고 있었던 거지."

"오! 대박! 꼭 찾았으면 좋겠다!"

"돈의 행방보다는 범인을 잡고 싶어. 경찰이 마진태 얘기를 하니 솔 깃하네."

"응! 꼭 잡을 수 있을 거예요. 얼른 다녀와요."

신이 난 연우가 선재의 등을 떠밀었다. 그러나 선재는 어느 순간 발을 우뚝 멈추었다.

"왜요?"

"같이 갈까? 혼자 두기 싫어서. 왠지 맘이 안 놓여."

선재의 물음에 연우가 웃었다. 자신의 생일 즈음, 남편이 사라질까 화를 당할까 걱정되어 내내 졸졸 따라다니다가 타박을 받았던 기억이 떠올랐다.

"예전에 내가 그 마음이었던 거 알아요? 그래서 내가 여보 화장실까지 쫓아갔던 거라고요. 혼자 두기 싫어서."

"그래. 그래서 나도 그 마음에 응수해주느라 같이 씻자고 한 거잖아."

"이제 우리 서로의 안전을 믿읍시다. 얼른 갔다 와요."

마음이 튼튼해진 연우가 손을 흔들었다.

경찰서로 간 선재는 오백 억이 조금 넘는 액수의 코인 지갑을 확인했다.

"시간 간격을 두고 천천히 팔아 해치우려 했던 모양입니다. 저희 모니터링에 걸려서 역추적하여 발견했습니다. 금액이 큰데 놈들의 관리가 허술해서 다른 사건보다 훨씬 간단히 해결됐습니다. 그리고 배후에는 말씀하셨던 대로 마진태가 있었고요."

사이버수사대 경감이 선재에게 말했다.

"배후에 마진태가 있다는 건 어떻게 확인하셨습니까?"

선재가 물었다. 코인을 찾았어도 코인 지갑과 그 주인을 찾는 것은 어려웠을 텐데 단시간에 그 일을 해낸 것이 놀랍고 신기했다.

"옥승혜 씨가 마상희 씨한테 연락해서 집안의 해외 계좌를 뒤지게 했다는 군요."

그런데 경감은 의외의 대답을 했다.

"마상희 씨가 옥승혜 씨 요청대로 계좌 기록을 다 뒤져서 가져왔죠. 해외 코인 마켓 접속 계좌를 찾았습니다. 코인이 소비된 내역과 일치하더군요."

의외의 대답에 선재는 멈칫했다.

"경찰서에 와서 한참 울다 갔어요. 어머니에 이어서 아버지까지 징역을 살게 될 테니 마음이 힘들긴 하겠죠."

경감은 딱하다는 듯 혀를 찼다. 하지만 선재는 상희가 그다지 안쓰럽지는 않았다.

"저라도 그렇게 했을 겁니다. 가족이 범죄를 저질렀다는 걸 알았다면 당연히 신고해야죠. 그럼 지금 마진태는 어쩌고 있습니까?"

메탈갑 강선재의 대답에 속으로 탄식한 경감이 말했다.

"자택과 사무실 동시에 수색에 들어갔고, 아마 오늘 밤 안에 구속영 장 발부될 것 같습니다."

그제야 선재는 조금 미소 지었다.

그 시각 옥승혜는 담당 변호사와 만나고 있었다. 변호사와의 만남 은 오늘이 마지막이 될 것이다. 변호사는 휴대폰으로 옥승혜가 상희 와 통화를 하게 해주었다. 수화기 너머 저편에서는 상희가 흐느껴 울 고 있었다. 제 손으로 아빠를 고발할 수밖에 없는 현실이 고통스러운 거였다.

[엄마가 시키는 대로 다 했어. 흑흑.]

"잘했어. 그게 널 위해서도 좋아."

[엄마, 정말 이게 맞는 방법이야? 엄마도 아빠도 교도소에 들어가버 리면 난 어떻게 살라고.]

"성인인데 왜 못 살아."

옥승혜는 따끔하게 말했다. 그녀의 말투는 모질다 싶을 정도로 건 조했다. 그러나 실은 딸을 염려하는 쓰린 마음을 감추고 있다.

"네 아빠가 계속 네 곁에 있으면, 넌 네가 원치 않는 결혼을 강요받 는 입장이 될 거야."

너라도 보통의 행복을 찾도록 해.

옥승혜는 오히려 딸에겐 잘된 일이라고 생각했다. 고기를 잡는 법 을 가르치지 못하고 키운 딸이었다. 어쩌다 보니, 자신이 없으면 아무 것도 못 하는 숙맥이 되었다. 이제라도 딸이 자주적인 사람으로 성장 하길 바란다. 그게 늦지 않은 일이길.

상희와의 통화를 마칠 즈음에 마진태에게서 전화가 왔다. 옥승혜는 상희와의 통화를 마친 후 말했다.

"남편한테 전화가 왔네요, 변호사님."

"아마 사모님을 찾는 전화일 겁니다. 사장님께 제 스케줄을 말씀드렸으니까요."

변호사가 다시 휴대폰을 승혜의 앞으로 밀었다. 승혜는 떠름한 마음으로 통화버튼을 눌렀다. 통화가 연결되자마자 온갖 사나운 욕이 쏟아졌다. 귀청이 따가워 옥승혜는 인상을 썼다.

[감히 상희를 시켜서 나를 고발해? 당신이 지금 제정신이야?]

속이 계속 따끔거렸다. '감히.' 남편에게 자신은 이 정도의 취급밖에 받지 못하는 사람이었다. 아니, 사람이긴 했던가.

[당신 날 죽일 셈이냐고! 어?]

"그냥……."

남편의 고함이 듣기 싫어진 옥승혜가 싸늘하게 말했다.

"죽어버리지 그래?"

이십육 년을 부부로 살아온 끝. 인생의 파노라마가 스쳐갔다. 사무친 눈물이 조용히 흘렀다. 마진태의 전화를 일방적으로 끊은 옥승혜는 그대로 휴대폰을 꼭 쥐고 있다가 변호사에게 전화 한 통만 더 하겠다고 말했다.

다음 날. 연우는 다시 교도소를 찾게 되었다. 어제 옥승혜에게 전화가 와서, 한 번만 다시 들러달라는 말을 들은 것이다. 옥승혜는 이틀 전보다 더 초췌해진 모습으로 나타났다. 그 모습이 측은해 보이기도 했지만 마음을 단단히 먹은 연우는 제법 냉랭하게 첫말을 했다.

"마 사장한테 진실은 들으셨어요?"

옥승혜는 한꺼번에 나이를 먹은 것처럼 노쇠해진 눈동자로 연우를 바라보다가 입을 열었다.

"네가 이기고, 내가 졌다."

참패한 내 모습을 보여주는 것으로 모든 걸 끝낼까 해.

"항소는 취하했어."

연우는 놀란 표정으로 승혜를 바라보았다.

"사과 같은 건 할 마음이 없어. 여전히 그때의 네가 원망스러우니까."

승혜의 건조한 음성이 연우의 가슴을 콕콕 찔렀다.

"네가 조금 더 빨리 움직였다면, 네가 먼저 119를 불러줬다면 우리 인생도 좀 달라졌겠지."

연우는 그 지적이 조금은 아팠다. 하지만 과거의 일에 대해 마냥 후회하기는 어려운 입장이다. 그녀는 그날, 최선을 다했다. 그때 옥승혜의 집 안에서 조금 더 꾸물댔다가 마진태가 집 안으로 들어오게 되면 자신이 마진태 회사의 직원이 아니란 사실이 밝혀지게 되는 상황이었다. 아마도 연우는 강남의 야산이 아니라 경찰서에 가게 되었을 것이다. 언젠가 누렁 씨가 한 말이 생각났다.

"모두가 다 행복한 미래는 없더라고요."

그 말의 뜻은 이런 거였을까. 누렁 씨를 생각하며 잠시 먹먹히 눈을 감은 연우에게 목소리가 들렸다.

"시간을 넘나들 수 있니?"

다시 눈을 떠 정면을 응시했다. 자신을 바라보는 옥승혜의 눈이 처절하게 젖어 있었다. 이십일 년 전의 그 표정을 생각나게 했다.

"나를 이십일 년 전으로 보내다오."

울음이 가득한 목소리로, 옥승혜가 말했다.

"아니, 이십칠 년 전으로 보내줘. 결혼하기 전, 그때의 나로 되돌려줘……"

옥승혜의 얼굴이 온통 일그러졌다. 감정이 여울지는 것이 확연히 보였다. 연우는 '옥승혜가 이토록 불쌍해 보이는 사람이었나' 생각하게 되었다. 자신을 그토록 괴롭혀온 사람에게 이런 마음을 품을 수도 있단 사실이 신기했다. 연우는 동정심을 억누른 목소리로, 차분하게 말을 걸었다.

"결혼을 후회하세요? 상희를 낳은 것도 후회하세요? 아니잖아요."

당신은 딸을 사랑하잖아요.

"제일 예쁘잖아요. 세상에서."

쉬운 사실을 일깨워주었다. 옥승혜의 울음이 거세어졌다.

아이를 혼자 만들 수는 없다. 옥승혜와 마진태, 두 사람도 분명 서로를 바라보았던 지점이 있었을 것이다. 그 어긋난 관계들이 아프겠지. 끄윽끄윽 울던 옥승혜가 호소하듯 청했다.

"무슨 일이 있어도 내 남편과 황상욱을 막아낼 테니까, 더는 널 괴롭히지 못하게 할 테니까…… 이따금만 상희를 들여다봐줘."

옥승혜의 진심이었다.

"버티게 해줘. 헛짓을 하려고 하면 때려도 돼. 때려서라도 바로잡아줘……"

"남의 집 귀한 딸을 어떻게 때리나요. 때려도 되는 사람이 어디 있나요."

그 진심에, 연우는 정색하며 따끔하게 응답했다. 아주 오래전, 나도 당신에게 이렇게 따질 수 있는 사람이었다면 좋았을 텐데.

"이따금 연락해서 여사님 면회 가라고 할게요."

면회의 말미에 연우는 잠시나마 미소 지을 수 있는 사람이 되었다.

면회를 마친 후, 교도소에서 주차장으로 가는 길. 선재는 묵묵히 입을 닫고 있는 연우를 초조한 마음으로 바라보았다. 침묵을 견디다 못한 선재가 가만히 물었다.

"옥승혜가 자꾸 용서해달라고 해?"

임신한 사람을 자꾸 불러내는 옥승혜가 마음에 들지 않았기에 고운 목소리가 나오지 않았다. 연우는 그제야 조금 웃어 보였다.

"아니요. 더 이상 찾아오지 말래요."

"뭐야. 자기가 불러놓고, 겨우 할 말이 그거였대?"

"항소 취하했다고 하네요."

"흠. 동정심에 호소하려는 심산인가?"

연우가 면회실에 혼자 들어갔기에, 선재는 옥승혜의 표정이 얼마나 절절했는지 알지 못했다.

"그런 게 아니라……."

말을 주욱 끌던 연우는 목을 가다듬었다. 여태 그녀는 자신이 아파트 사 층에서 떨어지며 타임리프하게 된 이야기를 남편에게 털어놓지 못했다. 이제 그 이야기보따리를 펼칠 때가 된 게 아닐까 싶다.

"여보가 그랬죠? 생의 마지막 순간에 과거로 돌아가는 사람이 있다고."

그녀는 오래된 이야기로 말문을 열었다.

"여보는 '다른 미래'에서 그날로 돌아갔다고 했죠? 이혼신청서를 낸 후 보름 뒤로요."

"응. 그랬지."

선재가 대답했다. 그는 연우가 왜 이 이야기를 꺼내는지 알지 못했다.

"나도 사실은 과거를 경험하고 왔어요. 다행스럽기도 하고 아프기도 한 과거예요. 몸은 이대로, 스물여섯 살인 채로 시간만 달라지더라고요. 그 과거에서 나는 옥승혜의 아이를 구하지 못했어요. 내가 119를 부르지 못하게 되는 바람에 옥승혜 여사는 배 속의 아이를 잃었던 거예요."

그의 미간에 주름이 잡혔다. 오만 가지 생각을 하게 하는 이야기였다. 그 말을 들으니 옥승혜가 딱하기도 했지만, 또 그렇다고 해서 연우에게 휘둘렀던 십팔 년간의 폭력이 정당화될 수는 없다. 그러나 많은 생각들은 그녀의 다음 말에 모두 날아가버리고 만다.

"그날이 이십일 년 전 6월 25일이에요."

주차된 차를 찾아가던 그의 걸음이 우뚝 멈추었다. 그녀를 바라본 눈동자에 투명한 막이 생겨났다. 이미 가라앉은 목소리가 몇 번 귀에서 메아리치며 뻐근하게 심장을 쥐었다. 심폐소생술을 받는 것처럼.

"……너였어?"

묻어두었던 기억이 살아난다. 아득히 시간을 거슬러 발견한 여인의 얼굴이 소중한 사람의 얼굴 위에 겹쳐진다.

"날 살린 그 사람이?"

울컥 차오른 감정이 질문에 묻어나 끝이 뭉그러졌다.

***

이십일 년 전 그날. 술꾼과 싸우던 선재는 잠시 정신을 잃었다. 아마도 심장도 뛰지 않았던 모양이다.

"숨 좀 쉬어봐. 제발⋯⋯."

한 여자가 자신의 가슴을 거듭 압박해가며 애타게 혼잣말했다.

"콜록."

정신이 돌아오며 내놓은 기침 소리에 여자가 안도의 한숨을 쉬는 것이 어렴풋이 보였다. 그 후 어린 선재는 병원으로 호송되었고 여자는 잠시 자취를 감추었다. 자고 일어난 어린 선재는 자신을 애처롭게 바라보는 미현에게 사울의 안부를 물었다. 미현은 쉽게 사울의 안부를 말해주지 않았다.

잠시 후 학교 선생님이 와서 미현은 병실 밖으로 나갔고, 선재는 병실 밖에서 들려오는 소리를 들을 수 있었다. 사울의 장례에 관한 이야기였다. 세상의 모든 행복이 증발되는 느낌이었다. 내일 학교에 가면 안녕, 하며 인사할 것 같은 친구가 이제 세상에 없는 사람이 되었단 게 믿기지 않았다. 몸부림치며 울부짖었다. 몸에 꽂혀 있던 주삿바늘이 피부를 찢는 상처를 내며 빠졌다. 미현이 달려오고 병원 직원들이 쫓아와 어린 선재를 진정시켰다.

밤이 찾아오니 눈앞이 멍해졌다. 가슴 안쪽도 텅 비어버렸다. 미현과 운호가 사울의 장례 준비를 챙기러 떠난 잠깐 동안 죽어버릴까 하는 생각을 했다. 사울이가 먼저 그 집을 나왔더라면 사울이가 살 수 있었을 텐데, 자꾸 자책하게 되었다. 그때 눈앞에 여자가 보였다. 그녀는 해진 옷, 때 묻은 상처를 보이며 어둠속에서 슬피 울고 있었다.

"왜 울어요?"

자신을 바라보던 여자는 잠시 놀란 표정을 하다가 대답했다.

"네가 다쳤잖아."

"……."

"네가 다치면 내가 슬퍼지는 거야."

죽어버릴까 했던 마음이 차츰 가라앉았다. 자신이 다치면 슬퍼하는 사람이 있다는 게 이상한 위안을 주었다. 어린 선재는 그 여인이 낮에 자신을 살려준 사람이라는 걸 깨닫게 되었다. 그런데 아리송했다. 여인이 금방이라도 사라질 듯이 흐릿했기 때문이다. 자신의 눈에 이상이 생긴 건가 하는 생각을 했다. 여인은 자신에게 다가와 안아주고 다독여주었다.

"행복해져야 돼. 알았지?"

그리고 당부하듯 말했다. 여인은 지금 자신이 불행해졌다는 것을 잘 알고 있었다. 마치 천사처럼 모든 걸 알고 있었다.

"아줌마는 누구세요?"

여인의 정체가 궁금해진 선재가 물었다.

"지금은 날 잊어줘."

그녀가 흐느끼듯 속삭였다.

* * *

지금은 날 잊어줘. 그 말에 깃든 영혼의 바람대로 선재는 이십일 년 전의 이연우를 잊어갔다.

육 년 전, 대학교 홍보대사 촬영날 연우를 처음 보았을 때 다가가 이상한 질문을 했던 건 그냥 묘한 이끌림이었다. 왜 그런 질문을 했는지도 알 수 없다. 내가 아는 누군가와 닮은 것 같은데, 하며 아리송한 마음으로 내놓은 질문이었다. 그녀를 만나면 그런 질문을 하라고, 그리고 관심을 갖고 이름을 기억하라고 운명이 그에게 주문을 걸었는지도 모르겠다.

그 이유를 알 수 없는 묘한 시간을 지나 지금에 이르렀다. 그리고 지금 눈앞에 있는, 자신이 세상에서 가장 사랑하는 사람이 들려주는 이야기가 가슴을 저릿하게 울린다. 당신이었구나. 내가 그토록 보고 싶어 했던 사람은. 온 우주를 떠돌다 파랑새를 발견한 기분이었다. 울고 싶은 마음인데, 눈앞의 여인은 생긋 웃고 있다.

연우는 이십일 년 전 그날에 있었던 모든 이야기를 차근히 들려주었다. 사울과의 인연에 대해서도 모두 말했다. 교도소 주차장의 벗나무 아래 벤치에서 연우의 이야기에 가만히 귀 기울이던 선재의 콧등이 붉어졌다. 결국 연우의 이야기 말미에 선재는 고개를 옆으로 돌렸다.

"여보 울어요?"

"아니."

"그런데 왜 눈을 비벼요?"

"그냥 간지러워서."

"우는 것 같은데?"

"안 울어."

안 운다던 선재는 한참 만에 고개를 돌렸다. 연우는 얼굴이 붉어진 그가 자못 사랑스러웠다. 그녀는 이십일 년 전 어린 선재를 안아주었던 것처럼 선재를 안아 토닥였다. 잊고 있던 온기를 기억해낸 선재가 그 안에서 깊이 한숨을 내쉬었다. 모든 것을 털어놓은 연우도 가뿐해졌다.

"사랑해. 연우야."

그가 고백했다.

"응. 나도 사랑해. 선재야."

그녀가 옅은 웃음과 함께 기꺼이 응답했다. 그가 더 힘껏 껴안았다. 이제 잃어버리지 않으리. 평생 사랑만 하리.

* * *

벚꽃잎을 세상에 흩뿌렸던 봄이 반짝 지나고, 벚나무에 돋았던 순들은 어느덧 짙은 녹음을 이루었다. 떠나는 것 뒤에 반드시 찾아오는 또 다른 시작. 폭염의 여름이 자신의 존재에 대해 경고한다.

그 여름에 더 뜨끈한 사람들, 강선재와 이연우. 선재는 오늘도 더위를 핑계 대어 아내에게 응큼한 시도를 해본다.

"여보 덥다. 벗어, 벗어. 벗고 좀 더 누워 있자."

아침인데 제법 손이 재빠르다. 참 이상도 하지. 아침에는 로딩시간이 필요하다면서, 실은 로딩이 되든 안 되든 결과는 늘 같은 거다. 용케 자신을 수비한 연우가 엄한 어조로 말했다.

"안 돼. 일어나요, 일어나."

"싫어."

선재가 그녀의 잠옷 바지 고무줄을 주욱 당겼다.

"쑥쑥이 보러 가는 날이잖아요!"

연우가 목에 힘을 주어 타박했다. 그제야 눈이 뎅그래진 선재가 몸을 일으켰다.

"그렇지. 몇 시 예약이지?"

"10시."

"그럼 시간이 있긴 한데."

"아 배고파, 배고파, 배고파."

"알았어, 알았어."

연우가 투정을 부리니 단념한 선재는 픽 웃으며 침대를 떠났다. 요 즘의 주말 아침식사는 선재가 준비하고 있다. 새로 채용한 가사도우 미가 준비한 반찬들을 데우기만 하는 것이지만 그가 손수 준비한다는 사실 하나만으로도 연우는 고마웠고 또한 기분 좋았다.

아침식사 후, 연우와 선재는 찬찬히 준비하여 집을 나섰다. 임신 십 육 주부터는 아기의 성별을 알 수 있다 하기에 선재와 연우는 설렘을 잔뜩 안고 병원으로 갔다. 아기용품을 본격적으로 준비해볼 생각에 두근거렸다. 의사가 초음파를 비추니 쑥쑥이가 보였다. 쑥쑥이는 좁 은 공간에서 몸을 웅크리고 누워 있었다. 그새 많이 자라서 이제 키도 십 센티미터 정도가 된다고 한다. 의사는 손가락 개수와 발가락 개수 를 확인시켜주고 심장 소리도 들려주었다. 쑥쑥쑥쑥 뛰던 심장 소리 가 더 힘찬 소리로 바뀌었다.

"머리, 다리 길이, 배 둘레, 모두 주수에 맞게 잘 크고 있네요. 태동은 있나요?"

"아니요."

"곧 태동도 느껴질 거예요. 어디 불편한 데는 없으세요?"

"체중이 늘어난 것 빼고는…… 아, 잇몸이 약해진 것 같아요."

"잇몸이 증식할 수도 있어요. 칫솔모가 부드러운 칫솔로 바꾸세요. 남편 분은 궁금한 것 없으세요?"

"네."

선재가 모니터를 보느라 멍하게 대답하자 연우가 눈치를 주었다. 여보. 우리 아직 쑥쑥이 성별을 확인하지 못했잖아요. 그제야 정신을 차린 선재가 물었다.

"선생님, 저기⋯⋯ 아기 신발은 분홍색을 준비할까요, 파란색을 준비할까요?"

강선재답지 않게 수줍은 질문이었다. 그 섬세한 질문에 내추럴 본 시크 의사 선생님은 그걸 왜 나한테 물어보냐는 눈빛으로 미간을 뚱하니 찌푸렸다.

"두 분 취향대로 하세요."

와 센스 제로. 두 사람의 실망한 표정에 피식 웃은 의사는 초음파 스캔헤드를 쑥쑥이의 탯줄 아래로 맞추어 움직였다. 어어? 흠. 그렇군. 선재의 입술이 길어졌다. 이제 그는 아기의 이름을 생각하는 것으로 행복한 시간을 보낼 수 있게 되었다.

며칠이 더 흘러 6월 25일. 사울의 기일이다. 사울의 봉안당에 가겠다고 나선 선재를 연우가 따랐다.

"정말 따라갈 거야?"

"그럼요. 나도 인연이 있는데."

연우의 마음은 이해하지만 선재는 걱정되었다.

"좀 오래 걸릴 텐데 괜찮겠어? 원래는 봉안당이 있는데 이번에 추모목으로 옮기기로 했거든."

"아. 괜찮아요."

연우는 명랑하게 말했다, 머릿속으로는 '다른 미래'에서 나무가 되었던 남자를 떠올렸다. 그 슬픈 장례식날과 달리 오늘은 날씨가 쾌청했다. 봉안당은 서울 근교의 넓은 터였다. 원래는 봉안당만 있었는데 이번에 증축하며 수목장도 겸하게 된 곳이다. 사라는 두 사람보다 일찍 봉안당에 와 있었다. 연우가 반가이 인사했다.

"언니, 안녕하셨어요?"

"연우 씨, 오랜만이네요. 와줘서 고마워요."

마찬가지로 연우를 반갑게 맞은 사라가 그녀의 배를 내려다보며 물었다.

"배가 조금 나왔나? 몸은 괜찮아요? 컨디션은 어때요?"

"괜찮아요. 아주 좋아요."

"이제 아기 성별도 알 수 있지 않아요? 딸이에요 아들이에요?"

"딸이래요."

"오, 그럼 선재야, 아기 이름은 내 이름을 따서 '강사라' 어때?"

"어우, 싫어, 싫어. 생각하기도 싫어."

사라의 기대에 찬 제안에 선재는 고개를 마구 저었다.

"참나. 가문의 영광인 줄도 모르고."

사라도 불만스럽게 입술을 씰룩거렸다.

이윽고 세 사람은 사울 이름의 봉안당 자리를 정리했다. 연우는 사울의 사진을 넘겨받았다. 빙긋 웃어 보이는 어린 사울과 누렁 씨의 얼굴이 겹쳐졌다. 애틋해진 연우는 사진의 얼굴을 쓸며 따라 웃어보았다.

"왜 추모목으로 하게 됐어?"

유골 항아리를 넘겨받은 선재가 사라에게 물었다.

"봉안당에 위패 모셔놓고 사진 두고, 그래서 방문할 때마다 사울이가 안녕, 이렇게 인사하는 것 같아서 좋았어. 이제 여기가 마음의 고향 같기도 하고 말이야."

봉안당을 나서며, 선재는 아쉬운 목소리를 내었다.

"사진이야 내가 보내줄 수 있어. 휴대폰에 저장해두고 매일 보면 되지."

사라가 대답했다. 사라는 늘 그랬던 대로 쿨한 음성이었다. 잠시의 침묵 후에 사라가 다시 목소리를 냈다.

"언젠가 사울이가 꿈에 나타났어. 어른 모습으로 말이야. 머리까지 노랗게 염색하고 나타난 거 있지. 웃겨가지고."

사라는 피식 웃으며 말했지만 그 얘기를 들은 선재와 연우의 눈은 맑게 젖어들었다.

"걔가 꿈속에서 나한테 뭐라고 했는지 알아? 결혼하래. 선재 잘 지내는 거 부럽지도 않냐고. 그래서 난 안 부럽다고 했어."

내내 밝은 목소리였지만 사라의 말끝에 모인 물기가 느껴졌다.

"근데 사울이가, 나무를 심어달라고 하더라. 이제 아기가 태어날 거니까 유골을 옮겨서 나무를 심어주면 행복할 것 같대. 같이 자라는 느낌이 들 거라고. 의아했지. 왜 애가 태어날 거라고 했을까. 난 비혼주의고 애인도 없고 허튼짓도 안 하는데."

"……."

"그래서 생각해보니까 태어날 아기가 한 명 있단 말이지."

사라는 연우의 배를 내려다보며 눈짓을 했다. 그리고 곧장 선재에게로 고개를 돌려서 흐뭇하게 말했다.

"사울이가 진짜 널 좋아했나봐."

사라의 꿈에 나타난 거 선재에게도 선물이 되었다. 사울은 선재의 딸에게 함께 자라는 나무를 선물하고 싶었던 걸까. 이미 받은 것이 많은데 뭘 또 주려고. 선재는 마음이 아프기도 했고 벅차기도 했다.

이야기를 나누는 동안 묘목 자리가 정리되었다. 사라는 직원의 안내에 따라 항아리를 열어 유골을 붓고 그 위에 묘목을 세웠다. 선재와 연우가 흙을 날라 지반을 다졌다. 어린 나무가 땅에 바로 섰다. 작업을 마친 선재가 물었다.

"비도 오고 눈도 올 텐데, 나무가 비도 맞고 눈도 맞으면 슬프지 않겠어?"

"그걸 다 맞고 한 뼘씩 자라잖아. 비 맞고 눈 맞은 만큼 햇빛도 많이 받고 바람도 쐬고 그러면서 크겠지."

사라는 간간이 울먹였지만 울지는 않았다.

"아기가 성인이 되면 나무도 엄청 커지겠지? 기대된다."

사라도 그새 마음이 컸다. 준비되지 않은 채로 어른이 되는 사람도 있고, 어른이 된 이후에 자라는 사람도 있다.

"이제 가자."

묘목의 앞에 작은 비석까지 세운 사라가 말했다. 연우는 꼬마 나무에게 속삭였다.

'안녕. 우린 또 만날 거야.'

추모원을 내려오니 사라의 차가 서 있다. 사라는 오늘도 일정에 따라 바삐 움직여야 하는 입장이었다. 여기에서 헤어지게 된 것이다.

"언니, 오늘 반가웠어요. 내년에도 올게요. 일 년 동안 나무가 얼마나 자랄지 기대돼요."

"연우 씨. 내년에도 올 수 있겠어요?"

"그럼요. 그때 되면 아기는 200일도 더 지났을 거예요."

연우의 씩씩한 대답에 사라는 빙긋 웃었다.

"애기 태어나면 연락할게요. 고생스럽겠지만 힘내요."

"네, 언니도 잘 지내세요."

"먼저 갈게요. 선재야, 매년 고마워."

사라는 두 사람에게 손을 흔들고는 먼저 떠났다. 연우는 사라가 떠나는 것을 오래도록 배웅한 후 선재와 함께 맞은편 주차장으로 걸어갔다. '다른 미래'에서는 그토록 사라가 원망스러웠는데, 지금은 그녀를 마음 깊이 의지하고 있다. 마냥 자랑스럽기도 하다. '다른 미래'에서 선재의 장례식날, 비 오는 추모원에서 그토록 서럽게 울던 유사라를, 이제는 연우도 지울 수 있게 되었다.

한 가지 생각이 떠오른 연우가 선재에게 말했다.

"다른 미래에서 돌아왔을 때 생각한 게 있어요."

"응? 무슨 생각?"

"여보의 이번 생은 반드시 해피엔딩으로 해주겠다고."

"해피엔딩…… 역시 내 마지막을 염두에 둔 거야?"

선재가 지적했다.

"엔딩은 하지 말고 해피만 해."

"그러네요. 내 목표가 너무 거대했네요."

반성한 연우가 다른 발상을 선보였다.

"그럼 이제 오늘의 해피엔딩을 생각해요. 하루하루 해피엔딩으로 살기. 그게 모이고 모여서 좋은 인생이 될 거예요."

"오늘의 해피엔딩. 좋네."

"응. 사람은 마무리를 잘해야 돼요."

선재의 따뜻한 눈빛에 연우는 히히 웃어 보였다. 그런 그녀의 앞으로 그가 고개를 내렸다. 입술이 촉 내려앉았다가 떨어졌다. 눈빛도 금세 달라졌다. 사라의 앞에서는 드러내지 않았던 은밀한 눈빛이다. 오래전, 남들에게 보이기 위해 연극 같은 키스를 해오던 남자가 반년 사이에 이렇게나 달라졌다. 그의 눈동자에 가득 찬 행복의 기운이 그녀를 편안하게도, 설레게도 한다.

둘러싼 세상엔 누렁이의 털 같은 황금빛 노을이 넘실거렸다. 누렁씨의 머리카락이 반짝이는 것도 같았다. 오늘의 마지막 햇빛을 듬뿍 흡수한 나무들이 잠잠히 흔들렸다.

나무가 쑥쑥 잘 자라기를.

작가의 말

그냥 다 빨리 지나갔으면 하는 힘든 순간이 있는 반면, 이대로 모든 게 멈춰버렸으면 하는 행복한 순간도 있습니다. 몸살로 끙끙 앓는 날은 얼른 지나갔으면 좋겠고 떨어지는 벚꽃 잎들은 공중에서 멈췄으면 좋겠습니다. 가장 아름다운 날들은 기억 속에만 있고 현실은 척박하게만 느껴지지요.

인생의 마지막 순간이 찾아오면 살아온 날들이 주마등처럼 스쳐간다고 합니다. 찰나의 순간에 인생의 파노라마를 펼치게 하는 에너지는 아마도 삶에 대한 애착이겠죠.

그렇다면, 그 파노라마 속의 한 장면으로 직접 돌아갈 수 있다면 어떨까. 숨이 절박한 그때에, 우리는 과거의 사람들에게 어떤 말을 해줄 수 있을까. 이 소설은 거기에서 출발한 이야기입니다.

물론 현실의 우리는 이런 타임슬립을 할 수가 없고, 후회가 가득 남은 과거의 기억들도 그저 아쉬운 마음으로 계속 흘려보내게 되겠지만 적어도, 어쨌든 흘러가는 삶이 조금은 소중하게 여겨질 수 있다면 좋겠습니다. 모든 순간 절절할 수는 없겠지만 타인의 욕망과 부딪치며 살다보면 어느새 자연히 뒤편에 숨겨두게 되는 이름, '사랑'을 떠올렸으면 합니다. 그럼 인생의 프레임은 떨어지는 벚꽃 잎을 공중에 띄우는 마법을 선사하거든요. 비록 순간일지라도.

이 책은 네이버웹소설 플랫폼에서 2018년 1월부터 12월까지, 101화에 걸쳐 연재된 분량을 엮어 다듬은 것입니다. 연재 기간 동안 예쁜 삽화를 그려주신 팻녹 작가님께 감사드립니다. 연재 공간을 마련해주시고 격려해주신 네이버웹소설 담당자님, 번듯한 책으로 만들어주신 은행나무출판사 여러 분들께도 감사 인사를 드립니다. 작품에 도움을 주신 조용석 변호사님, 이연지 변호사님, 강은지 변호사님, 그리고 마취과 닥터 정영훈 선생님, 그 밖에 사랑해주시고 응원해주신 많은 분들께도 고마움을 전하고 싶습니다.

로맨스 소설을 써왔고 매번 사랑을 외치지만 세상에 사랑이 전부가 아니라는 것을 알고 있습니다. 그럼에도 불구하고 여태 사랑이야기는 가장 쉽게, 널리 읽힙니다. 쉽게 꺼내든 책에서 흐뭇한 하루를 발견하셨으면 합니다. 딱 그 정도만으로 좋겠습니다.

2019년 1월
플아다

반드시 해피엔딩 2

1판 1쇄 발행 2019년 2월 8일
1판 4쇄 발행 2021년 12월 6일

지은이 · 플아다
삽   화 · 팻 녹
펴낸이 · 주연선

(주)은행나무
04035 서울특별시 마포구 양화로11길 54
전화 · 02)3143-0651~3 ㅣ 팩스 · 02)3143-0654
신고번호 · 제 1997-000168호(1997. 12. 12)
www.ehbook.co.kr
ehbook@ehbook.co.kr

ISBN 979-11-88810-94-9 04810
      979-11-88810-92-5 (세트)